일본 미스터리 총서 1

일본의 탐정소설

이토 히데오(伊藤秀雄) 저
유재진·홍윤표·엄인경·이현진·김효순·이현희 공역

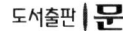

머리글

　이 책은 일본추리작가협회상을 수상한 평론가 이토 히데오(伊藤秀雄)의 『근대의 탐정소설(近代の探偵小説)』(1994년, 三一書房)을 번역한 것이다. 저자는 역사 속에 매몰된 근대 일본의 수많은 번역, 번안 및 창작 탐정소설을 발굴하여 소개한 노작 『메이지의 탐정소설(明治の探偵小説)』, 『다이쇼의 탐정소설(大正の探偵小説)』, 『쇼와의 탐정소설(昭和の探偵小説)』 시리즈에서 일본탐정소설의 전모를 밝히고 있는데 『근대의 탐정소설』은 이 세 권을 압축 정리한 최종판이다.

　저자가 수상한 일본추리작가협회상은 일본추리작가협회에서 매년 수여하는 상이다. 이 협회는 한국에도 잘 알려진 일본 탐정소설계의 아버지 에도가와 란포(江戸川乱歩)가 1947년에 설립한 것으로, 현재 넓은 의미의 미스터리와 관련 있는 작가나 평론가, 번역가, 만화가에 이르기까지 이 계통 전문가들이 집결한 일본추리소설계의 가장 중심적인 문예단체라 할 수 있다. 일본추리작가협회에서는 전통 있는 2대 미스터리상을 수여하고 있는데, 하나는 신인 추리소설작가들의 등용문이라 할 수 있는 에도가와 란포 상이며 또 하나는 그 해에 발표된 추리소설 중 가장 우수한 추리소설과 평론에 수여하는 일본추리작가협회상이다. 특히 후자는 한 번 수상한 작가에게 재수상되지 않는 특징이 있어 수상 자체가 상당히 영예로운 것으로 여겨진다.

　한국에서 일본미스터리 붐이 일어난 지 오래고 그 열기는 날이 갈수록 더해가고 있다. 일본에서 베스트셀러가 된 미스터리 명작이나 에도가와 란포 상을 수상한 작가들의 신작은 바로바로 번역이 되어 소비되기도 하고, 조금 더 관심 있는 독자들은 일본 미스터리계의 최신 정보를 일본 독자들 못지않게 접하고 있기도 하다. 하지만 이들 명작이나 작가를 낳은 탐정소설 장르가 일본에서 언제부터 시작되었는지, 얼마나 다양한 작품을 배출하였는지, 그리고 주변 문화양식과 접목해가면서 얼마나 독특하게 전개되어 왔는지 그 역사의 깊이와 저변을 아는 한국 독자들은 많지 않다. 오늘날 우리가 접하고 있는 여러 장르의 미스터리를 꾸준히 양산해 온 일본의 저력이 무엇인지 본서를 들춰보면 납득이 갈 것이다.

 본서는 메이지 시대의 구로이와 루이코(黒岩涙香)부터 다이쇼 시대의 『신청년(新青年)』 창간과 에도가와 란포의 창작 탐정소설 성공을 거쳐 패전 직전의 탐정소설 정체기까지 근대 일본의 탐정소설과 작가를 망라하여 소개하고 있다. 본서를 통해 일본 탐정소설의 흐름을 파악할 수 있을 뿐 아니라 일본 근대문학 메이저 작가들의 탐정물은 물론이고, 지금까지 마이너로 여겨진 탐정소설 전문작가와 대표작에 대한 상세한 내용까지 알 수 있다. 또한 탐정물이 주변 장르문학과 접촉하면서 일어나는 변화에 대해서도 시대별로 정리하고 있으며, 순문학 측에서 다루지 못한 일본 대중문학에 대해 탐정물을 중심에 놓고 1868년부터 1945년까지의 대표작가와 대표작품을 해설했다.

 본서의 특징은 목차로도 알 수 있듯 각 시대의 주요 작가의 주요 작품을 통해 일본 추리소설사를 이야기하고 있다는 점이다. 지면의 많은 부분을 작품 줄거리에 할애하고 있어 작품을 직접 읽지 않더라도 메이지 시대의 번안소설부터 쇼와 시대의 탐정소설에 이르기까지 다양한 탐정소설을 읽는 재미를 얻을 수 있고, 이 책에 삽입된 100점이 넘는 책 표지와 삽화를 통해서 시각적으로도 당시의 탐정소설을 즐길 수 있을 것이다.

더불어 읽는 재미뿐 아니라 본서에 부록으로 첨부된 일본추리소설 연표를 통해서 방대한 일본추리소설 작품의 전개양상을 파악할 수 있다는 점도 부기한다. 일본이 근대초기에 서양의 어떤 작가의 어떤 작품을 번역, 혹은 번안했는지도 확인할 수 있기 때문에 전문적 레벨에 도달한 국내 일본추리소설 애호가들의 지적 열망 또한 해소할 수 있으리라 기대한다.

끝으로 이 책이 일본 미스터리의 두터운 기반과 역사를 이해할 수 있는 초석이 될 수 있기를 바라며, 여러 번역자가 참가하여 용어나 양식의 통일 등이 어려웠음에도 불구하고 읽기에 좋은 형태의 책으로 만들어 주신 도서출판 문에 감사드린다.

2011년 2월
유 재 진

차례

머리글 … 3

제1부 메이지 시대 … 13

제1장 초창기 … 15
　탐정취미 … 15
　메이지 초기 … 16
　외국작품의 번역 … 17
　산유테이 엔초의 업적 … 19

제2장 구로이와 루이코의 활약 … 22
　1. 구로이와 루이코 … 22
　　번안 소설가의 길 … 22
　　루이코 소설의 전개 … 26
　　소설에 대한 포부 … 29
　2. 「외팔미인」 … 29
　　「외팔미인」 … 32
　3. 「죽은 미인」 … 38
　　「죽은 미인」 … 38

제3장 루이코의 뒤를 이은 사람들 … 57
　1. 마루테이 소진 … 58

「귀차」 59
「학살」 66
2. 난요 가이시 73
「숨겨둔 정부」 76

제4장 탐정실화의 발흥 83
탐정실화의 기원 83
「시미즈 사다키치」 84
「3주간의 대탐정」 90
「탐정실화 탈옥수 후지쿠라」 94
「탐정실화 옥중의 독살」 99

제5장 겐유샤의 탐정소설 퇴치 106
「5인의 생명」 107
「미인 사냥」 108
「피 묻은 못」 113
「은행의 비밀」 117
「머리 없는 바늘」 119
「어음 도둑」 119
「히자쿠라」 123

제6장 신신도의 〈탐정소설〉·〈탐정문고〉 총서 128
「번개」 129
「천형목」 134
「유령선」 138
「X광선」 142

「탐정강담 미인과 권총」 ·· 145
「부인의 염력」 ·· 151
「다키야샤 오센」 ··· 152
「어두운 동굴 지옥」 ··· 156
「광산의 마왕」 ·· 162

제7장 창작 탐정소설의 전개 ··· 171

1. 오자키 고요 ··· 172
   「염화미소」 ·· 173
2. 미야케 세이켄 ·· 175
   「불가사의」 ·· 176
   「기기괴괴」 ·· 185
3. 야나가와 슌요 ·· 187
   「꿈의 꿈」 ·· 188
4. 범인 맞추기 현상소설 「여배우 살해사건」 ····················· 190
   「여배우 살해사건」 ··· 191
5. 가와고에 데루코의 「비밀소설 새 간호사」 ····················· 197
   「새 간호사」 ·· 197
6. 이와야 사자나미의 「꿈의 사부로」 ································ 204
   「꿈의 사부로」 ··· 205

제8장 오시카와 슌로와 무협모험소설 ································ 209

「전기소설 은산왕」 ·· 211
1. 가이가 헨테쓰 ·· 217
   「무덤의 비밀」 ··· 217

    2. 다키자와 소스이 ·· 222
        「난센자키 곶의 괴이」 ·· 223

제2부 다이쇼 시대 ··· 227

제9장 '지고마' 영화와 탐정활극물의 유행 ····························· 229
    「주먹」 ·· 230
    「이 발자국이」 ·· 235
    「비밀문신」 ·· 237

제10장 침체기와 구작의 재간 ·· 242
    1. 요부 단자쿠 오토메 ··· 242
        「단자쿠 오토메」 ·· 243
    2. 활극강담 인과화족 ·· 246
        「인과화족」 ·· 247

제11장 『신청년』의 창간과 번역물의 선구 ······························· 251
    1. 다나카 사나에 번역의 「흰 옷을 입은 여인」 ········ 251
        「흰 옷을 입은 여인」 ·· 253
    2. 서양강담 「방랑 가인」 ··· 259
        「방랑 가인」 ·· 260

제12장 대중문학의 발흥과 구로이와 루이코의 영향 ············ 265
    마에다 쇼잔 ··· 266
    「뒤쫓는 그림자」 ··· 268

제3부 쇼와 시대 … 281

제13장 탐정소설의 융성 … 283

  1. 요시카와 에이지 … 283
     「에도 삼국지」 … 285
  2. 와타나베 모쿠젠 … 296
     「여자독술사」 … 297
  3. 오시타 우다루 … 307
     「금색조」 … 307
  4. 하마오 시로 … 317
     「쇠사슬 살인사건」 … 318
  5. 에도가와 란포 … 340
     「녹색옷의 귀신」 … 341
  6. 오구리 무시타로 … 353
     「20세기 철가면」 … 354
  7. 질식의 시대 전시하 … 366

후기 … 367

일본탐정소설연표 … 369
찾아보기 … 438
작품명 … 443

제1부
메이지 시대
(1868~1912년)

초창기 제1장

탐정취미

일본인이 예로부터 탐정취미를 즐겼다는 사실은 『고지키(古事記)』[1] 하나만 보더라도 알 수 있다. 다카마노하라(高天原)에서 추방당한 스사노오노미코토(スサノオノ神)가 히노가와(ひの川) 강 상류에 내려왔을 때, 마침 상류에서 젓가락이 흘러내려오는 것을 보고 상류에 사람이 살고 있을 것이라고 추리한다. 스사노오노미코토가 벌판에 있는 오아나무치노카미(オオアナムチノ神)를 태워 죽이려 할 때, 쥐가 나타나 '굴의 입구는 좁지만, 속은 넓다'고 오아나무치에게 일러준다. 오아나무치는 그 굴에 들어가 머리 위를 지나가는 불길을 피할 수 있었다. 밤마다 이쿠다마요리 히에(イクタマヨリヒメ)의 침실에 몰래 숨어들어오는 어느 남자의 행방을 알아내기 위해서 공주의 부모는 진흙을 마룻바닥에 뿌리고 삼실을 엮은 바늘을 몰래 그 남자의 옷소매에 꿰매 놓도록 딸에게 시키는 등, 많든 적든 간에 이러한 탐정취미가 사람들로 하여금 『고지키』를 읽도록

---

[1] 712년에 편찬된 일본 최고의 문헌으로 고대 일본의 신화, 전설 및 사적을 기술한 책.

하고 있다. 그밖에 탐정취미의 작품으로는 『곤자쿠모노가타리슈(今昔物語集)』2)의 악행편이 있고 『고콘초몬주(古今著聞集)』3)의 도둑편에서 『오토기조시(御伽草子)』4) 류에 이르기까지 그 수가 너무 많아 일일이 셀 수가 없다.

에도(江戶) 시대에는 중국의 재판소설 『당음비사(棠陰比事)』(1207년)를 번역한 『당음비사 이야기(棠陰非事物語)』가 1649년에 재간되어 호평을 얻었고, 그 영향으로 『일본 앵음비사(本朝桜陰比事)』, 『겸창비사(鎌倉比事)』, 『등음비사(藤陰比事)』 등이 출판되었다. 사기사건을 소재로 한 『주야용심기(昼夜用心記)』, 『세간용심기(世間用心記)』와 『오오카 정담(大岡政談)』, 『아오토 후지쓰나 모릉안(青砥藤網模稜案)』 등도 많이 읽혔고, 그밖에도 복수나 권력다툼 이야기, 괴담 등 탐정취미의 책들이 다수 발간되었기 때문에 메이지 초기의 독자들은 탐정취미의 작품들을 상당히 풍부하게 접하고 있었다.

메이지 초기

메이지 초년에는 신문발간이 잇달았으며 당시의 신문은 대신문과 소신문으로 나눠져 있었다. 주로 정론을 다룬 딱딱한 신문을 대신문이라 하였고, 통속적인 대중 신문을 소신문이라 하여 이쪽이 유행하였다. 막부 말기부터 메이지 초기에 걸쳐 궁핍한 생활을 하던 통속 소설 작가들이 이 소신문에서 활로를 찾아 주로 잡보를 담당했었다. 이 잡보의 일부를 윤색해서 연재한 것이 신문소설의 시작이다. 내용은 새 정부의

---

2) 12세기 초에 편찬되었다고 하는 일본 설화집.
3) 1254년 다치바나노 나리스에(橘成季)가 편찬한 세속 설화집.
4) 약 14세기부터 16세기에 걸쳐 나타난 아녀자와 노인을 위한 소박한 단편 소설의 총칭.

뜻을 받들어 계몽, 징악적이었는데 1878년 전후에는 독부전(毒婦伝), 도둑이야기, 정치암살사건 등 탐정취미가 풍부한 것들이 특히 많은 독자들을 얻었다.

독부물의 선구는 『가나요미 신문(仮名読新聞)』에 연재된 「여도적 오쓰네 전(女盗賊お常の伝)」(1877년)이고, 이어서 동지에 연재된 구보타 히코사쿠(久保田彦作, 1846~1898년)의 「도리오이 오마쓰전(鳥追ひお松の伝)」(1878년 12월 10일~1879년 1월 11일), 『도쿄 사키가케(東京さきがけ)』지에 연재된 오카

『도리타 이치로 장마 일기』
표지(1886년)

모토 기센(岡本起泉, 1858~1882년)의 「요아라시 오키누 하나노 아다유메(夜嵐阿衣花廼仇夢)」(1880년), 『가나요미(かなよみ)』지에 연재된 가나가키 로분(仮名垣魯文, 1829~1894년)의 「독부 오덴의 이야기(毒婦お伝の話)」(1881년), 『이로하 신문(いろは新聞)』에 연재된 오카모토 기센의 「도리타 이치로 장마 일기(鳥田一郎梅雨日記)」의 순이다. 이들 범죄 연재물들은 연재 후 각각 단행본으로 출판될 정도로 구로이와 루이코(黒岩涙香, 1862~1920년)가 출현할 때까지 많은 통속 소설 작가들에 의해서 다양한 이야기들이 쓰여졌다.

외국작품의 번역

이러한 전통적인 작품들 이외에도 외래 작품들이 있었다. 1874년에 『아사노 신문(朝野新聞)』을 발행한 나루시마 류호쿠(成島柳北, 1837~1884년)는 이 신문에 「여배우 마리 피에르의 심판(女優馬利比越児の審判)」(1880

『근세 미국 기담』 표지(1881년)

년)이라는 살인미수사건을 발표했는데 한문조(漢文調)의 명문으로 많이 읽혔다. 그리고 불량소년이 자살하기까지의 과정을 엮어낸 슌료 조시(春陵情史)가 번역한 『근세 미국 기담(近世米国奇談)』(1881년)도 있다. 『러시아 허무당 사정(露國虛無党事情)』(1882년), 『허무당 퇴치 기담(虛無党退治奇談)』(1882년), 『허무당 실전기 귀추추(虛無党実伝記 鬼啾啾)』(1885년) 등, 러시아 허무당 스파이들의 음모나 위계(危計)로 야기된 괴사건도 흥미의 대상이었다. 구로이와 루이코가 번역한 『외팔미인(片手美人)』(1890년)은 이중에서도 특히나 재미있는 것이다.

유명한 작품으로는 1877년 『가게쓰 신지(花月新誌)』에 연재된 「욘겔의 기옥(楊牙児ノ奇獄)」이 있다. 네덜란드의 추리소설집에서 간다 다카히라(神田孝平, 1830~1898년)가 번역한 것을 나루시마 류호쿠가 첨삭하여 발표하였고 1886년에는 단행본으로도 출판하였다. (상세한 내용은 졸저 『메이지의 탐정소설(明治の探偵小説)』[1986년] 참조)

그밖에 재판판례집도 있다. 다지마 쇼지(田島象二, 1852~1909년)가 편찬한 중국의 판례들을 모아놓은 『재판기사(裁判紀事)』(1875년), 다카하시 겐조(高橋健三, 1855~1898년)가 번역한 『정공증거 오판록(情供証拠誤判録)』(1876년), 지하라 이노키치(千原伊之吉)가 미국의 탐정실화집을 번역한 『적음발미 기옥(摘陰発微 奇獄)』(1888년) 등이 있다. 특히 뒤의 두 작품은 실제로 재판에 임하는 사람들에게 참고가 되도록 기술한 것으로 『정공증거 오판록』에는 「추측증거론(推測証拠論)」 외에 27건의 판례가 수록되어 있지만, 당시의 청년들 중에는 이 책을 본래의 법률서로써 읽은 것이 아니

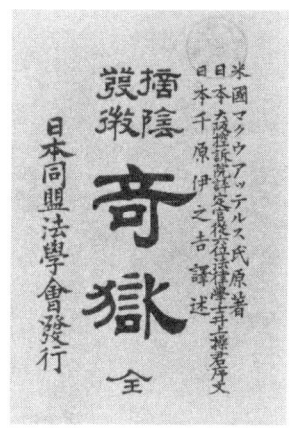 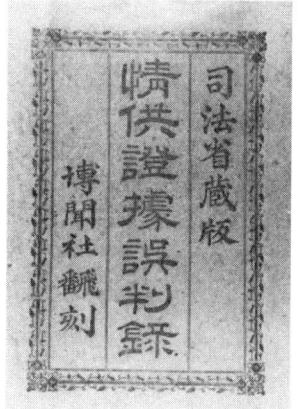

『기옥』 속표지(1888년) 　『정공증거 오판록』 표지(1881년)

라, 탐정실화 기록집으로 흥미본위로 읽은 이들이 많았다하고 하니 이 또한 탐정취미의 읽을거리였다. 1880~90년대에 나온 창작탐정소설의 대부분이 이 책에서 소재를 가져와 집필되었다.

산유테이 엔초의 업적

산유테이 엔초(三遊亭円朝, 1839~1900년)는 에도 말기와 메이지 초기의 라쿠고[5]가(落語家), 야담가 중 제일인자였다. 그가 구연한 것은 속기본(速記本)으로 간행되어 나왔다. 그는 메이지 시대 언문일치에 많은 기여를 했으나 미스터리 쪽에서도 그의 이름을 빼놓을 수가 없다. 외국 이야기에서 소재를 가져온 『영국 효자지전(英国孝子之伝)』(1885년), 『서구소설 황장미(欧州小説 黃薔薇)』(1887년), 『마쓰의 지조 미인 생매장(松乃操美人䏤生埋)』(1887년), 『명인 조지(名人長二)』(1895년) 등은 탐정소설인데, 당시

---
5) 에도 시대 때 성립하여 현재까지 전해져오는 일본의 전통적인 만담.

산유테이 엔초

쇠퇴한 게사쿠(戱作)6)를 대신해서 속기본으로 출판되어 크게 유행한 것을 보면 이후의 루이코에게도 상당한 영향을 끼쳤을 것이라 생각된다.

야나기다 이즈미(柳田泉, 1894~1969년)의 『메이지 초기 번역문학 연구(明治初期翻訳文学の研究)』에 의하면 1886년에 접어들면서 번역문학이 급증하였고 이듬해 1887년에는 전성기를 맞이했다고 한다. 이러한 번역문학의 융성에는 서구주의의 영향도 있었겠지만, 소설개량의 참고서를 집필하겠다는 포부를 갖고 시도된 것도 많았다고 한다. 1887년에 간행된 주요 탐정소설을 이 책의 연표에서 추려보면 다음과 같다.

▶「르 모르그의 살인(ルーモルグの人殺し)」(아에바 고손[饗庭篁村, 1855~1922년], 필명:다케노야[竹の舎] 의역, 『요미우리 신문(読売新聞)』). 원작 에드가 앨런 포(Edgar Allan Poe, 1809~1849년) 「모르그가의 살인사건」

▶「서양괴담 검은 고양이(西洋怪談 黒猫)」(아에바 고손, 『요미우리 신문』). 원작 에드가 앨런 포 「검은 고양이」

▶『정치소설 아내의 탄식(政治小説 妻の嘆)』전1(이노우에 쓰토무[井上勤, 1850~1928년], 우사기야 마코토[兎屋誠]). 원작 윌키 콜린스(William Wilkie Collins, 1824~1889년) 「남편과 아내」 전반

▶「위조화폐 사용(贋貨つかひ)」(쓰보우치 쇼요[坪内逍遥, 1859~1935년] 필명: 하루노야 오보로[春のや朧]), 『요미우리 신문』). 안나 캐서린 그린(Anna Kathrine

---

6) 에도 시대의 통속 오락소설.

Green, 1846~1935년)「X·Y·Z」발췌 역

▶『선혈일본도(鮮血日本刀)』2(혼다 마고지로[本多孫四郎], 긴코도[金港堂]). 원작 노님 포세트「크리스마스 전야의 범죄」

▶『서양복수기담(西洋復讐奇譚)』2(세키 나오히코[関直彦, 1857~1934년], 긴코도). 원작 알렉상드르 뒤마(Alexandre Dumas, 1802~1870년)「몽테크리스토」초역

▶「맹목사자(盲目使者)」(모리타 시켄[森田思軒, 1861~1897년] 필명:요카쿠 산인[羊角山人]),『호치 신문(報知新聞)』. 원작 쥘 베른(Jules Verne, 1828~1905년)「미쉘 스트로고프」

▶『서구소설 황장미』1 (산유테이 엔초, 긴센도[金泉堂]) 재래식 장정으로 된 2권짜리도 있음. 원작미상

▶『서구소설 진귀사건모음(欧州小説 珍事のはきよせ)』1 (지쿠켄 거사[竹軒居士], 교류도[共隆堂]) 원작미상

이외에도 1878년 11월 에이센도(栄泉堂)에서 간행한 류카테이 미도리(柳下亭美登利)의『법리소설 백난금(法理小説 百難錦)』은 '법리소설'이라고 명명하여 외국의 복수담, 인명과 지명은 가타카나로 표기하고 있다. 그리고 1879년 1월 슌요도(春陽堂)에서 간행한『재판소설 추모탄(裁判小説 秋暮嘆)』은 재산횡령 사건을 다루고 있는데 '후쿠오카 현(福岡県) 무사 오카노 세키(岡野碩) 저'로서 루이코의

『백난금』표지(1887년)

초기소설처럼 '재판소설'이라고 제목 귀퉁이에 쓰여 있다. 지명 인명은 일본화되어 있어 루이코의 번안물보다 앞선 것으로 보인다.

제2장 구로이와 루이코의 활약

1. 구로이와 루이코

번안 소설가의 길

구로이와 루이코(본명 슈로쿠[周六])는 1862년 9월 28일 고치 현(高知県) 아키 군(安芸郡) 가와키타무라(川北村) 오오지마에지마(大字前島) 섬에서 서당을 열었던 시골무사 이치로(市郎)의 차남으로 태어났다. 루이코는 숙부인 나오카타(直方)에게 아이가 없어 한때 그의 양자가 되기도 했다. 구로이와 일족은 전국시대 때 조소가베 모토치카(長宗我部元親, 1539~1599년)한테 패한 아키의 성주 아키 구니토라(安芸国虎, 1530~1569년)의 뒤를 따라 할복자살한 가로(家老)[1] 구로이와 에치젠노카미(黒岩越前守)의 직계 자손이다. 양부 나오가타는 젊어서 도사 번(土佐藩)[2]을 뛰쳐나온 뒤 근왕의 지사로 활약하면서 산조 사네토미(三条実美, 1837~1891년)의 호위무사로 이름을 날렸다. 이러한 환경 탓인지 루이코는 고집스러우나[3], 근

---
1) 에도 시대 때 다이묘(大名)의 으뜸 가신으로 정무를 총괄하던 직책. 또는 그 사람.
2) 일본 에도 시대 때 도사(현재 시코쿠[四国] 남부 고치현[高知県]) 일대를 지배했던 번.

대국가에 대한 충성심이 두터워 소지한 도장에 '아병애국(我病愛國)'이라 새길 정도였다.

1878년 루이코는 오사카(大阪) 고등재판소 재판관이 된 나오가타를 의지해서 오사카로 나와 오사카 영어학교에 입학했다. 이듬해에는 상경해서 게이오 의숙(慶応義塾)에 적을 두었으나 대부분 독학으로 공부하였고 자유민권운동4)에 참여하여 구로이와 다이(黒岩大)라는 이름으로 왕성한 연설활동을 펼쳤다.

구로이와 루이코

『도쿄 여론신지(東京輿論新誌)』의 편집원 시절, 홋카이도 개척사(北海道開拓使)5) 폐지에 즈음한 1882년 1월 28일, 개인적인 이유로 불필요한 관직을 만들어서는 안 된다고 홋카이도 개척사의 장관 구로타 기요다카(黒田清隆, 1840~1900년)를 공격한 글을 여기에 발표했다가 관리모욕죄로 기소되어 16일간 투옥당하는 쓰라린 경험을 했다. 같은 해 11월 『동맹개진신문(同盟改進新聞)』의 주필을 거쳐, 1885년 『일본 다이무스(日本たいむす)』의 주필이 되었지만, 장기 발행정지처분을 당하고 폐간하기에 이르렀다. 그러면서 불공평한 재판과정을 경험하게 되었고 1886년 『에이리 자유신문(絵入自由新聞)』의 주필이 되었다.

논설기자였지만 당시 신문소설이라는 것이 소위 게사쿠인지라 재미

---

3) 일반적으로 고치 현 사람들의 기질이 고집스럽다고 일컬어진다.
4) 일본에서 1870년대 후반부터 1880년대에 걸쳐 메이지 정부의 절대주의적 천황제국가에 맞서 민주주의적인 입헌제국가로의 개혁을 요구한 국민적인 정치운동.
5) 메이지 초기에 홋카이도와 그 부속 도서의 행정, 개척을 관장하였던 관청.

도 없고 우습지도 않았기에 써볼 생각이 들었다고 한다. 루이코는 '독자들이 가나가키 로분 식의 소설에 점점 싫증을 내고 있는 것을 보고, 이런 연재물이 서양에도 있다는 것을 알릴 작정으로 번역했을 뿐'이라고 말하고 있다. 1887년 전후는 서구화 열풍이 뜨거웠던 시기로 뭐든지 서양식으로 개량하던 때였다. 의복개량, 연극개량, 풍속개량, 신문개량, 무슨 무슨 개량이라는 식으로 소설도 개량을 부르짖었다. 쓰보우치 쇼요의 『소설신수(小説神髄)』가 1885년부터 출판되었고, 후타바테이 시메이(二葉亭四迷, 1864~1909년)의 『소설총론(小説総論)』이 1886년에 쓰였으며 그 문학론을 실천한 『부운(浮雲)』이 1887년부터 간행되었던 시대였다.

루이코가 처음으로 번안한 작품은 1888년 1월 『곤니치 신문(こんにち新聞)』에 연재한 「법정의 미인(法廷の美人)」이다. 이 작품은 영국 소설가 휴 콘웨이(Hugh Conway, 1847~1885년)의 『어두운 나날』을 번역한 것이다. 하지만 신문 연재에 앞서 이 작품을 구술한 것이 있었는데, 그것이 바로 『곤니치 신문』에 연재한 「족도리풀(二葉草)」이다. 영국의 의옥(疑獄)사건을 다룬 소설로 지인인 사이카엔 류코(彩霞園柳香, 1857~1902년)에게 구수(口授)하여 발표시켰으나 실패하였다. 루이코는 그때의 일을 회상하며 이렇게 말하고 있다.

> 저는 원래 스스로 연재물을 쓸 생각이 없었습니다. 단지 제 숙부가 재판관이라서 전 어릴 적부터 재판에 관한 것들을 다양하게 보고 듣고, 『오판례』등도 자주 읽어서, 악인인줄 알았던 자가 나중에 선인이었다는 사실이 밝혀지거나, 선인인줄 알았던 자가 실은 대악인일 수 있다는 사실을 알고서는 이쪽 방면에 매우 흥미를 느끼게 되었습니다. 세상 사람들이 잘못된 판단을 내리지 않도록 하는 일이 실제로 필요하다고 생각하고 있었습니다. 특히 최근에는 신문발행 정지처분이 빈번히 내

려져 불공평한 재판이 많은 만큼, 이를 한번 빗대어 재판이라는 것이 사회의 중대사임을 알리고 싶었습니다. 그래서 본인이 『에이리 신문』에 있었을 때 줄거리를 말해주고 그때의 게사쿠 작가 즉, 소설가한테 쓰게 하였습니다. 그러나 당시의 게사쿠 작가는 이런 이야기를 쓸 때, 언제나 편년체로 써서 인물의 출생에서 시작하여 사실을 순서대로 기술하기 때문에, 처음부터 악인인지 선인인지 도둑인지가 밝혀져 독자들을 뒷이야기로 끌어당기는 힘이 없습니다. 즉, 재미있게 뒤엉킨 사건을 맨 앞에 쓰고, 엉킨 실타래의 실마리를 찾아가는 것처럼 사건의 근원을 거슬러 올라가듯이 쓸 줄 몰랐던 것입니다. 결국 그 소설은 독자들에게 비난을 많이 받아 중지할 수밖에 없었고, 그럼 저더러 직접 써보라고 해서, 그렇다면 어디 한번 써보자 싶어, 쓰기 시작하게 된 겁니다. 저는 편년체를 완전히 바꿔서 우선 독자들을 오리무중 속으로 내던지는 식으로 썼는데 이게 의외로 적중했던 것입니다. 이것이 저의 번안소설 처녀작으로 제목은 「법정의 미인」, 그전에 중단했던 것은 「족도리풀」이라고 합니다.「탐정소설의 처녀작(探偵小説の処女作)」

「법정의 미인」으로 성공을 거둔 루이코는 번안탐정소설을 계속해서 쓰기 시작했다. 이야기의 배후를 숨기고 기술한다는 수법을 생각해 낸 데에서 발군의 아이디어맨으로서의 모습을 보여주고 있다. 논설기자로서의 활약은 물론이고 나중에 『요로즈초호(萬朝報)』에서도 그림으로 보여주는 씨름 기사나 '오목두기'를 '연주(聯珠)'로, 속요인 '도도이쓰'[6]를 '속요정조(俚謠正調)'로 개칭

『속요정조』 제1집 표지(1905년)

---

6) 구어조(口語調)로 된 속곡의 한 가지. 가사는 7,7,7,5의 4구로 되었으며, 내용은 주로

하고, 히라가나의 백인일수(百人一首)⁷⁾를 만들어 장려하는 등, 번안 소설과 함께 새로운 기획을 연달아 발표하여 독자들의 기대에 부응했다.

루이코 소설의 전개

1889년 루이코는 소설의 인기에 힘입어 『미야코 신문(都新聞)』에 스카우트되면서 연재 중이었던 「미인의 감옥(美人の獄)」을 마루테이 소진(丸亭素人, 1864~1913년)에게 넘긴다. 미야코 신문사에 입사한 후 「죽은 미인(死美人)」 등 번안탐정소설 히트작을 연속해서 발표해 독자를 급증시켰으나 이 신문사가 구스모토 마사타카(楠本正隆, 1838~1902년)에게 매수되자, 1892년 조호사(朝報社)를 세워 『요로즈초호』를 창간하고 정력적으로 번안소설을 게재했다.

『요로즈초호』는 편집규약으로 「간단」, 「명료」, 「통쾌」라는 세 항목을 편집인 유의사항으로 삼았는데 이는 번안소설을 의도해서이기도 했다. 원래 열중하는 타입이었던 그는 만권의 책을 독파하고 그 알짜만 골라내서 독특한 흡인력과 리듬을 갖춘 루이코 조(涙香調)로 전해주는 그의 번안소설은 다른 작가의 추종을 불허하였고 오랫동안 '루이코 시대'를 확립시켰다. 1893년 겐유샤(硯友社)⁸⁾의 작가들이 〈탐정소설〉총서 26권을 슌요도(春陽堂)에서 발간하면서 그에게 대항하려했으나 루이코의 인기에는 미치지 못했다. 루이코의 번안소설은 다이쇼(大正) 말기

남녀간의 애정에 관한 것임.
7) 백 사람의 와카(和歌)를 한 수씩 골라 모은 것.
8) 1885년 오자키 고요(尾崎紅葉), 야마다 비묘(山田美妙), 이시바시 시안(石橋思案) 등이 발족한 문단의 일파. 가와카미 비잔(川上眉山), 이와야 사자나미(巌谷小波) 등도 참가, 당시 문단에 큰 영향을 끼쳤다. 1903년 오자키 고요의 사망으로 해체되었다.

대중문학 발흥기의 작가들에게 파일럿 역할을 하게 된다.

그의 소설은 창작 작품인 「무참(無慘)」을 포함해 장편·단편을 합쳐 백여 편에 이른다. 탐정소설을 번역한 것은 1888년부터 1893년까지인데, 그 이후의 탐정소설은 서너 편뿐이고, 인정기담(人情奇談), 탐험소설, SF 등 이색작들을 발표했다.

그가 번안한 주요작품들을 작가 별로 열거하면 다음과 같다.

『무참』 표지(1889년)

▶ **에밀 가보리오**(Émile Gaboriau, 1832~1873년)(프랑스)
「사람인가 귀신인가(人耶鬼耶)」(르루주 사건)
「유죄무죄(有罪無罪)」(목의 끈)
「대도적(大盜賊)」(서류113호)
「타인의 돈(他人の錢)」(타인의 돈)
「신사의 행방(紳士の行ゑ)」(실종)
「피의 문자(血の文字)」(바스티뇰의 소인)

▶ **포르튀네 뒤 보아고베**(Fortune du Boisgobey, 1824~1891년)(프랑스)
「집념(執念)」(수도대사)
「철가면(鐵仮面)」(상마르 씨의 두 마리 티티새)
「죽은 미인」(르콕 씨의 만년)
「외팔미인」(원작이 「잘려진 손」인지 「차가운 손」인지 불분명)
「해저의 중죄(海底の重罪)」(잠수부)

「누구(何者)」(두동간이 난 쟝)

「반지(指環)」(묘안석)

「미소년(美少年)」(제노비는 어디로)

「결투의 끝(決鬪の果)」(결투의 끝)

「극장의 범죄(劇場の犯罪)」(오페라의 범죄)

「탑 위의 범죄(塔上の犯罪)」(프랑스 원작은 불분명. 영어 번역명은 「종탑의 천사」)

「여야차(如夜叉)」(프랑스 원작은 불분명. 영어 번역명은 「조각사의 딸」)

「다마테바코(玉手箱)」(영어 번역명은 「닫힌 문」)

「거괴래(巨魁来)」(영어 번역명은 「다리의 유령」)

「악당신사(悪党紳士)」(영어 번역명은 「봉해진 입술」)

「활지옥(活地獄)」(영어 번역명은 「거금의 다툼」)

보아고베

▶ **A.K.그린**(미국)

「암흑(真ッ暗)」(레븐워스 사건)

「나도 모르게(我不知)」(원작명 미상)

▶ **마리 코렐리**(Marie Corelli, 1855~1924년)(영국)

「백발귀(白髮鬼)」(벤데타)

▶ **A.M.윌리암슨**(Alice Muriel Williamson, 1869~1933년)(영국)

「유령탑(幽霊塔)」(회색 여자)

소설에 대한 포부

루이코는 소년시절의 꿈이었던 정치에는 직접 관여하지 않았지만, 그 대신 신문을 활용하여 경세가가 된 만큼 번안소설에도 경세제민의 큰 뜻을 담고 있었다. 그의 탐정소설에서는 재판의 시정을 호소하고, 『소설신수』이래의 문예 사상이었던 권선징악 경시나 현실의 추한 면을 노골적으로 묘사하는 자연주의에 반대하고, 예술미 외에도 윤리미가 있다는 것을 호소하고 있다. 루이

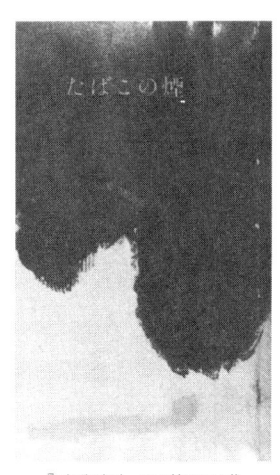

『담배연기』 표지(1955년)

코는 자신의 소설이 대중들의 교훈에 이바지함을 강조하고 있다. 덧붙여 말하면 신문기자로서 루이코를 만난 적이 있고 작가로서 오랜 경험을 쌓은 노무라 고도(野村胡堂, 1882~1963년)는, '60년, 70년 전의 치졸한 순문학은 망해버려도 구로이와 루이코(黒岩涙香, 1862~1920년)의 번안소설은 의외로 긴 생명을 갖고 후세에게 읽혀질 것이다.'(『담배연기(たばこの煙)』)라고 회상하고 있다.

2. 「외팔미인」

메이지 시대 때 허무당과 관련된 작품이 일본에 이식되어 많이 읽혀졌다는 것을 앞서 언급하였고 그 중의 걸작으로 「외팔미인」을 예로 들었다. 「외팔미인」은 처음에는 「미인의 손(美人の手)」이라는 제목으로 『에이리 자

『외팔미인』 표지(1889년)

〈씨사이드 라이브러리〉 표지

『유신문』에 1889년 5월 17일부터 7월 22일까지 연재되었고, 다음 해 2월 오카와야(大川屋)에서 간행할 때 『외팔미인』으로 제목을 바꾸었다. 원작자는 루이코가 가장 좋아했던 프랑스 신문소설가 보아고베이고 〈씨사이드 라이브러리(Seaside Library)〉의 영어 번역명은 「의수」였다고 한다.

당시 미국은 남북전쟁 후 다임 노벨(dime novel, 십전소설)이 범람하던 시기로 일본에도 그 염가판 총서인 〈씨사이드 라이브러리〉가 많이 들어왔다. 루이코는 이런 책들을 애착을 갖고 읽었다. 나중에 언급할 난요 가이시(南陽外史, 1869~1958년)나 마루테이 소진도 〈씨사이드 라이브러리〉에서 번안소설의 원전을 많이 골랐다. 〈씨사이드 라이브러리〉의 표지는 비밀을 싼 가방처럼 꾸며져 있는데 1933년경 슌요도 발간의 문고본(루이코 전집)의 표지는 그것을 모방한 것으로 그 해설문에 '본 전집의 장정은 과거 루이코 씨의 애독서 씨사이드 라이브러리의 표지를 기무라 쇼하치(木村莊八, 1893~1958년) 화백이 번안한 것'이라 쓰여 있다.

기무라 기(木村毅, 1894~1979년)에 의하면, 이 작품은 눈에 띄는 사건이라면 무엇이든 바로 창작으로 소화시켜내는 데에는 비범한 수완을 갖고 있던 보아고베가 당시 러시아나 폴란드 혁명가, 허무당원이 대거 파리에 망명해 있던 것을 근거로 해서 썼다고 한다.

필자가 루이코를 읽기 시작했던 시절의 추억이 하나 있다. 구제 중학교 졸업 후 재수생 시절, 공부가 지루해서 엽서로 슌요도에 책을 몇 권 주문했는데, 전시중이라 절판된 책이 많아 입수할 수 있었던 것이

이 문고본 『외팔미인』 한 권뿐이었다. 그런데, 이 문고에는 우메노야 가오루(梅廼家かほる)의 서문이 실려 있었다. 그것을 암송할 수 있을 정도로 몇 번이고 읽었던 기억이 난다.

『외팔미인』 표지(1933년)

대부분의 미인이 박명하다는 속담이 있지만 진정으로 슬퍼해야 할 사람은 이 외팔미인. 루이코 소사(小史)[9] 구로이와 군, 일찍이 서구의 책을 번역하여 때때로 신문에 싣기를 이제는 거의 수십 종에 달하며 그것도 실을 때마다 어느 것 하나 버릴 것이 없어 편집국에 도착하기를 기다리면 반드시 인쇄에 부쳐져 책 한 권이 되니, 이 무슨 까닭에서인가. 다름 아닌 선생의 필력이 당대 기질에 들어맞고 인정풍속을 그려내는 재주가 풍부하기 때문. 내가 루이코 소사를 안다 하지만 직접 만나보면 평범한 사람 같아서, 평소 책상주변에 모여 담화하기를 즐기지 않고, 오로지 글에만 마음을 두며, 많은 사람과 만나는 일을 즐기지 않고, 기상이 매우 활발하면서도 남을 굳이 멸시하지 않으며, 그 성품이 온화하여 만날 때마다 변치 않는다. 하지만 글을 써서 기초를 잡을 때에는 남이 열흘에 할 일을 하루에 해내는 재주가 있으니, 실로 진기 중에 진기요, 기묘 중에 기묘한 사람이라. 나이는 아직 서른을 못 벗어났지만 붓을 들면 비범하다고 할 수 밖에 없다. 혹자는 루이코 소사를 가리켜 글 속에서 태어났다 해도 가할 것이라 하거늘, 실로 그러하다. 내가 감동하여 말하기를 젊은 나이에 그런 글재주를 가진 사람이 선생 이외에 또 누가 있을지 모르겠다. 아아- 재주 있고 없음은 천부의 것이라고

---

9) 작가 등이 아호(雅號)나 이름 밑에 붙이는 말.

내 탄식해 마지 않는구나. 마침 슈에이도(聚榮堂) 주인[10]이 느닷없이 큰소리로 "서문은 아직이냐?"고 물으니 내 대답하기를 "미인박명인데 이 외팔미인도 그중의 하나요." 독자들이여 본문을 한번 읽어보시고 그 형상을 알아보시라.

「외팔미인」

'프랑스 수도 파리에서 도리세 은행이라면 모르는 사람이 없을 만큼 유명한 사립은행이다. 행장 도리세 에이이치는 평소 바쁜 몸이기는 하나, 매주 수요일 밤에는 반드시 마음에 맞는 사람들을 불러 모아 작은 연회를 열고, 그 자리에 사랑하는 딸 하나코 양을 참석시켜 남들이 자기 딸 칭찬하는 것 듣기를 더 없는 즐거움으로 삼았다'라는 서두로 작품은 시작한다.

그날은 11월 둘째 주 수요일, 바로 그 연회가 열리는 날의 저녁이었다. 도리세 은행 회계장 이쿠노 주지와 행장의 조카 사나다 게이타로는 세상사라면 무엇을 보아도 재미있어 할 스물 네 다섯 살의 젊은이들이었다. 두 사람이 은행 옆에 있는 행장의 집으로 들어서려 할 때 아무도 없어야 할 은행 이층의 금고실에서 희미한 등불이 비치고 있었다. 이상하게 여기면서 이층으로 올라가는 입구 문을 열자, 안에서 수상한 자 두 명이 딱 달라붙어 있다가 쏜살같이 뛰어나왔다. 금고문을 열려고 했는지 놀랍게도 거기에는 포적기(금고를 열려하면 튀어나오는 못 뽑는 기계 같은 장치)에 끼인 왼쪽 손목이 달려 있었다. 이처럼 꽤 인상적인 첫머리로 이 이야기는 시작된다.

그것은 젊은 여성의 손목이었고 다이아가 박힌 금팔찌를 끼고 있었

---

10) 『외팔미인』 출판사 사장.

다. 호기심 많은 사나다는 이 일은 회계장인 이쿠노의 큰 과실이 될 수도 있다며, 행장이나 경찰에는 알리지 않고 조용히 수사하기로 결심한다.

다음날, 행장은 외동딸 하나코에게 '십만 엔이나 저금한 러시아인 호리베 대위가 만날 적마다 네 얘기를 묻는데 사람도 괜찮고 대단한 집안이니 남편 감으로 어떠냐'고 묻는다. 하나코는 러시아인이라서 싫다고 대답했지만, 실

『에이리 자유신문』 연재중의 삽화

은 서기인 가레노 미치요시를 좋아하고 있기 때문이었다. 가레노의 선친은 전 러시아 주재공사까지 역임한 귀족이라 은행 일은 어울리지 않겠다고 생각한 행장은, 그에게 '하나코한테도 알아듣게 말을 했다만, 자네도 하나코를 단념해주게. 이 은행에 계속 있기 괴로울 테니 이삼년 정도 이집트 지점으로 가 주겠나'고 말했다. 행장의 이야기를 듣고 하나코에게 버림받았다고 비관한 가레노는 그날 밤 행선지도 밝히지 않은 채 어디론가 떠나버렸다.

그날 사나다는 금고실에 있는 이쿠노에게 '손목이 썩어도 곤란하고, 어쩌다가 경찰 눈에 띌지도 몰라 퇴근길에 개울에 버렸는데, 그걸 어부의 애들이 낚아 올려 경찰에 신고해서 지금 모르그(시체 안치소)에 진열되어 있다'고 신문을 보여주며 말했다. 그리고 그날 아침 알게 된 일인데 이번에는 금고문이 열린 채 오천 엔이 분실되었고, 호리베 대위가 맡겨놓은 작은 쇠상자도 없어졌다. 대위는 러시아 정부의 명령으로 허무당의 동정을 살피러 파리에 와 있었는데, 그 쇠상자 속에는 이와 관련된 중요한 서류들이 들어 있어서 경찰에도 알리지 말고 비밀로 해달라고

행장에게 당부하고, 가레노의 행방이 수상하다며 그를 찾아보겠다며 은행을 나섰다. 그러자 견습행원인 나가마쓰가 호리베 대위를 문까지 미행했다.

사나다는 팔찌를 이용해서 외팔미인을 찾아보려고 사람들이 많이 모이는 연못 스케이트장으로 갔다. 그러자 예전에 클럽에서 만난 적이 있는 우라카와 의학사, 즉 구레나룻이 텁수룩한 40대 남자가 다가와서 오우메라는 미인을 가리켰다. 그 미인이 사나다에게 추파를 던지면서 호의를 보였고 사나다는 그녀를 집까지 바래다 주었다. 둘이 함께 걸으면서 그 미인은 사나다가 갖고 있는 팔찌를 자기한테 줄 수 없냐고 물었다. 마침 그때 세 명의 악한이 사나다의 뒤를 쫓아왔지만, 마침 그곳을 지나가고 있던 나가마쓰가 근처에 있는 마차에 태워 그를 구해 주었다.

한편, 가레노는 신문에서 미국으로 일하러 갈 사람을 알선해 준다는 광고를 보고 어느 사무실로 찾아간다. 그러나 이는 호리베 대위의 계략으로 결국 가레노는 대위의 집 이층 방으로 끌려가 감금당하게 된다. 대위한테서 쇠상자와 그가 소지하고 있던 오천 엔짜리 수표의 출처를 심문당했지만, 쇠상자에 대해서는 아무것도 모른다, 오천 엔은 어제 선친한테서 빌렸던 돈이라며 누군가가 익명으로 부쳐준 것이라고 대답하기만 했다. 가레노는 그날 3시에 브론 공원에서 하나코를 만나 자신의 무죄를 밝힐 작정으로 그녀에게 미리 편지를 보내 놓았는데 감금당한 상태라 그 약속도 지킬 수 없게 되었다.

나가마쓰는 그의 선친이 마루다 부인을 모셨던 인연으로 은행의 단골고객인 마루다 부인의 소개로 은행에서 근무하게 된 것이었다. 사나다는 전날 밤 나가마쓰가 자신을 구해 준 인연도 있으니 누군가 그 유명한 마루다 부인을 소개시켜 줬으면 좋겠다고 혼자 생각하면서 식당에서 신문을 읽고 있었다. 신문에는 누군가가 모르그에 진열된 여자 손목을 훔쳐갔다는 기사가 실려 있었다. 그때 우라가와 의학사가 식당에 들어왔다. 사나다는 우라가와에게 마루다 부인을 소개시켜 달라고 부탁하고 그와 함께 부인의 집으로 갔다. 우라가와 의학사는 류마티스 치료를 해 주기 위해 부인 댁을 출입했었다. 마루다 부인은 예능이라면 무엇 하나 못하는 것이 없고, 여장부라 불릴 만큼 검술에도 능했다. 사나다는 부인의 집에 도착하고 바로 부인을 상대로 검술연습을 하게 되었다. 그때 부인의 검이 사나다의 소맷자락을 베는 바람에 부인의 칼끝에 그 팔찌가 걸려 나와 부인이 이를 쥐게 되었다. 부인은 팔찌를 사나다에게 되돌려 주면서 '그 대신 매일 놀러 와야 해요'라고 말한다.

부인도 나가마쓰를 통해서 가레노와 하나코의 이야기를 익히 알고 있었고 그 둘을 부부로 엮어줄 생각을 하고 있어서, 사나다가 '가레노는 행장이나 친구인 이쿠노, 그리고 나에게 행방도 알리지 않고 사라졌고, 어딘지 모르게 어두운 구석이 있으니 하나코의 남편감으로는 부적당하다'고 말하자, 부인은 무언가에 놀란 듯한 얼굴을 하였다. 부인의 집을 나온 사나다는 브론 공원으로 하나코를 미행했지만, 가레노는 보이지 않았다. 그리고 사나다는 하나코에게 가레노를 단념하라고 타이른다. 그날 밤, 사나다가 극장에 가자 안면이 있는 어느 부인이 그 팔찌는 사와세 오우메가 갖고 있던 것이라고 일러 준다. 때마침 오우메도 연극을 보러 와 있었기 때문에 그녀에게 접근한 사나다는 오우메를 근처에 있는 식당으로 데리고 간다. 오우메는 전에 자신이 그 팔찌를 가지고 있었던 것은 사실이지만 필요가 없어져서 팔아버린 것이라고 했다. 마침 그때 오우메의 집주인이자 질투심이 강한 우시다라는 남자가 가까이 다가오자, 오우메는 깜짝 놀라면서 팔찌를 쥔 채 밖으로 뛰어 나갔다.

그 뒤 한 달 동안은 아무 일 없이 지나갔다. 호리베 대위는 가레노를 시베리아로 보낼 결심을 굳히고 있었다. 사나다가 어느 날 몸이 편찮은 마루다 부인을 찾아가자 부인은 사나다에게 가레노가 있는 곳을 알면 데려와 하나코와 결혼시킬 작정인데, 나가마쓰는 가레노를 형님처럼 섬기고, 그가 있을 곳도 알고 있으니 나가마쓰를 데리고 가서 찾아오라고 부탁한다. 나가마쓰가 가레노를 구하러 호리베 대위의 저택 담장에 올라탄 순간, 누군가에게 떠밀려서 떨어지는 바람에 머리를 부딪쳐 기억상실증이 되어버린다. 사나다가 나가마쓰의 기억을 되찾을 수 있도록 도와줘서 비쿠니 가(街)의 이층에 가레노가 있다는 사실을 알아낸다. 부인은 그녀 밑에 있는 오우메를 시켜 호리베 대위를 부인이 '가레노에게 직접 주라고 맡겨놓은 쇠상자를 갖고 있으니 가레노를 데리고 오라'고 속여 가레노를 오우메의 집까지 데려오게 해서 구출해 낸다.

그 후 얼마 지나지 않아 마루다 부인은 사나다와 하나코를 저택으로 불러 사건을 설명한다. 폴란드 독립을 도모하는 의인당의 수령(마루다 부인)과 허무당 수령 우라가와 의학사는 서로 의논하였고, 마루다 부인은 양당 당원들의 명단이 들어 있는 쇠상자(당원 가운데 부정한 자가 뇌물을 받고 호리베 대위에게 팔아넘김)를 훔쳐내려 했으나 실패하고 손목과 팔찌를 남긴 채 돌아왔던 것이다. 팔찌는 빙상 위의 미인(오우메)에게 명령해 되찾아오게 하고, 손목은 우시다를 시켜 모르그에서 훔쳐오게 했다. 이는 당을 위해서 일이 발각되지 않도록 하기 위한 것이었다.

그러나 가레노의 처치에 대해서는 양당의 의견이 대립되었다. 우라가와는 가레노가 의심을 사면 호리베 대위가 자신들을 의심하지 않게 될 것이라 생각한데 반해, 마루다 부인은 자기가 범한 죄 때문에 타인이 괴로움을 당하는 것은 정의에 반한다고 반박하고 가레노를 구해야 한다고 주장했다. 때마침 그곳으로 우라가와가 찾아왔다는 연락에 두 사람은 부인이 시키는 대로 옆방에서 부인과 우라가와의 대화를 엿듣는다. 우라가와는 '당신은 가레노를 구출했으나 이는 허무당과의 약속에 어긋

『에이리 자유신문』 연재 중의 삽화

나는 일이며, 러시아 정부의 의심을 사게 되었다. 따라서 당신을 포함해 의인당 일당을 사형에 처하겠다'고 통보하고 가버린다. 부인이 두 사람에게 다시 '처음에는 우시다와 둘이서 나가마쓰의 협력을 얻어 은행에 들어갔으나 실패하고 우시다에게 자기 손목을 자르게 한 것이다. 다음날 밤에는 우시다가 혼자 갔다. 분실된 오천 엔은 누군가 가레노에게 죄를 덮어씌우려고 한 짓이다.'라고 말한다.

이윽고 세 사람이 함께 은행을 찾아가 행장에게 사건의 경위를 설명하고 거기에 이쿠노가 보낸 편지가 도착한다. '가레노를 망하게 하고 입신출세해 보려는 비열한 생각에 금고에 들어가서 오천 엔을 가레노에게 송금한 것은 바로 나이며, 대단히 죄송하다.'고 하는 내용이었다. 그때 마루다 부인이 돌연 쓰러져 숨을 거둔다. 우라가와가 독을 마시게 했던 것이다. 그리고 가레노와 하나코는 순조롭게 결혼한다.

은행에 물건을 훔치러 들어 왔다가 왼쪽 손목을 잘리게 된 미인을 수사하는 사나다라는 풋내기 탐정이 남겨진 팔찌를 단서로 난관을 헤쳐

가는 내용이 친근함을 느끼게 한다. 또한 어느 극장에서 그 팔찌의 주인이라는 여인을 사냐다가 망원경으로 들여다보고 찾아내는 부분에서는 숨이 막힐 정도다. 그밖에도 재미있는 부분이 많으나, 마루다 부인의 집에서 하나코가 알코올에 담가 보존하고 있던 그 손목을 보고 놀라는 장면이나, 의협심으로 시종일관하는 부인의 기상에 감명을 받게 된다.

본편은 길이도 딱 좋고 두세 번 읽다 보면 그때마다 모차르트의 음악처럼 신선함을 느끼게 된다. 이는 루이코 작품 전반에 걸친 공통된 감상이기도 하다.

3.「죽은 미인」

이 작품은 루이코가 미야코 신문사 시절에 번안한 장편 탐정소설 중 백미라 할 수 있다. 나중에 번안한 『유령탑』과 더불어 루이코 탐정소설의 쌍벽을 이루는 작품이다. 원작은 보아고베의 『르콕 씨의 만년』이다. 1891년 11월 8일부터 이듬해 4월까지 연재되었으며 큰 인기를 얻어 낙양(洛陽)의 지가(紙價)를 크게 올렸다고 한다. 작품 전개에 따라 점점 밝혀지는 의외의 범인에 메이지의 독자들은 경탄을 금지 못했을 것이다. 1892년 4월(전편), 5월(후편), 후소도(扶桑堂)에서 간행된 작품이다.

「죽은 미인」

새벽 3시경 눈발 휘날리는 파리의 거리를 경관 두 명이 추위에도 불구하고 순찰을 돌고 있을 때, 골목에서 갑자기 신사가 나타났다. 그리고 하인 같은 남자가 굵은 지팡이를 짚고 등에는 고리짝을 짊어진 상태

『죽은 미인』 전·후편 표지(1892년)

로 그 뒤를 따라 걸어가는 걸 보고 수상히 여겨 심문하였다. 그러자 앞서가던 신사는 쏜살같이 어디론가 도망쳐버리고 얼마 후 어딘가에서 삐거덕거리며 마차 지나가는 소리가 났다. 하인 같은 남자는 스무 살 정도 돼 보였는데, 아무 말도 하지 않기에 파출소로 연행해 갔다.

두 명의 경관은 고리짝을 열어보고 깜짝 놀란다. 놀랍게도 거기에는 젊은 미인의 시체가 들어있었던 것이다. 통보를 받고 도착한 본서 서장과 의사가 시체를 살펴보니, 미인의 가슴에 스페이드 퀸 카드가 놓여있고 그것을 단도가 관통하고 있었다. 게다가 잡혀온 하인 같은 남자는 벙어리라, 골치 아픈 일이 터졌구나 싶어 서장은 은퇴한 노탐정 레콕을 찾아간다. (레콕은 가보리오 작품의 유명한 명탐정인데 보아고베가 자신의 작품에서 차용하고 있다. 레콕은 영어식 발음이고 불어식 발음은 르콕이지만, 루이코는 모두 영역본을 보고 번역하였다.) 탐정을 의뢰받은 레콕은 외아들 요시이케 루이지로가 결혼할 나이가 되었는데 아버지가 탐정이어서는 아들 입장이 난처하리라 생각해서 은퇴도 한 만큼 이 일을 거절한다. 하지만 벙어리를 풀어준 다음 그 뒤를 쫓아가 보라고 지시해 주고 자기대신 영국인

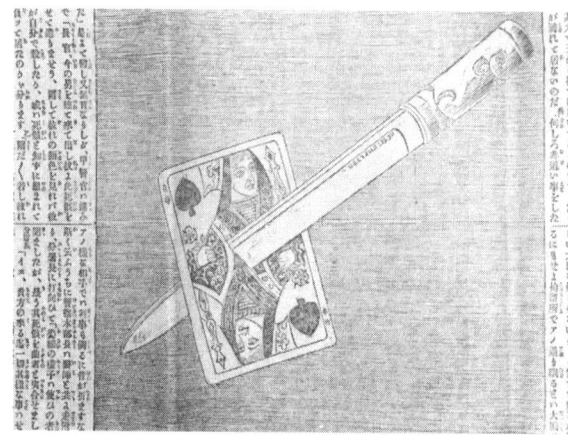
『미야코 신문』 연재중의 삽화

탐정 도바 이쿠스케를 추천해주었다.
　서장은 레콕의 지시대로 벙어리를 풀어주고 부하 중 가장 실력이 있는 아다치 도비조와 해군수병 출신인 히에다 마모루에게 그를 미행시켰다. 둘은 벙어리가 로몬거리에 있는 작은 이층집으로 들어가는 것을 알아냈지만 거기에는 아무도 없었다. 서장은 아다치에게 벙어리를 다시 감옥에 집어넣도록 시키고, 히에다에게 밖에서 망을 보게 하고 혼자 그 집을 탐색하러 들어갔다.
　정원에 쌓인 눈 위에는 발자국이 두 줄 있었다. 하나는 벙어리의 것이었고 다른 하나는 어떤 남자의 발자국이었다. 두 번 집안에 들어갔다가 밖으로 나온 듯, 문으로 들어가 뒷문으로 나간 발자국이 두 줄 남아있었다. 죽은 미인의 거실에는 큰 상자를 세워 놓은 듯한 시계가 있었고 탁자 위에는 카드가 널려져 있었다. 분명히 스페이드 퀸은 없을 것이라고 생각하면서 서장은 그 카드들을 호주머니에 넣었다. 거실 옆에 있는 부엌에는 50세 가량의 남자 시신이 있었다. 남자의 이마에 굵은 지팡이로 때린 듯한 상처가 있었다. 서장은 범인이 미인의 시체를 나른 것은 범죄의 증거를 감추려고 한 짓이니 오늘밤에라도 이 시체를 감추려고 몰래 들어올 것이라 생각한다.

그래서 서장은 시계상자 속에 들어가 숨어서 기다리기로 하고, 히에다와 아다치한테 밖에서 망을 보게 했다. 호주머니에 넣어 둔 카드를 살펴보니 열장 정도가 부족했다. 범인이 증거를 없애려 집어갔을 것이라고 생각한다.

밤 12시가 지날 무렵, 현관문을 조용히 여는 소리가 나자 서장은 즉시 시계상자 속으로 숨는다. 주위를 꺼리면서 '마리코 있느냐? 마리코 있느냐?'하고 부르는 낮은 남자 목소리가 들린다. 촛불이 타들어가면서 나온 연기에 서장은 참지 못하고 그만 재채기를 해버린다. 그러자 침입자는 시계상자로 달려가서 상자 문을 열쇠로 잠가버린 다음 옆으로 쓰러뜨리고 도망쳐 버렸다.

집 밖에서 망을 보고 있던 히에다가 서장을 구해낸 것은 날이 밝을 무렵이었다. 침입자는 경찰감찰 배지를 히에다에게 보여주면서 본서에서 왔노라고 속이고 집안으로 들어갔던 것이다. 부엌에 있던 시체의 신원을 알아보기 위해서 집 근처 분서의 순사장이 왔다. 순사장은 그 시체의 신원은 빵세농 거리에 있는 야나기다 상점의 주인 야나기다 덴조이며 그저께 밤부터 행방불명이라고 했다. 그때 마침 도바 이쿠스케가 마차를 타고 도착한다.

지금으로부터 90년 전 아일랜드 출신의 군인 반 대위라는 사람이 천만 프랑을 은행에 예금한 채 인도에서 사망했는데 상속인이 안 나타나 그 유산은 그대로 놔두면 정부의 것이 되어 버릴 상황이었다. 이 사실을 안 도바 이쿠스케는 혹시 그의 자손이 있어 이를 모른 채 빈곤하게 생활하고 있다면 이는 실로 불행한 일이라며 자비로 반 대위의 상속인을 찾고 있었다. 반 대위의 먼 손자뻘이 영국과 프랑스 양국에 흩어져 살고 있다는 사실을 알아낸 도바는 작년 초 영국에서 프랑스로 건너왔다. 그는 물론 프랑스 경찰로부터 봉급을 받고 있지는 않지만, 범인을 몇 명 잡아낸 덕에 귀빈 대접을 받고 있었고 이번 사건에 관해서 서장에게 수사 의뢰를 받았던 것이다.

순사장은 상인 덴조의 호주머니에서 '야나기다 님께, 오늘밤 10시에 와주세요. 밖에서 문을 열 수 있도록 해놓겠습니다. 마리코'라고 쓰인 편지를 찾아낸다. 도바는 죽은 미인이 범인과 같은 속셈으로 야나기다를 불러낸 후 범인으로 하여금 그를 죽이게 했고, 자기 범죄가 미인에게 밝혀진 범인은 그녀를 살해한 것이라고 추리했다.

서장은 히에다와 아다치를 도바의 부하로 내주었다. 도바는 두 사람에게 중앙공원을 뒤져서 그들이 얼굴을 본 그 침입자를 찾으라고 명령하고 자신은 원래 하던 반 대위 상속사건과 이 일을 함께 진행해갈 작정이었다.

사건이 일어나고 사흘째, 도바는 반 대위와 혈연관계에 있는 혼다 데루코라는 여성의 어머니를 찾아갔다. 그런데 집에서 그를 마중 나온 사람은 요시이케 루이지로였고 안주인이 아프다고 대답했다. 도바는 그 집을 뒤로 하고 마차를 달려 오르리엥 정류장으로 갔다. 그곳의 철도 인부 구라바 구라타로의 딸 오타마를 만나기 위해서였다. 구라바의 죽은 아내는 반 대위의 질녀였다. 도바는 7살인 오타마에게 1프랑을 '착하지'하며 건네주고, 선로를 가로질러가면서 주머니에 돈을 넣다가 금화 두세 개를 선로에 떨어뜨린 채 가 버렸다. 그 금화를 오타마가 주우려 할 때 마침 기차가 달려왔지만 차량 밑에 숨은 덕분에 기적적으로 목숨을 구했다.

다음날, 히에다와 아다치 두 탐정은 도바의 지시로 시체안치소에 숨어있었다. 죽은 미인의 이웃인 석탄소매상 부부가 오면 무슨 얘기라도 엿들을 수 있을 것이라며 이들을 망보게 한 것이다. 마침 석탄소매상 부부가 와서는 다른 구경꾼에게 말을 걸었다. "우리 옆집에 이 미인이 살고 있었지요. 우리는 범인이 누군지도 알아요. 정말로 훌륭한 신사지요. 바로 저기 오는 신사보다 더 멋있었죠. 하긴 저 신사처럼 언제나 목도리로 얼굴을 가리고 다녔지만…"

석탄소매상 부부가 가리킨 신사가 전날 밤 경찰감찰을 갖고 있던 침입자와 닮은 것 같아서 히에다는 아다치에게 그를 미행시켰다. 아다치는 미행하다 그를 놓치고 그 대신 소매치기를 하나 잡아왔다. 소매치기가 그 흰 모피 목도리의 신사로부터 훔쳤다는 지갑을 뒤져보니 그 안에 죽은 미인의 사진과 신사의 명함이 나오는 것이었다. 히에다와 아다치는 범인이 누군지 밝혀졌다고 기뻐 날뛰며 나갔다.

요시이케 루이지로가 약혼녀 혼다 테루코 집에 놀러와 있을 때, 상인으로 변장한 히에다가 그 집에 찾아가 다른 사람들 모르게 루이지로를 경찰본부로 연행해 갔다. 히에다는 루이지로가 경찰 감찰배지를 사용해서 서장을 상자에 가둬놓은 침입자라고 판단하였고 서장은 그를 심문했지만, 루이지로는 죽은 미인의 사진은 본 적이 전혀 없고, 소매치기가 자기 지갑에 넣었다고 밖에 생각할 수 없다는 말만 했다. 자보르 거리에 있는 루이지로 집을 수색한 서장과 히에다는 사진을 넣는 종이봉투에 '루이지로 님'이라 적혀있는 것을 발견하고 그 글씨체가 죽은 미인이 자신의 사진 뒷면에 '저를 잊지 마세요'라고 적은 필적과 같다고 판단한다. 또 방에 스페이드 퀸이 없는 카드가 흩어져 있는 것도 수상히 여긴다. 서장은 루이지로가 테루코와 약혼했기 때문에 자기 얼굴을 아는 아가다 덴조를 죽은 미인을 속여 유인해 오도록 해서 죽인 다음 거추장스럽게 여긴 미인마저 살해한 것이다 추측한다.

감옥으로 찾아간 레콕에게 루이지로가 말하기를, 영국 유학중에 애인과 헤어졌을 때 그녀가 둘의 인연을 맺어준 카드를 늘어놓고 지내 달라고 해서 그렇게 한 것일 뿐이고 스페이드의 퀸은 그녀에게 보냈으며, 자기는 죽은 미인의 집에 몰래 들어간 침입자가 아니니, 벙어리와 대면시켜 달라는 것이었다. 벙어리는 범인에게 이용당한 적이 있으니 그가 루이지로를 모른다고 하면 이는 유력한 증거가 될 것이다. 감옥에서 나온 레콕은 서장과 도바에게 이 둘을 대면시킬 방도를 상의했다. 아침 8시에 도바는 리용 감옥에 있는 벙어리를 마차에 태워 루이지로의 집으로 데려갈 작정이었다. 도바의 마차가 제시간보다 조금 일찍 와 기다리고 있었을 때 다른 마차가 나타나 망을 보고 있던 히에다, 아다치의 눈을 속이고 때마침 끌려나온 벙어리를 태우고는 어디론가 사라져 버렸다. 히에다는 레콕에게서 뇌물을 받았다는 혐의로 감금되었고 레콕은 벙어리를 빼돌렸다는 혐의로 친한 사이였던 서장의 신임을 잃게 되었다.

 그로부터 7일째 아침, 기력이 다 빠진 레콕이 치우레리 공원 벤치에 앉아 있자 히에다가 그의 앞에 나타났다. 히에다는 일주일간 유치된 후 면직당한 것이다. 그는 사흘 만에 석방된 아다치로부터 들은 얘기라고 하면서, 루이지로의 방에서 야나기다 덴조를 죽일 때 쓴 것으로 보이는 피 묻은 지팡이, 그리고 죽은 미인의 방에서는 요시이케 루이지로가 원한이 맺힌 정부 야나기다와 미인을 죽일 수밖에 없었다고 하는 사정이 적힌 편지까지 나왔다고 해도, 진범은 따로 있는 것 같다고 했다. 그렇지 않다면 벙어리를 빼돌린 이유를 알 수 없다는 것이다. 레콕은 히에다를 고용해서 탐정을 계속하기로 결심한다. 본 재판까지 두 달의 여유가 있었다. 그날 밤 이후 레콕은 아무에게도 알리지 않고 어딘가로 사라져 버렸다. 경찰에서는 벙어리를 데리고 외국으로 나가버렸을 것이라 추측했다.

그로부터 3개월이 지났다. 드디어 본 재판이 있는 4월초가 되었다. 방청석은 만원이었고 그 중 파리에서 외유중인 인도의 영주가 눈에 띄는 방청객이었다.

범행 증거는 충분했다. 루이지로는 판사가 죽은 미인, 하시다 마리코, 그리고 그의 정부 야나기다 덴조를 원한에 의해 살해했는지 물어도 입을 열지 않았다. 다만 죄를 지은 기억이 없다고만 답할 뿐이었다. 변호인은 양가의 규수와 결혼 준비에 여념이 없을 시기에 마리코를 살해할 이유가 없으며, 루이지로가 마리코나 야나기다를 알고 있다는 증거가 없다는 점, 벙어리를 데려간 자가 있다는 것은 진범이 따로 있기 때문이라는 점, 벙어리가 순사에게 붙잡혔을 때 그의 앞을 걷고 있던 신사의 발자국과 그 다음날 밤 몰래 들어온 자의 발자국(이것은 루이지로의 발자국과 일치하였음)이 서로 같지 않다는 점, 그 전날 살해했다면 '마리코는 있느냐'고 부를 리가 없다는 점, 도망친 하녀의 행방이 아직도 묘연한 점 등을 고려해 볼 때 억측만으로 피고를 처벌해서는 안 된다고 변론하였다. 마리코를 협박한 편지(증오스러운 그 자를 죽이고서라도 당신과 함께 도망갈 결심이라는 내용의 2월 9일자 편지)에 대해서는 거론하지 않았다.

반대로 검사관은 바로 그 점을 추궁했다. 변호인은 그 편지는 수년전에 쓴 것으로 마리코와 죽은 미인은 다른 사람이다, 편지는 편지일 뿐 범죄는 아니라고 변론하였으나 사람들의 의심을 풀지는 못했다. 드디어 재판관은 사형을 선고했다. 그런데도 루이지로는 무슨 이유에서 인지 상고조차 하지 않았다.

재판소를 나서는 혼다 데루코의 손에 종이쪽지를 급히 쥐어주는 자가 있었다. 데루코는 그게 누군지 알 수 없었다. 쪽지에는 '절대 실망하지 마시오. 내가 반드시 루이지로를 구하겠소. 레콕'이라고 적혀있었다.

이 사건으로 제일 덕을 본 사람은 도바 이쿠스케였다. 이번 사건을 일단 해결했으니 탐정의뢰도 많아졌다. 그는 영국에서 건너온 나는 새도 떨어뜨릴 기세의 하프만 가문의 사교가 아베 부인을 매일 밤 찾아가고 있었다. 부인의 면회날인 목요일에는 인도 바보아 주의 영주 마호라자 전하가 찾아왔다. 영주라는 말에 모두들 거북하게 느껴 자리를 피했지만, 사람을 겁내지 않는 도바 탐정만 남아 그의 상대를 했다. 마호라자 전하는 '이처럼 교제를 청하는 이유는 내게는 자식이 없기 때문에 선조 이래의 재산 수천만 프랑이 프랑스 정부의 것이 되는 게 안타까웠는데, 수십 년 전 부친의 생명을 구해 준 은인이 있어 그 자손을 찾아내어 재산을 이어받게 할 작정이기 때문'이라고 말했다. 그 은인이 반대위라는 말을 듣고 도바는 그 혈육을 찾는 일을 떠맡게 되었다. 다음날 오후 3시경, 인도 영주(실은 레콕)의 숙소 그랜드 호텔에 도바의 소개로 찾아온 호리 아무개라는 탐정에게 레콕은 선금 만 프랑을 주고 탐정을 의뢰한다. 레콕은 호리 아무개라는 자가 실은 도바가 변장한 것임을 알고 있었다. 레콕은 영국에 오래 체류할 수 없으니 가능한 빨리 조사해 주고, 재산을 물려받게 될 사람을 만나 그 기뻐하는 얼굴을 보고 싶다고 부탁하고는, 히에다를 시켜 나가는 호리 아무개를 미행케 했다.

히에다가 오르리엥 선 발착정류장까지 뒤따라 갔을 때, 마침 석탄소매상 주인 부부가 있어 '어머 저 여자는 죽은 미인의 하녀네'라고 말하는 것을 언뜻 듣게 된다. 히에다가 그 소리에 정신 팔린 사이 도바와 그 하녀도 기차에 타버렸다. 히에다는 허둥대며 차표를 사느라 목적지를 제때 말하지 못한 바람에 기차를 놓치고 만다. 히에다는 이 실수를 만회할 생각에 석탄소매상 부부로부터 뭔가를 알아내려고 교묘히 말을 붙여 보니, 미인이 살해당하던 날 아침부터 두 번이나 남자가 찾아온 걸 보았지만 루이지로는 아니었다고 했다.

두 사람과 헤어진 히에다는 구라바 구라타로가 오는 것을 보고 다가 갔다. 레콕은 반 대위사건과 죽은 미인사건이 서로 관계가 있다고 생각 했기에 마리코의 혈통을 조사해 보면 뭔가 실마리가 있으리라는 생각에 그 조사방법을 일러놓았던 것이다. 도바가 구라바를 찾아갔던 것은 사실이었다. 전에 벙어리를 마차에 태워갈 때, 리용 정류장 앞에서 망을 보던 히에다는 예전에 구라바로부터 도바에 관해 질문을 받으며 술을 얻어먹은 일이 있기에 그 일을 구실로 말을 걸었다. 히에다는 구라바로부터 몇 해 전에 죽은 자기 아내의 문갑 서류에서 그녀가 반 대위 여동생의 딸이었음을 알게 되었다는 말을 듣고는 그를 카페로 데려가 그런 서류를 감정하는 법률가 미네이 선생에게 다음 주 목요일에 데려다 주겠다고 약속했다. 그리고 다마코가 학교에서 귀가하는 도중 수상한 남자가 뒤따라 온 적이 있어서 구라바가 이웃 노파에게 아이의 등하교를 부탁하고 있다는 말을 듣자, 히에다는 반 대위에게는 자손이 몇 명 있어 다마코를 죽이고 재산을 독차지하려는 자가 있으니 조심하라고 주의를 주었다.

그로부터 일주일 후, 구라바는 히에다의 권유로 혼다 집을 찾아가 데루코와 다마코가 반 가문의 혈통으로 먼 종자매 관계임을 확인하고 왔지만, 그가 집을 비운 사이에 병원 원장 부인이라는 여자가 다마코를 데리고 가버렸다. 미네이 선생(레콕)이 반 씨 가계도를 살펴보니, 대위에게는 네 명의 딸이 있었고 셋째 데루코, 넷째 다마코, 죽은 미인 마리코는 둘째로 밝혀진 자손 가운데에서 가장 가까운 혈통이었다. 혈통이 가까운 자에게 재산이 넘어가는 것이 원칙인 만큼 이보다 먼 혈통에 있는 자가 의심되며 도바가 그자 배후에 있다고 판단한 것이다.

레콕은 흑인으로 변장한 히에다와 함께 도바와 아베 부인이 기다리고 있을 극장으로 가니, 도바가 다가와 '부인은 일이 있어 일주일 정도 영국에 가시게 되어 내일 아침에 배웅하고 오겠습니다. 호리의 말로는 좀 더 조사할 것이 있어서 일주일 뒤에나 말씀드리겠다더군요'라고 말하고 관람석을 떠났다. 이는 레콕에게 의심받지 않으려고 일부러 집에 없다는 핑계를 전하러 온 것이므로 데루코와 다마코를 죽일 작정이라고 추측했다.

레콕은 그랜드 호텔로 돌아와 히에다에게 도바의 집을 이른 아침부터 지켜보고 미행하도록 지시했다. 한편 생각해 보니, 대위의 혈통이라는 상관없는 야나기다 덴조는 무엇 때문에 살해되었는가. 도바가 한 짓이라고는 생각할 수도 없고, 도바의 행위도 오리무중을 헤매듯 알 수가 없는 것이었다. 히에다의 미행은 실패했다. 도바는 부인과 함께 그 전날 밤 떠나버린 것이었다.

전에 도바는 히에다에게 미행당할 때 오드리엥 철도를 탔고, 어젯밤에도 극장을 나선 것이 11시경으로 막차가 끊겼을 때라 마차를 타고 갔을 터였다. 그것으로 추측하여 도바의 사무실이라 할 만한 은신처를 찾기 위해 두 사람을 오르리엥 철도 연선을 수색해 보기로 했다. 노선생(레콕)은 영국 로손 회사의 주류 판매상으로, 히에다는 방문 행상으로 변장해서 따로 행동하기로 하고, 밤 10시에 그 동네에 있는 절 마당에서 만나기로 했다.

그로부터 사흘째 호시노 호텔에서 레콕은 후텐 노인과 알게 되었는데, 노인은 전에 장사를 같이 한 적이 있어 야나기다 덴조를 잘 알고 있었다. 덴조에게 원한을 품고 있는 사람의 이름도 들은 적이 있으나 루이지로는 아니라고 말했지만, 그 인상이 루이지로와 닮았다는 말에서 레콕의 안색이 변한 걸 눈치 챈 노인은 레콕을 수상히 여기게 된다. 거기에 젊은 떠돌이 이발사가 와서 하는 소리가, 마을 밖 이브 강의 물방앗간은 작년 말 파리의 이상한 신사가 와서 샀는데 그 신사는 오지 않고, 최근에 나타난 영국인 술꾼이 있다기에 레콕은 다음날 그곳을 찾아가 보기로 했다.

그날 밤 10시 레콕은 절 마당에서 히에다와 만났다. 그도 그 물방앗간이 전에 살인사건이 있었던 곳으로 그 근처 둑에서 유령이 나온다는 소문도 있으며, 좀 떨어진 외딴집에 영국인 술꾼이 살고 있다는 이야기, 거기서 약 1킬로미터 정도 떨어진 건너편 산기슭의 집은 작년 말 어느 신사가 사들였고, 신사와 부인이 가끔 파리에서 마차나 기차로 내려와서 묵고 간다는 것을 알아냈다. 다음날 둘이 분담해서 알아보기로 했다. 그때 이 두 사람을 훔쳐보는 자가 있었으니, 그가 곧 후텐 노인이었다.

다음날 아침 레콕이 강둑을 제법 올라갔을 때, 맞은편에서 백발의 장로가 다가오고 있었다. 장로는 강 건너를 향해 손짓했다. 그러자 조금 있다 젊은이가 작은 배를 타고 와 강기슭에 닿았다. 젊은이가 올라오자 두 사람은 손짓발짓하며 열심히 말을 나누더니, 젊은이는 노인을 배에 태우고 강 건너로 가더니 오두막 안으로 들어갔다.

레콕은 물방앗간에 면해 있는 영국인 술꾼의 집을 찾아갔다. 하인의 안내로 방에 들어가 보니 영국인 가나가와 사다스케가 걸상에 기댄 채 독작을 하고 있었다. 그가 '다모토가 이런 곳에 날 처박아 놓았는데, 2주일만 지나면 이 몸에 수백만 엔의 가치가 붙을 거라고 했지, 나도 꽤 귀하신 몸이라고' 하며 혼자 떠들고 있을 때 헌병이 나타나서 레콕을 연행해 갔다. 후텐 노인이 레콕을 수상하다고 신고했기 때문이다.

한편 히에다가 물방앗간에 가보니, 귀신같이 생긴 40대 여자가 얼굴을 내밀었다. 다리가 아파서 그러니 하룻밤만 재워달라고 히에다가 지갑을 내비치며 부탁하자, 주인이 돌아오는 대로 물어보겠다고 했다. 히에다는 포도주를 마시며 버드나무 아래에서 쉬었다. 그러다 이층에서 쌍안경으로 강 건너편에 있는 별장을 살펴보는 자가 보였다. 여자가

『죽은 미인』 후편 삽화

거짓말을 한 것이다. 남자는 오른손에 **빨간** 깃발을 들고 뭔가 신호를 보내고 있었다. 건너편에서 흰색 깃발이 보이다 감춰졌다. 모르는 척 할 심산으로 히에다는 한숨 자기로 했다. 눈을 뜬 것은 해가 서산에 기울 때였다. 남겨둔 술을 마저 마시고 담배 한 대 피우려 나오니, 강 건너 편 둑의 자욱한 안개 속에 잠시 멈칫하는 사람의 모습이 마치 흰 옷을 입은 유령 같았다. 뭔가 남이 봐서는 안 될 비밀스런 활극을 연기하기 위한 것 같았다.

좀 전에 보여 준 지갑 덕분에 히에다는 부엌에서 자도 괜찮다는 승낙을 받았지만, 약이 든 술을 마시게 돼서 몸을 못 움직이게 되었고 땅속 움막에 처박히게 되었다.

눈을 떴을 때 히에다는 그곳에 다마코가 같이 있다는 것을 알게 되었다. 뒤이어 데루코가 끈에 매달려 내려졌다. 그러더니 홈통 구멍에서 물이 콸콸 쏟아져 들어왔다. 어느새 물은 움막 천정 가까이 닿았다. 히에다는 두 여자의 목을 안아 올렸다.

경찰에서 석방된 레콕은 신문에서 루이지로의 애소가 이미 각하되었음을 알게 되고, 사형이 이삼일 내에 집행될 걸 생각하니 제정신이 아니었다. 서장에게 부탁해서 유예를 청해 보기로 결심하고 파리로 향했다. 우선 아다치를 만나려고 했는데 마침 비번이라, 숙소나 이브 강 물방앗간에 가서 히에다를 찾아 데려오라고 시켰다. 레콕이 전처럼 인도의 영주차림을 하고 있자, 호리 아무개(도바)가 와서 내일까지는 확실히 알겠지만, 가나가와 사다스케라는 자가 유일하게 반 대위의 혈통을 이어받은 남자고 그 밖의 사람들은 이미 죽은 것 같다고 말한다. 내일 2,3시경에 그를 데리고 오겠다며 떠났다. 그가 나가자 엇갈려 들어온 것이 히에다였다. 물속에서 데루코와 다마코를 구해내고 각자의 부모에게 데려다주고 오는 길이었다.

두 사람은 서장을 찾아갔다. 서장은 인도 영주가 레콕인 줄 알고 있었을 뿐 아니라 내막까지 알고 있었으나 지금까지의 레콕의 공적을 감안해서 아무에게도 말을 않고 있었다. 그간의 조사 결과를 설명한 레콕은 서장의 권유로 옥중의 루이지로를 면회했다.

루이지로는 사형이 정해진 마당에 사실을 감추고 죽기보다는 다 털어놓고 죽는 게 여한이 없을 거라면서 사실을 자백했다.

마리코는 영국의 배우로서 루이지로가 유학 초부터 알고 지냈고 부부가 될 약속까지 한 사이였으나, 어느 신사가 마리코의 부모를 설득하여 결혼하자고 강하게 밀어붙였다. 마리코는 루이지로에게 자기를 데리고 도망가 달라고 했으나 루이지로의 아버지가 그를 데리러 온 바람에 프랑스로 돌아가게 되었다. 그러면서도 자기를 뒤따라오지 않을까 하는 기다림 속에서 자기 방에 그녀를 기다리는 카드를 늘어놓고 있었다. 세월이 지나면서 그녀를 자연스럽게 잊게 되었다. 데루코와 약혼한 즈음의 어느 날, 루이지로는 시내에서 마리코를 만나게 되었다. 어릴

적 친구처럼 이야기를 나눴다. 어느 날 마리코가 사진을 보내와서 그녀를 만나러 갔다. 그녀는 자기를 돌봐 주던 파리의 상인을 따라 여기까지 오게 되었지만, 오자마자 병에 걸려 무대에는 아직 서보지 못했고, 아는 사람도 없어 그저 무료함을 달래고자 사진을 보낸 것이라고 했다. 루이지로는 미력이나마 그녀의 힘이 되어 주겠노라고 약속하고 헤어졌다. 그때 어느 상인같아 보이는 신사(덴조)가 다가와 질투하는 듯한 얼굴로 그를 노려보고 갔다.

그로부터 일주일 후에 출연 의뢰를 알려 주러 찾아가니, 마리코가 말하기를 전에 영국에 있을 때 자기가 싫어하여 청혼을 거절한 남자가 요즘 다시 찾아와 하녀를 꾀어 자기의 일거일동을 감시해 가며 결혼을 강요하기까지 이르렀다는 것이다. 루이지로는 그의 비뚤어진 성격을 잘 아니 자기가 상대해 주겠다며 언제든 어려울 때에는 자기를 부르라고 하고 헤어졌다. 그 뒤 마리코를 만나지 않고 지내던 중에 바로 그 범행이 있던 날, 마리코로부터 편지가 와 '점점 그 신사의 강박이 심각해져 결혼을 안 해 주면 죽일 것 같아 영국으로 도망갈 작정이니 그 전에 만나고 싶다'는 내용이었다. 레콕은 '그 신사가 도바 이쿠스케이고 마리코를 아내로 삼아 반 대위의 유산을 손에 넣으려고 했으나 뜻대로 되지 않자 가나가와 사다스케를 이용할 생각으로 마리코를 죽인 것'이라고 서장에게 말했다. 루이지로는 미인이 자기에게 보낸 편지가 자기 근무처인 공증사무소에 있을 것이라고 말하고 그녀를 협박했던 남자가 다키 겐이라 했다. 레콕은 그 자가 루이지로를 자기 대역으로 내세운 것이라 생각한다.

그런데 루이지로는 마리코를 죽이지는 않았지만 덴조는 자기가 죽였으니 상고도 애소도 싫다고 했다. 문제의 '나는 그가 또다시 당신 곁에 있는 것을 보게 되면 반드시 그를 죽일 것이며, 당신은 하루 빨리 그자를 버리고 나와 함께 도망치자'는 내용의 2월 9일자 편지는, 12년 전 다키 겐이 마리코의 부모를 돌봤기에 부모는 그에게 딸을 줄 생각이었으나 마리코가 부모의 말을 듣지 않고 루이지로에게 함께 도망가자고 말해 놓고는 그 날짜를 잡는 데 우물쭈물하는 바람에 루이지로가 참지 못하고 보냈던 것이 틀림없다고 했다. 다음날 부친이 나타나 루이지로를 호되게 꾸짖고는 무리하게 프랑스로 데리고 온 것이다.

덴조 살해의 전말은 그날 밤 작별을 고하러 루이지로가 찾아가자 덴조는 이 층에서 혼자 술을 마시고 있다가 그를 보고 간부라고 욕을 하며 달려들면서 루이지로의 뺨을 때리기에, 지팡이 손잡이로 마구잡이로 때렸더니 '으악' 하고 덴조가 쓰러지며 숨이 끊어졌고 루이지로는 마리코에게 말도 못 걸고 도망쳐 나와 버린 것이다.

레콕이 '그 뒤에 도바가 와서 마리코가 사람을 기다릴 때 하는 카드놀이를 하고 있는 것을 보고는 루이지로가 돌아온 것으로 생각하고 화가 치밀어 그녀를 찌른 것이다'고 부언했다. 그러나 마리코를 가엽게 생각한 루이지로는 그 다음날 아버지의 옛 감찰배지를 들고 나갔던 것이고 재판에서 사실대로 말하지 않은 것은 증인석에 있던 데루코가 자기가 다른 여자를 사랑한다고 생각할 것이 싫어서였다고 털어놨다.

루이지로의 사형이 다음날 아침으로 정해져 있어서 서장은 재판장을 설득해 보기는 하겠으나 오늘 밤 안으로 도바와 벙어리를 데려오지 않으면 도울 수가 없다고 말했다. 레콕은 막차 시간까지 도바와 벙어리를 붙잡기는 실로 어렵다고 생각했으나, 생각만 하고 있어 봐야 시간만 지나갈 뿐이니 서장으로부터 여섯 명의 부하를 빌려 곧 바로 출발했다. 도중에 히에다를 찾으러 갔던 아다치와 합류했다. 물방앗간은 이미 텅 빈 상태였고 가나가와 사다스케의 집에 가 보니 가나가와는 술을 마시고 자고 있기에 보초를 남겨두고 별장으로 향했다. 거기도 이미 도망친

후였는데 다키 겐을 수취인으로 한 편지 봉투가 있어 이를 압수한다. 시간은 흐르기만 하고, 레콕은 마침 거기 있는 걸상에 털썩 주저앉아 고개를 떨구고 생각에 잠겼다. 그러다 히에다, 아다치를 불러 파리로 되돌아가 서장에게 이 봉투를 보여 주면서 도바가 범인이라는 증거가 충분히 나왔고, 벙어리가 있는 곳도 알아냈다고 거짓말을 해서 하루만 더 유예를 청해 보도록 시켰다. 문득 생각이 난 레콕은 나룻배 사공을 찾았으나 젊은이는 없었고, 장로를 만나러 가는 길에 장로를 만났다. 어제 그 남자가 벙어리이며 매일 읽고 쓰기를 가르치고 있다고 하였다. 장로의 이 말에 레콕은 춤을 추듯 기뻤다.

부하 중 하나가 도바를 포함한 네 명이 가나가와네 집으로 들어갔다고 알리러 왔다. 가나가와네 집은 이 때 하인의 실수로 불이 났다. 도망 갈 곳이 없는 네 명의 생명은 절망적이었다. 도바가 레콕에게 총을 쏘았다. 뒷일을 부하에게 맡기고 레콕은 장로와 벙어리를 데리고 정거장으로 달려갔으나, 9시 반 기차는 5분 전에 떠나 버렸다.

히에다, 아다치가 서장에게 설명을 했지만 거짓말인 것을 꿰뚫어 본 서장은 연기가 안 된다고 말했다. 두 사람은 사형대를 보러 갔다. 루이지로의 마지막 순간을 지켜보는 것으로 레콕에 대한 변명이 되리라 생각했다. 마침 레콕이 마차로 장로와 벙어리를 데리고 쏜살같이 도착해 감옥으로 들어갔다. 이윽고 단두대가 준비되었다.

감옥에서 벙어리를 루이지로와 대면시켜 보니 둘은 서로 모르는 모양이었다. 이 역시 유력한 증거가 된다. 일행은 경찰 본서로 돌아갔다. 서장이 벙어리에게 도바의 사진을 보여 주자 자기 주인이라는 시늉을 했다. 그러는 와중에 화상을 입은 채 여섯 명의 경관에게 구조된 아베 부인이 들것에 실려 들어왔다. 부인은 죽기 전에 속죄를 하겠다면서 사실을 자백했다. 부인은 사실 도바의 여동생이었다. 도바의 음모에 가담하여 하녀로 마리코네 집에 들어가 살았다. 대위의 재산을 나누어 갖기 위해서 우선 마리코를 도바의 아내로 만들려 했으나 실패하고 둘이 의논해서 루이지로가 마리코를 찾아올 때 마리코를 죽이기로 한 것이다. 덴조와 루이지로가 찾아왔던 날 밤, 부인은 도바를 부르러 갔다. 그때 도바는 오르리엥 정거장 골목에 마차를 준비해 두라고 시켰다. 마리코가 카드를 탁자에 벌여 놓은 채 잠이 들자 벙어리와 같이 온 도바는 우선 마리코를 설득해 보려 했다. 마리코가 '이 층에서 증인이 듣고 있어요'라고 말하자 밖으로 나와 이층을 올려다봤지만 아무도 없는 것 같아 다시 안으로 들어갔다(이렇게 해서 눈 위에 발자국이 두 줄 생기게 되었음을 알게 되었다). 카드 한 장을 단도로 찌르며 내 처가 되지 않으면 이렇게 하겠다고 위협했다. 그리고 마리코가 비웃는 바람에 결국 찔러 죽였다. 혐의가 될 만한 서류를 가지러 이 층에 올라가 보니 자고 있던 덴조가 나타나 덤벼들어 그의 가슴 급소를 찔러 죽였다. 마리코의 시체는 찾기 어렵게 하려고 하룻밤 숨겨 놓은 후 다음날 밤 어딘가 길에다 버리도록 벙어리에게 짊어지워 집을 나섰던 것이다. 그러므로 루이지로가 덴조를 죽인 게 아니라 덴조는 기절해 있었을 뿐이었다. 벙어리를 낚아채어 간 도바의 한 패는 물방앗간 주인이었다. 반 대위의 유산 천만 프랑은 혼다 데루코 양에게 전해졌다. 그러나 데루코는 그 반을 다마코에게 주었다. 히에다는 복직이 허가되어 탐정장으로 승진하였고 루이지로는 데루코와 결혼했으며 둘 사이에는 사내아이가 태어난다.

반전, 시간제한, 서스펜스 등 당시는 물론이고 지금 읽어 봐도 참신한 장편 추리소설이다. 에도가와 란포(江戶川乱步, 1894~1965년)는 『백발귀』(1931년), 『유령탑』(1937년) 등 루이코의 작품을 자기 식으로 다시 써서 같은 제목으로 발표했었는데 무슨 이유에서인지 『죽은 미인』에는 손을

대지 않았다. 이는 아마도 요시카와 에이지(吉川英治, 1892~1962년)가 『감옥의 신부(牢獄の花嫁)』라는 제목의 시대물로 번안해서 1931년 잡지 『킹』에서 이미 연재하고 있었기 때문일 것이다.

[부기]

『미야코 신문』에 실린 「죽은 미인」을 단행본과 비교해 보니 신문은 131회 완결, 단행본은 129회 완결로 횟수에 차이가 보인다. 신문에는 루이코의 서문이 있었으나 이것은 횟수에 포함되지 않으니 상관없다. 신문에서는 실수로 33회를 건너뛰고 34회라고 적었던 것이었다. 그리고 단행본에서는 무슨 이유에서인지 신문의 124회분에 해당하는 단행본 122회분 다음 내용이 **빠져** 있었다.

빠진 부분에서는 장로가 레콕 탐정에게 사건의 중요 증인인 벙어리의 그때까지의 동정이나 가나가와 사다스케라는 인물에 대해서 설명하고 있다. 이 부분 때문에 전체 줄거리가 알 수 없게 될 정도는 아니지만, **빠져서는** 안 될 문장이었다. 루이코는 신문에 발표한 글을 한 때 내버리고 되돌아 보지 않았지만, 이 작품을 복각할 기회가 있다면 고려해 봐야 할 일이기에 부기하는 바이다.

루이코의 뒤를 이은 사람들 제3장

    루이코가 탐정소설 번역을 시작한 것과 같은 시기에 번역을 한 사람으로는 모리타 시켄, 쓰보우치 쇼요 등이 있었으나 시켄의 문장은 조밀한 문체의 한문조로 대중들 취향이 아니었고 쇼요는 그 작품 수가 많지 않았다. 반면 루이코는 연달아 탐정소설을 발표하였고 그 문장도 평이하고 명료하였기 때문에 인기를 모았고, 이를 게재한 『미야코 신문』의 발행부수도 날이 갈수록 늘어나 루이코의 필법으로 서양탐정소설을 번역하는 사람들이 생겨나기 시작했다. 마쓰모토 세이초(松本清張, 1909~1992년)의 사회파 추리소설이 화제가 되자 그를 따르는 자들이 배출된 것과 같은 현상이었다.

    루이코의 뒤를 이은 사람들로『도쿄 일일신문(東京日日新聞)』기자 마루테이 소진, 『중앙신문(中央新聞)』의 난요 가이시, 『미야코 신문』의 가네코 시라누이(金子不知火), 『야마토 신문(やまと新聞)』의 에노모토 하류(榎本破笠, 1866~1916년), 기쿠테이 쇼요(菊亭笑庸) 등을 들 수 있다.

1. 마루테이 소진

　마루테이 소진, 즉 '마치 아마추어(まるで 素人)'라는 일본어 음을 흉내 내어 필명으로 삼은 것이『도쿄 일일신문』기자 엔도 하야타(遠藤速太)이다. 참고로 원래는 간다(神田) 성씨였다. 1889년 도쿄 일일신문사에 입사하고 20년간 건필을 휘두르다 1910년『니이가타 매일신문(新潟每日新聞)』편집장이 되었으나 병으로 사직하였다. 이후 요양에 전념하다가 1913년 1월 23일, 아오야마(青山) 다카기초(高樹町) 3번지 자택에서 향년 50세의 나이로 영면하였다.

　마루테이가 탐정소설을 발표한 무대는『도쿄 일일신문』이 아니었다. 루이코의 추천으로 지방신문 등에 실었다고 루이코나 친구인 소가베 잇코(曾我部一紅)가 언급하고 있으나『도쿄주 신문(東京中新聞)』에「신뢰(迅雷)」가 게재된 정도이고 다른 신문에서는 그의 작품을 찾아볼 수 없는 것으로 보아 주로 신문발표에 의하지 않고 직접 단행본으로 낸 것이 아닐까 싶다. 그의 활동 개시에 관해서도 자세히 알 수는 없지만, 1889년 11월 루이코가『에이리 자유신문』에서『미야코 신문』으로 옮기면서 그의 뒤를 이어「미인의 감옥」17회 이후를 썼던 게 마루테이였으니, 아마도 그게 최초의 번역이 아닐까 싶다.

　원작자의 주요작품을 보면 다음과 같다.

▶ **에밀 가보리오**(프랑스)
　「살해사건(殺害事件)」(오르시발의 범죄)
　「대의옥(大疑獄)」(르콕 탐정)
　「수라의 거리(修羅の街)」(원본 불명)
　「다코 렌페이(多湖廉平)」(원본 불명)

▶ **퍼거스 흄**(Fergus Hume, 1859~1932년)(호주)

「귀차(鬼車)」(이륜마차의 비밀)

그밖에 14편의 번역 탐정소설이 있는데 이 중에는 탐정소설이라기보다 범죄소설, 모험소설, 가정소설이 가미된 것들도 있다.

마루테이가 번역한 작품 중 주목할 만한 것이 『귀차』이다. 1891년 긴오도(金桜堂)에서 간행되었다.

원작은 흄의 『이륜마차의 비밀』(1886년)이다. 1939년 6월 하쿠분칸(博文館) 문고에서 요코미조 세이시(横溝正史, 1902~1981년) 역으로 간행되어 아는 독자들도 있을 것이다. 흄의 이 작품은 코난 도일(Sir Arthur Conan Doyle, 1859~1930년)의 『주홍색의 연구』 발간보다 1년 빨리 흄의 고향 오스트레일리아 멜버른에서 간행되었고 이어서 런던에서 개판되어 50만 부나 필리는 폭발적 인기를 얻었는데, 작가 생애에 150여 권에 가까운 책을 냈었지만 오직 이 책만이 탐정소설사상 공전의 인기를 얻은 것으로 알려지고 있다. 마루테이가 이 작품에 달려들어 번역한 것을 보면, 루이코의 독주에 반격을 가해 볼 욕심도 없지 않았던 것 같다.

「귀차」

그 해 7월 28일자 호주 멜버른 신문이 보도했다. 7월 26일 오전 2시 20분경, 마차의 마부가 구레초 경찰서에 와서 손님이 마차 안에서 살해당했다고 신고를 했다. 어느 신사의 부탁으로 술에 잔뜩 취한 남자를 태웠다고 한다. 클로로포름에 적신 손수건이 시체의 입을 감싸고 있었고, 손수건에는 '지(ジ)'와 '오(オ)' 두 글자가 새겨져 있었다.

『귀차』 표지(1895년)

일주일 후, 탐정 호리베 사부로는 여러 신문을 뒤져 인명록을 훑어보고는 피살자의 이름이 시라이 오리헤이라는 것을 알아내고, 기리타에서 하숙을 치고 있는 하야마 하나코 부인을 찾아갔다. 부인은 모리치라는 친구가 시라이한테 자주 놀러 왔었고, 이삼 주 전에는 주황색 외투를 입은 신사가 찾아와 시라이에게 '네가 그 여자랑 결혼이라도 한다면 가만 두지 않겠다. 바로 죽여 버리겠다'고 말했다는 것이다.

  그 다음날 호리베가 모리치를 만나 물어보니 재벌인 히라오카 미치히사의 딸 마쓰코를 후지쿠라 다케모토와 시라이가 노리고 있었는데, 후지쿠라가 시라이네 하숙집으로 찾아와 '끝까지 마쓰코를 포기 못한다면 너를 죽여 버리겠다'고 하고 그 길로 히라오카를 찾아가 결혼 승낙을 얻어 냈다고 한다. 이에 시라이도 서둘러 히라오카를 찾아가 하소연을 했는데 바로 그날 밤 시라이가 기리타 가도 마차에서 수상한 자의 독수에 의해 쓰러졌다는 것이다.

  그 후 호리베는 후지쿠라를 조사하여 그의 외투 주머니에서 시라이가 끼고 있던 장갑 한 짝을 찾아냈고, 그날 밤 귀가 시간도 2시 5분 전으로 늦은 시각인 점 등으로 미루어 시라이 살해 용의자로 연행했다.

  후지쿠라의 친구이자 변호사인 가토 미사오가 히라오카의 의뢰도 있어 이번 사건의 조사에 나섰다. 우선 마쓰코 양과 함께 감옥에 있는 후지쿠라를 면회하러 갔다. 그가 마쓰코 양의 비밀을 전혀 털어놓지 않아서 의혹을 받고 있는 것이라고 가토가 말했다. 이어 클럽에 가서 문지기를 탐문한 가토는 살인사건이 있었던 날 밤 후지쿠라 앞으로 편지가 왔다는 사실을 알아낸다. 젊은 부인이 들고 온 편지를 문지기가 후지쿠라에게 전달했고 편지를 읽은 후지쿠라가 외출했다는 것이다.

클럽을 나선 가토는 후지쿠라의 하숙집을 찾아가 그 편지를 찾아냈다. 가토에게서 사건 조사를 협력해 달라는 부탁을 받은 기리시마 탐정에게 가토는 '후지쿠라

『귀차』 삽화

가 그날 밤 갔던 장소나 그와 관련된 비밀을 밝힐 바에야 차라리 이대로 죄를 뒤집어쓰는 게 낫다고 버티고 있어서 난처하게 되었다'고 말한다.

가토와 기리시마는 후지쿠라에게 편지를 가져온 여성이 있을 만한 뒷골목을 뒤져 그녀의 집을 찾아냈고, 그 집에 아파서 누워 있는 노파에게 물어봤다. 그 젊은 여성은 노파의 손녀딸인데 여왕(인기 여배우로 여왕이라 불렸으나 이미 사망함)이 '손자 오사루에게 편지를 들려 보낸 거예요. 훌륭한 신사분이 찾아왔다고 합니다. 자세한 내용은 병사저택에 있는 오사루에게 물어보시오'라고 했다.

구라바야시 오사루는 바람둥이로 병사저택에는 이미 없었다. 그런데 재판 폐정 후에 오사루가 돌연히 나타났다. 가토는 기리시마와 함께 오사루가 있는 오가타 노파네 집으로 찾아가 물으니 오사루가 말하기를 '여왕이 쓴 편지를 클럽의 어르신(후지쿠라)한테 전했고, 그를 여왕이 있는 곳까지 데려다 줬습니다. 어르신이 일을 마치자 란세이초까지 배웅해 드렸습니다. 그때 우체국 시계가 정확히 2시 25분 전이었습니다. 그런데 집에 돌아와 보니 여왕이 죽어 있었던 것입니다'라고 한다.

『귀차』 삽화

시라이도 병중인 여왕을 가끔 문병 왔다. 여왕도 귀중한 서류를 그에게 넘겨주기도 했다는 것이다. 결국 후지쿠라는 증거불충분으로 무죄 방면되었다. 병사한 여왕은 무라카미 유키코라고 했다.

히라오카는 후지쿠라와 마쓰코의 결혼이 정해진 게 기뻤고, 둘이 항해여행을 희망해 작은 증기선도 준비했었다. 배 이름을 로산나 호라 명명했는데, 이는 무라카미 유키코의 세례명이었다.

어느 날 밤, 히라오카의 별장에서 연회가 열렸다. 하루키 노인이 여배우 무라카미 유키코는 고금에 없는 명배우였다고 말을 하자 히라오카는 안색이 바뀌면서 그런 얘기는 재미없으니 그만두자고 한다. 후지쿠라는 증기선의 이름도 그렇고 조금 더 자세히 알아봐야겠다고 생각한다. 야회에서 돌아온 후지쿠라에게 가토가 보낸 편지가 도착해 있었다. '오가타 노파 집에서 무라카미 유키코가 임종할 때 남긴 그녀의 비밀은 밖으로 새어나오지 않았지만, 모리야의 말에 의하면 유키코와 시라이는 1년 전까지만 해도 부부였다고 한다. 그날 밤 마차에서 시라이가 독살당한 시간에 유키코가 사망한 것도 수상하고, 유키코가 임종할 때 주변 사람에게 자신의 비밀을 털어놓았는데 주변 사람들이 그 비밀을 마음속에 깊이 감추고 목숨과 바꾸는 한이 있어도 입 밖에 낼 수 없다고 하는 것도 이상하다. 시라이를 독살한 자가 누구인지 밝혀지지 않은 상황에서 유키코의 비밀이 범인을 찾아낼 유력한 실마리가 될 지도 모르겠다. 그래서 나는 주변 인물들을 철저히 추궁해 보려고 한다. 비밀을 밝혀내 빨리 범인을 잡을 수 있도록 협조해 주시기를 바란다'는 내용이었다.

기리시마 탐정이 가토를 찾아와서는 독살 사건의 용의자를 알아냈다고 하면서, 시라이와 함께 술을 마시던 모리바야시 호이치로라고 말했다. 그날 밤 시라이와 함께 마차를 탄 신사는 오른손 검지에 다이아몬드 반지를 끼고 있었다고 마부가 증언했다. 그리고 오가타 노파의 병세가 나빠져 가토에게 은밀히 할 말이 있다고도 전했다.

그날 밤 8시 가토는 기리시마와 함께 오가타 노파네 집으로 갔다. 노파가 털어놓기를 자기는 무라카미 유키코의 어머니이며 유키코에게 남편 히라오카가 생기고 나서 오사루를 낳았고, 유키코의 일을 남에게 발설하지 않는 조건으로 금화를 받았다는 것이다. 노파는 이야기를 마치고 숨을 거두었다.

한편, 후지쿠라는 유키코의 비밀을 가토에게 말하기가 괴로워 하숙집 주인인 후유무라 부인 집에서 일주일 가까이 지냈다. 그때 마쓰코 양으로부터 온 편지에 '기리타에 있는 본가로 와 주셨으면 합니다'라고 하기에 '가겠노라'고 답을 보냈다. 마쓰코는 후지쿠라를 기다렸지만 그는 오지 않았고, 7시가 지나서 나타난 것은 후지쿠라가 아니라 아버지 미치히사였다. 그 다음에야 후지쿠라가 도착했다. 이어서 한 남자가 들어와 아버지 방에 들어갔다가는 도망치듯 바로 나가버렸는데 그가 모리바야시 호이치로였다. 그날 밤은 후지쿠라도 얼마 있다 작별을 고

하고 돌아갔는데 집에 도착하니 후유무라 부인이 편지 한 통을 갖고 왔다. 마쓰코에게서 온 편지로, '아버지가 방에 틀어박혀 안에서 열쇠를 잠갔습니다. 부디 내일 아침 가능한 빨리 와 주시기를 바랍니다'라는 내용이었다.

다음날 아침 후지쿠라가 나서려 할 때 가토가 와서는 털어놓는 말이, '유키코가 히라오카의 본처였는데 유키코는 결혼 후 곧바로 히라오카를 차 버리고 어느 젊은이와 영국으로 갔었다. 그러나 그 남자가 바람을 피우고 그녀를 버려 유키코는 할 수 없이 배우가 되었고, 시라이와 밀통을 하게 되었다. 그 후 유키코는 히라오카를 괴롭혀 돈을 뜯어내려고 결혼증서를 시라이에게 넘겨주고 히라오카와 흥정을 하게 했다. 시라이는 이를 미끼로 마쓰코와 결혼하겠다고 히라오카에게 접근한 것이고, 마쓰코가 싫다고 해서 혼담이 깨지자 히라오카를 협박하기 시작했다. 히라오카는 시라이의 뒤를 쫓아 마차에 탈 때 독약으로 죽이고서는 결혼증서를 빼앗아냈다. 마쓰코 양이 범인의 딸이니 내가 입을 다물고 있는 게 인정이지 않겠는가?'라는 것이다.

그날 밤 히라오카는 유키코와의 결혼증서를 응접실에 갖고 있다 심장마비로 사망하였다.

마쓰코 양의 급보를 받고 후지쿠라와 가토가 히라오카 댁에 갔다. 관계자들이 모인 자리에서 히라오카의 참회의 글을 가토가 읽었다. 이때 시라이의 외투에서 클로로포름 빈 병이 나왔노라고 기리시마가 모두에게 알렸다.

참회록
나는 멜버른에서 많은 친구를 얻었습니다. 미모의 무라카미 유키코를 알게 되었고 그녀와 내밀히 결혼했습니다. 내밀히 결혼을 할 수 밖에 없었던 것은 아버지가 결혼을 완고히 반대하셨기 때문입니다. 그러나 유키코는 아이를 데리고 이웃에 사는 모리 히라키치와 도망쳐 버렸습니다. 그녀는 내 돈에만 눈독을 들였던 것입니다. 그 후 유키코가 병사했다고 들었습니다. 둘째 부인은 마쓰코를 남기고 사망했습니다. 마쓰코가 후지쿠라 다케모토와 사이가 좋아진 후 얼마 있다 시라이가 찾아와 유키코가 살아 있노라고 알려 왔습니다. 시라이는 유키코와 결혼한 사이였습니다. 두 사람은 내게 돈을 요구하고 시라이는 마쓰코를 처로 삼게 해 달라고 강요해 왔습니다. 마쓰코가 후지쿠라와 약혼하기로 했다고 응하지 않자 시라이는 화가 나서 이중결혼의 비밀을 폭로하겠다면서 나와 유키코의 결혼증서를 들이미는 것이었습니다. 그날 밤 시라이는 마차 속에서 죽었습니다. 그날 나는 결혼증서를 뺏어야겠다고 생각하고 시라이를 미행해 보니 그는 모리바야시와 호텔에서 술을 마시고 있었습니다. 오전 2시가 지나 호텔을 나선 그가 주황색 외투를 입은 후지쿠라가 부른 마차를 세우기에 나는 포기하고 돌아섰습니다. 시라이는 그 후 마차에서 살해된 것이었습니다. 증서도 없어졌겠거니 했는데 모리바야시가 사흘 전 밤, 그 증서를 꺼내 보이며 오천 파운드에 사라고 했습니다. 그가 바로 시라이의 살해범이었던 것입니다. 나는 오천 파운드에 증서를 샀습니다.

범인 모리바야시 호이치로는 감옥 안에서 자살하였고 마쓰코가 부친 히라오카의 재산을 상속받고 후지쿠라 다케모토와 성대한 결혼식을 올렸다.

이해하기 힘든 줄거리라서 루이코는 이 작품을 다루지 않았던 것 같지만 명문가의 가정 내 비밀이 추문에 얽힌 범죄 사건이다. 용의자가 복수 등장하지만 결말에 가서야 진범이 나타나는 의외성도 성공의 요인이 된 가작이다.

[부기]

마루테이 소진 번역의 『귀차』 초판본에 관해서 여러 설이 있으나 내가 갖고 있는 책은 1891년 1월 긴오도 46판 컬러표지이다. 참고로 적어둔다.

마루테이 소진의 작품 중 줄거리를 더듬기 쉽고 필자가 가장 재미있다고 생각한 것 중 하나는 『학살(虐殺)』이다. 기소 고쿠(木蘇殼)에 따르면 루이코가 갖고 있던 책에서 번역한 것으로 가장 잘된 번역이라 한다.

원작자는 마루테이의 서문에 의하면 '미국 뉴욕에 A. U. S라는 익명을 가진 소문난 탐정 아무개의 수기'라고 한다. 1893년 1월 긴코도(今古堂)에서 간행되었다.

「학살」

'비 자욱하고 바람 솔솔 부는 밤은 의외로 깊어 사방은 조용하고 길거리에도 사람의 왕래가 끊긴지 이미 오래 전이다. 걸터앉은 말 발걸음 나아가지 않자, 훌쩍 뛰어내려 고개를 갸우뚱거리는 나그네 있으니'로 시작한다.

맞은 편 숲에서 인가의 등불이 보이기에 하룻밤 묵을 곳을 청하러 가니 어른이 나와 들여보내 주었다. '꺄아' 하는 비명소리. 백부 다보리 모토오가 죽었다고 이마코 양이 소리친 것이다. 다보리의 흉부에 단도가 찔려있었다. 나그네는 뉴욕의 명탐정 하루다 다케시였다.

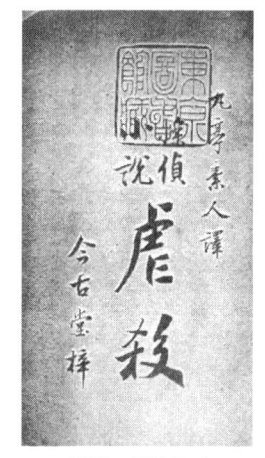

『학살』 안쪽 표지
(일본 국회도서관 소장. 1893년)

이웃 사람들이 와서는 오늘 밤 말을 타고 지나갈 때 보니 이 집 뒤쪽에서 와다 신자부로가 뛰쳐나오는 걸 봤다고 말하자, 이마코 양의 안색이 변한다. 하루다가 하인 젠스케에게 와다 신자부로에 대해 묻자 근처에 살고 있지만 이 집에 온 적은 없고, 어머니와 눈 먼 여동생과 함께 살고 있는데, 성실하며 와룬의 제조 공장에서 회계 일을 보고 있다고 한다. 이마코 양과는 아는 사이가 아니라고 했다.

그날 밤 하루코는 수염 난 남자가 혼다 부인과 이야기를 나눈 후 뒷문으로 나가는 것을 보았다. 폭풍 때문에 그 남자를 미행하는 데는 실패했는데, 혼다 부인은 그런 사람과 만난 적이 없다며 나가 버리기에 젠스케를 시켜 혼다 부인을 미행하도록 시켰다. 이어 신자부로를 조사하러 와다의 집으로 간 하루다는 집 입구의 갈색 진흙이 다보리 집의 서재에 남겨진 발자국 흙 색깔과 같은 걸 보고 신자부로를 의심하게 된다. 잠시 후 신자부로는 모친과 여동생 아키코의 탄식을 뒤로 한 채 와루톤 경찰서에 구인되었다. 다보리 집에 하루다가 돌아와 보니, 혼다 부인을 미행했던 젠스케도 돌아와, 부인이 에가미 과부네 하녀가 된 것 같다고 한다. 다음날 공증인이 찾아와 다보리 가의 재산은 전부 이마코 양에게 넘겨준다는 유언장을 주고 갔다.

다음날은 신자부로의 예심이 열리고 그의 변호인인 백부 다테노 이사쿠의 노력에도 불구하고 유죄 판결을 받고 배심원의 재정만을 기다리게 되었다. 그러나 단 한 사람만은 신자부로의 무죄를 믿어 의심치 않았다. 바로 탐정 하루다였다.

하루다는 용의자 덴구로를 미행해서 그의 외딴 집을 찾아냈다. 집 안에 곰처럼 구레나룻을 기른 남자도 있었는데 나갔다 돌아오지 않았으므로 덴구로만 붙잡아 와루톤 형무소에 집어넣었다. 그의 감방은 신자부로 옆방이었다.

젠스케가 호텔로 하루다를 찾아와서 이마코에 대해 말하고 싶지 않은 일이지만 하면서 말하길 '요즈음 낌새로 봐서 주인어른을 죽인 게 아무래도 이마코 아가씨의 짓인 것 같습니다. 실은 어제 아가씨께서 숲으로 들어가 인상 나쁜 거지꼴의 남자와 밀회를 하고 돈 봉투를 건네주었습니다'라고 한다. 그의 인상을 물으니 바로 덴구로 같았다. 그때 탐정 야마베가 들어와 그에게 이마코를 감시하라고 시켰다. 앞서 야마베는 혼다 부인을 미행하여 수상한 자와 밀회하는 것을 보고 왔었다. 그 남자는 발자국으로 보아 엄지발가락이 안으로 굽어 있었다. 야마베는 부인을 계속 감시하겠다며 나갔다. 하루다는 그 남자를 뒤쫓아 갔으나 실패하고, 이웃 사람으로부터 신자부로가 어젯밤 마부 덴구로와 함께 탈옥했다는 소식을 듣는다. 순사 한 떼가 신자부로를 잡으러 달려가는 것을 보고 하루다는 순사의 말을 빼앗아 뒤를 쫓았으나 신자부로를 집 뒷문에서 놓치고 만다. 하루다는 뉴욕의 모 탐정국 국장으로부터 유명한 탐정 기쿠치 라이조가 행방불명이라는 편지를 받는다. 공부를 빙자하여 기쿠치가 오천만 불을 써서 가루야마라는 자를 잡는 일에 가담했다는 것이다. 다보리 노인이 죽은 거나, 기쿠치가 행방불명이 된 것 모두 그 원인은 한 악인의 흉계, 바로 가루야마의 짓이라고 하루다는 판단했다.

다보리 노인의 변호사를 만나 하루다가 '혹시 노인께서 서쪽 지방에 계신 적이 있는지'라고 물으니, 변호사는 거기서 가루야마가 다보리 노인을 서기로 쓴 적이 있다고 하였다. 그러나 운이 좋았던 노인은 그 후 먼 친척의 엄청난 재산을 상속받아 오늘의 지위에 올랐다는 것이다.

하루다는 와다 신자부로의 은신처를 찾아냈다. 돌산에 있는 동굴이었다. 동굴 속으로 기어들어 가려는 찰나 하루다는 단총으로 머리를 얻어맞는다. 덴구로였다. 그러나 곧이어 신자부로가 나타나 하루다를 구출해 준다.

"다보리 노인이 살해된 달 밤 당신이 그 집 주변을 뛰어갔다는데 당신과 이마코 양은 어떤 사이입니까?"

"그날 밤 저는 노인이 살해당한 서재에는 없었습니다. 노인을 해칠 생각도 없었으니, 노인이 살해당한 게 이상합니다."

"알겠소만 그것과 더불어 덴구로의 행동도 이상합니다. 알지도 못하는 당신을 감옥에서 나오게 한 일 말이오."

"그것만은 전혀 모르겠습니다."

"그렇다면 이마코 양이 덴구로와 밀회하고 돈을 쥐어 주었다는 사실에 무언가 짚이는 게 있나요?"

"하루다 씨. 그건 설마 거짓말이죠?"

하루다는 여기까지 듣고 호텔로 돌아왔다.

이삼일 지난 새벽 하루다는 호텔로 찾아온 부하 중 하나가 혼다 부인이 우체국에서 가루야마 스즈코 앞으로 편지가 온 게 있는지 묻더라고 알려 왔다. 하루다는 결국 부인이 사기꾼 가루야마의 첩자임에 틀림없다고 생각했다. 그때 젠스케가 이마코 양의 편지를 가지고 왔다. 만나고 싶다는 내용이다. 하루다는 젠스케와 함께 찾아가 자신은 신자부로의 결백을 믿는다고 하자, 이마코는 숨김 없이 털어놓는 것이었다.

"저는 신자부로의 아내입니다. 처음 먼 시골 동네에서 서로 알게 되어 약혼까지 했으나 신자부로의 백부 다테노 이사쿠한테서 편지가 와 신자부로에게 오라고 하기에 갔습니다. 신자부로의 백부는 자신의 재산을 상속시킬 생각이었지만 다보리 집안에 원한이 있으니, 만일 재산을 상속받고 싶으면 이마코는 잊어버리라고 신자부로에게만 말했다는 겁니다. 잘은 모르겠지만 수십 년 전 선조가 다보리 집안사람과 결투하다 죽음을 당한 걸 두고 원한이 있는 것 같습니다. 저는 재산을 받는 게 좋으니, 겉으로 관계가 없는 것처럼 보여도 좋다고 대답했고 그 후로

『학살』 삽화

둘이서 서로 모르는 사람처럼 지냈습니다. 그러나 다보리 집안의 백부께서 저희들 관계를 어렴풋이 알고 있었던 것 같습니다. 그 뒤 신자부로가 편지로 한번 몰래 만나자 하여 만나기로 한 날 백부가 살해당한 겁니다. 신자부로는 사건이 나기 삼사십 분 전에 떠났었습니다. 그가 탈옥했다는 소리에 저는 몸져 누워 버렸습니다."

더불어 백부 다테노의 부탁을 받고 자기들의 동정을 살피던 예의 시골 동네에 살던 구로키 벤조라는 사람이 백부가 살해되던 전날 밤 마당에 있는 것을 보았다고 말했다. 부하가 혼다 부인이 가루야마 스즈코 앞으로 온 우편물을 찾아가는 걸 보았고, 편지의 발신인은 구로키 벤조라고 보고했다. 다음날 하루다는 그 시골 동네로 말을 달려 구로키 벤조의 집을 찾아다녔다. 땅거미를 틈타 벤조네 집안을 살펴보았다. 이윽고 외출하는 벤조를 미행하다 보니 그의 발자국은 발톱 끝이 심하게 안쪽으로 굽어 있었다.

마지막 열차가 도착하자 벤조는 열차에서 내린 가루야마 스즈코를 태우고 자기 집으로 들어갔다. 이를 확인한 하루다는 창문 밑에서 귀를 기울였다.

"어때요? 구로키 씨, 내가 약속을 잘 지켰지요?"
"과연 굳은 약속이었소. 감탄했소이다. 이제 내 아내가 되어 주겠소?"
"네, 그러겠어요. 내 약속은 지키겠지만 당신도 약속대로 재산이 생겼겠지요."
"생겼습니다. 당신과 부부가 되고 싶어 죄까지 지어 가면서 재산을 만들었소."

벤조가 이렇게 말했지만 그렇다고 해서 다보리 노인을 죽인 것도 그의 짓이라고 경솔하게 판단할 수도 없는 일이었다. 스즈코가 이어서 벤조에게 말하기를, '다보리의 부인이 되어 평생 편하게 살 생각이었고 노인도 싫지 않은 것 같았는데 이마코라는 계집이 노인에게 내가 부잣집 노파를 독살해서 큰 돈을 뺐었디는 등, 없는 일을 만들어서 말하는 바람에 노인이 나를 내쫓았던 것이고, 바로 그때 그 난리가 일어나 그 죄를 이마코한테 덮어씌우려 했으나 마침 당신이 찾아오는 통에 도망쳤던 것이다.'라며 자기 정체를 하나하나 털어놓는 것이었다.

"다보리 노인이 살해되던 날 밤, 당신은 그 집에 있었는데, 당신을 의심하는 자가 있소?"
"없어요. 그것만큼은 아무리 생각해도 알 수가 없네요."

하루다가 떠나려 할 때 다도리 탐정과 만났다. 사기꾼 벤조의 뒤를 쫓아 온 것이었다. 집 안에 있다고 하자 다도리는 부하들에게 신호를 보내 집을 포위한 후 벤조를 체포했다. 다도리에게 물으니 벤조가 3인조 사기꾼 중 하나라고 해서 하루다는 실망했다. 그때 젠스케가 와서 주인어른을 살해한 범인을 잡았냐고 묻는 통에 하루다는 난처해졌다.

하루다가 신자부로의 은신처인 동굴로 가니 신자부로와 덴구로의 모습은 보이지 않고 대신 발자국이 잔뜩 남아 있는 것을 보니 순사가 이들을 붙잡아 간 듯하였다.

가루야마와 지배인 반사쿠는 맥주 판매점을 경영하고 있었는데, 하루다의 지시로 쇼시 겐스케가 그 가게에 더부살이 점원으로 잠입하기로 했다. 어느 날 가루야마는 쇼시를 비밀 모임에 넣어 주겠다고 했다. 이 무렵 탐정 기쿠치 라이조는 악당들한테 얻어맞고 행방을 알 수 없게 되었다. 가루야마의 부탁으로 쇼시는 반사쿠와 기쿠치를 묻은 곳을 알아보고 있었다. 쇼지는 단서를 찾았지만 잠자코 있었다. 밤이 깊어져서 혼자 나가 표식으로 사용한 연필(기쿠치라고 새겨졌다)을 줍고 그 동네 사냥꾼을 만나 기쿠치가 있는 곳을 알아냈다.

기쿠치는 '하루다의 생각에는 다보리 노인이 살해되던 밤, 마침 노인을 찾아오기로 약속한 인물이 기쿠치라고 보고 노인한테 손을 댄 게 가루야마의 패거리라고 추측하고 있는데 실은 그렇지 않다. 가루야마 패거리는 다보리 노인이 5년 전 화재 때 죽었다고 생각하고 있다'고 말해 주었다.

다음날은 신자부로의 사형이 집행되는 날이다. 하루다에게 쇼지로부터 '가루야마는 학살 사건과 무관함. 현지의 오두막에서 가루야마 부하 예닐곱 명한테 습격당해 그중 둘은 죽였고, 지금 돌아갈 예정. 상세한 얘기는 만나서 이야기'라는 전보가 왔다.

이때 옥중의 덴구로로부터 등기가 도착한다. 또한 다보리 집에서 '집안에 큰일이 생겼으니 하루다와 아가씨 속히 귀가 바람'이라고 알려 왔다.

덴구로의 편지에는 '내일 아침 6시 사형당하기 전에 속죄의 뜻으로 말씀드립니다. 이마코는 저의 친자식입니다. 그 모친이 병사하여 다보리 가에 양녀로 보냈던 것이고, 내 딸임을 남에게 발설하지 않고, 다보리 씨를 진짜 백부로 알도록 가르칠 것을 다보리와 약속한 것이 오늘에 이르렀습니다'라는 내용이 적혀있었다.

다보리 가의 소동이란 젠스케가 낙마하여 머리를 다치고 그 병상에서 주인 이마코 양과 하루다를 불러 자백을 하겠다고 한 것이다.

실은 저는 대악인으로 천냥의 돈에 눈이 멀어 주인어른께 손을 대고 말았습니다. 지금부터 이십일 전 주인어른에게 천냥의 돈이 보내져 왔는데 그것을 서재 책상서랍에 넣는 것을 보고 훔쳤던 것입니다. 가방에 넣어서 단도와 함께 뒷간 옆 석류나무 밑에 묻었습니다.

탐정 하루다의 캐릭터가 잘 묘사되어 있고 주로 하루다에게 시점이 놓여 있어 줄거리를 따라가기 쉽다. 사형집행일까지 범인을 찾지 않으면 안 된다는 시간제한, 서스펜스가 있는데다 진범의 반전에도 성공적이다.

2. 난요 가이시

본명 미즈타 에이유(水田英雄). 신인 중 최고라 할 만한 작가이다. 1869년 1월 25일 효고 현(兵庫県) 이와지(淡路) 고모에(薦江)에서 태어나 어린 시절을 반슈(播州)에서 보냈다. 17~18세 경 에이와 학사(英和学舎)에서 영어를 배우고 릿쿄 대학(立教大学)에 입학하였다. 그 후『도쿄 중신문』의 오오카 이쿠조(大岡育造, 1856~1928년)의 주선으로 동사에 입사하여

1910년 오오카가 『중앙신문(中央新聞)』에서 손을 뗄 때까지 20년간 헌신적으로 일하였다. 그 후 실업계로 들어서 설탕업연합회 주사로 활약하다 1958년 1월 3일에 사망하였다. 『미야코 신문』의 루이코 소설을 모방하여 1891년 5월 20일부터 「대탐정(大探偵)」을 번역하여 출판하였다. 그 후에는 번역물 게재를 계속하였고 가보리오의 『독살자의 사랑』 등 루이코에게 탐정소설의 원전을 제공해 주기도 하였다. 1892년 루이코가 『미야코 신문』을 떠날 때 난요를 자기 대신으로 추천했다고 알려져 있다. 하지만 난요는 『중앙신문(中央新聞)』으로 옮기게 되어 이를 사양하였다고 한다.

그가 번역한 원작자의 주요 작품을 보면 다음과 같다.

▶ **에밀 가보리오**(프랑스)
　「대탐정(大探偵)」(르콕 탐정)
　「비밀 책(秘密の巻)」(르콕 탐정)

▶ **포르튀네 뒤 보아고베**(프랑스)
　「불가사의(不思議)」(마다반 어페어)
　「숨겨둔 정부(忍び夫)」(닫혀진 문)
　「비밀당(秘密党)」(영어 번역명: 산호색 핀 *The coral pin*)
　「벙어리 소녀(唖娘)」(영어 번역명: 붉은 무리 *The red band* 렛드 밴드)
　「생령(生靈)」(독살자의 사랑)

▶ **쥘 베른**(Jules Verne, 1828~1905년)(프랑스)
　「국사범(国事犯)」(아드리아해의 복수)

▶ **가이 부스비**(Guy Boothby, 1867~1905년)(호주)

「마법 의사(魔法医者)」(니코라 박사)

▶ **코난 도일**(영국)

「이상한 탐정(不思議の探偵)」(셜록홈즈의 모험)

▶ **아서 모리슨**(Arthur George Morrison, 1863~1945년)(영국)

「희대의 탐정(稀代の探偵)」(마틴 휴잇 탐정이야기)

▶ **L.T. 미드**(Elizabeth Thomasina Meade Smith, 1854~1914년)(영국)

「도깨비집의 소문난 이상한 여관 외(化物屋敷の評判高き不思議の旅館 他)」(마스타 어브 미스테리)

▶ **오네**(프랑스)

「유키에 아가씨(雪江孃)」(ソートル・ド・フォーヂ)

루이코의 「다마테바코」는 원작이 보아고베의 「닫힌 문」으로 알려져 있다. 내용은 도시 생활의 게으르고 번들거리는 생활 풍속, 예를 들어 클럽, 도박장, 경매장, 곡물거래소, 부인자선회, 경마에 사람들이 놀며 돌아다니는 속에서 보석상자(다이아몬드가 들어 있는 작은 상자)의 비밀에 얽힌 상류 가정의 추문을 소재로 한 사건이다. 그 원제목이 닫힌 작은 상자의 뚜껑에서 비롯된 것인지는 분명치 않다. 난요 가이시의 「숨겨둔 정부」(1892년 3월 20일~5월 22일, 『중앙신문』. 1892년 12월 후소도(扶桑堂)에서 간행)의 원작도 같은 보아고베의 「닫힌 문」이므로 원본이 같다는 설도 있으나, 둘의 내용을 감안할 때 이는 잘못이다.

「숨겨둔 정부」

이야기는 '프랑스의 수도 파리에서 벗어나 동남쪽에 가라쿠사(唐草)의 성이라 불리는 유명한 고성이 있다'로 시작한다.

그 가라쿠사 성은 원래 가라쿠사 후작 아키요의 소유였으나 소메자키 다케시 육군중장한테 팔려 지금은 중장의 별장이 되어 있었다. 50세 가까운 중장의 부인 오치요는 스무 살 같은 미모를 갖고 있었고 구사루시마 영주의 딸이었다. 오치요의 여동생 오키요는 내향적인 여성이었다.

『숨겨둔 정부』 표지
(일본 국회도서관 소장, 1892년)

어느 가을 밤이 이슥한 무렵, 오치요가 이층 거실에서 혼자 멍하니 앉아 있을 때 바람이 휘몰아치는 틈으로 몰래 숨어 들어온 이는 스무 대여섯 살의 애인 아키요였다. 마침 그때 공교롭게도 중장이 사냥에서 돌아왔다. 아키요는 망루에 딸린 암실 속으로 숨었는데, 다음날 아침 중장은 찬바람이 들어와 건강에 안 좋다며 목수를 시켜 그 암실 입구를 철판으로 봉해 버렸다.

오치요는 자기를 연모하고 있던 파수꾼 지로조가 때마침 지나가자 '남편을 죽여라'라고 적힌 쪽지를 던졌다. 창밖을 내다보던 중장은 돌연 총탄에 옆구리를 맞아 사망하였다.

상황을 전해 듣고 검사 기류 유키오 등이 와서 목수를 시켜 철판의 못을 빼게 하고 암실에 들어가 보니 아무것도 없었다. 중장의 유해에서 꺼낸 총알은 엽총에서 쓰는 탄환이었다. 오치요는 지로조와 만나 그 쪽지를 돌려받고 돈을 주어 타국으로 도망가게 할까 생각했으나, 그가 '영원히 헤어지기 전에 단 한 마디 불쌍하다고 말씀해 주세요. 이루지 못할 사랑에 가슴을 태우고 있으니……'라고 고백하고, 아키요는 이곳의 전 주인이라서 내부 사정을 잘 알고 있을 테니 암실에서 망루로 빠져나가는 길도 알고 있을 것이라 말해주었다.

아키요의 하인 다로사쿠가 경찰에게 지로조가 총을 쏜 자라고 이르자 검사가 와서 지로조의 엽총을 조사해 보니, 그 총신이 더럽혀져 있었고 중장의 몸에서 나온 탄환과 똑같아 지로조는 구속되었다.

『숨겨둔 정부』 삽화

그 후 오치요 자매는 파리 와카마쓰초에 있는 저택에 틀어박혀 살고 있었다. 한편 오키요도 아키요를 사랑하고 있었으므로 진범을 찾아내겠다고 생각하고 있었다. 오랫동안 중국에 머물며 오키요를 사모해 온 종형제 니시나 도루 해군 대위가 일 년간의 휴가를 얻어 귀국하여 자매를 찾아왔다. 니시나는 오키요에게 청혼을 하였다. 의사 센사이에게 공증인을 부탁하고 소메자키 중장의 유언장에 의하면 오키요가 전 재산의 상속인으로 되어 있다고 오치요에게 전하러 왔다.

니시나 대위와 센사이가 와카마쓰초 저택에서 돌아가는 길에 다로사쿠가 눈에 띄어, 얼굴을 모르는 대위가 그의 뒤를 쫓아가 공원에 들어가니, 거기서 가라쿠사 아키요와 만나고 있는 것이었다. 대위는 명함에 그 내용을 적어 하인 후쿠마쓰를 시켜 오치요에게 전하게 하니, 좋은 소식을 들었다고 기뻐하며 집으로 돌아갔다. 다음날 아침 오키요는 아키요의 숙소인 사쿠라초에 가서 아키요와 만났다. 아키요는 영국 여행을 하고 왔다며, 중장의 암실에 갇혔었으나 출구가 없는 탑으로는 안 가고 위로 올라가서 담쟁이덩굴을 잡고 내려 왔노라고 말하는 것이었다.

한편 오키요는 오치요가 신경 쓰여 집을 나와 가라쿠사로 갔는데, 별장으로 가지 않고 지로조의 집으로 찾아가 노파 오쓰루를 간병하고, 우둔한 지로키치와 이야기를 나누었다. 넌지시 당시 상황을 캐보니, 그날 밤 지로키치는 밤을 주워 갖고 오는 중에 저택의 기와 담장을 뛰어 넘으려 하는 자의 얼굴을 봤다는 것이다. 그 남자가 중장을 쏜 것이라고 하였다. 그 남자는 다로사쿠가 아니었다. 지금 찾고 있는데 아직 보이지 않는다. 형 지로조도 아무에게도 말하지 말라고 야단을 쳤다고 한다. 오키요가 저택을 탐색해 보려고 대문 쪽으로 가 보니 마침 문을 열려는 남자가 있다. 아키요였다. 지로조의 잘못이 아니라는 무슨 증거라도 찾을까 해서 왔다고 하고는 가 버렸다. 예의 암실로 들어간 오키요는 양복 소매단추를 발견했다. 아키요 옷의 단추로 생각되었다. 오치요가 숨으라고 했던 사람은 아키요임이 틀림없다는 짐작이 갔다.

지로조는 독방에 거의 50일간 갇혀 있었고, 예심 중이라 사람을 만날 수도 없었으나, 형무소 소장 시라카미 군지는 군인 출신으로 지로조와 같은 군인 출신이라 친절히 대해 줬다. 그 감옥에 가라쿠사 아키요와 니시나 대위가 시찰을 왔다. 고지에 세워졌기에 높은 망루에 올라 둘러보기로 했다. 다행히 시라카미가 니시나 대위의 옛 부하여서 안내를 해 주었다. 그때 시라카미는 지로조가 성실한 사람이고, 주인을 암살할 사람이 아니라고 말한다. 니시나 대위 등은 줄바구니를 사식으로 들여보내줬다. 그 속에는 탈옥에 필요한 끌, 줄, 밧줄 같은 게 들어 있었다. '오늘 밤 1시 신호를 보낼 테니 밖으로 나오라, 탑 아래에 사람을 대기시켜 놓겠다'는 편지와 함께.

1시가 되기를 기다렸다 지로조가 밑으로 내려가는데, 밧줄이 중간까지밖에 다다르지 않았다. 속았다고 생각하고 다시 기어 올라갔다. 그때 총알이 두 발 날아와 경상을 입었고 감방 창문으로 굴러 들어가니 힘이 빠져 죽을 지경이었다.
　중장의 유산 상속을 사양할 작정으로 오키요는 공증인 다나카 헤이마를 찾아갔다. 자기가 사양하더라도 그 유산이 오치요에게는 가지 않고 자선 병원이나 빈민 요양소에 기부되도록 했다. 돌아오는 길에 오치요를 만났다. 아키요의 행방을 묻기에 공증인의 말로는 중장이 재산을 남긴다고 하는데, 그걸 알게 된 아키요가 갑자기 혼인하자고 한 이야기를 했다. 그리고 중장이 암살되던 날 어떤 사람을 방에 숨겨 달라던 일을 잊을 수 없고, 박정한 남자를 만나는 게 괴롭다며 타국으로 가 숨어 지내라고 충고했다. 함께 타국으로 가지 않겠냐는 물음에 오키요는 지로조를 구해 내겠다고 약속한 니시나 대위를 장래의 남편으로 의지할 생각이라 그것도 안 되겠다고 언니에게 알아듣게 말했다.
　지로조가 재판소로 인도되었다고 해서 센사이, 니시나 대위, 오키요 등 세 명은 그 이유를 시라카미 소장에게 물어보러 옥사를 찾았다. 센사이가 혼자 안으로 들어가고 대위와 오키요는 밖에 있었다. 그때 오키요는 대좌에게 아키요와의 인연을 끊으라고 권했다. 근처에서 밧줄을 찾아낸 오키요는 '아키요가 한 짓이니까, 일부러 짧은 밧줄을 주어서 지로조를 죽이려 했던 겁니다'라고 했고, 센사이가 돌아와 '공판은 내일 모레, 화요일부터 시작된답니다'라고 말했다.
　공판에서 가라쿠사 아키요가 배심원의 한 명으로 출석했다. 지로키치의 얼굴도 보였다. 그는 중장이 살해되던 밤, 지로조로부터 예의 그 종이쪽지를 맡아 갖고 있었다. 그러나 오치요의 눈물 어린 호소에 마음이 움직여 지로조가 꺼내지 말라는 시늉을 하자 그만 말을 삼켜 버렸다.

지로조의 몸에서 왼쪽 팔뚝에 총상으로 보이는 상처가 발견되었고, 그는 자기를 노린 사람이 있었다고는 밝혔으나 그게 누군지는 말하지 않았다.

다로사쿠의 발언에 대해 지로조는, 저택에서 꽤 가까이 있던 자기가 총소리를 못 들었는데, 열두세 간도 더 멀리 떨어져 있던 다로사쿠에게 들렸을 리가 없다고 대답하자, 동생 지로키치도 '내 귀에도 안 들렸다'고 큰 소리로 외치고, 이어 '나는 기와담장 밖 소나무 숲에 있었는데, 다로사쿠는 그때 없었다. 코 밑에 수염이 난 무섭게 생긴 사람이 담장을 넘어 동쪽으로 도망갔다'고 다로사쿠와는 다른 말을 했다.

자기 말을 믿는 모양이 아니기에 지로키치는 눈물을 훔치며, 왼쪽의 배심원석을 뚫어지게 쳐다보고는 '야아, 무서운 사람이 있다. 그 무서운 사람이 여기 있다'며 좋아서 춤을 췄다. 그 사람은 가라쿠사 아키요였다.

공판은 연기되었다. 니시나 대위는 돌아가는 길에 사쿠라기 공원에 이르러, 아키요와 오치요가 소곤거리고 있는 걸 엿보게 되었다. 오치요가 다그치자 아키요가 말했다.

　　암실에서 빠져나와 집으로 갔으나 당신이 걱정되어 다음날 농부로 변장하고 별장에 가 보니, 지로조는 숲이 우거진 곳에 총을 놔둔 채 소나무 밭을 둘러보러 담 밖으로 나가기에 그의 총을 집어 들고 창가에 있던 소메자키 중장을 쏘고는 총은 제자리에 놔두고 담을 넘어 집으로 왔소. 그날 밤 곧바로 영국으로 떠났지요. 그때 다로사쿠가 총을 메고 뒷마당을 둘러보고 있었는데 그 뒤 총소리가 들려 나는 집으로 도망갔다고, 사람이라도 쏴 죽였으면 자기도 말려들까 싶어 잠시 타국으로 여행할 작정이라는 이야기를 해 두었는데, 이걸 가지고 다로사쿠가 지로조를 고발할 줄은 몰랐소.

『숨겨둔 정부』 삽화

이에 아키요와 오치요는 외국으로 도망가기로 약속하고 다음날 밤 도리미 포구에 도착하고 하룻밤을 프랑스식 집에서 보냈다. 다음날 아키요는 우연히 대위를 만났다. 지로키치가 근거도 없는 소리를 하게 했다며 대위를 조롱하자, 대위는 '당신이 유죄라는 증거를 갖고 있다. 지로조를 감옥에서 구해 주겠다며 길이가 짧은 밧줄을 보냈고, 단총으로 쏘지 않았는가'라고 했다.

이에 입회인까지 정해 놓고 두 사람은 단총으로 결투를 하게 되고, 아키요가 대위를 쓰러뜨리고 도망친다. 그 뒤를 쫓은 것은 오키요. 그러나 아키요는 절벽에 기어 올라가 오키요를 포기하게 하려고 하다가 발을 헛디뎌 바다로 떨어지고, 그를 구출하러 배를 타고 나온 오치요와 함께 바다 속으로 빠져 버렸다.

한편 재판장의 훈계에 굴복한 다로사쿠는 주인 아키요에게 위협을 당해 본의 아니게 지로조를 고발했던 것이라 자백하고 지로조 형제는 그날로 무죄방면이 언도되었다.

가슴에서 총알을 꺼내자 니시나 대위는 건강을 회복하였고 오키요와 경사스럽게도 혼례를 올렸으며, 가라쿠사의 별장에서 새살림을 차렸고 지로조는 니시나 저택의 관리인이 되었다.

진범이 발각되는 의외성은 없으나 결말에 바닷가 등지에서 벌어지는 장면은 대단히 스릴 넘치는 압권이다.

탐정실화의 발흥 제4장

탐정실화의 기원

외국의 탐정실화풍 소설로는, 분큐(文久, 1861~1863년) 시대에 간다 다카히라(神田孝平)가 번역한, 번역탐정소설의 원조로 간주되는 「화란미정록(和蘭美政錄)」이 가장 오래되었다. 그 후에 「재판기사」(1875년), 「정공증거 오판록」(1881년), 「적음발미 기옥」(1888년), 「천유촉미 탐정연궤」(1891년) 등이 있는데, 앞에서 서술했던 독부물(毒婦物), 도적물(白浪物), 정치범물 등에서 탐정실화의 맹아를 볼 수 있다. 그러나 루이코(淚香)의 출현으로 이는 쇠퇴하고 탐정소설이 전성기를 이루었는데, 신문 잡보 등에 탐정실화의 명맥은 보존되고 있었다.

1892년 8월 번안 탐정소설의 연재로 인기를 독점하고 있던 루이코가 미야코 신문사를 퇴사하자, 이 신문사에서는 쓰보우치 쇼요, 다음으로 가네코 시라누이를 기용하지만 독자들의 반응은 좋지 않았다. 그렇다고 해도 창작 탐정소설로 스도 난스이(須藤南翠, 1857~1920년)의 「살인범(殺人犯)」이나 미기타 노부히코(右田寅彦, 1866~1920년)의 「장님 미인(盲目の美人)」 등이 실패했기 때문에 그것을 반복할 생각은 없었다. 그래서

『시미즈 사다키치』 표지
(1897년 제5판)

생각해 낸 것이 '탐정총화(探偵叢話)'라고 이름 붙여진 탐정실화였다.

당시, 미야코 신문의 탐방장(探訪長)을 하고 있었던 다카야 다메유키(高谷為之)라는 전 경시청 형사가 형사재직 중에 관계했던 사건 40여건의 개요를 수첩에 적어 놓은 것이 도움이 되었다. 처음에는 다카야가 읽을거리에 알맞은 문장을 쓸 수 없어서 그의 원고를 기자가 윤색하여 싣기 시작했다. 1893년 3월 3일부터 연재를 시작했는데, 처음에는 하루에 2화 정도로 짧은 것이었지만, 총화 제20편 「시미즈 사다키치(清水定吉)」에 이르러서는 4월 14일 연재 개시부터 7월 2일 대미를 장식할 때까지 69회에 이르는 그림이 들어간 장편으로 발전해 대성공을 거두었다. 1893년 7월 초판 긴쇼도(金松堂)에서 간행되었다.

「시미즈 사다키치」

이 소설은 '수만 독자 제군은 기억에 생생할 것이다. 지난 1880년 10월 30일 밤, 간다의 전당포에 침입하여 주인을 살해, 재화를 빼앗고, 같은 수법으로 여러 곳을 침입했는데……'라고 시작한다. 3천여 순사의 눈을 피해 1885년 경까지 도쿄에 횡행했던 권총 강도가 있었다.

이시카와 현 출신의 오가와 다키치로 순사는 히사마쓰초 경찰서 회의에서 '이 도둑놈을 반드시 체포하겠습니다'라고 서장에게 단언했다. 1886년 1월 24일 추운 밤, 오가와는 하마초 2번가의 강 속에 들어가 몸을 담그고 얼굴만 수면 위로 내 놓은 채 강 연안을 통행하는 자들을 지켜보고 있었다. 마침 그때 수상한 자를 봤는데, 몸이 얼어서 추적을 포기했다. 료코쿠야노쿠라 근처의 닭요리집 안쪽 좌석에서 마주보고 있는 두 사람

『시미즈 사다키치』 삽화

은 시미즈 사다키치라는 침의(鍼醫)와 모토마치 경찰서의 형사 하야카와 한지로였다. 두 사람은 바둑 적수이며, 만년청(萬年靑)[1]을 좋아했다. 바로 이 시미즈 사다키치가 권총 강도인데, 혼조 마쓰자카초에 살고 있었다. 지금 하야카와와 함께 있는 것도 사실은 그로부터 경시청의 동정을 살피기 위한 것이었다.

사다키치는 혼조 구 나카노고 모토마치의 전당포에 세 번이나 갔는데도 실패했지만, 결국 마지막에는 도둑질에 성공해서 1030엔을 한 손에 움켜쥐고 돌아갔다. 전당포 지배인으로 위장하여 망을 보는 순사에게 예의 바르게 인사하고 나간 다음, 평소 다니던 찻집으로 돌아왔는데, 탐정이 온다는 얘기를 듣고 안마사 차림으로 바꾸고 마쓰자카초에 있는 집으로 돌아갔다. 다음날 아침에는 모토마치 경찰서 형사들이 근무하는 곳으로 가서 하야카와를 비롯한 아는 얼굴들에게 인사하고 상황을 살펴보았다. 사다키치는 '어차피 구원받지 못할 목숨이라면 미리 봐둔 곳을 남김없이 털어버리고 원하는 바를 이룬 다음 처형당하면 되지'라는 식으로 생각을 했다. 잘못을 뉘우치는 마음은 조금도 없었다.

---

[1] 백합목 백합과의 상록식물로, 5~7월에 황색이나 흰색의 꽃이 핀다.

시미즈 사다키치의 아명은 가메마루였는데, 아버지 데쓰넨은 아사쿠사 몬조지 절의 주지였다. 데쓰넨과 여자 몸종 사이에 태어난 아이가 사다키치인데 태어나면서 총명했다. 하지만 본처에게 두 아들이 생겨 적자를 몬조지 절의 상속인으로 정했기 때문에 하는 수 없이 교토에 갔지만, 본산(本山)에서도 거절당해 에도(江戶)로 다시 돌아왔다. 도박을 배워 재산을 잃자 노상강도가 되었다. 어느 날 상대가 무사라는 것을 알고 도망갔는데, 그 다음날부터 사이토 야쿠로의 문하에 들어가 일도류(一刀流)를 배우고, 유술의 양심류(揚心流)2)를 익혀 햇수로 5년 동안 수련했다. 무도의 깊은 비결을 깨달은 것은 23세 때였다. 이것이 강도 목적이었다니 실로 놀랄만한 인물이다.

오테쓰라는 여자가 궁지에 처해 있는 것을 구해주고 부인으로 삼아 아사쿠사에 살림을 차렸다. 그리고 사이토 요시야마라고 개명하여 안마사, 침의로 전전하다가, 점차 통행인 상대로 강탈을 하기 시작해 노상강도가 되었다. 낮에는 여러 문하를 출입하면서 검도를 지도하였다. 그 사이에 이상하다 할 만한 것은 부인 오테쓰를 정성스럽고 지극하게 돌보면서 5년을 지냈다는 것이다.

장마비가 줄기차게 내리던 어느 날, 사다키치는 옆방에서 오테쓰가 듣고 있는 것을 모르는 척 하면서, 생각에 빠진 모습으로 '여자만큼 신변에 독이 되는 것은 없다. 신초구미(新徵組) 파의 소두목이 되라고 제자들이 권하고 있는데, 나에게 만약의 일이 일어난다면 아무런 의지할 데 없는 그녀가 불쌍하다'라고 혼잣말을 했다. 그것을 들은 내성적이고 유순하며 정숙한 여자 오테쓰는 남편이 자기 때문에 입신출세가 보

---

2) 유술이란 유도의 원형으로 불리는 일본 전통 무술이며 양심류는 타격기술로 유명한 유술의 한 유파.

이기 시작하는데 번민하고 있다고 생각해, 속고 있는 줄도 모르고 그날 늦은 밤에 아즈마바시 다리에서 투신자살을 했다.

사다키치는 거치적거리는 것이 없어 홀가분하다고 생각하고, 이후에는 한 여자만을 아내로 삼거나 하지 않았다. 70세 가까운 노파 한 사람을 고용해 가사를 돌보게 하면서 되는대로 강도, 노략질을 했다. 이후에 하치오지로 옮겨 오타 세이코라는 가짜 이름을 만들어 안마 치료를 업으로 삼았다. 1868년, 대정봉환(大政奉還)3) 시대가 되자 에도 혼조의 녹지에 거처를 마련하고, 오타 사다키치라는 가짜 이름으로 안마도인법을 간판으로 내 걸어 놓고서는 마음껏 도둑질을 하거나 노상강도를 하였다.

어느 날 무사를 사칭한 노상강도로부터 권총을 갈취한 다음, 그 사용방법을 전문가에게 전수받아 탄환 만드는 기계를 구비하고 탄환 제조하는 법을 터득했으며, 사격술도 아무개에게 전수받았다.

한 때는 죄를 뉘우치며 산파의 집 2층에 살고 있었는데, 산파 오이시 유키노(大石雪野)의 딸이 사다키치를 연모하는 바람에 사다키치는 유키노에게 쫓겨나고 빌려간 돈을 갚으라는 재촉을 받았다. 그때 50냥의 돈을 마련할 방책이 없는 청년이 자살하려는 것을 구하느라 또 도적질을 하는 처지가 되었다.

이후 전당포에 들어가 처음으로 살인을 한 것은 1868년 메이지 유신의 해가 밝았을 때로 사다키치가 44세일 때였다.

순사가 비상선을 쳐도 의례적인 단속이라고 업신여기고, 자기 사는 곳과 가까운 혼조 모토마치 경찰서의 형사 하야카와 등과 교류를 맺고 동태를 살피면서 그 수하의 첩자가 되기까지도 하는 등 그 주도면밀함

---

3) 1867년 에도 막부가 천황에게 국가통치권을 반환한 사건.

에 대해서는 앞서 말한 대로이다. 잠복형사가 눈치 채지 않도록 저녁 8시쯤 왕래가 혼잡할 때 전당포에 침입하거나 했다.

1882년 사다키치는 부인 오카쓰가 병사하자, 일등순사의 미망인을 소개 받아, 37세의 오쓰네와 재혼했다. 오쓰네에게는 두 딸이 있었다.

1884년 3월 5일 저녁이었다. 안마침술사 차림의 사다키치는, 걸립(乞粒)4)하고 있던 여자 기다유(義太夫)5)가 친한 척 말을 걸고, 사다키치가 총을 가지고 있는 것을 알고 있는 것에 깜짝 놀랐다. 그저께 밤 10시 조금 지났을 때쯤 사다키치가 혼조 모토마치의 전당포에 침입해 그곳의 부인을 총으로 쏴 죽이고 솜씨 좋게 일을 끝낸 다음, 그날 밤 11시에 근처 묘지에서 옷을 갈아입고 있는 것을 그녀가 보고 있었던 것이다. 그리고 그녀는 사다키치의 첩이 되었다. 1885년에는 아사쿠사 니시토리고에초에 후지모토라는 찻집을 열어 주었다.

1886년 1월 22일 한밤중에 혼 조구 나카노고 모토마치의 전당포를 부수고 도적질을 한 것은 앞에서 이야기했다.

24일, 히사마쓰초 경찰서의 수사회의에서 청년 순사 오가와 다키치로가 이 흉적을 반드시 잡겠다고 단언한 것도 말한 바 있다. 그렇지만 그는 물이 차가워서 발이 제대로 움직이지 않아 미행에 실패했기 때문에 외근부장이 면직 상신서를 썼는데, 다행히 노련한 탐정 가타오카가 때마침 그곳을 지나가던 오가와를 보고 부장에게 사실을 말해서 면직 상신서는 취하되었다.

1886년 2월 2일 밤, 오가와 다키치로는 늦게 출근해서 10시에 밀행을 시작, 12시에 경찰서로 돌아왔다. 사다키치는 오가와가 하마카와 강기

---

4) 무속 행위를 하기 위해 마을을 돌며 구걸하거나 그런 사람을 일컫는 말.
5) 다케모토 기다유(竹本義太夫)가 창시한 조루리(浄瑠璃)의 한 일파인 기다유부시(義太夫節)를 엮어내는 사람.

숲에서부터 미행해 오는 것을 알아챘다. 기분 전환으로 한 바탕 일을 하자하고, 제본업을 하는 이시카와 오린의 집에 들어갔다. 그 집은 경시청에 납품하는 곳으로 과부의 이름으로 장사를 하고 있는데 수입이 많다고 소문 난 곳이었다. 강도의 침입으로 놀란 후견인 쓰치야는 히사마쓰초 경찰서에 급히 신고했다. 버선발로 달려 온 오가와 다키치로는 아까 만났던 안마사와 우연히 마주치자 '주머니 속 물건을 봅시다'라고 신문했더니, 곧바로 안마사는 슬쩍 단도를 빼들고 오가와의 왼쪽 흉부 아래를 찔렀다. 오가와는 그 단도를 잡아채려고 하다가 몇 군데를 찔렸고, 안마사 사다키치는 도망가면서 권총을 발사하고 단도를 내던졌다. 오가와는 사다키치의 뒤에서 덤벼들었다. 때마침 동료 순사가 도우러 와서 사다키치는 포박당했다. 오가와는 무려 열 몇 군데를 찔리는 중상을 입었다.

그 후 사다키치는 노후에 얻은 사랑하는 자식을 보고 심경의 변화를 일으켜 30여 년간의 악행을 상세히 자백했다. 1887년 5월 공판정에서 사형 선고를 받고, 51세를 마지막으로 교수대의 이슬로 사라졌다. 그때의 상황을 다음과 같이 기록하고 있다.

> 교수대에 오를 때는 열에 열 모두 눈가리개를 하는 것은 물론이고, 옥졸 세 명이 들어 메어 올리는 것이 통례인데, 사다키치는 이것을 거부하여 눈가리개도 하지 않고, 옥졸의 손도 빌리지 않고, 혼자서 유유히 발걸음도 흐트러뜨리지 않고 올라가서 옥리 및 입회 검사에게 묵례하고 교수대에 오른 지 35분이 지난 후에 비로소 죽음에 이르렀다. 이제까지 교수대에 오른 지 35분이 지나서야 죽음에 이른 경우는 혼고의 유명한 승복집의 독부(毒婦) 오쿠마 뿐이었다. 시체는 고쓰카하라에 묻혔다.

사실을 있는 그대로 그려내고 있어서, 범인 사다키치가 형사와 친하게 지내면서 경찰의 내부 사정을 살피고 있었다거나, 33년간 한 번도 혐의조차 받고 있지 않았던 것 등, 당시 당국의 수사체제의 허술함이 그려져 있다. 사실대로 기술함으로써 사다키치의 성격이 의도치 않게 자연스럽게 드러나고 있는 것은 이후의 고가 사부로(甲賀三郎, 1893~1945년)의 「하세쿠라 사건(支倉事件)」과도 비견된다.

「3주간의 대탐정」

일명 미토 가(家) 보물 강도는 탐정총화 제21편으로 1893년 7월 4일부터 9월 30일까지 76회에 걸쳐 연재되었다. 같은 해 11월 긴쇼도에서 간행했다.

1882년 10월 25일 새벽녘, 나고야 감옥에서 죄수 20여명이 탈옥 도주하는 사건이 발생했다.

이후 다음 해 9월 7일에 아사쿠사 사루야초 경찰서는 미토 가의 보물 창고에 도둑이 들었다는 신고를 접수했다. 사루야초 경찰서의 탐정 오카다 마사아키는 수사 주임으로 임명되었다. 오카다는 창고 강도에도 여러 종류가 있지만, 창고 벽의 지면에서 9척 정도 되는 부분이 세로 1척, 가로 8, 9촌의 계란형으로 뚫려 있는 것이 특징이라고 판단, 이 수법을 쓰는 창고 도둑에 주의를 하고 있었다.

『3주간의 대탐정』 표지(1893년)

그때쯤, 아사쿠사 젠류지(善立寺) 절 앞, 모리시타 가네아키의 저택 근방에 있는 유명한 도검상, 마치다 히라키치의 창고 2층 벽이 뚫리고 물품 수백 점이 도난당한 사건이 발생했다. 오카다가 조사해보니, 그 절단면은 미토 가 창고 도둑의 수법과 똑같았다. 범인은 모리시타 가네아키로 추측되었는데, 노탐정 가스가는 모리시타를 잡는 것은 나중에 하고, 모리시타 집에 출입하는 동료들을 쫓아가 체포한 다음에 모리시타를 포박한다는 방책을 생각했다.

관련 도적 20여명을 잡은 후에 오카다 일행은 모리시타의 집으로 갔다. 하지만 장물 같은 물건은 어디에도 보이지 않고, 도난품도 없었다. 모리시타는 공모자도 패거리도 없다고 주장했다.

한편, 견습 탐정 지바 소키치는 찻집 야마다야에 잠입해서, 여주인 고토코가 큰 절도사건으로 구류를 받은 적이 있고, 그녀의 남편 나라키 센로쿠 또한 흉적이라는 것을 알게 되었다. 나고야 후시미초의 미나토 오카루라는 여성이 천 엔 전신환을 고토코에게 보냈다는 것을 알고, 오카다 탐정은 급히 상부에 보고했다.

오카다 탐정 일행은 그것을 제1 증거물로 보고 나고야 방면으로 서둘러 갔다. 오카다가 나고야 전신국에 문의하니 오카루의 소재는 불분명하지만, 고토코가 보낸 전신을 당사자가 받으러 와서 건넸다고 한다. 30세 전후의 훌륭한 상인 집안의 귀부인 같았다고 한다.

그 다음 나고야 경찰서에 문의하자, 본부장의 대답은 나마코 은행 건으로 오카루를 이미 체포했는데 증거불충분으로 석방되었다고 한다. 중요인물이어서 오카다 일행은 오카루를 다시 체포하고 그 가택을 수사했다. 잘 휘어지기 때문에 보통은 천장에 소나무를 쓰지 않는데 천장의 판자가 소나무인 것을 이상히 여겨, 아래에서 천장을 찔러 안쪽으로 돌려 올라간 부분을 오카다가 살펴보니 슈우이 약 네 쾌, 그 외 지폐 다발 이백 오십엔 등이 은닉되어 있었다.

1880년 12월 어느 날 밤 탈옥한 탈옥자 중에 나라키 센로쿠, 고다

슈지로, 모토노 산고로 세 명이 있었다. 앞장서서 일을 벌인 이들 세 사람은 멀리 도망가지 않고 숨어서 경찰의 눈을 피했지만, 다른 30여명은 체포되었다. 이후 세 사람은 강도, 절도로 나고야 감옥에서 복역하게 되었고, 다시금 1882년 10월 탈옥을 결행했다고 한다.

이후 미나토 오카루의 진술서에 의하면 나마코 은행의 순은 약 네 쾌는 미토 가의 보물을 녹인 것이었다. 결국 조사가 진행됨에 따라 미토 가 보물 창고 도적은 1882년 나고야 감옥의 탈옥수 집단에 의해 벌어졌음이 명백하게 밝혀졌다.

전직 형사 다카야 탐방장의 메모에 근거한 원고에 따른 만큼 당시 경찰의 움직임과 기타 상세한 부분을 알 수 있어 자료적으로도 귀중하지만, 지나치게 지엽적인 문제까지 기술되어 있다. 예를 들면 등장인물이 불필요하게 많고, 찻집 야마다야에 잠입한 지바 소키치라는 젊은이와 그 집 여주인과의 연애관계 등, 테마와 관계가 적은 사건도 길게 서술되어 있어서 읽을거리로서는 지나치게 장황하지만, 유장한 메이지 시대에는 그래도 독자에게 환영을 받았던 것 같다.

참고로 히지카타 마사미(土方正巳, 1909~1997년)의 『미야코 신문사(都新聞史)』에 의하면 다카야의 주요 탐정실화는 다음과 같다.

▶「3주간의 탐정(三週間の探偵)」(미토의 보물 창고 도둑[水戸の土蔵破り])
▶「나카가와 기치노스케(中川吉之助)」
▶「국사탐정(国事探偵)」(가쿠난 자유당 사건[岳南自由党事件])
▶「야마다 지쓰겐(山田実玄)」(아자부의 양모 살인사건[麻布の養母殺し])
▶「기소 도미고로(木曽富五郎)」
▶「승복 가게의 오쿠마(法衣屋お熊)」

- ▶「의로운 게이샤(俠芸者)」
- ▶「무스메 기타유(娘義太夫)」(다케모토 몬키오[竹本紋清] 살인사건, 마야마 세이카[真山青果]「사쓰마 홍매(薩摩紅梅)」의 원작)
- ▶「가사모리 경단(笠森団子)」(계곡의 여자 살인 사건[谷中の女殺し])
- ▶「어묵집 살인 사건(蒲鉾屋殺し)」
- ▶「헌병 대위·도깨비 눈물의 복수(憲兵大尉·鬼涙の仇討)」-『미야코노 하나(都の華)』 소재
- ▶「족제비생원(鼬小僧)」
- ▶「살무사 오마사(蝮のお政)」
- ▶「남경송(南京松)」
- ▶「무라마사 사다쓰구(村正勘次)」
- ▶「사기꾼 오킨(あたりやおきん)」
- ▶「여 경감(女警部)」
- ▶「머리를 빗다(梳分髪)」
- ▶「소매치기 가네키치(掏摸の兼吉)」
- ▶「가미나리 미요지(雷巳代治)」

미야코 신문이 탐정실화로 성공을 하자 도쿄, 지방을 막론하고 각지는 경쟁적으로 탐정실화를 연재했다. 이 유행은 이전까지의 탐정소설을 능가하여, 강담(講談)6)과도 연계되고, 신파극으로도 상연되면서, 메이지부터 다이쇼에 이르렀다. 다음에는 미야코 신문 이외의 신문에 연재된 작품을 두세 가지 소개하려고 한다. 먼저『야마토 신문(やまと新聞)』에 연재되어 호평을 얻고, 1895년 12월 오카와야(大川屋) 서점에서 간행

---

6) 무용담, 복수담, 군담(軍談) 등을 가락을 붙여 재미있게 들려주는 이야기 연예(演藝).

된 무명씨 편 「탐정실화 탈옥수 후지쿠라(探偵実話 破獄の藤蔵)」이다.

「탐정실화 탈옥수 후지쿠라」

이 소설은 '메이지 초기부터 약 12년간 도쿄와 그 근방을 횡행하여 수천 엔을 약탈한 하야시 후지쿠라라는 인물이 있었다. 탈옥하는 데 능숙하여 탐정사회에서는 탈옥수 후지쿠라라고 불렸다'라고 시작한다. 하야시 후지쿠라는 1848년 11월 아오야마 햐쿠닌초에서 무사 집안의 차남으로 태어났다.

메이지 유신 후, 후지쿠라는 친아버지의 영지에서 나와 오이케 조자에몬을 찾아가, 조자에몬의 딸 오미네의 데릴사위

『탈옥수 후지쿠라』 표지
(1904년 제3판)

가 되었다. 그런데, 스기타 기헤이지가 후지쿠라의 단골 게이샤 오로쿠를 돈을 주고 빼오는 사건이 일어났다. 후지쿠라와 오로쿠는 때를 기다리다가 사랑의 도피를 할 생각이었다. 화가 난 후지쿠라는 기헤이지를 찾아가 칼로 죽이고, 오로쿠는 도쿄로 도망갔다.

자포자기가 된 후지쿠라는 산적 무리에 가담했기 때문에 도베(戸部) 감옥에 들락거리는 신세가 되었다. 신입으로부터 친형 나가오카 마사토시가 관군에게 잡혀 도쿄로 끌려가게 되었다는 말을 듣자, 탈옥한 후지쿠라는 호송하는 관군을 베고 마사토시를 구출했다.

두 사람은 에치고 지방에서 2년을 지내고, 세간의 관심이 식을 무렵 1870년에 일단 도쿄로 돌아왔다. 두 사람은 지인에게 의지하여 아사쿠

사 나미키초에 담배가게를 열었는데, 이득도 손해도 보지 못하고, 마사토시는 홋카이도 개척에 종사하러 떠났다. 후지쿠라는 이후 5년간 장사로 분주했지만, 그다지 두각을 나타내지 못했다. 그래서 이번에는 가부토초에서 쌀장사를 하려고 했다. 큰 승부에는 큰 돈이 필요하다고 생각해서 필요한 자본을 위해 강도를 할 생각이었다. 그때 오로쿠를 만났다. 오로쿠에게는 이미 대참사(大參事)[7] 관직에 있는 남편이 있었지만, 그 남편이 미에 현으로 부임하자 후지쿠라는 오로쿠와 밀회를 즐겼다. 후지쿠라는 욧카이치마치의 사족(土族) 하야시의 미망인과도 가까워져 그녀의 양자가 되었다. 그런데, 오로쿠가 남편에게 이혼당하고 후지쿠라가 있는 곳에 갔다. 그 때문에 양어머니에게 미움을 받은 두 사람은 하야시 가(家)를 빠져나와 도쿄로 갔는데, 생활이 곤궁하여 오로쿠는 다시 돈을 벌기 위해 지바의 기사라즈로 가게 되었다.

후지쿠라는 가와사키의 요리점에서 도적 동료였던 스기모토 가메타로를 우연히 만나 함께 도쿄로 상경했다. 그리고 다른 동료 또 한 명을 꾀어 하치오지의 명주실 상인의 저택을 습격해 이천 엔을 뺏었다.

삼백 엔씩 나눠주고 천사백 엔을 자기 손에 넣은 다음, 오로쿠의 빚을 변상하고 다시 데려왔다.

이후, 마에바시의 명주실 상인 저택으로 동료 두 사람과 침입해 명주실 한 짝을 훔친 다음, 나머지를 두 사람에게 맡기고 이카호 온천으로 놀러갔다. 온천에서 외국인의 금시계를 훔쳤는데, 마침 요코하마의 탐정이 후지쿠라가 범인인 것을 알게 되고, 마에바시 경찰서에 구속되었다. 감옥에 들어갔지만, 한밤중에 탈옥하여 아사쿠사 나미키초로 돌아와 근처 마을을 휘젓고 다녔다.

7) 메이지 시대 초기에 설치된 지방관 장관 다음의 관직. 현재의 부지사에 해당.

한편 요코하마 다카시마초의 후타미루(二見楼)의 유녀 다마쓰루는 미모로 평판이 높았다. 다마쓰루에게 어떤 손님이 돈을 물 쓰듯 써서 후타미루의 주인은 몰래 경찰서에 신고했다. 형사실로 불려온 것은 후지쿠라였다. 그런데 7년 전에 탈옥했기 때문에 얼굴을 기억하고 있는 형사들은 모두 바뀌어 있어 일단 안심했다. 50엔의 소지금을 가지고 있던 후지쿠라는 유실물 은닉죄로 징역 6개월에 처해졌다.

도베 감옥에 수감되자, 신입 사카이 조키치라는 남자가 이야기하기를 자기가 가나오시무라의 조에지(長惠寺)에 침입했다가 그곳 주지의 칼에 다쳤다고 했다.

반년 후에 후지쿠라는 방면되었는데, 그 가나가와 현 조에지의 주지에게 동료에 대한 복수를 할 생각으로 침입하여 칼로 찌르고 80여 엔을 훔쳐 달아났다. 이시카와 섬 감옥에 수감되어 있는 부하 스기모토 가메타로를 구하기 위해 후지쿠라는 사기범으로 징역 4개월을 받고 감옥에 들어가, 가메타로를 꼬드겨서 함께 탈옥한다.

네 명의 부하와 의논해서 소학교 교사의 집에 침입했다. 첫날은 그 집 부인이 이불을 후지쿠라에게 덮어씌워 실패했지만, 다음날 밤에 다시 침입해 주인에게 중상을 입히고 150엔을 뺏었다. 가나가와 경찰서 탐정은 전에 조에지 주지를 괴롭혔던 흉적과 동일인이라고 생각하고 주범은 후지쿠라라고 단정하여 체포를 서둘렀다.

등잔 밑이 어둡다는 말이 있으니 여기에 있는 것이 상책이라 생각한 후지쿠라는 가나가와에서 가까운 가와사키역에 숨어 지내면서 그곳 기루에서 놀고 있다가 체포되어 가와사키에서 가나가와로 호송되었다. 후지쿠라를 태운 인력거에 상무 순사 한 명이 합승하고 있었다. 쓰루미 다리 중앙에서 후지쿠라가 갑자기 양 다리에 힘을 주어 뒤로 몸을 젖히자 차는 중심을 잃고 뒤로 뒤집어졌다. 후지쿠라는 다리를 들어 순사의 옆구리를 찼다. 인력거꾼도 차서 강으로 떨어뜨렸다. 그 사이에 후지쿠라는 도주했다.

반년여를 후쿠시마 지방에서 지내다가 가을이 반쯤 지났을 무렵, 오로쿠가 있는 사쿠마초로 왔다. 그러나 그녀는 불과 2주전에 저세상으로 가버렸다.

그 해 말, 후지쿠라는 절도범 혐의로 이치가야 감옥으로 보내져 3년 6개월의 징역이 결정되었다. 우시고메에 있는 어느 저택의 토굴작업 중 후지쿠라는 오래된 줄을 발견하고, 몰래 손가락으로 코 속을 찔러 코피를 낸 다음, 코피를 멈추게 하기 위해 받은 휴지 속에 줄을 숨겼다. 그것을 가지고 바닥 쪽 각목을 교묘하게 잘라내어 탈옥했다.

마침 시나가와 경찰서 관내의 오리키무라에서 물방앗간 집에 4인조 강도가 침입하여, 주인과 직원에게 중상을 입히고 돈을 훔쳐 달아난 사건이 발생했다. 고바야시 탐정은 그 수법을 보아 이치가야 감옥을 탈출한 자가 주범일 것이라 추정하고 모사가인 부하 이마이 지로를 독려했다.

이마이는 시나가와의 산키루(山木楼)의 게이샤 사쿄에게 다니고 있었다. 부농의 아들이 사쿄의 방을 전세 내어 독점하고 있었기 때문에 이마이는 다른 이름으로 된 방에만 다닐 수 있었는데, 그것 때문에 부아가 나 있었다.

어느 날 이마이가 그 손님을 봤는데, 날카롭게 사람을 쏘아 보는 눈빛이 보통사람이 아니라고 느꼈다. 사쿄에게 물어보니, 그 사람은 다치바나군 시로사토무라의 부농 스가누마 덴지로라고 했다. 고바야시 탐정과 상의하여 그곳을 조사하러 갔지만 아무런 수확도 얻지 못하고 돌아왔다.

어느 날 이마이가 이것이 마지막이라 생각하고 사쿄가 있는 곳으로

가니, 사쿄는 드물게도 사쿄의 본래 방으로 이마이를 데리고 갔다. 최근에 덴지로는 전혀 오지 않는다고 한다.

쇠주전자에 물을 가득 넣고 밤새도록 부글부글 끓이면서 조금도 마시지 않은 것, 방 기둥에 걸린 한 장의 서화판 두께가 다섯 푼을 넘는 것이 갑작스런 일에 대비한 것처럼 느껴져 돌아가서 고바야시에게 이야기하니 고바야시는 무언가 짐작되는 것이 있는 듯 가볍게 미소지었다.

이마이는 산키루 주인에게 그 손님이 오면 알려달라고 부탁해 놓았다. 그 손님이 온 것을 전달받고 이마이 일행이 산키루에 가 덴지로를 체포하려고 하자, 덴지로는 기둥에 있는 꽃병을 잡아당겨 단도를 꺼내려고 했다. 하지만 단도는 고바야시 탐정이 미리 찾아내 없애버렸다.

체포 후에 이토 경감이 열심히 심문하는 데도 자백하지 않아서, 고바야시는 그가 있는 감방에 한 사람을 넣기로 했다. 다키라고 하는 전직 군인인 남자였는데, 25일이 지났을 무렵 고바야시가 불러서 물어보니 그 녀석은 무서울 정도로 행실이 바른 사람으로, 잘 때도 일어날 때도 한 장소에 머물러 있다고 한다. 식사 후에 따뜻한 물을 한 잔 받는데, 한 입이나 두 입 정도 마시고 나머지는 같은 장소에 전부 쏟아버린다고 말했다.

고바야시는 다키를 감방에 돌려보내고 나서 갑작스레 덴지로를 형사실로 호출해 놓고, 자신은 을호(乙号) 감방에 들어가 사방을 빠짐없이 검사했다. 그랬더니 토대 아래 벽돌과 각목 사이에 뜨거운 물을 쏟아부어서 바닥 판자는 물론 각목 표면까지 썩어 벽돌도 거의 부석부석해져 있었다.

그 후 고바야시가 열심히 심문하자 가짜 이름을 쓰고 있다는 것 등을 자백했다. 이리하여 재판소로 간 후지쿠라는 몇 번의 심문 끝에 사형에서 한 등급 감한 형을 받아 무기징역에 처해져 홋카이도 슈지 감옥에 호송되었다. 시나가와 경찰서는 일본 본토와는 달리 감옥에 대한 감독이 느슨해지기 쉬워서 탈옥의 염려가 있으니 이시카와지마에 특별히 간수를 붙여 복역시켜야 한다고 위에 알렸는데 이것이 허가되었다. 후지쿠라는 실망했지만 마음을 고쳐먹고 이 세상에 사죄하는 마음을 보인 다음 수갑을 찬 채 두 눈을 엄지손가락으로 찔러 자신의 각오를 증명했다.

감옥에서 탈출하는 데 능숙한 후지쿠라의 면목이 잘 묘사되어 있다.

「탐정실화 옥중의 독살」

탐정실화가 유행함에 따라 이것을 재료로 한 강담(講談)도 널리 행해졌다. 강담사(講談師)로 가이라쿠테이 블랙(快楽亭ブラック, 1858~1923년), 마쓰바야시 하쿠치(松林伯知, 1856~1932년), 마쓰바야시 자쿠엔(松林若円), 야마자키 긴쇼(山崎琴書), 간다 하쿠린(神田伯麟), 다마다 교쿠슈사이(玉田玉秀斎) 등이 보이고 속기본도 많이 출판되었다. 야마자키 긴쇼가 강연하고 야마다 도이치로(山田都一郎, ~1932년) 속기한 「탐정실화 옥중의 독살」(1899년 11월, 나쿠라쇼분칸(名倉昭文館) 간행)이라는 책을 보자.

『옥중의 독살』 표지(1899년)

"'자, 눈구경 하러 달려가지' 오늘 아침 일찍부터 계속 쏟아지는 눈, 눈 깜짝할 사이에 사방 일대가 은빛으로 뒤덮인 것 같다. 마당의 고목도 하얀 꽃을 피워 눈부시기만 하다. 이 전경은 뭐라 말할 수 없다' 이 소설은 이렇게 시작한다.

『옥중의 독살』 권두화

정오 조금 지나서 도쿄의 눈 명소인 무코지마의 야오마쓰에서 눈 구경을 겸한 연회가 열렸다. 신사의 품위를 갖춘 상인들 35~36명이 모였는데, 간사 역할을 한 사람은 후지이 시게노리라는 수입품 가게 주인과 미노다 고헤이 두 사람이다. 10시쯤 모두 완전히 취한 상태로 돌아갔는데, 미노다는 뒷정리를 하고 12시쯤 가장 나중에 내려갔다. 인력거를 타고 아즈마바시 교에 왔을 때, 한 발의 탄환이 날아와 인력거꾼 가메쿠라의 미간에 맞았다. 미노다가 뛰어내리는 순간, 쾅하고 탄환이 날아와 모자를 스쳤다. 아즈마바시 파출소의 순사가 달려 왔지만 범인은 발견할 수 없었다.

간다 경찰서의 시미즈 사다스케 탐정은 미노다의 이야기를 듣고 수사를 시작, 무코지마의 야오마쓰로 갔다. 야오마쓰의 여주인은 후지이 시게노리가 권총을 호신용으로 가지고 있었다고 증언했다. 시미즈는 후지이를 심문했는데, 후지이는 가지고 있던 탄환 상자의 탄환 2발이 없는 것을 설명하지 못했으므로 경찰서로 연행되었다. 탄환이 가메쿠라를 쏜 것과 일치해서 후지이는 미결수 감옥으로 보내졌다. 미노다는 후지이에게 매일 위문품을 보냈다. 두 사람은 절친한 친구사이였다.

후지이의 부인 야스코와 와카바야시 이치노스케라는 젊은이가 가까운 사이라는 것을 알게 된 시미즈는 부하 탐정 고바야시 후사키치에게 명하여 시즈오카에 있는 와카바야시의 집을 조사하게 했다.

고바야시가 가보니 그 집은 일용품점으로 주인 겐베는 60세 정도의 노인이었다. 아들 이치노스케는 방탕하게 여기저기를 돌아다녀서 집에 없었지만, 어쩌면 간다에서 고물상을 하는 큰아버지가 있는 곳에 가 있을지도 모른다고 했다.

그 후 미결수 감옥에 있던 후지이는 갑자기 병이 나서 죽었다. 의사 말에 의하면 어젯밤 위문품으로 넣어줬던 소고기 통조림의 아비산독에 탈이 난 것이라고 한다. 후지이의 친한 친구 마스다 시치로라는 인물이 넣어준 것이었는데, 가짜 이름이어서 그 소재도 불분명했다.

후지이의 장례식이 끝나고 나서도 고바야시는 항상 후지이의 집을 지켜보고 있었다. 1주일이 지난 어느 늦은 밤에 후지이 집의 뒷문으로 서생 같은 남자가 나가려고 하고 있었다. 고바야시가 미행해서 따라갔는데, 그 남자가 눈치 채는 바람에 맞붙어 싸우게 되었고, 고바야시는 수로에 빠졌다. 그 사이에 남자의 그림자는 보이지 않게 되었다. 이 사실을 보고받은 시미즈는 오키쿠를 염탐꾼으로 보내 그 집의 여자 하인으로 살게 했다. 그런데, 야스코가 후지이의 백일 법회 간사를 미노다에게 의뢰하였고, 그 후 미노다가 몇 번 후지이의 집에 출입했다. 오키쿠는 이를 모두 시미즈에게 보고하였다.

이후 시즈오카 경찰서로부터 와카바야시 이치노스케가 집에 돌아왔다는 전보를 받고 시미즈는 그를 도쿄 아사쿠사 경찰서로 연행해 신문했지만, 후지이 야스코라는 여성은 모른다고 한다. 니혼바시의 통조림 가게에 이치노스케를 데려 가서 확인했더니, 그 소고기 통조림을 사러 온 남자는 그가 아니라고 해서 무죄 방면되었다.

미노다가 주최자가 된 후지이의 백일 대법회도 무사히 끝나고, 밤 9시에 미노다는 가메쿠라의 동생 센타로의 인력거를 타고 야오마쓰에서 마쿠라바시 다리 근처까지 왔다. 그런데, 그때 갑자기 뒤쪽에서 그 서생 같은 남자가 칼이 달린 지팡이를 빼들고 미노다의 정수리 위를 내리쳤다. 그러나 센타로가 지팡이를 쳐서 떨어뜨렸고, 도망갈 길을 찾지 못한 남자는 스미다가와 강으로 뛰어내렸다.

가벼운 부상이었지만, 미노다의 출혈이 심했으므로 달려 온 시미즈와 센타로가 가까운 병원으로 옮겼다. 시미즈가 그 지팡이를 료코쿠에 있는 칼 달린 지팡이를 파는 가게에 보여줬더니, 이 지팡이는 요전에 사들인 것으로 구니가네라는 유명한 가게의 칼인데, 간다의 고물상에 판 것이라고 했다. 시미즈가 고물상에 가서 물었더니, 주인의 조카이자 동업자인 모리와키 사다지로에게 빌려줬다고 한다. 다시 그곳에 갔더니 그 가게의 부인이 말하기를, 사다지로는 어제 나가서 돌아오지 않았다고 한다. 미나미시나가와에서 숙부가 고물상을 하고 있으니까 그곳에 있을지도 모른다고 해서 가 보았더니 과연 사다지로가 있었다. 사다지로를 연행하여 신문하니 칼 달린 지팡이는 와카바야시 긴노스케에게 5엔에 팔았다고 한다. 하지만 긴노스케의 인상착의 등은 이전 용의자였던 와카바야시 이치노스케와는 상이했다.

시미즈는 모리와키 사다지로에게 와카바야시가 오면 술이라도 대접해서 붙잡아두라고 부탁해 놓고, 그 다음날 고바야시 후사키치와 함께 와카바야시의 신원조사를 위해 시즈오카로 향했다. 혼도오리 2번가의 준푸도(順風堂)라는 서점 주인의 아들이 긴노스케였다. 가게 주인의 말로는 3년간 집에 오지 않았다고 한다. 지난 번 용의자는 이치노스케, 이번에는 긴노스케로 단지 이름 한 글자만 달랐다. 선술집에 들어간 두 사람이 그곳 노파에게 긴노스케에 대해 묻자, 긴노스케는 멋진 남자로 연극하는 모습을 보고 큰 옷가게의 딸 오히카리가 반해버렸다고 한다. 하지만, 엄격한 집안이기 때문에 딸의 소문이라도 나면 안 된다 하여 도쿄의 친척 집에 보내버렸다. 이후에 긴노스케도 오히카리를 뒤

따라갔다고 하는데, 노파는 그런 정부(情夫)가 있는 부인을 맞이한 남자는 참 불쌍하다고 말했다.

그러자 후지이 시게노리의 부인 야스코가 오히카리가 아닐까, 야스코라고 이름을 바꾼 것이 아닐까 하고 두 사람은 생각했다. 시미즈는 와카바야시 긴노스케가 야스코와 공모해서 후지이를 독살한 것이라고 생각했다. 그러나 미노다 고헤이에게 총을 쏘고 칼부림한 이유를 알 수 없었다. 조사해 보니 오히카리가 후지이 시게노리에게 시집 간 것이 확실했다.

두 사람은 도쿄로 돌아왔는데, 그 사이에 후지이 집에 강도가 들어와 1만 4천 6백 엔이라는 큰돈을 훔쳐가고, 그와 동시에 야스코의 모습도 사라졌다.

긴노스케와 야스코는 1만 2천 엔을 가지고 기후의 다마노야라는 여관에 숨어 있었다. 그날 밤 옆방의 두 명의 신사가 묵었는데 실은 이 두 사람은 강도였고, 경찰이 이들을 포박하러 왔다. 그런데 그때 긴노스케와 야스코가 깜짝 놀라 도망가려고 하는 거동이 수상쩍다고 생각한 경찰은 두 사람을 기후 경찰서로 연행하여 도쿄로 보냈다. 그 기차가 이마기레의 철교를 통과할 때, 긴노스케는 기차 창문을 통해 바다로 뛰어내렸다.

한편, 고텐바에서 고즈로 나가는 터널에서 기요쓰구라는 강도가 클로로포름으로 순사를 기절시키고 야스코를 빼돌려 고즈에서 내렸다. 두 사람은 아타미까지 걸어가 다이코칸(太閤館)에 묵었고, 그녀는 기요쓰쿠에게 몸을 허락했다.

한편, 이마기레 바다에 뛰어내렸던 긴노스케는 어부에게 구출되어 아타미의 다이코칸으로 가서 쉬다가 야스코를 만난다. 두 사람은 작당하여 기요쓰쿠에게 술을 많이 마시게 해서 잠들게 한 다음, 그의 가방에서 마취제를 꺼내어 손수건에 적셔 기요쓰쿠의 코끝에 대었다. 가방 속 돈을 훔쳐 품속에 넣고 긴노스케와 도주하여 고향인 시즈오카로 돌아왔다. 하지만 자기 집으로는 가지 못하고 에지리초의 협객 구메조에게 찾아가 이제까지 자신들이 했던 악행의 자초지종을 모조리 이야기했다.

긴노스케는 상경해서 처음에는 미노다 고헤이의 집에 기거하면서 서기 일을 했다. 어느 날 밤 긴노스케가 항상 지니고 있던 야스코와의 밀회 사진을 베갯머리에 두고 자다가 미노다에게 들켰다. 미노다는 이 사실을 후지이에게 말했고, 긴노스케와 야스코 사이에는 벽이 생기고 말았다. 곧바로 미노다는 '너를 집에 두면 친구 후지이와 절교해야만 한다'고 말하며 긴노스케를 해고했다. 그래서 긴노스케는 미노다를 미워하게 되었고, 살해하기 위해 권총을 구입했다. 탄환이 없었으므로 야스코에게 후지이의 탄환을 2발 훔치게 하고, 눈 구경을 핑계로 야스코를 시켜 후지이에게 권총을 지니게 했다. 표면적으로는 호신을 위한 것이지만, 사실은 후지이를 범죄자로 뒤집어씌우려는 덫이었다. 이리하여 그날 밤 12시 미노다를 쏜 탄환은 인력거꾼을 맞추고, 두 발째는 미노다의 모자를 스치기까지 했다. 이제 준비한 탄환도 떨어져서 쏜살같이 나리히라바시 교 쪽으로 도망쳤다. 생각한 대로 혐의는 후지이에게 씌워지고 미결수 감옥으로 연행됐으므로 긴노스케는 야스코와 몰래 만날 수 있었다. 하지만 탐정 시미즈가 예리하게 주시했다. 원래 미노다와 후지이는 친한 친구사이니까 아무래도 후지이가 먼저 총을 쏘지는 않았을 것이라고 당국도 생각하고 있는 것 같았다. 그래서 긴노스케는 더욱 후지이를 죽이려고 했다. 긴노스케는 마스다 시치로라는 가짜 이름으로 아비산독을 넣은 통조림을 보내 후지이를 살해했다.

이리하여 후지이에게 미노다를 쏜 죄를 뒤집어 씌우려던 생각이 자신들을 파멸로 이끌게 했고, 종종 미노다가 야스코를 찾아와 긴노스케의 소재를 말하라고 재촉했으므로, 야스코는 긴노스케에게 어떻게 하냐고 의논을 했다. 그래서 긴노스케는 더 미노다를 죽이려고 했고, 칼 달린 지팡이로 미노다를 내리쳤지만 인력거꾼이 지팡이를 쳐서 떨어뜨리고 말았다.

이후, 무자격 변호사인 구와바라 시게조에게 공모를 부탁해 긴노스케와 시게조 두 사람은 강도인 척 후지이의 집에 침입했다. 1만 4천 6백 엔의 돈을 훔쳐, 공모자에게 2천6백 엔을 주고, 긴노스케와 야스코는 공모자의 집에 숨어 있었다. 탐정이 들이닥쳐 기후까지 도망갔지만 두 사람 모두 체포되었고, 도쿄로 호송되는 기차에서 긴노스케는 이마기레의 철교 바다로 뛰어들고, 야스코는 나루토의 기요쓰구에게 도움받았다는 등등의 이야기를 하면서, '두 사람이 여기까지 도망 왔지만, 이제 와서 고향 집에 돌아갈 수는 없어 부모 역할을 부탁드리는 것입니다'라고 덧붙였다.

구메조는 이 이야기를 듣고, 두 사람에게 자수를 권했다. 시미즈, 고바야시 두 탐정이 찾아 와 두 사람을 체포했다. 드디어 두 사람은 이치가야의 중범죄자 감옥으로 연행됐지만, 유행병에 걸려 두 사람 모두 죽고 말았다.

탐정실화라고 표지에 적혀 있으나, 서장에 '강담사는 그 유명한 야마자키 긴쇼, 필자는 저명한 야마다 도이치로, 금상첨화로다, 눈물 있고, 피가 있고, 정담도 있는 하나의 멋진 소설이 되었구나'라는 글이 쓰여 있는 것을 보면 창작이라고 봐도 될 것 같다.

제5장 겐유샤의 탐정소설 퇴치

　루이코 일파의 탐정소설이 1891~1892년경부터 압도적으로 유행하자, 순문학 쪽의 태도는 호의적이지 않았다. 당시 겐유샤 등은 대중을 무시하고 「소설신수」를 신봉하여 사실성(寫實性)을 존중하고 세세한 문장의 기교에만 빠져 있었으므로 재미없는 것도 무리는 아니었다. 그 반동으로 줄거리 있는 탐정물이 유행했다고 할 수 있다.

　그래서 문단소설 총판 슌요도의 주인, 와다 도쿠타로(和田篤太郎, 1857~1899년)는 당시 대유행했던 탐정소설을 싼 가격으로 내면 많이 팔릴 것이 틀림없다고 생각하고, '독은 독으로 억제한다고 한다. 탐정소설 문고를 내서, 싼 가격으로 마구 팔아보자'고 오자키 고요(尾崎紅葉, 1868~1903년)에게 제안했다. 원래부터 결말에 의외성을 지닌 이하라 사이카쿠(井原西鶴, 1642~1693년)에게 친근감을 가지고 있었고 탐정소설에 관심이 많은 고요였다. 곧바로 이 안에 찬동했다.

　이리하여 이시바시 시안(石橋思案, 1867~1927년), 나카무라 가소(中村花痩, 1867~1899년), 호소카와 후코쿠(細川風谷, 1867~1919년), 에미 스이인(江見水蔭, 1869~1934년), 이즈미 교카(泉鏡花, 1873~1939년), 야나가와 슌요(柳

川春葉, 1877 ~1918년), 가와카미 비잔(川上眉山, 1869~1908년) 등이 쓴 '탐정소설' 총서는 1893년 1월부터 다음 해 2월까지 26편이 출판되어 많이 팔렸고 슌요도는 그 목적을 달성했다. 그러나 루이코의 작품들과 비교하면 많이 지루했으므로, 탐정소설 퇴치는 불가능했고 오히려 탐정소설이 더욱 전성기를 맞게 되는 느낌을 주었다. 여기에서 졸저 『메이지의 탐정소설』(1986년)에서 그 개요를 소개하지 않은 다음 7편에 대해 소개하고자 한다.

- ▶ 4집 「5인의 생명(五人の生命)」(무서명, 1893년 3월 1일)
- ▶ 8집 「미인 사냥(美人狩)」(후요세이[芙蓉生] 역, 1893년 4월 17일)
- ▶ 10집 「피 묻은 못(血染の釘)」(뎃케쓰시[鉄血子] 구연, 오가와 하쓰[大川発] 속기, 1893년 5월 1일)
- ▶ 15집 「은행의 비밀(銀行の秘密)」(니쿄세이[二橋生]·도센시[刀川子] 공역, 1893년 5월 31일)
- ▶ 16집 「머리 없는 바늘(無頭の針)」(시잔진[芝山人] 저, 1893년 6월 1일)
- ▶ 17집 「어음 도둑(手形の賊)」(고쿠쇼시[黒松子] 수정·가필, 1893년 6월 16일)
- ▶ 20집 「히자쿠라(緋桜)」(교쿠스이시[曲水子] 저, 1893년 8월 9일)

「5인의 생명」

재산가 아사자와 가(家)의 가족 5명은 몇 번이나 수상한 사람에게 위협을 당했다. 주인 리쓰조 씨는 탐정 세오 주타에게 수상한 사람의 수사 및 신변과 재산의 보호를 외뢰했다. 세오가 '가족을 모두 죽이려고 할 정도로 당신에게 원한을 품은 사람에 대해 짐작 가는 데는 없습니까'라고 물어도, 리쓰조 씨는 '전혀 짐작 가는 바가 없습니다'라고 대답했다.

『5인의 생명』 표지(1893년)

세오는 '아사자와 일가의 의뢰를 받고 우리들을 조사하면 너의 목숨은 없다'라고 협박을 받으면서도, 주범 다이고로, 진타로 형제와 투쟁을 계속해 승리한다. 하지만, 결국 사건의 원인은 이전에 리쓰조가 홋카이도의 둔전병(屯田兵)[1]으로 있을 때 일어난 농민 폭동에서 아사자와 대위의 부인과 영애를 살해한 하라카와 가쓰조를 사형에 처한 데에 있었다. 가쓰조의 유족―다이고로, 진타로 형제는 가쓰조의 유언을 지켜, 리쓰조 일가를 불구대천의 원수로 지목하여 노리고 있었다는 것이다.

복수라는 수수께끼가 마지막에 밝혀지는 것은 좋지만, 세오와 악한의 투쟁이 전개될 때 임의적인 우연이 거듭되어서 독서 후의 감흥이 다소 떨어진다.

「미인 사냥」

이 소설은 '때는 어느덧 1시. 하늘이 사나워 천둥번개가 심한 한밤중이었다. 첩첩산중의 구로이와무라 구석 어딘가에 있는 요시다야라는 여관 겸 작은 요리집에서 일어난 일이다. 주인 히데조가 문단속을 확인하고 안쪽 방으로 들어가 이제 막 잠자리에 들려고 할 때, 문을 부술

---

[1] 메이지 시대에 홋카이도(北海道)의 경비와 개척을 담당했던 병사와 그 부대.

것처럼 두드리는 사람이 있었다'라고 시작한다.

이 시기 이 마을에는 노상강도가 끊이지 않았기 때문에 히데조는 혹시나 하고 생각했지만, 인력거꾼 가쓰조가 데려왔으므로 37~38세 정도의 멋진 신사와 처자를 묵게 했다. 가쓰조도 늦은 시각이어서 그곳에 묵었다.

다음날 아침 그 신사와 처자는 없어졌고, 가쓰조는 사체로 발견되었으며, 처자

『미인 사냥』 표지(1893년)

가 묵었던 방에서 여종업원 오시마가 몹시 괴로워하다가 죽은 모습으로 발견되었다. 이곳에 찾아온 마쓰이 도시오라는 이름의 젊은 남자 손님이 자기도 수사를 돕게 해 달라고 했다. 마쓰이 도시오는 여관에서 1정 정도 떨어진 야마세가와 강변에서 그 처자의 것으로 추정되는 하오리와 한 웅큼의 머리카락을 발견했다.

한 달 후 이 마을의 헤이사쿠라는 남자가 요시다야에서 늦게까지 술을 마시고 돌아가는 길에 야마세가와 다리 옆에 하얀 옷을 입은 미녀가 서 있는 것을 보았는데, 곧 그 모습은 싹 사라지고 말았다. 이를 보려고 그곳에 가 본 사람들은 같은 것을 보게 된다. 그 무렵, 이상한 노인 유령이 그 주변에 잃어버린 물건을 찾는 듯 야마세가와의 상류, 하류를 돌아다녔다. 하지만 항상 사람들로부터 멀리 떨어진 곳에서 출몰했다.

어느 날 밤 요시다야에 젊은이들이 모여 술잔을 나누고 있을 때, 이상한 노인이 갑자기 들어왔다. 노인은 젊은이들에게 그 미인 유령에 대해 듣고, 유령을 보러 갔지만 나타나지 않았다. 그 노인은 요시다야에 돌아와서도 침상에 들지 않고, 야마세가와 쪽을 향해 창문으로 다리 주변

『미인 사냥』 본문

을 바라보고 있었다. 히라타 게이지라는 이름의 그 노인은 반 시간 정도 후에 그 유령을 보았고, 몰래 유령 가까이로 다가갔지만 금방 사라져 버리고 더 이상 보이지 않았다. 사라진 곳에 표지로 막대기를 땅 깊숙이 꽂고 요시다야로 돌아왔다.

다음날 아침 게이지는 그곳에 가서 면밀히 살펴보고 돌아왔다. 날이 저무는 것을 기다려 어젯밤 막대기를 꽂은 곳에 가 그곳 일대에 잿가루를 뿌렸다. 방으로 돌아온 게이지가 창가에서 유령을 기다렸더니, 전날 밤과 같은 장소에 또 출현했다. 놓칠까 보냐 하고 쫓아가 다 따라잡으려고 하는 순간, 이상하게도 그 모습은 공중으로 날아올라가 전과 같이 별안간 사라지고 말았다.

그날 밤은 요시다야에 돌아와서 다음날 날이 밝기를 기다렸다가 다시 가 보았다. 잿가루를 뿌린 곳을 보니 재는 어제 그대로이고 아무 이상도 없었다. 게이지는 처음으로 무서움에 오싹해졌다.

어디 한번 해 보자는 기분으로 이번에는 재를 다른 쪽에 뿌리고, 어떤 사람도 여기를 지나갈 때는 흔적을 남기지 않고 지나갈 수 없도록 하고 여관에 돌아왔다. 그날 밤 같은 시간에 유령은 전과 같이 출현했다. 게이지가 곧바로 가보니 이번에는 입상(立像)처럼 움직이지도 않고 꼿꼿이 서 있었다. 열 간 정도 가까이 갔을 때, 유령은 뒤로 물러서더니 또 공중으로 날아올라가 보이지 않게 되었다.

다음날 아침, 게이지가 가루를 뿌린 곳에 가니 사람 발자국이 있었다. 발자국을 쫓아가니 산길에 이르러 큰 동굴로 이어졌다. 그곳에 들어가자 계곡이 내려다보이는 곳으로 나왔다. 전방에는 한 채의 집이 있고 아가씨처럼 보이는 여자가 한 사람 서 있었다. 하지만 가까이 다가가니 사라졌다. 거기에 있는 남자에게 물으니 그런 여자는 없다는 것이다. 게이지는 '오늘은 여기까지 하고 다시 나오자'고 생각하고 요시다야에 돌아와 주인 히데조에게 물으니 '그곳 주인은 정신이 이상한 놈이에요. 항상 집에 틀어박혀 있는데, 그 골짜기 주변의 땅주인이라 자기 땅에 아무도 들여보내지 않아요. 항상 혼자 지내고 있습니다'라고 말했다.

그날 밤 게이지가 그 이상한 집을 탐색하러 가서 그 집 아래에 있는 동굴에 들어갔더니 남자의 시체가 있었다. 놀랍게도 그 집 주인이었다.

그 주인이 무언가 의도를 가지고 흰 옷차림에 가발로 변장한 모습이 유령으로 보인 것이고, 갑자기 하늘로 날아올라간 것은 큰 나무 뒤쪽 가지의 밧줄을 이용한 것이었다. 그때 갑작스런 권총 소리가 들렸다. 하지만 누구도 나타나지 않는다.

한편, 히라타 게이지는 본 소설의 주인공 마쓰이 도시오이고, 도쿄에서 이름 높은 탐정이었다. 그가 왜 요시다야에 왔는가 하면, 오사카에 시라이 간야라는 부호가 있었는데, 그는 그 재산을 딸 히데코에게 물려준다고 유언장에 기록했다. 단, 히데코가 죽은 다음에는 도쿄에 있는 조카딸 우메요에게 양도한다는 것이었다. 하지만 간야가 죽은 후 유언장은 분실되고, 히데코도 행방불명이 되었다. 우메요는 시마오 센로쿠라는 형편없는 남자의 아내가 되어 있었고, 오사카에서 심부름꾼이 오자 센로쿠는 히데코가 죽었다고 속였다. 그 집의 바느질일을 하는 노파 오테이는 히데코가 생존해 있음을 알고 있어서 센로쿠 부부의 악한 계략을 깨달았다. 센로쿠 부부는 오사카로 나왔다. 오테이 조카의 아들 중에 협기 충만한 마쓰이 도시오라는 탐정이 있었다. 마쓰이 도시오는 오테이에게 이 이야기를 듣고 오사카로 센로쿠 부부를 쫓아갔다. 마쓰이 도시오는 유산 보관인을 만나 히데코가 생존해 있음을 알리고 그 소재를 수사할 것이라고 말했다.

센로쿠는 도시오의 행동을 알고 히데코를 인질로 삼으려고 획책했다. 도시오는 센로쿠 부부를 요시다야까지 따라가 살인사건을 목격했다. 도시오는 히데코도 살해당하지 않았을까 싶어 변장을 하고 그 사체를 조사했다. 앞에서 말한 노인 유령이라는 것은 그때 도시오가 변장한 모습이었다.

한편 골짜기 외딴집에서 살해된 그 집 주인을 발견한 도시오는 그 다음날 그 주변을 수색했다. 그랬더니 어제 밤 수상한 사람이 악한에게 돈을 건네고 총을 쏘게 했다는 것을 알게 됐다. 센로쿠가 히데코를 그 바위굴로 데려가서 잠복하고 있는 것이 분명했다. 도시오가 밤이 되기를 기다려 히데코를 구출하러 갈 때, 요코이 사다아키 탐정도 와서 협력했다. 요코이 탐정은 입구에서 기다리고 도시오 혼자 바위굴로 들어가 히데코가 쓰러져 울고 있는 것을 발견하고 구출했다. 센로쿠는 동료를 데려와 도시오를 쫓아왔다. 두 사람은 어려움을 피하고, 요코이는 지방 경찰서에 응원을 청하러 달려갔다.

도시오가 농가 주인에게 히데코를 맡기고 이웃마을에서 가마꾼을 데리고 와 보니, 주인은 재갈이 물려 있고 히데코는 센로쿠가 뺏어갔다. 도시오는 센로쿠를 쫓아 오사카로 가서, 시라이 가문의 재산 보관인 오누마 고로에게 센로쿠도 이 지역에 왔다는 것을 알렸다. 도시오는 오누마가 도시오를 신용하지 않고, 보통이 아닌 악한이라는 것을 간파했다. 오누마에게 센로쿠를 보았냐고 물어도 대답하지 않았다. 도시오가 돌아간 후 오누마는 양식점 마루킨에서 악행을 일삼는 동료 데쓰조와 도시오의 암살을 상의했다.

오누마로부터 자기가 보관하고 있는 재산에 관해 마루킨에서 만나

이야기하고 싶다고 신문을 통해 연락이 있었기 때문에, 도시오는 마루킨에 갔다. 그곳에서 도시오는 오누마에게 히데코의 소재를 가르쳐 달라고 다그치지만 오누마는 거절했다. 도시오가 나가자 데쓰조가 도시오를 미행해서 권총을 쏘았지만 맞지 않았다.

결국 도시오와 오누마, 센로쿠 사이에 히데코를 둘러싸고 모험활극이 전개되고, 마지막에는 도시오가 어음과 교환하는 것을 조건으로 센로쿠에게 히데코를 받기로 약속한다. 히데코를 데려 온 센로쿠에게 히데코는 자신이 상속받는 전재산을 양도하겠다는 뜻을 전한다. 하지만 도시오의 탐정 동료 12명이 센로쿠를 체포한다. 이리하여 오누마에게 유산을 내놓게 하고 히데코가 받게 된다. 센로쿠는 구로이와무라의 살인사건을 자백한다. 그 후 도시오와 히데코는 결혼한다.

속표지 제목 아래에 후요세이 역이라고 적혀 있는 외국작품인데, 전반부의 유령이 출현하는 장면 등은 매우 재미있는 부분이다.

「피 묻은 못」

그 집의 주인 아오노는 고리대금업자 노파가 아무리 문을 두드려도 대답이 없었다. 관리인을 불러 창문을 부수고 안에 들어가 보니 아오노는 책상을 향한 채 죽어 있었다. 정수리에 큰 못이 하나 박혀 있었다.

책상에는 '나는 이 사람에게 원한을 산 적이 없지만 이 사람은 나를 분명히 살해할 것이다. 이 사람은 오타 마쓰'라고 쓰다 만 종이가 있었다.

아오노는 어느 이학잡지의 기자로 기고 같은 일로 생활하고 있었는데, 수입은 풍족했던 것 같다. 근처에 사는 법률학교 학생 사토는 친구

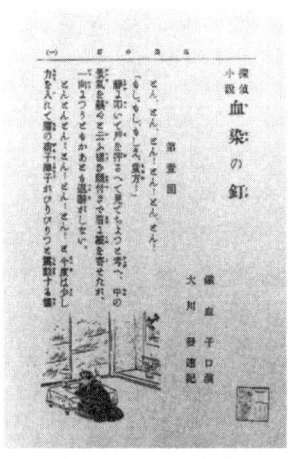

『피 묻은 못』 본문(1893년)

가토와 이야기해서 이 사건의 탐정조사를 하기로 마음먹었다.

사토가 우연히 발견한 오타 마쓰주로의 집에 찾아갔더니, 집주인은 사토를 창고에 억지로 처넣고 권총으로 쏘려고 했다. 사토가 이쪽도 호락호락 당하지는 않겠다고 외치자, 부인이 당황해서 들고 있던 램프를 떨어뜨려 불이 났다. 창문을 부수고 사토는 간신히 도망쳤다.

사토는 오타 마쓰고로가 보낸 편지를 아오노의 우편함에서 훔쳐 가지고 있었다. 그 봉투는 고급품이어서 이것을 사용한 인물은 다소 사회적으로 알려져 있는 사람일 것이라 생각했다.

어떤 신사가 아오노를 찾아 왔다. 명함에는 '오타 마쓰고로'라고 되어 있었다. 주소는 신바시 히요시초라고 한다. 아오노가 죽었다는 것을 오타에게 말하고 말이 나온 김에 물었더니, 돈을 빌려 주는 정도는 했지만 아오노는 사람 사귀는 것을 싫어했다고 한다. 결국 사토는 마쓰고로를 증인으로 경찰에 데려 갔다. 조사를 했지만 경찰도 마쓰고로를 가해자로 구류할 수는 없었다.

경찰서 문 앞에서 마쓰고로를 보낸 다음, 사토는 가토와 함께 숨바꼭질하듯 마쓰고로의 뒤를 미행했다. 장인처럼 보이는 남자가 나와서 마쓰고로에게 말을 걸자, 마쓰고로는 '아, 하쓰 씨 이거 알아 뵙지 못했습니다'라고 말했다. 금방 2,3대의 인력거가 몰려와 도로가 복잡해져 마쓰고로를 시야에서 놓쳤다. 하지만 하쓰라는 남자가 그 자리에 있었으므로 '잠깐 묻고 싶은데요. 지금 당신과 같이 있던 사람은 어디에 갔습니까?'라고 물었다. '그건 저도 모르겠습니다. 사실은 그쪽으로부터 돈을 받을 것이 있었는데, 주기 싫었는지 저 혼자 이 근처에 남기고 가버렸습니다'라고 대답하는 것이었다.

그 앞 집 흙담 안으로 들어가는 것 말고는 길이 없었으므로, 그 담을 넘어 안으로 들어간 것 같다고 했다. 그 남자는 시바 미나미사쿠마초의 오야마 하쓰지로라고 했다. 소란스럽게 떠들다가 두 사람은 헤어졌다. 사토는 하쓰지로의 추적을 가토에게 맡기고 그 담이 있는 집을 방문했다. 지금 집에 이상한 사람이 몰래 들어와 숨어있으니 집 주인과 이야기하고 싶다고 했다. 관리인의 안내로 응접실까지 갔지만, 주인 아오노 주로라고 하는 사람은 나오지 않았다. 관리인에게 귀띔하고 밖에 나가서 가까운 담배가게에 들어가 아오노라는 인물에 대해 물었더니 돈이 너무 많은데 쓸 데가 없어 곤란한 사람 같다는 식으로 얘기했다. 그날 밤 사토는 아오노의 집 밖에 서서 계속 지켜보았는데, 오타 마쓰고로 같은 이상한 사람은 결국 발견하지 못했다.

한편, 가토는 하쓰지로를 미행하다가 목도리를 사서 머리에 둘렀는데, 눈을 가려버려 우물쭈물하고 있는 사이에 상태가 어디론가 갑자기 자취를 감춰버리고 말았다.

다음날 사토는 그 아오노 주로의 집을 방문하여 아오노에게 면회를 허가받았다. 도둑일 거라 생각했던 오타 마쓰고로가 나와서 깜짝 놀랐다. 오타 마쓰고로라는 이름은 가짜 이름이었다. '어젯밤에는 앞문으로 들어가지 않았는데, 나는 그런 별난 것을 좋아해서'라고 말했다. 사토가 '댁의 성씨와 살해당한 그 사람의 성씨가 똑같은 것은 무언가 곡질이 있을 것 같습니다만……'라고 문자, '살해당한 아오노라는 사람은 내 아들입니다'라 말하고 그 범인에 대해 짐작 가는 점은 전혀 없다고 한다.

부인은 일 년 전에 죽고 현재 첩도 없는 상태라고 한다. '죽은 아내의 친척으로는 언니가 도쿄 시바에 있었습니다. 사실은 죽은 아내를 제가 맞아들이기 전에 그 언니를 맞아들이기로 얘기가 되었습니다만, 언니의 품행이 나쁘다는 것이 알려져서요. 그 정부와 함께 남한테 뭔가 사기를 쳤다던가 하는 그런 소행이 있었다고 합니다. 그래서 제 쪽에서 혼담을 취소했어요. 하지만, 그쪽에서 정말로 미안했는지 결국 그 동생과 결혼하게 되었습니다. 언니는 제 재산을 노렸던 것 같습니다. 언니의 정부라는 사람은 무뢰한 같은 사람이었어요. 그 정부와의 사이에 아이도 있었으니까요. 그 아이는 건축 일을 하는 장인이라고 하는 것 같습니다. 그 무뢰한 같은 인간은 싸움이 잦아서 6~7년 전에 술에 취해 싸움을 하다가 그것 때문에 비명횡사했습니다. 이후에 제 아내가 죽자, 그쪽도 곧바로 제 호적에 그 언니와 아이를 함께 넣어 여러 가지 보살펴 주기를 바랐습니다만 불쾌해서 단호히 사절했습니다.

이야기를 들은 사토는 결국 범인은 그 장인 일을 하고 있는 아들이 아닐까 하는 생각에 도달했다. 장인이라면 못의 사용방법을 알고 있을 터. 사토가 집으로 돌아와서 가토에게 단서라도 잡았는지 물어보니, 가토는 어젯밤 장인이 이상하지 않았는가 하고 말하고 이야기를 시작했다. 하쓰지로는 놓쳤지만, 그 집을 찾아내 죽은 아오노가 보낸 위조 편지를 하쓰지로의 어머니에게 주었더니, 그것을 보고 매우 놀랐다고 오늘 있었던 일을 말했다. 이제는 하쓰지로를 놓치지 않도록 경찰에게 부탁하러 가자고 하고, 함께 경찰서로 가 일의 자초지종을 이야기했다. 그리고 오야마 하쓰지로의 집을 향해 인력거를 재촉했다.

경찰서에서 오야마 하쓰지로가 자백한 내용에 따르면, 아오노를 살해하기 전날 밤에 오타 마쓰주로와 하쓰지로는 밀담을 나누었다고 한다.

──"마쓰고로 씨도 제가 돈을 받으러 갈 때마다 좋은 얼굴을 하지 않고 그 주제에 자신은 아타미나 이카호로 놀러가며 사치를 하고 있어요."

──"어때? 하쓰지로, 그 못으로 잘 될까?"

하쓰지로는 아오노의 집에 가서 준비해 온 못을 아오노의 정수리에 박았다. 아오노가 절명하고 난 후에 안에서 문을 잠그고 위조 편지를 써서 아오노가 쓴 것처럼 위장해서 '오타 마쓰'라 해 놓고, 변소 아래로 빠져나갔다. 이후 하쓰지로는 사형에 처해지고, 마쓰주로와 하쓰지로의 엄마도 각각 벌을 받았다.

못을 가지고 간단히 사람을 살해할 수 있는지, 그 동기 설명도 충분하지 않아 의문을 품게 한다. 게다가 의외의 범인이 발각되는 맛도 없어서 실화풍의 평범한 작품이라 할 수밖에 없다.

「은행의 비밀」

어느 날 밤 늦게 요로이바시 다리 강변 통행로에 있는 호코타 게이의 집을 찾아온 것은 호코타의 동창이자 중개인을 하는 히라쓰카였다. 히라쓰카는 사업으로 파산했지만, 남은 25만 엔을 은행원인 호코타에게 맡겼다.

히라쓰카는 금고를 폭파시켜 도적에게 뺏긴 것처럼 해서 얼버무릴 작정이었다. 호코타와 히라쓰카의 대화를 엿들은 것은 우라토 소네키치였다. 그는 호코타 집의 하녀 오케이의 애인이었다.

어느 날 호코타는 히라쓰카를 살해했다. 그리고 호코타는 무녀가 있는 동굴에 들어가서 점을 보다가 의식을 잃었다. 호코타를 구한 것은 호코타를 미행하던 소네키치였다. 그는 호코타에게 보수를 받았다.

아키코는 후지노 다카네와 교제하고 있었기 때문에 무녀를 찾아가 후지노에게 진실된 마음이 있는지 없는지를 점쳤다. 그러나 약을 먹고 잠자게 되고 지하실에 갇혔다. 후지노는 호코타의 딸 하나코에게 마음이 있어 아키코가 방해가 되었기 때문에 무녀에게 그녀를 없애달라고 부탁했던 것이다.

오케이를 만나러 온 소네키치는 호코타 가(家)를 습격한 도적을 무찌르고 순사에게 인도했다. 극장에서 돌아온 호코타와 그의 딸 하나코는 소네키치를 칭찬했다.

소네키치가 집으로 돌아오다가 후지노의 마차를 발견하고 미행했더니 무녀의 동굴에 이르렀다. 안에 들어간 후지노는 여자 유령을 보고 아키코가 죽었다고 생각하고 도망갔다. 소네키치는 무녀에게 마약이 들어간 술을 마시게 한 다음 칼로 벽에 구멍을 뚫어 아키코를 데리고 방을 탈출했다.

무녀가 불러서 호코타는 그녀의 동굴을 찾아갔다. 무녀는 유럽에 가서 돌아오지 않을 생각이라고 했다. 그러니 10만엔을 달라고도 했다. 호코타는 '히라쓰카가 비명횡사했어도 그 돈 25만엔을 히라쓰카의 미망인에게 돌려주지 않고, 자기가 가지는 것은 도리가 아니다!'라고 말하고 곧바로 단검을 번쩍 쳐들었다. 그때 등 뒤에서 '호코타 네 이 놈! 기다려!'라며 호코타의 가슴에 권총을 겨눈 것은 소네키치였다. 그곳에 나타난 히라쓰카의 미망인은 죽은 남편이 맡긴 돈을 돌려주면 조용히 해결될 거라고 하여 일단 탈 없이 끝났다.

호코타와 히라쓰카의 미망인이 동굴을 떠나고, 후지노 다카네가 들어 왔다. 무녀는 '돈을 달라!'고 했다. 1만 엔이 아키코를 죽인 대금이었다. 하지만 아직 아키코를 죽이지 않은 상태였다. 후지노는 방해가 되는 아키코가 죽었는지를 확인하려 했다.

후지노가 무녀에게 권총을 겨눴다. 소네키치는 도우러 나갔다. 하지만 무녀가 그 변장을 벗으니 그 안에 아키코의 모습이 나타난 것이다. 후지노는 탐정에게 포박되자, 권총을 머리에 겨누고 자살했다. 진짜 무녀는 도망쳤다. 그 후 아키코의 남편이 된 것은 용감한 서생 우라토 소네키치였다.

우라토 소네키치의 활약이 중심이 되어 전개되는 탐정활극물이어서 탐정소설의 요소는 희박하다.

「머리 없는 바늘」

고(故) 마스다 유즈루 의사의 막대한 유산상속자, 딸 유키코를 둘러싼 유산횡령사건. 마스다 씨의 묘지를 발굴해 조사했더니 그의 머리에서 철제 바늘이 발견되어 마스다 씨의 사인은 타살이라는 것이 밝혀졌다. 가짜 유키코도 등장하여 사건은 복잡해지는데, 결국 탐정과 악한의 활극장면만 전개되고 추리적인 요소는 적다.

「어음 도둑」

'니혼바시 구 료가에초에 와리타 은행이라는 유명한 사립은행이 있다. 은행장 와리타 센이치는 51~2세 정도의 나이에 오타케라는 아내, 가장 사랑하는 딸 오린을 꽃보다 달보다 귀하다며 애지중지했다. 지난 십 수 년 간 은행일이 바쁜 와중에도 틈틈이 작은 연회를 열어 평소

『어음 도둑』 표지(1893년)

친한 사람들을 초대해 자기 딸의 아름다움을 자랑했는데, 이보다 더한 즐거움은 없었다'라고 소설은 시작된다. 친한 사람들은 그 은행의 출납과 보좌 미즈오 단지, 서무과 직원 가시마 슈사쿠, 출납과장 가나이 렌조 등이 있었다. 가나이 렌조의 아들 다케키와 오린은 사이가 좋았고 다케키는 화투놀이 같은 것을 좋아하는 성격이었다.

그날은 결산일이었는데, 은행장과 가나이가 와리타 은행 금고에 보관중인 물건을 장부와 대조해 보니 약속어음 20매 약 만여 엔이 분실된 사건이 일어났다.

와리타 은행장은 미즈오에게 결산 지휘를 맡기고, 니혼바시 경찰서 형사계 다케노 미키오에게 조사의뢰를 했다. 한편, 가나이의 변호사 우메무라 게이지가 미즈오를 조사하면 어떻겠냐고 말해서, 다케노는 부하 한 사람에게 미즈오의 거동을 감시하게 했다. 그가 은행을 나와 서양요리점 아즈마테이에 부임해 있다는 급보를 받고, 다케노가 가서 미즈오에게 물었다. 가나이가 어음을 매각하고, 아들의 부채를 지불했다는 것을 미즈오는 알고 있었다. 미즈오는 가나이가 찢어 버린 어음 매각 계약서 종이쪽지를 주워서 가지고 있었다.

한편, 와리타 부인이 화장대 서랍에 넣어 놓았던 몇 통의 편지가 없어져서, 대주주 간무치를 찾아가 가나이 시즈코가 가지고 있는 것 같으니 반환방법을 교섭했으면 한다고 의뢰했지만, 간무치는 거절했다.

미즈오가 다케노에게 보여 준 어음 매각 계약서에 이름이 적혀 있는 중개상에 가 조사하니 구니노 다메조에게 1할 할인된 2585엔에 샀다고 하는데, 구니노라는 인물이 가나이와 닮았다는 것이다. 이리하여 가나이는 경찰에 구인되었다.

우메무라가 와리타 부인의 하녀 오사쿠의 신상을 조사하려고 생각하던 중에 미즈오가 외출하는 것을 보고 미행해 보니 어느 여인숙에 들어가는 것이 보였다. 여관 숙박인 명부에 은행 단골인 오사카 신사 세고에 다카나리의 이름이 보였으므로 그와 의논하는 것이라 생각했다. 다행히 빈 방이 있어서 거기에 들어가니 두 사람의 대화가 들렸다. 세고에가 오사쿠와 공모를 했는데 질투 때문에 제멋대로여서 난처한 마음에 미즈오를 불러 이야기하고 있는 것 같았다.

그날 와리타 부인 앞으로 편지가 왔는데 '중요한 편지 몇 통을 입수했으니 오늘 오후 3시 우에노 공원 구로몬(黑門) 근처에서 천 엔에 사십시오'라고 되어 있었다.

우메무라가 와리타 부인의 모습을 지켜보니, 하오리를 입고 모자를 깊숙이 쓴 남자가 서류를 주고 돈을 받아가고, 부인은 보부자카에 있는 별장으로 돌아갔다. 그리고 우메무라는 별장에서 나온 오사쿠의 뒤를 쫓아 오사쿠의 등을 탁 쳤다. 오사쿠는 '세고에 씨인가요?'라고 물었는데, 우메무라인 것을 알고는 '실례했습니다'라고 하고는 사라졌다. 우메무라는 쫓아가서 오사쿠가 어느 찻집으로 들어갔는지 보고 돌아왔다.

다음날 가나이의 아들 다케키가 우메무라에게 오사쿠가 와리타 부인과 싸우고 나갔다는 것을 알렸다. 오사쿠는 오사카가 고향이므로 오사카에 돌아간 것 같다고 했다.

우메무라도 오사카에 가서, 알고 지내던 탐정 아코기 시게루에게 의뢰해서 오사쿠의 주소를 조사하고 여관 아라키야를 경영하고 있다는 것을 알아내어 그 여관에 묵으면서 오사쿠와 교제하게 되었다.

다케키는 와리타의 별장에서 열린 연회에서 오린과 만나기로 약속하고, 심부름을 하면서 상황을 살펴보았다. 미즈오와 세고에의 대화를 몰래 듣거나 미행했는데, 갑자기 세고에가 클로로포름을 묻힌 손수건을 코에 대어 기절했다.

한편 세고에도 오사카의 오사쿠를 만나러 와서 친밀해졌다. 그런데 갑자기 두 사람은 도쿄로 도망쳤다. 우메무라는 가나이 시즈코가 보낸 편지를 통해 다케키가 전의 연회에서 미즈오, 세고에와 같이 행방불명이 된 것을 알게 되고, 곧바로 도쿄로 와서 니혼바시 경찰서의 다케노에게 다케키, 오사쿠의 수사를 의뢰했다.

다케노는 유시마의 찻집에 나타난 오사쿠를 보고 우메무라에게 알렸다. 미즈오가 오사쿠에게 세고에가 오린과 결혼 이야기를 끝냈다는 얘기를 했다. 이에 화가 난 오사쿠는 미즈오에게 '당신 부모는 간무치와 와리타 부인이에요. 두 사람이 나눈 편지를 봤어요'라고 말했다. 와리타 부인이 지금 은행장과 결혼하기 전 육군사관의 부인이었을 때 간무치와 간통을 해서 낳은 아이가 미즈오인데, 육군사관이 죽은 후에 태어났다. 간무치는 미즈오를 고아로 키웠다. 미즈오를 와리타 은행의 임원으로 만든 것은 모두 간무치와 부인의 책략으로 결국은 와리타의 재산을 미즈오 소유로 만들기 위한 궁리였다. 여기에 세고에를 오린의 사위로 삼고, 미즈오의 후견인이 되어 주길 바랐던 것인데, 세고에는 그 수법을 그대로 받아들이지 않고 사실은 자기가 은행을 빼앗을 작정이었다. 미즈오는 '중요한 때에는 사용되고 필요 없어질 때 버려져 봤자 내 손해다. 아무리 사람을 잘 속인다 해도 그렇지 여자까지 속이다니 기가 막혀서 할 말이 없군'이라고 생각했다.

미즈오는 자신의 신세를 처음 알았다. 이를 엿듣고 있던 우메무라와 다케노가 안으로 들어와 갇혀 있는 다케키를 구출. 그리고 오사카의 아코기가 전보로 세고에의 상경을 알렸기 때문에 세고에는 신바시 역에서 체포되었다. 가나이 다케키는 세고에에게 '은행의 도적은 당신이야. 오사쿠와 미즈오가 모두 자백했어!'라고 말했다. 도망가려고 하는 세고에를 우메무라, 다케노 등이 쫓아가 포박했다.

세고에의 가방에서 3, 4매의 어음과 은행 금고에서 사용하는 열쇠가 나타났다. 이것도 세고에가 오사쿠에게 부탁해 와리타의 거실에 몰래 들어가 열쇠를 복사한 다음, 위조 열쇠를 만든 것이다. 금고실로 몰래 들어갈 수 있었던 것은 미즈오의 안내가 있었기 때문이었다. 미즈오가 자신의 출세를 바란 나머지 세고에의 악행에 가담하여 그만 가나이를 곤경에 빠뜨리고 말았다는 것이 판명되었다. 가나이는 다시 과장으로 복귀하고, 우메무라는 시즈코의 신랑이 되었으며, 다케키는 얼마 되지 않아 와리타의 양자로 들어가 오린과 결혼했다.

발단 부분을 읽으면 루이코의 「외팔미인」의 영향이 현저하게 보인다. 내용은 두 작품 모두 은행 금고와 관련된 범죄사건인데 줄거리는 다르다. 하지만 동료를 죄에 빠뜨려 자신이 승진하려고 계획하고 있는 점에서 유사점이 보인다.

「히자쿠라」

23일 오전 3시 20분경 아사쿠사 공원의 요리점 시미즈에서 불이 나인가 2채를 태우고 진화되었다. 외무차관 고마쓰 백작의 아들 고마쓰 다쓰오는 이와다 병원에 입원해 있는 시미즈 아키를 병문안해서 시미즈의 주인 긴조의 부상도 물어보고 신문사의 친구, 나미키 에이조와 만나 이야기를 듣기도 했다. 하지만, 결국 시미즈의 화재는 자연발생이었다

『히자쿠라』 표지(1893년)

는 경찰 조사로 결말이 났다.

다쓰오는 시미즈의 딸 오아키를 향한 사랑을 위해 그 원수에게 복수하겠다고 생각했다. 나미키는 다쓰오의 기분을 알고 협력했다.

전에도 시미즈에는 방화사건이 있었다. 동업종에 있으면서 시미즈의 번창을 달가워하지 않던 아카만이 불을 냈는데, 마침 그곳에 있던 겐지가 불을 껐다. 아카만과 겐지는 사이가 좋지 않았다. 이번에 시미즈에 방화한 것도 아카만이라면, 아카만이 자기 부하 센키치를 시켰고, 시미즈의 기스케가 그를 도왔다고 생각할 수도 있었다. 나미키는 기스케가 아카만에게 도박에 관한 일로 조금 도움을 받아서 자기 집 주인보다 아카만을 더 숭배하고 있었으므로 아카만이 방화하는 데 도움을 부탁했을지도 모른다고 나미키는 상상했다.

그 후에 다쓰오가 오아키를 만나려고 시미즈에 갔을 때, 오아키는 도둑이 자주 드는데 조금은 짐작 가는 데가 있지만 부모님이 만류해 신고하지 않았다고 한다. 오아키가 한 마디 더 하려고 하는 순간에 주인 긴조가 오아키를 불러서 이야기를 더 듣지 못했다. 하지만 다른 여종업원이 아카만의 부하 센키치에 대해 이야기하는 것을 들었다. 다쓰오는 긴조에게 의심받은 원한을 못 잊어서 방화했을지도 모른다고 생각했다.

시미즈를 나와 집으로 돌아가는 길에 다쓰오는 거지에게 둘러싸여 꽃동산으로 도망갔는데, 센키치가 거지 무리와 함께 들어온다. 코끼리 우리에 숨어 다쓰오는 겨우 도망갔다.

다음날 아침 나미키가 다쓰오를 찾아와 다쓰오는 나미키에게 어젯밤 위기에 대해 말했다. 어젯밤 코끼리가 다쓰오가 가지고 있던 브랜디를 마시고 기침을 하는 바람에 그 코에서 날아온 천조각이 다쓰오의 옷 뒤에서 발견됐다. 그 천조각은 수건이었는데 시미즈라고 염색되어 있었고 석유 냄새가 났다. 성냥을 그어 불을 붙이니 활활 타는 것이었다. 다쓰오는 시미즈의 주방 담당 기스케가 그것을 숯가마니에 넣어서 불을 붙인 것은 아니었을지. 마침 거기로 어슬렁어슬렁 왔던 코끼리가 재빨리 수건을 휘감아 채어가 코에 걸치고, 그 사이에 기스케는 도망가 버린 것은 아닐지 추측했다. 나미키는 '하지만 가장 의심스러운 것은 센키치야'라고 말했다.

그날 밤 나미키는 기스케와 센키치가 항상 다니는 아사쿠사 공원의 고급 술집을 알아내어, 접대하는 소녀에게 돈을 주고 센키치가 와도 잠자코 있어달라고 부탁하니 찬장 안쪽에 숨어있게 해 주었다. 거기에 때마침 센키치와 아오키라는 형사가 와서 두 사람의 이야기를 들었다.

그 후 다쓰오는 나미키를 불러서 극장신문을 꺼내어 '어린 도련님이 좋아하는 것'이라는 기사를 보여주었다. 다쓰라는 이름을 가진 도련님이 천한 여자에게 빠져 있다는 기사였다. 나미키는 '이 기사에 화가 나 다 그만둘건가?'라고 말했다. 다쓰오는 '그래 단호히 그만두겠다'라고 대답했다.

다쓰오와 나미키가 코끼리 우리 근처에 다가갔을 때, 저쪽에서 걸어 온 소년이 코끼리에게 접근하자 그 코끼리가 코를 뻗어서 화를 냈다. 코끼리 우리를 지키는 남자가 소년을 잡아 데려갔다. 나미키는 다쓰오에게 료운카쿠 10층에서 기다리라고 하고 경비원에게 끌려가는 소년의 뒤를 쫓아가니 센키치가 경비원을 구슬려 소년을 풀어주는 장면을 보았다. 나미키는 수상한 소년의 뒤를 쫓았다. 하지만 놓쳐서 다쓰오를 만나러 료운카쿠로 갔다. 사람들을 가로질러 10층에 올라오니 다쓰오와 그 소년이 다투고 있었다. 다쓰오가 나미키에게 '너와 헤어지고 나서 여기에 있는데 이 놈이 내 시계를 훔쳤어'라고 말했다. 나미키는 소년의 손목을 잡고, '네 놈은 왜 코끼리를 무서워하느냐!'고 물었다.

소년은 도망가다가 6층에서 뛰어내렸다. 이 소년이 바로 방화 용의자였다. 소년이 아직 숨을 쉬고 있을 때 다쓰오가 물었다. '22일 밤 시미즈 집에 불을 질렀느냐?', '그렇다', '도망갈 때 손에 화상을 입었군. 코끼리에게 쫓겨 수건을 뺏겼느냐?' 소년이 말하길, '그렇다, 그래서 오늘은 코끼리가 화가 났다'고 했다.

소년은 곧 숨을 거두었다. 하지만 거지 소년을 시켜 불을 지른 사람은 누구인지 아직 모른다.

글 중에 '다쓰오는 사랑을 위해 시미즈의 화재 —— 단순히 화재라 기보다는 시미즈 일가가 받은 손해의 원인을 밝히겠다고 결심하지만, 막연한 꿈과 같은 이 실마리 없는 사건을 어떻게 쉽사리 수사할 수 있겠는가. 다쓰오는 어렸을 때부터 소설을 좋아했는데, 그중에서도 특히 변화를 종잡을 수 없는 탐정담을 읽고 프랑스풍의 이야기를 항상 마음속에 담고 있었다. 때때로 흘러나오는 조각조각의 증거를 주워 모으는 것은 나미키에게 맡기고, 그가 가지고 온 재료를 조합하여 이런 사건과 비슷한 프랑스의 탐정담을 참고해서 오로지 자기 두뇌를 회전시켜 이 원인을 알아내는 데에 힘썼다'라고 쓰여 있다. '어렸을 때부터……탐정담을 읽고, 프랑스풍의 이야기를 항상 마음속에 담고 있었다'라는 것에서, 작자는 아마도 주인공 다쓰오처럼 당시 인기 있던 루이코 일파의 보아고베나 에밀 가보리오의 탐정소설 팬이었다고 생각되는데, 이는 흥미로운 사실이다. 그러나 작품 자체는 우연을 거듭하여 사건 결말로 이어지고 있어 당시의 저조한 작품 수준을 반영하고 있다.

제6장 신신도의 〈탐정소설〉·〈탐정문고〉 총서

앞에서 슌요도의 단편물 〈탐정소설〉 총서에 대해 이야기했는데, 1893년에는 표지 제목 위에 '고등탐정'이라고 적힌 장편소설도 세 편 출간했다. 그런데 이것은 인기를 끌지 못했다. 슌요도 총서에 대항하기 위해 오사카의 신신도(駸々堂)도 1893년 7월부터 〈탐정소설〉 총서 49편을 간행했다. 또 신신도는 1897년 1월부터 〈탐정문고〉라는 제목의 장편 시리즈를 20편 출간했다.

이 외에 긴코도(今古堂)에서도 1893년부터 다음 해까지 번역물로 〈탐정문고〉 10편을 간행했다. 마루테이 소진과 기쿠테이 쇼요의 번역이었다. 여기에서는 신신도가 간행한 몇몇 작품에 대해 소개하고자 한다.

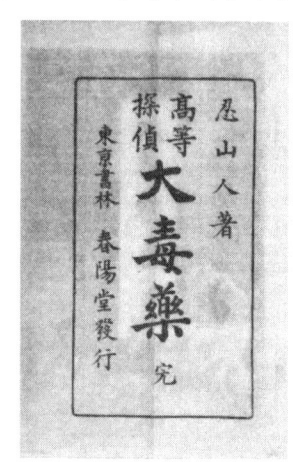

『대독약(大毒薬)』 표지(1893년)

신신도 〈탐정소설〉

▶ 제8집 「번개(稲妻)」, 시마다 쇼요(島田小葉), 1895년 11월

▶ 제11집 「천형목(天刑木)」, 시마다 쇼요, 1896년 10월
▶ 제25집 「유령선(幽霊船)」, 시마다 류센(島田柳川), 1898년 3월 재판
▶ 제26집 「X광선(X光線)」, 시마다 류센, 1898년 3월 재판
▶ 제28집 「미인과 권총(美人と短銃)」, 쇼린 자쿠엔(松林若円) 강연, 야마다 도이치로 속기, 1898년 1월
▶ 제43집 「부인의 염력(婦人の念力)」, FK세이(FK生), 1900년 9월

신신도 〈탐정문고〉

▶ 제1편 「다키야샤 오센(滝夜叉お仙)」, 시마다 류센, 1897년 1월
▶ 제4편 「어두운 동굴 지옥(暗穴地獄)」, 시마다 류센, 1897년 6월
▶ 제12편 「광산의 마왕(鉱山の魔王)」, 고킨세이(胡琴生), 1899년 5월

이 두 총서 모두 저자는 겐유샤 파의 시마다 가오루(島田薫, 별칭 시마다 류센, 시마다 쇼요, 고킨세이, 비스이[美翠], 우메노야[梅の家], 가오루[薫] 등등)가 대부분을 차지하고 있다.

「번개」

이 소설은 '만물이 쥐죽은 듯 고요한 밤 3시 경, 도쿄 가스미가세키에서 일대 진기한 사건이 일어났다'라고 시작한다.

그날 밤 당번 순사가 가스미가세키를 순찰하는 중에 18~19세쯤 되어 보이는 미녀가 피투성이로 대로변에 엎어져 있는 것을 발견했다. 탐정 이와카미 교스케는 저쪽 집의 방 하나에 붉이 켜져 있고 현관문도 살짝 열려 있는 것이 보여서 안으로 들어가 보니, 한 남자가 마루에 쓰러져 있었다. 독을 마시고 괴로워하다가 절명한 것 같았다.

다음날 이와카미는 어젯밤 사건이 일어난 집을 방문해서 그 집 주인에게 임차인에 대해 물었다. 그랬더니 그제 오쿠로 요시하루라는 이름의 회사원이 집을 빌렸는데, 그 남자는 어린 벙어리 남자를 데리고 있었다고 했다.

그 벙어리 소년에게 남녀의 시체를 보여주니 남자에 대해서는 감정을 보였지만, 여자에 대해서는 태연한 태도였다. 벙어리는 여자를 잘 모르는 것 같았다. 벙어리 소년을 위로하고 은혜를 베풀어서 소년이 마음을 열고 대답할 수 있도록 하라는 서장의 명령으로, 이와카미는 그날부터 그를 농아학교에 다니게 하고 밤에는 직접 이것저것 가르쳤다. 휴일에는 항상 벙어리와 함께 시내 여기저기를 걸어 다녀서 벙어리의 지인을 발견할 수 있도록 애썼다. 지인만 발견하면 벙어리 주인의 신상도 알아낼 수 있을 것이라고 생각했기 때문이었다. 도쿄 부(府)의 호적부를 조사했지만 오쿠로 요시하루라는 이름은 어디에서도 발견되지 않았다.

벚꽃이 필 무렵, 이와카미가 벙어리를 야스쿠니 신사에 데려갔는데, 벙어리는 무언가에 놀랐는지 이와카미의 소매에 숨어 창백해진 얼굴로 저쪽을 가리키고 있다. 40세 정도의 옅은 검은색 수염을 기른 관원풍의 남자가 25~26세 정도 보이는 여자를 데리고 벚꽃 아래를 걷고 있었다. 그 두 사람을 미행하니 간다 니시키초의 한적한 주거지로 들어갔다. 그 집 표찰에는 모모카와라고 적혀 있었다. 곧바로 간다 경찰서에 가서 안면이 있는 동료에게 그 얘기를 물으니, 모모카와 오타네라는 누군가의 애첩이 사는 집이라는 것을 알게 되었다. 남자는 가마마키초에 사는 고리대금업자 히에다 아라오라는 것을 금방 알게 되었다.

매일같이 이와카미는 벙어리를 데리고 외출해 벙어리와 히에다가 맞대면할 수 있도록 기회를 엿보았고, 드디어 히에다와 마주치게 됐지만 두 사람 다 차분히 지나치고 말았다. 손짓으로 벙어리에게 물어보니 모른다고 대답했다. 그날 이후 히에다와 오타네가 집에서 나올 때 이와카미가 벙어리의 어깨를 두드려 두 사람을 알고 있는지 물어봤고, 벙어리는 두려움에 몸을 떨면서 이와카미에게 의지했다. 두 사람이 우에노공원에 들어가는 것을 보고 벙어리의 손을 끌고 뒤를 쫓았다. 군중 속에서 놓쳤지만, 조금 후에 미술관에서 나오는 히에다와 오타네를 발견했다. 두 사람이 공원 아래에 있는 베를린 관이라 하는 요리집에 들어갔으므로, 이와카미가 쫓아 들어가 두 사람을 볼 수 있는 방향으로 앉았는데, 벙어리는 공포에 떠는 모습이다. 오타네는 벙어리를 보자 손에 든 숟가락을 접시 위에 떨어뜨렸다.

그러나 벙어리의 공포심은 히에다에게만은 일어나지 않았다. 이와카미가 오타네를 잡으려고 했지만, 권총을 쏘고 3층 창문에서 뛰어내려 도주해 버렸다. 히에다는 오타네가 도적인지 모르고 중매인의 주선으로 첩으로 삼은 것이다. 후지사와 출생이라고 했는데, 경찰에서 조사했더니 위조 호적이라는 것을 알게 됐다.

이와카미는 오타네가 쏜 총에 맞아 부상을 입어 몸 상태가 좋지 않아서 2주일 예정으로 오이소로 요양하러 갔다. 휴가가 2, 3일 정도 남았을 때 마을 근처를 배회하다가 소나기를 만나 비를 피하러 들어간 집에서 50세 가까운 주부가 가출한 벙어리의 사진을 보여줬는데, 자기 집에 있는 벙어리와 같은 사람이었다. 그 주부는 오쿠로에 대해서는 짐작 가는 바가 없지만 오스기라는 여자가 이 마을에서 외지로 나갔다고 말했다. 미야무라 지사쿠의 딸로 용모가 예쁘고 외국인의 첩이 되었다고 하는데, 아무래도 오타네를 말하는 것 같았다. 그녀의 부모는 없지만 그 집에는 사쿠조라는 남동생이 있다고 한다.

그 다음날 나그네 상인으로 변장한 이와카미는 사쿠조의 집에 가서 옛날 우표, 옛날 엽서 등을 좋은 가격으로 매수한다는 말을 늘어놓고, 고베로 이사했다는 내용이 적힌 오스기가 보낸 엽서를 입수했다. 이와카미는 곧바로 고베로 갔다. 삿갓으로 얼굴을 가리고 퉁소를 부는 사람으로 위장했다.

어느 날 밤 그 집 앞에서 노래 한 곡을 부르니 주인인 듯한 부인이 격자문으로 나왔는데, 예의 그 오타네와 닮았다. 오타네인 것을 확인하고 경찰에 통보해 오타네를 포박했다. 다음날 이와카미는 오타네를 연행해서 도쿄로 데려왔다.

벙어리 소년은 작년 이후 학교에 다닌 효과가 나타나 글도 알게 되었다. 벙어리 소년이 지난 참극이 있던 날 밤에 일어난 일을 글로 말했다.

한 여자 손님이 와서 주인과 얘기하고 있었는데, 또 한 명의 여자 손님이 찾아와 주인은 벙어리에게 술 준비를 명령했다. 벙어리는 술안주를 주문해서 가져왔고, 그 사이에 나중에 온 여자 손님은 술을 날랐다. 얼마 지나지 않아 주인은 괴로워하며 피를 토했고, 두 여자가 옆에서 간호했다. 그런데 갑자기 한 여자가 단도로 다른 여자를 찔렀다. 벙어리는 부엌의 곳간에 숨어 있었다.

이 이야기를 듣고 이와카미는 오타네와 벙어리를 대면시켰다.

이와카미가 오타네를 조사실로 끌고 와서 그녀가 생각에 잠겨 있을 때를 틈타 '오스기 씨'라고 갑자기 불렀더니 '네'라고 대답을 해서 사쿠조의 누나라는 것이 확인됐다.

벙어리도 그녀가 범인이 틀림없다고 증언했다.

오스기는 소슈라는 시골출신인데, 용모가 예쁜 것이 신상에 나쁜 영향을 끼쳤다. 이웃 마을의 오타메는 학교 친구인데, 오타메가 오이소의 작은 요리집으로 시집가게 되자, 오스기는 그 해 여름에 놀러 갔다. 거기에서 와카하라 도오루라는 미남자를 연모하게 되었다.

와카하라는 시즈오카 사람인데, 도쿄의 학교에서 공부하고 있었기 때문에 도쿄로 그녀를 불러내어 네기시 근처에서 함께 살았다. 그런데 집에서 바르지 못한 품행을 고치기 전까지는 의절한다고 해서 돈이 궁하게 되었고, 대로변에서 치약을 파는 신세가 되었다. 오스기도 고급 술집에서 일하게 되었는데 결국 바람을 피우기 시작했다. 와카하라도 후일을 기약하고 고향으로 돌아가 버렸다.

그 후 오스기가 와카하라를 만났을 때 그는 이미 마음이 차가워져 있었다. 도쿄에서 젊은 여자와 살림을 차린 것을 알게 된 오스기는 살의를 느껴 독약을 미리 준비해 놓고 그 사건이 일어난 날 밤에 그것을 술병 안에 넣었다. 와카하라가 괴로워하면서 피를 토하자 젊은 여자가 달려와 오스기를 의심했다. 그래서 오스기는 단도로 젊은 여자를 살해하고 증거물을 숨겼다.

그 후 오스기는 히에다에게 시집갔다. 오스기는 심문 끝에 사형에 처해졌다. 와카하라가 궁핍했을 때에, 구걸하는 벙어리에게 먹을 것을 얻어 굶주림 모면한 적이 있어서 이 벙어리 소년을 버리지 않았는데, 와카하라가 품행이 좋지 않기 때문에 이와 같은 최후를 맞이하고 만 것이다. 벙어리는 그가 오쿠로 요시하루라는 가짜 이름을 쓰고 있었다는 것을 끝까지 알지 못했다.

이 작품은 탐정 이와카미 교스케가 범인을 밝히기 위해 벙어리와 용의자를 만나게 하는 방식을 취하고 있다. 이 방법은 루이코의 「죽은 미인」에서 힌트를 얻은 것이 분명하다. 「죽은 미인」은 1891~1892년 『미야코 신문』 지상에서 대단한 인기를 얻은 작품으로, 1892년에 후소도(扶桑堂)에서 출판되었다. 「죽은 미인」에서는 노탐정 레콕이 사건과 관계 깊은 벙어리와 유력용의자를 만나게 하는 책략을 쓰고 있는데,

레콕의 부하로 활약하는 히에다 마모루라는 탐정 이름이 작품 「번개」에서는 히에다 아라오라는 인물명에 나타나 있는 것도 「죽은 미인」의 영향 중 하나라 할 수 있다.

「천형목」

'가을바람이 불 무렵, 갑자기 이상한 소문이 도쿄 시민들을 놀라게 했다. 어디서 전해오는 건지도 모르고 누가 시작한 소문인지도 모른다. 이른바 바람도 구름도 없는 하늘에서 갑자기 생긴 것 같은 소문이었다. 그 소문은 대략 "소슈 오모리무라의 숲 속에 천형목(天刑木)이 생겼다. 이 나무는 사회의 대죄인을 벌하기 위해 생긴 것이다"라는 괴소문이다'

이렇게 이 소설은 시작된다.

그 천형목에는 땅에서 5척 정도 높이의 나무줄기에 누군가가 새긴 십자가 모양이 있다. 그 소문이 잊혀질 무렵 천형목에 기댄 채 한 여자가 죽어 있었다. 머리를 바로 그 십자가 모양에 기대고 있었다. 목에는 검이 찔려 있었고 못이 박혀 있었다.

여자는 도쿄 쓰키지의 유명한 배우 나카무라 아야카로 판명됐다. 간다 니시키초의 호소카와 나기사에게 오쿠라 긴지라고 하는 친구가 찾아와, 이 살인사건의 진상을 해결하는 사람에게 천 엔을 주기로 했다.

『천형목』 표지(1896년)

오쿠라가 조사한 바로는 오모리무라의 가와쓰라는 남자가 아야카를 연모해서 온갖 금은보석을 주고 갖가지 노력을 다했지만, 그의 촌스러움을 싫어했던 아야카는 결국 구애를 받아들이지 않았다. 그 원한이 깊었을 거라고 생각했지만, 오쿠라가 가와쓰를 만나보니 에비스(惠比壽)[1]처럼 벙글거리는 얼굴에 죄 없이 사는 사람이었다. 다음에는 어떻게 실마리를 잡을까 생각하면서 들길을 걷고 있는데, 진기한 향수 냄새가 나서 둘러보다가 대단한 미인을 발견하고 미행했다. 미인의 집까지 따라갔다가 그 집 하녀의 권유로 안으로 안내를 받았다. 맥주 등 이것저것 환대를 받고 그날 밤 침상에 눕고 말았다. 밤중에 누군가가 몰래 들어오는 것 같은 소리가 두 번 정도 들렸지만 이내 다시 돌아갔다.

다음날 집에 돌아갈 때 물어보니 그 집 주인은 소마 오사쿠, 하녀는 오린이라 했다.

3일이 지난 후에 오쿠라는 또 미인의 집으로 갔다. 이 탐정사건에 돈을 걸었다고 얘기하자 미인은 '오사쿠를 찾아내어도 그의 원한을 살 뿐이며, 지금 하는 것도 단지 호기심에서 하는 일 아니냐'는 의심을 받고, 호소카와 씨를 데려오면 자기가 내기를 그만 두도록 중재해주겠다는 말까지 한다. 그날도 오쿠라는 하루 더 머물렀다.

한편 호소카와는 아야카의 품행을 조사하고 오모리무라의 숲 속에 무엇을 하러 갔는지를 조사했다. 아야카의 평상시 품행은 좋지 않았다. 친절한 성격의 후지무라라고 하는 교토 출신의 남자가 있었는데, 이 남자와 아야카는 헤어질 수 없을 만큼 서로 사랑하고 있었다. 그때쯤 요시초의 게이샤 사요리도 후지무라에게 애타게 연정을 품었는데, 사요리와 아야카가 후지무라를 둘러싸고 싸움을 하고나서 후지무라는 아야카만 가까이 했다. 그 후 사요리는 스미다가와 강에 몸을 던지고 후지

---

1) 일본의 칠복신 중 하나로 장사의 번성함을 대표하는 수호신이며 항상 웃는 얼굴을 하고 있다.

무라도 행방불명이 되었기 때문에, 호소카와는 어쩔 수 없이 아야카가 오모리무라로 이동해 간 순서대로 탐정하기로 했다.

용무 때문인지 유람을 하러 였는지, 혼자서 여행하지는 않았을 거라면 동반자는 누구였는지, 여기에 조사의 중점을 두었다.

아야카는 그 일이 있기 전 며칠 전에 에노시마에 갔고, 도쿄에서부터 데리고 갔던 사람은 심부름 일을 하는 오타미라는 여자였다. 그녀는 아야카가 살해당한 후에도 에노시마에 있었고, 그 때문에 구인되어 지금도 경찰서에 있다고 한다. 그녀는 자세한 내용을 알고 있을 것이라 생각해서 호소카와는 그녀가 있는 곳으로 출발했다. 다행히 경찰서 탐정 중에 지인이 있어서 물으니, 시종 같이 붙어 있었던 오타미이지만 아야카가 오모리로 간 것은 몰랐다고 한다. 에노시마에 머무르고 있었을 때, 하인처럼 보이는 여자가 편지를 가져와서 아야카에게 건네주었다는 것이다. 그때 아야카는 매우 기뻐하면서 '또 후지무라 씨와 만날 수 있어. 나는 오늘 밤 가마쿠라에 갔다 올 테니 너는 먼저 자거라. 형편을 봐서 하루 머물고 올 테니까'라고 말하고 저녁에 나갔다고 한다. 아야카가 나갈 때 그 편지는 화로에 버려 재가 되어버렸다. 그 후에 오모리무라에서 사건이 일어난 것이다. 그 심부름 온 여자는 눈이 작고 뚱뚱한 얼굴이었다고 오타미가 진술했다. 호소카와는 가마쿠라 전체를 탐색했지만 그 여자를 찾지 못하고 도쿄로 돌아왔다.

도쿄로 돌아온지 3일째에 입이 가벼운 오쿠라가 찾아왔다. 오쿠라는 일본 제일의 염복이 넘치는 자가 됐다고 자랑하면서, 탐정일은 잊었다는 듯이 호소카와를 안내하겠다고 말하고 오모리무라에 데리고 갔다. 이렇게 또 대접을 받은 두 사람은 하룻밤 묵게 되었는데, 호소카와는 오쿠라와 다른 방을 안내받아서 잤다.

호소카와는 다음날 아침 8시경에 눈을 떴다. 오쿠라는 어디선가 우편이 도착해 오늘 아침 일찍 돌아갔다고 오린이 대답했다. 오린은 '오사쿠는 도쿄에 돌아가지 않고 아마도 오이소 쪽에 사정에 따라서는 시즈오카까지 다녀올 거라고 말했습니다'라고 말했다.

호소카와는 도쿄로 돌아왔지만, 오쿠라는 돌아오지 않고 소식도 없어서 8일째 되는 날 오모리무라로 갔다. 하지만 소식이 없다고 한다. 그리고 오쿠라 씨에게 건넨 우편도 어디서 왔는지 발송인을 보지 않았기 때문에 전혀 모른다고 오린은 말하는 것이었다. 그때 어떤 남자가 찾아와서 '그 정도 일을 시키고 백 냥이면 너무 싸다'라며 오린과 말다툼을 했는데, 오사쿠가 나오자 그냥 돌아갔다. 이번에는 오린이 호소카와에게 조심스럽게 오사쿠와의 혼담을 제의했다.

그날 밤 늦은 시간에 한 방에서 오사쿠와 오린이 무언가 의논하고 있었다. 오린이 '호소카와 씨와 함께 어디 여행이라도 가시면 어떠신가요?'하고 오사쿠에게 권하고 있었다. 이 비밀을 알아내지 못하고 있는 동안에는 얼떨결에 결혼해서는 안 된다고 호소카와는 생각했다. 하지만 고민 끝에 결혼은 일단 승낙하고 그들의 마음을 열게 해서 그 신상에 어떠한 비밀이 있는지를 알아내리라 생각했다.

여행은 오이소로 정하고 기차를 탔다. 오이소에서는 쇼토칸(松濤館)에 묵었다. 오사쿠는 여종업원에게 옆방에 자리를 깔게 했다. 호소카와의 방과 옆방 사이에 화장실이 있었으므로 밤중에 호소카와는 몰래 일어나 침구를 사람이 자고 있는 것처럼 만들어 놓고 등불을 어둡게 한 다음 화장실에 숨었다. 밤은 점점 깊어 시계가 1시를 알릴 때, 과연 오사쿠는 소리를 내지 않도록 조심하면서 잠자리에서 일어났다. 칼을 침구 위로 푹 찌른다. 그리고 잠옷을 벗고 옷을 갈아입은 다음 문을 살짝 열고 정원으로 나가 어디론가 사라졌다.

호소카와는 어느 날 밤, 오사쿠의 집 근처에서 한 남자와 마주쳤다.

분명 지난번에 온 남자라고 생각했다. 쫓아가니 오사쿠의 집에 들어갔다가 잠시 후에 나와서 천형목이 있는 숲 근처의 초가집 뒤쪽으로 들어갔다.

호소카와가 병든 척 하면서 쓰러져 있었더니 그 남자가 집 안으로 들여보내줬다. 남자는 오사쿠를 비난했다. 살인도 했다고 하고, 천형목에서 여배우를 죽인 것은 다 오사쿠의 소행이라고 말했다. 오사쿠는 바로 사요리였다. 후지무라를 아야카에게 뺏기자 아야카를 미워해서 오린을 후지무라가 보낸 심부름꾼으로 위장시켜 에노시마로 불러내 천형목에서 살해한 것이다. 그 전에 미리 초가집 주인에게 천형목에 십자가를 새겨놓게 했다. 그 후 오쿠라와 호소카와가 정탐하는 것을 보고 갑자기 두려워져서 두 사람도 죽이기로 마음먹었다.

지난밤에는 오쿠라를 죽이는데 성공해 방 아래에 묻었는데, 호소카와는 용의주도하여 죽이지 못했다.

등장인물이 적어서 줄거리를 파악하기 쉽고, 읽은 후의 인상도 강하게 남는다. 시마다 류센의 작품 중에서는 걸작 중 하나라고 생각된다.

「유령선」

11월 13일 미국 샌프란시스코 항에서 기선 재팬 호는 일본을 향해 출항했다. 이 배에는 외국으로 돈 벌러 나간 사람들이 고향 일본으로 돌아오기 위해 많이 타고 있었다.

샌프란시스코를 출발해서 3일째 되는 날 아침, 상등실에 있어야 할 일본인 여자 승객이 행방불명이 되어서 둘러보던 승무원이 선장에게 알렸다. 결국 뭔가 고민이 있어 투신한 것이라고 추정되었다.

아타고 요시쿠니는 법률학을 공부하고 돌아오는 길이었는데, 그 여인이 행방불명된 원인을 조사하고 싶었다. 그 여인은 오쿠모라고 하는 요코하마 사람으로 판명되었는데, 아타고는 아직 선내에 생존해 있을 것이라고 생각했기 때문에 심야에 갑판 위에 나가 찾아보았다. 2시경 선미 쪽으로 갑판 위를 걸어가고 있을 때, 문득 배 뒤편 해상에서 연기 같은 밝은 무언가가 배에 접근해 왔다. 갑판에 올라 온 것은 여자 유령과 같은 모습이었다. 유령은 승강구에서 객실로 내려가 상등실 부근에 가서 그곳의 어떤 방문 앞에 서 하염없이 울기 시작했는데, 선원의 구두 소리가 들리자 사라져 버렸다. 그 방은 3호실로 오쿠모가 묵었던 객실 옆의 히보텔이라는 독일인 남자의 방이었다.

다음날도 아타고는 밤이 깊어지는 것을 기다려 몰래 갑판 위에서 선미 쪽을 바라보고 있었는데, 저 멀리 해상에서 구름 같은 연기처럼 보이는 이상한 것이 배의 선미를 향해 달려와 3호실 문 앞에 멈췄다. 그 여인은 또 하염없이 흐느끼기 시작했다. 낮에 이야기를 들었던 오쿠모였다. 아타고가 자기도 모르게 다리를 움직여 소리를 내서 그 오쿠모의 환영은 갑자기 사라졌다. 자기가 묵었던 방에는 들어가지 않고 왜 그 옆 히보텔의 방을 찾아오는가 하는 의문이 점점 솟구쳤다.

아타고가 미국에서 알고 지내던 미국인 선교사 와트에게 히보텔의 신상을 물어보았다. 하지만 전혀 모른다고 한다. 어떻게 해서든 가까워지고 싶다고 말하자, 불량한 사람 같으니 그만두는 편이 좋다고 말한다. 하지만 히보텔과 가까워지고 싶은 아타고는 휴게실에서 드디어 그와 말을 하게 됐다. 아타고가 행방불명된 여인에 대해 묻자 히보텔은 싫어히는 기색을 보이며 모른다고 대답하고, 아타고에게 카드놀이를 하는지 물었다. 아타고가 '합니다. 밥보다 더 좋아하지요'라고 말하니 히보텔은 '카드놀이 하는 사람 더 없습니까?'하고 밝은 목소리로 소리쳤고

7명이 동의했다. 거기에 아타고와 히보텔 2명이 더해지니 9명이 됐다.
 아타고는 계속 이겨 큰돈을 땄지만 히보텔은 계속 졌다. 그러자 이번에는 맞승부로 대결할 것을 제의했다. 그가 있는 3호실에서였다. 그날 밤 2시가 가까워지자 히보텔은 몸을 떨면서 낮은 목소리로 '아, 또 온 것 같아'하고 중얼거렸다.

 '예? 뭐라고요? 무엇을 찾고 있나요?'라고 물어도 무슨 말을 하고 있는지 모르는 모양이다. '히보텔 씨, 실례지만 무슨 일 있습니까? 괜찮으세요?', '더 못 하겠습니다. 더 이상 승부를 할 용기도 없고 이제 그만 합시다.── 몸도 춥고 눈도 밝아졌다 어두워졌다 하는 바람에 패를 계속 잘못 보고 있어요. 이제 그만 합시다'

아타고가 방을 나왔을 때 바깥에는 아무도 보이지 않았다. 하지만 침대에 누워서 생각해보니 아무래도 히보텔에게 의심이 간다. 오쿠모는 히보텔 때문에 비명횡사한 것인가.──
 다음날 아침 일찍 찾아온 히보텔과 카드놀이를 했다.

 '어젯밤에는 기분이 안 좋은 것 같던데 이제 괜찮나요?', '매일 밤 같은 시각에 왠지 기분이 안 좋아져요'

아타고가 죽은 사람의 응보에 대해 이야기 하자 그는 얼굴색을 바꾸며 놀랐다. 카드는 또 아타고가 이겼다. 오후에도 결전을 했으나 결국 다시 아타고의 승리였다. 히보텔은 수중에 현금이 없어서 요코하마에 가서 계산하겠다고 하고 다이아몬드 황금 반지를 꺼내 천 엔의 전당품으로 내놓았다. 사랑하는 아내에게 받은 것이라고 말하고 방을 빠져나갔다.

아타고는 피곤하여 포도주를 조금 마시고 갑판으로 나와 바다에 가라앉은 석양을 바라보고 있었다. 문득 옆에 누군가 온 것처럼 느껴져서 뒤를 보니 히보텔이 2척 정도 떨어진 곳에서 무서운 눈초리를 하고 서 있었다. 그때 저쪽에서 '아타고 씨!'라고 부르는 사람이 있었다. 선교사 와트였다. 신선한 공기를 마시기 위해 그도 갑판에 나와 있었다. 히보텔은 돌아갔다. 와트는 '히보텔은 살기를 띠고 있었어요. 성질이 좋지 않은 사람이니 조심하세요. 당신을 바다 속에 던져버릴 태세였습니다'라고 한다.

나중에 그 반지를 다시 보니 오쿠모라고 새겨져 있었다. 가장 사랑하는 아내에게 받은 것이 아니라 그것은 히보텔이 오쿠모를 죽이고 뺏은 반지가 아닌가.

아타고는 단호한 결의로 히보텔의 방을 찾아갔다. 여행 이야기를 하고 나서 '외국에만 나와 있으면 부인이 외로울 텐데요'라고 말을 했다.

"저에게는 아내가 없습니다. 그 반지는 아내에게 받은 것이지만, 내 아내는 이미 죽었습니다. 4년 전에. 아내 이름은 스미레입니다."
"그러면 그 반지는 다른 사람의 물품인가요?"
"아니요, 확실히는 모르지만 좋아하는 일본 글자를 새긴 것입니다."
"아니, 아닙니다. 오쿠모라는 일본인 이름이 새겨져 있습니다. 히보텔 씨, 당신은 그 오쿠모라는 일본 여인을 죽이고 이 반지를 뺏은 거죠? 그 외에도 뺏은 것이 있을 겁니다. 오쿠모는 유령이 되어서 매일 밤 이 배에 나타나고 있어요. 자, 죽인 이유부터 뺏은 물품까지 모두 숨기지 말고 여기에서 얘기하세요."

히보텔은 '모른다'고 말하며 주머니에서 권총을 꺼내 아타고 뒤 쪽에서 탕하고 쏘았다. 아타고가 옆으로 뛰어 피하자 동시에 또 한 발 쏘고,

계속해서 또 한 발. 모두 세 발을 쐈지만 다행히도 아타고는 맞지 않았다. 아타고는 달려들어서 히보텔을 덮쳤다.

그때 선원들이 달려 왔다. 아타고가 '여러분! 이 놈은 도둑입니다! 살인자에요! 그 행방불명 된 일본 여성은 이 악한이 죽여서 바다에 던진 겁니다!'라고 말했다.

선원들은 두 사람의 중재를 뒤로 미루고, 히보텔을 밧줄로 묶었다. 히보텔은 사기 등의 부정한 이득을 얻어서 경찰의 수배를 받다가 런던에서 미국으로 도망갔다. 샌프란시스코에서 마차를 끄는 마부가 되었는데, 어떤 일본 여인을 태운 적이 있었다. 그 여성이 바로 오쿠모인데 듣기로는 음악가라고 했다. 히보텔은 그녀를 점찍었다. 재산이 많은 오쿠모는 일본으로 귀국하게 되었는데, 소지하고 있는 금전 외에 보석이나 외환도 있었기 때문에 조심하기 위해 상등실에 탔다. 히보텔도 옆방에 들어갔다. 그는 달이 아름답다며 밤 12시에 그녀를 갑판으로 데리고 나왔는데 달은 없었다. 그때 뒤에서 그녀의 목을 손수건으로 감아 교살했다. 반지도 열쇠도 훔치고 사체를 바다에 던졌던 것이다.

표제는 유령선이지만, 안쪽 표지의 제목은 「배의 유령(舟幽靈)」으로 되어 있다. 탐정소설이라기보다는 괴담이다.

「X광선」

교토 마쓰바라 거리에서 의원을 개업한 모무라 시게루는 X광선 기기를 구입하고, 아내 오신에게 뱃속을 보겠다고 말했다. 하지만 그녀는 싫다고 했다. 서생 겸 조제사인 가라스모리 도키스케에게 오신이 묻자 '그것은 마음속까지도 볼 수 있지요'라고 선생에게 장단을 맞춰 오신을 놀라게 했다. 하지만 결국 오신의 조치로 가라스모리가 그 기계를 보관하게 되었다.

그 후 10일 정도 지난 어느 날 아침에 모무라는 쓸 일이 있어 그 기계를 가져 오도록 가라스모리에게 명했다. 그런데 가라스모리가 조제실로 들어가 기계를 상자에서 꺼내려고 보니 기계가 없어졌다. 그 열쇠는 가라스모리가 가지고 있었기 때문에 모무라는 가라스모리를 호되게

『X광선』 표지(1898년)

혼을 내고, 일주일 이내에 돈으로 보상하지 않으면 경찰에 신고하겠다고 했다.

모무라의 집을 나온 가라스모리는 시내를 어슬렁어슬렁 다니다가 친구 집에 머물게 되었다. 5일째 되는 날 저녁에 산조 다리 옆에 갔을 때, 모무라 가(家)의 인력거에 오신이 타고 있는 것을 보았다. 미행하니 오신이 들어간 곳은 수상한 요리집이었다. 3시간 정도 후에 주인이 오신을 배웅하러 나왔다. 주인은 화류계 여성으로 오신과 동년배였다.

그 집에 요리를 먹으러 들어가 상황을 살피려고 했는데 가라스모리에게는 돈이 없었기 때문에 사이좋게 지내던 기온의 게이샤 기미코에게 가서 3엔을 빌려서 다시 그 요리집으로 들어갔다. 가게 주인이 상대를 해 주어서 아까 그 인력거에 대해 물어보니, 거기에 탄 부인이 와서 바람을 피운다고 한다. 모레 밤에 또 올 것이라 했다. 그날 밤은 기미코의 거처에서 머물렀다. 당일 밤이 되어 가라스모리는 기미코와 함께 가서 오신을 기다렸다. 오신은 늦게 와서 옆방으로 들어갔다. 가라스모리는 오신의 상대 남자 목소리를 들은 적이 있는 것 같은데 너무 소리가

낮아서 남자가 누구인지 알 수 없었다. 하지만 두 사람이 취하자 오신이 '그걸로 뱃속을 본다고 했을 때는 정말 놀랐어요. ──뱃속이 보이면 곧바로 당신과 내가 이런 사이라는 것을 알 게 되지 않겠어요?'라고 했다. 상대는 요타로라는 모무라 가의 인력거꾼이었다. 기계도 두 사람이 훔친 모양이었다. 오신은 담배 상자를 가게에 놓고 갔다.

다음날 가라스모리는 모무라의 집에 그 요리집에서 일하는 사람을 증인으로 데려갔다. 모무라를 만나자 그 담배상자를 보여주면서 오신이 정부(情夫)에게 빠져 나쁜 짓을 하고 있다고 말하고 전날 밤의 밀회를 알렸다. 모무라도 드디어 깨닫고 "오신, 당신은 어젯밤에 어디에 갔지?"라고 물었다.

"저, 저기, 참배하러 간 것은 알고 계시잖아요?"
"그럼 이 담배 상자는 어디에 떨어뜨리고 온 거요?"

모무라는 오신을 결박하고 요타로는 도망갔다. 오신이 경찰서에서 자백한 바에 따르면 그녀는 매춘을 업으로 하다가 모무라를 알게 되었다. 모무라는 오신의 아름다움에 매혹되어 몸값을 치루고 빼내어 아내로 삼았지만 그녀는 요타로와 밀통을 즐긴 것이다.

모무라가 X광선 기계를 구입할 때, 마음까지 보이는 이상한 기계라고 말하며 오신을 놀렸다. 하지만 가라스모리도 반 농담으로 그럴듯하게 얘기를 했으므로 결국 오신은 이상한 힘이 있는 기계라 믿고 요타로와의 부정을 들킬 것을 두려워해 모무라에게 권해 가라스모리에게 기계를 맡긴 것이다. 하지만 안심할 수 없어서 여러 가지 고민한 끝에 그것을 훔친 다음 숨기는 것이 좋은 방책이라고 생각하여 그런 계획을 요타로에게 말했다. 어느 날 밤 가라스모리가 숙면하고 있을 때를 노려 그가 가지고 있던 열쇠를 꺼내 상자를 열고, 안에 있던 기계를 요타로에게 시켜 그와 허물없이 지내는 친구 집에 맡겨놓았다.

오신은 분실 소동을 핑계 삼아서 기계를 찾을 수 있도록 신에게 빌러간다고 하고 매일같이 밤에 외출했다. 그때마다 요타로가 인력거에 태워 수상한 요리집에 들어간 것이었다. 하지만 결국 가라스모리가 그 행실을 간파하여 모든 것이 드러나고 말았다. 요타로는 경찰에 잡혀 무거운 벌에 처해지고 모무라는 자기의 불민함을 후회하여 가라스모리를 예전과 같이 문하생으로 삼아 학문을 가르쳤다. 결국 가라스모리는 시험에 급제해서 드디어 개업하게 되었고 기미코를 부인으로 맞이하게 되었다.

1895년 독일의 실험물리학자 뢴트겐이 X선을 발견했다. 그 기계가 일본에 소개되고 얼마 지나지 않았을 때 실태를 잘 모르는 사람들은 분명히 당황했을 것이다. 이런 소재를 재빨리 도입한 작품이어서 그 시대이기 때문에 느낄 수 있는 재미와 유머러스한 면이 많다. 또 X광선을 재료로 한 작품은 이 외에도 다양하게 나와 있는데, 이「탐정소설」시리즈 중에도 제12집「세 갈래의 머리(三筋の髪)」(쇼게쓰[嘯月])가 있다.

「탐정강담 미인과 권총」

「탐정강담 미인과 권총」(探偵講談 美人と短銃)은 마쓰바야시 자쿠엔(松林若円)이 강연하고 야마다 도이치로 속기한 작품인데, 이야기 첫머리에 '이 이야기는 예전에 와타나베 요시카타(渡辺義方) 군이『에이리 자유신문』에 글을 쓰면서 하나가사 분쿄(花笠文京, 1785~1860년)라고 불렸을 당시 그 신문에 게재하였는데 그 시대에 들어맞는 부분이 있어 상당히

「색의 혁명」 표지
(일본 국회도서관 소장, 1890년)

갈채를 받았습니다. 그리고 제 어조에도 맞을 것 같아 객석에서 연기하면 좋을 것 같다면서 줄거리를 모조리 바꿔 말로 구술해주셨습니다. 그래서 저는 오랫동안 도쿄의 객석에서 강연을 계속 했습니다'라고 되어 있다.

앞에 쓰여 있는 것처럼 하나가사 분쿄가 『에이리 자유신문』에 게재한 것이 원작인 것 같다. 1889년 12월 8일부터 같은 신문에 「장정의 부침 기생의 고락 색의 혁명(壯士の浮沈 芸妓の苦楽 色の革命)」이라는 제목으로, 우에노(上野) 공원에서 은행장을 살해하고 돈을 빼앗은 사건을 그린 정치소설겸 탐정소설을 발표하는데 1890년에 단행본으로 만든 것이 이것으로 보인다. 분쿄는 에이리 자유신문에서 루이코와 책상을 맞대고 있었으니 탐정소설에도 관심이 있었음이 틀림없다.

마루노우치에 있는 로쿠메이칸에서 그날 밤 11시를 알리는 시계소리를 신호로 다수의 사람들이 흩어져 도망갔다. 뒤늦게 달려온 한 대의 마차가 러시아공사관 앞을 통과할 때 탕하고 울리는 총소리. 마차의 유리창이 깨졌는데 한시라도 빨리 그 자리를 도망치려는 듯 마차는 사라져 버렸다.

부랴부랴 달려온 순사는 젊은 남녀의 모습을 봤는데, 길바닥에 떨어져있는 권총과 흰 명주 손수건을 줍는 사이에 남녀의 모습을 놓치고 말았다. 손수건은 방금 전 총소리에 놀란 귀공자와 숙녀가 떨어뜨린 것이었다.

저격당한 것은 국무대신 가모 백작의 딸 야에코로 가벼운 상처를 입었다.

고등경찰의 경부 다미오 슈이치가 가모에게 방금 전에 주운 권총과 손수건을 보여주니 가모 백작은 짐작은 가지만 그 범인을 체포하는 것은 조금 기다려 달라고 했다. 그 이유는 그 손수건은 야에코와 사이가 좋은 가나마리 백작의 딸 기쿠코에게 준 것이었고, 기쿠코는 우로다 백작의 아들 다케오를 맘에 들어 하고 있었는데,

『미인과 권총』 표지(1898년)

우로다 가문에서 가모 가문의 야에코를 달라고 청한 것이 계기가 되어 야에코와 기쿠코의 사이가 묘하게 되어버렸기 때문이었다.

그 권총은 예전에 가모 백작이 소지하고 있었는데, 가모 백작이 다케오와 첫 대면 때 선물로 준 것이다. 다케오는 야에코를 아내로 삼고 싶다고 청하였고, 기쿠코는 그를 연모하고 있었다. 그러나 첩의 자식이라는 이유로 가모 백작이 거절했는데, 이에 야에코가 자신을 싫어하는 줄 알고 다케오가 거친 행동을 하게 된 것인지도 모른다고 백작은 생각하고 있었다.

그리고 기쿠코도 야에코에게 사랑을 빼앗겼다고 생각하고 있을지도 몰랐다.

사표를 낸 국무대신 우로다 백작이 히바리가오카에 있는 별장으로 돌아가자, 고마키네 비서관도 그만두겠다고 하며 그 이유를 종이에 써서 주었다. 기기에는 다케오의 일과 야에코 부상사건 등이 적혀있었다.

모 신문사의 탐정원인 다나카 신사쿠는 탐정 사무실에 와서 탐정인 호소카와에게 '모 백작의 딸 야에코의 저격범은 우로다 백작의 아들

아니면 가마나리의 딸 중 하나겠죠?'고 묻고, 호소카와는 '아마도 가마나리의 딸이겠지'라고 답했다.

가마나리의 딸 기쿠코가 우로다의 아들 다케오의 권총을 잡아채서 가모 백작의 딸 야에코를 저격했다고 하는 것이 호소카와의 생각이었다.

도쿄 고비키초의 가부키 좌(歌舞伎座)에서 열린 게이샤의 공연에 다케오가 총애하는 고후데의 얼굴도 보였다. 기쿠코는 따분하다는 듯이 고후데를 뚫어지게 보고 있다.

이윽고 가부키 좌에서 나온 고후데는 찻집에 가서 야마자키 후미오라고 하는 학생과 밀회를 하고 있었다. 고후데는 우로다의 젊은 도련님의 첩이 된다는 것은 거짓말이니 믿어서는 안 된다고 변명하며 야마자키를 설득했다. 그때 다케오가 고후데를 부르자 야마자키에게 '여기서 기다려 주세요' 하고 갔다.

그곳에 야마자키의 보호자인 야마무라 도미조가 들어와서 '우로다의 두 아들에게 고후데가 관계를 갖고 있는 것은 이상한 일이다'라고 말하고, 야마자키에게 고백한 것은 다음과 같은 내용이다.

——우로다 백작과 천한 여자 사이에 생긴 진짜 아들은 야마자키 후미오이고 다케오는 가짜다. 다케오는 그 천한 여자에게 자세한 사정을 듣고 우로다 백작의 증거물을 훔쳐내어 도쿄로 나와 그것을 증거로 우로다 백작을 만나 자신이 친자라고 주장했다. 야마무라에게는 탐정을 하고 있는 동생 야마무라 사토시가 있어서 다케오의 신변조사를 끝냈다. 그렇기 때문에 고후데를 게이샤에서 빼내어 수양딸로 삼고 야마자키와 결혼시킬 것을 약속했다.

모 신문기자 이누타 씨는 어느 날 다미오 경찰과 만나 '예전에 당신께 부탁받은 가모 백작의 딸 저격사건의 내용이 드디어 밝혀졌으니 은밀히 말씀드리겠습니다'라고 말했다.

다미오는 '가마나리의 딸은 우로다 백작의 아들 다케오를 연모하여 혼담을 청했지만 다케오는 가모 백작의 딸을 사모하여 가마나리 가의 혼담을 거절했고, 그러자 가마나리의 딸은 다케오를 붙잡고 원한을 말했는데 마침 그때 가모 백작의 딸이 마차를 타고 지나가고 있었어요. 그녀가 다케오의 권총을 잡아채어 발포했다는 것을 말하려는 거죠? 그리고 이것은 고다라고 하는 탐정원에게 들은 내용이 아닙니까?'라고 말했다.

정곡을 찔린 한 마디에 이누타는 기가 막혔다. 게다가 다미오는 '그것은 잘못된 내용입니다. 실제로 조사를 하지 않고서는 어떤 근거도 없습니다. 오늘 이후로 제가 당신에게 부탁한 모든 관계를 청산하겠습니다'라고 했다. 이누타 기자는 도망치듯 돌아갔다.

신바시에서 요코하마로 향하는 기차에서 마주 앉은 두 사람은 다케오와 기쿠코였다. 자유결혼을 하기 위해 외국으로 떠나는 것이었다. 요코하마에서 내려 해안가의 고급여관 센겐칸(千元館)에 묵었는데, 기쿠코가 기차에서 나올 때 잃어버린 시계를 가지고 온 것은 소매치기 산조였다. 산조는 다케오가 사실은 소매치기 동료 고텐구 후지이라는 것을 알고 있었던 것이다. 기쿠코를 먼저 씻으라고 하고 다케오는 산조에게 백 엔을 주며 나중에 상의하자고 약속했다.

기쿠코는 문 뒤에서 둘의 이야기를 듣고 있었다. 그녀는 원래 니시쿄의 기온에 있던 고키쿠라고 하는 무희였다. 18년 전 가마나리 백작이 니시쿄에 출장 왔을 때 기쿠주라는 게이샤의 단골손님이 되어 아이를 낳았는데, 기쿠주는 산후 몸이 나빠져 사망했다. 그 아이도 6살 때 죽었는데 양부모는 아이가 죽었다는 것을 알리면, 매달 받는 십 엔이라는 수당을 받지 못하게 되니 고키쿠 그 아이의 역할을 대신하게 된 것이다.

그러나 최근 호적 때문에 들통 날 것 같아 고민하고 있던 차에 다케오가 같이 여행하지 않겠냐고 권했으므로 이는 구조선을 찾은 것처럼 기쁜 일이었다. 그녀도 이천오백 엔을 훔쳐왔다. 산조와 이야기하려고 둘이 여관을 나가려고 하는데 도쿄에서 미행해 온 세 명의 탐정에게 붙잡혀 도쿄 가지바시에 있는 경찰청에 구속되었다. 그 탐정장이 바로 야마무라 사토시였다. 그렇다면 나가타초에서 권총으로 야에코를 저격한 것은 누구일까──.

그날 11시 시모다니구로몬초의 경찰서로 세 명의 서생이 자수를 해왔다. 그 세 명은 '우로다의 삼인 결사당'이라고 불리며 우로다의 은혜를 갚으려고 가모 백작을 노렸다가 맞히지 못하고 야에코에게 상처를 입힌 것이다. 아무것도 모르는 우로다 선생님이 정부를 떠난 것은 정치상의 의견이 맞지 않아서인데, 그 혼사에 관한 원한 때문에 자객을 사서 가모 백작을 암살하려고 했다는 헛된 소문이 떠돌아 선생님이 곤란한 상황에 처하게 되었다. 한때는 자살을 하려고도 했지만 그렇게 되면 사람들이 선생님이 의뢰한 것을 실패했기에 자살했다고 하여 선생님의 이름을 더럽히는 일이 되니, 자수해서 우리들의 행동은 선생님과 관계없이 우리들만의 판단으로 한 것이라고 말하기로 했기 때문이라고 했다.

다케오, 기쿠코, 산조는 각각 형을 받고 의학생 야마자키 후미오는 우로다 백작을 만나 자신이 아들임을 밝혔다. 백작은 고후데와 후미오의 결혼을 허락하고 후미오는 우로다 가의 상속자가 되었다.

단편이기는 하지만 정치를 트릭으로 사용한 이색적인 작품이다.

「부인의 염력」

노구치 마사오는 법학사로 사법성에서 근무하는 간부직원이다. 죽은 유모의 딸 오키쿠를 자택으로 데리고 왔다. 그녀는 한 번 결혼을 했지만 남편의 품행이 좋지 않아 죽은 어머니의 명령으로 이별했다.

노구치의 처 아야코는 오키쿠가 있는 것을 탐탁지 않게 여겨, 사사로운 일에도 다툼이 끊이지 않았다. 그래서 노구치는 네기시에 첩의 집을 마련해 오키쿠를 하녀와 살게 했다. 그런데 그것을 알게 된

『부인의 염력』 표지(1900년)

아야코의 질투가 폭발, 서생을 끌어들여 어느 날 밤 오키쿠와 하녀를 나이프로 모살했다.

그 후 노구치는 아야코가 사형장에 올라가는 것이 견딜 수 없어 권총으로, 아야코는 단도를 가지고 자살을 했다.

수수께끼도 없고 결과의 의외성도 없이 평범한 사건을 평범하게 서술한 것으로 당시의 낮은 수준의 작품을 벗어나지 못했다.

그 외에 내가 가까이 두고 읽고 있는 탐정소설에는 다음과 같은 것이 있다. 제1집 「박피미인(薄皮美人)」(우키요야 마마요[浮世舎まゝよ] 저, 1893년 7월)은 신문기자가 실종된 어느 미인을 조사해보니 그녀가 은행의 내막을 알고 있었기에 악한들에게 감금되어 있었다는 내용이고, 제4집 「생검(生劍)」(시마다 비스이[島田美翠], 1895년 8월)은 연적을 수리검으로 살해하는 이야기, 제17집 「잘린 목(なま首)」(시마다 비스이[島田美翠], 1899년 6월 재판)은 아버지의 원수를 갚는 딸의 이야기이며 제20집 「한의 칼(恨の刃)」

(만지로 류스이[卍字楼柳水], 서지표시 빠짐)은 빌려준 돈을 떼먹은 남자와 결탁한 처와 그 외 관계자 열 명을 살해하는 남자의 사건으로 탐정소설의 요소가 없는 평범한 작품이다. 제29집「미래탐정 지하철도의 여적(未来探偵 地下鉄道の女賊)」(요겐지[預言子] 편, 1898년 12월 재판)은 메이지 30년대로부터 백년 후를 상상한 사회를 그렸는데, 오사카 시내의 지하철 안에서 클로로포름을 가지고 돈을 빼앗는 도적에 대해 쓴 SF적인 작품이다. 제32집「탐정강담 선호악호(探偵講談 善乎悪乎)」(마쓰바야시 자쿠엔[松林若円] 강연, 야마다 도이치로 속기, 1898년 12월 재판)는 요시무라 하루요시(吉村晴吉)가 살인죄의 혐의를 받자 두 명의 친구가 힘을 다해 그 억울한 누명을 벗겨주는 사건이고, 제35집「가슴 세 치(胸三寸)」(레이요[冷葉] 작, 1900년 2월)은 게이샤에게 사랑받은 남자가 그 게이샤가 싫어한 남자에게 살해당한다는 이야기이며, 제39집 「창고의 창칼(倉庫の小刀)」(쇼켄 가이시[省軒外史] 저, 1900년)은 부인의 인감을 훔쳐 돈을 빌린 남자가 그것이 발각될 것을 두려워해 부인을 살해했다는 이야기이다.

다음으로「탐정문고(探偵文庫)」의 작품들을 소개하겠다.

「다키야샤 오센」

이 소설은 '오사카 도사보리 2번가에 동양은행 지점이 있다. 이 은행은 지점장 이하 임원도 많고 상당히 다방면에 걸쳐 영업을 하고 있다'로 시작한다.

그해 2월 24일 밤, 탐정순사 하야미 센타가 그 은행 앞을 지나갈 때 수상한 남자가 쪽문에서 나타났다. 커다란 가방 같은 것을 들고 있었다. 그 남자를 따라가니 그 가방을 버리고 도지마 강으로 뛰어들어 도망가 버렸다.

가방을 열어보니 많은 지폐가 들어 있었다. 은행으로 돌아온 하야미가 숙직실로 들어가 보니 세 명의 남자의 사체가 빨갛게 물들어 포개져 있었다. 한 명은 심부름꾼, 다른 두 명은 은행원인데 모두 입에서 피를 토하고 있었다. 가방의 돈은 다음날 아침에 도쿄로 보내야 할 현금으로 숙직원이 보관하고 있었던 것이다. 죽은 사람 중 한 명의 손에는 길이 2척에 가까운 여자의 머리카락이 2, 3개 쥐어져 있었다.

『다키야샤 오센』 표지
(1898년 제3판)

어느 날 밤 직무로 피곤해져 산책을 나온 하야미는 나카노시마 공원까지 왔는데, 우연히 화류계의 여자들에게 둘러싸인 남자를 봤다. 그런데 그 남자는 2월 24일에 봤던 그 수상한 사람이었다. 남자의 뒤를 따라가니 소에몬초의 다이토미라고 하는 유곽 안으로 들어가는 것이었다. 계산대에서 물으니 사카야초에 사는 아라시 라이하치라고 하는 사람으로 오센이라고 하는 게이샤의 단골이라고 한다. 하야미는 일단 그 자리를 떠났다.

8월 1일 밤 10시 경 하야미가 출장을 나왔는데, 도톤보리 쪽에서 아라시가 걸어오다 집으로 들어갔다. 한참 후 여자 한 명이 안으로 들어갔다. 3시 가까이 되서 여자는 나왔다. 몰래 따라가니 눈치를 챈 여자는 머리 장식품과 수리검을 던져 하야미의 이마에 상처 나게 하고 어디론가 사라졌다.

다음날 아침 하야미가 경찰서에 가보니 남부 경찰서에서 전화가 와있다. 어젯밤 사카야초에서 살인사건이 있었는데 피해자는 아라시이고 침실에서 목이 잘려 절명했다는 것이다. 어제 그 여자는 아라시와 비밀관계가 있었다는 것 같다. 하야미의 손에 있는 머리 장식품은 오센의 것으로 보였다. 어느 날 밤 하야미가 12시 넘어서 또 나카노시마 공원을 지나가는 데 여자와 남자 두 사람이 동행하고 있는 것을 봤다. 여자가 오센이었기에 불러 세워 체포하려고 하는데 반대로 두 명에게 묶여버렸다.

오센은 '저는 와카야마에서 태어났는데 좀 삐딱한 것을 좋아하는 성미라⋯⋯. 저에게는 소중한 리키조 씨라고 하는 정부가 있어요. 이분이 그분입니다. 잘 봐두세요'라고 이야기하기 시작한다.

이하 오센의 이야기에 따르면 다음과 같다.

동양은행에서 일어난 살인은 송금을 노린 오센이 과자상자에 든 과자에 쥐약을 넣어 먹였다. 그래도 죽지 않던 한 사람이 오센의 머리카락을 붙잡았다. 그때 인기척을 느낀 오센은 그곳에서 도망쳤다. 그 인기척의 장본인은 아라시였다. 아라시는 돈에 대해 듣고 초저녁부터 그곳에 숨어 있었는데 오센의 흉악한 행동을 보고 무서워져 안쪽 방에 숨어 버렸던 것이다. 그것을 은행 사람이라고 착각한 오센은 도망가 버렸다. 그 후 아라시는 큰 가방을 은행 밖으로 가지고 나왔지만 운 나쁘게도 탐정에게 발각되어 버렸다.

아라시는 오센의 얼굴을 알고 있으니까 밀고할지도 모른다고 해서 오센은 아라시의 집에 간다고 약속을 하고 1시 정도에 아라시를 방문했다. 틈을 타서 수건으로 목을 조른 다음 나이프로 살해하고 밖으로 나왔다. 나와서 보니 뒤를 밟는 사람이 있었다. 그래서 머리 장식을 던지고 도망쳤다. 게다가 순사들도 왔다. 오센은 하야미의 옆구리를 발로 차서 넘어뜨리고 기절을 시켰는데, 다행히 하야미는 순사들이 도와줬다.

오센, 리키조의 행방을 따라가는데 어떤 네거리에서 사라진 것은 오센, 리키조가 골목을 따라 도망갔기 때문이다.

그리고 둘은 가까이에 있는 빌린 방에서 설경을 보며 즐기고 있었다.

밤이 되어 따로따로 나라의 기쿠스이루(菊水楼)로 향했다. 그런데 리키조는 볼에 난 상처로 병이 나고 자금사정도 곤란해져서 당분간은 오센이 다이부쓰야라고 하는 여관에서 일하기로 했다.

부농 스키자키 규하치가 오센의 용모에 반해 비용절약을 위해 자기 집으로 옮기는 것을 오센에게 상담했지만 오센은 미적지근하다. 오센은 리키조를 부모인 것처럼 속이고 있었는데 그렇게 되면 모든 것이 들통나기 때문이다. 스키자키가 조사해 보고 놀라서 오센에게 손을 뗐다. 다이부쓰야는 스키자키로 인해 오센을 더 둘 수가 없어서 내보냈다.

리키조와 오센은 처음에는 좋았다. 그러나 돈을 다 써버리자 이번에는 리키조가 스키자키를 공갈협박하여 금품을 빼앗았다. 둘은 나라 공원의 산속으로 도망갔다. 리키조는 잡히고 오센은 도망쳐 호류지 근처에서 쓰러졌다. 오센은 잘생긴 남자의 도움으로 살아나 교토까지 동행했다. 그 남자의 이름은 긴타로이고 로쿠조의 작은 덴구(天狗)라는 별명을 가진 소매치기였다. 긴타로는 얼마 지나지 않아 산조에 큰 집을 마련했다.

긴타로는 여행을 겸해 돈을 벌러 나가곤 했는데 돌아올 때는 금전과 물품을 들고 돌아왔다. 오센은 그 물품을 은밀히 팔아 돈을 만드는 일을 했다. 긴타로는 정월 3일 아침부터 여행을 떠났다. 오센은 하녀 한 명을 데리고 기타노로 매화를 보러나갔다가 걸어서 돌아왔는데, 엿장수가 따라오고 있다는 것을 눈치 채지 못했다.

그날 밤 12시가 넘어 오센의 집으로 침입해 온 것은 리키조였다. 그는 낮에는 엿장수, 밤에는 도둑질을 하고 있었다. 다음날 시미즈에서 낮 12시에 만나기로 약속하고 7와 헤어졌다. 다음날 리키조에게 장래에 대해 물으니 '조만간 어떻게든 되겠지'라고 석연치 않은 대답을 했다. 오센은 그게 마음에 들지 않았다. 오센은 남편에게서 목돈을 짜내서 연락을 하겠다는 핑계를 대고 리키조를 돌려보냈다.

그 후 오센은 긴타로에게 다 털어놓고 리키조를 죽일 것을 권했다. 그날 밤 오센이 외출하여 리키조를 만나 내일 새벽에 남편이 없으니까 내가 훔친 물건을 가지고 올 테니 강가에서 12시가 넘을 때까지 기다려 달라고 하고 갔다.

그날 밤 리키조가 짐꾼에게 인사를 하는 틈을 타 긴타로와 함께 리키조를 죽이고 강에 버린 후 집으로 돌아왔다. 오센에게는 세 번째 살인이었다. 남자가 되보고 싶은 마음이 들면 몸에 야차 문신을 새겼다. 야차가 폭포 속에 서있는 그림이었다.

날씨가 더워지면서 강물이 줄어들었다. 인부가 강변을 파고 있다가 갑자기 드러난 사체를 발견했다. 그 소문을 들은 긴타로와 오센은 찜찜한 기분을 풀려고 강가에 있는 찻집에서 술을 마셨다. 교토 부(府) 탐정 요시무라 다카테루가 둘의 이야기를 듣고, 또 여자의 문신을 보고 그 여자의 내력을 탐정하고 싶다는 생각을 하게 된다. 때마침 거기에는 오사카에서 하야미 센타가 와 있어서 그 여자가 오센이라는 것을 알고 둘이 체포했다. 나카노시마에서 실패했던 하야미는 그때까지 한 순간도 오센을 잊은 적 없이 애를 태우고 있었던 것이다.

당시 유포되고 있던 탐정실화풍의 작품이다. 1926년에 시대소설가 와타나베 모쿠젠(渡辺黙禅, 1870~1945년)이 「여자독술사(娘毒術師)」에서 문신한 불쌍한 미녀의 일대기를 쓰고 있는데, 어쩌면 이 작품에서 힌트를 얻은 게 아닌가 하는 생각도 든다.

「**어두운 동굴 지옥**」

이 소설은 '가로등에 불이 켜지고 한 시간정도 흘렀을 즈음, 가장 번화한 긴자골목을 고비키마치로 향해 꺾어져 가는 아가씨가 있다. 한 명은 열여덟, 아홉으로 품위 있게 올린 머리에 갈색의 수를 달고 있고, 또 한 명은 스무 살 정도로 나비 모양의 보석이 들어간 인조 금실로 된 머리장식을 꽂고 있다. 둘 다 옷차림은 중의 상이라고 평가할 수 있을 만큼 잘 꾸미고 있었다'라고 시작한다.

이 두 사람은 친한 사이이다. 오에이는 도요하시야라고 하는 취업알선을 해주는 가게에서 일을 하고 있는 오시노와 함께 보석을 보러갔다. 오에이의 어머니와 오시노는 허물없는 사이였다. 오시노가 데려간 곳은 쓰키지에 있는 훌륭한 호텔 2층의 한 방으로 오시노는 브랫트라고 하는 독일인을 소개시켜 주었다. 그는 유복한 보석상으로 많은 보석류를 둘에게 보여주고, 준다고 하면서 오에이의 왼쪽 네 번째 손가락에 아름다운 반지를 끼워주었다.

그 후, 오곤에게 반지를 보여주고 사정을 이야기하니, 그 반지는 부부약속의 증거라는 말을 듣는다. 그래서 오에이는 연인 야이치로에게 본심을 의심받을까봐 걱정되어 도요하시야에 반지를 돌려주러갔다. 그러나 오시노는 브랫트가 요코하마에 갔다고 하며 반지를 돌려주는 것을 반대하는데, 계속 억지로 부탁을 하니 '그럼, 함께 요코하마에 가자'고 하여 요코하마에 가게 되었다.

그날 오에이가 외출해서 돌아오지 않는 것에 오곤은 신경이 쓰여 오에이의 집에 가서 물어보니 돌아오지 않았다고 하기에, 그러면 도요하시야에 갔을지도 모른다고 말했다. 그래서 오에이의 어머니가 도요하시야에 가서 물어보니 오시노는 오에이가 여기에는 오지 않았다고 한다. 오곤은 이러한 상황에 대해 듣고 뭔가 이상해서 얼굴을 찡그렸다. 오에이의 집에서는 외동딸의 실종으로 어머니는 미칠 것처럼 소동을 부렸다.

『어두운 동굴 지옥』 표지(1899년)

오곤의 남편 오가와 시마노스케는 교바시 경찰서의 서기로 있는 야이치로와 사이가 좋고, 야이치로는 오곤과도 아는 사이여서 오곤은 야이치로와 오에이의 사랑의 중개인이기도 했다. 야이치로는 오곤을 만나서, 어젯밤 오에이와 만나기로 약속을 하고 기다리고 있었는데 오지 않아 바람맞고 돌아왔다고 한다. 그리고 오곤이 반지 이야기를 하자 화를 내고 돌아갔다.

오에이의 실종에 대해 부인 오곤에게 부탁을 받고 에도 기질의 의협심 강한 오가와 시마노스케는 도와줄 결심을 한다. 야이치로를 방문하여 '너도 화가 났겠지만'이라며, 이해를 구하고 협력해서 정탐을 하기로 했다.

요코하마로 전근을 부탁한 시마노스케는 탐정을 허가받자 집을 정리하고 오곤과 함께 요코하마로 이사했다.

야이치로는 영어연습이라는 구실로 허락을 받아 브랫트의 집에서 요리사 보조로 입주했다. 브랫트에게는 처와 아이도 하나 있었다. 가게에는 지배인이 한 명, 마부 두 명, 요리사 한 명, 하인이 두 명 있었다. 각각 맡은 일이 있어 넓은 집이지만 자유롭게 여기저기 보고 다니지는 못했다. 오에이는 없는 것 같았다. 크리스천이기도 한 브랫트는 첩을 가지고 있는 것 같지 않았다. 그런데 매일 만드는 음식의 양이 많은 것이 의심쩍었다. 모두 열 명 정도인데 사십, 오십인 분의 요리를 하고 있었다.

요리사 폰페에게 물어보니 서양사람은 몸이 크니까 일본사람보다 많이 먹는다고 하는 것이다.

어느 날 야이치로는 야채를 사러 나와 오곤과 만나 오에이가 없는 것을 말했다. 오곤은 한번 놀러 와서 남편에게도 상황을 이야기하라고 했다.

오가와 시마노스케도 거류지를 탐정하는 중에 서양인 사이에서 '유쾌한 일을 하고 싶으면 보석점에 가라'고 하는 유행어가 돌고 있다는 것을 들었다.

일요일 정오가 지나 야이치로는 시마노스케의 거처를 방문했다. 시마노스케가 동료에게 부탁해 도요하시야를 조사해보니 오에이는 요코하마에 간다고 하고 도요하시야를 들렀다고 하는 것 같으니 브랫트의 집 외에는 갈 곳이 없기 때문에 자세하게 조사해야 한다는 것을 전하고, 자신은 밖에서 주시를 하고 있을 테니 내부를 잘 부탁한다고 했다. 둘은 더욱 더 꼼꼼하게 조사하기로 약속했다.

그 후, 시마노스케는 이 보석상의 집은 밤중에 한층 더 사람들의 출입이 잦고, 심야까지 계속되는 것을 알게 된다. 인맥을 이용해 브랫트의 성장과정을 조사해 보니 독일의 시골에서 태어나 베를린으로 나와 그 후에는 중국에 건너가 홍콩, 상해를 전전하며 무역상을 하고 일본으로 건너와서는 요코하마에 왔다는 것, 사리사욕이 많은 성격으로 교제사회에도 잘 알려져 있는데, 군자풍의 사람은 싫어할 성질의 인물이라는 것이다.

게다가 시마노스케는 면식이 있는 리더라고 하는 가게 주인에게 유행어에 대해 물어보니 그는 '가 본 적이 없지만' 하고 웃으면서 브랫트의 집에 가면 알 수 있을 것이라고 한다. 시마노스케는 서양식 옷으로 갈아 입고 밤 8시 넘어 브랫트 집에 가 보았다.

지배인이 여러 가지 보석을 권했지만 일단 집으로 돌아왔다. 확실히 지배인에게 신호를 보내고 가게 안으로 들어간 서양인이 있었기에 평상

복으로 갈아입고 보석상 가까이에 갔다. 그러자 또 한 사람의 서양인이 가게로 들어갔다. 방금 전 들어간 서양인처럼 가게 안쪽으로 들어간 모양이다. 시마노스케가 숨어서 그들이 나오는 것을 기다린 지 두 시간이 지났다. 서양인 한 명은 나가고, 지금 한 명은 12시 가까이 되어 돌아갔다. 그들은 보석을 사기위해 가게에 온 것이 아니고 무언가 그 가게 안에 목적이 있는 것 같았다. 시마노스케는 나중에 야이치로에게 물어보기로 하고 그날 밤은 집으로 돌아갔다.

다음날, 시마노스케가 리더의 집에 가서 이야기하자, 그는 웃으며 '자네는 일본인이기 때문에 유쾌한 것을 볼 수 없네'라고 한다.

"예? 리더 씨, 왜 일본인은 유쾌한 것을 보지 못하는 겁니까? 그건 이상하지 않습니까?"

"정서가 다르잖소."

더 물어보려고 했지만 손님이 있어서 시마노스케는 작별을 고하고 집으로 돌아가기로 했다.

일본인이라서 왜 유쾌한 것을 보지 못하는 것일까, 이것은 시마노스케가 가장 수상하게 여긴 것이었다. 그 후에도 밤마다 보석상의 동정을 살펴보니 변함없이 손님처럼 보이는 두세 명이 출입을 했다. 시마노스케 마음속에는 더욱 의심이 도사리게 되고 마침내 브랫트의 집을 도깨비집처럼 생각하게 되었다.

혹은 '서양인이 카드놀이를 하면서 도박을 하는 건가'라고 생각하니, 지금까지 맘 고생한 것이 왠지 우스꽝스럽다는 생각이 들었다.

일요일 정오경에 야이치로는 시마노스케를 방문했다. 시마노스케가 '어떤가 집의 상황은?'이라고 물었다.

"전혀 모르겠습니다"

"응? 모른다고? 매일밤 손님이 있는 것도 모른다는 건가."

"내 생각으로는 도박일거 같네. 그 진상을 끝까지 지켜보는 것이 좋겠네. —— 그리고 만일 생각했던 대로 이상한 일이 있으면 바로 알려주길 바라네. —— 오곤을 매일 오전 중에 그 근처로 보낼 테니까"

요리사 폰페가 늘 야이치로의 곁에 있기 때문에 그 방 밖으로는 한 발짝도 나갈 수가 없어서 그날은 일을 가르쳐준 답례라고 하며 저녁식사에서 폰페에게 맥주를 권했다. 여섯 병을 마셨다.

폰페는 깊이 잠들고, 11시가 되어 세상이 조용해진 후 야이치로는 어느 방인지도 모르는 길을 지나 안쪽으로 들어갔다. 그러자 어디에선가 희미하게 목소리가 들렸다. 그것은 2층도 아니고 아래층도 아니다. 하나의 벽 속에서 들려오는 것 같았다. 그곳으로 통하는 입구는 없었다. 그때 갑자기 한 장의 벽이 열리려고 해서 구석에 있는 테이블 밑으로 몸을 숨기니 그 벽이 빙글 회전하고 열렸다. 거기에서 한 명의 서양인이 나왔다. 그 뒤를 따라 나타난 것은 남자가 아닌 화려하게 치장을 한 일본여자였다. 여자가 '그럼 또 조만간 오세요. 네. 꼭 기다리고 있을 거니까요. 거짓말 하시면 안 돼요'라고 말했다. 남자는 가게를 향해 나가고 여자는 다시 벽 속으로 들어갔다.

그날 아침에 와있던 오곤에게 야이치로는 사연을 이야기 하고, 비상수단을 써서 그 비밀을 캐낼 테니 시마노스케 씨에게 마취제를 가져와 달라고 부탁했다. 그 마취제를 받은 야이치로는 저녁에 나오는 커피 하나하나 잔속에 마취제를 넣어 잠들게 하고 가까스로 온 시마노스케를 비밀실로 안내했다.

두 사람은 그 벽을 밀고 안으로 들어갔다. 사람 모습은 없었다. 마루에 깔려 있는 융단 한쪽에 힘을 주어 발로 밀어보니 함정이 있어 시마노스케는 마루로 떨어졌다. 방안에 있는 초에 불을 붙인 야이치로가 마루 밑을 살피며 밑으로 내려갔다. 두 사람이 안으로 들어가자 한 침실에 있던 여자의 목소리가 '야이치로 씨인가요?'라고 묻는다. 오에이였다.

지난번에 도요하시야의 오시노와 함께 반지를 돌려주러 왔는데 브랫트가 화를 내며 욕을 해서 오에이가 돌아가려고 하니 그 마루가 있는 곳에서 이 구멍으로 떨어져 버려서 도망칠 수가 없었다고 한다. 그런 난폭한 행동을 오시노도 거들고 있었다. 반지를 오시노가 받아준 것도 오에이를 꼬이기 위해서였던 것이다. 매춘을 해 돈을 벌지 않았기 때문에 언제까지나 여기에서 나갈 수 없는 처지가 되었다. 다른 여자도 입구에 있는 오시노에게 속아서 끌려와있었다. 그들은 지옥에서 도망가려 하다 악마에게 들켜버린 사람처럼 보였다.

정신을 차린 브랫트는 '기다려, 도둑놈!' 하고 권총을 꺼내들었다. 야이치로는 브랫트 가까이로 뛰어들어 권총을 든 팔를 잡고, 시마노스케도 브랫트와 맞붙어 넘어뜨려 둘이서 꼼짝 못하게 했다. 이렇게 해서 시마노스케는 그 일행을 자기가 근무하고 있는 경찰서로 연행했다.

단순한 줄거리이고 오에이가 행방불명된 수수께끼를 알고 싶어 단숨에 읽게 된다. 수수께끼 그 자체는 지금의 시선으로 보면 너무 평범하다는 생각이 들지만, 메이지 시대의 독자에게는 분명히 큰 호기심을 일으켰을 것이다.

「광산의 마왕」

이 소설은 '초겨울 어느 날 아침 도쿄에서 발행하는 2, 3개의 신문에 아래와 같이 희한한 광고문을 게재하여 도시의 시민을 놀라게 하는 자가 있었다'로 시작된다.

나는 슬픈 지경에 빠져 있다. 의협한 지사가 와서 구해주길 갈망한다. 아마도 그 구출에는 생명의 위험이 따를 것이다. 오늘부터 며칠간 가슴에 백장미를 달고 우에노 공원을 배회 하시오.

그 구세주가 되기를 희망했던 사람 중에 미쓰루기 고이치가 있었다. 법률을 공

『광산의 마왕』 표지(1899년)

부하고 있는 학생으로 빵과 떡을 팔아서 생활하고 있었다. 처음에는 많던 희망자도 점차 줄어들고 그 한 명만 남게 되었다. 어느 날 공원에서 짐을 내리고 있는데 하녀처럼 보이는 여자에게 편지를 받았다. 그 편지는 광고주가 보낸 것으로 지금부터 3일 후 밤 2시에 같은 장소에서 기다리고 있을 것, 이 일은 절대 비밀리에 행동해야 한다는 것 등이 쓰여 있었다.

그날 밤 미쓰루기가 기다리다 보니, 어떤 여자가 은밀히 다가와 타이완에 있는 어떤 광산을 탐정해 달라고 한다. 간보샤라고 하는 곳에 있는 고사(高砂) 광산으로, 거기는 끔찍한 생번(生蕃)[2]이 살고 있는 위험지대라고 하면서 그녀는 여비대신 자신의 반지를 내어 주는 것이었다. 그 반지는 푼돈으로는 살 수 없는 순금으로 만든 것이었는데, 미쓰루기는 전혀 융통성이 없는 그 여자의 성격을 도저히 짐작할 수 없었다.

사쓰마에서 태어난 다혈질의 미쓰루기는 다음날 바로 요코하마에서

---

[2] 타이완의 선주민 고산족(高山族) 중에서 한족에게 동화하지 않았던 사람들을 가리켜 사용한 호칭.

『광산의 마왕』 권두화

타이완마루(台湾丸)의 일꾼이 되어 배를 타고 기룬(基隆)에 도착했다. 삼일 째에 비번이 되었을 때 번사(蕃社)3) 쪽으로 향했다. 그리고 날이 저물어 녹나무 위에서 잠이 들었다. 사람들의 고함소리에 눈을 떠보니 아침이었는데, 번인(蕃人) 세 명이 싸우고 있었다. 흉악한 얼굴의 두 사람과 약해 보이는 한 사람이었다. 나무 위로 옮겨놓은 돌을 던져 약한 쪽을 구하여 같은 편이 되자, 그의 안내로 번인의 부락으로 가게 되어 정중한 대접을 받았다. 번어(蕃語)도 습득했다. 하지만 탈출을 시도하다가 도중에 번인들에게 붙잡혀 추장의 집으로 끌려갔는데, 추장의 딸 쟈크메가 목숨을 건져주어 그녀의 종이 되었다. 쟈크메에게 물어보니 간보샤라고 하는 곳은 이 번사를 말하는 것으로 2, 3리 앞에는 광산이 있다고 한다.

어느 날 추장에게 불려간 미쓰루기는, '쟈크메가 연모하고 있으니 딸의 남편으로 삼아 후계자의 뒤를 잇게 하겠다. 따라서 오늘 밤 식을

---

3) 일제시대 때 타이완의 선주민(先住民)인 고사족(高砂族) 마을이나 집단에 대해 사용한 호칭.

올리고 번사 사람들 앞에서 공표를 할 테니 마음을 단단히 먹어라'라고 하는 명령을 받았다. 미쓰루기는 연회가 열리자 쟈크메를 취하게 한 후 탈주해서 광산으로 향했다. 어떤 부락에 들어가니 다행히도 일본인이 나타났기에 번지(蕃地)에서 길을 잃어 번사에게 붙잡혔는데 겨우 탈출해 왔으니 신세를 지고 싶다고 청하였다. 그리고 그곳이 간보샤의 동을 산출하는 광산이었기에 광부로 채용되었다. 중역은 세 명으로 둘은 일본인, 한 명은 지나인(支那人)이었다. 일본인 중 한 사람은 광산주(鑛山主)로 아사우라 미쓰루이고, 다른 한 사람은 회계를 담당하는 마가부치 후카유키, 지나인은 광부를 단속하고 업무를 감독하고 있었다.

그 광산에는 두 개의 입구가 있었다. 하나는 동쪽으로 다른 하나는 서쪽으로 뚫려있었다. 그러나 동쪽 입구는 폐광이나 마찬가지였다. 그런데 동맥(銅脈)으로 이르는 갱도가 동쪽 입구 쪽이 짧고, 서쪽 입구에서는 상당히 돌아가야 하니 그것이 한 가지 의문점이었다. 동쪽 입구는 최근 뚫은 것 같았다. 광부의 말을 들어보니 동쪽 입구는 자주 간보샤의 번인에게 습격을 당해서 그 위험을 피하기 위해 서쪽 입구로 옮겼다고 하는 것이었다. 그렇지만 번인의 습격에 대비하기 위해서는 분명 다른 수단도 있을만한데, 생각하면 할수록 의심스러운 일이었다.

미쓰루기는 그 괴상한 여성에게 보고하는 자료로 쓰려고 지도를 제작하기 시작해 대략 완성하였다. 하루 동안의 휴가가 생기자, 산의 지도를 만들 생각으로 서쪽입구에서 조금씩 동쪽을 향하여 그림을 그리고 있었다. 그때 뼈가 으스러지도록 미쓰루기의 목을 몽둥이로 때린 녀석을 냅다 밀쳐보니 광산주 아사우라였다. 왜 때렸냐고 물으니 '이 산은 내 것이다. 다른 사람이 산을 측량하여 지도를 만드는 것은 괘씸하기 짝이 없는 일이다. 누구에게 사주 받아서 한 것이냐, 자 그 사주한 놈을 말해!'라고 노여워하며 미쓰루기를 지하감옥에 처넣어 버렸다.

지도를 그린 일로 왜 이 만큼의 무거운 처벌을 받아야 하는지 이해가 되지 않았다. 식사를 날라주는 지나인에게 돈을 묻어둔 장소를 가르쳐 준다고 속이고 기절시켜 그 지나인으로 변장하여 탈출했다. 타이페이로 간 다음 도쿄에 도착하여, 곧바로 신문에 그 여자가 실은 것과 같은 광고문을 실어 여자에게 통지했다.

약속한 밤 2시경이었다. 미쓰루기가 기다리고 있자니 동행한 두 명이 접근해 왔다. 캄캄한 가운데 낮게 소곤소곤 거리는 소리는 여자 목소리가 아니었다. 미쓰루기가 둘의 이야기를 가만히 들어보니, 그녀와 내가 만난 것을 이미 알고 있는 것 같았는데, 남자가 온 것이 이상하고 게다가 한 번에 죽인다고 하니, 나를 해치고자 하는 마음을 가지고 있는 것이 분명했다.

만약 여자에게 명령을 받고 온 것이라면 더욱 사태를 파악할 수 없었다. 광고를 내서 의협심이 강한 사람을 모집하여, 충분히 위험한 상황에까지 처하면서까지 그 부탁을 처리한 자신을 이 남자들의 손으로 죽이려고 하는 것은 도저히 인간이 할 수 있는 행동이라고 생각할 수 없었다. 미쓰루기가 두 명의 장정이 돌아가는 뒤를 미행하니, 그들이 들어간 집은 연못 끝에 자리 잡은 호화로운 집이었다. 두 개의 입구가 있는데 한쪽은 남작 가토리 요시사토라고 하는 문패가 걸려있고, 다른 쪽 문에는 바구이 도시미라고 하는 문패가 있는 걸려 있는 이상한 저택이었다. 이미 새벽 3시가 넘어 지나가는 사람도 없기에, 집으로 돌아와 다음날 아침 일찍 다시 가서 두 집에 대해 탐문했다.

가토리라고 하는 화족(華族)은 이전에는 요쓰야에 살고 있었는데 가정에 불상사가 있어 이곳으로 이전했다. 바구이라고 하는 쪽은 그 집의 집사로 재산가이며 이 저택도 자신의 것으로 주인을 자신의 저택으로 불러들여 부양하고 있는 충신이라고 하는 것 같지만, 그 평판이 좋은 것만은 아니었다.

  가토리 가의 주인은 올해 세 살이 된 요시사토로, 미망인이 가사일을 하고 있고, 또 스물하나가 된 딸 기쿠치가 있었다. 한편 바구이 가에는 주인 도시미 외에 처 오하치오와 요시노, 기미노라고 하는 두 딸이 있었다. 오하치오는 첩으로 본처가 죽고 난 뒤 지금의 지위에 올랐다. 오하치오는 이전에는 가토리 남작의 첩이었는데 사정이 있어 연이 끊기고 바구이가 물려받았다.

  왜 두 명의 장정이 미쓰루기를 죽이려고 우에노에 왔었는지, 광산조사를 부탁한 사람은 기쿠치인지, 미쓰루기는 이 두 가지 의문을 풀기 위해 곰곰이 생각한 끝에 뜨거운 술을 파는 포장마차를 시작했다. 그리고 매일 밤 8시부터 이 연못 끝에서 가게를 개시하여 저택사람들을 단골로 만들기 위해 망을 펼쳤다. 제일 먼저 단골이 된 것은 바구이의 인력거꾼 로쿠조라고 하는 사람, 그리고 현관의 서생이었다. 차차 바구이 가의 사람들이 단골이 되면서 그들의 이야기를 통해 집안 사정을 들을 수 있게 되었다. 타이완의 광산은 바구이 가가 소유하고 있는 것이라는 사실도 알게 되었다.

  어느 날 밤 바구이 가의 사람들이 모두 문안으로 돌아가고 12시를 넘어선 때였다. 가토리 가의 문안에서 조용히 다가온 여성이 있었다. 어머니에게 드린다고 하면서 따뜻한 술을 달라고 했다. 미쓰루기는 일부러 반지를 그녀의 눈앞에 내밀었다. 5일이 지난 후 그녀가 조심스럽게 나타나 미쓰루기의 반지를 주시하더니, 그 반지의 주인은 원래 자기였다는 것이다. 미쓰루기는 지금까지의 사정을 이야기하고 광산에 관힌 보고서를 주었다.

  4, 5일이 지난밤 그녀가 또다시 나타나 어딘가 사람들 눈에 띄지 않는 곳으로 데려가 달라고 하여 미쓰루기는 자신의 다다미 네 장 반 정

도 크기의 하숙집으로 데리고 갔다. 그녀는 기쿠치라고 하며 가토리 가의 딸이라는 것, 가신인 바구이 때문에 집도 재산도 빼앗기고, 일가가 고생하고 있는 것을 설명하였다. 그리고 이런 원통함을 풀기위해서 그 광산의 일을 부탁한 것이라고 하며, 조사해 준 것에 대해 감사하다고 했다.

바구이의 권유로 기쿠치의 아버지 가토리 남작이 타이완의 간보샤의 무진장이라고 할 수 있는 동산(銅山)을 샀다. 부채를 만들어 60만이나 투자했다. 그 부채 때문에 남작은 신경병으로 세상을 떠나고 바구이의 세상이 되었다. 바구이는 남작의 첩이었던 하치오가 낳은 아이를 상속인으로 정하고 하치오를 자신의 처로 맞이하여 집안일을 장악하였다. 가토리 가의 재산은 더욱더 줄어들고 집도 저택도 다른 사람 손으로 넘어갔다. 그와 반대로 바구이는 번창하여 집과 그 대지도 사들이고 충성스런 얼굴을 하면서 가토리 가의 사람을 인수한 것이다. 타이완의 광산은 남작이 감정을 잘 못한 것이라고 하니, 적어도 광산의 상황이라도 조사하여 이 마음을 달래고 싶다는 생각으로 선택한 수단이 광고를 내어 의협심이 강한 지사를 모집하는 것이었다고 한다.

계속해서 기쿠치는 '바구이는 사기꾼이에요. 가토리 가의 광산을 빼앗으려고 계획한 것이에요. 동쪽의 입구가 파기 쉬운데 그것을 폐쇄하고, 비경제적인 서쪽입구를 연 것입니다'라고 하며, 바구이는 자기에게 첩이 되라고 협박하고 신문의 광고도 바구이가 자신과 관계되어있는 것을 눈치 채자 그때부터는 신문, 잡지를 일절 볼 수 없도록 금지시켰다고 한다. 그래서 미쓰루기가 낸 신문광고도 기쿠치는 보지 못했던 것이다. 두 명의 장정을 보낸 것도 그의 소행이었다고 한다. 기쿠치는 '그 보고서를 읽어보니 그럭저럭 쓸모 있는 산인 것 같으니 되찾을 수 있는 수속을 밟을 작정입니다'라고 하고 이 사건이 해결될 때까지 집으로 돌아가지 않으려하니 어딘가 안전하게 숨어있을 만한 곳을 알아봐 달라고 부탁하는 것이었다. 미쓰루기는 법률박사인 선생님과 잘 아는 사이로 그곳에서 은거하기로 했다. 물론 기쿠치는 광산에 관한 서류를 가지고 있었다.

법률박사 이와세 메이쇼가 기쿠치의 대리인이 되어 바구이 도시미의 사기죄에 관한 소송이 도쿄 재판소에 제출되고 최후의 판결에서 기쿠치는 승리를 하게 되었다. 바구이의 성격은 사악하고 사리사욕을 채우려는 욕심이 강한 인간이었다. 그는 욕심에 눈이 멀어 지나인과 손을 잡고 광산을 가토리 가에 사게 하여 그 대가를 둘이서 나눠가졌다.

바구이는 실제 땅을 보기 위해 타이완에 가서 조사하고 심복인 아사우라와 마가부치에게 광산을 감독하게 하였다. 그러나 제 것으로 하고 싶은 욕망 때문에 동쪽 입구를 닫고 새롭게 서쪽에 입구를 열게 하여 드디어 이 광산은 다 잡은 것이라고 주장하면서 동쪽 입구를 폐멸시켜 그 산을 공짜로 횡령하려는 속셈이 있었다. 그러는 사이에 백장미군(白薔薇軍)이라는 것이 생기자, 바구이는 자신과 관계하는 사건이 아닌가 하는 의심에서 탐정을 하기로 한 것이다. 두 명의 장정에게 돈을 주어 기쿠치의 동정을 탐정할 것을 의뢰하고, 그 후 미쓰루기가 돌아온 것을 알리는 광고를 보고 장정에게 명령하여 기쿠치를 대신해 그 장소에 나가 비밀전언을 알아내고 살해할 것을 명령했다. 그날 술을 마신 두 사람은 12시가 넘어서 공원으로 가 목적지까지 도착했지만, 그 발소리가 한 명이 아니었기 때문에 미쓰루기의 의심을 사고 결국 목적을 달성하지 못했던 것이다. 그래서 바구이는 기쿠치의 감시를 더욱 엄중하게 하여, 심야에 몰래 어머니를 위한 한 잔의 술을 사려고 하는 불쌍한 처지에 놓이게 된 것이다. 그러나 결국 그것이 기쿠치를 위해서는 행운이 되었고 미쓰루기와 만나게 되었다. 기쿠치가 재산을 되찾은 것은 전부 미쓰루기가 도와준 덕분이었기에 그 은혜를 갚아 미쓰루기는 기쿠치가 보내준 돈으로 유학을 떠나고 훌륭한 학자가 되었다.

본 작품은 시마다 류센이 자주 소재로 삼는 화족의 사건을 다룬 것인데, 발단에서부터 색다른 점이 있어 기이한 사건에 빠져든다. 장미군 모집에 응한 고학생 미쓰루기 고이치가 여자 주인공의 의뢰를 받아 타이완으로 가 광산조사를 하면서 매우 고생하고, 귀국한 후에는 여자 주인공과의 연락과정에서 서스펜스와 스릴이 있다. 당시의 작품으로서는 드물게 잘 만들어진 우수한 작품이다.

창작 탐정소설의 전개 　제7장

1888년부터 1893년 무렵까지는 구로이와 루이코의 번안 탐정소설의 전성시대였다. 루이코가 『요로즈초호』를 펴낸 뒤인 1893년 이후에는 앞서 말한 것처럼 창작 탐정소설은 적었고, 번안이기는 했지만 「들 꽃(野の花)」, 「버려진 작은 배(捨小舟)」과 같은 인정기담이라고 할 만한 것이 문단의 주류를 이루고 있었다.

문학사상에서 보면 겐로쿠(元禄, 1688~1704년) 시대의 이하라 사이카쿠 풍을 따르던 겐유샤 파의 피상적 연애소설이 비판을 받고, 1893년부터 1905년 무렵까지는 모리 오가이(森鴎外, 1862~1922년), 기타무라 도코쿠(北村透谷, 1868~1894년)를 중심으로 한 『문학계(文学界)』 동인에 의해 주장된 자유 정신을 존중하는 낭만주의의 시대에 들어갔다.

청일전쟁 후의 사회불안 속에서 탐정소설의 영향을 받은 겐유샤의 이즈미 교카, 히로쓰 류로(広津柳浪, 1861~1928년) 등에 의해 관념소설, 심각소설이 쓰여졌다. 탐정소설 유행이라는 큰 파도는 지나갔지만 이 시기는 번역, 창작을 포함하여 많은 작가들이 배출되었으며, 그 작품도 모험탐정, 가정소설적 취향의 작품 등 다양화의 양상을 드러냈다.

1. 오자키 고요

1867년 2월 16일 상아(象牙) 세공인을 아버지로 에도(江戶, 지금의 도쿄)의 서민 마을에서 태어나 도쿄 대학(東京大学)에서 공부하고, 겐유샤 파의 대표로서 겐유샤 시대를 열었다. 「금색야차(金色夜叉)」 등의 작품을 집필하였다. 탐정소설로는 「쪽 보조개(片靨面)」(1894년), 「추운 홑옷(寒帷子)」(1893년), 「불언불어(不言不語)」(1895년) 등이 있다. 1903년 10월 30일 병사했다.

오자키 고요

앞에서도 언급했듯이 루이코의 탐정소설에 압도당하여 순문예물 판매가 부진했으므로 겐유샤를 이끄는 고요는 슈요도의 주장을 받아들여 탐정소설 퇴치를 시행했다고 한다. 그러나 그 집필을 쉽게 승낙했다는 사실에서도 고요 자신이 진작에 탐정소설에 관심이 깊었음을 알 수 있다. 그가 기조로 삼아 출발한 이하라 사이카쿠의 작품을 보더라도 「일본 앵음비사(本朝桜陰比事)」를 비롯하여 작품에서 펼쳐지는 희비극에는 웃음과 위트, 탐정소설로 통하는 '의외의 결말'이 표현되어 있다.

비단 고요뿐만이 아니었다. 사이카쿠에 심취하여 탐정소설도 썼던 고다 로한(幸田露伴, 1867~1947년)에게도, 또한 히구치 이치요(樋口一葉, 1872~1896년)의 「키재기(たけくらべ)」, 「섣달 그믐날(大つごもり)」 등의 결말에 관해서도 같은 점을 지적할 수 있을 것이다.

다음에 이야기할 고요의 「염화미소(拈華微笑)」는 1890년 1월 『국민지우(国民之友)』 부록으로 발표된 작품인데, 사이카쿠 풍의 유머러스한 작품으로 의외성을 노리고 있으며, 작풍이 점차 현대사회로 확대되기 시작한다.

「염화미소」

 스물 대여섯 살의 하급관리인 아무개는 매일 아침 이치가야(市ヶ谷) 문밖의 해자 근처 길로 통근하고 있었다. 올 2월 이후 같은 시각에 같은 장소에서 항상 만나는 마차를 탄 미인이 있었다. 얼마 지나지 않아 그 여인이 미소를 보내게 되었으므로 남자도 같이 미소를 짓게 되었고 그 후에는 미소가 인사처럼 되어 버렸다.
 그해 가을 간나메 축제(神嘗祭)[1] 때문에 일이 생겨서 남자가 로쿠메이칸(鹿鳴館)[2] 근처를 지나던 때에 달려 나오던 마차 안의 귀부인이 바로 그 여인이었다. 남자가 오른손을 모자에 대고 머리를 숙이자 여자는 늦어서 미안하다는 듯 정중하게 고개를 숙이며 인사하는 것이었다.
 다음날부터는 미소짓는 얼굴로 인사까지 덧붙이게 되었다. 게다가 남자와 여자는 둘 다 옷차림에 신경을 쓰게 되었다.
 오랜 시간에 걸쳐 진지하던 얼굴이 미소로 변하고 미소짓는 얼굴은 인사말로 발전했으니 대화를 나누게 되는 것도 머지 않으리라 생각했다. 남자는 대화를 나눌 단계가 되면 이제 내 사람이 될 것이라 생각했다. 그러나 여자의 이름도 모르고 주소도 모르는 상태에서 실마리라고는 마차와 마부의 등에 삼중 소나무(三蓋松) 문장이 있다는 것 뿐인데, 편벽한 성격의 남자는 털어놓고 물어볼 친구도 없었다. 마차를 타고

---

1) 천황이 10월 17일에 거행하는 추수 감사의 궁중행사.
2) 1883년에 완공된 이 건물은 외국에서 온 손님이나 외교관을 접대하기 위해 메이지 정부가 건립한 사교장으로 메이지 시대 서구화의 상징적 존재라고 할 수 있다.

뒤를 쫓은 적도 있었지만, 그 마부의 발이 빨라 놓쳐버렸다. 그 마차가 사고로 쓰러지기라도 한다면 말을 걸 기회라도 얻을 수 있겠지만, 그런 기회는 좀처럼 없었다.

11월 2일은 돌아가신 아버지의 기일이었다. 남자는 어머니와 여동생을 동반하여 야나카(谷中)의 덴노지(天王寺) 절로 참배하러 가서 꽃을 바치고 돌아오는 길이었다. 입구의 휴게 찻집에서 다섯 사람이 나왔다. 어머니로 보이는 노부인과 젊은 부부 외에 수행하는 두 여자가 있었다. 남자의 여동생이 그 여인을 보고 어머니에게 저런 기모노 띠를 갖고 싶다, 안의 기모노가 좋다며 졸라댔다.

다섯 명 중에 한 명이던 여자가 바로 그 마차의 여인이었는데, 남의 눈을 꺼려서인지 남자에게 미소도 짓지 않고 목례도 하지 않은 채 모르는 사람인 척 지나쳤다. 남자는 어머니를 향해 저 여인이 뭔가 이야기를 했느냐고 묻자 어머니는 의심스럽게 여기며 대답하지 않았다. 여동생은 그녀가 남편과 뭔가 이야기를 하더라고 했으므로 남자는 유부녀라 생각하여 풀 죽어 실망했다. 그 뒤로 마주쳐도 여자 역시 인형처럼 감정을 얼굴에 드러내지 않게 되었다.

아침에 여인의 마차가 보이지 않는 날이 며칠 동안 계속 되었다. 병이라도 걸린 것인가 생각하니 남자는 남의 일처럼 여겨지지 않았다. 그렇게 2주가 지났다.

어느 날 관청에서 동료들이 하는 이야기를 들었다. 과장님에게는 몇 년 전에 죽은 큰 딸과 작은 딸이 있었는데, 큰 딸을 마음에 들지 않는 사람에게 시집을 보냈더니 결혼생활을 불행히 여기다가 그만 병사했다. 그런 일이 있었으므로 작은 딸에게는 좋아하는 상대를 맺어주려고 생각했다. 올해 작은 딸은 스무 살이 되는데, 매일 아침 학교로 가는 도중에 마주치는 사내가 있어서 그 사람이라면 좋을 것이라고 마음에 들어 했다. 그런데 이름도 주소도 몰라서 여러 가지로 알아보던 중에, 그녀가 오빠와 어머니를 모시고 절에 참배를 갔을 때 호감을 가졌던 그 남자가 아내를 데리고 온 것을 보고 결혼을 한 사람이라 생각하게 되었다. 그러나 몇 달 전에 베를린에서 돌아온 닥터 마루야마 아무개는 과장님과는 집안 사람이라 그 딸과는 어릴 적부터 친구로 신분도 남자다움도 흠잡을 데 없어서 딸도 납득하고 예물교환까지 일찌감치 끝내버렸다. 올해 안에는 결혼다고 한다……는 것이다. 남자는 귀가 솔깃한 이야기를 들은 것이었다.

어느 날 퇴근하는 길에 아카사카(赤坂)로 둘러가던 차에 삼중 소나무 문장이 새겨진 덮개를 한, 혼수품을 옮기는 들것이 일곱 개나 연달아 가는 것을 보게 되었다. 마음을 졸이며 미행을 하니 히카와초(氷川町)에 있는, 경계가 삼엄해 보이는 새 집으로 들어가는 것이었다. 그 문패를 보니, 아 맙소사, 바로 마루야마라 적혀 있는 것이었다.

2. 미야케 세이켄

1864년 4월 교토(京都)에서 태어나 『문예구락부(文芸倶楽部)』와 『긴코도(金港堂)』에서 편집일을 했으며, 후에 『이륙신보(二六新報)』 기자가 되었다. 겐유샤 파이프로 슌요도의 '탐정소설' 총서에 「불 속의 미인(火中の美人)」(1893년)을 썼다. 그 외에 「기기괴괴(奇々怪々)」(1901년 11월 세이신도[誠進堂] 서점), 「표리(うらおもて)」(1902년), 「불가사의」(1903년 1월 분센칸[文

미야케 세이켄

泉館]),「탐기소설 이상한 아가씨(探奇小說 不思議の娘)」(1905년) 등이 있으며 대부분 가정소설 계통의 것이었다. 이 중에서 가장 역작 느낌이 나는 것은「불가사의」이다.

「불가사의」

이 소설은 '나는 교토 산본기(三本木)에 살고 있는 마치이 게이노스케, 호를 동우(桐雨)라고 하는 지극히 보잘 것 없는 문학자이다. 나이는 올해 스물 넷이고 아직 아내는 없다'로 시작한다.

나는 부모를 일찍 여의었지만, 대여섯 채의 임대주택과 공채증서를 가지고 있는 신분으로 큰어머니의 뒷바라지로 그럭저럭 생활을 해나가고 있었다. 올 여름 대학을 졸업한 친구인 법학사 하야마 슈테이를 만나기 위해 12월 15일 도쿄 여행을 계획했다. 우선 하야마의 어머니 아키코가 사는 신카라스마(新烏丸)의 셋집을 찾아가니 아키코는 아들로부터 소식이 없어 걱정을 하고 있었다.

나는 신바시(新橋)에 도착하자마자 혼고(本鄕) 니시카타초(西片町)에 있는 하야마의 하숙집으로 갔다. 하숙집 주인 이야기에 따르면 하야마는 지금 감옥에 있다는 것이다. 고리대금업자 요코무라 고시치를 구타했기 때문이라고 했는데, 신문을 보니 놀랍게도 하야마는 15일 밤에 자살을 했다. 도쿄에 친척도 없어서 유해를 거둘 사람도 마땅하지 않아 내가 거두고자 가지바시(鍛冶橋) 감옥소로 출두했더니 이미 시신을 거두어간 사람이 있다고 한다. 교바시 구(京橋區)의 다카쓰키 유키치라는 사람인데 친척이라고 하고 종종 먹을 것을 감옥에 넣어 주기도 했다는 것이다.

나는 빨리 하야마의 어머니 아키코에게 알리려고 그날 밤 10시 기차로 신바시를 출발했다. 앞좌석의 미남자로부터 샴페인을 대접받는데 그 안에 마취약이 들어 있어서 마신 후 잠이 들어 버렸다. 그런데 일어나 보니 앞좌석의 노인은 피투성이가 되어 죽어 있는 것이 아닌가. 그리고 오전 4시 30분에 나는 시즈오카(静岡) 역에서 내리게 되었다.

19일 오후 친구인 『히노데 신문(日出新聞)』 기자 쓰자키가 찾아왔다. 나는 칼에 찔려 살해당한 남자가 요코무라 고시치라고 하기에 어쩌면 고리대금업자 요코

『불가사의』 표지(1903년)

무라일지도 모른다고 했다. 또한 하야마의 시체를 거두어간 다카쓰 유키치라는 사람이 사실은 수상한 인물이라고 설명해주었다.

20일 오전 11시 경에 일어나니 하야마의 어머니 아키코가 찾아왔다. 다카쓰 유키치라는 사람으로부터 우편물이 도착했다는 것이다.

> 아드님 슈테이와는 깊은 교우가 있었습니다. 유해는 화장을 하고 야나카에 묘소를 만들었습니다. 또한 유골은 분골하여 보내드리겠습니다. 이렇게 제가 슈테이 씨를 위해 사후처리를 해드리는 것은 약간의 사정이 있습니다만, 크게 마음 쓰지 마시기 바랍니다. 또한 어머님은 보이지 않는 곳에서 보호해 드리겠습니다.
> 저의 신분은 사정이 있어서 당분간 말씀드리기 어렵습니다.'

왼손으로 쓴듯 글자체는 형편없었다. 아키코 이야기로는 언젠가 슈테이가 도둑서생을 잡았다가 용서해 주고 5엔인가 10엔인가 돈까지 쥐어보낸 적이 있는데, 어쩌면 그 서생이 다카쓰키일 지도 모른다고 했다. 사실은 기차 안의 그 미남자가 다카쓰키고, 그가 요코무라 고시치를

죽였을 지도 모르는 일이었다.

　24일 오후 하야마의 어머니가 다시 다카쓰키가 보낸 편지를 들고 왔다. '다음날 25일 저녁 산본기에 있는 교토 교회로 가 주십시오, 크리스마스 선물이 있습니다'라고 적혀 있었다. 그날 나는 아키코를 데리고 갔다. 그러자 신임 목사의 취임식이 거행되고 있었다. 그 목사는 다카쓰지 고키치라는 인물로 그저께 도쿄에서 왔다고 한다. 집사인 구모카와가 그를 소개했다. 정중하게 인사말을 하는 그 목소리는 요코무라를 살해한 용의자인 그 미남과 가성(假聲)이 비슷한 것도 같았다. 그리고 그 교회에서 오르간을 치던 여자가 있었는데 아주 미인이었다. 선물 상자를 받아들고 아키코와 집으로 와서 열어보았다. 하야마의 유골과 머리카락, 그리고 300엔의 부의금 종이봉투가 들어 있었다. 12월 27일 큰어머니와 나는 의논을 해서 아키코를 우리 집으로 데리고 들어왔다.

　한편 나는 오르간을 치던 미인의 모습이 눈앞에 아른거려 신년 2일에 또 다시 교토 교회로 갔다. 그리고 구모카와와 다카쓰지 목사를 집으로 불러 식사도 함께 했다. 목사의 정체를 알고 싶었기 때문이다. 올해 28살이 되었다는 것과 아내는 없다는 사실만 알았다. 그 미인은 아내가 아니었고 교회의 신자 중 한 사람으로 이름이 스에무라 게이코라는 것을 전해 듣고 그 점은 안심했다.

　그 뒤 아키코는 폐렴을 앓게 되었다. 의사는 입원시키는 편이 좋다고 했다. 곧 찾아온 구모카와가 기독교계 가모가와 병원을 권유하여 그곳에 입원시켰다.

　이튿날 다카쓰키 유키치로부터 아키코를 입원시킨 것에 대한 감사의 편지가 도착했다. 그렇다면 다카쓰키 유키치는 역시 다카쓰지 고키치의 다른 이름인 것일까? 하야마에게 도움을 받은 도둑 서생이 잘못을 뉘우치고 새로 태어난 것일까? 그러나 가난한 목사에게 300엔이나 되는 돈이 있을 리가 없었다. 어쨌든 내가 아키코를 돌보는 데에 '다카쓰키 유키치'라는 이상한 감독관이 하나 생긴 셈이었다.

병원에 입원한 아키코는 간호부 스에무라 게이코의 친절한 간호로 곧 회복을 했다. 곁에서 지켜보던 나도 간호하는 게이코의 모습에 감동을 받았다. 그녀는 달리 의지할 사람도 없이 근처 가와라초(河原町)에서 큰어머니와 살고 있다고 했다. 다음날 아침 다카쓰키 유키치의 이름으로 과자 상자와 안부를 전한다고 적힌 봉투가 도착했는데, 그 안에는 20엔이 들어 있었다.

병원에서 돌아가던 길에 스에무라 게이코가 사는 가와라초의 주소로 찾아갔다가 수상한 남자와 마주친다. 남자는 술에 취해 있었고 스에무라 집으로 들어갔다.

어느 날 기자인 쓰자키가 우리 집으로 하치노베 주로라는 사복 경찰을 데리고 왔다. 그는 요코무라 고시치를 찔러 죽인 범인을 추적하고 있었다. 공범자가 교토로 도망친 흔적이 있다고 했다. 그 남자가 '후지토 기치베이'라는 살인청부업자를 고용했다며 사진을 내밀며 보여주었다. 바로 오늘 아침 스에무라 집으로 들어간 그 술취한 남자와 매우 닮은 얼굴이었다.

한편 아키코와 큰어머니는 게이코를 마음에 들어했고 내 아내감으로 적당하다며 티가 나지 않게 마음을 떠보겠다고 했다. 한편 죽은 하야마 슈테이의 묘소에 돌비석을 세운 것은 2월 말이었다. 그런데 이상하게도 그 계절에 구하기 어려운 귀한 꽃이 묘소에 바쳐져 있는 것이었다. '다카쓰키 유키치'가 한 일일 것이라고는 생각했지만 어떻게 그 묘소를 안 것인지, 다카쓰키라는 수상한 남자의 신통력에는 놀랄 수밖에 없었다. 절의 스님도 모른다고 했다. 절 스님과 동자승에게 약간의 돈을 쥐어주고, 꽃을 바치는 사람이 누구인지 잘 지켜보게 했는데 그것도 잘되지 않았다. 밤마다 묘소를 찾는 것이 실로 이상한 일이고 하야마에 대한 애정이 실로 깊고 깊은 사람이구나 싶어 소름이 돋을 정도였다.

나는 하야마의 묘소에 꽃을 바치러 오는 인물이 누구인지 어떻게든 알고 싶어서 스님에게 부탁하여 열흘 정도 절에 머물게 해달라고 부탁을 했다. 그 무렵 큰어머니가, 얼마 전부터 덧문을 스르륵 여닫는 듯한 소리가 나거나 툇마루 아래를 살금살금 걸어다니는 소리가 난다고 했다. 구로야로 가는 것은 잠시 늦추고 그 소리를 사람이 내는 것인지 개가 내는 것인지 아니면 또 다른 무엇이 내는 것인지 알아보려 했다. 그러나 그 다음부터 소리가 들리지 않는 것이었다.

4월 1일부터 절에 가 있었다. 2일 밤까지도 아무 일이 없었다. 3일째 아침 절의 동자승이 겹벚꽃나무 가지를 가지고 와서는 이것이 무덤 앞에 바쳐졌더라고 했다. 밤을 새며 날이 밝을 때까지 묘소에 있다가 잠들었으니 그 꽃을 갖다 둘 틈이 없을 터였다. 내가 방의 창가리에서 멀리까지 지켜보고 있었기 때문이다. 이렇게 둔감해서야 안 되겠다 싶어 그 다음 3일, 4일, 5일까지 나는 오기를 부리며 묘지를 떠나지 않았다.

그리고 6일째 되는 날 밤이 되어 컴컴해졌을 때였다. 열정을 가진 남자였던 것일까? 그 열정으로 미루어 보건대, 요코무라 고시치를 죽이고 몰래 하야마를 위해 복수를 한 그 미남자가 바로 '다카쓰키 유키치'는 아닐까? ─묘지의 어둠 속을 조용히 걷고 있노라니 옆에서 내 손을 슥 잡는 자가 있었다. '다카쓰키 유키치, 꼼짝 마라' 하며 포박하려고 한 것은 순사 하치노베 주로였다. 우리 집 툇마루 아래에 숨어들어 몇 번이나 입에 거미줄이 들어갔는지 모른다고 했으니, 이로써 큰어머니가 무서워하던 소리가 무엇이었는지는 밝혀진 셈이다. 그러나 다카쓰키를 잡지 못했고 곧 하치베가 떠나가서 나는 다시 가만히 숨어 기다렸다.

그러자 저쪽에서 검은 그림자가 유유히 움직이며 이쪽으로 왔다. 하야마의 묘소 앞에 웅크리고 있던 검은 그림자는 어디에선가 흰 꽃을 꺼내어 바쳤다. 그리고 정성껏 절을 했다. 울고 있는 것 같았다. 검은 괴물이 묘소를 떠나 움직이기 시작하자 어둠 속에서 하치베가 '다카쓰키 유키치, 너에게 볼 일이 있다. 꼼짝 마라'라고 소리쳤다. 그리고 권총 소리. 괴물은 도망쳤다.

이제 더 이상 얻을 것도 없을 것 같아 그만 두자 싶어서 나는 절을 떠나려 했다. 그때 절밖의 밭두렁에서 살해된 하치베의 시체가 보였다. 그리고 구경꾼 속에 섞여서 무서운 눈으로 나를 노려보던 것은 후지토 기치헤이였다. 스에무라 게이코의 집안으로 들어가던 그 남자였기에 나는 얼굴을 돌리고 그곳을 떠났다. 그러나 도저히 다카쓰키와 후지토를 동일인으로 받아들일 수가 없었다. 그 후로는 하야마의 묘지에 꽃이 바쳐지는 일은 없었다.

큰어머니와 아키코는 게이코의 마음을 떠보며 지켜봤는데 '저같이 박복한 여자가……'라며 게이코가 애매하게 말했다는 것이다. 나는 어느 날 과감히 그녀를 찾아갔다. 그녀의 큰어머니의 안내로 집안으로 들어가게 되었다. 나는 게이코에게 강력히 약혼을 요구했다. '당신의 아내가 되어 드릴 수는 있지만 제가 불운한 처지라 잘 지낼 수 있을지 모르겠어요'라며 잠자코 있더니 '한 동안 저를 그냥 내버려 둬주세요. 내년에 반드시 당신의 아내가 되겠습니다'라고 했다.

어느 날 아키코는 아들 하야마의 짐을 뒤져 책 안에서 여자의 글이 나왔다며 보여주었다. 하루라도 빨리 결혼하여 부부가 되고 싶다는 의미의 글이었다. 이름은 아무개라고만 적혀 있었다. 나는 그 편지에서 잊고 있던 친구 하야마를 떠올리고 다카쓰키 유키치가 마련한 야나카의 묘소로 찾아갔다가, 그 부근을 탐문하면 '다카쓰키 유키치'라는 사람을 알 수 있을지도 모른다는 예의 그 호기심이 발동하여 도쿄로 갔다. 게이코로부터 일이 있어서 도쿄로 간다는 엽서가 날아왔다. 7월 16일 밤 8시 시치조(七条) 정거장을 출발했다. 열차 안에는 놀랍게도 살인청부업자인 후지토 기치헤이가 타고 있었고, 작년 12월 일을 떠올리니 그 상황이 달갑지 않다. 열차가 시즈오카에 도착하자 나는 하차해서 다른 열차로 갈아탔다. 그리고 신바시에 11시 넘어 도착했다. 느릿느릿 플랫폼을 나서는 중에 나를 무섭게 노려보고 가는 덩치 큰 남자가 있었다. 가짜 콧수염으로 변장을 하고 있었지만 바로 후지토였기 때문에 나도 모르게 부르르 몸을 떨었다.

시바구치(芝口)의 지토세야(千歲屋)라는 아는 숙소로 가서 그날 17일에는 일찍 잠들었고 18일이 되었는데, 사실은 아무 할 일도 없었다. 게이코 생각에 집에 가만히 있을 수가 없어서 밖으로 나와 버렸다. 저녁부터 긴자 거리로 나가 맥주집에 들어가니 일꾼들로 보이는 세 남자가 맥주값이 없어 곤란해 하고 있는데 1엔 지폐를 던져준 자가 있었다. 바로 후지토 기치헤이였다. 나는 기분이 나빠 빨리 나가 버렸다. 다음 19일 오후 혹서의 날씨를 무릅쓰고 야나카로 갔다. 그곳의 찻집 주인에게 물으니 하야마의 묘지는 다카쓰키라는 이름이 아니라 도모노 나오요시라는 명의로 맡겨져 있었다. 주인의 안내로 하야마의 묘지를 둘러보고 돌아오는 길에 근처에 게이코의 아버지인 스에무라 요시부미의 묘가 있다는 것을 알게 되었다. 주인에게 도모노의 인상착의를 물으니 키가 크고 군인처럼 눈동자가 차분하며 무서운 느낌을 주는 얼굴이라고 대답했다. 작년 12월 19일 장례식에는 도모노와 아름다운 딸이 왔었다고 했다. 나는 그 주인에게 하야마의 묘지를 한동안 더 맡겨두기로 했다.

날이 저물기는 했지만 돌아가 잠을 자기에는 일러서 무코지마(向島)의 친구를 찾아갔다. 시게노 하쿠운이라는 유화가다. 중요한 손님이 있는데 베껴서 그리기에 좋은 재료를 대 준다면서 그 사진을 보여주었다. 놀랍게도 그것은 하야마의 사진이었다. 의뢰한 인물은 도리이 기요시라고 했다. 그 서풍이 찻집에 있는 묘지 증서의 서체와 닮아서 도모노 나오요시와 동일인물 같았다. 다카쓰키 유키치, 도모노 나오요시, 도리이 기요시는 아무래도 동일인물인 듯했다. 알 수 없는 것은 기차 안에서 나에게 마취약을 쓴 미남자다. 그가 다카쓰키가 아니라면 과연 누구인 것일까?

그렇게 도리이라는 사람을 보고 싶다면 아내에게 사진을 찍게 하겠다고 시게노가 말했다. 그날 밤 12시, 나는 시게노에게 작별인사를 하고 무코지마의 둑방을 걷고 있다가 투신하려는 사람을 구하려 했는데 먼저 물 속에 뛰어들어 여자를 구한 사람이 있었다. 그것은 바로 후지토 기치헤이가 아닌가. 그리고는 어디론가 가버렸다. 다행히 달려 온 사람들이 그녀의 아버지와 오빠였기 때문에 나는 돌아가려 했다. 그러자 둑방 아래 들판에서 외마디 소리가 들리는 것이었다. 20일은 그 전날 밤의 피로로 내내 빈둥빈둥하며 헛되이 보냈다. 21일 아침 신문에 노탐정이 교살당했다는 기사가 나와 있었다. 그 강가에서의 일이라고 짐작했다.

시게노 하쿠운으로부터 엽서가 와서 도리이 기요시 씨의 사진을 찍었으니 와보시라는 것이었다. 가 보니 그 사진의 주인공은 바로 후지토 기치헤이였다. 나와서 야나카 찻집 주인이 있는 곳으로 가니 다행히 도모노가 이곳 묘지에 와있다고 한다. 돌아가는 길에 들른다고 했으므로 가지고 있던 사진을 보이자 이 사람이 틀림없다고 했다. 그 모습을 보고자 묘지로 갔다. 그러나 절을 하고 있는 사람은 후지토 같은 덩치가 큰 남자가 아니었다. 기차 안의 미남자인지 아닌지 확인을 하지 못한 상태에서 그 남자는 떠나버렸다. 스에무라 남작의 묘 앞에 있는 인물이 있었는데 그 남자가 후지토였다. 어디로 가는지 후지토의 뒤를 추적하려는 나를 '마치이 씨'라며 불러 세운 것은 뜻밖에도 목사인 다카쓰키

고키치였다. 아까 하야마의 묘 앞에 있던 남자는 아무래도 다카쓰지였던 모양이다.

10월 3일 『히노데 신문』에 후지토가 자수했다는 기사가 실려 있었다. 하늘을 대신하여 악인을 벌줄 심산으로 고리대금업자인 요코무라 고시치를 도카이도 기차 안에서 살해했다, 운운. 후지토의 재판은 사형으로 확정되었고 12월 초순에 마침내 교수대의 이슬이 되고 말았다.

12월 24일에 봉투에 담긴 글이 던져졌다. '마치이 게이노스케 님, 하야마 아키코 님께. 다카쓰키 유키치로부터'라고 봉투에 적혀 있다.

내일 25일 크리스마스에 교토 교회의 선물로 아키코 님께 드릴 물건이 있습니다. 이 물건을 끝으로 다카쓰키 유키치라는 자가 하야마 님께 할 수 있는 일은 끝납니다. 내일을 마지막으로 다카쓰키 유키치는 사라집니다.

나는 그날 아키코와 교토 교회로 갔다. 큰 상자였다. 집으로 돌아와 열어 보니 하야마 슈테이의 초상화였다. 시게노 하쿠운이라는 서명이 있었다. 그 원본 사진도 들어 있었다.

이듬해 1월 12일, 나는 스에무라 게이코와 교토 교회에서 결혼식을 거행했다.

4월에 게이코는 독감에 걸렸다. 그녀는 나와 다카쓰지 목사와 아키코를 머리맡에 불러 놓고 자신은 대죄인이라면서 '아버지가 좋게 본 후지토 기치헤이의 권유에 따라 아버지의 원수, 남편으로 허락한 하야마의 원수, 원한이 겹친 고리대금업자 요코무라 고시치를 재작년 12월에 도카이도 기차 안에서 죽인 것은 기치헤이지만, 마취약을 샴페인에 섞어 마시게 한 것은 접니다. 아버지가 철도사업에 필요한 자금을 요코무라에게 빌렸는데, 빌리지도 않은 돈 증서에 찍힌 인감 때문에 억울한 일을 당한 것이 화근이 되어 병으로 돌아가셨어요. 뒷일을 담판지어 달라고 부탁한 하야마도 너무 증오하는 마음에 요코무라를 폭행했다가 감옥에 갇히고 자살했지요. 그런 일 때문에 기치헤이에게 요코무라를 죽이게 한 것입니다. 다카쓰키 유키치라는 이름으로 글을 드리고 하야마를 위해 모든 일을 한 것은 저였습니다. 저의 힘이 닿지 않을 것같은 일은 항상 기치헤이에게 당부했습니다. 구로야의 묘지로 참배를 간 것도 접니다'라고 말하며 기치헤이가 보낸 편지를 보여주었다.

> 요코무라 고시치의 탐욕에 대한 법률의 불완전함을 보완하여 복수하게 되었습니다. 당신에게 누가 되지 않도록 이 비밀을 조금이라도 알고 있다고 의심되는 형사인 순사 하치베 주로는 저의 손으로 죽였습니다. 스에무라 아가씨께. 기치헤이 배상.

그리고 다카쓰지 목사는 지난 날 하야마의 집에 몰래 숨어들었던 도둑서생이 맞았다.

'다카쓰키 유키치'라는 인물의 정체가 전편을 일관하는 큰 수수께끼로, 독자는 그것이 누구일지 알고 싶어 숨 돌릴 겨를도 없을 것이다. 또한 제목이 의미하는 '불가사의'한 사건이 쉴 새 없이 생기고 수수께끼는 깊어만 간다. 인물의 만남에 우연이 두드러지는 것은 적당주의라는 폄하를 피할 수 없지만, 손에서 책을 놓을 수 없을 것이다.

「기기괴괴」
문학사이자 철학자인 26세의 가즈이 단조는 아내가 될 여인을 정하

『기기괴괴』 표지(1901년)　　　『기기괴괴』 권두화

고자 마음먹은 중에 도요자키 료슈라는 국회의원의 딸 레쓰코(烈子)에게 첫눈에 반하게 된다. 료슈는 박애단이라는 자선사업 시설을 경영하고 있었다. 료슈는 구마카와 하쿠라는 고리대금업자에게 덤벼들었다가 고소를 당해 감옥에 갇히고 옥중에서 자살한다. 일편단심이던 부하 도라키치도 구마카와 하쿠에게 저항하다 감옥에 갇히고 출옥 후에는 사망하게 된다. 가즈이는 눈오는 밤에 친척집에서 돌아오던 길에 도라키치로 보이는 사람과 또 한 사람이 구마카와 하쿠의 마차를 습격하여 하쿠와 다른 세 사람을 살해하고 구마카와의 목을 가지고 그 자리를 떠나는 것을 목격한다. 구마카와 저택도 방화로 전소되었다. 다음날 아침 가즈이는 참극이 일어난 현장을 보러 갔다가 은으로 된 핀을 줍는다. 그것은 가즈이가 레쓰코에게 보낸 것이었다. 하쿠의 수급은 료슈의 묘 앞에 바쳐졌고, 도라키치의 유령이 죽였다고 적힌 쪽지가 붙어 있었다. 가즈이가 레쓰코에게 그 은 머리핀에 관해 묻자 시바 공원으로 사건을 보러 갔다가 떨어뜨렸다고 대답한다. 그러나 가즈이의 친구가 가즈이에게 알려준 사실에 따르면 현재 탐정이 사건을 조사하고 있으며 구마카와 하쿠의 암살자를 박애단 내부의 사람으로 보고 레쓰코를 그 주모자로 의심하고 있다는 것이었다. 도라키치는 후카우미 의학사가 수면제로 재웠기 때문에 죽은 것이 아니었다. 그러나 지금은 유스케라는 가명을 쓰고 있다. 구마카와 하쿠는 도라키치와 레쓰코가 살해했다. 경찰은 '유스케의 의협심에 동조하여 이를 잡으려는 자가 없기 때문에 도라키치의 유령은 좀처럼 사라지지 않는다'라고 했다. 가즈이는 레쓰코와 결혼하게 된다.

발단이 되는 아내 찾기부터 사건을 서술해가는 점에서 친근함을 느낄 수 있고, 도라기치의 유령, 머리핀 등의 수수께끼가 있으며 다니나카 묘지, 시바 공원 등 잘 알려진 장소가 무대가 되므로 평이한 문장과 더불어 메이지 시대의 탐정물 중에서는 이해하기 쉬운 작품이다.

3. 야나가와 슌요

1877년 3월 5일 도쿄 시타야(下谷)에서 태어나 어릴 적 어머니를 여의고 계모 손에 자랐으며 가정적으로는 불우했다. 영어학원에서 공부를 한 후 1893년에 17세의 나이로 오자키 고요의 문하에 들어간다. 이 해 슌요도(春陽堂)의 총서 '탐정소설'의 제12집으로 「원한의 한쪽 소매(怨の片袖)」를 내놓았다. 그의 「친부모자식이 아닌 사이(生きぬ

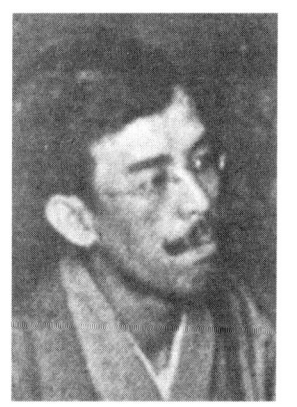

야나가와 슌요

伸)」(1913년)는 가정소설의 대표작이다. 문장의 강약이 결여된 면은 있지만, 최초로 성공한 작품은 『요미우리 신문』(1900년 5월~8월)에 연재된 「꿈의 꿈(夢の夢)」(1901년 9월 슌요도 간행)으로 볼 수 있다.

이카리 아키라(伊狩章, 1922~) 씨는 '구로이와 루이코가 번역한 『백발귀』 등의 번역본에서 착상한 것으로 보인다. 권선징악 주의에 뿌리를 둔 추리소설적인 대중작이지만, 당시의 신문소설로서는 서스펜스가 풍부한 성공작이라고 해야 할 것이다'(『메이지 문학전집(明治文學全集)22』 지쿠마 서방[筑摩書房])라고 평가했다.

「**꿈의 꿈**」

육군대위 곤도는 죽마고우인 자산가 이와마 쓰네미치를 꼬드겨 타이완에서 장뇌(樟腦) 제조를 시작하였다. 마음먹은 대로 일이 잘 진행되던 중에, 생번의 습격을 받아서 이와마는 살해당하고 곤도는 도주했다.

일본으로 귀환한 곤도는 이와마의 미망인인 시게코(滋子)에게 접근하여 그 외아들인 벤이치와 친해졌고 벤이치도 곤도를 잘 따르게 되었다. 그러나 타이완에서 곤도의 통역을 하던 시오이리 야타로가 나타나 곤도를 동요시킨다. 곤도는 이와마를 구하지 않고 도망친 일이나 시오이리가 가지고 있던 시게코 부인의 사진에 관한 내용을 술김에 말해버렸던 것이다. 사실 이와마 쓰네미치는 목숨을 건졌지만 뇌병을 앓아 귀국한 것이었다. 이 소설의 결말은,

어디든 다를 바 없는 가을의 쓸쓸함이다. 이와마 쓰네미치라는 본명을 알게 된 나가토 노인은 지금은 정성껏 간병을 받으며 별장에서 쉬고 있다. 그러나 거동은 여전히 수상한 노인으로 자기의 아내를 보고도,

사랑하는 자식의 얼굴을 보고도, 여동생을 보고도, 그저 이상하다, 이상하다고만 할 뿐이다. 아무것도 모르는 벤치이는 아버지라는 사람을 보고도 전혀 그리워하는 기색이 없고, 그저 내내 곤도에 관한 이야기만 꺼내어 어머니와 숙모를 곤란하게 만들었다. 시게코는 최근에 건강도 좋지 않아 우울하게 지내고 있다. 대위 곤도는 곧 타이완으로 건너갔다는 말이 전해졌지만, 그 이후의 소식은 묘연하여 들을 수 없었다. 고베(神戶)로부터는 1031해리, 현해탄 거친 바다를 건너는 바람의 소식 그마저도……

아무튼 명확하게는 표현되지는 않았지만, 시게코 미망인을 손에 넣고 이와마 가문의 재산을 차지하려는 곤도의 계략이 추리되는 작품이다.

고요 문하의 사천왕(四天王) 중 한 사람인 오구리 후요(小栗風葉, 1875~1926년)에게도 탐정소설 느낌이 나는 작품이 있다. 「기미인(奇美人)」(1901년 6월, 아오키스잔도[靑木嵩山堂])이라는 소설이다.

「꿈의 꿈」 표지(1901년)

어느 날 밤 우에노 공원에서 우치무라 에이조에게 도움을 청한 어떤 미인은 이름이 요시다 아사코라고 했다. 사정을 묻자 아버지는 독살당하고, 재산을 빼앗은 자가 히키 고조라는 것도 모르고 그 자의 딸의 가정교사로 고용됐는데, 그 집의 비밀을 알게 되어 히키 저택을 탈출했던 것이었다. 잘생긴 의협청년 우치무라가 그녀와 그 어머니 편이 되어 활약하는 내용이다.

이 외에도 많은 작가들이 소설을 발표했다. 나카라이 도스이(半井桃

水, 1861~1926년), 나카무라 가소(中村花痩, 1867~18199년), 에미 스이인, 가와카미 비잔(川上眉山, 1869~1908년), 다다 쇼켄(多田省軒, ?~?), 이나오카 누노스케(稲岡奴之助, 1873~?), 다케다 교텐시(武田仰天子, 1854~1926년), 오사와 덴센(大沢天仙, 1873~1906년) 등이 배출되었는데, 그 작품들은 졸저 『메이지의 탐정소설』에서 일단 소개했으므로 여기에서는 생략한다.

4. 범인 맞추기 현상소설 「여배우 살해사건」

범인 맞추기 등의 수수께끼 풀이 게임을 탐정소설에서 기획하여 발표한 선구자는 아마 구로이와 루이코일 것이다. 1889년 8월 9일부터 10월 26일까지 『에이리 자유신문(絵入自由新聞)』에 루이코가 발표한 「암흑(真ッ暗)」라는 작품이 그것이다. 원작은 미국 안나 캐서린 그린 여사의 「레븐워스 사건」(1878년)이었다. 하수인이 누구일지에 관해 독자들이 통보한 것이 200통을 넘었다고 하는데, 응모자의 이름을 신문에 게재하기만 했을 뿐 상품은 없었다. 그 후에 이어진 일에 관해서도 들은 바가 별로 없지만, 단행본 표지에 「이륙신보(二六新報) 현상소설」이라고 적힌 무명씨 저서의 「탐정소설 여배우 살해사건」(1907년 6월, 대학관(大学館)) 등을 생각할 수 있다.

당시 『이륙신보』는 국회도서관 소장본에도 결호가 있어서 확인은 할 수 없었지만, 단행본이 1907년 6월에 간행되었으므로 그 전년 즈음에 범인 맞추기 현상모집으로 게재되었던 것은 아닐까 싶다.

이 신문은 『요로즈초호』를 본 따서 취미 기획으로 각종 현상모집을 발표했다. 예를 들자면 1904년에는 '현상품 처분안을 모집한다'고 사내에 광고하여 현상품 금으로 된 차 주전자, 은제 장식품, 후지(富士)·미쓰이(三井) 직물점 상품권을 독자들에게 어떻게 처분할 것인가를 상금 100엔에 내걸기도 했다. 또한 「전쟁 수수께끼」의 모집에서는 긴시(金鵄) 훈장[3], 혹은 전쟁의 서막, 전선전신(戰線電信) 등 10개의 이름으로 당선자들에게 똑같이 상금 100엔을 증정했기 때문에, 탐정소설의 범인 맞추기에도 현상모집을 했을 것으로 보인다.

「여배우 살해사건」

이 소설은 '영국 유수의 대도시, 나고(奈古) 시라는 혼잡한 번화가로부터 북쪽으로 약 2리에 못 미치는 곳에 있는 사루마(猿間) 호수를 따라 산의 정취, 물의 모양새가 범상치 않은 쓰키가타무라(月形村) 마을은 이 부근에서는 보기 드문 절경의 땅으로 여기저기에 귀한 분들의 별장도 적지 않다'로 시작된다.

12월 13일 한밤중에 그 호수 나루터에 마차가 서고 총소리가 들린다. 총에 맞은 것은 마리코라는 인기 여배우로 나고 극단의 무대가 끝나고, 나고 자작과 쓰키가타무라에 있는 자작의 별장으로 향하는 도중에 벌어진 뜻밖의 사건이었다. 자작은 경관을 불렀다. 나고 자작은 재산가이며 나고 은행의 은행장이었다.

범인이 마리코를 노린 것인지 자작을 쏘려고 한 것인지 분명하지 않았다. 헤키 형사는 나루터 부근의 모밀잣밤나무 아래에서 은으로 된 메달을 주웠다. 그것은 보트 경주대회에서 우승한 자에게 주어진 것이었다.

---

[3] 전쟁 공로가 특별히 뛰어난 육군, 또는 해군에게 수여된 훈장으로 1890년에 제정되어 1947년에 폐지되었다.

『여배우 살해사건』 표지(1907년)

경찰에서 이루어진 관계자 조사에 따르면 마리코는 고아로 극단장 루리코를 언니처럼 생각하였으며, 루리코는 나고 자작을 사모하고 있었다. 그러나 자작보다 먼저 연인이 된 사람이 있었으니 바로 파산한 다카라다(宝田) 은행의 은행장 외아들 다카라다 다쓰타였다. 하지만 다쓰타의 친한 친구이자 신문기자인 다테 료이치의 여동생 다마키는 다쓰타의 약혼녀이기도 했다. 다쓰타는 결혼하고 싶어도 결혼할 수 없는 이유가 생겼으므로 조만간 먼 곳으로 여행을 가야만 한다는 말을 다마키에게 알렸다. 다쓰타는 예전에 보트 경주에서 우승 매달을 받았던 사람이기도 하다.

다쓰타는 경관에게 쫓기고 다마키도 류가사키(竜ヶ崎) 경찰서 유치장에 투옥되는데, 옆 방의 시로쿠마 다로라는 도적에 의해 탈옥한다.

루리코의 오빠 호비키 가이조는 나고 자작 집안의 하녀 오칸과 친밀한 사이로 오칸으로부터 자작의 비밀을 알아내고 있었다. 자작의 선대에는 자식이 둘 있었다. 형은 아야토모고, 동생은 아야타리라고 했으며 그가 바로 지금의 자작이다. 아야토모는 신분이 낮은 여성과 결혼하여 딸을 하나 두었는데, 아야토모 부부가 병으로 죽은 후에는 그 딸이 장자권을 상속해야 하는데, 나고 자작이 상속을 받고자 조카딸을 부모가 누군지도 알 수 없다는 이유로 어딘가로 보내 버리고, 자기가 나고 가문을 상속했다. 그랬던 그 조카딸이 병사한 것으로 알려졌으나 사실 생존해 있었던 것이다.

오칸의 남동생인 시로쿠마 다로도 자작의 비밀을 알고 있으며 자작과 얼굴을 마주하게 되자 '자작의 조카따님 사요코 아가씨가 살아 계시고, 변호사도 있어서 곧 소송을 일으킬 것이라고 하니 어서 어떻게든 소송으로 가기 전에 해결하는 것이 좋지 않으시겠습니까?'라는 말을 전하고 다마키를 사요코인 척 꾸며 자작을 만나게 했다. 자작은 다마키의 왼쪽 소매를 걷어 팔 윗부분에 증거인 사마귀를 확인하고는 전재산의 1할을 양여할 것을 약속했다.

그때 신문 호외를 파는 사람이 지나가기에 다로가 호외를 사서 보니, 여배우 마리코 살해의 용의자로 다카라다 다쓰타가 체포될 것이라는 기사가 있는 것이다. 그것을 보고 다마키는 기절한다. 루리코와 가이조도 모두 악한이어서 나고 자작의 외동딸 다에코를 가출하게 만든 후에 루리코가 자작과 결혼한다는 계략이었다. 당대 일류 음악가 칙사(勅使)인 가와라 스스무가 다에코에게 편지를 보냈는데, 놀러 오라는 내용의 그 편지는 사실 가짜 편지였고, 가이조가 다에코를 집밖으로 내쫓은 일이 지진해일과 기타 사건으로 의외의 결과를 초래하게 되었고, 결국 칙사 가와라 스스무와 다에코가 친해져서 결혼한다는 스토리로 진행된다.

다카라다 다쓰타는 취조원(取調願)을 제출했다. 그는 마리코를 총살했다고 자백했다. 아버지 은행이 파산해서 마리코에게 돈 조달을 부탁했더니 조달은 하겠지만 그 대신 자기와 인연을 끊어달라는 내용의 편지를 받았기 때문에 살해할 마음이 생겼다고 진술했다.

다쓰타가 예심에서 유죄로 결정되자 이제 울고 있을 때가 아니라는 것을 깨달은 다마키는 열심히 탐정일에 종사한다. 사루마 호반의 간이음시점에는 쉬려고 들린 사람들이 계속 다쓰타의 자백에 관해 수군거렸다.

다마키도 옆에 앉아 이야기에 귀를 기울였다. 사건 당일 밤 딸이 출산

하는 바람에 온 집안 식구들이 밤을 샜다는 노파는 총성 한 발은 2백 미터 정도 떨어진 나고 쪽 신사 근처에서 들리고, 또 한 발은 나루터 쪽에서 들렸다는 것이다.

료이치 집에서는 다마키가 듣고 온 내용에 대해 의논하고 확인하고자 일제히 그 찻집으로 향했다. 도중에 마차 수리집이 있었는데, 그곳에서는 작년에 마리코가 타던 나고 자작의 마차를 다시 칠하려던 참이었다. 마차 수리집 주인에게 부탁하여 마차의 벨벳을 벗겨내 달라고 하자 표식이 찍힌 탄환 하나와 표식이 없는 탄환이 하나 발견되었다.

12월 1일 공판날이었다. 다쓰타는 자백한 대로 진술하였고 재판장은 12일에 여러 증인을 심문한다는 뜻을 알리고 폐정했다.

11일 료이치는 다마키를 데리고 구치소로 가 다쓰타를 면회했다. 그날 밤 11시 경 다마키는 남몰래 집을 나가 사루마 호수로 가서 물속으로 뛰어들려고 하던 차에 남녀 두 사람이 달려왔고 그 중 남자 손에 잡혔다. 여자는 '그러니까 이유를 말씀해 보세요. 제가 들어드릴 테니까'라고 했다. 그 여자는 다에코, 남자는 스스무로 그때 막 신혼여행에서 돌아왔던 것이다.

그 부부는 다마키를 나고 가문의 별장에 데리고 가서 달래고 료이치가 있는 곳에 마차를 보냈다. 자작은 이 세 사람의 이야기를 자는 척하며 다 들었다. 12일 동트기 전 4시 반, 자작은 권총으로 자살했고 거기에는 그의 유서가 남겨져 있었다.

유서
나는 대죄를 자백하고 후회의 글을 남긴다. 마리코를 죽인 것은 나다. 나는 차남으로 형에게는 사요코라는 자식이 있었는데 내가 나고 가문과 그 재산 전부를 상속하려는 욕망에서 다에코의 언니가 병사한 것을 좋은 빌미라 여겨 사요코가 병사한 것으로 신고를 하고 사요코는 어디로 보내 버린 다음 양심의 가책으로 괴로워했지만, 우연히도 여배우 마리코를 알게 되었다. 그러나 그녀의 마음은 흔들리지 않았고 다카라다 다쓰타라는 남자를 위해 헌신하고 있었다. 그 뒤 마리코가 나에게 돈을 빌리고 싶다고 하기에 다쓰타에게 보내는 돈이리라 추측했기에 다카라다와 절연한다면 그 돈을 주겠다고 했다. 12월 13일 밤중에 나고 극단의 연극이 끝나기를 기다렸다가 나는 마리코와 함께 이 별장으로 향하던 마차 안에서 마리코가 돈을 달라고 추궁하기에 오늘밤 내 마음을 따른다면 곧바로 내주겠다고 하니 그녀는 '돈은 부탁하지 않겠다. 그 대신 당신 후원을 받는 것도 오늘로 끝이다'라며 마차를 세우려고 했다. 그래서 내가 그녀의 왼쪽 팔을 잡으니 팔 위쪽에 초승달 모양의 사마귀가 있었다. 아야토모 형의 딸에게 있던 것과 똑같은 모양이어서 그녀가 만일 나고 가문을 상속할 사람이라면 반드시 소송을 해서 내 재산 전부를 빼앗을 것이라 여겨 권총으로 심장을 쏘아 즉사시켰다. 사루마 호수에 그 유해를 가라앉게 하려고 마차에서 시체를 안아 내리려는 순간 총성이 들렸다. 총알이 내 마차에 맞은 듯하여서 마리코가 그 탄환에 맞아 죽은 것처럼 꾸미고 순사를 부른 것이다. 갑작스럽게 일어난 이 총성은 다쓰타가 마리코를 죽이려고 쏜 것이라며, 나는 그 큰 죄를 다쓰타에게 뒤집어씌우려 했다. 나중에 시로쿠마 다로가 조카 딸 사요코를 데리고 왔는데, 그녀의 왼쪽 팔에 초승달 모양의 사마귀가 있고 그 얼굴이 형과 닮은 분명한 사요코였다. 그러면 마리코의 팔에 있던 사마귀는 어찌 된 것인지 의심스러웠는데 아직 그 의문은 풀리지 않는다. 사요코는 어젯밤 딸 다에코가 구해준 바로 다마키였다. 그녀가 다에코에게 신세한탄하는 것을 듣고 자신이 저지른 살인죄를 다카라다 다쓰타에게 뒤집어씌웠다. 그리고 자신이 가여운 소녀를 괴롭히고 자살로까지 몰아세웠음을 알고 후회의 감정을 금하기 어려워 마침내 자결을 결심한 것이다.

다쓰타는 곧 무죄 선고를 받고 출옥했다. 이듬해 1월 15일 행복하게 다마키, 즉 사요코와 결혼식을 올렸다. 사요코는 유서에 쓰인 대로 료이치의 아버지가 어느 곳의 화족의 버려진 후손이었으므로 부모를 모르는 아이로서 받아들인 것이다. 그래서 사요코, 즉 다마키는 정식으로 나고 가문을 상속하였고 결혼하여 남편인 다쓰타가 나고 가문에 들어가 나고 자작이라는 귀족이 되었다. 그 재산은 반으로 나누어 다쓰타 부부가 반을 갖고 나머지 반을 스스무, 다에코가 가짐으로써 이 사건은 종결되었다. 다로, 가이조, 루리코 세 사람은 곧 체포되어 각각 형을 받았다. 마리코 팔의 사마귀는 예전에 「초승달 오센(お仙)」이라는 연극에서 왼팔에 사마귀가 있는 여도적 오센의 역할을 마리코가 맡아 그 역을 실감나게 하려고 문신했던 것임도 알게 되었다.

이 소설이 범인 맞추기 현상소설이었다는 사실은 앞의 ---가 있던 부분에 다음과 같은 기사가 삽입되어 있었던 것으로 알 수 있다.

▲ **답안수 발표**

마감까지 도착한 답안 수는 다음과 같다.

호비키 가이조	1만7천6백4십 통
다카라다 다쓰타	5천6백4십8 통
여배우 루리코	3천3백3십7 통
나고 자작	천5십4 통
오시마 다로	8백9십2 통
다테 료이쓰	7백6십3 통
(이하 생략)	
합계	3만2십5 통

신문소설이었으므로 그날그날의 엔터테인트먼트성이 중시되었고 파란만장한 스토리에 우연이 남발되는 편의주의가 눈에 띄므로 꼭 본격적이라고는 할 수 없다. 그러나 당시 저널리즘이나 독자의 경향을 아는 데에는 시사점이 풍부하다. 앞으로 더 연구되어도 좋을 작품이다.

5. 가와고에 데루코의 「비밀소설 새 간호사」

1902년 4월 가와고에 데루코는 요로즈초호샤(萬朝報社)에 기자로 입사했다. 사장 구로이와 루이코의 탐정소설 영향을 받았으며 「가정소설 비참(家庭小說 非慘)」(1905년), 「탐기소설 괴미인(探奇小說 怪美人)」(1906년), 「적의 아내(敵の妻)」(1907년) 등의 역서와 저작으로 보이는 「비밀소설 새 간호사」(1908년 12월, 대학관) 등을 썼다.

「새 간호사」

이 소설은 '가쓰라 다마에는 오늘 처음 흰 간호복을 입었다. 그녀는 병원 내에서 제공된 작은 방의 거울을 마주보고 서있다'로 시작한다.

다마에에게 언니 역할을 해 주는 것은 무나카타 다마키 간호사로, 다마에는 모든 일을 그녀에게 배운다. 다마에가 처음 돌보게 된 환자는 의사가 포기했음에도 불구하고 경과가 좋아졌다. 마루하시 슌조라는 서른 살의 가난한 신문기자였다.

다마에가 친절하게 대해주었으므로 슌조는 감사하는 마음을 가졌다. 얼마 후에 다마에가 형부에게 부탁하여 슌조는 규슈에 있는 신문사로 부임하게 되었다. 러시아에서 돌아온 슌조의 큰아버지 오쿠라 주헤이

『새 간호사』 표지(1908년)

는 재산가가 되어 슌조를 데리러 온다. 다마에는 그 무렵부터 건강이 나빠졌다. 간호부장은 다마에가 마음이 약해서 간호사 직업과 맞지 않는 것 같지만, 6개월 쉬고 몸이 회복되면 좋은 일을 찾아주겠다고 말하고, 다마에는 그 말에 일을 쉬게 된다. 무나카타 다마키는 작별 선물로 일기장을 다마에에게 주었다.

6월 하순에 2주일 동안의 휴가를 얻은 다마키는 다마에가 다니는 요양소를 찾아갔다. 다마에가 태어난 바로 오미(近江) 지방에 있는 비와코 관(琵琶湖館)이라는 곳이었다.

저녁식사 후에 두 사람은 호반을 산책하다가 슌조를 만났다. 그는 다마에를 잊지 않았다. 큰아버지와 고베로 왔다가 그녀의 고향 오미로 발길이 향한 것이었다. 헤어질 때 세 사람은 이튿날 지쿠부시마(竹生島) 섬에서 뱃놀이를 하자고 약속했다.

다음날 아침 세수를 하려고 2층에서 내려온 다마키와 다마에는 저쪽에서 오던 두 명의 손님과 딱 마주치게 되고 다마키는 깜짝 놀란다. 아주 마른 여인과 함께 있는 멋진 외모의 활기 찬 고다 의사였다. 그때 열 살 정도 되는 남자아이가 친구를 찾다가 다마에를 부르러 왔다. 마른 여인이 그 아이의 엄마였고 그녀는 고다 의사를 만나고 가는 길이었다. 다마키는 다마에를 보내고는 혼자 문을 닫고 여행가방 위에 쓰러지고 만다.

그는 '저 여자 때문에, 돈 때문에 내가 버려진 거였어'라고 말했다. 다마에는 비가 내리고 있었지만 기분전환을 위해 밖으로 나가는 길에 들어오던 슌조와 마주쳤다. 그는 다마에를 찾아온 것이었다. 곧 날씨가 개었으므로 두 사람은 다마키를 찾으러 나갔고 밖에서 슌조의 큰아버지 오쿠라 쥬헤이를 만났다. 오후에는 다마키도 함께 네 사람이 류간지(竜巖寺) 절로 가게 되었다. 류간지 절에서 다마에는 쥬헤이와도 이야기를 나누었다.

고다 의사에게 다마키로부터 허락을 얻었다고 말하여, 다마에는 고다 부인의 간호를 하게 되었다. 다마에가 예전부터 바라던 일이었다. 다마에는 류간지 절에 갔을 때부터 계속 매일 일기를 쓰고 있었다.

그 다음날 아침부터 다마에는 부인의 간호 일을 하러 다녔다. 고다 의사는 부인의 간호사라기보다는 오히려 친구가 되어 위로를 해주었으면 한다고 했다. 오후에 짬이 나서 다마키가 있는 곳으로 돌아갔더니 다마키는 그 일에 관해서는 냉담한 반응이었다.

병원에서 다마에가 베푼 친절에 감사한다는 의미로 쥬헤이가 자전거를 보내왔다. 다마에는 슌조에게 자전거 타는 법을 배웠다. 슌조는 다마에에게 마음이 있었지만 순진한 다마에는 그런 생각은 하지 않는 듯 보였다. 곧 다마에는 고다 부인의 간호사로서 오모리(大森)에 있는 고다 집으로 옮겨가게 되었다.

다마에의 일기 1

7월 7일 나는 오미를 나서기 전에 고다 선생님 가정 내에서 일어나는 일을 모두 적어 보내기로 다마키 언니와 약속했다. 오모리의 집은 대저택으로 2층에 내가 머물 깨끗한 방도 있었다. 부인에게는 딸이 있었는데 한 살 때 죽고 말아서 그것이 원인이 되어 부인이 병들어 눕게 되었다.

다마에의 일기 2

7월 8일 고다 선생님이 이웃집 미망인 댁에 부인 부탁으로 갔고 나는 나중에 따라갔다. 넓은 집이었는데 미망인은 공작새에게 먹이를 주고 있었다. 미망인은 대단한 미인이었고, 선생님은 안으로 들어가 투약을 했고 15분이나 나중에 나와서는 '아내는 내가 준 약을 매일 계속 먹고 있지?'라고 물었고, 나는 '오미에서 말인가요? 사모님은 상당히 좋아지셨기 때문에 아주 조금 남은 약은 숙소에 잊고 두고 왔네요.'라고 답했다. 선생의 낯빛은 악마처럼 변했고 입을 다물어 버렸다.

다마에의 일기 6

7월 16일 부인은 많이 회복되었고 나에 대한 신뢰도 점점 깊어졌다. 그러나 그와는 반대로 부인이 나를 신뢰하면 할수록 선생님이 나를 싫어하는 마음은 더 커지는 듯했다. 부인은 진정으로 선생님에게 사랑받지는 못하는 것 같다. 선생님은 거액의 지참금 때문에 부인과 결혼한 것이다.

다마에의 일기 7

7월 17일 부인은 어젯밤 연회 때문에 피로한 상태다. 선생님이 외출 준비를 하고 있기에 외출한 동안 어떻게 하면 좋겠는가 물었더니 부인에게 아래층 약장 위에 있는 포도주를 마시게 하라고 했다. 부인이 잠에서 깼을 때 둘이서 그것을 마셨더니 너무도 졸음이 밀려왔다.

다마에의 일기 8,9

눈을 떴을 때 어찌된 셈인지 말소리가 들렸는데, 옆집 마치다라는 예쁜 미망인과 선생님의 대화소리다. 곧 미망인은 떠났다.

마당을 사이에 둔 건너편 창고 같은 돌 건물은 약국이다. 그날 밤 12시, 그 한밤중에 선생님이 그곳에서 뭔가를 뒤지고 있었다. 무슨 일일까 싶어 가슴이 두근거린다.

7월 24일, 선생님은 최근 일주일 동안 그 돌 건물에 드나들며 바쁜 것 같더니, 어떤 약이 필요하다며 오늘로 이틀째 요코하마로 가서 부재 중이다. 부인 이야기에 따르면 이웃집 미망인은 요코하마에 친척, 아마도 백모님이 있다고 했다.

다마에의 일기 11

7월 30일 선생님은 며칠 전에 돌아오셨다. 옆집 미망인은 아직 돌아오지 않았다. 슌조 씨가 그가 쓴 저서 「경험의 열매」라는 것을 보내왔다. 부인도 내가 읽어주는 내용을 아주 재미있어 했고, 선생님이 특별한 책들을 가지고 있으니 빌려가도 된다며 서재로 안내했다. 독살소설이 많이 있었다. 그 중 한 권을 뽑아 마당 나무 그늘에서 읽고 있는데, 문득 선생님이 와서 '무엇을 읽고 있지?' 하고 묻기에 표지의 그림을 보여주었다. 선생님은 놀란 모양이었다. 그날 밤 환자 집 장례식에 갔다가 돌아온 것이 10시 경이었고 나는 혼자 있었다. 술 냄새를 풍기며 선생님이 말을 걸어왔다.

다마키의 일기 1

7월 18일 내가 이 병원에서 할 일도 끝이 다가온다. 나는 일기를 쓰고 있지만 소설 이상으로 재미있는 내용이 담겨 있다. 예전에 미남 고다 요시오 의사에게 끌렸지만, 그는 내 선한 마음을 비웃고 착한 사람의 둔감함에는 이제 질렸다며 재산이 많은 부인과 사랑에 빠졌다. 7년 전의 일이다. 그 부인은 지금 병상에 있고 내 친구인 다마에가 지금 그의 집에서 부인을 돌보고 있다.

다마키의 일기 4

7월 29일 우에노 연못가에서 갑자기 마루하시 슌조 씨를 만났다. 그는 다마에에 관해 묻고 싶어했다.

다마키의 일기 5

오모리의 고다 집이다. 7일 아침부터 타는 듯 뜨거운 날씨였다. 병실에 있노라니 심부름꾼이 전보를 들고 왔다. '다마에에게 큰 일. 병. 다마키 씨 빨리 오시오'라 적혀 있었다. 고다 집에 도착하니 밖으로 나온 것은 고다였다. '다마에를 간호하러 왔어요. 사모님이 전보를 치셨더군요'. 다마에는 티푸스였다. 고다는 응접실에서 계속 몸을 움직이면서 좀처럼 내 얼굴을 정면에서 보려 하지 않았다. 사모님도 똑같은 티푸스에 걸렸다. '이렇게 용태가 좋아지지 않는데 왜 당신은 도쿄에서 좋은 의사를 부르지 않죠? 이상하군요'. 고다는 갑자기 이마를 찌푸리며 '그렇게 안 좋다고 생각하나?' 하고 물었다.

다마키의 일기 9

8월 20일 어제 도쿄에서 의사가 왔다. 나는 '여기 선생님이 몰핀을 계속 투여하시는 것 같던데, 꼭 잠을 재워야 하는 건가요?' 하고 물었고, 그 의사는 갸우뚱 하더니 '고다가 말하지 않은 모양인데, 이런 몸으로는 그렇게 하면 안 되지'라고 답했다. 나는 이런 말을 나눈 것이 고다 귀에 들어가지 않도록 입단속을 시켰다. 그 겐모치 의사는 고다와 아는 사이였지만, 도쿄로 돌아가기를 늦추고 오늘밤에는 여기에 머무르겠다고 했다.

다마키의 일기 11

8월 27일 조용히 일주일은 지났다. 다마에는 이제 침소에서 일어날 수 있게 되었고 부인도 나날이 힘이 붙어 어제부터는 투약을 중단했다.
29일 고다는 9시 25분 기차로 오모리를 출발하여 요코하마로 갔다. 내일 밤에는 돌아오겠다고 했다.

다마키의 일기 13

달이 바뀌어 9월 7일이 되었는데도 고다는 아직 돌아오지 않는다.

두 사람 모두 병세가 좋아졌기에 부인에게는 어디로 가서 요양할 것을 권했다. 부인은 자진하여 오우메(靑梅)를 선택했다. 그날 나는 딱 좋은 집을 발견하고 돌아왔다. 집에는 공교롭게 고다가 돌아온 상태였으며 아내가 좋아졌으니 나에게는 이제 볼 일이 없다고 했다. 또한 내 멋대로 굴어서 정말 자기가 힘들었다고 말했다.

떠나기 전날 밤에 2층에서 넷이 커피를 마시고 있었는데 마당 나무 아래에 유령의 모습이 보였다. 부인은 기절했다가 곧 정신을 차렸다. 나는 언제 누웠는지도 모르게 오랜 시간 잠들어 있었다.

다마에의 일기 발췌 1

다마키 언니는 지금 열병으로 누워 있다. 고다 부인은 죽었다. 고다가 갑자기 돌아온 날 밤에 말이다. 그날 밤의 일을 기억에 의존해 기록해야 한다. -

그때 다마키 언니는 코를 골며 잠들어 있었다. 나도 몸이 납덩이처럼 무거워져서 잠들었다. 아침이 되어 고다가 부인이 위독하다는 사실을 전해 주었다.

다마에의 일기 발췌 2

다마키 언니의 병은 티푸스의 징후 같다고 의사가 말했다. 하지만 커피에 수면제가 들어가 있었던 모양이다. 고다가 넣은 것이다. 부인의 커피에는 독이 들어 있었다. 고다는 부인의 죽음을 마쓰야마(松山)에 있는 장모에게 알리기 위해 장례식 날인 다음날 출발했다.

(이상 일기는 끝난다)

마루하시 슌조는 다마에를 잊지 못해 고다 집으로 그녀를 찾아왔다. 다마에는 고생을 많이 했기 때문에 안착할 수 있는 듬직한 남자를 원하고 있었다. 그래서 슌조가 찾아와 준 것을 기뻐했다.

고다는 돌아와서 오랫동안 살던 집을 팔고 도쿄로 갔다. 이웃집 미망인도 집을 팔고 도쿄로 갔다. 부인이 사망한 후에 온 이부키 의사의 요구에 따라 다마키는 다마에의 일기와 함께 자기 일기도 넘겼다.

고요칸(紅葉館)에서 결혼식을 올리던 중에 고다는 체포된다. 고다 부인을 해부한 결과 부인의 몸에서 비소의 독이 확인되었다. 이부키 의사에게 보낸 일기들이 유력한 증거가 되었다. 곧 고다에게는 사형이 선고되었고 다마에는 경사스럽게도 슌조와 결혼했다. 다마키의 마음은 왠지 가라앉는다.

가와고에의 문장은 화법이 세련되지 못한 점이 많고 작가로서의 수준도 대단하다고 할 수는 없지만, 여성의 섬세함을 표현하고 자연을 묘사하는 부분에서는 신선함이 엿보인다. 이러한 모티브의 작품에서는 고다와 같은 캐릭터의 특이한 면이 더욱 교묘하게 표현되어야 했다.

6. 이와야 사자나미의 「꿈의 사부로」

시부사와 히데오(渋沢秀雄)는 그 수필집 『크나큰 메이지(大いなる明治)』(1979년)의 「나의 독서편력(私の読書遍歴)」에서 다음과 같이 기록하고 있다.

메이지의 뛰어난 동화작가 이와야 스에오(巖谷季雄, 1870~1933년)는 사자나미(小波 또는 漣)라는 호를 사용하였고 사랑스러운 이야기들을 많이 써낸 작가이다. 그가 쓴 『세계의 민화(世界のお伽噺)』만 해도 백 권에 이른다. 1900년대에 소학교 5,6학년생이었던 나는 매월 그 책의 발행을 얼마나 기다렸는지 모른다. 그리고 내가 가장 재미있게 느낀

『꿈의 사부로』는 지금도 잘 기억하고 있다. 다만 기억의 오류나 무의식적인 날조가 있을지도 모르겠다.

이러한 기록과 함께 그 대강의 줄거리를 길게 쓰고 있다. 그러나 에도가와 란포도 '당시의 소년들은 사자나미 문객의 이야기부터 시작하여 오시카와 슌로(押川春浪, 1876~1914년)의 모험소설 순서로 애독했는데, 나도 그 예에서 벗어나지 않는다'(「탐정소설 40년(探偵小說四十年)」)라고 서술하듯이, 사자나미의 동화는 당시 소년들과 밀착되어 읽혔다. 그 중에는 탐정 취향의 작품도 많아 탐정소설로 가는 가교적 역할을 했던 것 같다.

이와야 사자나미

사자나미가 아동문학에 관심을 갖기 시작한 것은 11살 무렵으로 독일 체재중인 형으로부터 오토(Otto Zuttermeister, 1832~1901년)의 동화집을 선물 받은 것이 동기였다. 1900년 7월 하쿠분칸(博文館) 간행의 『세계의 민화 제18편, 꿈의 사부로』는 그 동화집 중에 헝가리 민화로 원작의 제목은 「막내의 꿈(末子の夢)」이다.

「**꿈의 사부로**」

가난한 아버지가 세 아들들에게 신을 믿게 하고 꾼 꿈을 말하게 했다. 우선 장남 이치로는 '네, 저는 밥을 많이 먹어 배가 북처럼 되었습니다. 그것을 펑펑 두드리니 온 마을의 참새가 놀라 어딘가로 도망간 꿈을 꾸었습니다'라고 했다. 아버지는 '아, 그것은 좋은 꿈이다. 꿈에서 그렇게 충분히 먹었다면 오늘부터 아무것도 먹지 않아도 괜찮겠지'라며 그 날부터 식사는 없다고 했다. 차남 지로가 '멋진 옷을 몇 겹이나 입었는데 온 마을의 닭이 눈알을 굴리며 찾기에 어딘가로 숨어버렸습니다'라고 이야기를 하니 아버지는 '이제 오늘부터 새 옷은 입지 않아도 괜찮겠구나'라고 말했다. 그런데 셋째 사부로는 '저는 말할 수 없습니다'라며 입을 닫아버렸다. 부모의 말을 거역하다니 괘씸하다며 화를 내고 아버지는 사부로를 문밖으로 끌어내 혼을 냈다.

마침 그때 왕의 행렬이 지나간다. 왕은 사부로를 어전으로 데리고 돌아가서 그 꿈을 이야기하라고 명령했다. 그러나 도무지 말을 하지 않으니 화가 난 왕은 사부로를 감옥에 집어넣고 식사도 주지 않았다. 이를 동정한 공주님이 남몰래 감옥으로 식사를 가져다주었다.

그러나 이 공주를 원하던 이웃나라 마왕으로부터 사신이 와서 난제를 걸어왔다. 백마 7마리를 보내고는 어느 것이 나이든 말이고 어느 것이 가장 젊은 말인지 구분하라, 그것을 못한다면 공주를 보내라는 것이었다. 왕은 동물학자를 모아 알아보게 했지만 알 수 없었다. 감옥 안에서 이 이야기를 들은 사부로는 공주님에게 알려주기를 '여물통을 7개 마련하고 그 안에 검은 보리를 7년전, 6년전, 5년전 올해 수확한 것까지 각각 다른 여물통에 넣고 7마리 앞에 내 놓으시오. 말을 반드시 자기가 태어난 해의 보리를 먹을 테니, 하지만 이일은 절대 내가 가르쳐 주었다고 말하지 마시오. 그냥 어젯밤 꿈에서 꾼 것이라 말하시오.'라고 했다. 그래서 이 난제를 무사히 풀 수 있었다.

다음으로 마왕의 나라에서 지팡이를 하나 가지고 와서 어느 쪽이 뿌리 쪽인지 맞추어라, 만약 답이 풀리지 않는다면 공주를 데려가겠다고 했다. 공주가 사부로에게 물으니 사부로가 '가지 중앙을 끈에 매달아 아래를 향하는 쪽이 뿌리입니다'라고 알려주었다. 그래서 이 난

제도 무사히 풀렸다.

어느 날 성 뜰에 거대한 철 화살이 땅을 울리며 날아와 꽂혔다. 화살에 달린 편지에는 이것을 혼자 힘으로 빼서 가지고 오라, 만약 못 한다면 공주를 데려가겠다고 쓰여 있었다. 왕은 온 나라의 장사들에게 뽑아보라 했지만 화살은 마왕의 마력으로 박혀 있는 것이니 움직이지 않았다. 그래서 공주는 사부로에게 부탁했다. 사부로는 '제가 가서 뽑아 드리지요. 꿈에서 하늘의 신으로부터 사부로가 뽑을 것이 틀림없다는 계시가 있었다고 말씀하시오'라고 했다.

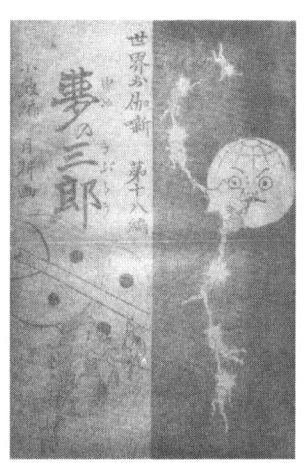

『꿈의 사부로』 표지 커버(1900년)

사부로는 문제없이 그 화살을 뽑아 왕 앞에 가져갔다. 왕은 손뼉을 치고 기뻐하며 '또 마왕이 이 요구 저 요구를 할 테니, 이참에 그 화살을 마왕이 있는 곳에 돌려주고 와주게. 마왕을 완전히 항복시키면 그 상으로 공주를 자네에게 주지'라고 부탁하자 사부로는 신하를 11명 빌려 자기와 똑같은 갑옷과 투구로 감싼 다음 철 화살을 짊어지고 마왕의 나라로 들어갔다.

『꿈의 사부로』 표지

마왕은 사부로를 죽이면 공주가 자기 것이 되리라는 생각에서 1명을 묶게 했다. 그러나 12명이 모두 똑같은 차림새이므로 마왕은 어머니에게 대책을 상의했다. 어머니는 사부로의 투구 눈 차양에 실을 맸다.

이를 알아챈 사부로는 모두의 투구에 실을 매서 알 수 없게 만들었다.

마왕 앞에서 12명은 음식을 대접받게 되었고 그 자리에서 마왕의 어머니와 사부로는 문답을 시작했다. '마왕의 술은 무슨 술인가?' 어머니가 물었다. '사람의 생피를 뽑아낸 술'이라고 사부로가 대답했다. 급사들이 손에 부상을 입어 피가 안으로 들어간 것이었다. '마왕의 빵은 무슨 빵인가?'라고 어머니가 다시 물으니 '어머니의 젖을 짜낸 빵'이라고 사부로가 답했다. 하녀들이 아까 빵을 가지고 올 때 젖이 불어 있어서 그 안으로 들어간 것이었다.

사부로의 명석함에 놀란 어머니는 '마왕은 나의 친아들이 아니다. 나는 마왕의 친엄마가 아니다'라고 말하며 도망쳤다. 사부로는 따라서 도망치려는 마왕을 포박하고 왕이 있는 곳으로 데리고 돌아왔다. 왕은 기뻐하며 마왕의 목을 베게 하고 사부로에게 공주를 주어 사위로 삼았다. 사부로는 아버지를 궁으로 불렀고 '그때 제가 꾼 꿈은 사실은 왕이 되는 꿈이었습니다'라고 밝혔다.

이처럼 난제풀이를 다룬 작품에는 「광명 공주(光明姬)」「검은 다리 꼬마(黒足小僧)」「세 가닥 금발(三筋の金髪)」 등 많은 작품들이 있다. 아버지가 세 명의 딸의 담력을 시험하는 오시카와 슌로의 「유성기담 황금의 팔찌(流星奇談 黄金の腕環)」라는 작품도 「꿈의 사부로」와 유사성이 있다고 보인다.

오시카와 슌로와 무협모험소설 제8장

　　루이코의 소설이 압도적으로 읽히면서 그때까지 다소 느긋하고 길게 여겨지던 모험소설은 작가가 사라지며 쇠퇴할 수밖에 없었다. 그러나 1894년에 루이코, 마루테이 소진과 같은 작가들도 탐정소설 번역에서 멀어지면서 조금 식상해지는가 싶자 모험소설 번역으로 전향하여 활약한 작가가 등장하는데, 그가 바로 독일 탐정소설의 번역자 기쿠테이 쇼요(나가에 단스이(永江斷水), SK 씨)다. 1894년 10월 『모험소설 모부혼(慕夫魂)』을 고킨도(古今堂)에서 간행한 것을 시작으로 1896년 2월 『말레이 군도 모험소설 보석 찾기(馬来群島冒険小説 宝石取)』(2권)를 긴오도, 1900년 1월 『모험소설 해적선』을 고킨도에서 간행했다.

　　그 뒤를 잇듯이 모리타 시켄은 1896년 3월부터 『소년세계(少年世界, 1895~1933년)』에 「모험기담 십오소년(十五少年)」을 연재하여 호평을 받았고, 사쿠라이 오손(桜井鴎村)은 1899년 6월에 번안물 『용감소년 모험담 첫항해(勇少年冒険談 初航海)』를 분부도(文武堂)에서 간행, 『소년세계』에는 같은 해 2월부터 「프랑스-프로이센 전쟁 미담 어린 간호사(普仏戦争美談 少看護婦)」, 8월부터 「외딴 섬의 집(孤島の家庭)」 등을 번역하여 실었고 이

오시카와 슌로

듬해 1900년부터『세계모험담』12편을 분부도에서 출판했다.

그 뒤를 이어 등장한 것이 오시카와 슌로이다. 1900년 도쿄 전문학교 재학중에 슌로는 친척 오손을 통하여『해도모험기담 해저군함(海島冒険奇譚 海底軍艦)』을 이와야 사자나미에게 열독(閱讀)받고 그의 소개로 이 해에 간행하게 되었다. 청일전쟁 후에 러시아 남하에 대한 국가적 위기감이 감돌던 사회풍조와도 잘 맞아 작품은 환영받았고, 이후『영웅소설 무협의 일본(英雄小説 武俠の日本)』(1902년),『해국모험기담 신조군함(海国冒険奇譚 新造軍艦)』(1904년),『전시영웅소설 무협함대(戰時英雄小説 武俠艦隊)』(1904년),『영웅소설 신일본도(英雄小説 新日本島)』(1906년),『영웅소설 동양무협단(英雄小説 東洋武俠団)』(1907년) 시리즈 6부작을 완성시키는 등 그의 작품들은 청소년들의 피를 끓게 했다.

슌로의 작품은 종래의 모험소설에 무협과 탐정취향을 가미하여 소년소설로서 확립되었으며 당시 청소년들에게 애독되었다. 에도가와 란포, 요시카와 에이지(吉川英治, 1892~1962년), 야나기다 이즈미 등도 슌로의 작품들을 애독하였다.

슌로는 음주에 빠져 건강을 해쳤고 1914년 11월 38세로 사망했지만, 짧은 기간에 60권이 넘는 저서를 내놓을 만큼 인기를 얻었으므로 라이벌 작가나 영향을 받은 작가도 많다. 슌로의 흐름은 구로이와 루이코, 우카 센시(羽化仙史), 후손 거사(楓村居士), 요네미쓰 간게쓰(米光関月), 미쓰기 슌에이(三津木春影, 1881~1914년), 에미 스이인, 가이가 헨테쓰(海賀変哲, 1871~1923년), 마스모토 고난(増本河南), 다키자와 소스이(滝沢素水), 미야자키 이치우(宮崎一雨), 아와지 고초(淡路呼潮), 히라타 신사쿠(平田晋作,

1904~1936년), 야마나카 호타로(山中峯太郞, 1885~1966년), 운노 주조(海野十三, 1897~1949년) 등으로 이어진다.

다음으로『전기소설 은산왕(伝記小説 銀山王)』(1903년 6월, 분부도)을 보기로 한다. 그 다음 라이벌 작가의 작품들에 관하여 약간 언급하도록 하겠다.

「전기소설 은산왕」

이 소설은 '홍해의 파도와 인도양의 파도가 합해지는 곳에 아덴이라는 아름다운 항구가 있다.'로 시작된다.

아라비아 남쪽 바닷가 아덴항은 번화한 항구도시였다. 은산왕(銀山王) 아리스 노백작의 외동딸 미도리 아가씨는 아덴시 사교장의 꽃으로 불리었다. 아덴시에는 백운탑이라는 고색창연한 탑이 있었으며 저녁이 되면 때때로 어디에선가 한 미녀가 탑 조망대에 나타나 그 은산왕의 저택 쪽을 바라보며 초연히 서 있는 것이었다.

그녀는 아덴시 거리의 보석가게 딸로 나미시마 가에데라고 하며 부모 형제도 없었지만, 구로다코 신사라는 숙부를 후원자 삼아 보석가게를 운영하며 넘치는 재산을 자유롭게 쓸 수 있었다. 가에데가 지금처럼 고민이 많은 신세가 된 데에는 이유가 있었다.

가에데의 아버지가 일본에서 알고 지낸 귀족 하고로모 남작은 가에데의 아버지가 아덴으로 돌아오자 곧바로 이곳으로 따라왔다. 아덴 부근의 거대한 다이아몬드 채굴 사업에 종사하기 위해서였다.

하고로모 남작은 그 사업에 착수할 때까지 가에데의 집에서 숙박을 했으므로 두 사람은 친밀한 사이가 되었다. 그러나 가에데의 아버지가 병으로 죽자 남작은 아덴의 번화가에 훌륭한 집을 마련한 것이었다.

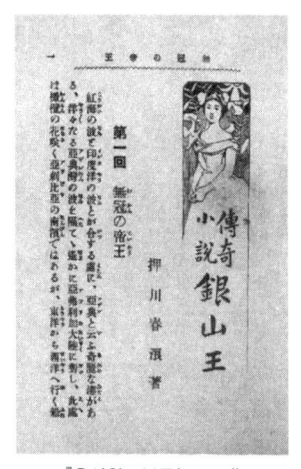

『은산왕』 본문(1903년)

그로부터 반 년 후 4월 5일의 일이었다. 아버지 묘소에 갔다가 돌아오는 길에 가에데와 남작은 백운탑의 조망대에 올랐다. 그곳에서 두 사람은 장래를 약속한 것이다.

그런데 은산왕의 딸로 요염한 미도리 공주는 가에데에게 질 수 없다며 하고로모 남작의 사랑을 자기 쪽으로 돌려 버린 것이다. 그 후로 가에데는 홀로 사람이 없는 탑 조망대에 오르게 되었다.

그로부터 1년 후 4월 5일. 저녁이 지나서 가에데는 은산왕의 저택에서 열리는 밤 무도회에 초대를 받고 저택의 빛나는 전등빛을 보며 탑을 나서려고 했다. 그때 누군가가 이름을 부르는 소리를 들었다. 서둘러 집으로 돌아오니 숙부인 구로다코 신사가 하고로모 남작이 미도리와 친한 것이 어떻게 된 것이냐며 추궁하였다. 가에데가 하고로모 남작과 결혼하면 그가 이 집 재산의 4분의 1을 받고 분가하기로 되어 있었기 때문이다.

하고로모 남작과 미도리가 친밀한 것을 지켜보고 있기란 괴로운 일이었지만 가에데가 파티장에 갔더니 그곳에 리토 은자라는 대갑부가 와 있었다. 그는 행동이 기이했는데 아덴항 앞바다의 리토에 살고, 가에데를 동정하는 입장이었다.

연회가 끝나고 가에데가 마차를 타고 돌아가는 길이었다. 뒤에서 여섯 필의 말이 끄는 마차가 가에데의 마차를 치고 달려나가는 난폭한 짓을 했다. 그것은 바로 하고로모 남작을 배웅하는 미도리의 마차였다.

다음날 아침 가에데는 구로다코 신사에게 집과 재산을 주고 세계를 유람하는 여행길에 오른다고 고하고 떠났다. 가에데는 아덴항을 출발하여 잔지바르 섬으로 향하는 배를 탔는데, 그 배는 잔지바르 섬에 도착하기도 전에 인도양에서 침몰하고 만다. 가에데가 죽었다고 생각한 구로다코 신사는 이 집과 재산이 자기 것이 되었다며 기뻐한다.

아덴시에서 북쪽으로 수십리 떨어진 산 속에 오래된 비구니사찰이 있었다. 도중에 잔지바르 섬으로 가기 싫어진 가에데는 배를 타지 않았고 이곳으로 왔다가 사찰이 마굴임을 알고 도망쳐 나왔다. 그 후 이 비구니사찰을 불에 타버린다.

가에데는 아덴으로 돌아와서 구로다코 신사에게 잔지바르 섬으로 가서 조용히 일생을 보낼 수 있게 돈을 달라고 요구하지만 탐욕스러운 구로다코는 거절한다. 그러자 가에데는 백운탑으로 올라갔다. 그녀가 몸을 던지려던 바로 그때 가에데를 구해준 것은 거지와 같은 행색을 하고 있는 리토 은자였다. 리토 은자는 그 백운탑에서 종종 잠을 자곤 했던 것이다.

리토 은자에게는 은산왕과 그 아내인 하쿠호 부인에게 원한이 있었다. 가에데가 사랑하는 하고로모 남작을 은산왕의 딸이 빼앗았다는 것을 알고는 예전 은자가 은산왕에게 하쿠호를 빼앗겼던 원한을 떠올렸고, 가에데가 미도리에게 복수를 할 수 있게 도와주려 마음을 먹은 것이다. 은자는 은산왕 일가에게 고통을 맛보게 해주려고 생각했다.

이렇게 두 사람은 이야기하면서 아덴 해안으로 나갔다. 이전에 가에데의 마차를 몰던 마부는 충복 지로라는 소년이었다. 리토 은자가 구로다코 신사에 의해 보석집에서 쫓겨난 지로를 몰래 데리고 와서 자기 심복으로 삼았다. 두 사람은 지로 소년이 노를 젓는 배를 타고 리토 앞바다를 향하게 된다.

이윽고 가에데는 리토 은자의 지시로 기선 고스랜드호를 타고 프랑스의 마르세이유항으로 향했다. 상등선객인 게야무라 신사가 지로 소년과 캐빈에 들어박혀 있는 가에데에게 비정상적으로 주목을 하는 점이 이상했다.

가에데는 파리에 도착해서 리토 은자가 가르쳐준 대로 시가지 남단에 있는 뱀모양 언덕 밑자락의 베요 선생이 사는 집을 방문하였다. 집 앞에 서자 어깨를 두드리는 노인이 있었고 그 사람이 바로 베요 선생이었다.

선생에 의해 두 사람은 집 안으로 안내를 받았는데 갑자가 선생은 어디론가 사라지고 대신 나타난 것은 한 미인이었다. 그녀가 바로 변장한 베요 선생이었고 선생은 변장의 달인이었다.

1개월 후, 파리 사교사회에서 인기를 끄는 한 미소년 음악가가 있었다. 단풍 공자라는 이름으로 불렸는데 이탈리아 명문귀족의 일족으로 세계를 유람한다는 소문이었다.

아덴에서는 그 무렵 은산왕과 구로다코 신사의 주도로 코끼리 사냥이 벌어졌다. 늦은 저녁 미도리는 말을 타고 나섰다가 한 목동과 걸어서 돌아왔다. 상처를 입은 코끼리가 그녀에게 덤벼들었는데 그 목동이 구해주었다는 것이다. 목동은 그녀의 하인이 되고 싶다고 해서 허락했다.

그리고 1주일 후, 마르세이유항을 출항한 단풍 공자가 게야무라 노인을 데리고 아덴에 들른다는 소식이 신문에 보도되었다. 갑자기 미도리가 어딘가로 사라졌다. 호기심 많은 미도리는 목동 소년이 부추기자 단풍 공자가 타고 있는 증기선 스노호가 기항하고 있는 포트세트항에 단풍 공자를 마중하러 간 것이다. 사실 단풍공자는 가에데였다.

아덴항에 마중나온 인파 속에 하고로모 남작도 있었지만, 미도리가 단풍 공자에게 반했다는 사실에 불쾌감을 느끼고 가버렸다.

미도리는 여섯 필의 말이 끄는 마차로 단풍공자를 모시고 아버지의 저택까지 와서 그날 밤 일대 연회를 열었다. 은산왕 저택에 머물게 된 단풍 공자, 즉 가에데를 몰래 만나러 온 베요 선생은 '리토 은자가 나타났으니 나는 모습을 감출 것이오. 당신은 은자의 명령에 따르시오. 그때가 바로 당신이 복수할 시기요'라고 알려준다.

2개월이 지났다. 그동안 아라비아에는 대지진이 있었다. 구로다코 신사는 은산왕에게서 산 은광산의 갱도가 무너져 큰 손해를 입고 파산하게 되었다. 지진으로 큰 손해를 본 것은 하고로모 남작도 마찬가지였다. 남작은 은산왕에게 권리집행을 유예해 달라고 부탁하지만 거절당한다. 새로 만든 요트를 보러 가는 단풍 공자와 미도리가 탄 여섯 필 말이 끄는 마차를 보게 된 남작은 낯빛을 바꾸고 백운탑 쪽으로 가 버린다.

가에데가 게야무라 노인에게 의논을 하려고 정원으로 나가니 노인은 베요 선생님의 모습을 하고 있었다. 앞 쪽 나무가 있는 곳으로 선생이 들어갔다가 리토 은자로 변장하고 나왔다. 은자는 가에데에게 '가에데의 모습을 하고 백운탑으로 가시오. 일대 활극을 보게 될 것이오'라고 알려주었다.

미도리가 단풍 공자를 찾아다니자 목동 소년이 '공자는 하고로모 남작에게 끌려 나와 백운탑으로 가던데요'라고 알려주었다. 미도리도 백운탑으로 향했다. 하고로모 남작은 미도리에게 느낀 배신감 덕분에 가에데가 품은 진정한 애정을 회상하며 과거의 자취를 찾아 탑 꼭대기에 와 있었다.

그곳으로 미도리가 올라왔다. 미도리는 '하고로모 남작, 당신은 무슨 원한이 있어서 내가 사랑하는 단풍 공자를 죽였나요?' 하고 따졌다. 남작은 '당신 무슨 말을 하는 거요? 당신이야말로 내가 사랑하는 가에데를 사지로 몰아넣은 기억이 있지 않소?' 하며 화가 난 하고로모 남작은 권총을 뽑아들었다. 미도리가 도망치려고 하니 승강구에서는 가에데가 오고 있는 것이 아닌가. 앞뒤로 적을 만난 미도리는 탑 정상에서 뛰어내렸다.

하쿠호 부인은 백운탑 아래로 달려가 놀라 소리를 지르며 은산왕 저택으로 뛰어 돌아갔다. 목동 소년이 미도리에게 교묘히 거짓말을 한 것이었다. 은산왕은 하쿠호 부인의 울부짖는 호소를 듣고는 말을 타고 저택 문을 뛰쳐나가려는데, 갑자가 구로다코 신사가 말의 재갈을 잡고 '이 나쁜 놈, 잘도 나를 속였구나'라며 은산왕을 끌어내려 떨어뜨리고 단도로 그 심장을 찔렀다. 그리고 구로다코 신사도 하인에게 죽임을 당한다.

탑 위에서는 하고로모 남작과 가에데가 손에 손을 잡고 기쁨의 눈물을 흘리고 있다. 리토 은자는 두 사람에게 방파제에 있는 요트로 이곳을 탈출하라고 알려준다.

아라비아의 남쪽 바다 아덴 등을 무대로 삼아 은산왕 아리스 노백작이라든가 하고로모 남작, 베요 선생 등 특이한 인명이나 '기절하지 않는 게로구먼', '보이지 않는 게로구먼' 등 루이코 식 화법을 사용하며 파란만장하고 재미있는 복수극을 써내려간다. 그러나 탐정소설로서 보자면 일인이역, 일인삼역 등의 수법으로 등장인물의 정체를 간단히 드러내 버리다는 결점도 있다. 요컨대 슌로는 모험소설을 쓴 것이라 볼 수 있다. 슌로의 소설에 보이는 탐정 취향은 모험에 매력을 더하는 배경적 역할 부여에 불과하다. 그러나 종래의 탐정소설에 모험 취향을 가미했다는 것 자체는 슌로의 독창성이라 볼 수 있다.

1. 가이가 헨테쓰

1871년 12월 5일 후쿠오카 현(福岡県) 야스 군(夜須郡) 야초무라(野鳥村)에서 태어났다. 본명은 아쓰마로(篤麿). 고교쿠샤(攻玉社)를 거쳐 삿포로(札幌) 농학교를 졸업했다. 1906년 하쿠분칸에 입사하고 『문예구락부』 기자를 역임하는 한편 『청년계(青年界)』, 『문고(文庫)』, 『소년세계(少年世界)』 등에도 소년역사물, 소년문학유희 등을 발표했다. 오시카와 슌로의 영향이 보이는 소년물에 『모험탐정기담 무덤의 비밀(冒險探偵奇談 塚の秘密)』(1908년 2월, 후쿠오카 서점[福岡書店]), 『소년복수기담 산악왕(少年復讐奇談 山嶽王)』(1908년 3월, 동 서점) 등이 있다. 1923년 4월 13일에 타계했다.

「소년복수기담 산악왕」은 홋카이도의 아이누족 사건을 모티브로 한다. 아버지 추장을 쏘아 죽이고 그 지위를 빼앗은 남자에게 매에 의해 키워진 죽은 추장의 막내아들이 성장하여 형제 둘이 힘을 합해 그에게 복수한다는 이야기이므로 탐정물의 느낌은 약하다. 그래서 여기에서는 「모험탐정기담 무덤의 비밀」을 소개하기로 한다.

「무덤의 비밀」

청년 무라카미 쓰토무는 요시오카 도이치의 만류도 듣지 않고 깊은 연못의 주인을 직접 확인하겠다며 고이가부치(鯉ヶ渕)에 뛰어 들었다. 금색 잉어는 없었지만 흰 색 유카타의 한쪽 소매를 가지고 올라왔다. 거기에는 피로 '아, 괴로워… 아, 무서워… 이제 죽으련다… 누군가 악인을… 무찔러 주세… 피, 피, 피의 천장… 아 괴로워… 밋키 가쓰'라고 쓰여 있다. 두 청년은 몰래 이 사건을 수사하기로 했다.

조슈(上州, 현재 군마 현[群馬縣]에 해당) 마에바시(前橋)의 시 외곽에 고마카자와(細沢)에 미즈노 소에몬이라는 부농이 있었다. 51세였는데 아내는 4년 전에 죽고 미나코라는 16살이 되는 딸과 둘이서 살고 있었다. 후사를 맡길 사위를 찾고 있는데 5년 후에 성공한 세 명의 조카, 도키타 스테키치, 가타시나 로쿠야, 아사카 류타로 중에 한 명으로 정하기로 했다. 그러나 사실은 미나코의 친엄마가 살아 있을 때 류타로를 미나코의 사위로 삼기로 정했던 사이였다.

큰아버지로부터 이별의 정표로 미즈노 집안에 전하는 잉어모양의 금으로 된 칼집 장식을 받은 류타로는 도쿄를 향해 출발했다. 도중에 죽은 어머니의 유품을 미나코로부터 전달받아야 한다는 것을 깨닫고 미즈노 가문으로 되돌아갔더니, 놀랍게도 소에몬은 어깨부터 가슴까지 베어진 채로 살해당하였고 미나코는 자취도 없었다.

그 자리에서 류타로는 경관에게 체포되어 버렸다. 길을 떠났다가 도중에 되돌아간 점, 소에몬의 비장품인 금으로 된 칼집 장식을 가지고 있던 점이 체포의 이유였다. 미결감으로 1년 가까이 구류당한 후 증거 불충분으로 방면되었다.

미즈노 가문에서 원래 일을 봐주던 로쿠베 부부가 류타로를 돌봐 주었다. 부부가 류타로에게 한 이야기에 따르면 소에몬의 재산 30만 엔은 분실되었고 여전히 미나코는 행방불명이며 나머지 일들은 가타시나와 도키타가 모든 일을 서로 의논해서 처리했는데, 그러던 중에 도키타가 갑자기 죽었다는 내용이다. 도키타는 버섯 중독으로 죽었다고 하는데 그 방법이 사뭇 의심스러웠다. 지금은 가타시나의 세상이 된 것이나 마찬가지로 집부터 전답까지 모조리 가타시나가 차지했다는 것이다. 류타로는 곧바로 길을 떠났다.

교바시(京橋) 쓰키시마(月嶋)의 호쿠에쓰(北越) 방적회사 공장에서 일하던 구로다 요사쿠라는 사내는 묘한 인물로, 나이는 45,6세였는데 아내도 없는 허풍쟁이였다. 그의 친구 쇼키치(庄吉)는 왼팔과 오른다리가 톱니에 끼어 중상을 입어 왼팔은 위쪽까지 절단되고 오른쪽 다리는 절름발이였다.

요사쿠는 쇼키치에게 다카자키(高崎) 근처 나미에(並榎) 마을의 호족 하라 고산을 찾아가 무라가키 다이이치를 만나라고 알려준다. 쇼키치는 그곳으로 가서 고산의 땅에 있는 유령무덤을 지키는 사람이 되었다. 쇼키치는 사실 아사카 류타로였던 것이다.

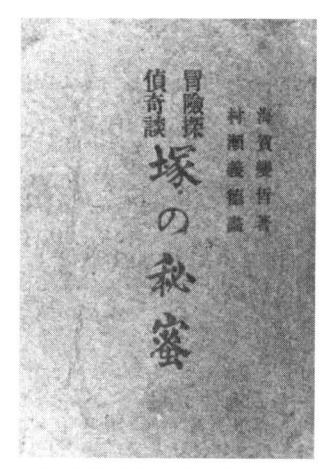

『무덤의 비밀』 9판 표지(1917년)

그 파수꾼 오두막에서는 시치사쿠라는 남자와 같이 지내게 되었다. 시치사쿠는 세 끼 식사를 나르는 역할이었다. 그날 밤 쇼키치 혼자 파수를 보고 있노라니 한밤중에 사람 우는 소리가 들렸다. 그 목소리는 희미했지만 여자 목소리였다.

10일 정도 지나서 시치사쿠는 주인에게 축하할 일이 있다면서 술을 마시고 저녁이 되어 와서는 무덤에 여자 유령이 나타난다고 털어놓았다. 쇼키치가 파수꾼은 없어도 되지 않느냐고 물었더니 쓸데없는 걸 물어봤자 좋을 것이 없다고 하며 곧 알게 될 것이라 말한다. 시치사쿠가 떠나고 나서 쇼키치는 다시 여인의 울음소리를 들었다. 무덤의 비밀을 알고 싶어진 쇼키치는 시치사쿠의 눈을 피해 밤이 되면 낫으로 무덤에 구멍을 팠다. 나온 흙은 근처 강에 흘려보내고 사람 눈에 띄지 않도록 잘 덮어두었다. 그걸 모르는 시치사쿠는 쇼키치에게 쓸모가 있어 보인다며 조금만 더 참고 지내면 본채 쪽으로 올려주마 말했다.

그렇게 계속 무덤을 파던 어느 밤, 갑자기 바로 발아래에서 여자의 울음소리가 들렸다. 그때 시치사쿠가 다가와서는 너를 대신할 사람이 생겼으니 이제 모레부터 너는 본채로 올라갈 수 있을 거라고 신이 나서 말해주었다.

쇼키치가 구멍 안의 벽을 허물고 여자를 구출하려는 그때 구멍 안쪽에서 사람이 접근해 오는 것이었다. 쇼키치는 여자를 업고 추적하는 손길을 피해 가라스가와(烏川) 강 쪽으로 도망가 소용돌이 치는 강으로 풍덩 빠져들었다. 두 사람은 어부의 손에 구출된다.

미즈키 신타로라는 젊은 어부는 미즈노 가문에서 일하는 사람으로 아버지는 요시로라 했다. 미즈노 가문에 있던 변고부터 가타시나 시게스케 부자의 탐욕스러움 등을 서로 터놓고 이야기했다. 쇼키치, 즉 류타로도 큰아버지 소에몬을 죽인 범인을 찾아내서 큰아버지 집을 부흥시키고자 하는 마음을 전했다.

류타로는 하라 고산의 집에서 무덤 파수꾼이 된 일부터 여자를 구출해낸 일, 가라스가와 강으로 뛰어든 일을 이야기하고 그 여자의 생사와 무덤의 비밀을 알아보고자 한다고 말했다. 신타로가 '사실 우리는 하라의 소작일을 하고 있소. 하라의 정체를 알아내는 데에는 내 여동생 오카쓰가 도움이 될 것이오. 오카쓰는 무라가키 씨가 많이 아껴 주시어 올봄에 다카자키 마을에 집도 한 채 갖게 된 입장이라오. 오카쓰에게 알아듣게 잘 말해서 무라가키 씨 입을 통해 하라의 정체를 드러내게 합시다'라고 제안했다.

다음날 요시로가 밭으로 나가려고 할 때 시치사쿠가 와서 어젯밤 오카쓰가 없어져서 나리가 찾으라고 하시니 너희들도 찾아보라고 말했다. 요시로는 무라가키가 비밀을 알아차렸으므로 무슨 일이 일어난 것이 아닌가 싶다고 했다.

시치사쿠는 계속 재촉하러 왔다. 맡아 두었던 여자를 찾아내지 못할 때에는 2백 냥을 변상해야 한다고 나리가 말했다는 것이다.

어느 날 허리 주머니를 어깨에 늘어뜨린 젊은이가 와서 요시로에게 유령무덤에 관한 것을 묻더니 당신 딸이 갇혀있다고 했다.

젊은이는 허리 주머니 속에서 흰 한쪽 소매를 꺼냈다. 그 젊은이는 바로 무라카미 쓰토무였다. 무덤에 관해 알고 있는 신타로의 안내로 강쪽에서 들어갈 작정으로 작은 배로 향했다. 무덤 안으로 들어가 오카쓰를 구하고 시치사쿠를 둘이 제압했다. 시치사쿠는 자신이 하라 고산과 무라가키 다이이치의 정체를 밝히러 온 사람이라고 털어놓았다. 무덤 탐색을 이제 막 시작했다는 시치사쿠는 사실 형사였던 것이다. 그의 설명에 따르면 고산이라는 녀석은 엄청난 도적으로 '미즈노의 주인 소에몬을 죽인 강도는 바로 그 고산과 다이이치에 틀림없소. 이렇게 추측하는 이유는 고산이 가지고 있던 비밀상자 안에 미즈노 주인이 직접 쓴 글이 한 통 있었기 때문입니다. 거기에는 "조카 세 명 중에 누가 성공하여 이 집을 계승하더라도 30만 엔은 아사카 류타로에게 줄 것이다. 또한 딸 미나코도 마음을 따라 누가 되든 원하는 대로 시집을 가도 좋다"고 적혀 있는 글은 유언장이라 할 수 있지요. 고산이 소유한 돈은 원래 미즈노 가문에서 강탈한 것입니다'라는 것이다. 무라카미는 덧붙였다. "한쪽 소매에 쓰인 피천정이라는 것이 무엇일까요?"

"고산 별장에 관련된 비밀일 것입니다. 사실 오카쓰 씨를 그 집에 감금해 두었는데, 한밤중에 비명을 지르고는 천정에서 피가 떨어진다, 피가 떨어진다는 것입니다. 그래서 결국 그 무덤 구멍에 갇히게 된 것입니다만…… 이제 완전히 수배되었으니 내일 두 사람 모두 포박될 것입니다. 그렇게 되면 비밀이라는 비밀은 다 밝혀지겠지요."

그 다음날 고산과 다이이치는 포박되었다. 미즈노 소에몬을 살해한 일, 돈을 강탈한 일, 딸 미나코를 유괴하여 무덤 아래에 유폐한 일, 기타 여죄도 모조리 자백했다.

아사카 류타로는 생각지도 못한 재산을 얻었다. 부자유스러운 몸이었으나 이것을 가지고 사업을 일으키고자 결심했다.

그러나 가타시나 로쿠야 부자의 일, 도키타 스테키치의 일, 미나코의 생사에 관한 일 등 밝혀져야 할 내용이 아직 남아 있는 상태로 작품은 끝난다.

가이가 헨테쓰라는 펜네임에서 유머 작가라는 인상을 받게 된다.[1] 그런 작품에는 「신 우키요부로(新浮世風呂)」, 「골계칠인남(滑稽七人男)」 등이 있다. 그러나 그와 반대로 음험한 작풍의 소설도 눈에 띈다. 부자살해사건을 다룬 「암광(闇光)」 「무덤의 비밀」도 예외가 아니다. 그의 반생이 투영된 것일 지도 모른다.

2. 다키자와 소스이

본명은 에이지(永二). 1884년 아키타(秋田) 시에서 태어나 1907년 와세다 대학 영문과를 졸업한 후 실업지일본사(実業之日本社)에 입사하여 『부인세계(婦人世界)』를 편집했다. 이후 『일본소년(日本少年)』을 주간, 출판부장 등 이 회사의 중요한 직무를 맡는 한편, 『소녀의 친구(少女の友)』, 『일본소년』에 작품을 발표했다. 1918년에 퇴사하여 실업계로 들어갔다. 저서도 많지만 탐정 취향과 SF 취향이 있는 소년모험소설 대표작에 『모험소설 괴동의 기적(冒險小説 怪洞の奇蹟)』(1912년 1월, 실업지일본사 간행),

---

[1] 일본어에서 '헨테쓰(変哲)'는 보통과 다르거나 이상한 것을 나타내는 형용사로 사용된다.

유괴당하고 작부로 팔린 쓰야코(艶子)가 무사히 그 가정으로 돌아온다는 이야기의 『바구니의 꽃(籠の花)』(1912년 4월, 동사 간행), 『난센자키 곶의 괴이(難船崎の怪)』(1912년 8월, 동사 간행), 『어둠 속의 괴인(暗中の怪人)』(1914년 3월), 『공중마(空中魔)』(1916년 1월) 등이 있다.

『소년모험소설전집11』 속표지(1931년)

「난센자키 곶의 괴이」

작품은 '소문이 소문을 낳고 허무맹랑한 괴이담이 무슨 일에든 인연을 귀히 여기는 어부의 입에 올라 이곳에서 저곳으로 전해졌다. "어떤 큰 배라도 난센자키 곶의 정확히 3리 앞바다에 도달한 순간, 그곳에 몇 백년 전 옛날부터 소용돌이치며 흐르는 이상한 조류에 휘말려 바다 아래로 가라앉아 버린다"라고 시작된다.

또한 밤에 그 해안에 가면 사방에 아무도 없는데 여자의 말소리가 들린다든가, 삼척에 사방이나 되는 큰 얼굴의 여자와 만난다든가, 이러한 이야기를 다케시 소년은 오키쓰무라(沖津村) 마을에 피서하러 온 날 저녁에 등대지기인 겐지에게 들었다.

그 후 열흘 정도가 경과하고 별빛조차 없는 어두운 밤에 다케시가 난센자키 곶으로 가자 암석이 서로 얽힌 해안에서 발견한 철상자를 들어 올리려고 한 때, 얼음장 같은 차가운 손이 다케시 소년의 팔에 닿았다. 이이시 어지럽게 흐트러진 여인의 머리칼이 다케시의 얼굴에 닿았다.

철상자로부터 손을 떼고 마성을 가진 그 무언가를 잡으려고 한 순

『소년모험소설전집11』 삽화
[미네다 히로시(嶺田弘) 그림]

간, 옆에서 검은 그림자가 나타나 다케시 소년을 걷어차고 철상자를 들고는 도망쳐 버렸다.

등대 아래 성문의 빛이 평소에는 희게 빛나던 것이 붉게 빛났다. 이어서 푸른색으로 바뀌었다. 난센자키 곶에서 3리 앞바다 근처에 푸른 등불이 설핏 보였다. 그러나 금방 사라지고 동시에 등대 아래의 등불은 희게 변했다. 서로 연락하고 있는 듯했다.

알아보고 싶은 마음에 다케시는 등대 쪽으로 걸어 나갔다가 머리카락을 헤치고 새하얀 기모노를 두른 키가 큰 여인을 만났다. 그러나 여자는 도망쳐 버린다.

그날 밤에 다케시는 성을 탐색하려고 나섰다. 겐지의 여동생인 오치요도 와 있었다. 사람이 살지 않는 성이지만 누군가 들어간 낌새가 있다고 오치요는 말했다. 안에는 철가면을 쓴 사람이 있었다. 나쁜 자처럼 보였지만 다케시는 경관을 부르지 못하게 했다.

오치요를 돌려보내고 다케시는 아무도 없는 듯 보여 내부를 훑어보고 다니다 계단에서 아래로 굴러 떨어진다. 그래서 해적에게 들켜버린다. 다케시는 도쿄의 신문에 귀신이 나온다는 기사를 보고 조사하러 온 것이라고 둘러댔다. 그러나 그들은 다케시에게 철가면을 씌워 버린다.

해적단의 대장은 미국인 이학박사로 세이보이라고 하는 사람이었다. 뛰어난 두뇌를 가졌지만 나쁜 일에 머리를 굴리는 인물이었다. 다케시가 같은 편에 넣어달라고 부탁하자 시험을 치르게 되고 합격한다.

그날 밤 잠을 자다 눈을 뜨니 자기 앞에 흰 옷을 입은 사람이 풀어 헤친 머리를 옷자락 아래까지 늘어뜨리고 서 있었다. 다케시의 뺨 위에 얼음 같은 손을 대고 씩 웃고는 스르륵 방 밖으로 나갔다. 뒤를 쫓아갔지만 보이지 않았다.

그런데 다케시는 성문 아래의 장소와 먼 바다의 소용돌이치는 장소가 서로 불빛으로 신호를 교환한다는 것을 알고 있었다. 해적 패거리에 들어가고 삼일 째 되는 날 밤에, 다케시는 불려나가 바다로 배를 타고

『소년모험소설전집11』 삽화
[미네다 히로시 그림]

나가게 되었다. 난센자키 곶의 3리 앞바다 입구에서 기계작동에 의해 소용돌이가 일어나고, 그 구멍 아래로 배가 끌려 내려갔는데 바위 속이 뚫려 있어서 몇 개나 되는 훌륭한 방들이 마련되어 있는 것이었다.

먹잇감이 될 배가 보이자 모두들 다케시를 남겨두고 배를 타고 나섰다. 다케시는 각 방을 뒤지다가 책상 서랍에서 열쇠꾸러미를 발견했다. 이것만 있으면 철가면을 쓴 사람을 구할 수 있으리라 생각하고, 그 꾸러미를 숨겨서 품에 넣고 보트에 뛰어올라 탄 다음 소용돌이를 타고 위로 올라와 등대를 목표로 노를 저어나갔다.

바다 위를 보니 세이보이 등은 자기가 발명한 약을 상대의 배에 칠하고 있다. 그 약으로 배 밑바닥에 구멍이 뚫어 바닷물이 들어가게 했을 것이다. 기세 좋게 달리던 선두의 배가 반쯤 가라앉아 구조를 요구하는 기적소리가 들렸다.

보트에서 뛰어내린 다케시는 곧바로 겐지 남매에게 등불을 빌려서 열쇠를 이용하여 성 안으로 뛰어들어 철가면을 구출했다. 네 명이 겐지

의 집으로 향하던 도중 머리를 산발한 흰 옷 입은 사람과 마주쳤다. 그때 철가면이 '이봐, 쓰유코'라고 말을 걸자 흰 옷을 입은 여인 쓰유코는 실신한다.

철가면을 쓴 사람은 다카라베 히데오로 쓰유코의 아버지였다. 다카라베는 감격하여 모두에게 감사의 말을 했다. 그는 미국에 50년 정도 머물며 재산을 모았고, 배를 타고 일본으로 돌아오던 도중에 난센자키 곶 앞바다에 이르렀는데, 어찌된 셈인지 그때까지 아무 일도 없던 배 밑바닥에 구멍이 뚫리고 곧 배가 침몰했다. 그때 한 떼의 악당들에 의해 배에 있는 것을 모두 약탈당하였다. 게다가 다카라베 부녀는 보트에 실려 성 안으로 연행되었다. 이렇게 다카라베는 철가면을 쓰고 방 한 칸에 유폐되었고, 쓰유코 역시 다른 방에 갇혔다.

세이보이는 일찍이 다카라베가 가진 외국의 자산까지 다 빼앗으려고 계획했던 것이다. 쓰유코가 어떻게 성을 빠져나와서 해안을 서성였는가 하면, 불의의 사건에 정신 이상을 일으킨 그녀는 아버지를 만나고 싶다는 일념으로 방안을 찾아 돌아다니다가 방구석에서 구멍 하나를 발견했다. 그것은 옛날 성주가 만일의 사태를 생각하여 만들어둔 비상구멍이었다. 세이보이 패거리도 미처 알아차리지 못한 비상구였다. 비상구를 통해 나온 쓰유코는 산으로 나오게 되어 해안을 서성이거나 백사장을 헤매고 성안을 돌아다니며 아버지를 찾아다녔던 것이다.

결국 세이보이 패거리들은 죄가 발각될 것을 두려워하여 성을 비롯한 모든 것을 버리고 어디인지 모를 곳으로 도망쳐 사라져 버렸다.

소년 SF모험소설의 선구적인 작품이었다.

제2부
다이쇼 시대
(1912~1926년)

'지고마' 영화와 탐정활극물의 유행　제9장

　　러일전쟁 이후 자연주의가 풍미한 시기에 탐정물은 환영받지 못했고 거물작가도 출현하지 않은 채 탐정소설계는 저조해졌다. 그런 가운데 1908년에는 주간지 『선데이(サンデー)』에 루팡이 소개되고 1909년부터 『모험세계(冒險世界)』 그 밖에는 미쓰기 슌에이가 프리먼(Richard Austin Freeman, 1862~1943년), 도일, 르블랑(Maurice Leblanc, 1864~1941년)을 소개했다. 그러나 외국물로 당시의 소년들을 흥분시켰던 것은 1911년 11월에 후쿠호도(福宝堂)가 수입공개 한 프랑스의 강도 영화 「지고마」였다. 지고마가 경관과 벌이는 대결에서 권총으로 사살하는 신출귀몰한 장면이 있었는데, 이러한 '지고마' 영화의 인기에서 힌트를 얻은 일본물과 「프로테아(Protea)」 「명금(名金)」 「판토마(Fantomas)」 「주먹(拳骨)」 「검은 상자(黑箱)」 등 일련의 모험·탐정활극 각본이 다수 소개되었다. 그럼 『탐정기담 주먹』을 살펴보자. 1916년 3월 레분칸(励文館) 서점·세요도(盛陽堂) 서점 간행의 아카혼(赤本)[1]으로 마쓰카타 세이후(松方淸風, 미상)의 번역이다.

---

1) 빨간 표지의 소년용 그림 이야기책.

「주먹」

이 작품은 '또 다시 무서운 괴적(怪賊)이 미국 뉴욕에 나타났다. 그들 조직은 신호로 주먹을 보내며, 그 범죄는 전부 과학적이라 실로 경천동지라 할 만하였다'라는 문구로 시작한다. 그 괴적 두목은 프란친핸드, 항상 얼굴에 복면을 하고 있어 수천 명이나 되는 그의 부하들도 누구 하나 두목의 얼굴을 본 자가 없었다. 뉴욕에는 미국 제일의 생명보험회사가

「지고마」 표지(1912년)

있었다. 사장은 테라라는 뉴욕 제일류의 신사였다. 그런데 이 주먹단은 어떠한 이유에서인지 이 보험회사의 피보험자들에게 손해를 끼칠 뿐 아니라 무서운 위해를 가하기에, 그때마다 회사는 적잖이 보험금을 지불하게 되는 것이었다.

어느 날, 사장인 테라가 마음에 들어 하는 벤네트 법학사가 외다리 거지 한 명을 데리고 사장실로 들어왔다. 이 남자는 프란친핸드의 유능한 부하였으나 한 쪽 다리를 잃는 불구가 되어 조직에서 제명당했다. 그런데 사장이 그를 비밀리에 불러들였고 많은 돈을 주고 비밀서류를 손에 넣은 것이다. 외다리 남자는 어느 한 술집에서 술을 마시고선 시내를 벗어나 한적한 곳으로 갔다. 그때 배후에서 한 수상한 자가 덤벼들어 그 남자를 때려 죽여 버렸다. 말할 것도 없이 그 자는 주먹단의 부하였다.

사장 테라의 딸 엘렌이 집을 비우자 벤네트 법학사가 찾아오고, 곧이어 돌아온 테라는 거지 렛트에게서 사들인 비밀서류를 꺼내 읽어보고는 서류를 봉하여 금고 안에 넣는다. 그런데 사장과 벤네트와의 대화를

문밖에서 몰래 엿듣고 있는 수상한 남자가 있었다.

법학사가 돌아가자 사장은 다시 금고에서 봉한 비밀서류를 꺼내고는 그 안에 백지를 대신 집어넣고 다시 원래대로 봉하여 금고에 넣었다. 그리고는 진짜 비밀서류는 책장 밑 비밀장소에 숨겼다. 이는 주먹단의 두목 프란친핸드와 관련한 중요서류였던 것이다.

밤중이 되자 수상한 자 두 명이 몰래 사장실 책상 밑에 뭔가 기계를 장치했다. 사장은

『주먹』 표지(1916년)

전화를 걸기 위해 들어왔고 철로 된 발판에 한 쪽 발을 얹자 그대로 털썩 쓰러져 숨을 거뒀다. 문밖에서 상황을 엿보고 있던 한 명이 금고를 약품으로 태우고 뚫린 구멍에 손을 넣고 서류를 꺼내어 도망쳤다. 그러나 그것은 백지였다. '기억해 두마' 하고는 백지를 갈기갈기 찢어버렸다.

애견이 짖어대는 바람에 사장이 죽은 걸 안 하인과 하녀는 엘렌을 깨우고, 명탐정 그렉에게 연락했다. 엘렌은 벤네트 법학사에게도 이 사실을 알렸다.

한편 뉴욕의 유명한 부인과 병원 원장은 스코폴라민이라고 하는 일종의 주사액을 발명했다. 이 액을 사용하면 몽유병자처럼 남의 지시에 따라 걷거나 말하고, 주사액의 약효가 다하면 지금까지 꿈속에서 한 일을 모조리 잊어버리는 것이다. 어느 날 그 병원에 소개장을 갖고 찾아긴 스트린보리는 노박사가 있었다. 원장에게 스코폴라민에 관해 물어보러왔는데 그가 돌아간 뒤 두 종류의 약물이 분실되었다.

아버지를 잃은 엘렌은 여러 가지 생각에 잠을 이룰 수 없어 책을 읽다

가 깜박 잠이 들었다. 그때 바람처럼 몰래 숨어든 수상한 자가 엘렌의 왼팔에 살그머니 주사를 놓는다. 엘렌이 눈을 뜨자 그자는 주머니에서 권총 하나를 꺼내 엘렌에게 지시하기 시작했다. '아가씨, 아가씨는 제가 하라는 대로 하세요'라며 금고의 문을 열게 했다. 바라던 서류가 없자 그자는 엘렌을 서재로 데리고 갔다. '자, 제가 말하는 대로 적으세요'라고 하며 받아적게 했다. 그것은 그렉 탐정 앞으로 보내는 편지로 괴적 체포는 중지하고 나를 보호할 필요도 없으니 오늘은 오지 말라는 내용의 편지였다. 다 적자 그자는 엘렌을 다시 침실로 데리고 가 재우고는 사라졌다.

탐정 그렉은 찾아온 신문기자 제임슨과 이야기를 나누던 중에 한통의 우편물 배달받는다. 엘렌으로부터 온 편지로 저간의 사정이 있으니 지금까지의 사건을 모두 보류해 달라는 양해의 내용이었다. 탐정 그렉은 이상히 여기고는 제임슨과 함께 엘렌의 집으로 자동차를 달렸다. 곧바로 편지를 보여주며 '아가씨, 이 편지를 아십니까?'라고 물었고, 엘렌은 편지를 집어 들어 보고는 놀라면서 '이 편지는 분명 제가 적은 글씨가 틀림없지만, 제가 이런 편지를 보낼 이유가 없죠. 이상하군요' 하고 말한다. '알겠습니다. 아가씨, 그런데 대단히 죄송하지만, 어쩌면 아가씨 팔에 주사 자국이 있을지 모르니 잠시 보여 주시겠습니까?'

엘렌은 자기 팔을 보고 놀라면서 '있어요. 여기에 주사자국이'라고 말하고, 탐정은 침착하게 '저는 그 무서운 주사액과 정반대의 효과를 가진 약물을 발명했습니다. 이것을 주사하면 그자가 하고 간 일이 모두 아가씨의 기억에서 되살아 날 거예요'라고 말했다.

엘렌에게 그 약을 주사하자 앞서 일어난 일의 자초지종을 알게 되었고, 마침내 도둑 프란친핸드의 소행임을 알고 모두가 경악했다. 그때 엘렌의 학우로 마틴이라는 보석상 딸이 들어왔다. '엘렌, 우리 집으로 이런 편지가 와서 아버지가 대단히 걱정하고 있어. 어떻게 하면 좋을까?' 하고 내민 편지에는 한쪽 팔 주먹이 드러나 있다. 괴적 주먹단의 편지인 것이다. '오늘밤 12시까지 천만 달러의 돈을 만들어서 전달하지 않으면 가게에 있는 귀중한 보석을 강탈하겠다'는 내용이었다.

엘렌은 놀라 탐정에게 그 편지를 보인다. 벌써 11시 50분이었다. 고개를 끄덕인 탐정은 '잠시 상의할 일이 있어요. 12시까지는 꼭 오겠습니다' 하고는 먼저 자리를 떴다.

엘렌과 마틴, 법학사 벤네트 셋이서 차를 달려 보석상 집에 도착한 것은 11시 55분이었다. 그때 두 대의 차가 보석상 근처 빈집 앞에 섰다. 세 명의 남자가 빈집으로 뛰어들어 보석상 마루 밑으로 들어가더니 뭔가 일을 시작한다. 탐정은 11시 56분에 보석상 집으로 급히 왔다. 정확히 12시 굉장한 음향과 함께 보석 진열장이 마루 밑으로 와르르 떨어졌다. 보석을 자루에 쑤셔 넣은 그들은 '잘 있게' 하고 혀를 내밀고는 차를 타고 쏜살같이 도망쳤다. 탐정은 엘렌과 함께 뒤를 쫓았으나 도중에 기습을 당하여 땅에 쓰러졌다. 그 순간 엘렌은 생포되고 해안으로 끌려가 그곳 기선의 낡은 가마에 쳐 넣어졌다. 비참한 최후였다. 원작은 아서 벤자민 리브(Arthur Benjamin Reeve, 1880~1936년)인데 영화 시놉시스이라서 이야기 도중에 끝이 나버린다.

1921년 11월 호레이칸(法令館) 간행으로 오카시라 히카리(岡白光, 미상)가 번역한 『보이지 않는 손(見へざる手)』(키네마 문고)을 읽었다. 이것도 모험 활극물로 미국의 도적두목 아이언 하드에 대항하는 존 샤프라고 하는 이름 난 지사(知事)의 활약이 그려지고 있다. 샤프에 협력하는 바이올렛 엑스 양은 사실 도적단 무리에 가담한 앤 크로포드 탐정이었다. 이

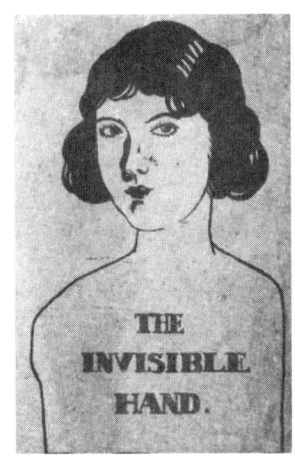

『보이지 않는 손』 표지(1921년)

작품도 탐정물 느낌은 거의 없다. 약간 주목되는 것은 앤 크로포드라는 탐정명이다. 루이코의 「나도 모르게」(1892년)에 등장하는 탐정은 아키바르드 크로포드(秋葉倉人)이다. 남성인데 안나 캐서린 그린 작품에 등장하는 탐정이라고 한다. 그러고 보니 「보이지 않는 손」의 원작도 안나 캐서린 그린이 아닐까 싶은데, 이점은 금후의 연구과제가 될 것이다.

1915년부터 히요시도(日吉堂) 본점에서 문고본 탐정문고가 간행된다. 1919년 7월에 13판이 발행된 『비밀문신(秘密の入墨)』의 맨 뒷면 광고에 의하면 다음의 23작품이 열거되어 있다. 당시의 영화 유행을 반영하고 있다.

1. 「이 발자국이(此足趾が)」
2. 「청천벽력(青天の霹靂)」
3. 「악령별장(魔の別荘)」
4. 「하얀 팔(白き腕)」
5. 「강도 엑스 조직파(強賊X組)」
6. 「비밀문신」
7. 「복면 부인(覆面の婦人)」
8. 「비밀의 보물(秘密財宝)」
9. 「피가 스민 지도(血染の地図)」
10. 「이상한 종루(不思議の鐘楼)」
11. 「괴등대(怪燈台)」
12. 「암살 오인조(暗殺五人組)」
13. 「괴적단(怪賊団)」
14. 「지옥 못(地獄池)」
15. 「해적왕(海賊王)」
16. 「유언장(遺言状)」
17. 「암살귀(殺人鬼)」
18. 「악마 미인(魔美人)」
19. 「의외의 흉한(意外の凶漢)」
20. 「대도 흑면단(巨賊黒面団)」

21. 「괴적 동백나무파(怪賊椿組)」
22. 「대도 호랑이 구락부(巨賊虎俱樂部)」
23. 「미인의 이어붙인 목(美人の接ぎ首)」

이중에 1916년에 간행한 「이 발자국이」와 1915년 3월에 간행한 미하라 덴푸(三原天風, 1882~1954년)의 「비밀문신」을 소개하겠다. 「이 발자국이」에는 탐정연구회편이라고 서명되어 있다.

「이 발자국이」

오카와 슌사쿠는 일본창고회사의 이사이다. 그의 집에는 친구인 기타무라 미키오가 함께 살고 있었다. 어느 날 밤 슌사쿠와 그의 아내 구메코, 미키오 셋이서 사과를 먹다가 슌사쿠가 토혈한다. 이튿날 슌사쿠의 남동생이며 의사인 겐지가 와서 혼자 간호하다 잠깐 눈을 뗀 사이 슌사쿠가 사라져버렸다.

그 후 담당형사 사에키 고조가 이치가야미쓰케의 해자 바깥에서 목 없는 시

『이 발자국이』 표지(1916년)

체를 끌어올렸다. 그 시체는 비석(砒石)을 마신 슌사쿠라는 소문이 돌았다. 슌사쿠의 장남 겐이치가 집안을 상속하고 기타무라가 후견인이 되었다. 그해 기타무라가 중의원에 입후보하자 오카와 겐지와 슌사쿠의 미망인 구메코는 선거운동에 진력하고, 온후하고 청렴한 신사로서 신뢰를 얻어 당선된다. 경쟁자인 오모리 마사야가 수상한 남자의 권총에

맞고, 겐지의 권총이 규유테이(求友亭)의 문앞에서 발견되어 겐지는 임시 감옥에 수감된다. 그런데 오모리를 쏜 단총의 탄환은 3번형이어서 겐지의 것과 달랐기 때문에 증거 불충분으로 석방된다.

구메코는 임신 중이었다가 그날 낙태를 했고 가마쿠라 별장으로 갔다. 기타무라가 가끔 문병을 온다. 겐지는 기타무라와 구메코를 결혼시킬 생각이었지만, 기타무라는 이시자와 노부코와 결혼하기로 한다. 어느 날 겐지는 결혼을 앞둔 노부코가 어떤 남자와 우에노 정거장에서 오오미야로 향하는 것을 보고 이상히 여긴다. 노부코는 어떤 남자와 산책 중에 다른 애인인 야마오카가 발사한 권총에 맞아 사망하고, 그때 권총으로 그녀를 쏜 야마오카도 누군가에게 총을 맞아 중상을 입는다.

사에키 형사는 노부코가 기타무라와 혼담이 얽힌 사실을 알자 '마음속에 여러 가지 상상이 되고, 기타무라라는 이름은 해자 바깥에서 발견된 목 없는 사건에서부터 항상 고조의 뇌리를 떠나지 않았다. 왠지 이 탐정이 사건을 해결할 수 있다는 듯이 담배꽁초를 터는 대나무통 소리도 힘 있게 울렸다.'

위와 같이 끝을 맺는다. 나머지는 독자의 상상에 맡긴다는 문학적 마무리는 설명이 부족하다는 비방을 피할 수 없다. 그리고 이 작품에는 원작이 있다. 1897년 2월 오카와시쓰(大川室) 서점에서 간행한 후타바의 『탐정소설 야차부인(探偵小說 夜叉婦人)』을 개작해 1911년 9월에 히요시도 본점에서 출판된다. 야나기세이(やなぎ生, 미상)의 『소설 뜻밖의 비밀(小說 意外の秘密)』이 그것이다. 전재(轉載)된 것은 전체 264쪽 중 전반 130쪽 분량에 지나지 않는다. 문고본 쪽수에 맞추느라 후반부가 생략되는 바람에 무기력한 시대감각이 반영되어 있다. 후반부는 출판된 것 같지는

않다. 그래서 참고로 후반부의 줄거리를 적어 둔다.

『야차부인』 표지(1897년)

그 후 겐지는 다시 구메코를 기타무라에게 후처로 추천해 두 사람의 혼약이 성립된다. 사에키 형사는 뇌물수수 혐의를 받고 수감된다. 그 후 오카와 저택은 화재로 소실되고 불탄 자리에서 해골이 드러났다. 간신히 허가를 받고 나온 사에키 형사는 오카와 집에서 일을 하던 가정부에게 물어 기타무라를 체포한다. 구메코는 법정에 들어서자 단도로 목을 찔러 자해하며 재판관에게 한 통의 편지를 던진다. 그것은 자백서였다. 자백서에 그녀는 기타무라 미키오를 사랑해 남편 오카와 슌사쿠를 독살하고 최면제로 겐지를 잠재운 다음 죽은 남편의 목을 잘라 숨긴 사실을 밝혔다. 미키오는 그것을 방조했다. 미키오의 선거경쟁자인 오모리 마사야를 권총으로 쏜 것도 그녀였다. 그녀는 미키오의 아이를 갖게 되자 가마쿠라에서 스스로 낙태를 했다. 이시자와 노부코를 사살하고 그 정부인 야마오카에게 상처를 입힌 것 또한 그녀였다. 사에키 형사가 미키오와 구메코에게 혐의를 두고 있는 것을 알고 수뢰사건을 폭로해 공직에서 물러나게 하려 했다. 겐지도 두 사람의 비밀을 알아차린 것 같아서 방탕한 생활을 권유했던 것이다.

「비밀문신」

이 작품은 '도쿄 실업가로 알아주는 부호 가시마 히라에몬은 수년간

『비밀문신』 표지(1919년 13판)

건강이 회복되지 않아 오모리 별장에서 조용히 요양하고 있었는데 얼마 전부터 추위로 부쩍 약해져 금방이라도 위독해질 기세였다'라는 문구로 시작한다.

임종 시에 조카딸 미요코를 머리맡에 부르고 이불 밑에서 한 꾸러미의 서류를 꺼내 안에 들어 있는 금광의 소재를 적은 지도를 건넨다. 그 광산을 발견한 것은 40년이나 일해 준 요헤이 영감이다. 영감은 대단히 똑똑한 자로 이 지도의 반쪽을, 다른 반쪽은 자신의 아들 니사쿠의 등에 문신으로 새겨놓았다.

옆방에서 벽에 기대어 이 비밀 이야기를 모두 엿들은 자가 있었다. 가시마가(家)의 광산 사무소 지배인인 노가미 스케오였고, 그는 미요코의 재산정리를 담당하게 되었다. 사실 그는 그녀의 남편이 되어 가시마가의 재산을 좌지우지할 생각이었는데 그 재산을 횡령하고자 하는 악한 계략을 궁리하기에 이른다.

미요코에게는 많이 의지가 되는 하마무라 스미에라는 친구가 있었다. 그녀를 부른 미요코는 지도를 건네며 즈시에 있는 니사쿠에게 가서 이 지도에 들어갈 그 반쪽 문신을 찍어 오라고 부탁한다. 스미에는 부모 없이 오빠와 둘뿐이었다. 쾌활한 그녀는 미요코에게 부탁받은 이 일이 무척이나 재미있었다. 그런데 그날 밤 스미에는 방안 액자 뒤에 끼워둔 그 소중한 지도를 창문으로 침입한 도둑에게 빼앗기고 만다. 한편 가시마의 재산을 상속한 미요코도 그날 밤 여러 명의 악한에게 습격을 당해 어딘가로 납치된다.

즈시 해안 마을에 고무라 요헤의 미망인과 그 아들 니사쿠가 살고 있었다. 어느날 노가미 스케오가 찾아와 '돌아가신 남편분의 명령으로 이곳에 당신의 문신과 합치하는 한 장의 지도를 가지고 왔는데, 당신의 문신을 찍었으면 합니다'라고 부탁했고, 니사쿠는 비밀문신을 스케오에게 찍게 했다.

스미에는 미요코가 행방불명이 된 날 유모의 아들 미요시를 불러 미요코를 구할 것과 비밀지도 조사에 협조를 부탁하고 두 사람은 곧 차를 달려 즈시의 니사쿠 집으로 향했다. 그런데 니사쿠의 등에 새겨진 문신은 지워져 있었다. 니사쿠는 문신이 있을 필요가 없었고 곧 결혼하게 되었기 때문이었다.

노가미 스케오는 스미에를 괴롭히는 악한이었다. 회사로 그를 찾아 갔으나 미요코의 행방을 찾아 여행 중이어서 스미에는 미요시와 차를 달려 두 사람의 행방을 알아보았다. 무라타 로쿠로라는 가시마가의 서생이 미요코가 보냈다고 하며 찾아온다. 그 증거로 미요코의 반지를 보여주었기에 스미에는 무라타의 손에서 반지를 건네받다가 그의 손목에 극약을 주사한다. '사실을 자백할 테니까 죽이지 마세요' 하고 애원하는 무라타의 말을 듣고 미요코가 시모쓰게의 나스노가하라에 있는 사실을 말한다.

스미에는 미요시를 데리고 무라타와 우에노에서 기차로 향했다. 그런데 스미에는 적에게 붙잡히고 미요시는 도망쳤다. 미요시가 말을 타고 조금 높은 어느 언덕에 올라 망원경으로 바라보니 시오바라 가까운 방면에 대여섯 명의 말을 탄 자에게 에워싸여 뒤로 손이 묶인 채 말에 태워진 스미에를 발견한 것이다. 그녀는 절벽 부근의 커다란 나뭇가지에 묶인 채 매달려있고, 스케오의 명령으로 그 밧줄에 불이 붙여졌다. 그러나 미요시가 골짜기 중간에서 밧줄을 당기고 담요로 불을 끄는 등

종횡무진 활약한 덕에 그녀는 살아났다.

시오바라 온천장으로 돌아온 스미에는 적을 방심시키려고 친구이자 『제국신보(帝国新報)』 부녀기자 아이시마 가즈코를 불러 살아남은 미요시의 이야기를 『제국신보』에 게재하게 된다. 스미에와 니시나스노를 여행하던 중에 한 강도무리의 습격을 받아 스미에를 구하지 못하고 비참한 최후를 마쳐 혼자서 돌아왔다는 등등의 이야기를 실은 것이다.

가시마 광산회사 총지배인 노가미 스케오는 이 비밀지도에 기재된 히가시야마 온천 안의 금광을 채굴했다. 그 성공을 축하하는 가든파티에서 「살로메」를 연기한 신극단의 여배우 이소무라 미사코를 잊지 못해 스케오는 열심히 그녀를 따라다닌다. 『관서조보(関西朝報)』에도 돈의 힘으로 미사코를 아내로 삼으려 한다는 기사가 났다. 시오바라 사건 이후로 몸을 숨기고 있던 스미에는 이 기사에 흡족해한다.

스케오가 미사코의 순행지를 쫓아다녔고, 어느 날 미사코는 '당신에게는 가시마가의 따님, 미요코라는 여인이 있지 않나요?' 하고 스케오에게 물었다. '미요코가 없다면 언제든지 당신 말에 따르겠어요' 하고 말하자 '그럼 미사코, 미요코를 당신 앞에서 죽이겠소' 하고 스케오는 말한다.

장소는 오모리의 가시마가 별장이라 했고 베일로 얼굴을 가린 미사코는 그날 밤 별장으로 갔다. 이미 연락을 받은 미요코도 시오바라의 히토쓰야에서 도쿄로 올라왔다. 스케오가 권총을 미사코의 손에 건네고 미요코를 죽이려는 그 순간, 미요코를 향하던 권총을 갑자기 스케오의 가슴에 대고 양손을 앞으로 내밀었다. 그리고는 수갑 하나가 스케오의 양손에 단단히 채워졌다.

미사코는 얼굴의 검은 베일을 벗었다. 여배우 미사코라 생각했던 여자는 사실 스미에였던 것이다. 미요시의 연락으로 경관들이 도착했다.

악한 노가미 스케오는 결국 도쿄 감옥 안에서 자살했고, 그 후 미요코는 스미에의 오빠와 결혼한다. 스미에도 모은행 이사의 아들과 약혼했다. 미요시는 가시마 광산회사에 들어가 회사 지원으로 미국으로 건너가고 고무라 니사쿠도 가시마 회사에 들어가 좋은 자리에 발탁된다. 여배우 이소무라 미사코는 가시마가의 후원을 받아 더욱 인기를 모았다.

영화의 줄거리처럼 간단하지만 결말이 의외다. 1915년 3월 초판발행 후, 1919년 7월까지 13판이 나왔으니 꾸준히 읽혀진 것이다. 또한 요코미조 세이시의 「유령 철가면(幽霊鉄仮面)」 등도 문신을 취급하는 점에서 같은 취향이 보인다.

제10장 | 침체기와 구작의 재간

메이지 말기 탐정소설의 침체기를 잇는 다이쇼 초기도 비교적 저조한 시기였다. 영화 「지고마」의 인기에 힌트를 얻은 영화 시나리오나, 가끔 탐정실화의 신작이 나오지만 창작이 아니라 구작을 재간하는 상태가 「신청년」 창간 후에도 당분간은 이어졌다.

1. 요부 단자쿠 오토메

졸저 「다이쇼의 탐정소설」 중에서 당시 1부 6현(一府六県)에 떠도는 흉악한 범행으로 세간을 떠들썩하게 했던 「검정복장의 야마구치 단조(黒装束山口団蔵)」 사건[1]을 모치즈키 시호(望月紫峰, 1888~1955년)가 「관동 사나이(関東兄イ)」라는 제목으로 쓴 것을 소개하고 있다. 이것은 1913년 7월에 간행된 것으로, 동년 9월 슌에도(春江堂) 서점에서 「요부 단자쿠 오토메」로 재간된다. 여도적 단자쿠 오토메를 포함한 검정복장의 악한

---

1) 메이지 말기 관동일대를 휩쓴 검정복장의 오인조직파(黒装束五人組) 사건을 말한다.

일당의 범행을 적은 것이다. 작자는 시마다 고손(島田孤村, 미상)이다.

「단자쿠 오토메」

'지치부시의 산자락에 석양이 떨어지고 가을 하늘에 애절하게 울며 지나가는 외기러기 소리를 들으며 이름 모를 산길을 헤매고 있는 불쌍한 젊은 신사가 절뚝거리며' 길을 찾고 있었는데, 이는 사냥을 나왔다가 길을 잃은 야마나카 젠지라는 젊은이였다.

석양이 산골짜기로 숨을 무렵 미모의 시골처녀를 만나 그녀의 집까지 오게 되고 하룻밤을 묵게 된다. 그녀는 어머니와

『단자쿠 오토메』 표지(1913년)

둘이서 살고 있었고 친절히 맞아 주었는데, 그 모녀에게는 이곳을 떠날 수 없는 이유가 있었다. 은행업을 하는 젠지는 도쿄로 가겠다면 도와주겠다고 약속하고 다음날 아침 그녀의 배웅을 받고 돌아왔다.

그 후 젠지는 외박하는 일이 많아졌다. 그러던 중에 4만 엔의 위탁금을 갖고 나가 돌아오지 않아서 9일 째 되는 날 미망인인 모친은 관할 경찰서로 수사를 의뢰했다. 조사하러 나온 가메야 형사에게 젠지의 여동생 하나에가 스물 서넛 된 여자가 의자에 앉아 있고 그 옆에 서 있는 젠지의 사진을 참고로 보여주었다. 가메야 형사는 오메초의 나카니시라는 사진관을 찾아 갔는데 한 달반 전쯤에 그 두 사람이 왔다고 일러주었다. 형사는 그 여자가 여도적 단자쿠 오토메를 많이 닮았다고 생각했다. 그녀의 집을 찾아간 형사는 혈흔이 있는 와이셔츠를 발견한다.

『단자쿠 오토메』 권두화

닛파라로 가는 것을 허락받지 못한 하나에는 야마나카가(家)에서 은혜를 입고 있는 도비노 규고로를 데리고 나리타 참배를 하러 간다는 구실로 어머니의 허락을 받아 닛파라로 향했다. 오쿠보, 나카노를 지나 오기쿠보역에서 망토 깃을 세운 수상한 남자가 탔다. 기이치라는 남자였다.

한때 오사카 동쪽지방을 휩쓴 천민출신 대도적 구니조는 오토메의 남편으로 홋카이도의 소라치 감옥을 출소한 이후 여기저기 옮겨 다니다 다이렌지 마을에 와 있었는데 동료 기이치가 찾아온다.

하나에는 인부들을 고용해 젠지의 시체라도 나올까 찾게 했다. 인부 한 명이 젠지의 양산을 찾아오자 하나에는 인부 등에 업힌 채 현장으로 향했는데 도둑인 그들은 내통한 자들이어서 하나에는 가지고 있던 돈을 모조리 건네며 '시체가 있다는 것은 거짓말이지요?' 하고 말했다. 그러자 산적은 '전혀 소문만은 아니에요' '뭐라구요?' 하며 하나에가 놀라 말한다. '그 이야기라면 제가 말씀드리지요' 하고 옆 덤불에서 튀어나온 여자 목소리, 그것은 바로 단자쿠 오토메였다. 오기쿠보에서 하나에를 미행하고 있던 기이치가 재빨리 규고로의 어깨 언저리를 단도로 찌른다. 오토메는 도망가는 하나에를 쫓아갔다.

규고로가 죽은 후 그의 처 오마쓰는 세 아이를 맡아 키우다 생활이 어려워지자 남편의 숙부를 의지하여 찾아갔다. 그러나 숙부가 매정히 구는 바람에 오마쓰는 아이들과 함께 강물에 몸을 던졌다. 그런데 순회 중이던 순사에게 구출되어 규고로에게 은혜를 입은 적 있는 청년 고이즈미 다이스케가 오마쓰와 그 아이들을 맡아 보살피게 되는데, 다스케의 처 오키토는 질투심이 많아서 가까운 마을에 집 한 채를 빌려 살게 했다. 다이스케는 고로자와초에서 옛 동료 기이치를 만났다. 그는 구라야미 단조의 동생뻘로 앞서 규고로를 덮쳤던 인물이다.

그 무렵 사이타마현 이루마군의 각 촌락에서는 강도의 피해가 많았다. 가미아라이 마을의 농업 일로 다이스케의 아내 오키토가 누군가에게 참살되는 사건이 발생했다. 검정복장의 강도 소행치고는 강탈당한 물건이 없고 이상한 것은 그 남편 다이스케의 모습도 사라진 것이었다. 가시무라 형사는 혐의자는 피해자의 남편, 하라쿠치의 양자사위인 다이스케를 상정하고 있었다. 가시무라와 라이벌인 가와타 형사는 일주일 안에 범인을 체포하겠다고 호언했다.

한편 다이자노 긴타라 하는 악한이 있는데 경관에게 쫓기는 미카즈키 오로쿠가 신세를 지고 있었다. 그곳으로 거인 구로쿠모 우시마쓰가 팔려고 가지고 찾아온 물건은 바구니 안에 들어가 있는 소녀 하나에였다. 우시마쓰에게 조롱과 독설을 퍼부은 오로쿠는 그의 뺨을 때리고 나서 뒤편 졸참나무 숲으로 도망쳐 숨고는 권총을 들이대 하나에를 도피시켰다.

가와타 형사는 어느 술집에서 세 명의 수상한 자들과 만나게 되고 그들을 미행했다. 검정복장의 흉악한 일당으로 여겼기 때문이다.

한밤중에 고슈 거리에서 힘들어하고 있는 미인을 구해준 자는 가스야 산큐로라는 노련한 형사였다. 그 여인은 단자쿠 오토메였고 형사는 그녀에게 명치를 찔려 죽었다. 오토메가 그곳까지 올 수 있었던 것은 가와타 형사들이 검정복장의 일당을 에워싸 단조, 우시마쓰, 긴타, 기이지 네 명은 붙잡았으나 오토메는 포위를 빠져나와 도주했기 때문이었다.

아내 살해 혐의로 투옥된 다이스케의 혐의는 아직 풀리지 않았다.

가와타 형사는 서장의 특명을 받고 오토메 추적에 나섰다. 오토메는 도중에 옛 친구인 긴시치를 만나 몸을 숨겼지만 가시무라 형사가 나타나자 또 다시 도주했다. 그러나 가와타 형사가 도중에서 체포한다.

이리하여 다이스케의 죄는 누명으로 판명되어 방면되었다. 하나에는 미카즈키 오로쿠의 도움으로 위기에서 벗어났다.

소설은 '도비노 규고로는 아직 생사를 모르고 미카즈키 오로쿠의 행적도 그 후 묘연하고 알 수 없지만, 후일 책으로 세상에 공개될 시기가 오겠지'라는 말로 끝을 맺는다. 이것은 실화지만 다분히 윤색한 작품임을 드러내는 것이다. 앞서 나온「관동 사나이」에 의하면 단자쿠 오토메는 야마구치 단조(관동 사나이)의 본처이고, 그의 강도사건에는 가담하지 않았다. 오토메는 단조가 체포된 후 고후 경찰서에서 부르자 단조의 외아들 모토키치를 데리고 단조와 형사부실에서 면회했다. 깊이 조사해 보지는 않았지만, 만일 이것이 사실이라면 오토메를 요부로 취급한 본 작품은 요즘 세상이라면 명예훼손으로 문제가 되지는 않을까 싶다.

2. 활극강담 인과화족

다이쇼 시대(1912~1926)에는 탐정소설의 신작은 적고 메이지 시기 작품을 재간한 것이 눈에 띈다. 이것은「메이지의 탐정소설」에서도 언급한 바 있다. 그런데 탐정실화도 마찬가지여서 메이지 시대 작품의 중판과 개판이 많았다는 것은 일종의 소설 침체기의 현상이었다고도 하겠다.

1904년 긴신도(金槇堂) 간행의 야스오카 무쿄(安岡夢郷, 미상) 편 『사실

소설 사쿠라기 요시오(事実小説 桜木芳雄)』권말의 발행목록을 보면, 「인과화족」, 「바테이 단지(馬丁丹次)」, 「유키미노 오타쓰(雪見野お辰)」, 「고슨쿠기 도라키치(五寸釘寅吉)」, 「여경부(女警部)」, 「속 여경부(後の女警部)」, 「결사소년(決死の少年)」, 「강도사관(強盗士官)」, 「우콘시고키(うこんしごき)」, 「후쿠무라 나카사(福村中佐)」, 「에도 사쿠라(江戸さくら)」, 「해적 후사지로(海賊房次郎)」, 「마무시노 오마사(蝮のお政)」, 「나마쿠비 쇼타로(生首正太郎)」, 「의리 게이샤(侠芸者)」등등의 제목이 보인다. 그런데 오카와야(大川屋) 서점에서 1922년에 5판을 발행한『귀녀법의(鬼女法衣)』(미야코 문고 제8편)의 권말 동 문고 발행 목록에 이상의 서명 전부가 게재되어 있는 것이다.

1903년 8월? 긴신도 간행의『사실소설 인과화족』과 1917년 11월 간행의 미야코 문고 제1편『활극강담 인과화족』를 비교하면 작자는 야스오카 무쿄로 같지만, 전작은 소제목이 숫자인데 후작은 짧은 어구로 바뀌고 본문 안에 작은 삽화가 여러 장 삽입되어 그 형식에서 다소 새로운 느낌을 내고 있다. 그 외 본문의 문장은 그대로이다. 참고로 미야코 문고 제1편『인과화족』의 줄거리를 소개한다.

「인과화족」

1885년 4월 야나카의 엔메인 절에 무로키 자작가의 성묘를 온 사람들은 자작 무로키 하루후사의 아내 도키코와 장녀 후미코, 그리고 집사였다. 바테 단지에게 선대의 주인이며 고인이 된 무로키 하루유키는 큰 은인이었다. 우에노 전쟁(上野戦争)[2] 때 부모와 떨어져 미아가 된 것을

---

2) 1868년 에도 우에노에서 구 막부(幕府)군과 신정부군 사이에서 일어난 내전이다.

거두어 주었기 때문이다.

현재 주인 무로키 하루후사는 오랜 병이 있고 그 장남 하루오도 백치나 마찬가지였다. 집사 로쿠타 겐스케가 묘소에서 도키코에게 은밀하게 얘기한 것은 무로키 하루후사의 조카인 나쓰오를 후미코의 신랑으로 맞아 무로키가의 50만 엔의 재산을 물려받게 하면 어떻겠냐는 것이었다. 그러나 도키코는 하루후사의 승낙을 얻어야만 한다고 대답했다.

단지는 집사 오노사와 후미에도 하루오 도련님의 살해를 꾸미고 있다는 하녀 오키쿠의 말을 전해 듣다 괴한에게 칼을 맞는다. 오키쿠는 단지의 어깨를 부축해서 밖으로 나오고, 때마침 서생 사쿠라기 요시오가 도와줘 두 사람은 근처 싸구려 여인숙으로 가게 된다. 이 사쿠라기 요시오는 호방하고 시원스러운 선인으로 그려지고 이 이야기의 중심적인 인물로 설정되어져 있다.

게이샤 오쓰타의 오빠 이소하마노 산키치는 중국인 반녕절에게 무로키 하루후사의 암살을 의뢰하고, 나쓰오에게 50만 엔을 횡령해 미국으로 도망치도록 할 계략이었다. 그러나 후미코는 나쓰오를 마음에 두고 있지 않았다. 집사 로쿠타와 오노사와도 이 악행에 한패로 가담하고 있었던 것이다.

다치바나야에서는 나쓰오가 오노사와 등과 연회를 열고 여인은 오쓰타 혼자여서 유키미노 오타쓰가 불려갔다. 그곳으로 로쿠타가 오고 나쓰오, 오노사와, 오쓰타가 모인 방에서 비밀스런 협의를 한다. 로쿠타가 말하길, 산키치가 반녕절에게 의뢰했더니 하겠다고 해서 어쩔 수 없이 이 일을 함께 하기로 했다는 것이다. 나쓰오가 불만을 나타내자 로쿠타는 '그자에게 하루후사를 죽이게 한 다음 산키치가 손을 써 단칼에 베어버리자'고 했다. 그리고 도키코를 산 속으로 데려가 산키치가 죽이는 것으로 하자고도 했다.

한편 하루오가 로쿠타에 의해서 다른 곳으로 몸을 숨기고 얼마 안 있어 나병 환자인 하루후사는 후미코와 도키코에게 '나에게 독을 먹인 것은……' 나쓰오라고 말한다. 원래 50만 엔의 재산은 나쓰오의 아버지 하루토키가 상속해야 했는데 신세를 망쳐 남동생 하루후사가 상속한 것이었다.

그날 밤 반녕절은 산키치의 지시로 하루후사를 데리고 나와 근처 쇼묘지에 매장했다. 그렇지 않으면 나쓰오가 독살한 것이 드러나기 때문이었다. 산키치는 반녕절을 단도로 죽여 무덤 안으로 집어던졌다. 사례금을 받고 기뻐하는 자는 절의 뎃카이 스님이었다.

사쿠라기는 같은 고향 친구인 탐정 다나베 젠지로에게 무로키 하루후사와 장자 하루오의 실종사건 탐정을 의뢰했다. 그 무렵 도키코는 차를 마시다 창백해져 쓰러지고 목숨은 건졌지만 벙어리가 되었다. 아버지 하루후사와 남동생 하루오는 행방불명이 되고 어머니는 병이 들고, 결혼을 강요하는 나쓰오는 게이샤 오쓰타를 끌어들여 더욱 간계를 꾸며대어 후미코로서는 눈물 마를 날이 없었다.

사쿠라기 요시오가 유시마덴진에 있을 때 다나베가 찾아와 어느 요리집으로 데리고 간다. 그곳에서 사쿠라기가 의뢰한 건을 얘기했다. 사쿠라기는 아카사카의 경찰직을 퇴직하고 사립탐정이 되어 있었다. 사쿠라기는 도키코가 독약을 먹게 되어 그 식구들을 대신 맡고 후미코를 자기 거처로 옮기게 할 예정이라고 알렸다. 사쿠라기는 우시고메벤텐초 뒷골목 공동 주택을 빌려 우선 단지와 오키쿠를 있게 했다.

다나베 탐정은 무로키가에 숨어들어 후미코가 마루 밑 밀실에서 한 남자에게 채근당하고 있는 것을 구출해 사쿠라기가 거주하는 집으로 데리고 왔다. 3일 후에 다나베로부터 사쿠라기에게 편지가 배달되는데 도키코를 절에서 아시가라야마 산 쪽으로 데리고 갔기에 추적했다고 하는 내용이었다. 사쿠라기도 가려했으나 돈이 없었다. 오다쓰에게 부탁해 50엔을 빌려 출발했다. 나쓰오와 로쿠타 등은 도키코를 아시가라야마 산으로 끌고 갔고 산키치가 잘 아는 숯 굽는 오두막의 겐조에게 부탁해 오두막 뒤편 벼랑 밑에 작은 구멍을 파게 하고는 도키코를 그 안으로 밀어 넣은 것이다.

이상으로 「활극강담 인과화족」은 끝나고 뒤의 이야기는 「활극강담 바테이 단지」에서 이어진다. 그렇지만 요컨대 탐정 느낌의 무로키 가에 얽힌 비밀은 이미 밝혀졌고, 나머지는 선인과 악인의 활극만이 볼 만한 작품이기에 탐정물로서의 성격은 빈약하다.

이후 『미야코 신문』과 『요로즈초호』를 무대로 한 오하라 야나기코(小原柳巷, 미상)의 비밀소설이나 『문예구락부』에 오카모토 기도(岡本綺堂, 1872~1939년)의 「한시치 체포장(半七捕物帳)」이 발표되었지만 탐정소설의 명맥이 되살아날 기미는 보이지 않는다.

『신청년』의 창간과 번역물의 선구 _{제11장}

1. 다나카 사나에 번역의「흰 옷을 입은 여인」

다이쇼 초기의 번역탐정소설로는 이미 언급했듯이 미쓰기 슌에이의 번역 작품들이 눈에 띈다. 1912년「고성의 비밀(古城の秘密)」(르블랑의「813」)을『무협세계사(武俠世界史)』에서,「대보굴왕(大宝窟王)」(르블랑의「기암성(奇窟城)」)을『사카이요시분샤(酒井芳文社)』에서, 프리먼과 도일 원작 총서「고타 박사(呉田博士)」를『주코칸(中興館) 서점』에서 간행했다. 그 외 탐정활극 '지고마'의 인기에 힘입은「지고마」「명금」「검은 상자」등 일련의 모험·활극의 영화 각본이 발간되고 포, 도일, 르블랑의 출판도 눈에 띤다.

그 후 1920년 1월에 창간된『신청년』의 번역탐정소설이 인기를 모았다. 이러한 번역출판의 유행으로 출현한 작가가 다나카 사나에였다. 그는 1884년 아키타 현(秋田県) 출생으로『신청년』초기 이후의 번역가이나. 그의 초기 번역 작품은『근대세계쾌저총서(近代世界快著叢書)』제8편 스티븐슨(Robert Louis Balfour Stevenson, 1850~1894년)의「방랑 청년(漂泊の青年)」(1919년 2월 하쿠스이샤[白水社])이고, 다음은 윌리엄 월키 콜린스

다나카 사나에

『흰 옷을 입은 여인』
표지(1921년)

의「흰 옷을 입은 여인」상하(1920년 7월-11월, 하쿠스이샤)일 것이다. 그 후 가보리오의「르루주 사건(ルルージュ事件)」,「서류 113(書類百十三)」,「강가의 비극(河畔の悲劇)」,「르콕 탐정(ルコック探偵)」, 르루(Gaston Leroux, 1868~1927년)의「오페라 좌의 괴담(オペラ座の怪)」등의 장편, 르베르(Pierre Reverdy, 1889~1960년)의「밤에 우는 새(夜鳥)」등의 단편집을 소개하고 1945년 5월 사망했다.

한편 콜린스 작품은 이미 메이지 시대에 일본에 소개 되었다. 1891년 4월「백의부인(白衣婦人)」이라는 제목으로 상권을 하라 호이쓰안(原抱一庵, 1866~1904년)이 긴코도에서, 1902년 3월에도 같은 제목으로 기쿠치 유호(菊池幽芳, 1870~1947년)가 신신도에서 전편(前編)을 출판했다.

콜린스의「월장석(月長石)」은 1889년에「월주(月珠)」라는 제목으로 모리타 시켄이『호치 신문(報知新聞)』에 게재했지만 중단되고, 1891년에도 스승인 시켄의 뜻을 이은 호이쓰안이 호치 신문부록『호치 총화(報知叢話)』에 소개했으나 역시 중절되었다. 영문학 최초의 뛰어난 탐정소설이었지만 정확한 번역이 이루어지지 않아 사나에는 우선「흰 옷을 입은 여인」의 완역을 목표로 했다. 또한「월장석」은 발췌역이지만, 모리시타 우손(森下雨村, 1890~1965년)에 의해 1925년 하쿠분칸에서 간행한『탐정걸작총화』18「저주의 보석(呪いの宝石)」(이후 1939년 7월『명작탐정총서』에서 개장 출판) 및 1929년 11월에『세계탐정소설전집』

제5권 콜린스집으로 출판된다. 이「흰 옷을 입은 여인」도「월장석」과 마찬가지로 각자의 자서전 양식을 취하고 있다. 또한 콜린스는 작품전체에 감도는 분위기를 예상하게 만드는 서두를 중요시했다.

「흰 옷을 입은 여인」
핫토리 오노타의 수기

수기는 '7월의 마지막 날 몹시 무덥고 지루했던 여름도 막바지에 이르고 있었다. 뜨거운 런던의 보도 위를 터벅거리며 걷고 있는 우리는 시골 보리밭에 그늘을 드리울 구름떼와 해안가에서 불어올 초가을 산들바람이 그리운 시기였다'고 시작한다.

나 핫토리 오노타는 그림 교사였고 그해 여름 교외에 있는 어머니 집을 찾았다. 집에 와

콜린스

있던 친구에게 그림 가정교사 자리를 소개받았다. 런던의 내 하숙방으로 돌아오는 밤길에 흰 옷을 입은 여인이 나에게 길을 물었다. 그녀는 내가 가르치러 갈 컴벌랜드 리머리지에 있었던 적이 있다고 말하고 마차를 불러 주자 그것을 타고 사라졌다. 그녀는 아무래도 정신병원에서 탈출한 것 같았다.

리머리지로 간 나는 주인 후에모리 미치히코 씨를 만나고 그의 조카딸 마리코와 미치코를 가르치게 된다. 나는 그 흰 옷을 입은 여인과 닮은 구석이 있는 미치코를 사랑하게 된다. 하지만 미치코에게는 이미 약혼자인 곤다하라 미쓰하루라는 남작이 있었다. 그러나 미치코에게 누군가로부터 결혼을 탄핵하는 편지가 도착한다.

그날 저녁 나는 후에모리 부인 묘지로 갔다. 한 여인이 부인의 묘지 청소를 하러 와 있었다. 언젠가 내가 런던 교외에서 만난 적이 있는 여인이었다. 후에모리 부인에게 신세진 일이 있기에 청소하러 왔다고 한다. 나는 그녀와 이야기를 나누었고 그녀를 정신병원에 집어넣은 것은 곤다하라 남작의 소행이며, 또한 그녀가 미치코에게 편지를 보낸 사실도 알았다. 마리코는 남작의 성품을 알아보고 미치코와의 혼약을 단호하게 거절한 것인지도 몰랐다. 그러는 사이에 법률고문인 이와모 씨가 찾아왔다. 미치코의 결혼에 관한 사무를 처리하기 위해서였다. 나는 미치코와의 이별을 아쉬워하며 리머리지를 떠났다.

이와모 신사쿠의 수기
나는 내 친구 핫토리 오노타 씨의 요청으로 이 기록을 적는다. 후에모리 미치코의 신변에 영향을 미친 중대사건의 진상을 밝히는데 도움이 되고자 함이다.

찾아온 곤다하라 남작에게는 아무런 양심의 가책도 없는 듯이 보였다. 남작 말에 의하면 가쇼 가나코(흰 옷을 입은 여인)의 어머니는 옛날 남작 집안을 위해 일해 준 연고가 있어 오랫동안 그녀에게 물질적인 도움을 주어왔다. 그녀는 남편에게 버림받았고, 외동딸인 가나코는 어린 시절부터 정신적인 문제가 있어 정신병원에 입원시켜 주었다. 그런데 남작을 원망하며 병원을 도망쳐 나왔다. 그에 관한 익명의 편지는 아마 그녀가 쓴 것이리라.

마리코는 미치코가 어쨌든 연내에 확실한 대답을 할 테니 시간을 조금 달라고 했고 만약 결혼을 해도 자신은 마리코와 함께 살 것이라 했다고 한다.

갑작스런 일이 생겨서 나는 저택을 떠나 런던으로 돌아왔다. 마리코에게 그 후의 상황을 통보해 달라고 부탁해 두었다. 미치코는 곤다하라 남작의 청혼을 받아들여 12월에 결혼식을 올렸다. 어느 날 오노타 씨를 만났는데 힘이 없어 보였다. 후에모리 씨는 남작에게 20만 엔의 재산이 넘어간다는 조건을 알고 있다는 사실이 못마땅했지만 어쩔 도리가 없었다.

하루코시 마리코의 일기

이와모 씨는 런던으로 돌아온 후 밤낮으로 수상한 남자들에게 감시당하고 있었다. 핫토리 씨에게 편지가 오고, 그 후 핫토리 씨는 중앙아메리카로 향하는 탐험대에 끼어 출발했다.

미치코는 핫토리 오노타를 마음에 두고 있었기에 나를 통해 곤다하라 남작에게 약혼 취소를 청했다. 그러나 그가 단념하지 않았으므로 미치코는 자신을 희생해 모든 것을 남작에게 맡기기로 했다. 두 사람의 결혼식은 무사히 끝나 여행을 떠나게 되었다. 6개월이 지나 두 사람은 이탈리아에서 돌아왔고 남작 저택으로 들어갔다. 어느 날 나는 주변을 산책하다 사냥개가 총에 맞아 쓰러져 있는 것을 보았다. 하녀는 그 사냥개가 가쇼 부인이 기르는 개인데, 부인은 딸이 궁금해서 왔다가 바로 돌아갔다고 했다. 그리고 주인님에게는 말하지 말아달라고 했다는 것이다.

모리야라는 변호사가 갑자기 남작을 찾아왔다. 두 사람의 대화를 엿들으니 남작은 돈 때문에 미치코를 마음에 둔 것이었다.

호시로 백작은 정자 안의 모래에서 개의 혈흔을 발견했다. 가쇼 부인의 그 개였다. 남작은 증서에 모두의 서명을 받으려고 왔다. 그러나 무슨 증서인지 몰라 미치코는 설명을 요구했다. 남작은 그 요구를 무시하고 형식적인 것이니 서명을 하라고 했다. 미치코는 '저는 저 혼자라면 어떤 희생도 괜찮아요. 하지만 다른 사람에게 피해가 된다면 그것이 가장 힘이 듭니다' 그러자 '누가 당신에게 희생하라고 했어? 이제 그런 일로 우물쭈물할 때가 아냐. 당신은 나와 결혼한 그날로 이미 나를 거역할 자격을 잃은 거니까?' 하고 남작이 말했다. 그 순간 미치코는 펜을 놓아버렸다.

백작이 들어오고 이야기가 끊겼다. 남작은 마차를 타고 어디론가 비밀여행을 떠나버렸다. 미치코는 남작이 돈이 필요해 보인다고 했다. 처음 리머리지에 있을 때는 공손하고 모두에게 친절했는데 그것이 모두 비열하고도 잔혹한 그자의 교묘한 술수에 지나지 않았던 것이다.

이와모를 대신해 그의 추천으로 후에모리 집안의 법률고문을 맡고 있는 가루이라는 자에게 편지를 썼다. 편지를 우편 자루에 던져 넣고 난 후 나중에 다시 꺼내어 보니 백작이 열어본 듯 봉한 자리가 찢겨져 있었다.

그날 밤 미치코와 늪 근처의 정자로 갔다. 앞쪽 덤불 위로 하얀 것이 움직였다. 미치코는 브로치를 떨어뜨리고 말았다. 다음날 미치코는 그 브로치를 찾으러 갔고 나는 혼자 산책을 나갔다. 그런데 마차가 달려와 서는 나에게 편지를 건넸다. 앞서 보낸 편지에 대한 회신이었다. 미치코 부인이 소유한 금액 얼마를 남작에게 대여한다는 계약과 그 재산은 부인 자식에게 양도해야 하므로 만약 불의의 일이 생겨 그 금액이 회수될 가능성이 없다면, 부인의 세습재산은 그만큼 감소하고 자식에게도 미안한 일이 되니 그 증서는 부인이 서명하기 전에 반드시 자기에게 회부되길 바란다는 내용이었다.

나는 돌아오는 길에 백작과 남작을 만났다. 백작에게 말했는지 서명 건은 연기되었다. 미치코도 돌아왔는데 지난밤 늪 주위에서 뒤를 미행한 흰 옷을 입은 여인인 가나코를 만났다고 한다. 가나코가 주워준 브로치를 보였다. 그녀는 미치코의 결혼을 막지 못한 것이 잘못이라 했다. 남작이 그녀를 정신병원에 넣었기 때문이었다. '아가씨, 아가씨가 남작의 비밀을 알면 남작은 아마도 아가씨를 두려워할 겁니다. 그리고 아가씨께 잘 할 겁니다. 저는 그 비밀을……남작이 두려워 하는 비밀을 들려 드리지요. 아가씨도 그 비밀로 남작을 괴롭히세요. 저의 어머니는 비밀을 알고 있습니다. …… 지금은 말할 수 없어요. 지켜보고 있는 자가 있어요. 내일 이 시간에 혼자 여기로 오세요'라고 말했다는 것이다.

미치코는 가나코와 약속한 오후 2시 반에 맞춰 혼자 나갔다. 나도 늦게 정자로 가 보았지만 그녀는 없었다. 그러나 발자국이 남아 있어 따라 갔더니 집 쪽이었다. 마주친 하녀에게 물으니 '사모님은 조금 전에 주인님과 함께 돌아가셨습니다. 마리코 아가씨, 뭔가 일이 생긴 모양입니다'라고 말했다. 미치코의 하녀 하루야는 갑자기 이유도 없이 해고를 당했다.

백작이 중간에서 남작을 설득해 나는 미치코 방으로 들어갈 수 있었다. 미치코는 백작이 어제 일을 남작에게 밀고했다고 했다. 그는 남작의 스파이였다. 오늘은 남작 혼자 아침부터 지키고 있었다. 그걸 알아챈 가나코는 오지 않았다.

미치코는 주위를 조금 걷다 모래 땅 위에 '여기를 보세요' 라는 글자가 적혀 있는 것을 발견했다. 파 보았더니 가나코가 급하게 쓴 종이 조각이 나왔다. 남작에게 빼앗겼지만 짧은 글이어서 외우고 있었다. '어제는 어느 노인에게 발견 돼 도망쳤습니다. 그래서 오늘 이곳으로 오질 못했어요. 추악한 당신 남편 비밀에 대해 얘기할 때는 아주 조심해야 합니다. 참으세요, 반드시 다시 뵙겠습니다'

그 빼앗긴 편지는 남작이 2시간 전에 모래 속에서 꺼내 읽고 다시 묻어 둔 것이었다. 미치코의 팔에는 남작에게 구타당한 멍 자국이 있었다. 나는 법률고문 가루이와 미치코의 숙부에게 편지를 쓰기로 했다.

 이상이 상권의 줄거리인데, 결국 하권에서는 역시 가나코가 들어갔던 병원에 미치코는 남작에 의해 입원하게 되고 가나코가 죽자 그 시체를 미치코의 시체라고 알리고 매장한다. 그런데 이 음모는 핫토리 오노타와 그 여동생에 의해 폭로되고 마지막은 서로 사랑하는 오노타와 미치코가 결혼하는 것으로 맺는다. 또한 남작의 편에서 간계를 부리던 호시로 백작은 그가 배신한 비밀결사의 손에 걸려 파리에서 죽게 된다.

 탐정취미의 범죄소설이었는데 어두운 환경을 전개시키는 와중에 애완동물을 사육하면서 태연스럽게 사람을 죽이는 호시로 백작과 같은 특이한 성격을 창조하는 등 인상에 남는 작품이었다. 마지막으로 에도가와 란포는 콜린스에 관심이 많았다. 그는 「해외탐정소설작가와 작품」에서도 장문의 에세이를 썼다. 란포 작품을 자주 출판한 도겐샤(桃源社)의 편집실 벽에,

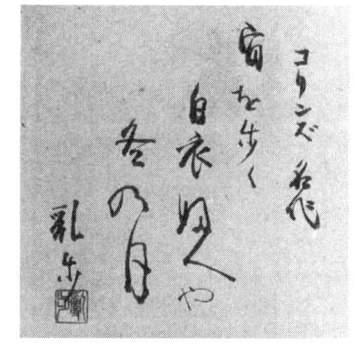

란포 색지

　콜린스 명작
　공중을 걷는 흰 옷 입은 여인과 겨울의 달님　　란포

라는 색지가 걸려있던 것을 본 적이 있다. 또한 다나카 사나에의 번역은 구하기 힘들었기 때문에 수년 전에 국서간행회(国書刊行会)에서 나카니시 도시카즈(中西敏一, 미상) 번역이 간행되었다.

2. 서양강담 「방랑 가인」

서양탐정소설 번역이 유행하자 서양의 원작에만 충실한 작품은 아무래도 대중 취향이 아니어서, 옛날부터 자주 이야기 된 서양적 소재에 근거한 강담이 연상되는 것은 당연한 추세였다. 강담사 산유테이 엔초의 속기본, 또는 구로이와 루이코의 강담조 작품부터 번안물, 발췌 번역물에 이르기까지 그 예는 많다.

당시 번역가인 오다 리쓰(小田律, 미상)도 서양의 소설을 재료로 신코샤(新光社)에서 서양강담 시리즈를 문고판으로 출판했다. 특히 서양강담이라는 이름을 내건 점이 특징이다.

『방랑 가인』 표지(1921년)

제1편 『유령부인(幽霊夫人)』 르블랑 원작 1921년 2월
제2편 『연인의 죄(恋人の罪)』 르블랑 원작 1921년 4월
제3편 『사랑의 카추샤(恋のカチューシャ)』 톨스토이(Lev Nikolayevich Tolstoy, 1828~1910년) 원작 1921년 5월
제4편 『방랑 가인(放浪の佳人)』 찰스 가비스(Charles Garvice, 1833~1920년) 원작 1921년 7월
제5편 『1억만불(一億万弗)』 아서 소머스 로슈(Arthur Somers Roche) 원작

이 가운데 「방랑 가인」을 소개하기로 한다. 권두에 '구연(口演)'이라 적혀 있어 이 작품의 성격을 설명하고 있다.

구연

한 말씀 올리겠습니다. 거두절미하고 요즘은 요리만 하더라도 일본 요리에는 싫증이 나고 양식만 먹기에는 버터 냄새가 나서 입맛에 맞지 않는다고 하니, 화양절충(和洋折衷)의 요리가 연회나 가정에서 환영받는 세상입니다. 소설 강담본이라 하면 일본 것에는 싫증났다, 서양 것은 재미가 없다, 뭐 다른 읽을거리는 없을까 하는 이야기를 이따금 듣게 되는데, 그래서 나온 것이 이 서양강담입니다. 재료는 서양 것이고 요리사는 일본인인 새로운 요리. 더구나 탐정, 연애, 모험, 인정 등 누구의 입맛에도 맞을 재료를 하나로 반죽한 것이지요. 드시면 마음에 드실 것을 보증합니다. 입맛에 맞으신다면 열심히 선전해 주시기를 부탁드리며 발행자가 무대에 나서서 이렇게 말씀 올립니다.

1921년 2월

「방랑 가인」

'이 작품은 제목을 『방랑 가인』이라 하며 영국 제일류의 통속소설가 찰스 가비스의 회심작을 구연한 것입니다. 때는 3월 어느 저녁, 장소는 런던에서 200마일 정도 떨어진 산간의 어느 지역입니다'라는 서두로 시작한다.

이 산기슭 마을에서 생활하는 라이올 일가가 있었다. 어느 날 밤 딸 노라는 도망친 소를 찾으려고 이웃 페런드 저택으로 들어간다. 그곳에 있던 청년 일리어트 그레엄이 함께 찾아 주고 그 일로 노라는 일리어트를 연모하게 된다.

어느 날 노라의 아버지 라이올은 아밀리아라는 후처를 데리고 왔는데 이 여인은 질투가 심했다. 일리어트와 키스하는 것을 아밀리아에게 목격당한 노라는 그녀에게 뺨을 맞고 화가 나서 집을 나간다. 얼마 안 있어 페런드 남작은 뭔가 생각이 있어 라이올 일가를 파티에 초대했다. 페런드 남작은 다음 파티에 아밀리아의 초대에 응했다. 페런드 부인은 수준 낮은 아밀리아와 상대하는 남편의 생각을 알 수 없었다. 또한 뭔가 부정한 일을 꾸미고 있는 것은 아닌지 몹시 걱정스러웠다.

한편 노라는 남장을 하고 일자리를 찾으러 나갔다. 그런데 데보라 레일튼이라는 노부인의 마차가 쓰러진 것을 구해 준 일이 인연이 되어 그녀 곁에서 일하게 된다. 어느 날 데보라 여사의 부탁으로 시릴(노라)은 로나웨 섬으로 대금을 미납한 차지인(借地人)에게 퇴거 청구서를 가지고 간다. 시릴은 섬에 도착했고 그때 해피 루시마루 호가 항구로 들어왔다. 그 승객 중 한 사람이 섬 쪽으로 얼굴을 돌리고 서 있는 것을 본 시릴은 반대 방향으로 쏜살같이 도망쳤다.

이야기는 바뀌어, 일리어트는 남작의 말을 팔려고 런던으로 가고 그곳에서 남작 비서인 스트라이플레이를 만나 그의 숙소로 간다. 스트라이플레이는 일리어트에게, 그의 아버지가 호주에서 큰 가뭄으로 양들이 몇 천마리나 폐사했을 때 남작이 그 채무를 떠맡았다고 말했다. 그런데 그 댓가로 라레 홀로의 땅을 압류했다고 한다.

남작은 아밀리아에게 노라의 소유지에서 구리를 산출하는 일로 증서에 노라의 서명을 받고 싶다고 청했다.

어느 날 일리어트는 아밀리아 부인에게 노라가 결혼한다는 이야기를 듣고 낙심하여 어딘가로 떠나고 싶어졌다. 때 마침 찾아온 트래뇽 변호사는 로나웨 섬은 화강암 등이 나오는 유망한 섬이고 데보라 부인이 가지고 있는데 일리어트에게 알아보게 하면 어떻겠냐며 남작에게 말을 꺼냈다. 남작은 비로 일리어트에게 조사하라고 명령했다.

다시 이야기는 앞으로 돌아온다. 시릴은 일리어트가 배에 있는 것을 발견하고 일단은 피했으나 어차피 만나게 될 것이라 생각하고 그에게 접근해 두 사람은 다시 만나게 됐고 금세 친해졌다. 어느 날 일리어트는 벼랑에 있는 새의 알을 집으려다 벼랑 아래로 떨어졌고 시릴은 애를 써서 구출했다. 그 후 지대(地代)를 받고나자 시릴은 섬에서 할 일이 없었다. 그리고 일리어트와 만날 일도 없어 배를 타버렸다. 그런데 그 배가 안개 속에서 큰 배와 충돌한 것이다. 돈을 뱃사공에게 맡기고 시릴은 다행히 주변을 항해하던 큰배에 구출되어 영국으로 오게 된다. 런던으로 가 아버지의 친구 벤슨을 찾아갔으나 그가 없어 한적한 여인숙에 묵었다. 다음날부터 신문의 구인광고를 보고 일자리를 구하러 다녔지만 없었다. 그러나 다행히 데보라 노부인을 만나게 된 것이다. 노부인은 구조된 뱃사공에게 그 지대는 받았고 조만간 런던에서 페런드 남작과도 만나기로 했다고 말한다.

다시 이야기는 앞으로 돌아간다. 일리어트는 시릴이 배에서 조난당해 생사불명임을 알고는 시릴과 함께 했던 로나웨 섬에 더 이상 머무르는 것은 고통이었다. 그래서 섬을 빠져나와서는 트래농 변호사에게 개발계획의 설계도를 건네주었다.

런던으로 간 일리어트는 아버지가 호주에서 목축을 하고 있을 당시 친한 이웃으로 지냈던 에다반이라는 자를 만난다. 그는 에다반이 페런드 저택에 초대받아 가는데 함께 동행해 남작을 만난다. 일리어트가 저쪽에 가 있는 사이에 남작은 에다반에게 지난 번 일은 일리어트에게는 알리지 말아 달라 부탁한다. 그것은 대체 어떤 일이었을까.

어느 날 남작의 딸 플로라와 일리어트가 마차에 타고 있는 것을 본 노라는 질투심에 원래 여인의 모습으로 돌아와 다시 데보라 여사의 집으로 돌아와서는 시릴의 사촌여동생이라 속인다. 시릴, 즉 노라는 데보라 여사와 쇼핑을 나가는데 그곳에서 여사는 마차에 치이게 된다. 페런드 남작부인이 탄 마차였다. 다음날 남작부인은 데보라 여사의 집으로 사죄하러 온다. 남작 부인은 가장무도회에 노라와 데보라 여사를 초대했고 두 사람은 남작의 저택으로 갔다. 여신으로 변장한 노라는 그곳에서 일리어트와 춤을 추게 된다.

데보라 여사가 돌아가고 난 후에 일리어트는 트래놩 변호사에게 로나웨 섬 일은 신중히 논의해 달라고 하고는 런던을 떠나 옛 땅 버지로 돌아왔다. 일리어트는 노라의 집 라이올가로 가서 아밀리아를 만나 노라에 관해 묻자, 노라가 남아메리카에서 결혼했다고 말한다. 그 구리광산이 팔린 모양이었다. 그리고는 페런드 남작 저택 안의 별채로 가 자신의 아버지와 남작 간에 거래한 계약서를 놓고 나온다. 남작은 그 서류를 가지러 왔는데 일리어트가 없자 자리를 떴다.

일리어트는 데보라 여사에게 갔다. 여사는 일리어트의 아버지, 폴 그레엄과 결혼 약속까지 한 사이였다고 말한다. 그런데 폴은 돈이 없었기에 자신의 친형제가 결혼을 반대해 폴은 호주까지 가서 돈을 벌었다. 그러나 실패하고 죽있다는 것이다. 그 집에 노라가 있었다. 아직 결혼도 하지 않았고 계모에게 맞은 일로 가출했다고 털어놓아 두 사람은 서로 껴안았다. 이 집의 이층에서 일리어트가 봤던 초상화는 그의 아버지였고 일리어트와 아주 많이 닮았다.

그곳으로 남작의 비서 스트라이플레이가 와서 남작은 일리어트의 아버지와의 계약서에 부채를 갚을 수 있다면 즉시 땅을 넘겨준다고 약속을 했지만 아직 돌려주지 않았고, 그 땅에서 얻는 이익을 착복하고 있었다고 말한다. 노라 양을 속여 25만 파운드 이상 값어치가 나가는 땅을 공짜나 다름없는 가격으로 샀다고 털어 놓았다. 일리어트는 품속에서 그 계약서를 꺼내고, 노라는 그 계약서에는 서명하지 않았다고 밝히는데 알고 보니 아밀리아의 소행이었다.

결국 남작은 구리광산사업의 권리 중 반을 노라에게 양도하고, 호주의 땅은 내주었으며 일리어트에게 4만 파운드를 지불했다. 그 후 일리어트와 노라는 결혼하게 된다.

 탐정소설이라기보다도 페런드 남작의 악행의 전말을 씨실로 하고 일리어트와 노라의 방랑 끝에 행복을 거머쥔 것을 날실로 하여 전개되는 파란만장한 인정기담(人情奇談)이다.

대중문학의 발흥과 구로이와 루이코의 영향 <small>제12장</small>

다이쇼 시대 창작 탐정소설 작가는 메이지 이후 포, 도일, 프리만, 체스터튼(Gilbert Keith Chesterton, 1874~1936년), 비스톤(Leonard John Beeston, 1874~1963년), 맥컬리(Johnston McCulley, 1883~1958년) 등의 서양 탐정소설의 영향과 자연주의 문학에 반항하여 일어난 다니자키 준이치로, 아쿠타가와 류노스케, 사토 하루오(佐藤春夫, 1892~1964년) 등의 작품에 자극을 받아 출발했다.

모두 단편이 주류이고 그 발표 무대는 말할 것도 없이 『신청년』이 중심이었다. 서양처럼 연재 장편의 단행본 출판은 거의 보이지 않고 단편과 신문잡지 연재로 한정되었다. 관동대지진을 겪은 도쿄의 부흥은 경제활동의 활발화, 자동차의 보급, 라디오 방송 개시, 카페의 번성 등 도시 대중문화의 개막으로 전개되었다. 그에 따른 매스컴 발전은 종래의 신문이나 강담의 속기와는 다른 통속, 대중소설을 요구했다.

탐정작가도 본격적인 단편만이 아니라 순수탐정소설이 아닌 주변 소설에도 붓을 들 수밖에 없었다. 물론 장편을 쓸 경우 우선 그 길라잡이로 메이지 기부터 널리 유포되어 있던 구로이와 루이코의 작품을 봐야

했음은 말할 필요도 없었다. 루이코 작품은 19세기 프랑스의 신문 소설 가였던 가보리오, 보아고베의 원작처럼 파란만장한 플롯을 주안으로 하여 연예를 집어넣은 미스터리로 당시 시대의 추세와도 맞았다. 루이코를 이용하여 기선을 잡은 작가는 일본 대중문학 개척자로 저명한 작가 마에다 쇼잔(前田曙山, 1872~1941년)이었다.

마에다 쇼잔

1872년 도쿄 니혼바시(日本橋) 바쿠로초(馬喰町)에서 태어났다. 본명은 마에다 지로(次郎)이다. 도쿄 영어학교를 졸업하고 겐유샤(硯友社)계 작가로 1891년 「에도자쿠라(江戸桜)」로 문단에 데뷔했다. 슌요도의 편집기자로 활약하다가 문단에서 멀어져 원예에 몰두하기도 했지만 장편을 쓰기 시작하여 1922년부터 「뒤쫓는 그림자(慕ひ行く影)」(1922년 1월-1923년 12월, 현대), 「복수(復讐)」(1922년 1월-1924년 11월, 강담구락부), 「막부말 항담 불타는 소용돌이(幕末巷談 燃ゆる渦巻)」(1923년 10월 16일-1924년 7월 27일, 오사카아사히), 「낙화의 춤(落花の舞)」(1924년 10월 25일 -1925년 5월 8일, 도쿄 아사히), 「흑발야차(黒髪夜叉)」(1925년 12월 27일-1926년 8월 21일, 시사신보) 등 추리물의 시대에 대중작가로서 활약했으며, 1941년 2월 8일 사망했다.

마에다 쇼잔

「뒤쫓는 그림자」는 루이코의 「철가면」, 「복수」는 루이코의 「암굴왕(巖窟王)」의 번안작이었다. 「뒤쫓는 그림자」는 「철가면」의 줄거리를 그대로 답습하고 있다. '마에다는 가신(家臣)의 아들로 에도 시대와 고사에

『뒤쫓는 그림자』 케이스 　　　『뒤쫓는 그림자』 표지(1924년)

정통했기에 기묘하게 잘 썼고 고단샤의 잡지 연재에서 대단한 호평을 받아 자만하는 기색이 있었다. 나는 슌슈샤(春秋社)의 편집장을 하고 있었고 그가 찾아와 부탁해 출판을 해 주었다.'(1971년 지쿠마쇼보 간행 「구로이와 루이코집 해설」)라는 루이코의 팬 기무라 기(木村毅, 1894~1979년)의 회상이 있다. 1924년 6월 슌슈샤 간행의 그 단행본은 756페이지에 달하는 책이었다. 그렇게 두꺼운 책이면 잘 읽혀지지 않는 경우가 많은데, 이 고서는 열심히 읽은 흔적이 남아 있어 이 작품에 당시 감동한 독자가 많았음을 알 수 있다. 이것을 시작으로 그 후의 작가들에 의해 루이코의 작품은 다음과 같이 재간되었다.

　에도가와 란포 ○ 「백발귀(白髮鬼)」(루이코의 「백발귀신」) 1931년 『후지(富士)』 ○ 「인간표범(人間豹)」(괴물) 1932년 『강담구락부』 ○ 「유령탑(幽靈塔)」(유령탑) 1937년 『강담구락부』

　사토 고로쿠(佐藤紅綠) ○ 「저 산 넘어(あの山越えて)」(들꽃[野の花]) 1935년 『소녀구락부』

다니 조지(谷讓次) ○「신암굴왕(新巖窟王)」(암굴왕) 1934년 『일출(日の出)』

나카자토 가이잔(中里介山) ○「오노노 고마치(小野の小町)」(오노노 고마치론[小野小町論]) 1922년 『부인의 벗(婦人の友)』

노무라 고도 ○「일본 암굴왕(日本巖窟王)」(암굴왕) 1947년 『산사이샤(三才社)』

마에다 쇼잔 ○「뒤쫓는 그림자」(철가면) 1922년 『현대』 ○「복수(復讐)」(암굴왕) 1922년 『강담구락부』

미카미 오토키치(三上於兎吉) ○「인간 뱀(蛇人)」(괴물) 1925년 『태양』

요시카와 에이지(吉川英治) ○「나루토 비첩(鳴門秘帖)」(철가면) 1926년 『오사카마이니치』 ○「사랑의 쳇바퀴(恋ぐるま)」(거괴래[巨魁来]) 1929년 『후지』 ○「감옥에 들어간 신부(牢獄の花嫁)」(죽은 미인) 1931년 『킹(キング)』 ○「불타는 후지(燃える冨士)」(무사도) 1932년 『일출』 ○「에도 장한가(江戸長恨歌)」(처녀일대[孃一代]) 1938년 『부인구락부』 그 외 다수.

「뒤쫓는 그림자」

에도 막부말기로 존왕론(尊王論)이 발흥할 무렵이었다. 조정의 귀족 오리에가 도쿠가와(德川) 부인의 와카(和歌)[1] 모임 초빙에 응한 것은 다이묘들에게 근왕(勤王)의 모반을 부추기는 에도 무인(武人)들의 동정을 교토에 전하기 위해서였다.

오리에의 심복 부하 중 두 번째로 꼽는 기요미즈타니 에이노신이 있고, 가장 총애하는 부하로는 스미이 우네메가 있었다. 미토 대로 센주에서 1리 쯤 떨어진 고스게의 역참에서 잠시 쉬고 있는 자는 에이노신과

---

[1] 일본 고유의 정형시. 5·7·5·7·7의 5구(句) 31음으로 되었다.

그의 아내 고유키였다. 오리에의 명령으로 파발꾼 에도 야키우치(江戸燒討) 사건[2]에 관한 짐이 오기를 기다리고 있었던 것이다. 그때 덩치 큰 무사와 작은 무사가 들어왔고, 마침 도착한 파발꾼이 의자에 걸려 넘어지면서 가져온 짐이 날아가 덩치 큰 무사의 옆얼굴을 내리쳤다. 큰 무사는 짐을 집어 들어 에이노신에게 건네주기는커녕 덤벼들었다. 결국 에이노신과 큰 무사는 결투를 하게 된다. 결투는 비겼고 많은 사람들이 모여들자 작은 무사 혼쇼 스케타유는 큰 무사 구로쿠모 한타유를 데리고 사라졌다.

오리에는 쓰치우라에서 돌아와 니주쿠의 에몬야에서 하룻밤을 쉬었다. 혼쇼는 마치부교 도리이 가이노카미에게 오리에의 살해를 명령 받고 구로쿠모와 머물고 있었다. 이를 눈치 챈 오리에는 그날 밤 시녀 시노부를 자신의 침소에 재우고 글을 적는다. 도리이가 시노부를 오리에로 착각하여 죽이고 돌아가자 오리에는 다시 침소로 돌아왔다. 구로쿠모는 만일 실패하면 오리에를 사살하라는 혼쇼의 명령을 받았다. 그런데 오리에를 시노부로 잘못 알고 그 미색에 홀려 놓쳐버린다. 오리에는 눈 속을 도망쳤고 다행히 고유키의 충복 다이쿠라에게 구해져 에이노신이 상처를 치료하고 있는 고스케의 역참으로 가게 된다.

한편 혼쇼 스케타유는 오리에가 총애하는 부하이자 미모를 지닌 스미이 우네메에게 하타모토(旗本)[3]로 등용할 것을 조건으로 손궤에 들어 있는 근왕당의 연판장을 빼내 오라고 명령한다. 에이노신에게 접근한 우네메는 에이노신의 부하인 부헤이가 2월 1일 새벽 2시에 혼마루에 집결할 계획이라고 에이노신에게 보고하는 것을 듣는다. 니주쿠에서

---

[2] 사쓰마 번(薩摩藩)이 에도 쇼나이 번(庄内藩) 둔소(屯所)를 습격해서 1867년 에도 미타(三田)에 있는 사쓰마번의 번저(藩邸)가 포화되어 소실된 사건을 말한다.
[3] 에도 시대 쇼군(将軍) 직속으로 만 석 이하의 녹봉을 받던 무사.

구로쿠모 한타유가 오리에의 아군으로 들어오는데, 그는 에몬야에서 만난 이후 오리에를 연모하고 있었다.

오리에 시녀 중에 우메오라는 행자가 있었다. 그녀는 다카노 초에이에 관한 난학4)을 공부하고 독약도 깊이 연구하고 있었다. 그녀는 혼쇼가 고유키가 보관하는 손궤의 연판장을 우네메를 이용해 훔쳐내게 하려는 것을 알리고 우네메의 변심을 전했다. 그러나 오리에의 우네메에 대한 연정은 변하지 않는다.

구로쿠모는 오리에에게 내일 밤 자시(子時) 야구라가후치로 오는 근왕 쪽 군사를 혼쇼 진영의 포리(捕吏)가 잡을 계획이라고 고했고 고우메의 별저에서 두 대의 가마가 미토 대로를 향해 달렸다. 근왕당의 계획은 에도 야키우치 사건을 일으키는 것이었고 우선은 기요미즈타니 에이노신이 에도 쇼나이번 둔소(屯所)로 진입하는 것이었다.

강을 건너기 전 에이노신은 만일의 경우 연판장을 꺼내 소각할 필요가 있다고 생각해 우네메에게 손궤의 장소를 알려준다. 우네메는 에이노신의 배를 타려했으나 뒤쪽 배를 탔다. 고유키와 부헤이도 우네메를 의심했지만 에이노신은 우네메를 믿었다. 뒤쪽 배에서 부싯돌을 쳐 불쏘시개에 불을 붙이는 자가 있다. 우네메였다. 그녀는 '지금 중요한 약상자를 떨어트렸어요' 하고 아무렇지도 않게 말한다. 그러자 나카가와 번소5)(中川番所) 등불이 신호로 꺼지고 안에서는 총성이 일며 여러 척의 배가 세 척의 배를 에워싼다. 배안에서 격투가 시작되고 동지들은 붙잡히거나 물속에 빠졌다.

그날 밤 동지들을 구하고자 도착한 구로쿠모 한타유도 붙잡힌다. 물

---

4) 에도 시대 네덜란드어를 배우고 서양학술을 연구한 학문이다.
5) 에도 시대 교통의 요소에 설치하여 통행인과 선박을 망보고 징세 등을 받았던 곳이다.

속에서 올라온 고유키는 남편 에이노신을 구출하고자 반쇼 주위를 돌아다니다 문안으로 들어가게 되고 옥 근처로 다가섰다. 검은 문어 머리처럼 기괴한 투구를 쓴 죄수에게 고유키가 공포를 느끼고 기절하자 어둠 속에서 기어 나온 검은 복면을 한 인물이 고유키를 안고 어둠 속으로 사라진다. 들판에서 제정신이 들었을 때 그 인물에게 강간당할 뻔한 것을 구해준 자는 부헤이였다.

그 후 고유키는 해독제 행상인으로 변장해 붙잡힌 죄수를 찾다가 오리에와 우메오를 반쇼 근처에서 만나게 된다. 오리에 진영은 야구라가 후치에서 적의 계획을 알고 그것을 에이노신에게 알리려고 급히 왔는데 일행을 만날 수 없었던 것이다. 그러나 모두에게는 반쇼 안의 죄수 구출이 중대한 문제였다. 오리에는 그 죄수가 자신이 총애하는 정인 우네메라 생각했고 고유키는 남편 에이노신이라 여겼다.

고유키에게는 연판장을 빼내 소각하는 일이 중요했다. 그 연판장이 있는 곳은 이치카와초에서 후나바시로 통하는 대나무 숲길이었다. 하치만구(八幡宮)6)의 손 씻는 대야 밑 상자에 집어넣고 메웠을 것이다. 어두운 밤에 가 보니 괭이 소리가 나고 먼저 와서 파고 있는 자가 있었다. 묻은 장소를 알고 있는 자는 에이노신, 다이쿠라, 우네메, 그리고 자신뿐이었는데, 어찌된 일인지 그 괴인은 두건을 벗고 일을 계속했다. 괴인이 발밑의 등롱을 밟아서 양초를 보고자 등불로 얼굴을 돌렸을 때 추악한 용모가 드러났다. 나병 환자의 얼굴이었다. 고유키의 놀란 소리에 그 괴물은 도망쳤다. 중요한 몇 군데만 파고서는 그곳에서 얼마 떨어진 손 씻는 대야의 옆을 판 흔적이 남아 있었다. 그리고 며칠 전 누군가가 파고시 다시 복구시켜 놓고 간 곳에는 나서를 한 인물이 놋쇠 상자를

---

6) 궁시(弓矢)의 수호신이자 무사들이 숭앙한 하지만 신을 모신 신사(神社).

없앤 것 같았다.

그 후 고유키는 행자 우메오를 찾아가 은닉했다. 얼마 있어 부헤이가 찾아와서 그 죄수는 반쇼에서 고스게 영주에게 이송된 것 같다고 고했다. 우메오가 그 소리를 듣자 고유키에게 '고스게 영주를 모시는 부하 가나스기 소베의 아내가 저를 만나러 올 것입니다. 제가 대면시켜 드리지요'라고 말한다.

소베가 물러날 때였다. 도리이 가이노카미가 은밀히 찾아와서 그 죄수를 잘 감시하도록 주의를 준다. 그때 미모의 고유키에게 눈길이 멎자 호색가 도리이는 술시중을 권하고, 고유키는 죽은 남편의 기일이라며 응하지 않는다. 부헤이는 고유키에게 '제가 마님이라면 도리이를 잘 속여서 죄인의 이름을 알아내겠습니다' 하고 말했다.

도리이는 고스게 영지로 숨어들었다. 고유키가 마음에 있어서였다. 오리에도 혼자서 들어왔다. 죄수가 틀림없이 우네메인 걸로 알고 도리이를 만나 방면을 청했다. '제가 지금부터 드리는 말씀에 흥분되시죠.' '제가 아무 것도 모른다고 생각하십니까, 가이 님, 가이 님 수하는 제가 니주쿠의 에몬야에 있을 때 비겁하고 악랄한 계략으로 저를 죽이려고 했습니다. 그때 저의 시녀가 대신 죽지 않았더라면, 저는 아주 옛날에 원한을 품고 죽어 제사도 지낼 수 없는 귀신이 되었겠죠. 게다가 제 부하를 속이고 사냥개를 앞세워 이 일이 누설될까 두려움에 제 부하를 이 나카가와반쇼의 옥에 가두는, 이 고스게로 옮기지 않았습니까?'

이미 모든 걸 알고 있는 도리이는 얼굴색이 변했다. 그리고는 투구를 씌워 이송된 스미이 우네메가 없어서는 안 될 부하라고 하자 '그는 이미 이 세상에 없습니다'라고 대답했다. 나카가와의 야구라가 못에서 칼에 맞아 중상을 입고 그날 밤에 죽었다고 한다. 이곳에 있는 죄수가 누구인지 몰랐던 고유키는 우네메가 죽었다고 하자 투구의 죄수는 에

이노신이라 여기고 일각이라도 빨리 구출해야 한다는 조급한 마음이 들었다.

부헤이와 의논한 고유키는 우메오에게 뭔가 계책을 구하고자 갔다. 오리에가 도리이를 만나 죄수를 한 번 보기를 청했기에 도리이는 죄수 있는 곳을 알아냈다고 생각할 것이다. 다시 어디로 보낼지 알지 못할 테니 죄수가 누군지 확인하는 일은 그 다음이고 여하튼 데리고 나갈 수밖에 없다고 고유키는 부헤이에게 말한다. 그러자 부헤이는 이미 오리에와 의논해 부하를 시켜 탈옥도구를 감옥에 건넸다고 했다.

『뒤쫓는 그림자』 삽화

그리하여 부헤이는 투구 쓴 인물의 구출에 힘을 쏟았지만 그자는 다른 이였다. 둘은 물러났다. 그 투구 쓴 자는 오리에와 우메오에게 다가갔다. 구출된 인물은 우네메가 아니라 구로쿠모 한타유였던 것이다.

고유키와 부헤이는 다시 우메오의 집으로 갔다. 우메오는 다카노 조에이에게 전수받은 약을 이용해 한 번 죽은 인물을 다시 되살릴 방책을 말하고 우메오는 투구 쓴 죄수 구출에 쓸 수 있다고 말했다.

때 마침 구로쿠모 한타유가 찾아와 '투구를 쓴 한 사람이 간밤에 고스게에서 다른 곳으로 이송됐습니다'라고 고했다. 그 죄수가 "'도리이 이놈, 갚아주마. 내가 어디로 가게 되든 반드시 나와서 그 죄 값을 받으러 갈 테니"……이렇게 말했습니다.' 너무나도 우렁찬 목소리라서 우메오를 뺀 세 사람은 그 죄수가 에이노신일 거라고 했습니다. 그러나 우메오는 '근왕당의 수령인 기요미즈타니 에이노신이 그런 천박한 분노의 말을 했을 리 없다'고 생각했고, 구로쿠모도 '기요미즈타니답지 않은 천박한 말투였다'고 말한다. 끝내 죄수가 누군지 알아낼 수 없었다. 게다가 그 옥지기도 죄수에 붙어 따라갔을 뿐이다. 고스게의 부하조차 어디로 갔는지 모른다. 아는 자는 도리이 가이노카미 뿐이었다.

그 무렵 도리이는 에도 고지마치의 어용상인 사노야의 젊은 미망인으로 오시즈라는 미인이 하시바의 별저에 와 있는 것을 알고 그곳에 자주 들렀다. 그녀는 고유키였다. 부헤이의 충고를 받아들인 고유키는 정조를 버려서라도 투구의 죄수가 누구이며 어디로 보내졌는지 알아내기로 결심한 것이다. 그날 도리이가 고유키의 손을 잡고 끌어안자 고유키는 사실을 알려달라고 졸랐다. '그 투구 죄수의 이름은……' 하고 고유키가 물어보는 순간 앞뜰에서 소리가 났다. '도리이 님, 정신 차리세요. 방심하면 안 됩니다.' 혼쇼 스케타유다. 혼쇼가 고유키를 놓아주지 않자 도리이는 주먹으로 혼쇼를 내리쳤다. 그 순간 혼쇼는 이 여인이 에이노신의 아내라고 말했다. 미몽에서 깨어난 도리이는 고유키를 혼쇼에게 넘겼다. 곧이어 부헤이도 붙잡혔다. 이렇게 해서 두 사람의 행방은 암흑인 악마세계로 내던져진 것이다.

우메오에게 도리이는 옛 주인과 죽은 아버지의 불구대천의 원수였다. 그 적과 대적하기 위해서라도 고유키와 부헤이를 구할 필요가 있었다. 우메오는 남편 시무라 후지노스케와 구로쿠모 한타유를 혼쇼의 집 울타리에 잠복시켰다. 뜰 앞의 강을 배로 건너기 직전에 두 사람은 부헤이를 구출한다. 혼쇼를 붙잡아 오리에가 있는 고우메의 거처로 끌고 갔다.

우메오가 혼쇼를 추궁하자 고유키는 어둠 속에 나병인 망자와 함께 있다고 말한다. 성난 우메오는 플라스크 병마개를 열어 혼쇼의 코에 대고 잠재웠다. 그때 유리창으로 수상한 괴물의 얼굴이 안을 엿보고 있었다. 히로오의 집에 숨겨 놓았을 테니 구출하러 간다고 하자 혼쇼의 얼굴색이 변했다. 구로쿠모, 부헤이 등이 고유키를 구출하러 갔다. 모두 일행이 돌아오는 것을 기다렸다. 그런데 돌아온 자들이 고유키는 누군가가 이미 빼돌렸다고 했다. 다시 우메오는 혼쇼에게 다른 약을 먹였다. 얼마 있다 에가와 다로사에몬이 와서 적들이 오고 있다고 오리에에게 전했다. 오리에는 도망쳤으나 우메오는 적의 손에 붙잡혔다.

마치부교 도리이는 우메오에게 고문까지 했다. 목이 긴 술병에 담긴 간장을 입에 부어 넣었으나 굴복하지 않자 결국 스즈가모리에서 처형하기로 했다. 그런데 처형장 근처의 가게 뒤 안채 이층을 먼저 빌린 손님이 있었다. 부헤이와 시손도 사정해서 빌렸다. 아래층에 있는 구로쿠모에게 신호를 보낼 작전이었다. 먼저 온 손님은 노인이었는데 허리에 찬 호리병 술을 맛보고는 부헤이에게 권했다. 잠시 후 우메오를 포박한 말이 도착했다. 부헤이의 눈이 우메오의 눈과 마주쳤지만 곧바로 부헤이의 모습은 사라지고 조금 전 노인은 혼쇼로 변해 있었다.

혼쇼인 걸 알고 성난 구로쿠모는 이층으로 뛰어 올라가 혼쇼를 끌어내 땅으로 내동댕이쳤다. 시손이 신호의 깃발을 흔들자 수십 명의 아군은 순식간에 적들을 베어 쓰러뜨리고 우메오를 데리고 도망쳤다. 구로쿠모는 이층으로 올라가 몸이 마비되는 약을 마신 부헤이를 부축해 나와 우메오와 함께 도피시키고 죽는다. 시손도 쓰러졌다. 이렇게 해서 근왕의 동지는 우메오와 부헤이 둘만 남게 된다.

1850년 엔슈 오마에자키에 있는 저택의 옥방에 투구 쓴 인물이 고스게에서 이송된 지 5년이나 지났다. 어느 날 그 죄수는 아름다운 목소리의 노래를 듣는다. 근왕의 충신이 부르는 슬픈 노래였다. 잠시 후 그 죄수가 세탁을 해서 가지고 온 속옷을 보며 '당신의 이름을 알려주시오. 만일 제가 찾는 분이라면 어떠한 수단을 써서라도 구출해 드릴 겁니다'라고 옷깃 속으로 쪽지를 내미는 자가 있었다. 옥지기 히가키 로쿠로타의 눈을 잘 따돌린 것이다.

군지라는 남자는 옥방 하인이고 그 아내 오타마는 빨래를 맡아서 했다. 그런데 오타마는 히가키로부터 방금 부른 노래에 대해 주의를 듣는다. 히가키는 가지고 온 그 투구의 속옷을 그의 아내에게 살피게 했다. 작은 글씨가 보이지 않아 그녀에게 읽으라 했는데 '저는 몇 해 전 야구라가 못에서 적의 손에 붙잡힌 자로 본명은……' 여기까지 읽자 그는 그 속옷을 낚아채 찢고는 불속에 집어넣었다.

오타마는 군지에게 그자의 비밀이 드러났는지 묻고 그날도 오타마는 빨래를 받으러 갔다. 숙소로 돌아오는 길에 오타마는 지금 다이나곤(大納言)[7]의 부인이 감옥을 시찰한다는 소문을 들었다. 오타마가 구경하는 것을 본 부인은 그녀를 호명해 가서 보니 우메오였다.

오타마와 함께 고유키를 옥 안의 나병 남자로부터 구출한 것은 에이노신이 부렸던 곡예사인 센스케라는 남자다. 그 후 군지로 개명해 함께 구출에 힘썼던 것이었다.

그 나병 괴물은 옥 입구가 부서져서 밖으로 나왔고, 고우메의 저택까지 숨어들기도 했다. 그러나 우메오도 누구인지 확실히 몰랐다. 우메오는 그 투구 쓴 죄수를 구출해 누구인지 확인해야 한다고 말했다.

히가키는 우메오에게 죄수 한 명만 볼 것을 허락한다. 그 죄수는 고유키의 부하 다이쿠라였다. 그날 밤 다이쿠라는 옥 위에서 매달려 내려온 남자가 톱으로 격자문을 잘라주어 그와 힘을 합해 도망쳤다. 팽나무 한 그루가 있는 곳에서 고유키가 기다린다고 하자 그곳으로 서둘러 갔다. 한편 밧줄을 타고 위로 올라간 아까 그 남자는 히가키에게 발견되어 사살되었다. 그 남자는 군지, 바로 센스케였다.

다이쿠라는 고유키와 재회했다. 9년만이었다. 센스케는 에이노신과

---

[7] 다이조 칸(太政官)의 차관(次官)에 해당하는 직위.

다이쿠라를 구출할 생각이었던 것이다. 추격을 받고 도망치는 두 사람은 도중에 부헤이도 만났다.

다이쿠라는 에이노신에게 연판장을 넣은 손궤의 소재를 알게 되고 만일의 경우에는 소각하도록 했기에 그대로 행동했다. 그래서 그 이후에 간 고유키와 괴물 남자가 손에 넣을 수 없었던 것이다. 그러나 에이노신은 야구라가 못을 건널 때 손궤의 소재를 스미이 우네메에게도 말했다. 그것은 다이쿠라의 소재를 몰랐기에 만일을 위해 심사숙고했던 것이다. 그렇다면 검은 두건의 나병이 어째서 그것을 알았을까 이것도 풀 수 없는 수수께끼였다.

손궤를 태워버리고 나서 다이쿠라는 나카가와의 야구라가 못을 건너고 반쇼 부근을 서성거리다가 적에게 붙들려 옥사하는 신세가 되었다.

한편 히가키 로쿠로타는 다이나곤 부인의 천거로 에도로 가 나카가와반쇼 부근의 고스게 영주를 모시게 되었다. 그의 짐은 그 투구 죄수를 가둔 망으로 된 가마였다. 부헤이는 그 가마꾼이 된다.

그 후 혼쇼 스케타유는 교토에서 온 편지를 읽고 나서 급사한다. 편지 안에 독이 들어 있었다. 심복을 잃은 도리이는 쓸쓸했다. 고유키는 도리이에게 몸까지 바쳐가면서 고스게 영지에 있는 그 투구 쓴 죄수를 한 번만 만나게 해달라고 애원했다. 결국 도리이는 마음이 꺾여 내일 고후쿠바시 관사 안의 현관으로 찾아오라고 했다. 다음날 고유키가 찾아갔으나, 도리이도 교토에서 온 편지를 개봉한 후 갑자기 호흡이 멎었다. 그 편지도 혼쇼가 받은 똑같은 백지였다. 낙담한 고유키가 하마초의 오가와바시 교에서 몸을 던지려 할 때 오가와 다로사에몬에게 구조되어 은둔처에 몸을 숨겼다.

히가키는 그 후에 발탁 등용되어 에도 중앙으로 올 예정이었다. 기분도 좋고 해서 그 투구를 쓴 죄수의 옥방에 이르러 히가키는 '너도 이곳을 떠난다. 이제 여기와 이별이니 너에게 바깥 경치를 한 번 보여주려고 한다' 하고 말하며 그 죄수를 밖으로 내놓았다. 또렷이 보고 있는 부헤이의 모습을 보자 히가키는 화가나 새빨개진 얼굴로 죄수를 다시 옥방에 처넣었다.

부헤이와 다이쿠라는 그 죄수를 빼내기로 상의하고 나서 그날 밤 숨어들어간 다이쿠라는 죄수를 가둔 가마를 메고 밖으로 나오려고 했으나 옥지기에 들켜 탈주한다.

고유키는 아사쿠사 시바사키의 지슈지 절에 숨어 다이쿠라와 함께 정황을 엿보고 있었다. 부헤이가 은밀히 찾아왔다. 세 사람은 협의하여 최후의 수단을 쓰기로 했다. 그리고 교토의 우메오에게 약을 받으러 떠난 자는 다이쿠라였다.

투구 쓴 죄수가 에이노신인지 우네메인지는 아직 모른다. 그날 밤은 부헤이가 그 죄수에게 식사를 가져다주게 되었다. '이것을 먹으면 살겁니다' 하고 가루약 봉지를 건넨다. 그 후 밤에 죄수는 급사했다.

에노키도초의 넨부쓰지 묘지에 묻힌 것을 그 밤에 다이쿠라와 부헤이가 흙을 파 관을 통째로 고유키 곁으로 옮겼다. 부헤는 투구의 후방 자물쇠를 돌리고 반대로 해서 투구를 벗겼다. 그 시체는 나병 환자 얼굴이었다. '을(乙)'자의 표시가 있는 영약(靈藥)을 부헤이와 다이쿠라 두 사람이 그의 입에 쏟아 넣었다. 그러나 죄수는 되살아나지 않았다.

넨부쓰지의 행각 큰 스님이 찾아왔다. 큰 스님은 그 죄수가 숨을 거두기 전에 만나 교화했다고 한다. 큰 스님 말에 의하면 그 죄수는 1842년 2월 1일 밤 야구라가 못 사건에서 살아남은 스미이 우네메였다는 것이다. 동지를 배신한 천벌인지 물속에서 나오자 나병에 걸렸다. '그러나 마음을 고쳐먹지 못하고 알고 있는 연판장이 숨겨진 곳을 파내 에도

관부에 팔아먹을 생각으로 갔으나 누군가가 먼저 손을 써서 낙심했다고 말했습니다……. 그 후 연판장은 없어도 근왕 진영의 밀사를 알고 있고, 혼쇼 스케타유라는 도리이 님 수하의 힘으로 등용될 약속도 했지요. 그런데 혼쇼는 이 자를 등용하면 뒷일이 껄끄러우니 죽여도 된다고 하여 속여서 히로오의 뒷채 옥에 가두었다는 것입니다' 큰 스님은 말을 이으며 '아까 죄수 둘을 밧줄로 탈옥시킨 곡예사, 센스케가 마지막으로 히가키 로쿠로타에게 철포로 사살되었습니다' 또한 우네메는 부헤이가 독살하러 온 것으로 생각했고, 속죄할 생각으로 독으로 알고 마셨는데 약효가 없어 은밀히 비석을 삼켰다고 한다.

그날까지의 자초지종을 우메오에게 알리기 위해 고유키 일동은 교토로 돌아왔던 것이다. 1842년 봄 야구라가 못의 대학살에서 20여년 후인 1868년 1월 2일 주종관계의 세 사람이 도바대로로 해서 교토 쪽으로 들어가려 할 때 오리에의 가마가 지나갔다. 쇼군가를 따라 서쪽으로 올라오고 있는 에가와 다로사에몬을 만나 귀순할 것을 충고하기 위해서였다. 그곳에서 고유키, 부헤이, 다이쿠라가 해후하고 일동은 오래간만에 이야기를 나눴다. 오리에는 오우치야마에서 에이노신이 황궁으로 들어가는 것을 보았다고 말했다. 다음날 1월 3일 관군의 정동 부총독(征東副総督)이 되어 왕정복고의 깃발을 진두에서 휘날리던 기요미즈타니 에이노신과 고유키, 부헤이, 다이쿠라 등은 감격의 대면을 하게 되었던 것이다.

제3부
쇼와 시대
(1926~1945년)

탐정소설의 융성 　제13장

이 시기에는 제1차세계대전 하의 호황과 초등교육 충족이 차차 대중 독자의 증대로 나타났고, 호황 후의 불황기에도 출판 기업의 대량 출판에 의한 비용절감이 불황타계책으로 주효하여, 공전의 대량 출판 시대가 도래했다.

이러한 매스 미디어의 수요에 반응한 것이 시라이 교지(白井喬二, 1889~1980년)가 제창한 대중작가의 친목단체인 '21일회'의 멤버(하세가와 신[長谷川伸], 하지 세이지[土師淸二], 구니에다 시로[国枝史郎], 나오키 산주고[直木三十五], 에도가와 란포, 고사카이 후보쿠[小酒井不木, 1890~1929년], 마사키 후조큐[正木不如丘])들로, 이들에 의해 관동대지진을 전후하여 쇼와 시대 초기에 걸쳐 문단에서 대중문학의 비중이 압도적으로 높아졌다. 탐정소설의 발표 무대도 『신청년』에 한정되지 않고 신문이나 잡지로 확대되어, 전쟁의 영향을 받기 전인 1938년 무렵까지 왕성하게 발표되었다.

1. 요시카와 에이지

1892년 8월 11일 가나가와 현(神奈川県) 요코하마 시(横浜市) 나카 구(中

요시카와 에이지

区)에서 출생하였다. 소년 시절 가세가 기울어 초등학교를 중퇴하였다. 상가에서 잔심부름을 하기도 하고 그 외에 각종 직업을 전전하였으나 차츰 문운(文運)이 트여 1925년부터 『소년구락부(少年俱楽部)』에 연재된 「신슈덴마교(神州天馬俠)」가 소년 소설의 걸작으로 평가받았다. 1926년부터 『오사카 매일신문(大阪毎日)』에 연재된 「나루토 비첩(鳴門秘帖)」으로 대중 문단의 인기작가가 되어 활약을 계속했다. 후에 「신서 태합기(新書太閤記)」, 「삼국지(三国志)」「신 헤이케 모노가타리(新平家物語)」, 「사본태평기(私本太平記)」로 국민문학을 구상하기에 이른다. 그러나 초기에는 구로이와 루이코의 작품에 힌트를 얻은 전기적(傳奇的)이고 공상적인 작품이 많다. 그 중에 1927년 11월 22일부터 1929년 2월 24일까지 『호치 신문(報知新聞)』에 발표한 「에도 삼국지(江戶三国志)」는 백미라고 할 수 있다. 「에도 삼국지」의 원고는 당시 『호치 신문』의 학예부장이었던 노무라 고도의 의뢰로 집필한 것이다. 고도는 30년 가까이 에이지와 친분을 맺으며 '나는 직접 말을 거는 것 같은 친절한 창작태도를 지닌 사람으로는 요시카와와 구로이와 루이코 밖에 모른다. 그것이 요시카와 씨의 문장에 일종의 독특한 빛을 발하고 있다'고 요시카와 에이지 전집 월보(月報)에 썼다. 단행본은 헤이본샤(平凡社)에서 1928년 7월에 전편이, 12월에 중편이, 1929년 4월에 후편이 간행되었다.

「에도 삼국지」

작품은 '을씨년스러운 가을 바람이 부는 거리 한 쪽에서 아무 생각 없이 바라보고 있자니, 나도 모르게 눈길이 간 것은 여자의 저주를 묶어서 늘어뜨려 놓은 것 같은 가발 간판입니다'라는 문장으로 시작된다. 그 잡화점 욧쓰메야의 가게 주인은 닛폰 자에몬[1]이라는 도적의 두목이었다. 때마침 이탈리아 산호를 팔러 온 처녀에게 백 냥이나 주고 그것을

『에도 삼국지』 표지(1975년)

산 것은 속셈이 있어서였다. 그 처녀를 미행하던 닛폰자에몬이 산호의 출처를 물어보자, 처녀는 강간당할 뻔한 것을 오바리가의 일곱째 아들 도쿠가와 만타로라는 젊은 무사가 구해 주었고, 그 무사가 그녀를 그의 시종인 사가라 긴고에게 보냈다고 한다. 처녀는 도중에 모습을 감추어 버리지만, 긴고는 그녀가 기독교 저택[2]으로 들어간 것을 알고 있었다.

만타로는 엽기적인 인물이었다. 작년에 오바리 성의 서고를 정리하다가 「처형된 신부의 진술」이라는 것을 찾아냈다. 증조부가 선교사를 처형할 때 처형장에서 취조한 내용의 사본으로, 처형된 신부의 입에서 나온 괴기한 사실에 대해 기독교 저택에 있는 사람들에게서 알아내고 싶은 사실이 있었던 것이다. 긴고와 의논하여 그 처녀에게서 알아낼 방책을 강구했다.

그날 밤 닛폰 자에몬은 복수를 하기 위해 만타로의 집에 숨어들어,

---

1) 에도 시대 중기의 도적으로 200여명이나 되는 도적단을 이끄는 두목을 실제 인물이었다. 본명은 하마시마 쇼베(浜島庄兵衛)로, 강도로 인해 지명수배 되었다.
2) 에도에 설치된 기독교도 신부들을 수용한 곳.

만타로의 형이자 현재 호주인 요시미치가 전 시대 장군인 이에노부에게 하사받은 귀녀면을 가지고 도망을 친다. 그 가면 상자 속에 만타로는 「처형된 신부의 진술」도 넣어 두었던 것이다. 그런데 그 가면은 요시미치가, 해마다 열리는 니시노마루의 노 공연 때에 가지고 가서 알현하는 것이었기 때문에, 만타로는 네기시의 별저에 옮겨 근신하게 되었다. 가면 상자는 암시장에 나온 것을 긴고가 산 것인데, 잠깐 방심하는 사이에 파발꾼인 이헤에게 도난을 당한다.

 기독교 저택의 딸 오초는 혼혈아이다. 그 아버지는 종문의 하급관리로 니노미야라는 귀화한 이탈리아인이었다. 막부에 체포되자 종교를 버리고, 남편이 수감되어 과부가 된 여자를 아내로 맞았다. 오초는 애인 류헤이가 조르는 바람에 아버지 니노미야의 열쇠를 훔쳐 니노미야가 관리하는 광에서 값이 나갈 만한 물건을 꺼내 류헤이에게 넘겨주고 있었다.

 어느 날 밤 류헤이가 오초에게서 열쇠를 받아 광 안에 들어가자, 센조긴에몬과 닛폰 자에몬이 로마 대장간에서 만든 단도를 찾고 있었다. 욧쓰메야에 물건을 팔러온 처녀에게 눈독을 들인 닛폰자에몬이 그 예리한 감각으로 냄새를 맡은 것이었다. '그 단도가 발견되면, 왕가가 멸망하지 않게 될 것이므로 몇 만금이라도 주고 그것을 손에 넣은 자와 거래를 할 것이라는 이야기'가 유포되어 있었기 때문이다. 옥문에 효수된 신부는 포교를 위해서가 아니라 그 단도를 찾아내기 위해 일본에 와 있었던 것이다. 그 손잡이에는 야광구슬이 박혀 있다.

 니노미야가 개종을 한 것은 왕가를 위해 어떻게든 야광 단도를 찾아내고 싶은 심정에서였다. 그러나 돌감옥에 있는 요한에게 개종신부라는 말을 듣고 자살을 했다. 오초가 그 뜻을 요한에게 고했다. 그러자 요한은, 니노미야는 야광단도가 없어서 가명을 잃었기 때문에 일본에 표류해 왔지만, 실제로는 로마의 왕가를 부흥시켜야 하는 유일한 혈족으로 자신은 니노미야의 부하라는 이야기를 했다. 요한은 교황청의 명령으로 그것을 시찰하러 일본에 와 있는 것이다. 그는 야광 단도의 소재를 알 수 있는 단서 한 가지를 오초에게 알려주었다. '게이초(1596~1615년) 연간 무렵 이 일본에 표류하여 야광단도를 든 채 어디서 최후를 맞이하였는지 모르는 귀족 피오님께서는 계혈초(鷄血草)라는 새빨간 꽃을 너무나 좋아하시는 유명한 분이셨습니다. 로마교황청의 야광단도를 찾기 위해 비밀 명령을 받고 일본에 온 사람들이 얼마나 많았는지 모릅니다. 예전에 피오님이 보내신 정보를 근거로 생각해 보면, 관동지방의 에도 부근이라는 것만 한정적으로 알고 있습니다. 일본정부에 체포되지는 않았습니다. 일본에는 없는 계혈초가 한 송이라도 이 나라 어딘가에 피어있다면 그것은 피오님께서 있던 곳이든가 아니면 최후를 맞이하신 곳임에 틀림없습니다'라고 하는 것이었다. 그리고는 오초를 노리는 수상한 사람들이 많기 때문에 빨리 이 산속의 저택(기독교 저택)을 벗어나라고 충고했다.

한편 이혜가 석신당의 새전상자 밑에 그 가면상자를 숨기려고 보니, 그곳은 의외로 깊은 구덩이였다. 그것을 가지러 들어간 동료 점쟁이 바슌도도 바닥으로 떨어져 올라오지 못 했다.

석신의 새전 도둑이 가끔 그 새전 구덩이에 걸려든다. 그런 자들은 마음대로 처단할 수 있었기 때문에, 그 자들의 생간은 폐결핵으로 단명하는 고마케 가문 여성들의 영약으로 쓰였다. 그 생간에 기력을 불어넣기 위해 바슌도는 사육을 당하게 된 것이다. 희대의 가면을 손에 넣은 기념으로 아사기야 기구라 가무를 하는 사람들이 고마케 가에 초대되었다. 그 사람들 속에 이혜의 얼굴도 보였다. 바슌도 구출을 목적으로 가담한 것이다.

은거노인인 센가 노인과 구가의 향사 세키 구메노조가 「처형된 신부의 진술」을 앞에 놓고 의논을 하고 있었다. 왜냐 하면 고마케 가에서도 오랜 동안 그 단도를 찾고 있었기 때문이다. 센가 노인은 '자네도 최대한 정성을 다해 하루라도 빨리 그 단도를 찾아 주게. 게이초 시대에 가미카타의 전란과 이교도 박해의 재앙에 쫓겨 이 무사시노로 도망을 쳤지. 그 피오는 로마의 귀인으로, 그 나라에서는 왕족 중의 한 사람이라고 하네. 그리고 오랫동안 이 고마케 집에 숨어있었는데, 결국 에도 성에도 새 장군 히데타다가 와서 이 지방에도 제후 제도가 엄격히 시행되기 시작했기 때문에, 우리 집안에 잠복하고 있던 피오는 고마케 가에 누를 끼칠 수 없다며 어느 날 밤 말없이 사라진 채 끝내 행방을 알 수도 없고 어디서 죽었는지도 모르게 되었다네'라고 한다. 그리고 이어서 피오는 센가 노인의 선조에게 일정한 연한이 지나면 야광 단도를 로마교황청에 보내줄 것을 부탁했다고 한다. 또한 피오는 센가 노인 집안 사람에게 자신이 최후를 맞은 곳에는 반드시 계혈초가 피어있을 것이라고 했다고 한다. 구메노조는 노인에게, 단도를 찾아내면 고마케 가의 쓰키에 아가씨와의 결혼을 허락한다는 약속을 받아내는 것을 잊지 않았다. 그 축제 날 밤 구메노조가 생간을 가지러 감옥에 들어가 보니 바슈도는 이미 이헤와 도망을 친 뒤였다. 야광도의 비밀을 찾는 자는 오초, 파발꾼 이헤, 도쿠가와 만타로, 사가라 긴고, 포졸의 앞잡이인 구기칸, 두루미 오쿠메, 닛폰 자에몬, 센조 긴에몬, 담배가게의 구헤이 등 많았다.
　도쿠가와 만타로는 센가 노인에게 가다가 길을 잃고 대장간의 심부름꾼인 지로에게 길을 물어보는 과정에서 오초가 귀녀면을 가지고 있음을 알게 되었다. 오초는 고후에 있는 유모를 찾아 밤길을 걸어 고보토케에 갔다. 대장장이 집에 하룻밤 묵게 되었을 때, 지로의 자는 얼굴에서 벗겨온 귀녀면을 쓰고 몸을 보호하고 있었던 것이다.

닛폰 자에몬에게 쫓기던 오초는 산속으로 도망쳐서 기도를 하고 있는 사종문(邪宗門=기독교) 일당들을 만난다. 유모가 있던 베 짜는 집은 없어져서 그녀를 아는 사람은 없었다. 그때 대나무 잠자리 장수인 규스케라는 자가 말을 걸어왔다. 요한의 명령으로 닛폰 자에몬에게 쫓기고 있는 오초를 고보토케 근처에서 기다리고 있었다고 한다.

규스케의 말에 의하면 산악 기독교도 일당들이 요한을 묘가다니 감옥에서 산으로 데려갔다고 한다. 오초의 조상인 로마왕가를 위해, 요한을 든든한 배경으로 삼아 오초를 중심으로 야광 단도를 찾자고 동료들이 합의했다고 한다. 오초는 뒷골목에 있는 어느 집으로 안내를 받고, 그날 밤은 그곳에서 묵는다. 그러나 다음날 아침 규스케와 그의 처는 닛폰 자에몬에게 살해를 당한다.

닛폰 자에몬의 첩 오쿠메는 긴고를 끌어들여 독으로 그의 신체를 무력화시켜 집에 머물게 했다. 그 후 오쿠메는 팽이곡예를 하며 이혜와 바슌도에게 경호를 맡겼다. 하지만 오쿠메를 적으로 노리는 자도 있기 때문에 이혜와 바슌도는 오쿠메를 떠나버린다. 긴고는 가면이 있는 곳을 찾을 단서를 얻고자 두 사람의 뒤를 쫓는다. 그러는 도중 담배가게의 구헤이가 말을 걸어온다. 구헤이는 긴고의 아버지 사가라 가게유에게 17년 동안 종사한 하인이었다. 나쁜 짓을 해서 처형을 당할 뻔 한 것을 가게유가 도망을 치게 해 주었다. 그에 대한 보은의 의미로 오초가 가면을 소지하고 있다는 사실과 오쿠메에 관한 이야기를 긴고에게 고한 것이었다. 오쿠메를 찾아간 긴고는 강제로 마약을 하게 된다. 하지만 구헤이에 의해 구출된다. 한편 오쿠메도 긴고가 떠나자 자포자기하여 일쇠를 해산시키고 마약을 먹고 자살을 한다.

닛폰 자에몬이 잠자리 장수 규스케 부부를 살해하면서도 옆방에서 자고 있던 오초를 살해하지 않은 것은 오초를 사랑했기 때문이었다.

오초가 유모에게서 온 심부름꾼의 말을 듣고 하나데라(鼻寺) 절에 가보니 닛폰 자에몬이 기다리고 있었다. 유모의 심부름꾼이란 실은 그가 보낸 것이었다. 붙잡힌 오초는 가마에 실려가고, 구헤이는 그녀의 소매에서 가면을 빼냈다. 그때 긴고가 와서 닛폰 자에몬과 칼부림을 한다. 오초의 가마를 먼저 보낸 구헤이는 뒤에 남는다.

먼저 구헤이가 보낸 편지를 보고는, 만타로와 구기칸이 야나기자와케 가의 포리의 힘을 빌려 그곳을 습격한다. 하지만 닛폰 자에몬은 이미 도망을 치고 없었다. 구헤이는 가면을 긴고의 손에 넘기고, 가면은 다시 긴고에게서 만타로의 손으로 넘어간다. 만타로는 이로써 야광 단도의 수사에 전념할 수 있다고 생각한 것이었다.

그 해 가을이 되었다. 여름 이후 쓰키에가 고마케가로 돌아오지 않는 것을 센가 노인이 걱정하고 있었기 때문에, 심부름꾼인 오린이 구메노조의 하이지마에 있는 집으로 찾아갔다. 지로도 돌아오지 않았기 때문에 그 아버지 한고로도 따라 갔다. 그곳에는 계혈초가 군생하고 있었고 그것을 세 남자가 바라보고 있었다. 산악 기독교 신도들이었다. 그들이 그곳을 파보았더니 천 여 년 전의 토우가 나왔다. 오린은 흉폭한 그들의 이야기를 듣다가 붙잡혀서 그 구덩이에 산채로 토우가 되어 매장되고 말았다. 빈 집안에 호젓이 등불이 하나 켜 있고, 그 안에서 벌레소리를 즐기는 듯이 가만히 팔베개를 하고 누워있는 사람이 보이는데 왜 그는 그것을 돕지 않는 것일까?

지로는 만타로의 부탁으로 이치가야의 본저택에 가면을 보내게 된다. 하지만 그 전에 고마무라에 돌아가서 은거 노인에게 보이고 양해를 구하고 나서 에도에 보낼 요량으로 달 밝은 밤에 쓰키에와 함께 길을 걷고 있다. 출발이 늦은 것은 쓰키에의 상처 회복이 늦어졌기 때문이었다.

강가 모래 밭에서 아버지로부터 오린이 생매장되었다는 소식을 들은 지로는 오린을 구출하러 간다. 하지만 오린은 이미 방안에 있던 남자에 의해 구출되었다. 그 남자의 정체는 알 수 없었지만, 빈 집에서 하룻밤을 지내던 뜨네기였던 것 같았다.

욧쓰메야의 신스케와 구모키리의 진조들은 하나데라의 불빛을 받으며 오초를 가마에 태우고 긴포 근처로 달아났다. 그들은 자신이 가마를 메겠다고 하며 가마꾼들을 돌려보내고 옻채취꾼들 일당의 안내를 받아 지치부 깊숙한 덴도계곡에 있는 어느 마을에 머물게 된다.

그 산속에 있는 회당에서 사제를 하고 있는 것은 알고 보니 요한으로, 기독교 저택의 감옥에서 산악 기독교도들에 의해 구출된 것이다. 일동은 식사를 대접받았는데 거기에는 수면제가 들어있었다. 오초만 구출이 되고 해독약을 먹은 구헤이는 도망을 쳤다. 구모키리와 욧쓰야 주인은 흙으로 된 감옥에 갇힌다. 그곳에는 바슌도도 있었다. 비밀향(秘密鄕)을 엿본 자는 다시는 원래 마을로 돌려보내지 않는 것이 규칙이었다.

그날 밤 고마케 가를 찾아온 것은 닛폰 자에몬을 따라 온 만타로, 긴고, 구기칸이었다. 센가 노인(은거노인)이 만타로님에게 아뢸 말씀이 있다고 한 것은 —고마케 가는 야광도의 주인 피오와 깊은 인연이 있어서 저희 집안 역대 조상들도 그것을 찾으려 애를 쓰고 있기 때문에 만타로의 수색에 협력하고 싶다, 그런데 외동딸인 쓰키에가 아타미에서 입욕 중 뵈온 긴고를 사랑하고 있기 때문에 그녀의 소원을 들어주고 싶다는 것으로, 단도의 소재를 찾아온 역대 조상들이 가필에 가필을 더한 수색도를 보여주겠다는 것이었다. 그것은 피오의 일지를 단서로 작성한 것으로, 그것을 근거로 피오가 죽은 장소를 추정할 수 있다. 하지만 노인으로서는 그곳을 조사하는 일이 너무 힘에 부치고, 만타로라면 쉽게 갈 수 있을 것이라는 것이었다.

그날 밤 생매장된 오린을 구출한 닛폰 자에몬이 오린에게 부탁하여 안으로 숨어들어왔다. 그리고는 만타로에게 보여주기 위해 표시를 하고 있는 노인을 칼로 베고 녹나무판에 그려진 도면의 반쪽을 빼앗아 도주해 버렸다. 그로부터 며칠 후 나머지 도면을 가지고 있던 고마케가의 남자가 기독교도 마을로 떠났다.

그러자 요한도 떠나고 오초도 떠났다. 누군가가 산속 회당에서 땅속으로 통하는 비밀 문을 열었는지 기독교족과 죄수들 사이에 혈전이 벌어졌다. 그 동안 구모키리의 진조, 욧쓰메야의 신스케, 바슈도들은 밖으로 나와 정처 없이 떠돌고 있었다.

1714년 봄, 만타로는 형 오바리 주나곤 요시미치와 가면을 바치러 등성했다가 어렸을 적 친구인 요시무네를 면접한다. 그리고 그에게 에도 성내의 정원을 구경시켜 달라고 부탁하여 허가를 얻어 낸다. 긴고는 만타로 뒤를 따르고 있었고, 만타로는 공사장 인부 고효에를 따라다니며 구경을 했다. 센가노인이 말하던 아라시야마는 후키아게 정원을 말하는 것 같다. 그 후 만타로와 긴고는 밤이 되면 조사를 하러 다녔는데, 조사를 하다 보니 검은 복장을 한 자가 무엇인가를 찾으러 다니는 것을 몇 번인가 마주치게 되었다. 지치부 덴도 분지를 탈출한 오초가 산속 저택에 갔을 때 말을 걸어온 것은 돌 감옥 속에 있는 요한이었다. 쇠창살의 철봉 두 개는 하시라도 뺄 수 있게 되어 있었다. 오초는 그곳으로 들어가서 요한에게 뭔가 교육을 받았다. 감옥에 가도 잘 곳이 없기 때문에, 낮에는 바슈도의 집에서 자고 밤이 되면 복면에 남장을 하고 기독교도들의 창고에 가서는 돈이 될 만한 것을 가지고 나와 돈으로 바꾸어 바슈도에게 건네고 있었다. 닛폰 자에몬도 부하 집에 숨어 지내며, 밤이 되면 배를 타고 밖으로 나갔다.

요시무네는 공사장 인부 고효에에게 만타로가 여전하다는 이야기를 들었다. 그러나 이국인 유령이 출몰한다는 소문도 들은 적이 있다. 어느 날 밤 여느 때처럼 만타로와 긴고는 수색을 하다가 두 개의 검은 그림자를 만난다. 그 중 하나를 넘어뜨려 복면을 벗기니 요시무네였기 때문에 두 사람은 뒤도 돌아보지 않고 도망을 쳤다.

7일 후 만타로와 긴고가 요시무네와 다르게 휜칠한 쪽을 좇아가보니 아라시야마 뒤편에 있는 석신 사당의 문을 열고는 뛰어들어가 버렸다. 마룻바닥을 뜯어내 보자 돌계단이 있고 길이 두 갈레로 나뉘어 있었다. 만타로가 들어가자 오차노미즈 계곡 밑으로 나오게 되었다. 때마침 다 가온 배에는 구기칸과 지로가 타고 있었기 때문에 그 배를 타고 뭍으로 올라와서 가마를 불러 서둘러 네기시의 별저로 갔다. 이윽고 다른 한쪽 길로 빠져나온 긴고가 도착한다. 그는 기독교 저택 문 앞으로 나왔다는 것이었다. 닛폰 자에몬과 오초가 지나온 길이 어떤 길인지 짐작할 수 있었다.

오초는 닛폰 자에몬의 은신처에 가서는 닛폰 자에몬이 목욕을 하고 있는 틈을 타서 그림이 그려진 도판을 훔쳤다. 그가 알아차리고 뒤를 좇았지만, 오초는 산속 저택으로 사라졌다. 철창 안에서 오초와 요한의 이야기 소리. 요한은 자신이 가지고 있던 도면과 오초가 가져온 도면을 합쳐 보고는 문제의 장소에 무덤이 있고 가을이 되면 계혈초가 핀다는 사실을 확인한다. 석실을 나온 오초는 온통 검정색 차림이었다. 그녀가 산 저택 밖에서 총총걸음으로 걷다가 어느 석신당 안으로 사라지자, 지켜보던 기독교족들도 어디론가 떠나갔다.

일전에 이국인 유령이 나온다는 소문을 들은 요시무네는 아라이 하쿠세키를 불러서 에도 성내에서 이국인이 주살된 예가 있는지 조사해 달라고 의뢰한다. 하쿠세키의 명령으로 작성된 조서에는 ─ 로마의 귀족 피오는 1595년 일본에 건너왔다. 그는 로마 12왕가 중 으뜸가는 집안의 혈통이었다. 피오는 왕가에서 세습되는 보검과 '계혈초' 씨앗 만을 가지고 바다를 건너 왔다. 그 동기는 수도의 왕족간의 내란과 실연에 있다고 추측되는 면이 있다. 일본에 일대 예수회당을 지을 목적 하에 좋은 장소를 찾기 위해 여행에 나섰다가, 1612년 산속으로 숨어 버렸다. 예수회 소속 이국인이 밀정 노릇을 하며 관동 지역의 기밀을 오사카로 흘려보낸 사건이 발각되었고, 피오도 혐의를 받아 수많은 자객의 표적이 되었다. 3년째에 그는 무사시의 고마무라에 모습을 나타냈다. 고마케가의 조상은 그를 환대했다. 하지만 도쿠가와가의 무사가 그 사실을 알게 되었고, 그는 체포되어 1614년 에도 성으로 보내졌다. 에도 성 정원에서 참수를 당하고 아무렇게나 매장되고 말았다. 그곳에 계혈초가 어떻게 피게 되었을까? 그것은 아마 추측컨대, 피오가 소지하고 있던 씨앗이 싹을 틔운 것이라고 생각된다.

요시무네는 '추측컨대 밤에 돌아다니는 귀신이란, 피오라는 자가 땅속에서 품고 있다는 보검이 하는 짓'일 것이라고 생각했다. 마침내 공사장 인부 고효에를 앞세워 혈총(血塚)을 파보니 7척 땅 속에— 그날 밤 고이시가와의 석신당 굴을 지나 얼굴을 내민 것은 오초, 그 뒤를 따라 분노로 들끓고 있는 닛폰 자에몬.

요시무네에게 불려온 만타로는 그와 함께 망루에 올랐다. 그곳에는 백골을 넣은 단지와 야광 단도가 있었다. 요시무네가 모신 것이었다. 두 사람은 어둠에 잠긴 후키아게 교엔을 바라보고 있었다. 오초가 다른 사람에게 선두를 빼앗길세라 약초밭 무덤의 돌비석에 손을 대고 쓰러지자 닛폰 자에몬이 그녀를 향해 뛰어올랐지만 오초는 구덩으로 떨어지고 만다. 남은 닛폰 자에몬은 요시무네의 명령을 받은 수명의 무사들에게 포위를 당한다. 붙잡힌 오초는 기독교족 일당에게 구출되었다. 도망친 닛폰 자에몬은 망루의 단도를 훔쳤지만 긴고와 함께 해자에 떨어져 두 사람 모두 끌어올려졌다. 구모키리의 진조와 욧쓰야의 신스케도 붙잡히고 오쿠메는 가마쿠라의 수녀원으로 보내질 예정이다. 요한은 일이 틀어진 것을 알고 돌감옥에서 자살한다. 요한의 유언에 따라 어느 바닷가에서 출범한 남만선은 오초를 태우고 흰 파도 끝으로 사라졌다.

일본에 와서 죽은 로마 왕족 피오가 소지한 야광 단검은 막대한 은상(恩賞)으로 연결된다는 이야기로, 그것을 찾기 위해 악인 선인 많은 인물들이 활약한다. 그 이합집산에는 기회주의도 보이지만 복선을 깔아 자연스러워 보이게 한 솜씨가 일품이다. 숨겨진 보물 단검을 찾는 무대도 에도에서 고마무라, 지치부, 고슈에서 다시 에도 성으로 옮겨가고 있으며, 산악 기독교나 계혈초로 이어지는 로망은 훌륭한 전기탐정소설적 요소를 띤다. 아울러 루이코 작품의 영향으로 생각되는 부분은 두루미 오쿠메가 사가라 긴고에게 독이 든 탕약을 먹여 자신을 떠나지 못 하게 한다는 내용이다. 루이코의 「바이카로(梅花郞)」에는 하쓰네 양이 음모를 꾸며 연적 고에다 양에게 독약을 조금씩 먹이는 내용이 나오고, 「버려진 조각배(捨小船)」에서 고나미 양이 남작의 사랑을 얻기 위해 사용한 기애제(起愛劑)는 서서히 사람을 죽이는 독약(슬로 포이즌)이었다고 한다. 또한 기독교 저택의 감옥에 오초가 출입할 수 있었던 것은 루이코의 「왕비의 원한(王妃の怨)」에 나오는 아부지라는 남자가 옥지기와 짜고 왕왕 외출허가를 받았다는 이야기에서 힌트를 얻은 것이 아닐까 한다.

아울러 에이지는 당시 루이코의 판권을 관리하고 있던 루이코의 제자 야노 마사요(矢野正世)가 도쿄마이유 신문(東京每夕新聞)에서는 상사였던 관계로 친했기 때문에 야노의 양해 하에 루이코의 작품을 참고로 사용했음을 밝혀둔다. 란포도 「백발귀」를 집필할 때는 야노에게 허락을 받았다. 하지만 「유령탑」 때는 이미 야노가 고인이 된 상태였기 때문에 루이코의 후계자인 구로이와 히데오(黒岩日出雄)에게 허락을 받았다.

2. 와타나베 모쿠젠

1870년 6월 30일 야마가타 현(山形県) 미나미무라야마군(南村山郡) 가나이무라(金井村)에서 태어나 야마가타 중학교를 거쳐 도쿄 전문학교(현재의 와세다 대학)를 졸업했다. 1890년 「오우 일보(奥羽日報)」를 창간했지만 실패. 1894년에 상경하여 『야마토 신문(やまと新聞)』을 비롯하여 『도쿄마이니치 신문(東京毎日しんぶん)』, 『미야코 신문(都新聞)』, 『마이니치 전보(毎日電報)』 등 기자 생활을 전전하다 1910년에 퇴사했다. 소

와타나베 모쿠젠

설은 「불평귀(不平鬼)」를 『문예구락부(文芸倶樂部)』에 1896년 7월에 게재한 것이 처음으로, 『도쿄마이니치 신문』, 『미야코 신문』지상에 탐정 취향의 시대물을 다룬 장편소설을 많이 썼다. 다채로운 제재와 강담조 문장이 대중들에게 받아들여져 대중소설 선구자의 한 사람이 되었다. 만년에는 향리에서 은거하다가 1945년 11월 18일에 사망했다.

「여자독술사(娘毒術師)」는 1928년 10월 오사카의 문예사서점(文芸社書店)에서 간행된 것으로 출판사쪽 주인의 의뢰를 받아 집필한 전작 작품. '이것은 분큐(文久, 1861~1863년) 연간에서 1881년에 걸쳐 일어난 사실담이다'라고 적혀 있듯이 사실담을 윤색한 것이다.

「여자독술사」

'그림이 들어간 이로하 출판사 기자 중에 후쿠우라 다카지라는 사람이 있는데, 나이는 서른 정도 되었을까 아직 독신으로 매우 느긋하고 호기심 많으며 익살스런 선생, 집은 아사쿠사의 산야보리에 있기 때문에 매일 터벅터벅 걸어서 야노쿠라의 본사(本社)에 다니고 있었습니다' 라는 문구로 시작된다. 늘 다니는 아사쿠사 관음 경내 상가에서 비구니의 신세를 읊은 노래를 부르는 거지가 대단한 미인이라는 사실에 놀라, 신원을 파악한 후 신상에 관한 재미있는 이야기를 듣고 그것을 소재로 신문에 글을 썼으면 하는 속셈이 발동한 것이었다.

어느 날 신사에서 돌아오는 길에 날이 저물기를 기다렸다가 가미나리문에 가보니, 그 여자는 샤미센(三味線)을 자루에 담고 돌아가려는 참이므로 미행을 한다. 그러자 그녀는 다키노가와 강기슭에서 걸음을 멈추었다. 옷을 벗은 그 여자는 흐르는 물에 들어갔다. 백옥같이 흰 그녀의 등에는 붉은 색과 푸른 색 문신이 새겨져 있었다. 강에서 올라오더니 여자는 오우지초로 가서 오우지신사 경내로 모습을 감추었다. 밭으로

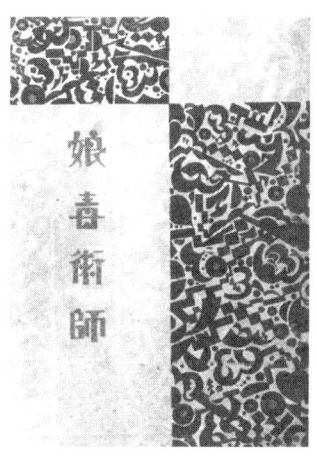
『여자독술사』 케이스(1928년)

『여자독술사』 표지

『여자독술사』 삽화

이어지는 숲 속에 두 세 개의 어묵집이 늘어서 있었다. 그 중 한 군데로 들어가는 것을 지켜보았다.

다음날 아침 그 숲 속에 가서 그 어묵집에 있는 훌륭한 찬장과 차도구 일습, 경을 읽는 낡은 책상 등을 엿보며 그 아름다움에 정신이 팔려있다가 옆집 노인에게 주의를 받고 만다. 그는 호기심 많은 도자기상인 부자 은거 노인과 절친한 사이였으므로, 4, 5일쯤 지나서 사정 이야기를 하고 둘이서 함께 그 여자를 만나보고 신상에 관한 이야기를 들어 보기로 했다.

그날 아침 둘이서 가보았지만 그 여자는 이미 나가고 난 뒤. 옆집 노인에게 20전짜리 지폐를 건네주고 전언을 부탁해 두었다가, 저녁 때 가보니 그 노인이 '들도 보도 못 한 사람을 만날 수는 없다고 합습지요. 게다가 지금은 어디로 나갔는지도 알 수가 없어서 안 되겠습니다요'라고 하므로, 종이에다가 두 사람의 성명과 주소를 적어서 다시 한 번 부탁해 보라고 부탁하고 돌아왔다.

다음날 저녁에 가보니, 그 노인이 오늘 밤도 출타중이라고 하며, 단책을 건네주었다. 그곳에는 '남양의 눈이 저절로 생각나는 더위이런가'라고 적혀 있었다. 삼국지의 제갈공명이 은둔하고 있던 장소가 남양현이었기 때문에, 한 두 번 만에는 만나주지 않겠다며 제갈공명 흉내를 내는 것으로 생각되었다.

다음날 저녁, 세 번째로 찾아갔더니 예의 그 노인이 오우지 신사의 문 앞에서 기다리고 있었다. 그가 안내를 한 곳은 부동폭포 근처의 들판이었는데 앉을 자리가 따로 마련되어 있었다. '제게 조금이라도 숨이 붙어 있을 동안은 절대로 다른 사람에게 이 이야기를 하지 말아 주십시오'라고 다짐을 하며 그 여자는 이야기를 시작했다.

공무합체운동(公武合體運動)과 병행하여 차차 하급무사들 사이에 급진적인 존왕양이 운동이 고조되던 무렵이었다. 사쿠라타의 변(桜田の変)[3] 이 있고 이이 나오스케 다이로(大老)[4]의 뒤를 이어 외국과의 교제 전반을 담당하고 있었던 것은 로주 안도 쓰시마노가미 노부 마사와 외국부교(奉行)[5] 호리타 오리베노쇼토시히로였다. 미국의 일본총영사는 타운젠트 해리스로 안도 쓰시마노가미의 저택을 왕왕 찾았다. 나이는 마흔 정도 되고 덩치가 크며 승마를 했다. 환심을 사려는 안도는 시녀 오타마에게 명령하여 해리스에게 몸을 바치라고 했고 그녀는 자살을 하고 만다.

왜냐하면 호리타 오리베노쇼토시히로의 부하 중에 미시마 사부로베 미치타네가 있는데 그 자식으로 산노스케, 오하나가 있었고, 사부로베의 여동생에게 딸이 하나 있었는데 그것이 오타마였고, 산노스케와 오타마는 서로 약혼한 사이였던 것이다. 오타마가 자살한 사실을 안 미시마 산노스케는 안도를 국적(國賊)으로 미워하고 해리스에 대한 원망이 극도에 달한다. 그리고는 자신이 무술 연습을 하러 다니는 간다 오타마가이케의 지바 슈사쿠의 도장에 있는 동료 다섯 명에게 부탁하여 해리스 저격을 시도한다. 그러나 안타깝게도 해리스를 처치하지는 못했다. 그 무렵 능구렁이 같은 안도 쓰시마가미와 오리베노쇼는 외교에 관한

---

[3] 1860년 에도막부의 다이로(大老) 이이 나오스케(井伊直弼)가 미토번(水戸藩)의 무사들에게 암살된 사건. 이이 나오스케는 미일통상조약에 조인하여 일본의 개국, 근대화를 단행하며 그 반대세력을 숙청(安政の大獄)했는데 그 반동으로 암살을 당했다
[4] 에도 시대에 쇼군(將軍) 직속으로 정무를 담당하던 최고 책임자를 로주(老中)라 하고, 그 위에서 쇼군을 보좌하는 최고관직을 다이로라 하였다.
[5] 행정·재판 사무 등을 담당하는 무사의 직명.

일로 격론을 벌이게 되고 그 결과 오리베노쇼는 자살을 한다.

　1862년 정월 14일 밤 미시마 사부로베는 오하나를 찾아가서, 오빠 산노스케는 행방불명이므로 가문을 이어 집안을 일으키라고 한다. 그리고 출가를 하기는 했지만 미즈노 교조를 남편으로 삼으라고 권한다.

　다음날 아침 사부로베를 비롯하여 6명의 낭인이 안도 쓰시마가미의 가마를 습격한다. 그러나 성공하지 못 하고 6명이 목숨을 잃었고 안도 쪽도 사상자가 26명에 이르렀다. 이번 사건에 관련된 자들의 권속을 붙잡아서 목을 베어 씨를 말리겠다고 알린 것은 미시마가의 하인 분페이와 그와 동향인 안도가의 오리스케 고헤이지였다. 오하나는 분페이와 그의 향리 부슈 아다치군 고노스로 이사를 한다. 고헤이지 역시 함께 이사하여 분페이의 집 근처에 있는 빈 집을 빌려 셋이서 함께 산다. 오하나는 마을 처녀들에게 재봉을 가르치고 분페이는 강에서 고기를 잡아다 마을에 내다 팔았다. 고헤이지는 특별히 하는 일 없이 지역의 파락호들과 어울려 술을 마시거나 도박을 하기도 하고 빈둥거리며 오하나에게 추근댔다. 그러던 어느 날 밤 분페이와 고기를 잡으러 간 고헤이지는 분페이를 강으로 밀어넣었고 뱃전에 매달리는 분페이를 허리에 차고 있던 낫으로 난도질을 해서 죽인다.

　한편 행방불명이 된 오하나의 오빠 미시마 산노스케는 미국 서기관 유스케 살해에 가담한 후 시나가와의 메밀국수집 오모다카야가에 배달원으로 기거하고 있었다. 어느 날 밤 찾아온 손님이 다름 아닌 미즈노 교조였다. 교조는 요코하마지역에서 러시아인을 한 명은 참살하고 한 명은 부상을 입히고는 떠돌이 무사가 되었다. 산노스케는 미즈노를 동지로 끌어들였다. 그들의 계획은 각국의 영사나 외국인을 토벌하는 것이었다.

　1861년 5월 28일 밤 9시에 동지 14명이 고텐야마 산에 모여 영국영사를 토벌하기 위해 도젠지 절에 가서 분투하지만, 중상을 입은 미시마 산노스케는 미즈노를 만나자 동생 오하나를 부탁하고 할복을 하고 만다. 그 후 미즈노는 미시마가를 찾았지만 그 집에는 낯선 사람이 있었다. 그는 할 수 없이 교토로 떠난다. 양이파인 아사카 고로가 오라고 한 것이었다. 하지만 도중에 하야부사 세키치라는 막부 쪽의 명탐정과 함께 하게 되었다.

한편 분페이의 지시를 받은 오하나는 다이코쿠 목상 뒤에 감추어 두었던 황금 삼백 냥이 분실되었음을 깨닫고는 고헤이지의 소행이라고 의심하여 그를 화나게 한다. 고헤이지는 그녀를 기둥에 묶어놓고 나가 버린다. 사태가 이렇게 되자 화를 참는 것이 유리할 것이라고 판단한 오하나는 돌아온 고헤이지에게 웃는 얼굴을 하고는 집안의 부흥을 위해 부부가 될 필요가 있다고 구슬린다.

그 후 분페이의 사체가 강에서 떠오르자, 고헤이지에게 혐의가 가게 되고 삼백량을 훔친 것도 그의 범행임이 드러난다. 고헤이지가 술에 취해 돌아온 어느 날, 오하나는 그를 단도로 찔러 죽이려다 실패하고 쫓겨 도망을 친다. 고헤이지가 들어올린 칼날에 목이 베이려는 순간 오하나는 이토 군베라는 마쓰히라 단바가미 영지내의 하급무사에게 구출된다. 군베는 다카나와의 도젠지 절에서 외국인 경비에 종사하고 있었다. 오하나의 신상에 대해 듣고는 고후쿠바시 내의 저택으로 데려가 처 오리에가 주거하고 있는 곳에 살게 했다. 도젠지 절에 대기하고 있던 군베에게 연락이 오자 오하나는 오리에의 심부름을 갔다가 윌리엄 찰스라는 영국인 육군 사관의 눈에 띄게 된다.

얼마 안 있어 오하나에 대한 찰스의 행동이 이상해 지는 것을 본 군베에는 찰스를 내동댕이친다. 그 후 찰스에게 불려가 뺨을 맞고 구둣발로 얼굴을 걷어 채여 피를 흘리게 된다. 그에 대한 원한으로 군베는 불침번을 서고 있는 찰스를 창끝으로 찔러 죽이고 자택에서 자해를 한다.

이야기는 바뀌어서, 떠돌이 무사 미즈노 교조는 교토로 향하는 도중 순슈 후지에 숙소에서 숙면을 하는 중에 에도 미나미초 판관 수하에 있는 탐정 하야부사노 세이키치에게 수하물 검사를 당하여 도젠지 절 침입 잔당임이 발각된다. 다음날 아침 세이키치는 일찍 나섰다. 천천히 나선 교조는 오이가와에서 체포당할 뻔 하지만 근처의 거지움막에 숨어 화를 면했다. 거지로 변장한 교조가 간신이 교토에 도착하고나서는, 예전에 연락이 있었던 불구사(佛具師) 간고로의 동지 아사카 고로의 집에 몸을 의탁하게 된다.

한편 오하나와 오리에는 고지마치 히라가와초의 구헤이의 나가야(長屋)[6]에 빈 방이 있어서, 그곳에 들어가 바느질가게 간판을 내건다. 하지만 오리에는 감기가 도져 큰 병에 걸리고 만다. 하필이면 진찰을 한 의사가 돌팔이로 15냥의 약값이 필요하다고 하여, 오하나는 책 대여점의 기스케의 주선으로 노베오카번의 번주인 나이토가를 찾는다. 그곳에서 밤에 노인의 잠자리 시중을 들게 하자 그녀는 거절을 한다.

또 한편으로 간고로의 외동딸 오코는 대단한 미인으로, 미즈노 교조를 보고 한눈에 반해 버린다. 간고로도 교조가 마음에 들어 아사카를 통해 교조의 의향을 물어보았으나 곤란하다는 답이 오고, 오코는 병이 나고 만다. 간고로는 교조에게 오코에게 뭐라고 한 마디라도 말을 해달라고 부탁을 한다. 교조는 주인 간고로가 밤에 일을 나간 후 오코의 병상에 가서, 실은 미시마 산노스케라는 친형제 같은 사람이 있는데 도젠지 절의 이인들을 습격했을 때 깊은 상처를 입고 숨을 거두고 말았다, 그때 오하나라는 여동생을 자신이라고 생각하고 아내로 맞이해 달

---

6) 칸을 막아 여러 가구가 입주할 수 있도록 지은 단층 연립 주택.

라는 부탁을 했다. 그 후 오하나의 소재를 찾고 있다는 이야기를 자세히 들려주며 자신을 단념해 달라고 부탁한다.

그때 무사들을 잡기 위해 포리들이 들이닥쳤다. 교조는 좁은 마당 끝으로 들어갔지만, 문밖에는 많은 포리들이 있기 때문에 밖으로는 도망칠 수가 없었다. 그때 마침 마당 구석에 있는 세공공장이 눈에 띠어 그 안으로 들어간다. 그 속에는 한 길 오척이나 되는 염라대왕 목조상이 있었는데 그 무릎 속으로 들어가 상대를 위에서 내려치니 다가오는 자가 없다. 교조가 목상 뒤쪽으로 휙 돌아간 것 같은데, 어찌된 일인지 아무리 기다려도 나오지 않는다. 오코는 포리의 칼을 맞아 열아홉의 꽃다운 목숨을 잃고 만다. 교조는 눈물을 머금고 나미아미타불을 외며 몰래 시체를 문밖으로 들고 나온다.

대체 교조는 어떻게 세공공장에 몸을 숨기고 위험에서 벗어날 수 있었을까? 간고로는 포리가 들이 닥칠 만약의 사태를 대비하여 아사카와 미즈노에게 숨을 곳을 마련해 주기 위해 조각 안에 있던 염라대왕의 등 부분에 개폐가 가능한 판자문을 만들어 두었다. 그것을 꾹 누르면 태엽의 원리로 열리게 되고 안에 들어가면 목상의 배로, 두 세 명 정도는 충분히 들어갈 수 있는 공간이었다. 그리고 그 문을 잠그면 아무리 누르고 두드려도 꿈쩍도 않는 것이었다.

한편 이야기는 바뀌어서, 나이토케 집안에 있는 오하나는 그곳을 벗어나 집으로 돌아갈 수 없다는 괴로움에 마당의 오래된 우물에 몸을 던지려고 결심하고 뛰어들려 한다. 그 순간 방과 부엌에 있는 하녀들이 시바다이신궁 앞의 파발꾼 사고헤이의 나가야로 가라고 하며 길을 가르쳐 주고 그 증표로 몸에 지니고 있던 부적 봉투를 건넨다.

사고헤이는 오십 가까운 사람이지만 매우 장건하고 정직한, 의협심 있는 인물로, 그날 밤 오하나를 재워준다. 다음날 히라가와초의 이토 군베에의 미망인 오리에를 찾아가 그 머리맡에 있는 약을 약종상에 가지고 가서 보여주니, 겨우 1관에 50문도 채 되지 않는 정도의 초근목피였다. 사고헤이는 즉시 기스케에게 흥정하러 갔으나, 기스케는 오하나가 도망을 친 일로 나이토가로부터 엄중한 문책을 받고 낭패하여 그날 중으로 세간을 챙겨 종적을 감추었다. 그리하여 사고헤이는 나누시(名主)[7]에게 고소를 한다. 마침내 마치부교(町奉行)[8]에게 소장이 가고, 기스케는 후카가와의 친척집에 숨어 있다가 붙잡혔다. 또한 돌팔이 의사 셋사이도 끌려와서 두 사람 모두 중죄에 처해진다. 오하나는 단지 간계에 넘어가 나이토가에서 일을 한 것이므로 별 죄를 받지 않고 귀가를 허락받았고, 즉시 의사를 바꾸어 오리에를 치료하게 하니 차차 나아져서 완쾌하였고 일단 고향 신슈 마쓰모토 부근에 있는 친척을 찾아 귀향한다.

오하나에게는 오빠 산노스케와 미즈노 교조의 행방을 찾는다는 큰 임무가 있어서 사고헤의 권유로 파발로 출발하는 그와 함께 존왕양이 무사들이 집결하는 교토에 간다. 오기마치 다이나곤 사네아쓰 경의 저택에 들어가 부인의 시중을 들게 된 것이다. 오하나는 부인을 모시고 기요미즈데라 절에 참배를 갔다가 우연히 미즈노 교조를 만나고, 그에게서 오빠 산노스케가 도젠지 절에서 토벌되었다는 이야기를 듣는다. 그 후 오하나는 1863년 11월 경사스럽게도 아사카 고로의 중매로 미즈노와 결혼식을 올린다. 그 후 미즈노는 오기마치가의 무사로 들어앉게 되고 오하나는 바느질 사범으로 금슬 좋게 살고 있었다. 하지만 아시카가 다카우지의 목조상의 목을 벤 사건에 연루된 미즈노는 도망을 치고,

---
[7] 에도 시대 조(町)나 촌(村)의 장(長).
[8] 에도 시대의 관직명으로 시중의 행정·사법·소방·경찰 등의 직무를 담당하였다.

오하나는 붙잡혀서 반년 정도 교토의 감옥에 갇혀있게 된다. 그 후 1869년 봄 도쿄에 나온 오하나는 운 좋게도 형부성(刑部省)의 종7위 관원이 되어 있던 후지타 유키오와 미즈노 교조와 재회하여, 아자부 류도초에 살림을 차려 2년 정도 아무 일 없이 살고 있었다.

메이지 정부의 공신들이 제멋대로 하는 정치를 못 마땅해 하던 후지타는 1870년 사직을 하고 요코하마에 가서 장사를 시작한다. 그러나 믿고 있던 무역상 다카무라 손이치로는 프랑스 상인 데프리와 짜고 후지타를 속여 5천엔을 들고 종적을 감추어 버린다. 후지타는 바로 빈털터리가 되었기 때문에 1970년 겨울 오하나를 도쿄에 보낸 후 할복을 한다.

옛주인 호리베 다다시의 자해, 아버지 사부로베미치타네의 횡사, 오빠 산노스케의 전사, 남편 교조의 자살도 결국 모두 원인은 외국인 때문이라고 생각하고, 오하나는 데프리에게 접근할 계략을 짠다. 그 결과 자신에게 연예 소질이 있으므로 게이샤로 몸을 팔아 고하나라는 이름으로 예기 노릇을 하게 된다. 데프리는 유흥을 즐기는 동안 그녀에게 말을 건다. 고하나는 불구대천의 원수이기 때문에 그에게 몸을 더럽히고 나서는 부모로부터 받은 신체를 버리고 새로운 자신이 되고자 온 등에 사자와 모란 문신을 새긴다.

데프리가 업무상의 필요에서 요코하마를 떠나 하코다테로 가자 오하나는 마침내 일념을 실현시키고자 한다. 그 해 여름 무로란에 가서 도마고마이에서 삿포로로 들어가고 오타루 항구에 도착하기까지 몇 번이고 데프리를 노렸지만, 수행을 하고 있는 보이 겸 요리사인 다쓰마쓰라는 남자의 방해로 손을 쓸 수가 없었다. 방심을 허락하지 않는 다쓰마쓰는 몰래 몰래 주인에게 고하는 것이었다.

데프리는 같은 나라 사람 모씨와 공동으로 호주에 금광을 발굴하러 가게 되고, 실지 검사를 하기 위해 도항을 한다. 오하나는 다쓰마쓰가 전부터 자신을 옆에서 몰래 연모하는 것을 이용하여, 저 혹만 없으면 좋겠다고 넌지시 암시하여 아시바프톤 산속에서 데프리를 멋지게 총살시킨다. 오하나는 마음속으로 기뻐 날뛰며 바로 포트다윈의 프랑스 영사관으로 뛰어들어가 상황을 설명한다. 그로 인해 다쓰마쓰는 체포되고 함께 본국으로 호송되어 재판을 받게 되지만, 오하나는 교사했다는 증거가 불충분하기 때문에 무죄방면이 되고 다쓰마쓰는 사형에 처해진다.

    십만 엔 정도 되는 데프리의 유산은 모조리 오하나의 수중에 떨어진다. 그녀는 그 돈을 모두 자선 사업에 기부한다. 자신은 한 푼도 몸에 지니지 않고 구걸하는 신세가 되어 거지들 소굴에 들어간 것이다. 그리고 오우지신사 숲속에 오두막을 짓고 기거하며, 낮에는 아사쿠사에 가서 샤미센으로 한 두 푼씩 구걸하고 저녁에 집에 돌아오면 염불과 독경, 다도, 향화(香花)로 시간을 보내며 완전히 세속을 떠난 생활을 하고 있는 것이었다.

    기자인 후쿠우라 다카지, 이세야의 노인 후지에몬도 여간 기이하게 여겨진 것이 아니었기 때문에, 그렇다면 거지 생활 보다는 어딘가 절에 들어가는 것이 좋을 것이라고 충고한다. 그리고 그 둘은 동분서주하여 가마쿠라에 연화암이라는 비구니 절을 한 채 짓고는, 오하나를 삭발을 시켜 주지로 삼았다. 그녀는 병에 걸려 향년 48세로 1892년 9월 13일 생을 마감한다.

3. 오시타 우다루

본명 기노시타 다쓰오. 1896년 11월 15일 나가노현 미노와마치(箕輪町)에서 태어났다. 1921년 규슈(九州) 상대 공학부 응용화학과를 졸업. 농상무성 임시 질소연구소에 근무하였으며 고가 사부로와 동료였기 때문에 그가 발표하는 탐정소설의 자극을 받아 소설을 쓰게 되었다. 1925년 4월호 『신청년』에 「금박테 궐련초(金口の巻煙草)」를 발표하여 데뷔, 에도가와 란포에 이어 활약을 계속했다. 독특하고 평이한 문장으로 자신의 작풍을 낭만적

오시타 우다루

리얼리즘으로 규정하고 인간심리의 분석에 탁월한 필치를 보였다. 「히루카와 박사(蛭川博士)」(1929년, 『주간아사히』), 「공포의 잇자국(恐怖の歯型)」(1930년, 『아사히』), 「정옥(情獄)」(1930년, 『신청년』), 「마인(魔人)」(1931년, 『신청년』), 「낙인(烙印)」(1935년, 『신청년』), 「철 혀(鉄の舌)」(1937년, 『신청년』), 「돌혀 기록(石の舌の記録)」(1948년~1950년, 『보석』), 「허상(虛像)」(1956년, 마이니치신문사) 등이 알려져 있다. 「금색조(金色藻)」(1932년 7월~, 『주간아사히』)는 사기사건을 제재로 한 본격장편이다. 1934년 5월 신초샤 간행.

「금색조」

"'야 이것 참 유침한 곳이네!' 올해 스물 여섯 된 젊은이 아시다 료키치는 히비야 공원 뒤 재판소 구내 제1호 공중 대기실에 들어가자 갑자기 신음소리를 내기 시작했다'라는 문장으로 시작된다. 동양시보사의 신

『금색조』 표지(1934년)

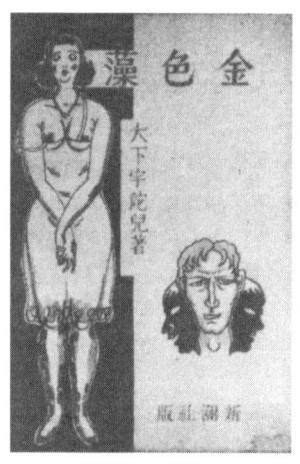

『금색조』 케이스

인 기자 아시다 료키치는 재판소를 견학하러 온 것이다. 그때 여배우 사쿠라기 하루미의 의상 절도 사건의 피고인 고미 모 45세를 향해 재판장이 심문하고 있었다.

고미에게는 아이가 셋 있는데 신이치와 하루코는 초등학생이었고, 맏이인 딸 시즈코는 남의 집살이를 하고 있었는데 방청을 하러 와 있었다. 피고가 사쿠라기 하루미의 집에 들어갔을 때 집안에 있던 사람들은 아직 아무도 일어나지 않았다. 고미가 '옷장에는 옷만 있었고, 돈은 없었습니다. 옆방에는 하루미가 혼자 자고 있었습니다. 게다가 또 자세히 보니…'라고 말을 하다가 비틀거리며 쓰러졌다. 피고의 이마에서 피가 흘러내리기 시작했다. 흉기는 무음 피스톨인 것 같았다.

경계를 하고 있던 경찰은 이미 교살되어 있었다. 즉시 경시청 쓰치에 수사과장과 담당자 일단이 도착했다. 경계근무를 하고 있던 것은 가짜 경찰로 그가 피해자를 사살한 것으로 생각된다. 수사과장은 이노마타 형사들에게 '가짜 경찰은 히비야 공원 쪽으로 도망친 것 같은데 복장을 다시 갈아입었을 지도 모르네. 서로 그룹을 나누어서 무엇이든 단서를 찾아들 오게'라고 명령했다.

이노마타 형사가 공원 철쭉 꽃 덤불에서 벗어버린 제복을 찾아냈다.

지나가던 신사가 이노마타 형사에게 알려준 것이다. 그 신사가 오른손으로 왼손 손가락을 딱딱 꺾으면서 말하길, 범인이 옷을 벗고 떠날 때는 노동자들이 입는 작업복 차림을 하고 있었다고 한다. 하지만 경계를 하던 가짜 경찰도 손가락을 딱딱 꺾었다는 사실을 깨닫고는 제보를 한 신사가 범인이라고 생각하게 되었다.

동양시보사의 사회부 부장을 찾은 의학사 호리노 유타라는 자는 사쿠라기 하루미의 바로 옆집에 살고 있었다. 그녀가 커다란 유리 화분에 손도 있고 발도 있고 얼굴도 있는 인간의 모습을 한 것을 파란 풀 속에서 키우고 있다는 사실, 한 밤중에 신음소리와 웃음소리를 낸다는 사실, 하루미가 가끔씩 남장을 하고 외출하며 문패가 1주일에 두 번 바뀐다는 사실 등을 알려주고 유라쿠초 역으로 향했다. 료키치는 그 남자를 미행하여 전차를 탔다가 오모리 역에서 하차했다. 구불구불한 가는 길을 따라 갔는데, 갑자기 뒤를 돌아보며, '자네 도대체 어쩌자고 남의 뒤를 따라오는 거야?'라고 화를 낸다. 그 얼굴은 호리노 의학사와는 전혀 다른 사람으로 바뀌어 있었다. 료키치는 도망치기 시작하는 그 자를 쫓아가려 했지만, 등 뒤에서 누군가 후두부를 내려치는 바람에 쓰러져서 기절하고 만다.

한편 여배우 사쿠라기 하루미가 있는 아사쿠사 금사자좌에 동양시보사의 기자 다니모토가 찾아왔다. 하루미를 만나기 위해서인데, 그녀의 무용이 끝나고 나서 다음 막이 시작될 때까지 막간이 몹시 길었다. 무대 뒤로 가자 낯익은 이노마타도 와있었다. 두 사람이 하루미의 방에 들어가 보자 그녀는 없고 나이 어린 소녀가 교살되어 있었다. 하루미의 화장대 위에 '사건 발각의 위험이 있음. 서둘러 행방을 숨기기 바람. 하루미 님께. M.M.M'라고 적힌 종이쪽지가 있었다. M.M.M이란 비밀결사 같았는데, 그 지령을 받고 모습을 감추었다고 볼 수밖에 없었다.

다니모토 기자는 오모리에 있는 하루미의 집으로 자동차를 몰았다. 하루미도 그 어머니도 부재중이었고, 그 집의 거실은 흐트러져 있었다. 호리노 의원에 들리자 호리노도 행방이 불명이었다. 간호사에게 하루미에 대해 물어보니, 방금 전에 남자 둘이서 큰 짐을 들고 나갔는데, 그 후 신사로 보이는 사람이 나타나서 손가락에서 뚝뚝 소리를 냈다고 대답했다.

머리에 상처를 입은 료키치가 눈을 뜬 곳은 어두운 방이었다. 고미모의 아이들을 구해서 그 집에 데려온 것이다. 장녀 시즈코는 고이시가와의 미국인 밀튼 버클레이의 저택에서 아이 보는 일을 하고 있었다. 료키치는 그녀의 부재 중에 두 남자의 습격을 받는다. 그 중 한 명이 경찰에게 잡힐 상황이 되자 동료가 쏜 무발성 총에 맞지만, 그 자의 이름은 말하지 않고 자신은 우시야마 헤이로쿠라고 하며 축 늘어지고 만다.

신이치와 하루코는 밖으로 놀러 나와 야구를 하고 있다. 그곳에 호리호리하고 어깨가 딱 벌어진 남자가 와서 '얘, 얘' 하고 말을 걸며 너희 누나에게 부탁을 받고 데리러 왔다고 한다. 공을 한 번 치고 가고 싶다고 하자 '알았어, 될 수 있으면 빨리 치렴'하며 아무렇지도 않게 두 손을 앞으로 겹쳐놓고는 손가락을 뚝뚝 꺾었다.

시즈코의 주인 버클레이는 미일합자회사인 아사히 어업회사의 고문이라고 했다. 밤이 되어 시즈코가 집으로 돌아가면서 병든 부인을 들여다보니, 부인은 일어나서 창문으로 어두운 정원을 보고 있다가 마당에서 사람이 우는 소리 같은 것을 들었다고 하며 '누군가 나쁜 사람이 우리들의 목숨을 노리고 있어요. 내게 두 번이나 독약을 먹이려고 했어요'라고 한다.

시즈코는 그날 밤 10시 넘어 집으로 돌아갔으나, 신이치와 하루코는 그때까지 집에 돌아오지 않았다. 가짜 경찰과 한 패인 우시야마 일당이 두 사람을 어딘가로 데려간 게 틀림 없다고 료키치는 생각했다.

우시야마 헤이로쿠는 오모리에 있는 카페 기린 뒤에 있는 2층집에 살고 있음이 밝혀졌다. 과장이 조사를 하러 가자 기린의 여주인이 '우시야마 씨는 우리 가게 여급 스즈키 지에코와 동거하고 있었어요. 지에코는 우시야마 씨의 친구를 상대하고 있었던 것 같은데, 트집을 잡으러 온 그 남자는 손가락을 뚝뚝 꺾는 버릇이 있었습니다'라고 했다.

그 방을 수사하니 버드나무 고리가 있었고 그 안에서 남자의 사체가 나왔다. 호리노 의학사의 얼굴이었다. 하지만 여주인은 본 적이 없는 사람이라고 했다. 외부에서 교살되고 나서 고리에 넣어진 채 옮겨진 것 같았다.

나가자와 의원에 입원한 우시야마가 얼마 못 살 것이라는 말을 듣고 수사과장들이 찾아갔다. '자네 방에 호리노 의학사의 사체가 있었네. 자네 혼자 한 짓은 아닐 테지', '동료는 있습니다. 하지만, 형사님, 저는 지금 와서 동료가 누구인지 말할 수는 없습니다', '형사님 스즈키 지에코를 너무 괴롭히지 말아 주세요', '카페에는 없네. 가게 사람 말로는 옛 정부한테 간 것 같다고 하는데', '제 마누라는 아니었으니까요. 지에코는 사쿠라기 하루미 흉내를 내는 것을 싫어 해서요', '하루미가 지금 어디에 있는지 알려 주게', '경관님, 하루미는 말입니다. 금색조 속을 인어가 되어 헤엄치고 돌아다니고 있어요'

인어라니, 그게 무슨 말인가! 금색조라니, 무엇이란 말인가! M.M.M의 정체는? 사쿠라기 하루미의 정체는? 도대체 알 수 없는 일 뿐이었다.

그 무렵 경찰에 투서가 들어왔다. 사쿠라기 하루미가 데라지마마치 다마노이 근처에 있는 가설 흥행장에 있다, 그 가설 흥행장의 두목의 첩이 되려고 하고 있다는 말이었다.—수사과장, 이노마타 형사, 료키치는 아사쿠사의 금사자좌에 들려 지배인을 태우고 그 흥행장에 갔다. 지배인은 괴미인으로 변장을 하고는 있지만 하루미임에 틀림없다고 하므로 그 여자의 어깨를 덥썩 잡았다. 하루미는 그날 밤 물속에 던져진 것을 근처 양식당 주인이 발견하고 구출하여 흥행장 주인이 있는 곳으로 데려 온 것이었다.

그때 료키치는 가짜 호리노 의학사가 몰래 접근한 것을 알아차리고는 붙잡으려고 달리기 시작했다. 그 뒤를 이노마타 형사가 따라갔지만 이노마타는 그들을 놓치고 료키치는 스가모에서 차를 버린 가짜 호리노를 미행했다. 저쪽에서 신사와 양장을 한 젊은 여자 두 사람이 접근하자 가짜 호리노는 머리를 꾸벅 숙이고 무슨 말인가 하고는 '언제쯤 돌아오십니까?' 하고 인사를 한다. '길지 않을 것이네. ―기다려 주게'라고 신사가 말하는 것을 들었다. 그렇지만 가짜 호리노를 놓치고 말았다. 앞쪽에 있는 이와사와케 가나 이구치케 가 중 어느 한 곳으로 들어갔을 것이라고 판단한 료키치는 그 남녀 뒤를 좇았다.

두 사람은 긴자로 나오자 야시장을 둘러보며 돌아다녔다. 료키치는 신사가 오른손 검지와 중지를 합쳐서 붕대로 감고 있음을 알아챘다. 두 사람은 마쓰자카야 백화점 근처에 있는 다방으로 들어갔다. 두 사람은 코코아를 마시고 밖으로 나갔다. 여자는 가로수에 한 손을 짚고 쓰러져서 입술사이로 피를 토하고 있었다. 청산가리라도 먹은 것 같았다. 신사는 보이지 않았다.

료키치는 수사과장에게 전화하여 나와 달라고 했다. 그 여자는 우시야마의 정부로 스즈키 지에코였던 것이다. 료키치는 수사과장에게 가짜 호시노가 한 말을 신용해서는 안 된다고 다시 주의를 주었다.

'고미를 살해한 동기가 사쿠라기 하루미에게 있는 것처럼 보이게 하기 위해 처음부터 잘 짜 둔 것입니다. ―그렇게 말하면 이해가 되시겠죠? 고미가 살해당하자 가짜 호시노가 동양시보사에 와서 하루미를 의심하게 함으로써 그들에게 의심의 눈길이 가는 것을 막고, 가짜 호리노가 한 말의 진위 여부를 당국에서 조사하게 되자 이번에는 진짜 호리노가 소환되고 그 결과 가짜 호리노의 존재가 폭로되게 될까봐 재빨리 진짜 호리노를 살해하여 스스로 종적을 감춘 것처럼 보이게 했다, 하루미도 의심스런 사람으로 보이게 했다, 하루미는 스스로 실종된 것이 아니다 — M.M.M이란 사람은 처음부터 없었던 것입니다. 물병 이야기도 거짓말이고 커다란 짐이란 것은 하루미의 모친을 운반한 것이겠지요. — 하루미가 모르는 척하고 있는 것은 무엇인가 끔찍한 일을 당해서 머리가 어떻게 된 것이 아닌가 합니다'

그러나 료키치는 하루미가 인어가 되어 금색조 안을 헤엄치며 돌아다닌다고 하는 우시야마 헤이키치의 말이 도무지 무슨 말인지 짐작할 수가 없었다.

료키치는 다마노이에서 발견한 가짜 호리노를 스가모까지 미행한 결과, '이와사와케 가', '이구치케 가' 둘 중 한 집으로 종적을 감춘 것을 봐두었다. 조만간 그 집으로 다시 돌아오겠다고 하는 이야기를 들었으므로, 경찰에서 중론을 모아 지금까지 이 사건과 관련하여 얼굴이 알려지지 않은 사람이 두 집을 수사하기로 했다. 이구치케 가는 아무 문제가 없었지만, 있다고 한다면 이와사와케 가다. 조사를 한 당국에 대해 그 주인이 나는 대부호로 세상을 깜짝 놀라게 할 일을 할지도 모른다고 한 것이다.

어느 날 밤 버클레이 부인이 료키치의 아파트를 찾아왔다. 부인은 핸드백 속에서 편지를 꺼냈다. 그것은 료키치가 고미 시즈코 앞으로 보낸 편지였다. 하지만 시즈코에게 건네지지 않고 도중에 가로채여졌고, 버클레이의 책상 서랍 속에서 발견되었다고 한다. 그러나 개봉은 부인이 했다. '남편은 나쁜 사람입니다. 제게 독을 먹여 죽이려 했습니다. 남편이 시즈코 씨의 편지를 가로챈 것도 필시 뭔가 나쁜 짓을 하고 있다는 증거입니다. 저는 남편과 결혼할 때 많은 재산을 가지고 있었습니다. 남편이 모두 빼앗으려 하고 있기 때문에 누군가에게 남편 이야기를 해서 도움을 받아야 합니다'라고 한다. 그리고 자신의 집에서는 그 외에도 이상한 일이 일어났다고 한다. 그것은 시즈코가 별장에서 오기 며칠 전 밤의 일로 어린 아이의 울음소리를 들었다는 것이었다.

한편 고미의 아이들을 데리고 온 괴인물은 버클레이에게 쓸데없는 일을 했다는 핀잔을 듣자, 손가락을 뚝뚝 꺾으며 소리를 낸다. 마침내 신이치와 하루코는 지하실로 옮겨진다. 테디와 미키라는 버클레이의 아이들이 눈치를 채고 밀실에 있는 두 아이들과 친해지자, 테디가 빈 깡통에 가솔린을 담아와서는 불을 붙였다. 하지만 결과적으로 신이치와 하루코는 살아남았고 테디는 화상을 입고 죽는다. 버클레이의 모습은 보이지 않는다.

그날 카페 기린의 여주인이 경시청을 방문하여 수사과장에게 금색조에 대해 이야기한다. 기린의 배달직원이, 우시야마 씨가 있을 무렵 그의 부탁을 받고 오모리에 있는 외국인 저택에 편지를 갖다준 적이 있었다, 외국의 집에 있는 스가누마라는 남자에게 건넸다, 스가누마로부터는 우시야마에게 전해달라는 말과 함께 종이꾸러미를 건네받았다, 돌아와서 우시야마에게 그에 대해 물어보자, '미역인데 금색조라고 하는 것으로 진귀한 것이라고 합니다'라고 했다는 것이다.

그 외국인의 집은 버클레이의 집이라고 할 수 있다. 그 후 이노마타는 별장지기인 스가누마 요조라는 남자를 연행해 온다. 료키치가 그 남자를 보니 맙소사 문제의 가짜 호리노였다. 수사과장의 제안으로 임시로 그를 석방하고 과장, 이노마타 형사, 료키치가 미행을 했다.

스가누마는 쓰키지 행 전철을 타고 히비야 교차점에 이르자 스가모 행 전철로 갈아탔다. 스가누마가 이와사와케 가의 출입문을 열려는 순간 과장, 료키치가 모습을 나타내고 앞서 와있던 이노마타 형사가 스가누마의 오른팔을 간단히 비틀었다. 이와사와케 가의 주위에 비상망이 쳐졌다.

스가누마는 자백을 했다. 고미 살해 혐의를 사쿠라기 하루미에게 돌리기 위해 하루미에 대한 거짓 정보를 흘려 의심스럽게 보이게 했다고 했다. 그러나 금색조에 대해서는 더 이상 이야기를 하지 않는다. '우시야마 헤이로쿠는 오이마치에서 붙잡힐 뻔 했을 때 함께 갔던 우리 동료들에게 살해당했습니다. 함부로 이야기할 수는 없습니다'라고 했다.

이와사와케 가에 들어가려는 주인과 다키야마 의원의 차를 경관이 제지를 하자 화를 낸다는 전화를 받자, 수사과장은 이와사와케 가로 자동차를 몰았다. 과장은 그 두 사람을 진정시키고, 저택 안에서 고미 살해에서 시작하여 스가누마 체포에 이르기까지의 전말을 이야기하고, '이런 연유로 스가누마에게 연락을 받을 자가 반드시 이쪽에 있을 것이라고 단정을 하기 때문입니다. 당신들을 의심하고 있는 것은 아닙니다. 혹 뭔가 짚이는 것 없습니까?'라고 물었다.

이와사와 씨는 갑자기 '제게 그 금색조가 있습니다'라고 했다. 다키야마 의원은 '버클레이에게 명하여 드디어 금 흡착성이 다른 것보다 매우 큰 해조류를 만들었네. 그래서 일본을 황금의 나라로 만들려는 계획을 세웠지만 버클레이가 나쁜 사람이라는 사실을 알았네. 손가락을 꺾으며 소리를 내는 남자도 있다고 한다면, 우리들은 믿을 수가 없게 되었네. 그들이 여기로 옮겨서 이와사와 씨에게 보여주고는 막대한 보너스와 연구비를 가지고 갔는데, 그자들은 해조류 줄기에 금 용액을 주사하는 짓도 할 것이네'라고 하였다.

과장은 '고미가 살해당한 것은 고미가 와키자카 이학박사의 실험실에 몰래 숨어들어가 이야기를 엿들은 것이 문제가 된 것'이라고 했다. 그러자 과장은 '어쨌든 주범은 와키자카와 버클레이 두 사람입니다'라고 하는 것이었다.

그날 밤 오모리에 소재하고 있는 와키자카 박사의 실험실에 경관들이 들이닥쳤지만, 박사는 이미 도주한 뒤였다. 그러나 박사의 부하 세 명은 체포했다. 그 중에는 사쿠라기 하루미를 금사자좌에서 유괴한 자도 있었고, 와키자카와 함께 예의 그 육중한 짐을 지고 하루미의 집으로 향했던 자도 있었다. 그것은 말할 것도 없이 하루미의 어머니의 사체였다.

스가누마가 와키자카에 대해 이야기한 바에 의하면, 와키자카는 이학박사가 아니라 버클레이와 알고 지내는, 미국에서 돌아온 건달이었다. 하지만 나쁜 짓 쪽으로는 머리가 잘 도는 작자로 이번 일 즉 사쿠라기 하루미 일이나 M.M.M의 가짜 지령 등은 거의 모두 그의 머리에서 나온 것이었다.

와키자카와 버클레이는 요코하마에서 줄행랑을 칠 준비를 하고 있었으나 의견 충돌을 일으켜 버클레이는 와키자카에게 사살당하고 와키자카는 이노마타 형사들에게 체포를 당했다.

인어란 무엇인지, 금색조란 무엇인지, M.M.M의 정체는 무엇인지, 등등 각종 수수께끼로 흥미를 유발시켜 읽게 하는 흡인력 있는 작품이다. 손가락을 꺾으며 소리를 내는 인물도 등장하여 낭만적 색채를 더하고 있다. 말미에서 지령을 내린 극악무도한 인물이 밝혀지는 전개방법도 훌륭하다.

4. 하마오 시로

1896년 4월 24일 도쿄 고지마치 구(麴町区) 5번가에서 남작 가토 아키마로(加藤昭麿)의 넷째 아들로 태어났다. 1918년 7월 일고(一高)를 거쳐 도쿄 제국대학 법학부에 입학, 그 해에 자작 추밀원(樞密院) 의장 하마오 아라타(浜尾新)의 양자가 되었다. 대학 졸업 후 검사가 되었지만, 1928년 8월 검사를 그만두고 변호사를 개업한다. 그 무렵 『신청년』 편집자에게 의뢰를 받아 동지에 범죄 관계 수필을 기고한다.

하마오 시로

고사카이 후보쿠의 권유로, 개업한 다음 해 1월, 2월호 『신청년』에 창작 「그가 죽였는가(彼が殺したか)」를 발표하였다. 이어서 「악마의 제자(悪魔の弟子)」, 「황혼의 고백(黄昏の告白)」, 「꿈 속의 살인(夢の殺人)」, 「살해당한 덴잇포(殺された天一方)」(『개조』)를, 다음 해인 1930년에는 『신청년』에 「정의(正義)」, 「허실(虛実)」, 1931년에는 「박사저택의 괴사건(博士邸の怪事件)」을 간행하였다. 1933년 3월에는 신초샤(新潮社)에서 『쇠사슬 살인사건(鉄鎖殺人事件)』을 간행했고, 1934년에는 「헤이케 살인사건(平家殺人事件)」(미완) 등을 썼다. 그의 출신이 법률가였기 때문에 재판이나 경찰관계의 묘사가 상세할 뿐만 아니라 법조문일변도의 해석에 대한 반성이나 비판에서 나온 작품이 많다. 만년에는 본격 중편인 「박사저택의 괴사건」, 장편 「살인귀(殺人鬼)」, 「쇠사슬 살인사건」처럼 신봉하는 반 다윈과 같은 치밀한 구성을 자랑하는 작품이 눈에 띤다. 특히 1933년 신초샤 전작 장편 〈신작 탐정소설 전집(新作探偵小説全集)〉 기획에 맞춰 집필한 「쇠사슬 살인사건」은 저자의 걸작 「살인귀」보다 인물이 살아있어 훨씬 재미

있다는 평가를 받고 있다. 1935년 10월 29일 세상을 떴다.

「쇠사슬 살인사건」

'긴자 뒷골목 빌딩에도 가을의 슬픔은 가득 차있다.—참으로 묘한 서두지만, 어쨌든 나는 후지에 신타로의 탐정사무실에서 후지에를 상대로 안락의자에 몸을 푹 묻고는 벌써 오랜 시간 동안 침묵을 지키고 있었다'라는 대목으로 시작된다.

그날 밤 12시 넘어서였다. 나의 사촌여동생(어머니의 여동생의 딸) 오키 레이코가 시바 구 미나미사쿠마초의 전당포에서 살인 사건이 있었다는 사실을 알고는 전

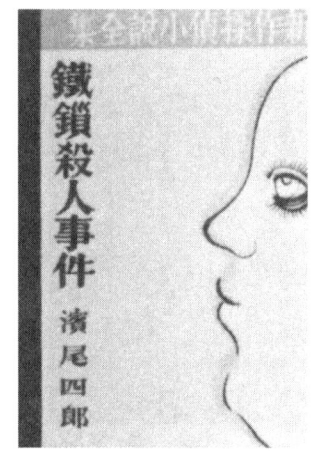

『쇠사슬 살인사건』 케이스(1933년)

화를 걸고 나서 후지에의 탐정사무실로 달려왔다. 그녀는 그 무렵 청년 기사 세키야마 데쓰조와 약혼한 상태였다. 내가 있었기 때문에 갑자기 마음이 바뀌었는지 자세한 말은 하지 않고 떠났다.

나와 후지에가 그 전당포에 도착한 것은 1시가 한참 지난 후였다. 내부에는 사이고 다카모리의 각종 찢겨진 초상이 어지럽게 흐트러져 있었다. 그것은 벽에 걸려 있었던 것이다. 그 중에 하나만 완전한 유화였는데, 그것은 천박한 노인의 얼굴로 다카모리가 아니었다. 가게 가운데 쯤에 남자가 한 명 쓰러져 있었다. 가슴에는 피가 번져있고 쇠사슬로 묶여 있었다. 그 남자의 얼굴을 보니 초상화와 동일한 인물임에 틀림이 없었다. 사체 옆에는 와카미야 사다요 앞으로 쓰다만 편지가 떨어져 있었다. 후지에는 그 내용과 수신인을 수첩에 적었다.

후지에는 비스듬하게 마주보고 있는 카페의 요리사를 찾아갔다. 12시 무렵 자동차가 와서 멈추더니 젊은 여자가 내려서 그 전당포로 들어갔다고 한다. 그리고는 곧 비명소리가 나고 그 순간 여자가 나와서 자동차에 올라타더니 곧 사라졌다고 한다. 그 여자는 레이코인 것 같았다.

그날 석간에 의하면, 살해된 남자는 미나미사쿠마초 13번지 모퉁이에 있던 전당포 사쓰마야의 주인으로 히노 간베라고 하며 나이는 67세이고 독신이었다. 출퇴근하는 점장 가나자와 사스케와 식모 다니구치 구마를 두고 있었다. 아침에 출근한 식모가 사체를 발견했다. 사인은 단도에 의한 것으로, 가슴을 찔려 목숨이 끊어진 후에 쇠사슬에 묶인 것이다. 범행은 밤 12시 전후로 추정되었다. 피해자 간베는 사이고 다카모리를 숭배하고 있어서 사이고의 그림이라면 기꺼이 돈을 지불했기 때문에, 그것을 저당으로 돈을 빌리러 오는 사람들이 있었다. 사이고의 그림은 벽에 걸거나 붙여놓고 보았다. 본인이 취미로 그린 회화를 갈기갈기 찢은 것으로 봐서 범행은 강도설보다는 원한설이 유력했다.

나는 저녁이 되자 후지에의 사무실을 찾았다. 후지에는 사체 옆에 있던 편지의 수신인인 와카미야 사다야에 대해 조사하고 있었다. 부인의 아버지는 막대한 유산을 남기고 죽었으며, 사다요 부인은 한 번 결혼했다가 이혼을 했고 현재는 연하의 남편과 살고 있다. 부인은 서른 일고 여덟쯤 되어 보이는데 제멋대인 성격이라고 한다.

그때 전당포 앞에 여자를 태우고 온 자동차의 운전수 사카모토 하쓰타로가 와서, 긴자에서 레이코를 태우고 전당포까지 데리고 왔으며 곧 다시 그녀 집 근처에서 내려주었다는 사실을 이야기했다. 레이코는 일단 집으로 돌아갔지만, 후지에에게 상담을 해야겠다는 생각이 들어 집에서 전화를 건 것으로 생각된다. 나는 레이코가 전당포에 들어간 시간이 범행 추정시간과 거의 일치했기 때문에, 살인 혐의로 형무소에 들어

가게 되는 것은 아닐까 하는 불안에 휩싸였다. 후지에의 사무실을 나와 곧 레이코의 집을 찾았지만, 그녀는 무슨 일인지 집에 없었다.

그 후 신문에, 예의 전당포의 점장 가나자와 사스케에 의하면 최근 젊은 남자가 두세 번 간베를 찾아와서 말싸움을 했고, 그 젊은 남자는 '죽여버릴 거야'라고 외치며 떠났다, 이 괴청년은 본사건의 중대한 혐의자로 생각된다고 한다, 라는 기사가 났다.

그 동안 레이코는 어머니 앞으로 편지를 보냈다. '비밀 여행이니, 어디로 가는지 알리지 않으며 또 앞으로도 소식을 전하지 않겠지만 절대 걱정할 일은 아닙니다. 일이 끝나는 대로 돌아올 테니까 염려하지 마세요. 그리고 마사 오빠에게도 부디 제 걱정 하지 말라고 전해주세요. 운운' 하는 내용이었다.

간베의 사체가 발견된 지 3일째 되던 날, 후지에와 함께 마루노우치에 있는 구로이 변호사의 사무실을 찾아갔다. 구로이 씨는 오십대 중반의 침착한 인물인데, 와카미야 사다요의 법률 고문으로 재산관리를 위촉받고 있었다. 후지에가 와카미야 사다요 씨에 대해 묻자 구로이 씨는 자세히 이야기를 해 주었다.

사다요의 아버지 와카미야 만노스케는 백만장자로 20년 전에 작고했다. 어머니는 사다요가 태어나고 얼마 지나지 않아 세상을 떴다. 사다요의 전 남편은 일전에 살해당한 히노 간베인데 나이가 스무살이나 차이가 나서 아버지 사후 얼마 안 있어 이혼했다. 그리고 보면 결혼은 아버지에게 강요를 당해서 한 것 같다. 친 자식은 없지만 호적에 올리지 않은 양녀가 하나 있었다. 간베와 이혼을 하자 그 양녀도 유모와 함께 돌려보냈다. 요 4, 5년 간 그 행방을 알 수가 없다. 마지막으로 구로이 변호사는 '경찰에서는 이전 관계로 인해 사다요 씨를 조사하고 있는데, 나는 이번 사건에 사다요 씨는 전혀 관계가 없다고 단언한다'고 자신있게 말했다.

그 다음에 후지에는 구로이 변호사에게 소개를 받았다고 하며 사다요 부인을 면회했다. 그녀가 양녀를 맞이한 것은 살아있는 인형을 원했기 때문이라고 대답했다. 현재 그 양녀도 유모와 함께 행방불명이지만, 낡은 사진이 있어서 후지에는 그것을 빌렸다.

다음날 후지에의 사무실에 가자 그는 점장 가나자와를 만났다는 이야기를 했다. 종종 간베를 찾아와서 격론을 벌이다가 죽여버리겠다고 위협을 하던 청년은, 사진을 보여주었더니 세키야마 데쓰조임에 틀림없다는 것이다. 레이코는 약혼자인 세키야마가 범인이기 때문에 그것을 숨기려다 오히려 그녀의 신변에 위험이 닥치자 그와 함께 어디론가 도망을 친 것이라 추측을 하게 되었다.

후지에가 '마쓰야 백화점에 같이 가주지 않겠나'라고 해서, 나는 마쓰야 백화점에 들어갔다. 눈길을 끄는 매력적인 여자가 특매부에서 옷감 한 필을 옷 속에 숨기다가 감시원에게 발각당해 경시청으로 연행되었다. 미네기시 스미에라고 하는데 타이피스트였다. 사장이 추근대는 바람에 회사를 그만두었고, 반쯤 자포자기 하는 마음으로 슬쩍 도둑질을 한 것이다. 하지만 다행히 구로이 변호사의 타이피스트가 되었다.

그날 밤 2시 무렵 누군가 문을 두드리는 소리에 잠에서 깬 나는 데리러 온 자동차를 타고 후지에 사무실에 갔다. 후지에의 말에 의하면 밤 1시 무렵 와카미야 부인에게서 전화가 와서 빨리 와달라고 하므로 혼자서 택시를 타고 하라주쿠에 있는 그녀의 집을 향해 달려갔다. 현관에 나와 있던 백발 노인의 안내를 받고 응접실로 들어갔다. 그런데 부인은 도통 나오지 않았다. 2시 가까이 돼서 저택 안 어딘가에서 이상한 비명소리가 나서 소리가 나는 곳으로 달려가 보니, 복면을 한 괴한 한 명이 튀어나와 잽싸게 도망을 치려 했다. 좇아가서 붙잡아 격투를 벌였지만 괴한은 후지에를 밀쳐내고 집밖으로 도망을 쳤다. 쫓아갔지만 그게 실수였다. 순식간에 구덩이 속으로 떨어져 버렸다. 그 구덩이는 낙엽을 모아서 버리기 위해 파놓은 것으로 다치지는 않았지만 후지에가 땅밖으로 기어올라오자 좌우에서 두 남자가 넘어뜨렸다. 그 두 사람은 형사였다.

일의 진상은 이러했다. 와카미야 저택에서 살인사건이 있었다는 사실을 전화로 센다가야 서에 급하게 제보를 한 자가 있었다. 그래서 경찰서 직원이 가보니 한 방에서 어떤 남자가 쇠사슬에 묶인 채 가슴을 단도에 찔려 절명해 있었다. 그리고 저택 안을 돌아다니고 있던 형사가 큰 구덩이에서 올라온 후지에를 제압한 것이었다. 후지에를 안내한 백발 노인의 모습도 보이지 않았고, 물론 가마쿠라 별장으로 옮겨간 사다요 부인도 보이지 않았다. 저택내의 피해자는 이 집의 데릴사위인 시즈오임이 판명되었지만, 다른 것은 악한의 트릭이었다—.

나는 후지에가 레이코를 예전에 와카야마 부인의 양녀였다고 의심하는 것은 아닐까 하고 생각했다. 그는 그 살인 현장에 세키야마가 레이코에게 보낸 오래된 편지가 떨어져 있었다고 한다. '그러니까 나는 범인—나아가서는 와카야마 부인과의 사이에 뭔가 관계가 있지는 않을까 하고 생각하는데'라고 후지에는 말했다.

그 다음날 후지에는 나를 예의 사쓰마야의 이웃 아파트에 데리고 갔다. 경비 부인의 안내로 3층의 후미진 곳에 있는 방을 보았다. 아네자키라는 외교원이 빌린 방이었다. 후지에가 부인에게 세키야마의 사진을 보여주자 이 사람이라고 해서, 아네자키가 세키야마와 동일 인물임을 알게 되었다. 나는 쓰레기통에서 꾸깃꾸깃한 종이 조각을 두 세 장 주워 왔다.

후지에는 그 종이 조각을 보고 있었다. 젊은 날은 다시 돌아오지 않으리, 그러니 어렸을 때의 추억이야말로 그립구나―깊고 어두운 균열이 생기는 것 같구나―라는 문구로 간베의 사체 옆에 떨어져 있던 것이다. 필적은 남자가 쓴 것으로 와카야마 사다요에게 보낸 양녀가 예전의 무정한 처사를 원망한 것이다. 후지에는 세키야마가 레이코 대신 써준 것이 아닐까 하고 생각했다.

집에 돌아와 보니 어머니가 얼굴이 새파래져서 기다리고 있었고 레이코에게서 또 편지가 왔다고 한다. 내용은 다음과 같다.

'이모님. 정말 걱정하지 않으셔도 되요. 하지만 저는 아직은 한 동안 돌아갈 수 없어요. 식모와 할멈에게 집을 봐달라고 해놓았습니다만, 돈은 일체 구로이 변호사에게 위임해 두었으니까 그 점은 구로이 변호사에게 받으러 가라고 말씀해 주세요. 부디 제 걱정은 하지 말아주세요. 레이코 드림'

어머니의 권유도 있고 해서 가출한 레이코에 대해 알아보기 위해 마루노우치의 구로이 변호사 사무실에 갔다. 재산관리를 부탁해 두었다는 사실도 처음 들은 이야기이고 미네기시 스미에도 만나고 싶어서 간 것인데, 구로이 변호사는 세키야마 데쓰조에게 최근 의뢰를 받았다는 것이었다. 하지만 레이코의 행방은 알지 못했다. 세키야마는 어제 만났다고 하며 레이코의 실종과는 무관하다고 했다.

돌아올 때 우연히 와카야마 부인을 만났다. 오늘 아침은 남편의 사체에 매달려 미친 듯이 울부짖었다고 하는데, 언제 그랬냐는 표정이다. 방 한 쪽 구석에서는 스미에가 열심히 타자를 치고 있었다.

밖에 나갈 때 사쓰마야의 점장 가나자와가 후지에를 찾아왔기 때문에 택시를 불러 긴자로 가라고 했다. 후지에는 아직 돌아오지 않았다. 가나자와에게 안에 들어가서 잠시 기다리라고 했지만, 그는 안절부절 못하며, '경찰이 오늘 낮 동안 잠깐 가게를 여는 것을 허락했기 때문에 저는 맡아놓은 물건들을 정리하는 한편 주인의 물건을 정리하고 있습니다. 그러다가 좀 이상한 점을 발견했습니다—'라고 했다.

그래서 그 사실을 알리러 왔다는 것이었다. 히노의 오래된 일기를 보고 사이고 다카모리의 그림만 특별히 산 이유와 주인을 위협한 인물이 두 사람 있다는 사실 등을 알게 된 것인데, 마음이 불안해서 안 되겠으니 내일 다시 오겠다고 하고 황망히 돌아갔다.

후지에가 와카미야 저택에 있던 유모의 소식에 대해 신문광고를 내자 오니시 히사키치라는 남자가 제보를 하러 왔다. 그의 내연의 처 오쿠다 도메가 그 유모로 가나가와 현 미우라 군 나가이무라에 있다는 사실을 알아냈다. 나는 오늘 아침 후지에에게 가기로 약속이 되어 있었기 때문에 그 전에 예의 레이코의 어렸을 때 일을 어머니에게 물어보니, 레이코가 너댓 살 되었을 때 레이코의 집에 뭔가 복잡하고 비밀스런 일이 있어서 1년 가까이 도쿄에 가있었다고 한다. 후지에의 사무실에 가자, 한 발 앞서 사쿠마초의 전당포에 가있으니까 그곳으로 와달라는 말을 서생에게 남기고 갔다고 해서 바로 그 뒤를 좇았다. 전당포 뒷문이 열리고 후지에가 얼굴을 내밀며, '어, 자넨가? 지금 누군가 이곳을 나가지 않았나?'라고 물었다. '그랬지'라고 대답하니, '그 자를 쫓아가 주게'라고 부탁했다. 나는 곧 스미에가 도망친 쪽을 보았지만, 그녀의 모습은 이미 보이지 않았다.

전당포로 돌아오자 맙소사, 후지에가 있는 응접실 안에 가나자와 사스케가 단도에 가슴을 찔려 피를 흘리고 살해당해 있었다. 후지에는 꾸물거리고 있을 수 없다고 생각하고, 점장 가나자와가 자신을 찾아오기 전에 자신이 먼저 찾아간 것이었다.

내가 후지에 대신 설명을 하자, 후지에가 전당포에 도착했을 때 가나자와는 어젯밤 이곳에 도둑이 들었다고 했다고 한다. 그가 본 일기장이

나 서류를 노리고 들어온 것 같았다. 가나자와는 '주인은 옛날 일로 협박을 당하고 있던 것 같아요. 물론 주인도 이전에는 그 자들과 한 패였던 것 같습니다. 이야기가 길어질 것 같으니 보여드리지요'라고 하며 금고에 있는 일기장과 서류 등을 꺼내러 갔다가 칼에 찔렸다는 것이다.

그때 뒷문으로 도망친 것은 스미에였다. 사체의 오른손은 찢겨진 서류 조각을 쥐고 있었다. 후지에는 '범인은 가나자와가 유력한 단서를 가지고 있는 것이 두려워 죽여 버린 것이네. 나는 정말 낙담했어. 그런데 말일세, 나는 그 댓가를 얻었네. 물론 손해에 비하면 3분의 1에도 미치지 못 하지만 말야'라고 했다. '무슨 일인가? 그 댓가라니?'라고 묻자, '그녀 말일세'라고 했다. '뭐라고?' 나는 펄쩍 뛰었다. 후지에는 씩 하고 웃으며 '자네 애인이 그것을 보상해 줄 것이라고 생각하네'라고 했다.

나는 어쨌든 구로이 법률 사무소에 가보는 수밖에 없었다. 구로이 법률사무소의 문을 밀고 안으로 들어가자, 마침 맞은편에 스미에가 태연하게 타자를 두드리고 있는 것이 아닌가! 나는 이 때 섬뜩한 생각이 들었다. 어제 가나자와는 이 사무소에 들어오면서 우연히 나를 만났다. 그때 그가 공포에 떨고 있던 것은 어쩌면 스미에의 모습을 보고 놀란 것이 아닐까? 가나자와는 스미에가 무서운 여자라는 것을 알고 있었던 것이다.

구로이 씨가 부재중이라고 해서 나는 그녀에게 다가갔다. 그녀는 어제 구로이 씨의 심부름으로 후지에에게 갔다고 했다. '오늘 5시에 긴자 마쓰자카야 백화점 앞에서 기다려 주세요'라고 책상 위의 메모지에 썼다. 기다리고 기다리다 5시에 그녀를 만난 나는 조용히 따라오라는 그녀의 말에 따라 그녀의 뒤를 따라가고 있었는데, 횡단보도의 빨간 신호

등에 막혀 그녀를 놓치고는 신바시 역까지 찾아갔다. 역 안을 한 바퀴 둘러보다가 후지에와 딱 마주쳤다. 그는 예의 그 취한 오니시 히사키치를 데리고 나가이무라에 가는 참으로 나도 같이 가게 되었다.

차안에서 후지에는 '자네는 레이코를 구하러 가마쿠라에 가 주게'라고 하며 자이모쿠 좌 217번지라고 가르쳐 주었다. 즈시 역에서 나는 가마쿠라 자이모쿠 좌로, 후지에와 오니는 나가이무라로 각각 나뉘어 가게 되었다.

나중에 들은 바로는, 후지에가 싫어하는 오니시를 앞세워 그 집을 찾아가니 오쿠다 도메가 나왔는데 나이는 오십 정도고, 얼굴빛이 검고 다부져 보이는 여성이었다. 후지에의 질문에, 그 양녀가 있는 곳은 모르지만, '그 아이가 양육비를 의지하고 있다가 점점 사정이 나빠져서 사는 곳을 감추고 받지 않게 되었습니다. 그 아이의 부모는 어려서 세상을 떴고, 형제에 배다른 오빠가 하나 있습니다. 도쿄에서 꽤 고생하고 있을 겁니다. 오빠에게 폐를 끼치지 않으려고 우리들은 숨기고 있습니다'라고 이야기를 해 주었다.

히사키치의 모습이 보이지 않는다며 뒷문으로 나간 그녀가 으악 하는 비명소리를 냈다. 간신히 '조카가…조카가…'라는 소리를 낼 뿐, 가슴을 단도에 찔렸는지 머리가 축 늘어졌다. 근처 풀숲에서 오니시가 기어나와 후지에의 질문에 '조카는 세키야마 데쓰조입니다'라고 했다.

나는 즉시 택시를 타고 자이모쿠 좌로 갔지만, 8시나 되었는데 가게는 닫혀 있고 통행인도 없었다. 컴컴한 골목을 돌아다니다가 9시 조금 지나서 겨우 통행인 한 사람을 만났다. 키가 큰 신사풍의 사람으로 놀랍게도 그쪽에서 먼저 말을 걸어왔다. 알고 보니 구로이 변호사로 같은 번지의 아오바라는 집을 찾고 있었던 것이다.

구로이 씨는 레이코 씨를 당장 구하라는, 발송인이 누군지 모르는 편지를 받고 가만히 있을 수 없어 찾아왔다는 것이다. 하지만 두 사람 모두 늙었다고 생각했다. 구로이 씨가 '하지만 한 시라도 빨리 오키 씨의 거처를 찾아야 합니다'라고 하자, '그렇고말구요'라고 대답했다. 구로이 씨는 이어서 '그에 대해 상담할 것도 좀 있고, 어차피 도쿄로 돌아가실 거죠? 그렇다면 저희 집에 들려 주시지 않겠습니까?'라고 했다. 나는 구로이 씨와 함께 도쿄행 전차를 탔다. 마침 그 시각에 나가이무라에서는 오쿠다 도메가 누군가에게 흉기에 찔려 쓰러졌다.

나가이무라에서 돌아온 후지에와 우시고메에노키초에 있는 구로이 씨의 집을 나온 내가 긴자 뒷골목에 있는 사무소에 만난 것은 그날 밤 11시 무렵이었다. 내가 자이모쿠자의 어두운 골목길에서 구로이 씨를 만났고 구로이 씨도 같은 집을 찾았다는 이야기를 하자, 후지에는 놀란 것 같았다.

나 또한 후지에가 나가이무라에서 경험한 이야기를 듣고 놀랐다. '오니시 이야기로는 오쿠다에게는 조카가 둘 있고 세키야마 말고 다른 조카는 성질이 나쁜 불량소년이라고 하는데 확실치 않아'라고 했다. '범인이 누군지 짐작 가는 사람이 있나?'라고 묻자, '누군지는 모르겠지만, 범인의 목적은 알겠네'라고 했다. 그 순간 경찰에서 후지에에게 전화가 걸려와서 구로이 씨가 칼에 찔렸으나 빨리 오라고 했다.

구로이 씨의 상처는 마찬가지로 왼쪽 흉부를 단도 같은 것에 찔린 것이었고, 의식은 불명이었다. 재야법조계의 중진 구로이 씨의 사건이므로 출장을 가있던 다카하시 경부의 마음속 고뇌는 짐작이 갔다.

다카하시 경부는 후지에에게 '순찰중인 경찰이 뒷문으로 나가는 양장을 한 젊은 부인 한 명을 본 것은 12시 10분 지나서입니다. 그 경찰은 별 생각 없이 지나쳤다고 합니다. 그리고 이웃집에서 아무래도 구로이 씨의 집에서 이상한 신음소리가 나니 빨리 와달라고 파출소로 통지가 왔습니다. 그는 동료와 함께 잽싸게 안으로 들어갔습니다. 다다미는 온통 피로 물들어 있었습니다. 구로이 씨는 "당했네, 후지에 군에게 알려주게"라고 하고나서는 의식불명이 되셨다고 합니다'라는 이야기를 했다. 그리고 이어서 '그런데 후지에 씨, 당신은 그 뒷문으로 나갔다는 부인을 어떻게 생각합니까?'라는 질문을 던졌다. 내가 '이상한 점은 있지. 하지만 범인은 아닐 거네'라고 대답하자, '왜죠?'라고 한다. 나는 '흉기가 단도이고, 이 집의 것이 아니라면 범인이 휴대하고 있던 것이라고 봐야 하네. 부인은 통상 그런 것을 휴대하지 않고 게다가 양장을 했다고 하니, 자동권총을 가지고 있었다면 몰라도 단도는 좀… 핸드백에는 들어가지 않을 거라고 생각하네'라고 대답했다. 응접실에는 홍차를 마시다 만 찻잔 두 개가 남아 있어서 손님이 와 있었음을 알 수 있었다.

범행시간 직후 나가이무라에서 즈시로 택시를 타고 갔다는 손님의 인상이 세키야마 데쓰조로 생각되었기 때문에, 나는 그를 나가이무라 사건의 범인이라고 단정짓고 있었다. 하지만 후지에는 내가 하는 말은 모두 정황증거 뿐으로 단죄의 재료는 되지 못한다고 했다. 나는 '어제 자네는 이번 범죄에 대해 범인이 누군지는 짐작을 할 수는 없지만, 범죄의 원인은 짐작이 간다는 말을 한 것 같은데'라고 묻자, 후지에는 '가나자와와 오쿠다 도메가 살해된 것은 두 사람의 입에서 비밀이 폭로되는 것을 두려워해서라는 사실은 대강 짐작이 가네. 구로이 씨가 화를 당한 것도 역시 그런 부류의 일일 것이네. 히노 간베와 시즈오가 살해당한 것은 모두 쇠사슬에 묶여 있었고 모두 사다요부인의 전남편과 현재의 남편이었다는 점에서 원한 또는 치정에 의한 복수로 볼 수도 있는데, 나는 부인의 재산과는 관계가 없다고 생각하네. ―양녀는 호적에 올린

적이 없으므로 재산하고는 관계가 없지. —만약 사다요 부인이 당한다면 확실하다고 생각해'라고 대답했다.

그때 다카하시 경부가 찾아왔다. '구로이 씨가 잠깐 의식을 회복했습니다만, 아무튼 갑작스럽게 당한 일이라 유감스럽게도 범인에 대해서는 전혀 기억을 하지 못 하고 있습니다. 남자인지 여자인지조차 잘 모르겠다고 합니다'라는 것이었다. 경부는 나에게 '당신은 부인이 전당포 뒷문으로 뛰어나간 것을 숨겼습니다'라고 했다.

나는 할 수 없이 가면을 벗었다. 그 후 다카하시 경부는 구로이 씨와 내가 가마쿠라에서 만난 일에 대해 물었다. '가마쿠라 어디입니까?', '자이모쿠 좌입니다', '아 그렇군요, 즈시역에서 자이모쿠 좌로 향했다고 하는 것은 역시 당신이군요', '자이모쿠 좌에 무엇을 하러 간 것입니까?', '레이코를 찾으러 간 겁니다', '당신은 레이코에 대한 이야기를 그 부인한테서 들었죠?', '아니요'. 후지에가 끼어들어 '자네, 그 비선가 뭔가 하는 여자는 범행에는 관계가 있는 건가, 없는 건가?'라고 물었다. '없는 것 같습니다. 왜냐하면 구로이 씨의 증언에 의하면 그 여자가 나오고 나서 당했다고 하니까요'라고 대답했다. 다카하시 경부는 다시 후지에에게 '후지에 씨, 세키야마가 체포되었습니다. 약속도 되어 있었고 주로 그 일로 이렇게 찾아뵌 것입니다만'라고 말했다.

어젯밤 다시 전당포에 숨어들어오려는 남자를 경계 중이던 경찰이 잡고 보니 세키야마였다는 것이었다. 후지에는 나에게 살인범이 원하는 것은 세키야마가 전당포에서 원하는 것과는 다른 것이라며 '그 사실을 이제야 알다니, 너무 늦었네. 가나자와 간베가 한편으로는 협박을 당하고 한편으로는 협박을 하고 있다고 했는데, 역시 그게 맞는 말일세. 간베를 협박하던 사람은 살인범과 한편이고, 협박을 당하고 있던 것은 세키야마네. 두 가지 사건이 동시에 일어나서 그것이 하나처럼 보였기 때문에 매우 어려워 진 것이네. 세키야마는 간베에게 무엇인가 협박을 당할 약점이 될 만한 물건을 잡히고 있을 것이네. 그것을 찾으려고 그곳에 들어간 것이네', '대충 알겠네', '간베가 살해당했을 때도 그렇지. 세키야마는 아파트에 방 하나를 빌려서 간베의 모습을 살피고 있다가 비밀 물건을 찾으려고 한 것인데, 간베를 노리고 있던 다른 무리들이 있어서 간베를 죽였지만 그때 세키야마가 현장에 함께 있었기 때문에 봉이라고 생각하고 그에게 혐의를 뒤집어 씌우려 한 것이네. —왜, 그 쓰레기통에 던져져 있던 편지 초안도 그렇고, 와카미야저택 사건 때 세키야마가 레이코에게 보낸 편지가 떨어져 있었지? 나는 그때부터 누군가 세키야마에게 혐의를 뒤집어 씌우려는 자가 있다고 생각했네. 단서가 될 만한 것은 하나도 없는 완전 범죄이면서, 편지를 떨어뜨린다는 것은 이상하지 않은가?'

후지에는 '자네는 다시 한 번 자이모쿠 좌 217번지에 가서 레이코 씨를 도우려는 것이지? 내가 보증하네. 필시 레이코 씨는 그곳에 있을 테니까. 스미에 일은 레이코를 구하고 나서일세'

가마쿠라 역에 도착한 것은 정오쯤으로, 역 앞에서 택시를 타니 217번지는 금방 찾았다. 낮에 온 것이 잘 된 일이었다. 아오바는 집이 아니라 아카사카라는 표찰이 나와 있었다.

문을 열고 나온 노파에게 '아, 여기 도쿄에서 오키 씨라는 사람이 와 있을 텐데요'라고 묻자, '그런 분은 안 계십니다'라고 했다. '이상하네, 틀림없이 있을 텐데', '대체 그런 말을 어디서 듣고 온 것이죠?', '구로이 씨입니다, 유명한 변호사인', '아, 전혀 몰라서 실례했습니다. 다만 지금은 계시지 않습니다' 쩔쩔 매며 '명령을 하셔서 아무래도 내보내지 않을 생각이었습니다만, 오늘 아침은 공교롭게도 영감이 없어서 저 혼자였기 때문에,—오늘 아침에 신문을 보시고는 몹시 놀라시며 구로이 선생님께서 크게 다치셔서 도쿄로 돌아가야 한다고 하고는 도쿄로 돌아갔습니다. 정말 면목 없습니다. 도쿄에 돌아가시면 구로이 선생님께 안부 전해 주세요'라고 한다.

노파의 이야기에 의하면, 아무래도 구로이 변호사가 레이코를 이곳으로 데리고 와서 맡긴 모양이다. 구로이 씨는 내가 레이코가 행방불명이 되었다는 사실을 이야기했을 때도 전혀 모른다고 했고, 어제 밤은 어제 밤대로 내게 그런 집을 찾는 것은 소용없다고 하며 도쿄로 데리고 갔지만 노파가 하는 말이 사실이라면 납득이 가지 않는 것이었다.

다시 가마쿠라 역에서 전차를 타고 신바시 역에서 내렸다. 너저분한 석간의 선전문구가 곧 눈에 들어왔다. 구로이 씨 의식회복, 두 번이나 전당포를 노린 괴한 붙잡히다, 괴한은 가나가와현 피해자의 조카, 진범? 등등이다. 신문에서 보니 세키야마가 오쿠다 도메의 조카라는 사실이 판명된 것은 예의 취한 오니시 히사키치가 붙잡혔기 때문이다. 세키야마의 혐의는 진범을 붙잡지 못 하는 이상 도저히 풀리지 않을 것이다.

후지에의 사명을 완수한 나는 드디어 스미에의 행방을 좇기로 했다. 다카하시 경부는 찾아내는 대로 포박을 하겠다고 했으므로, 곧 그 사실을 알리고 결백하다면 결백한 대로 죄가 있다면 있는 대로 뭔가 방법을 강구해야겠다고 생각했다. 나는 정처 없이 긴자 거리를 돌아다녔다. 만약 스미에가 와카미야 사다요의 양녀였다고 한다면, 그녀는 사건의 중심인물인 것이다.

나는 커다란 과일 가게 앞에 멈춰 섰다. 큰 멜론이 하나에 5전이라는 표찰이 붙어있고, 그 옆에 있는 사과는 한 개에 1원이라는 표찰이 붙어 있다. 장난이다. 그렇게 생각하고 앞쪽을 보니 스미에가 걸어가고 있었다. 나는 정신없이 바로 따라가서는 '스미에 씨' 하고 불렀다. '어머 오가와 씨', '어떻게 이런 곳을 돌아다니고 있는 것입니까?', '어머, 긴자를 돌아다니면 안 되는 건가요?', '놀랍네요. 당신은 발견되는 대로 체포당할 것입니다', '누구한테 말이죠?', '경찰한테요, 빨리 어딘가 숨으세요', '저는 그런 나쁜 짓을 한 기억이 없습니다. 당신은 이상하게 저를 걱정하시네요. 그보다 레이코 씨 일은 어떻게 되었죠? 찾았나요?', '예, 덕분에요. 하지만 가마쿠라에는 없습니다. 자기 스스로 도쿄로 돌아간 것 같습니다', '자기가요? 그러면 고지마치의 댁으로 한 번 가 보세요. 당신은 레이코 씨를 보호해 주지 않으면 안 돼요. 그분을 혼자 두는 것은 딱한 일이예요' 그녀는 그렇게 말하고는 재빨리 다가온 택시를 불러세워 타고는 달아나 버렸다.

  레이코의 집에 가보니 식모가 얼굴을 내밀며 아직 돌아오지 않았다고 했다. 그래서 나는 일단 집으로 돌아갔다. 어머니가 울어서 통통 부은 얼굴로, '레이코는 억류되어 있는 세키야마 씨를 구하고 싶어서 무엇인가 다른 일을 생각하고 있었던 것 같아. 그게, 나는 이야기를 듣다가 나도 모르게 울고 말았는데, 세키야마 씨에게는 비밀이 있는 것 같아. 살해당한 히노 간베가 뭔가 약점이 될 만한 비밀을 알고 있는 것 같아. 세키야마 씨의 아버지와 관련이 있는 것 같아. 사소한 메모인 것 같은데 말야. 그것이 그 전당포 어딘가에 숨겨져 있다고 하더구나. 그래서 말야, 레이코는 아무래도 그 비밀 메모를 세키야마 씨 대신 찾아야 한다고 했어. 마사 오빠(나)에게 소개를 해 달라고 해서 세키야마 씨의 비밀을, 아버지와 관련되는 일이므로 전당포의 간베가 알고 있는 비밀을 자기 혼자 처치해서 다른 사람이 알지 못하도록 하고 싶다며 듣지 않았다고 해. 그래서 후지에 씨에게 부탁하려고 갔는데, 세키야마 씨가 신경쓰여서 도저히 말을 못 했대—'

  '레이코는 세키야마 씨가 무서운 결심을 한 것을 알아차렸지만 말려도 안 되겠다 싶어서, 일부러 알겠다고 하고 그를 전당포에 가게 내버려

두었지. 그리고는 몰래 그곳에 가서 어떻게든 해야지 하고 결심하고 전당포에 갔지만 그때는 이미 늦은 거지. 간베가 살해를 당한 거야. 레이코는 세키야마가 죽인 것이라고 철석같이 믿고는 2층으로 올라가서 창문을 닫고 발자국과 지문을 지우고 전깃불도 끄고 도망을 쳤다는 거야. ―다음날 아침 세키야마 씨를 만나서 물으니, 밤중에 몰래 들어가려고 했지만 안에 누군가 있는 것 같아서 그만두고 집에 돌아왔다는 거야―그러니까 레이코는 쓸데없는 짓을 한 거지. 그래서 구로이 씨가 몰래 레이코에게 가마쿠라로 도망을 가라고 했다는 거야'

나는 후지에에게 의논을 하러 갔다. 후지에는 나와 헤어져서 와카미야 부인에게 가서 엄중히 경계를 하라고 했지만, 부인은 히스테리 발작 중이라서 충고를 해도 소용이 없었다고 한다. 다음에 구로이 씨가 어떤지 보러 갔다. '범인의 풍채도 인상도 모르지만, 스미에는 절대 범인이 아니라고 하네. 하지만 그것은 이상하네. 나는 구로이 씨가 범인의 인상을 알고 있을 것이라 생각하네. ―그 다음에는 경시청에 가서 세키야마를 만났지. 살인 범행을 일체 부인하고 있을 뿐, 다른 말은 한 마디도 하지 않고 있네. 남동생이 있다는 사실은 인정했지만, 이름도, 무엇을 하고 있는지도, 어디에 있는지도 절대로 말을 안 하네. 그리고 오쿠다 도메가 살해당했을 때, 현장 부근에 가지 않았다는 거네. 양녀가 도메의 핏줄인지, 세키야마 형제가 핏줄인지도 확실치 않네'

벌써 12시를 조금 넘었다. 전화가 와서 수화기를 든 후지에는 '사다요 부인이 또 똑같이 가슴을 찔리고 쇠사슬로 묶여 있다고 하네. 동일범이겠지? 이로써 세키야마군의 혐의는 풀린 셈이군. ―내가 몇 번이고 말했지만, 이 범죄의 범인은 절대로 여자는 아닐세'라고 했다. 와카야마 저택에 간 두 사람이 죽은 부인의 얼굴을 보니 무어라 형언할 수 없는 공포가 나타나 있었다. 마귀할멈 같았다.

후지에가 다카하시 경부에게서 들은 이야기로는 11시에 순찰을 한 경찰은 문 쪽에 젊은 여자가 서있는 기색을 알아차렸다고 한다. 기모노 차림으로 오키 레이코 씨와 비슷했다고 한다. 12시 순찰 때는 앞문과 뒷문 사이를 왔다갔다 하던 여성이 앞서와는 달리 양장을 하고 있었다. 경부보가 와카야마케 가에 찾아가서 문을 두들겨 보고서야 부인이 거실에서 참혹하게 살해당해 있는 것을 발견했다는 것이다.

나는 밖으로 나오자 '대체 범인은 누구인가? 가르쳐 주게. 자네는 알고 있지 않은가?', '이번에야 말로 대충 짐작이 가네. 하지만 실험을 한 번 해봐야 겠네. ─내일 전당포 안을 조사해 봐서 내가 생각한 대로라면 범인은 거의 잡은 것이나 마찬가지네'

후지에는 전당포 안에 들어갈 허락을 받고서 오전 중에 혼자서 나갔다. 오후 2시쯤 내가 후지에의 사무소에 가보니, 후지에는 마침 전당포 조사를 마치고 돌아왔다. '어떻게 되었나? 좋은 결과를 얻었겠지?', '응, 맞아. 문제를 오래 끌었는데 아무래도 낙착을 볼 것 같네. 범인은 내일 실험 결과로 알 수 있어. 그런데 그 오니시는 말야 무지한 술주정뱅이니 문제가 되지 않는다고 범인도 그냥 내버려두었는데, 그게 범인의 큰 실수였다네. 가나자와가 하려다 하지 못 한 말을 생각해 냈다네. 범인은 가나자와를 죽이고 일기와 서류만 빼앗으면 된다고 생각했는데, 아직 오니시가 남아 있었던 것이네. 오니시는 히노 간베가 예전에 사이고라는 성을 대고 있었다는 사실을 기억해 낸 것이네. ─조사를 해 보니 간베는 사이고라는 성으로 일단 와카미야케 가에 적을 올렸지만, 이혼을 하고나서 히노라는 폐가를 일으켜 세운 것이네. 생각건대 성을 바꾸어서 협박에서 벗어나려 한 것이었겠지. ─그리고 또 한 가지는 양녀의 성을 생각해 낸 거야. 기타다라는 성이네. 세키야마의 동생의 성이야. 오쿠다 도메가 세키야마에게 이복 동생이 있다고 했지 않은

가? 그게 바로 기타다 모인 것이네. 배다른 형제라는 것은 후처가 아니라 세키야마의 아버지의 첩의 자식이야. 세키야마가 숨기려고 했던 아버지의 비밀이었던 거지. 오쿠다 도메는 그 동생이 성질이 나빠서 세키야마가 곤란할 것이라고 생각해서 굳이 숨기고 있었던 것이네. 기타다 유지로라고 해서 세키야마의 아파트 바로 아래 있는 방에 있었네. 내가 오니시를 보고 생각난 것은 지금 말한 두 가지 사실이네. 동시에 가나자와가 발견한 것도 이 일에 지나지 않을 것이라 생각하네. 그래서 나는 그 두 가지 사실을 근거로 오늘 전당포를 조사했지. 내일은 실험을 좀 하려고 생각하네'

후지에는 태연했다. '오늘 오후 1시에 구로이 씨의 저택에서 다카하시 경부 입회하에 와카미야 부인의 유언장을 보고 왔네. 그에 따르면 와카미야 부인은 유산을 3등분하여 3분의 2를 오쿠다 도메의 상속인에게, 3분의 1을 구로이 변호사에게 증여하겠다고 적혀 있었네', '뭐라구, 구로이 변호사에게?', '그렇다네. 오랜 동안 고문변호사를 하고 있었고, 히노와 결혼할 때 애를 써주었기 때문이겠지', '그렇다고는 해도 3분의 1은 너무 많아', '그런데 실은 그것보다 더 많다네', '단서에 만약 오쿠다 도메의 상속인이 없을 때는 그 몫도 구로이 변호사에게 주라고 되어 있네. 오쿠다 도메의 상속인이라고 하면 세키야마 데쓰조와 그 동생이네', '음. 그렇다면 세키야마와 그 동생이 없어진다면, 구로이 씨는 큰 득을 보는 셈이군. ─ 히노 살해죄를 세키야마에게 뒤집어 씌우려 했던 인물이 있었지. 쓰레기통의 편지 초안이 그 증거라네. 히노 살해 뿐만이 아니지. 와카미야 시즈오 때도 세키야마의 편지가 현장에 떨어져 있어. 가나자와를 공포에 떨게 한 인물도 있었지. 레이코 씨를 억지로 숨게 하고 감시를 붙인 이유가 무엇일까? 레이코 씨는 히노를 죽인 것은 세키야마가 아닌 사실을 알고 있었네. 따라서 진범이 2층으로 도망친 것도 알고 있네. 범인으로서는 불리한 것이었지. 세키야마를 함정에 빠뜨리려는 입장에서 보면 방해가 되는 것이네. 그러니까 실종시켜서 경찰의 관심을 돌려놓으면 나머지 일 처리가 편해지는 거지. 그래서 교묘히 속여서 칩거시킨 것이네. 결국 레이코 씨는 나중에 사실을 깨닫고 자네 어머니께 편지를 써서 몰래 주의를 촉구한 것이야. 그리고 두 번째 쇠사슬 살인과 세 번째 쇠사슬 살인 사이에 그 자신을 피해자로 만들었기 때문에 세 번째 쇠사슬 살인에는 기교를 부릴 수가 없었던 것이네. ―가나자와가 그의 모습을 보고 기절할 만큼 놀란 것은 가나자와는 어떤 일을 계기로 구로이 씨가 끔찍한 하이드 씨라는 사실을 알게 되었기 때문이지.―구로이는 범인이 아니라 교사자인 거야. 그는 범인을 잘 조종해서 살인을 저지르게 하고 마지막으로 와카미야 부인의 재산을 가로채려 한 것이네'

'특히 레이코를 숨겨두고서 날 보고, 레이코가 실종된 사실을 전혀 모른다고 한 점 등 정말 이상해. 능청맞게 나에게 레이코를 찾으러 오라고 하다니. 그랬으면서 내가 레이코가 숨어있는 곳을 찾아내려 하자 앞질러 나를 속이려고까지 하다니 언어도단이군 그래'

그때 다카하시 경부가 후지에에게 전화를 걸어 몰래 전당포에 들어가려던 레이코와 스미에가 붙잡혔다는 보고를 했다. 스미에가 걱정된다고 하자 후지에는 걱정할 것 없다고 하며, 그녀는 자신이 구로이 씨에게 보낸 스파이라고 털어놓았다.

후지에는 '진범은 나가이무라에서 범행 후 구로이의 저택으로 도망을 쳤는데, 구로이가 스미에 씨를 데리고 이상한 행동을 하려고 하니까 울컥하는 마음에 구로이 씨에게 달려들어 늘 그랬던 것처럼 가슴을 찌른 것이지. 그 후에는 구로이의 지혜를 빌리지 않고 단독으로 하려고 남아있는 사다요 부인을 살해한 것이네. 그 때문에 여러 가지 계획을 실행할 수 없게 되었지. 레이코를 다른 곳으로 옮기는 것도 사다요 부인을 살해하게 할 때도 다른 사람에게 죄를 덮어씌울 수가 없게 된 것이지. 세 번째 쇠사슬 살인 때문에 그 동안 세키야마에게 걸려있던 혐의는 대부분 풀렸네. 만약 구로이가 건재했다면 그는 어떻게든 세키야마를 구출해서 일단 놓아주고 나서 세 번째 쇠사슬 살인을 사주했을 것이네. 그가 그렇게까지 세키야마에게 죄를 뒤집어씌우려 한 것은 자기의 범행을 숨길 뿐 만 아니라 오쿠다 도메의 상속인으로서 실격을 시키고자 하는 심산이 있었기 때문이네. ―그리고 와카미야 부인이 살해되었을 때 스미에가 문쪽에서 서성대고 있었던 것은 레이코 씨를 만류하기 위해서였다고 생각하네. 레이코 씨가 와카미야 부인과 세키야마가 뭔가 관계가 있다는 사실을 알고 한 밤중에 찾아가려고 한 것을 스미에가 말리러 간 것이지', '그런데 나는 걱정이 돼서 왔는데 과연 자네가 생각하는 것처럼 구로이를 고발할 만한 증거를 찾을 수 있을까', '그게 바로 내일 할 실험이라네. 나는 반드시 성공할 것이라 생각하네'

오후 8시에 나는 후지에와 그 전당포에 갔다. 캄캄한 응접실 안에 있는 책상 아래에 숨어서 잠복을 했다. 마침내 다카하시 경부들이 들어왔다. 시간이 한참 흐른 후에 몰래 들어온 키가 큰 남자는 간베의 초상화에 손을 올려놓고 벽에서 떼어내서는 뭔가를 꺼내고 다시 벽에 걸었다. 그리고 출구쪽으로 가는데, 갑자기 어둠 속에서 번쩍거리는 단도를 손에 든 남자가 덮쳐서 일격을 가했다. 멈춰 서있던 남자의 얼굴은 알고 보니 구로이 변호사로 풀썩 무릎을 꿇었다. 나중에 몰래 들어온 괴한은 좌우에서 두 사람의 경관이 달려들어 포승줄로 묶었다. 그는 세키야마의 배다른 동생 기타다 유지로였다. 후지에는 나에게 말했다. '오가와 군, 자네에게는 이 기타다를 와카미야 가의 양녀로서 소개하겠네. 와카미야 가의 양녀는 오쿠다 도메와 혈연관계에 있는 사람이므로 세키야마나 기타다 중 한 명이어야 하지만, 두 사람 모두 남자이므로 생각 끝에 남자를 여자로 바꾸어서 양녀로 보낸 것이라고 생각했네'

기타다 유지로의 고백에 의하면, 자신은 떳떳하지 못한 첩의 자식으로 태어나 여자로 길러진 후 완구처럼 팔렸다는 것이다. 그 후 사다요와 간베를 저주하며 복수의 화신이 되었다. 그 복수를 이루게 해 준 것이 구로이였다. 구로이는 간베가 아버지의 비밀을 알고 있으며, 그가 가지고 있는 비밀 서류로 아버지가 어떤 사람인지를 알 수도 있고 동시에 횡령당한 아버지의 재산을 다시 찾을 수 있다고 했다. 그리고는 나에게 서류를 훔쳐오라고 했다. 간베 집의 이웃에 있는 아파트도 그의 사주로 빌렸다. 오늘밤 결행하라 하며, 서류가 있는 곳도 2층 계단에 속기문자로 써두겠다고 했다. 그 메모에 사이고의 초상 아래를 찾아보라고 되어 있었기 때문에, 사이고의 그림을 한쪽에서 찢어내고 있는데 간베가 왔기 때문에 죽이고 나서 쇠사슬로 묶었다. 그러나 정작 서류는 없었기 때문에 2층으로 도망을 쳤다. 구로이는 시즈오와 점장 가나자와도 죽이게 했다. 구로이는 나를 이용하여 걸림돌을 제거하고 간베와 사다요의 유산을 횡령하려고 했던 것이다. 그때도 구로이의 지혜로 현장에 편지를 떨어뜨려 놓고 왔다. 숙모님도 후지에가 비밀을 캐물을 염려가 있으니까 해치우라고 해서 세키야마로 변장을 하고 갔다. 그런데 쇠사슬로 묶을 틈이 없었다. 구로이의 집으로 도망쳐서 돌아와 보니, 젊은 여자를 강간하려고 했기 때문에 울컥 해서 찔러버렸다. 구로이가 단물을 빨아먹게 할 생각은 없으며 사다요에게는 복수를 할 만큼 했다. 기타다의 고백은 이러한 내용이었다.

기타다의 고백이 끝나자 구로이는 껄껄 웃기 시작했다. '제군들, 머리가 돈 저 불량 청년이 하는 말을 믿으면 안 되네. 그의 아버지와 나는 아는 사이이고, 그가 내게 부탁하러 왔을 때 도와준 일도 사실이고 살인에 관한 그의 고백도 아마 사실일 것이야. 하지만 나에 관한 것은 모두 사실무근이네. 내가 살인 교사를 한 것 것처럼 생각들 하신다면 몹시 곤란하네. 그 점은 분명히 밝혀 두겠네'

후지에는 기타다의 말처럼 구로이가 젊은 부인을 집에 데려와서 강간하려 한 사실, 오키 레이코를 가마쿠라에 감금한 사실은 미네기시 스미에가 증언할 것이라고 했다. 그녀는 후지에의 조수이자 스파이라고 밝히고는, '또한 당신은 오늘 밤 이곳에 무엇을 하러 왔습니까? 그리고 무엇을 훔쳤습니까'라고 물었다. 그러자 구로이는 갑자기 간베의 밀서를 스토브 안에 던져 태워버렸다. 그것은 간베의 막대한 부를 감춘 장소와 그것을 상속받는 사람이 세키야마 데쓰조임을 증명하는 서류였다. '간베는 구성(舊姓)을 사이고라고 했지. 당신은 속기문자로 기타다에게 알릴 때 착각을 해서 구성인 사이고라고 썼지. 기타다는 사이고의 초상화를 구석구석 뒤졌지만 찾지 못하고 돌아갔어. 당신이 원하는 서류는 곧 세키야마가 원하는 서류였던 것이지. 그가 엄중한 경계를 무릅쓰고 이곳으로 몰래 들어온 것은 바로 그런 이유가 있어서이지.—필시 당신이 원하는 일이라고 생각해서 다카하시 경부를 설득하여 이 집에 대한 경계를 해제하게 하고, 한편으로는 어디까지나 세키야마들을 진범인 것처럼 신문에 낸 것도 나의 책략으로, 요컨대 당신을 오늘밤 이곳으로 오도록 유인하기 위해서야'

구로이는 갑자기 자기 자신의 목에 자동소총을 발사했다. 후지에는 어제 중요 서류를 손에 넣고 백지를 액자 뒤에 넣어두었다. 세키야마의 아버지의 비밀이라는 것은 그의 아버지가 여동생인 도메와 공모하여 첩의 자식인 기타다를 여자로 꾸며서 간베를 속이고 와카미야가의 양녀로 들어가게 한 것으로, 후에 간베가 그 사실을 알게 되자 세키야마의 아버지를 사기꾼이라고 비난을 했다. 그러나 그는 반대로 세키야마의 아버지를 속이고 오쿠다 도메 및 기타다 유지로가 받을 재산을 횡령했다. 세키야마 데쓰조에게는 세키야마의 아버지가 매우 나쁜 사람이고 그것을 증명하는 비밀 서류를 가지고 있는 것처럼 말했지만, 실은 그 자신이 횡령을 했다는 비밀이 폭로될 것을 두려워한 것이었다. 세키야마는 그것을 진짜인 줄로 알고 철썩같이 아버지의 비밀이라 생각하고 간베가 몇 번이나 다그치자 격론을 벌이다가 죽이겠다는 극단적인 말까지 한 것이었다.

5. 에도가와 란포

　1894년 10월 11일 미에 현(三重県) 나바리마치(名張町)에서 태어나 소년 시절 구로이와 루이코나 오시카와 슌로의 저작을 탐독했다. 1912년 8월 상경하여 와세다 대학에서 5년 동안 공부하고 졸업했다. 십수종의 직업을 전전하다가 1923년『신청년』에「이전동화(二錢銅貨)」가 게재되어 데뷔했다. 그 후 차차 참신한 레토릭으로 단편을 발표하여 세평을 모았다. 한편『어둠속에서 꿈틀대다(闇に蠢く)』(1926년 1월~11월,『쓴 약(苦薬)』),『호반사건(湖畔事件)』(1926년 1월~5월,『선데이마이니치(サンデー毎日)』)을 필두로, 장편분야를 개척하여 탐정문단의 중심적 존재가 되었다. 장편으로는『고도의 귀신(孤島の鬼)』(1929년 1월~1930년 2월,『아사히(朝日)』),『마술사(魔術師)』(1930년 7월~1931년 5월『강담구락부(講談倶楽部)』), 937년 6월 춘추사간행),『유령탑(幽靈塔)』(1937년 3월~1938년 4월,『강담클럽』) 등은 독서계를 풍미하며 열광적인 환영을 받았다.『녹색옷의 귀신(緑衣の鬼)』은 이전 저서에서는 소개하지 않았기 때문에 여기에서 다루어보았다.
　이 작품이 세계고전탐정소설 중에서 명작으로 꼽히는 이든 필포츠

(Eden Philpotts, 1802~1960년)의 『빨강머리 레드 메인즈』의 번안인 것은 주지의 사실이다. 당시 평론가이자 번역가인 이노우에 요시오(井上良夫, 1908~1945년)에게서 원서를 빌려 읽은 란포는 크게 감동을 받아 번안을 한 것이다. 하지만 말할 것도 없이 단순한 모방이 아니라 그 자신의 개성을 가미하여 독자적인 세계를 표현하고 있다. 원래 자신의 작품집을 명작 전집으로 간행할 의도가 있었으므로 그 열의는 보통이 아니었다.

에도가와 란포

「녹색옷의 귀신」

'초가을 밤 인파로 붐비는 긴자거리를 크고 흰 괴상한 불빛이 엄청난 속도로 히뜩히뜩 지나갔다. 아스팔트 위로 줄지어 움직이는 군중들은 어지러울 정도로 혼란스러운 섬광에 자기도 모르게 멈춰 서서 그 괴상한 불빛이 어디서 나오는 것인가 하며 하늘을 올려다보았다'라는 대목으로 시작한다.

그것은 M백화점 옥상에서 비추고 있는 탐조등이었다. 그 탐조등은 야간 영업 경기를 북돋기 위해 도쿄의 하늘 여기저기를 비추고 있는 것이다.

오에 하쿠쟈라는 서른 대 여섯 살 된 탐정소설가와 제국일일신문사 사회부 기자 오리구치 고키치는 서치라이트의 검은 거인의 손에 들린 단검에 찔려 실신하여 쓰러져 있는 사사모토 요시에 씨를 구했다.

하쿠쟈와 오리구치는 요시에 씨를 요요기에 있는 집까지 차로 바래다 주었다. 차를 내려서 그 집 문등 근처까지 걸어가자 문 앞에 커다란

『녹색옷의 귀신』 표지(1946년)

그림자가 가로놓여 있었다. 어디에선가 낮은 웃음소리가 들리다가 곧 사라졌다.

요시에 씨의 남편인 사사모토 시즈오는 동화작가로 환자인 것 같았고 우울해 보였다. 그 무렵 부부는 이상한 그림자에 사로잡혀 있었다고 한다. 그래서 사사모토는 환자가 되었다고 털어놓았다. 그런 나쁜 음모를 꾸밀 자가 누군지 사사모토로서는 전혀 짐작 가는 바가 없다고 한다. 그러나 하쿠쟈는 뭔가 감추고 있는 듯한 느낌을 받는다.

그때 온 집안의 전등이 꺼지고 창밖에 커다란 그림자가 나타났다. 쉰 목소리의 웃음소리가 들렸다. 두 사람이 창문을 열자 차가운 밤공기가 흘러들어올 뿐이었다.

하쿠쟈와 오리구치는 회중전등으로 마당을 구석구석 수사했지만, 인기척은 전혀 느껴지지 않았다. 그런데 하쿠쟈가 팬던트를 발견했다. 그 팬던트에 달려있는 사진첩 뚜껑을 열자 서른 정도 되는 아름다운 여성의 사진이 들어 있다. 하쿠쟈는 조사를 해보겠다고 요시에 씨에게 양해를 구하고 주머니에 집어넣었다. 밤이 깊어 12시가 넘었다. 하쿠쟈와 오리구치는 다음날 저녁에 만나기로 약속을 하고 그 집을 나왔다. 다음날 오리구치가 전화를 하자 하쿠쟈는 나중에 가겠다고 해서 혼자서 갔다. 가보니 사사모토는 서재 안에서 쓰러져서 죽어있었다. 맥박을 짚어보려고 다가가다가 오리구치는 머리를 강타당하고는 혼절했다. 녹색 벌레가 그의 시신경에 비치고 있었다.

하쿠쟈는 손님을 보내고 30분 후에 사사모토가에 도착하여 오리구치를 깨웠다. 사사모토는 멍이 든 채로 실신해 있었고, 요시에 씨도 없었다. 식모는 눈이 가려진 채 새우처럼 팔다리가 꽁꽁 묶여있었다. 그때 갑자기 일시에 전기불이 꺼지고 방 커텐 위로 커다란 그림자가 나타났으며, 끝자락이 질질 끌리는 망토를 입은 그림자가 나타났다. 흐트러진 두발을 한 괴물의 옆얼굴이 선명하게 비치고 그 입술이 이상하게 비뚤어지며 예의 그 노인의 음산한 웃음소리가 들려왔다.

이야기를 조금 앞으로 돌리자면, 검은 망토를 입은 괴물이 부엌 전등의 스위치를 끄고 나오더니 마당에 원통형 회중전등을 놓고 자신의 모습을 서재 창문 커튼에 비추고 있다. 하쿠쟈가 손전등을 들고 마당을 찾아보았지만, 이미 괴물의 행방은 알 수가 없었다. 찾아온 기노시타 경부도 어쩔 줄 몰라 하며 '아내를 유괴하고, 살해한 남편의 시체를 왜 자동차로 옮겼을까' 하고 중얼거렸다. 하쿠쟈는 '사사모토 부부를 그냥 행방불명이 된 것처럼 보이게 하려는 책략임에 틀림없어. 3번이나 되돌아온 범인은 피를 깨끗이 닦는 것까지는 단념했지만, 마지막 연기를 하며 자동차로 도망을 친 것이겠죠'라고 말했다.

아자부의 높은 지대에 아담한 2층짜리 건물인 류 호텔이 서 있다. 요요기에 있는 사사모토 저택에서 참사가 일어난 그날 밤, 진녹색 양복을 입은 서른 정도 되는 신사가 크라이슬러를 타고 와서 커다란 트렁크 두 개를 보이에게 시켜 2층 방으로 옮기게 했다. 다음날 아침 그 중에 한 트렁크를 보이에게 말해 차에 싣게 하고는 운전수를 돌려보낸 후 직접 운전을 했다. 그리고 1시간 후에 돌아왔다. 그 후 3일 밤낮을 방에 틀어박혀 혼잣말을 하고 있었다. 그 신사가 목욕을 하러 간 틈에 보이가 방에 들어가 보니 남겨두었던 트렁크 하나가 이리저리 춤을 추고 있는 것이었다. 그것을 열어보니, 맙소사 그 안에 젊은 여자가 들어있었다.

그 괴트렁크의 비밀이 발각되기 전 날 저녁, 하쿠쟈는 류 호텔 근처에 있는 나쓰메 기쿠지로가를 방문했다. 기쿠지로 씨가 요시에 씨의 큰아버지라는 이야기를 들었기 때문이다. 그를 만나 물어보니, 부모가 없는 요시에를 딸처럼 키웠지만 제멋대로 싸구려 글쟁이와 눈이 맞아 가출을 했기 때문에 의절을 했다고 한다. 하쿠쟈가 팬던트 안의 사진을 보여주자, 그것은 기쿠지로 씨 어머니의 젊었을 적 사진으로 요시에에게는 할머니뻘 되는 사람이라는 것이었다. 하지만 팬던트를 보고 난 기쿠지로 씨는 표정이 굳어지며 아무 대답도 하려 하지 않았다. 술집에서 주문을 받으러 돌아다니는 점원에게 물어보니, 기쿠지로 씨는 아내는 없고 스물 일곱 되는 다로라는 아들이 하나 있는데 녹색을 무척 좋아하는 이상한 사람이라서 아들을 별거시키고 있다는 것이었다.

그 집을 찾아가니, 다로 씨는 부재중이고 맞으러 나온 할멈 이야기로는 그저께 자동차를 타고 어디론가 나가서 아직 돌아오지 않았다고 한다. 그저께라면 요요기 사건 당일이었다. 요시에 씨와는 어렸을 때부터 정혼을 해놓고 본가에서 산 적도 있다고 한다. 다음날 하쿠쟈는 기노시타 계장 외 사복 형사들과 류호텔을 덮쳤다.

유리창을 깨고 내부로 들어가자 호텔 보이와 사사모토 요시에 씨가 기절을 하고 쓰러져 있었고 녹색광이자 자칭 야다기다 이치로인 나쓰메 다로의 모습은 어디론가 사라졌다.

범인의 정체를 드러내고 요시에 씨를 구한 훌륭한 공로자 아마추어 탐정 오에 하쿠쟈는 요즘 인기인이 되었다. 어느 날 요시에 씨로부터 편지가 왔다. 놀러오시기를 기다린다는 취지였다. 큰 아버지 나쓰메 기쿠지로 씨와 요시에 씨가 이사를 한 곳은 이즈 반도의 I온천지에서 멀지 않은 S라는 어촌에 있는 별장이었다.

그날 오후 하쿠쟈가 기차로 S촌에 가서 오후 4시에 I역에서 하차하자, 사건 직후 나쓰메가에서 몇 마디 건넨 적이 있는 비서 야마자키라는 미청년이 맞이하여 주었다. 그 별장에서 1박 하고 다음날 오후 하쿠쟈는 요시에 씨의 권유로 둘이서만 뒷산 전망대에 올라갔다. 하쿠쟈는 그곳에 설치되어 있는 망원 렌즈로 아래쪽에서 짓고 있는 수족관쪽을 살펴보았다. 손님이 없어 방치된 상태로 있는 수족관이었는데 온통 녹색으로 감싸인 이상한 신사의 모습을 발견했다. 그 신사는 곧 건물 뒤편으로 모습을 감추어 버렸다.

하쿠쟈는 요시에 씨를 별장으로 데리고 온 후 바로 혼자서 수족관으로 향했다. 녹색 옷을 입은 인물은 보이지 않았지만 내부의 벽은 녹색 페인트로 아무렇게나 마구 칠해져 있었다.

다시 전망대에 올라간 하쿠쟈가 오른편에 있는 산록으로 망원경을 돌려 살펴보자 녹색 양복을 입은 사람이 보였다. 양장을 한 소녀 하나를 옆구리에 끼고 있다. 그 이상한 사람은 수족관쪽으로 사라졌다. 수족관에 들어간 이상한 자는 요시에 씨를 벌거벗기고는 뒤엉켜 있었다. 요시에 씨는 도와달라고 외치고 있다. 하쿠쟈는 나쓰메가의 별장으로 달려갔다. 요시에 씨는 없고 야마자키만 있었기 때문에 둘이서 수족관으로 달려갔다. 내부에는 양복과 속옷이 흩어져 있었다. 하쿠쟈는 즉시 야마자키에게 귓속말을 하고 헤어져서 양쪽 끝에서 몰아갔다. 그런데 그 이상한 자를 쫓아간 하쿠쟈가 만난 사람은 야마자키 청년으로 그 이상한 자는 벌써 어딘가로 사라져버렸다.

수조 속의 흰 인어는 요시에 씨였다. 목숨을 구하기는 했지만, 요시에 씨는 병이 나고 말았다. 이렇게 해서 나쓰메 다로의 행방은 끝내 알아내지 못했다. 아마 부근에 있는 산속에 몸을 숨겼을 것이다. 나쓰메 씨 자신이 그날 밤 마을 파출소를 찾아가고 나서 당국이 수사를 한다고 시끄러웠지만, 범인은 언제까지고 잡히지 않았다.

그날 밤 한 어부가 범인으로부터 건네받았다는 편지를 나쓰메 씨에게 보냈다. 그래서 야마자키 청년과 나쓰메 씨는 곧 바깥 쪽 동굴에 있는 청년을 만나러 갔다. 하지만 야마자키가 돌아와서 동굴에 들어간 주인과 녹색 옷을 입은 사람을 놓쳐버렸다고 한다.

하쿠쟈와 야마자키 청년이 다시 동굴 속으로 들어갔지만, 나쓰메 씨도 그 청년의 행방도 전혀 알 수가 없었다. 혈흔도 발견되었지만 누구의 것인지도 알 수 없었다. 동굴 끝은 S마을의 뒷산 숲으로 연결되어 있었다.

5일째가 되어 그 해안에서 녹색 양복을 입은 사체를 건져 올렸는데, 얼굴이 훼손되어 있어 누구의 사체인지 판별이 되지 않았다. 해부 결과 50세 전후의 인물로 나와서 나쓰메 기쿠지로라고 생각되었고, 범인은 그 친아들 나쓰메 다로로 추측이 되었다.

그 무렵 마루노우치의 다이도 은행 지하실 금고에서 사사모토 시즈오의 사체가 발견되었다는 소식이 경찰서장에게 전해졌다.

아버지는 변사하고 아들은 살인귀가 되어 행방을 감추어버렸기 때문에 나쓰메케 가에는 상속자가 없어지는 형국이 되었다. 하지만 모든 일은 기쿠지로의 친형이며 점균학자(粘菌學者)인 기쿠타로가 처리했다. 도쿄의 본가도 시골의 별장도 매각되었고 기쿠지로 씨의 천만에 가까운 유산은 모두 동산으로 바꾸어 기쿠타로가 보관하기로 했다. 요시에 씨의 보호자도 기쿠타로 노인이 되는 수밖에 없었다. 기쿠지로 씨의 유산

처분 수속이 완전히 정리되자 노점균학자는 요시에 씨를 데리고 기슈의 K마을로 돌아갔다. 야마자키청년도 동반하기로 결정되었다.

그 집은 K마을 변두리의 고지대에 위치한 붉은 벽돌 건물이었다. 요시에의 아버지는 기쿠사부로라고 했는데 투기심이 강한 성질로 빚을 남기고 일찍 세상을 떴기 때문에, 앞에서 언급했듯이 요시에 씨는 기쿠지로 씨가 거두어 양육을 했다. 기쿠타로, 기쿠지로 형제는 전혀 기질이 달랐기 때문에 요시에가 이 시로야마 산으로 돌아온 것은 10여 년 만이었다.

반 년 정도는 요시에와 야마자키 청년은 사랑에 빠져 있었다. 어느 날 야마자키 청년이 요시에에게 청혼을 하니 기쿠타로 노인은 반대는 하지 않았다. 그런데 야마자키 청년의 감사 인사가 채 끝나기도 전에 갑자기 실내가 캄캄해 졌다. 비상등만 켜져 있는 상태에서 유리창에 검은 그림자가 나타났다. 헝클어진 머리, 옷자락을 종모양 망토처럼 질질 끄는 인물, 쉰 웃음소리가 때로는 높게 때로는 낮게 서재 가득 울려 퍼졌다.

야마자키 청년은 용감하게 창문으로 달려가 '누구냐!'며 호통을 치고는 유리창을 활짝 열어 제치며 정원으로 뛰어나갔지만 아무도 없었다. 노과학자는 요시에의 비명소리를 들었지만, 그녀의 모습은 사라졌다. 그 후 마을 경찰서의 담당자가 대거 동원되어 서재를 비롯해 여기 저기 수사를 반복했지만, 아무런 수확도 거두지 못 했다.

오에 하쿠샤는 와카야마 현 K마을의 나쓰메 기쿠타로 씨로부터 전보로 의뢰를 받고 노리스기 류헤이 탐정을 데리고 갔다. 두 사람이 시로야마산 기슭에서 자동차를 내렸을 때는 저녁 어스름이 시작될 무렵으로 주변의 숲은 온통 검은 색이었다. 그때였다. 녹색 귀신이 커다란 나무 밑으로 도망쳐서 숲 속 깊은 곳으로 사라졌다.

아침이 되자 스기야마 탐정과 하쿠쟈는 시로야마 산 일대 삼림을 답사했다. 어젯밤의 경관도 벌써 나와 있었다. 하지만 아무런 수확도 얻을 수 없었다. 그러나 스기야마 씨는 거대한 녹나무 고목에 몹시 흥미를 느낀 것 같았다.

밤이 되어도 스기야마 씨가 돌아오지 않자, 하쿠쟈는 숲속으로 들어갔다가 녹색 사람을 발견하고 따라갔다. 범인은 예의 그 고목 나무를 타고 올라가서는 사라졌다. 하쿠쟈가 올라가 보니 세 개로 갈라진 가지 한 가운데 커다란 구멍이 뚫려 있었다. 안으로 들어가 보니 사람이 두 명 있었다. 녹색 양복을 입은 인간인 것이다. 한 쪽이 다른 한 쪽을 쫒고 있었다. 그러자 야마자키 청년도 왔다. 스기야마 씨를 돕기 위해 따라가서 보니 마침 '살려줘요! 저 요시에에요. 빨리 살려줘요!'라는 목소리가 난다. 누군가에게 끌려가면서 저항을 하고 있는 것이다. 야마자키 청년이 요시에를 구했다. 스기야마 씨는 두 사람을 남기고 괴물을 추적했다. 하쿠쟈도 그 뒤를 따라갔다. 시로야마산 경사면의 숲속에 있는 출구로 나왔지만, 이렇다 할 만한 인적은 보이지 않았다.

다음날 아침 스기야마 씨가 깨우는 소리에 잠이 깬 하쿠쟈는 스기야마 씨와 함께 예의 동굴 출구가 있는 곳을 조사했다. 하지만 출구의 발자국은 하쿠쟈와 스기야마 씨의 것 뿐으로 밖으로 나갔을 범인의 것은 발견되지 않았다.

그날 밤 누워 있는 요시에의 베개 맡에 일가 전원이 모여 그녀의 기운을 북돋아 주기 위해 잡담을 나누고 있었다. 그때 난간 틈으로 박쥐 한 마리가 방안으로 날아들었는데, 그 다리에 종이쪽지가 묶여 있었다. 야마자키 청년이 그것을 떼어내고, 하쿠쟈가 읽어보니—이제 이 세상에 요시에는 필요 없다. 나는 요시에를 지옥으로 데려가겠다. 지옥에서 영원한 결혼을 할 것이다. 방해를 한 놈들에게는 톡톡히 그 댓가를 치루게 할 것이다 ― 녹색옷의 귀신 나쓰메 다로에게서 온 것이었다.

범인은 요시에를 훔쳐갈 목적이었다. 그런데 그것이 이번에는 그녀를 살해할 목적으로 바뀌었다. 사람들은 불안에 떨지 않을 수 없었다. 그날 밤 2시가 지나서였다. 마루 밑에서 일본도로 요를 관통하여 누워 있는 요시에의 등을 찌른 자가 있었다. 그 음산한 쉰 웃음소리가 울려퍼졌다. 하지만 마루 밑에서는 아무 것도 발견되지 않았다. 다행히 칼에 찔린 상처는 경상이었지만, 그 검은 나쓰메 노인이 애장하는 칼이었다.

그 사건이 있고 다음날이었다. 오에 하쿠쟈는 시로야마 산 숲속을 정처 없이 돌아다니고 있었다. 야마자키가 '그 자의 목소리였습니다'라고 말한 것을 떠올렸다. 묘하게 교활한 표정을 띠고 있던 것도. 그때 뒤에서 어깨를 툭하고 친 것은 노리스기 류헤이 씨였다. 그리고 나서 5일 후 노리스기 씨가 갑자기 여행을 한다고 하며 나갔다. 전송은 나쓰메 노인뿐이었다. 그때 하쿠쟈에게 '야마자키 군과 함께 꼭 붙어서 요시에 씨 호위를 해 주세요'라고 몇 번이고 다짐을 했다.

나쓰메 노인은 시로야마로 돌아오고 나서 성격이 일변하여 사람들을 싫어하게 되었다. 서재에 틀어박힌 채 밖으로 한 걸음도 나가지 않고 식사도 서재로 가져오게 했다. 요시에를 호위하고 있던 하쿠쟈가 자기 방에 담배를 가지러 갔다 돌아와 보니 녹색 귀신이 요시에의 머리맡에 서있었다. 쫓아가서 보니 그것은 변장을 한 노리스기 씨로 도쿄에 가지 않고 도중에 돌아온 것이라 했다.

한편 심야 1시에 나쓰메 노인의 침실에 숨어든 녹색 귀신이 양손으로 노인의 목을 조이려는 순간 벌떡 일어난 노인은 범인의 머리를 잡아뜯었다. 피스톨로 노인을 사살한 범인은 노인이 가발을 벗겨내자 문 밖의 어둠 속으로 사라졌다. 그 어둠 속에서 그 오싹하는 노인의 웃음소리. 노인의 비명소리에 일동이 방안으로 뛰어들어왔다. 하지만 나쓰메 노인의 시체는 사라졌다. 그 창문은 반쯤 열려있고 쇠창살은 부서져 있었다.

마을 경찰서장을 비롯하여 일동이 의논을 하고 있는데 노리스기 씨가 들어왔다. 서장이 '나쓰메 씨가 총을 맞았습니다. 그런데 또 사체가 없어졌습니다'라고 하자, 노리스기 씨는 끄덕끄덕 웃으며 '잘 알겠습니다. 저는 실은 그렇게 되기를 기다리고 있었습니다. 녹색 귀신은 이제 제 손 안에 있습니다'라고 대답했다.

하쿠쟈는 '그런데 동료인 내게도 알리지 않고 몰래 그 지하도에 숨어들어 범인과 똑같은 복장을 하고 있던 이유말입니다. 스기야마 씨 그 이유에 대해 설명해 주세요'라고 하자, '그것은 아직은 안 됩니다'라고 했다. 하쿠쟈는 '그렇다면 내가 가설을 세워 이야기를 해보겠습니다'라고 하며 '그 지하도에서 거울을 사용해서 존재하지도 않는 범인을 있는 것처럼 보이게 했다. 범인은 노리스기 씨입니다. 오늘 저녁 녹색 옷으로 변장을 하고 요시에 씨의 병실에 숨어들어 당장이라도 목을 조르려고 한 것도 그 자입니다' 하고 하자, 요시에는 '예, 당신이 말씀하시는 대로예요. 하지만 설마 그것이 노리스기 씨라고는 상상도 하지 못 했습니다'라고 한다.

노리스기는 말했다. '범인이 확실히 상대에게 얼굴을 보여준 경우는 세 번, 게다가 그 중 두 번은 요시에 씨를 유괴했을 때로, 아무래도 유괴 상대인 요시에 씨만은 얼굴을 보지 않을 수 없었겠죠. 나머지 한 번은 예의 류 호텔 체재 중 뿐입니다. 그것은 범인이 나쓰메 다로 씨가 아니었기 때문으로 나쓰메 다로 씨인 것처럼 보이기 위해 늘 녹색 옷이라는 변장이 필요한 것이었습니다. 변장한 것을 발각당하는 것이 두려워 항상 그림자로 나타나거나 어둠 속에 나타난 것입니다. 친 아버지를 무참히 살해한 것도 범인이 나쓰메 다로가 아니였기 때문입니다. 범인

에게 나쓰메 기쿠지로는 부모도 아니고 아무것도 아니었기 때문입니다'

그때 '에잇' 하는 소리와 함께 전등이 꺼지며 방안이 컴컴해 졌다. 정원으로 면한 창문에 비치는 비상등 불빛 속으로 선명한 그림자가 나타났다. 기괴한 웃음 소리. 노리스기 씨는 '정원 풀 속에 환등기계가 감추어져 있고, 여기부터 전선이 연결되어 있습니다. 이 카펫 끝의 버튼을 누르면 방의 불이 꺼짐과 동시에 저쪽에 있는 환등기계에 불이 들어오고 유리에 그린 조그만 녹색 옷을 입은 귀신 모양이 확대되어 비치는 것입니다'라고 설명했다. 하쿠쟈는 '그러면 그 웃음소리는 어디에서 나는 것입니까?'라고 물었다. 그것은 범인이 복화술을 사용한 것이라고 설명하고는 '그러니까 범인은 방안에 있었던 것입니다. 결국 알리바이를 만들기 위해서 한 짓입니다'라고 덧붙였다.

노리스기는 설명했다. '그런데 범인은 사사모토 시즈오의 사체를 왜 그렇게까지 고심해서 은행 금고 안에 은닉해야 했을까? 그 의문만 풀리면 또 한 가지 의문도 자연히 풀리게 됩니다. ―그 이유는 살해당한 것은 사사모토 시즈오 씨가 아니었기 때문입니다. 그러면 나쓰메 다로 그 자신이라고 생각할 수는 없을까요? 범인은 요시에 씨에게 마음이 끌려 사사모토케 가를 찾아온 나쓰메 다로를 무참히 살해한 후 그 시체에 사사모토 시즈오의 복장을 입혀서 서재에 뒹굴게 해 둔 것이죠.―그러니까 사사모토는 아직 살아있습니다. 녹색 옷을 입은 귀신이 되어 나쓰메 다로로 둔갑을 한 것입니다. ―여러분들은 이 사건은 범인이 요시에 씨를 얻기 위한 범죄라고 생각하는지요? 그것은 착각입니다. 범인이 나쓰메 다로로 둔갑을 해서 요시에 씨를 쫓아다니고 있는 것처럼 보이게 한 것은 실은 사람들의 눈을 속이기 위한 계략으로 진짜 목적은 전혀 다른 데 있습니다. 첫째는 사사모토를 죽인 것처럼 보이게 하고 나쓰메 다로를 죽은 것처럼 한 것, 둘째는 나쓰메 기쿠지로를 살해한 것, 셋째는 나쓰메 기쿠타로 씨를 살해한 것, 이 세 살인사건이 범인의 진짜 목적이었던 것입니다. 범인의 궁극적인 목적은 나쓰메 일족을 절멸시키고 둘이 합쳐 2백만 엔에 달하는 기쿠타로와 기쿠지로의 재산을 가로채는 것입니다. ―사사모토와 나쓰메 다로의 1인 3역을 연기한 진범 즉 녹색 옷을 입은 귀신은 야마자키 청년입니다. ―증거를 원하신다면 보여드리죠. 오늘밤 당신은 기쿠타로를 쏘아 죽여서 마지막 목적을 달성했지, 그렇지 않은가?' 야마자키가 '범인이 주인을 죽일 것을 알면서 선생님은 보고만 있었단 말입니까?'라고 따지자, 노리스기는 '그렇지, 보고 있었네. 자네가 그 빈 총을 쏘는 것을 보고 있었네. 그 총은 총알을 빼 두었네. 노인은 죽지 않았어. 단지 피가 들어있는 고무주머니가 터져서 붉게 흘러내렸을 뿐이야. 나쓰메 씨 대신 내가 누워있었네. 노인이 출발하기 전에 유산 증여 유언장을 쓰게 한 것도 실은 내 머리에서 나온 생각이었어. 범인은 그것을 기다리고 있었던 것이지'

야마자키는 독약을 먹고 피를 토했다. 그때 침대에 있던 요시에가 야마자키 청년의 시체로 달려가 위에 엎드려 울기 시작했다. 노리스기는 하쿠쟈와 서장을 보고 말했다. '요시에 씨가 그렇게나 자주 유괴를 당하고 범인과 이야기를 했으면서도 왜 녹색 옷을 입은 귀신의 정체에 대해 이야기하지 않았는지 아시겠습니까, 설마 자신의 남편을 몰라보지는 못했을 테니까요. 녹색 옷을 입은 귀신은 혼자가 아니었던 것입니다. 부부가 공모하여 오랜 세월에 걸쳐 짜낸 계략이었던 것입니다.― 그 칼은 미리 마루 바닥에서 요 위로 찔러두었던 것이죠. 그녀는 아무렇지도 않게 그 위험한 이불 속에 누워서 밤이 되기를 기다렸다가 마치 지금 막 칼에 찔린 것처럼 등에 상처를 조금 내고는 비명을 질러 사람들에게 알린 것입니다'

요부 요시에는 왼속 약지에 끼고 있는 커다란 알렉산드라이트[9] 반지

알을 오른 손으로 빼더니 재빨리 그 속에 가득 들어있는 흰 가루를 반지째 입에 넣고는 야마자키 위로 엎어졌다.

6. 오구리 무시타로

쇼와 시대의 탐정소설 발전은 잡지『신청년』을 기반으로 이루어졌다고 할 수 있다.『신청년』의 호조에 힘입어 1931년『탐정소설(探偵小説)』, 1933년『프로필(ぷろふいる)』, 1935년『탐정문학(探偵文学)』,『월간탐정(月刊探偵)』, 1936년『탐정춘추(探偵春秋)』,『슈피오(シュピオ)』 등이 창간된다. 한편 1934년이 되면 유력한 신인 오구리 무시타로, 기기 다카타로(木々高太郎) 등이 나타나 강한 개성을 표현했기 때문에 기성작가도 자극을 받아 탐정문단은 융성기에 들어선다.

오구리 무시타로는 1901년 3월 14일 도쿄 간다 하타고초(旅籠町)에서 태어났다. 본명 오구리 에지로(小栗栄次郎). 대대로 술도매상을 하는 집안이었다. 초등학교 때부터 수학에 재능이 있었고, 학교 성적은 뛰어나서 신동소리를 들었다. 1918년 게이카 중학교(京華中学校) 졸업과 동시에 히구치 전기상회(樋口電気商会)에 입사하였으며, 1920년에 결혼하였다. 1922년 시카이도 인쇄소(四海堂印刷所)를 설립, 4년 후에 폐쇄하였다. 방랑생활을 한 후에 세타가야 구(世田谷区) 다이시도(太子堂)의 나가야에서 1933년「완전범죄(完全犯罪)」(1933년 9월,『신청년』)를 탈고하여 고가 사부로에게 인정을 받아 탐정문단에서 주목을 받았다. 이어서「후

---

9) 보석의 이름으로 '금'과 '녹주석'을 의미하는 그리이스어 '크리소베릴'이라는 광물이다. 비추는 빛의 종류에 따라 색깔이 바뀌며 알렉산더 2세의 생일에 발견되어 이런 이름이 붙었다.

오구리 무시타로

광살인사건(後光殺人事件)」(1933년 10월), 「성 알렉세이사원의 참극(聖アレキセイ寺院の惨劇)」(1933년 11월)을 『신청년』에 발표. 1934년 4월부터 12월까지 『신청년』에 대작 『흑사관 살인사건(黑死館殺人事件)』을 연재하여 독서계에 충격을 주었다. 고다 로한도 이 작품을 읽고 오구리에게 주목했다. 그 후 「철가면의 혀(鉄仮面の舌)」(1935년 4월~5월, 『신청년』), 「20세기 철가면(二十世紀鉄仮面)」(1936년 5월~9월, 『신청년』, 9월 슌슈샤[春秋社] 간행) 등을 발표하였고, 이후에는 해외 비경(秘境) 탐정소설에도 손을 댔다. 1941년 11월 육군 보도반원으로 말레이에 파견되었고 다음 해 귀환하였다. 전시 중에는 돼지감자에서 과당을 채취하는데 성공했다. 1946년 「악령(惡靈)」을 집필하던 중 2월 10일 뇌일혈로 세상을 떴다. 향년 45세였다.

「20세기 철가면」

193×년 4월 21일 새벽, 극동방적(極東紡績) 가와사키 공장(川崎工場)에서 전염병으로 쓰러진 최초의 남자를 태운 짐마차 한 대가 나갔다. 심각한 흑사병이었다. 이틀 후 이번에는 같은 회사의 아즈마 공장(吾嬬工場)에도 그와 같은 병이 나타났다. 다음날 아침 고이시카와 구(小石川区) 고히나타마치(小日向町)에, 저녁 때는 요쓰야(四谷)의 이가초(伊賀町)까지 군데군데 수십 곳에서 환자가 발생했다. 최근에 극동방적 가와사키 공장에서 입하한 봄베이면화가 그 발생원으로 간주되어 그날 밤 중으로

산더미처럼 쌓여있던 면화를 창고째 소각시켰다.

그 무렵 의회에서는 특수공업이득법안(特殊工業利得法案)이 심의되려 하고 있었다. 하지만 사립탐정 노리미즈 린타로는, 흑사병 때문에 밖에 나가지 못 하는 의원들의 결석으로 그 법안은 부결될 것이라고 예상했다. 항공기공업에 손을 대서 성공한 모테기네케 가는 규슈의 대부호인데 선대가 죽고 나서 노모인 도쿠에

『20세기 철가면』 케이스(1936년)

코만 남았다. 하지만 모테기네의 원활한 사업을 꾀하기 위해 비밀기관을 설치하여 암약(暗躍)을 계속하고 있다. 전갈 같은 그 일단이 향하는 곳에는 일찍이 한 명의 적도 없었다.

연주회에 간 노리미즈는 속주머니에 있는 편지를 옆자리에 있는 여자가 슬쩍 했기 때문에, 연주회가 끝난 후 그녀를 미행했다. 그러자 그녀는 메모를 떨어뜨렸다. 내용은 '오늘 밤은 이대로 봐주세요'라는 것이었다.

돌아온 노리미즈가 속주머니에 든, 다시 돌려받은 편지를 살펴보니 편지가 두 통이었다. 그 중 한 통은 빼앗겼던 것이고, 또 한 통은 그 여자의 것이었다. 그것을 피아노 위에 있는 악보 사이에 끼워두었는데, 아침에 일어나보니 사라졌다.

어젯밤 누군가 오지 않았느냐고 할멈에게 물어보자, 욕실 옆 문이 열려있고 문 앞까지 여자의 게다 발자국이 나 있다고 했다. 문득 피아노를 치는 렌조 다네코를 떠올렸다. 그날 밤 그녀의 집에 갔지만 그녀는 부재중이었다. 악보대의 악보 사이에서 봉투가 툭 떨어졌다. 열어보니

광택이 나는 종이에 그의 얼굴이 찍혀 있었다. 집으로 돌아와서 노리미즈가 봉투를 열어보니 다음과 같은 내용의 편지가 들어있다.

아내에게.
당신은 어머니가 중태라는 소식을 접하고 빈을 떠났지만 내게는 그것이 다행이었소. 독일군부가 호주정부를 통해 내게 채플린공장행을 강요하고 있소. 일본과 독일은 전쟁 중이지만, 그것을 잊으라고 하오. 가면을 쓰고 공장에 가라고 하지만 나는 거부했소.
1917년 4월 12일
R.R

또 한 통의 내용은 다음과 같다.

부인께서는, 요세와시 교외 모테기네케 가의 망루에 있는 철가면을 쓴 사람이 하나 있는데 그 자에 대해 물으셨습니다. 저는 모테기네 비밀기관의 밀명에 의해 그 수감인을 진찰하는 임무를 맡았으므로 알려드립니다. 그 철가면 진찰을 끝내자 그 수감인은 다시 비밀기관원에게 끌려갔습니다. 비밀기관원에게 환자의 성을 물으니 로렌조라고 하며 이전에 근처에서 침몰한 팬 월드호의 선객이라고 했습니다. 절대로 렌조 로바스케가 아니라고 말입니다.
1935년 1월 7일
요세와에서 의사 나카노세 고안

노리미즈는 여성모험가 다네코의 남편 렌조 로바스케는 과연 가면과 함께 일본으로 돌아온 것일까, 다네코만 알고 있는 비밀이 있는 것일까 라고 생각했다.

그 후 노리미즈는 다네코에게서 '선조는 렌조 이쓰키라고 해서 알고 보니 나가사키의 통역관이었다고 합니다. 부인과 함께 나란히 위패가 되어 아직도 남아 있습니다. 언제 기회가 되면 그 원앙부부의 위패를 보여드리겠습니다. 청안원전예몽대거사(淸岸院伝誉夢覚大居士), 그리고 랑조원환예춘명대자(朗照院幻誉春茗大姉)였다고 기억하고 있습니다만' 라는 이야기를 들었다.

다네코는 여름동안 이즈 남단에 있는 하타무라라는 어촌에서 지냈다. 노리미즈도 찾아가서 그녀를 사랑하게 되었고, 그와 동시에 흉폭한 모테기네에 대한 열렬한 투지를 불태우게 되었다. 노리미즈가 5백 톤 정도의 쾌속정 서풍호에 타자, 모테기네의 최고 실력자 세고 주하치로의 처 가쓰라코는 그 아이들을 소개했다. 장남 미치스케, 장녀 나미에, 차녀 도에 세 명이었다. 열 다섯 살이 되는 나미에는 열 아홉 살인 미치스케와 결혼하기로 되어 있다. 그녀만 주하치로와 가쓰라코 부인 사이에서 태어난 일점 혈육이고 나머지는 전 남편과의 사이에서 난 것이므로, 주하지로와는 피가 섞이지 않았다.

세고 주하치로의 나이는 오십 한 둘 정도였다. 노리미즈가, 다가오고 있는 팬 월드호를 사라고 권유하자, 주하치로는 당신도 사고 싶다며, '아니, 그 용건이라면 말씀 안 하셔도 잘 알고 있습니다. 당신이 상담(商談)을 하겠다고 속이고 이 배를 타신 것은 즉 내가 팬 월드호를 살지 말지 동향을 확인하고 싶었던 것이죠. 정말이지 이 배는 18년 전에 팬 월드호의 재난을 목격했습니다. 그러나 그것은 얼마나 불행한 일치입니까?'라고 했다. 그리고 이번에 이 배를 탄 이유는 배안에서 오래된 문서가 발견되었기 때문이라며 그 중 한 페이지를 펼쳐 보였다.

1804년 7월 동생 오리노스케가 이국의 수녀 한 명을 아내로 삼았다는 이야기를 듣고 나는 그 거친 야리우치성채에 병사를 보냈다. 그 무렵

나는 악성 종양에 걸려 얼굴이 문드러져 늘 가면을 착용하고 있었기 때문에 성채에 틀어박혀 혼자서 승전보를 기다리고 있었다. 전투가 시작된 지 이틀 후 마침내 야리우치 성채는 함락되었고 오리노스케는 죽었지만 수녀 구출은 성공하지 못 하고 차남과 함께 무참하게 타서 죽은 사체로 발견되었다. 그런데 성채가 함락될 때 장녀 시즈카는 간신히 구출되어 절멸될 뻔한 세고 집안을 잇게 되었다.

1804년 11월
모테기네 다마타로모토노부 씀

이 배에는 젊은 시절의 부인의 흉상이 있는데 그 안에서 기록이 발견되었다고 한다. 노리미즈는 마지막 한 장이 따로 있을 것이라 생각하고, 그것과 교환하여 요세와의 망루에 있는 철가면(렌조 로바스케)을 석방할 약속을 받아낸 것이다. 그러자 노리미즈는 정면에 있는 큰 시계에서 그 한 장을 꺼내 주하치로에게 보여주었다.

나는 후에 오리노스케의 교활한 책략을 알게 되어 시즈카의 피에 의혹이 생기지 않을 수 없다. 도대체 오리노스케일까? 아니면 기자 간스케의 씨를 잉태한 것이 아닐까? 이에 세고의 피를 깊고 깊은 수수께끼로서 후대에 남기는 것이다.

드디어 노리미즈가 이겼다. 그야말로 주하치로의 야망을 근저에서부터 꺾어버리는 근원적인 것이었다. 하지만 서풍호는 이미 외양(外洋)으로 나가고 있었다. 이번에는 노리미즈의 패배였다. 이미 노리미즈는 도망갈 수 없는 포로의 몸이 되었다.

서풍호는 팬 월드호의 항로를 역으로 달려 남지나해를 항행하고 있었다. 객실 벽 지도의 마라카해협에 해골 문장의 벽보가 한 번 붙고 나서는 연일 같은 장소에 계속해서 붙었다. 미치스케가 나미에의 방문이 열리지 않는다고 해서 수부장이 문을 부수고 들어가보니, 가쓰라코 부인이 객실의 작살에 경동맥을 찔려 사체가 되어 나뒹굴고 있었다. 남성용 노란 윗옷을 입고 있다. 나미에와 가쓰라코 부인이 방을 바꾼 직후의 참사였다.

팬 월드호는 하루 하루 다가왔다. 하지만 서풍호의 속력은 서서히 잠이 드는 것처럼 줄어들었다. 노리미즈는 '당신 밖에 모르는 사람이 한 사람 이 배에 숨어 있다는데 그것은 무슨 일인가?'라고 주하치로에게 물었다. 그가 모른다고 하자 '그 벽보는 무엇인가? 그때부터 이 배에는 새로운 승선자가 한 명 있는 것 같은데'라고 물었다. 갑자기 스미에가 노리미즈를 보더니, '노리미즈 씨 당신은 왜 어머니를 죽이셨죠?'라고 물었다. '스미에 씨, 그것은 저 벽보를 붙인 사람이 한 짓입니다. 어머니도 최후의 순간에 그 사람이 누구인지 얼굴을 보았을 것입니다'라고 생각나는 대로 대답했다.

다음날 아침이 되자 서풍호는 항로를 거꾸로 돌려 귀항길에 올랐다. 그것은 항해 일정이 어긋나 벵갈만 산호지대에서 만날 수 없게 되었기 때문이다. 노리미즈는 어떻게든 조난을 미연에 방지하고자 마음을 졸이기 시작했다. 나미에를 만났을 때 SOS를 치는 것은 노리미즈의 지시를 기다렸다 할 것을 약속하게 했다.

2주 후 11월 1일 서풍호는 어퇴도에 도착했다. 섬이 주하치로의 부하에게 습격을 받는 바람에 새 등대의 등대원들은 떠나버려서 옛 등대의 안내를 받으며 갔다. 등대원이 위치를 바꾼 등대를 믿지 말라고 위급을 고하여 SOS를 친 것이다. 서풍호의 SOS와 일치했기 때문에 만사가 등대에 집중되었고, 팬 월드호는 그 유명한 암초 바다로 들어가 침몰했다.

다음날 아침 미풍에 돛을 한껏 부풀리며 서풍호는 짙은 녹색 바다를 자랑스럽게 미끄러져 나갔다. 그때 주하치로가 노리미즈에게 조넨 히 모로쿠를 소개했다. 이 남자는 주하치로의 오른팔로 모테기네 비밀기관의 통솔자였으며, 그때까지 화부로 위장하고 있다가 불온한 다카이, 요코야마 두 사람을 참살했다. 주하치로는 팬 월드호의 단 한 명의 생존자 로테르링겐을 노리미즈에게 소개했다. 롯데의 언니 마틸다 로 로테르링겐이었다. 미치스케와 스미에는 여전히 병상에 있었고, 노리미즈는 도망치기 위해서는 마틸다를 이용하는 수밖에 없다고 생각했다.

조넨과 주하지로가 의논을 하고 있다. 오늘밤에라도 하자는 조넨의 의지를 주하치로가 반대하며 말렸다. 12명의 일단에 의해 노리미즈에게 총이 발사되었으나 그것은 총알이 없는 빈 총이었다. 주하치로는 노리미즈에게 자신의 협력자가 되어달라고 부탁한다. 나미에는 노리미즈를 연모하고 있었다. 그녀의 거동으로 노리미즈는 비밀문서를 숨겨둔 장소를 알아내서 그것을 가지고 있었다. 철가면 렌조 로바스케의 석방과 동시에 건네주겠다는 약속을 주하치로에게 받아냈다. 5개월 만에 서풍호는 요세와에 닻을 내렸다. 노리미즈는 세고 저택에서 철가면의 댓가로 두툼한 비밀 문서 봉투를 가슴 속에서 꺼내 테이블 위에 올려놓았다. 주하치로가 집어들어 보니 그것은 백지로 뒤바뀌어 있었다. 세고가 모테기네를 잇는 유일한 증거가 됨에도 불구하고 지금 두 개 모두 사라진 것이다.

노리미즈는 세고 저택을 나오자 발걸음을 망루로 옮겼다. 그는 비책을 마련해 저녁 때 호텔로 돌아왔다. 로바스케를 맞이하러 다네코가 와 있었다. 나미에로부터 랑데뷰 편지를 받은 노리미즈는 약속한 날 밤 3시에 육교로 갔다. 하지만 기다리고 있는 것은 나미에가 아니라 스미에였다. 나미에는 경계가 엄해서 나올 수 없기 때문에 나미에의 말을 전하러 왔다는 것이다. 그것은 스미에의 열정에 다름 아니었다. 나미에의 편지라는 것은 스미에가 쓴 가짜 편지임을 알게 되었던 것이다.

조넨이 이끄는 시커먼 무리가 한 명 한 명 다가온다. 누군가 육교의 등을 끄자 같은 패거리 싸울 것을 염려한 기관원은 사격을 더 이상 하지 않아 노리미즈는 소용돌이의 중심에서 벗어날 수 있었다. 스미에를 안고 보니 그것은 나미에로 그녀가 불을 껐음을 알았다.

마침내 두 사람은 마차를 타고 구불구불 언덕을 올라갔다. 노리미즈는 여관에 나미에를 두고 요세와로 돌아가서 세고 저택을 찾았다. 주하치로는 노리미즈에게 '오늘 나는 자네에게서 나미에를 돌려받고 싶지만…'라고 하고 미치스케도 노리미즈에게 애원했다. 그 비밀문서를 빼앗은 것은 마틸다임을 노리미즈는 알고 있었다. 하지만 밤이 되자 노리미즈는 나미에와 함께 요세와 일각에 모습을 나타낸다.

옆방의 창부 마틸다는 조넨이 발견하여 망루로 데려간 것 같다. 노리미즈는 그녀가 철가면을 쓴 채 비밀기관원의 손에 넘겨지는 것을 판자의 못 구멍으로 본 것이었다. 노리미즈는 나미에와 그 방에서 하룻밤을 보냈다. 하지만 사랑을 지키고자 하는 그는 새삼 황금마 모테기네의 몰락을 기도할 결의를 한다. 노리미즈는 다네코가 있는 호텔의 자기방으로 돌아간다. 그러자 다네코는, 마틸다를 손에 넣지 않으면 자신의 남편을 구할 수 없다, 마틸다 쟁탈이 노리미즈와 세고의 성패의 갈림길이 될 것 같다고 한다.

모테기네가에서 세운 가극장이 우편기밀 검열실이라고 추측한 노리미즈는, 자기 앞으로 보내는 엉터리 주소의 편지봉투에 뇌산수은을 발라두었다. 봉투를 여는 순간 펑하고 폭발음을 낼 것이므로 마틸다의 존재를 알 수 있을 것이라고 생각했다.

제3막이 끝난 극장에 간 노리미즈는 '아, 노리미즈 군인가. 자네에게 감사하네. 나미에가 용케도 단념을 하고 젊은 두 사람의 행복을 생각해 주었군'라며 주하치로가 싱글거리며 다가왔다. 그러나 등장해야 할 미치스케의 모습이 보이지 않았다. 무어인 분장을 하고 나온 사람이 아무래도 미치스케가 아닌 것 같았다. 확인을 하기 위해 노리미즈가 무대 뒤로 가자 오델로의 가슴으로 편지가 미끄러져 들어가다가 폭발음을 내고 무대의 막은 타서 둘로 찢겼다. 노리미즈가 간신히 얻은 것은 마틸다가 아니라 살인자의 낙인뿐이었다.

오델로가 누구든 노리미즈는 자수하기로 결심을 하고 오페라 극장에 갔다. '세고 군, 내가 죽였네'라고 자수를 하자, 기관원 한 명이 얼굴에 낭패라는 기색을 띠며 들어와서, '두령님, 누가 어떻게 냄새를 맡았는지 모르겠지만, 지금 봉투에 발라둔 고약이 폭발을 했습니다. 아니, 소리만 났지, 별다른 일은 없었습니다만 말입니다. 누군가 이 근처에 검열소의 소재를 알고 있는 놈이 있습니다'라고 했다.

노리미즈는 괜히 앞질러 말한 것을 후회했다. 모테기네의 비밀우편검열소는 이곳이 아닌 것이었다. 그렇다고 해도 오델로의 사인이 그 편지가 아니라면, 갑자기 얼굴을 휩싸며 타오른 그 괴상한 불의 정체는 무엇이었을까?

'아버지, 제가 죽였습니다, 미치스케를. 이 단도로'라고 나미에는 노리미즈를 감싸려 나섰다. 세고의 저택이 우편검열실이 있는 비밀기관의 본거지였던 것이다.

노리미즈를 사살하려던 세지모라는 남자는 그에게 총을 발사하지 않고 천정에 있는 샹들리에를 쏘았다. 머리에 낙하하는 샹들리에를 맞고 조넨이 급사했다. 창가로 물러선 노리미즈는 비밀기관원의 총을 맞고 유리창을 깨고 한없이 깊은 참호 속으로 추락하여 모래 속으로 가라앉아 버렸다.

그 후 10일 이상 지나 철가면을 쓴 마틸다가 망루로 보내졌다. 로바스케가 마틸다의 가면을 벗기자 남자였다. 노리미즈의 죽음이 확정적이 되고, 나미에의 금족령이 풀렸지만, 그로부터 3일 후에 그녀는 독약을 마셨다. 하지만 목숨은 잃지 않았다. 조넨의 사후 마가미가 비밀기관장이 되었다. 미치스케, 세지모, 마틸다의 생사는 불명이었다. 하지만 묘실(猫室)에서 이어지는 석방에 사람의 모습이 종종 나타난다는 소문이 나돌았다.

마틸다가 입을 열지 않아 여전히 문서의 행방이 묘연할 때 도쿠에코 부인의 병이 위독해 졌다. 외부의 힘에 의하지 않고 모테기네 가의 자멸이 서서히 다가오고 있었다. 모테기네 가에 대한 국민의 증오심은 극심해졌고 정부의 조사위원의 시찰이 보도되었다.

그러던 어느 날 밤 주하치로는 석방에 또 사람 모습이 나타났기 때문에 문을 밀폐하고 가스를 채워두었다는 소식을 듣는다. 주하치로가 가 보니 스미에가 자는 듯이 죽어있었다. 스미에의 손에는 작은 종이 조각이 쥐어져 있었다. 거기에는 자신이 실수로 어머니를 죽였다는 사실이 적혀 있었다. 그리고 '연적 나미에를 니트로글리세린으로 죽일 생각이었지만 방을 바꾸는 바람에 잘 못해서 어머니를 죽이게 되었다. 그 다음에 미치스케를 죽이고 나미에에게 죄를 뒤집어 씌우려고 했다. 비밀문서를 그에게서 빼앗은 것도 나로, 그 것은 내 방에 있는 『이상한 나라의 앨리스』안에 들어 있다. 그 환영을 좇아 여기까지 왔다. 아버지 안녕히' 이런 내용이었다.

주하치로의 눈은 마침내 스미에가 죽음으로써 말리려 하기라도 한 것처럼 그 문서가 흔적도 없이 찢겨져 있음을 알아채렸다. 그의 야망 ― 거액의 부를 거머쥐려 하는 증서가 사라진 것이다.

그 책을 본 주하치로는 권두화의 '옷을 입은 토끼'에서 가쓰라코의 사체의 옷을 연상하고, '오렌지 설탕조림'에서 니트로글리세린의 오렌지색을 연상했다. '토끼 굴'에서 선원의 기색을 엿보는 탐문통을 연상하여 문서를 감추어둔 장소를 알게 되었다.

시민들이 폭동을 일으키려는 기운이 짙어졌다. 도착한 정부위원이 주하치로에게 물었다. '당신에게 지금 여권이 교부되고 있습니다. 어떠세요, 10년 정도 요세와를 떠나 시민들의 머리에서 당신이라는 학질을 떼버려 주시지 않겠습니까?'라고 협박과 회유로 인해, 주하치로의 실각은 도저히 피할 수 없게 되었다. 하지만, 미증유의 위기를 무사히 헤쳐온 주하치로는 그를 후계자로 추천한다는 도쿠에코 부인의 유서를 얻는다. 다음날 위원회는 그를 추천하기로 되어 있었다. 그러나 단상의 주하치로가 조문을 낭랑한 목소리로 '정당하다고 인정할 수 있는 후계자가 나타나지 않는 한…'이라는 대목까지 읽었을 때, '잠깐, 기다려'라고 하며 노리미즈가 나타났다. 감추어져 있던 모테기네의 정통 후계자를 발표하러 온 것이었다.

노리미즈는 주하치로에게 설명했다. 묘실에서 고양이 눈 모양의 버튼을 발견하고, 석실에 들어가서는 마틸다와 10일간 생활을 하다가 그녀로 분장을 하고 망루에 끌려갔다. 마틸다가 있었을 때 '랑조원환예춘명대자(朗照院幻譽春茗大姉, 로테르링게 요한나) 1820년 6월 17일 졸'이라는 계명을 생각해 내서 썼다. '창 끝을 피해 도망친 요한나를 구출한 것은 나가사키의 통역관이다. 그때까지 자식이 없었기 때문에 요한나를 구출함과 동시에 아마도 은밀하게 후계자 입양 신고서를 제출했던 것 같다. 그것이 진정한 오리노스케의 핏줄이다. 나가시치로라는 차남이다. 세고의 조상 시즈카와는 달리 그 렌조 집안을 이은 것은 바로 모테기네의 핏줄로 다네코이다' 패배를 인정한 세고 주하치로는 나미에를 부디 잘 부탁한다는 말을 남기고 '사보이 백작 부인'호로 요세와를 떠났다.

하지만 어찌된 일인지 나미에는 병고를 무릅쓰고 어디론가 떠나버렸다. 노리미즈가 예의 숙소에 가 보니 나미에가 침대에서 자고 있었다. 하지만 눈을 뜬 그녀는 사랑을 위해 기꺼이 죽어갔다. 그곳에 다네코가 찾아와 '당신을 떠나 저 바보 같은 로바스케와 요세와의 주인이 되는 것은 정말이지 사양하겠습니다. 세고라는 사람 대신 샹들리에를 쏜 것도, 또한 해자에 신발을 던져 당신을 구한 것도 저입니다. 저와 함께 요세와를 떠납시다'라고 부탁했다.

하지만 옆구리에 예모를 낀 하녀가 나타나, '마님 시간이 되었습니다. 주인님께서도 시민들도 아까부터 오시기를 고대하고 계십니다'라고 하는 것이었다. 그리고는 모두가 떠났다. 얼마 안 있어 다네코와 로마스케를 태운 무개 마차가 울려퍼지는 환호소리를 들으며 구불구불한 길을 달려갔다.

부드럽지 않은 딱딱한 문장이다. 일부러 장중한 어휘를 사용하고 있기 때문에 읽는 음이 표기되어 있지 않은 경우에는 더더욱 읽기 힘들어서 마니아라면 몰라도 일반인들에게는 적당하지 않다. 초합리주의적 내용으로 인해, 설명이 부족한 곳도 여기저기 눈에 띈다. 하지만 장대한 규모의 모험 전기 소설이다. 극악무도한 세고 주하치로에 비해 이곳에서의 노리미즈는 냉철한 분석가가 아니라 렌조 다네코, 나미에, 스미에, 창부 마틸다 등 여성관계가 복잡하여 드물게 호색적 인간상을 보이며 전후파의 개성을 구현하는 것이 인상적이다.

7. 질식의 시대 전시하

　1937년 7월 중일전쟁 개시 후 전쟁은 끝날 기미가 보이지 않고, 1940년이 되자 물자 부족이 심각해지고 신체제를 부르짖게 되었다. 그러한 가운데 문학, 미술 방면도 오로지 충군애국, 정의인도의 선전기관으로 전락하여 유희적 요소는 완전히 배제되기에 이르렀다. 탐정소설은 범죄를 취급하는 유희소설로서 모든 잡지에서 그 모습을 감추고 탐정작가는 체포물소설, 방첩(防諜)소설, 과학소설, 모험소설 등 다른 분야로 눈을 돌리게 되었다.

후기

　과밀도시에서 생활하고 있는 사람은 넓디넓은 논밭과 산림이 있는 시골에 가면 기분이 밝아지듯이 탐정소설에서도 최근에는 논리일변도의 작품보다는 아직 별로 복잡하지 않은 전전의 작품에 향수를 느끼는 것은 나 혼자만의 감상은 아닐 것이다.
　햇볕이 쨍쨍 내려 쬐는 맑은 날이 계속되다가 갑자기 비가 오면 빗물이 새는 초가지붕 아래서 생활하고, 뒷산에서 마당으로 강도가 침입하는 일도 있고, 길가 간이음식점에 잠깐 들려 노파가 내다주는 엽차에 쇠귀나물 꼬치를 먹기도 했던 메이지 시대는 아니더라도, 하마오 시로나 에도가와 란포가 활약했을 시절에는 도쿄 요요기 변두리에도 아직 옛날 그대로의 무사시노의 잡목림이 조금은 남아 있는 한적한 장소가 있었다. 깊은 숲으로 둘러싸인 우에노의 시노바즈이케 연못에서 기모노 차림의 남자가 보트를 젓고 있던 한가로운 시대에는 간단한 줄거리의 강담조로 소설의 세계로 독자를 이끄는 수법을 작자는 잘 알고 있었다. 그리고 독자들의 경이 감각도 민감하여 현대인처럼 마비되지는 않았다.
　지금까지 메이지, 다이쇼, 쇼와 전기까지의 작품을 소개해 왔다. 하지만 아직 소개되지 않은 인상적이었던 작품이 많이 있기에 본서에서 편년체로 정리하여 개관을 하고 평가를 덧붙여 소개한 바이다. 물론

이것으로 끝난 것은 아니고, 아직 소개하고 싶은 가작이 많이 있지만 너무 길어지면 안 되겠기에 일단 이 정도로 끝을 맺는다. 또한 중복이 되기 때문에 상세하게 설명하지 않는 곳도 있지만, 그것은 앞서 간행한 저서를 참고하기 바란다.

그리고 작품 중에는 고증적으로 깊이 파고들면 시간이 상당히 많이 걸리는 것이 있다. 이번에도 독지가들에게 유익한 가르침을 많이 받았다. 『메이지 탐정소설』과 관련해서는 일본 최초의 탐정소설은 1861년 무렵 간다 다카히라(神田孝平)가 번역한 『화란미정록(和蘭美政錄)』이라는 제목으로 정리된 2편인데, 「청기병병우가족공음미일건(靑騎兵幷右家族共吟味一件)」은 「일본지소년(日本之少年)」지상에 발표되었지만, 다른 한 편인 「용겔기담(楊牙児奇談)」은 이미 간행되어 있었기 때문에 여기에는 예고만 실리고 중지(「일본지소년」 제4구너 제2호)라고 고지되었다(우에다 노부미치[上田信道] 씨).

『쇼와의 탐정소설(昭和の探偵小説)』 중에서 「흰 옷을 입은 여인(白衣の女)」은 『시즈오카 신문(静岡新聞)』(1948년 5월 12일부터 9월 25일까지 121회)에 연재된 「남편의 청진기(夫の聴診器)」와 흡사하다는 기타무라 고마쓰(北村小松) 씨의 지적으로 같은 원작이 존재함을 알게 되었다(스기야마 유지로[杉山祐次郎] 씨). 모두 유익한 지적이었다.

마지막으로 본서의 출판에 있어 기다 준이치로(紀田順一郎) 씨 및 삼일서방(三一書房)의 하타케야마 시게루(畠山滋) 씨, 스즈키 다케히코(鈴木武彦) 씨, 편집을 담당해 주신 오쿠라 도루(大倉徹) 씨가 수고해 주셨다. 깊은 사의를 표하는 바이다.

1994년 5월 18일
이토 히데오(伊藤秀雄)

일본탐정소설연표

일본탐정소설연표

※ 신문 및 잡지 뒤의 숫자는 연재가 끝난 월. 일을 말한다.

연대	인물 · 창작	
1829년	1월 6일	가나가키 로분(仮名垣魯文) 출생
1830년	9월 15일	간다 다카히라(神田孝平) 출생
1837년	2월 16일	나루시마 류호쿠(成島柳北) 출생
1839년	4월 1일	산유테이 엔초(三遊亭円朝) 출생
1841년	3월 23일	후쿠치 오우치(福地桜痴) 출생
1846년		구보타 히코사쿠(久保田彦作) 출생
1850년	9월 15일	이노우에 쓰토무(井上勤) 출생
	12월 1일	야노 류케이(矢野龍渓) 출생
1852년		다지마 쇼지(田島象二) 출생
1853년		오카모토 기센(岡本起泉) 출생
1854년	7월 25일	다케다 교텐시(武田仰天子) 출생
1855년	8월 15일	아에바 고손(饗庭篁村) 출생
1857년		사이카엔 류코(彩霞園柳香) 출생
		우카 센시(羽化仙史) 출생
	11월 3일	스도 난스이(須藤南翠) 출생
1858년	12월 22일	가이라쿠테이 블랙(快楽亭ブラック) 출생
1859년	5월 22일	쓰보우치 쇼요(坪内逍遥) 출생
1860년	12월 2일	나카라이 도스이(半井桃水) 출생
1861년	6월 8일	히로쓰 류로(広津柳浪) 출생
	7월 21일	모리타 시켄(森田思軒) 출생

번역 · 번안

1862년	1월 19일	모리 오가이(森鴎外) 출생
	9월 28일	구로이와 루이코(黒岩涙香) 출생
1864년	4월	미야케 세이켄(三宅青軒) 출생
1866년	1월	에노모토 하류(榎本破笠) 출생
	2월	미기타 노부히코(右田寅彦) 출생
	11월 14일	하라 호이쓰안(原抱一庵) 출생
1867년	1월	이노우에 류엔(井上笠園) 출생
	7월 26일	고다 로한(幸田露伴) 출생
	9월	나카무라 가소(中村花痩) 출생
	12월 16일	오자키 고요(尾崎紅葉) 출생
1868년	7월 8일	야마다 비묘(山田美妙) 출생
	10월 25일	도쿠토미 로카(徳冨蘆花) 출생
1869년	1월 25일	난요 가이시(南陽外史) 출생
	3월 5일	가와카미 비잔(川上眉山) 출생
	8월 12일	에미 스이인(江見水蔭) 출생
1870년	2월 18일	마쓰이 쇼요(松居松葉) 출생
	4월 24일	이하라 세이세이엔(伊原青々園) 출생
	6월	와타나베 모쿠젠(渡辺黙禅) 출생
	10월 27일	기쿠치 유호(菊池幽芳) 출생
1871년	1월 10일	시마무라 호게쓰(島村抱月) 출생
	1월 10일	다카야마 조규(高山樗牛) 출생
	11월 21일	마에다 쇼잔(前田曙山) 출생
	12월 5일	가이가 헨테쓰(海賀変哲) 출생
1872년	6월	사쿠라이 오손(桜井鴎村) 출생
	10월 15일	오카모토 기도(岡本綺堂) 출생
1873년	1월	이나오카 마사후미(稲岡正文) 출생
	6월 22일	이케 리안(池雪蕾) 출생
	11월 4일	이즈미 교카(泉鏡花) 출생

일본탐정소설연표

1875년	4월	『재판기사(裁判紀事)』, 다지마 쇼지, 도쿄고분도(東京耕文堂)
1876년	3월 21일	오시카와 슌로(押川春浪) 출생
	10월 4일	「여도적 오쓰네전(女盜賊お常の伝)」, 『가나요미 신문(仮名読新聞)』 10.6
1877년	3월 5일	야나가와 슌요(柳川春葉) 출생
	12월 10일	「도리오이 오마쓰전(鳥追ひお松の伝)」, 구보타 히코사쿠, 『가나요미 신문』 1.10
1878년	1월	「도리오이 오마쓰 해상 신화(鳥追阿松海上新話)」, 구보타 히코사쿠, 긴에이도(錦栄堂)
		「요아라시 오키누 하나노 아다유메(夜嵐阿衣花廼仇夢)」, 오카모토 기센, 『도쿄사키가케(東京さきがけ)』
	6월	『요아라시 오키누 하나노 아다유메(夜嵐阿衣花廼仇夢)』, 오카모토 기센, 긴쇼도(金松堂)
	9월 24일	지바 가메오(千葉亀雄) 출생
1879년		「독부 오덴의 이야기(毒婦お伝の話)」, 가나가키 로분, 『가나요미 신문』
	2월	「다카하시 오덴 야차담(髙橋阿伝夜叉譚)」, 가나가키 로분, 긴쇼도
		「도리타 이치로 장마일기(鳥田一郎梅雨日記)」, 오카모토 기센, 『이로하 신문(いろは新聞)』
	6월	『도리타 이치로 장마일기(鳥田一郎梅雨日記)』, 오카모토 기센, 도센도(島鮮堂)
1880년		
1881년	10월 15일	미쓰기 슌에이(三津木春影) 출생
1882년	7월 20일	오카모토 기센 사망
	10월 15일	노무라 고도(野村胡堂) 출생

8월 12일	「여배우 마리 피에르의 심판(女優馬利比越兒の審判)」, 나루시마 류호쿠, 『아사노 신문(朝野新聞)』 26
7월 8월	『근세 미국 기담(近世米國奇談)』, 슌료죠시(春陵情史) 역, 류에이샤(柳影社) 『정공증거 오판록(情供証拠誤判錄)』, 다카하시 겐조 역, 사법성장판, 하쿠분샤(博聞社)
9월	『러시아 허무당 사정(露國虛無党事情)』, 니시가와 쓰테쓰(西河通徹) 역, 교킨쇼오쿠(競錦書屋)

1884년	6월	『복수미담(復讐美談)』, 사이카엔 류코, 에이리 자유출판사(絵入自由出版社)
	11월 30일	나루시마 류호쿠 사망
		다나카 사나에(田中早苗) 출생
		다키자와 소스이(滝沢素水) 출생
1885년	4월 2일	야스나리 사다오(安成貞雄) 탄생
	4월 4일	나카자토 가이잔(中里介山) 탄생
1886년	7월 24일	다니자키 준이치로(谷崎潤一郎) 탄생
	9월 19일	야스나리 지로(安成二郎) 탄생
1887년	1월	「메이지 소승 우와사 다카마쓰(明治小僧噂高松)」, 사이카엔 류코, 히요시도(日吉堂)
	2월 26일	마사키 후조큐(正木不如丘) 출생
	6월 1일	「여자참정 신중루(女子参政 蜃中楼)」, 히로쓰 류로, 『도쿄에이리 신문(東京絵入新聞)』 8.17
	8월 14일	아라하타 간손(荒畑寒村) 출생
		오바라 류코(小原柳巷) 출생

	『허무당 퇴치 기담(虛無党退治奇談)』, 버니어, 가와시마 주노스케(川島忠之助) 역, 동인출판(同人出版)
6월	『영국효자 조지 스미스전(英国孝子ジョージスミス之伝)』, 찰스 리드(Charles Reade), 산유테이 엔초 구연(口演), 속기법연구회(速記法研究會)
10월	『허무당 실전기 귀추추(虛無堂実伝記 鬼啾啾)』, 미야자키 무류(宮崎夢柳) 역, 아사히(旭)활판소
	『기무라사키 서양 텐이치보(擬紫西洋天一坊)』, 하야카와 거사 치세(早川居士智静) 편술, 신세이도(真盛堂)
10월 7일	「마쓰의 지조 미인 생매장(松之操美人姙生埋)」, 산유테이 엔초 구연, 고아기 에이타로(小相英太郎) 속기, 『야마토 신문(やまと新聞)』
12월	『욘겔의 기담(楊牙児奇談)』, 간다 다카히라 역, 고분도(廣文堂)
4월	『서양복수기담(西洋復讐奇譚)』, 알렉상드르 뒤마(Alexandre Dumas), 세키 나오히코(関直彦) 역, 긴코도(金港堂)
	『황장미(黃薔薇)』, 산유테이 엔초 구연, 이시하라 메이린(石原明倫) 속기, 긴센도(金泉堂)
	「마쓰의 지조 미인 생매장」, 산유테이 엔초 구연, 고아기 에이타로 속기, 신조도(新庄堂)・신신도(駸々堂)
5월	『선혈 일본도(鮮血日本刀)』, 노님 포세트, 혼다 마고지로(本多孫四郎) 역, 긴코도
9월 16일	「맹목사자(盲目使者)」, 쥘 베른(Jules Verne), 요카쿠 산인(羊角山人) 역, 『호치 신문(報知新聞)』 12.30
10월	『진귀사건모음(珍事のはきよせ)』, 지쿠켄 거사(竹軒居士) 편, 교류도(共隆堂)
	『욘겔의 기담(楊牙児奇談)』, 간다 다카히라 역, 군시도(薫志堂)
?	「족도리풀(二葉草)」, 사이카엔 류코, 『곤니치 신문(今日新聞)』
11월	『백난금(百難錦)』, 류카테이 미도리(柳下亭美登利) 역, 에이세이도(栄泉堂)
11월 3일	「검은 고양이(黒猫)」, 에드가 앨런 포(Edgar Allan Poe), 아에바 고손 역, 『요미우리 신문』

1888년	1월 5일	「신편 개화의 복수(新編 開化の復讐)」, 나카라이 도스이, 『에이리 자유신문』
	6월	『살인범(殺人犯)』, 스도 난스이, 쇼분도(正文堂)
	6월 23일 8.19	「모래속 황금(砂中の黃金)」, 무서명, 『히노데 신문(日出新聞)』
1889년	1월	「아련한 달밤(朧月夜)」, 스도 난스이, 『신쇼세쓰(新小説)』 11월
	4월 20일	「광고(廣告)」, 고나미 쇼(小涙生), 『에이리 자유신문』 21일
	6월	「모래속 황금(砂中の黃金)」, 오쿠무라 겐지로(奥村玄次郎), 교와 서점(共和書店)
		「아련한 밤의 꽃(朧夜の花)」, 오쿠무라 겐지로, 교와 서점

11월 27일	「위조화폐 사용(贋貨つかひ)」, 안나 캐서린 그린(Anna Kathrine Green), 하루노야 오보로(春のや朧), 『요미우리 신문』 12.23
12월 14일	「르 모르그의 살인(ルーモルグの人殺し)」, 포, 다케노야 슈진(竹の舎主人) 역 『요미우리 신문』 30
1월	『추모탄(秋暮嘆)』, 오카노 세키(岡野碩) 역, 슌요도(春陽堂)
	「법정의 미인(法廷の美人)」, 휴 콘웨이(Hugh Conway), 구로이와 루이코 역, 『곤니치 신문』 ~?
3월 13일	「대도적(大盜賊)」, 에밀 가보리오(Émile Gaboriau), 구로이와 루이코 역, 『곤니치 신문』 ~?
?	「사람인가 귀신인가(人耶鬼耶)」, 에밀 가보리오, 구로이와 루이코 역, 『곤니치 신문』
?	「타인의 돈(他人の錢)」, 에밀 가보리오, 구로이와 루이코 역, 『곤니치 신문』 ~?
4월 27일	「환영(幻影)」, 가사미네 거사(笠峯居士) 역, 『우편 호치 신문(郵便報知新聞)』 7.19
8월	『위조지폐 사용(贋貨つかひ)』, 안나 캐서린 그린, 하루노야 오보로 역, 신신도
9월 4일	「탄갱비사(炭抗秘事)」, 쥘 베른, 고샤쿠엔 슈진(紅芍園主人) 역, 『우편 호치 신문』 10.28
9월 9일	「유죄무죄(有罪無罪)」, 에밀 가보리오, 구로이와 루이코 역, 『에이리 자유신문』 11.28
11월	「기옥(奇獄)」, 조지 맥워터스(Georges Mcwatters), 지하라 이노키치(千原伊之吉) 역, 일본동맹법학회(日本同盟法学会)
12월	『사람인가 귀신인가(人耶鬼耶)』, 에밀 가보리오, 구로이와 루이코 역, 쇼세쓰간(小説館)·긴카도(銀花堂) ~?
12월 4일	「사이비(似而非)」, 포르튀네 뒤 보아고베(Fortune du Boisgobey), 구로이와 루이코 역, 『에이리 자유신문』 1889.1.24
1월	「탐정 쟈베르(探偵ユーベル)」, 빅토르 위고(Victor Marie Hugo), 모리타 시켄 역, 『국민지우(国民之友)』
1월 3일	「해저의 중죄(海底の重罪)」, 보아고베, 구로이와 루이코 역, 『미야코 신문』 3.10
1월 16일	「마술의 도적(魔術の賊)」, 구로이와 루이코 역, 『에이리 자유신문』 2.16

8월		『단풍이 물든 하코네의 저녁안개(蔦紅葉函嶺夕霧)』, 사이카엔 류코, 쇼세쓰칸(小説館)
9월		『무참(無慘)』, 구로이와 루이코, 쇼세쓰칸
		「이것 참(是は是は)」, 고다 로한, 『미야코노하나(都の花)』
		『먼 산의 벚꽃(遠山桜)』, 잇피쓰안(一筆庵), 지유카쿠(自由閣)
9월 19일		「탐정담과 지옥담과 감동소설은 반드시 구별해야한다(探偵談と地獄譚と感動小説には判然たる区別あり)」고나미(小涙) 기록, 『에이리 자유신문』
10월		「이상하구나(あやしやな)」, 고다 로한, 『미야코노하나』
11월		『아련한 달밤(朧月夜)』, 스도 난스이, 슌요도
12월		「미도리(綠)」, 구로이와 루이코, 『귀녀지우(貴女の友)』
		『장님 미인(盲目の美人)』, 류우 산시(柳塢散史), 군시도(薫志堂)
12월 8일		「색의 혁명(色の革命)」, 하나가사 분쿄(花笠文京), 『에이리 자유신문』 ~?

2월 17일	「바이카로(梅花郞)」, 조지 맨빌 펜(George Manville Feun), 구로이와 루이코 역, 『에이리 자유신문』 4.10
3월 5일	「보물이 있는 곳에 범죄가 있다(玉を懷いて罪あり)」, 에른스튼 호프만(Ernst Theodor Amadeus Hoffmann), 모리 오가이·미키 다케지(三木竹二) 역, 『요미우리 신문』 9.21
3월 12일	「반지(指環)」, 보아고베, 구로이와 루이코 역, 『미야코 신문』 5.31
4월	『대도적(大盜賊)』, 에밀 가보리오, 구로이와 루이코 역, 긴오도
5월	『법정의 미인』, 콘웨이, 구로이와 루이코 역, 군시도
	『타인의 돈(他人の錢)』, 에밀 가보리오, 구로이와 루이코 역, 산고칸(三合館)
5월 17일	「미인의 손(美人の手)」, 보아고베, 구로이와 루이코 역, 『에이리 자유신문』 7.27
6월 1일	「극장의 범죄(劇場の犯罪)」, 보아고베, 구로이와 루이코 역, 『미야코 신문』
6월 28일	「월주(月珠)」, 윌리엄 윌키 콜린스(William Wilkie Collins), 쇼안 거사(省庵居士) 역, 『우편 호치 신문』 11.10
7월	『마술의 도적(魔術の賊)』, 구로이와 루이코 역, 쇼세쓰칸·긴카도
	『은행의 도적(銀行の賊)』, 『마술의 도적(魔術の賊)』에서 개제(改題), 긴카도
8월	『족도리풀』, 사이카엔 류코, 군시도
8월 9일	「암흑(真ッ暗)」, 안나 캐서린 그린, 구로이와 루이코 역, 『에이리 자유신문』 10.26
9월	『해저의 중죄(海底の重罪)』, 보아고베, 구로이와 루이코 역, 긴쇼도
9월 25일	「결투의 끝(決鬪の果)」, 보아고베, 미나미자온시(南蛇隱士) 역, 『동서신문(東西新聞)』 11.26
10월	「이사코(いさ子)」 상, 우드(Julia Amanda Wood) 여사, 오리타 준이치로(織田純一郎) 역, 한조반시치(阪上半七). 하권은 1893년 4월 간행
10월 27일	「미인의 감옥(美人の獄)」, 마리엣트?, 구로이와 루이코, 마루테이 소진(丸亭素人) 공역, 『에이리 자유신문』 12.3
11월	『유죄무죄(有罪無罪)』, 에밀 가보리오, 구로이와 루이코 역, 가이신루이(魁真楼)
	『반지(指環)』, 보아고베, 구로이와 루이코 역, 긴오도·긴코도
	『극장의 범죄(劇場の犯罪)』, 보아고베, 구로이와 루이코 역, 후소도(扶桑堂)
11월 3일	「이 수상한 자(此曲者)」, 보아고베, 구로이와 루이코 역, 『에도 신문(江戶新聞)』 1890.1.28

1890년	1월	「염화미소(拈華微笑)」, 오자키 고요, 『국민지우(國民の友)』
	2월	『무참(無慘)』, 구로이와 루이코, 우에다야(上田屋)
	2월 23일	모리시타 우손(森下雨村) 출생
	3월	『일륜차(片輪車)』, 구로이와 루이코, 신신도
		『색의 혁명』, 하나가사 분쿄, 분지도(文事堂)
	10월 8일	고사카이 후보쿠(小酒井不木) 출생
	11월 7일	「어둠 속 정치가(闇中政治家)」 전편, 호이쓰안 주인(抱一庵主人), 『우편 호치 신문』 12.13
1891년	2월 8일	「어둠 속 정치가(闇中政治家)」 속편, 호이쓰안 주인(抱一庵主人), 『우편 호치 신문』 4.21
	3월	『개화의 원수(開花の仇讎)』, 모모미즈(桃水), 긴코도

11월 23일	「원한의 비수(怨恨のヒ首)」, 유키노야 가오루(雪迺舍かをる) 역, 『에이리 자유신문』 ~?	
?	「유령(幽靈)」, 구로이와 루이코 역, 『미야코 신문』	
?	「미소년(美少年)」, 보아고베, 구로이와 루이코 역, 『미야코 신문』	
12월	『암흑(真ッ暗)』, 안나 캐서린 그린, 구로이와 루이코 역, 긴카도	

1월	『바이카로(梅花郎)』, 펜?, 구로이와 루이코 역, 메이신도(明進堂)·오카와야(大川屋)
	『유령』, 구로이와 루이코 역, 군시도(薰志堂)
	『미소년(美少年)』, 보아고베, 구로이와 루이코 역, 후소도
2월	『외팔미인(片手美人)』, 보아고베, 『미인의 손(美人の手)』에서 개제(改題), 구로이와 루이코 역, 오카와야
?	「나의 죄(妾の罪)」, 구로이와 루이코 역, 『미야코 신문』
?	「루이코집(淚香集)」, 구로이와 루이코 역, 『미야코 신문』
3월	『악당신사(惡黨紳士)』, 보아고베, 『사이비』에서 개제(改題), 구로이와 루이코 역, 메이신도
3월 30일	「집념(執念)」, 보아고베, 구로이와 루이코 역, 『미야코 신문』 ~?
4월	「이 수상한 자」, 보아고베, 구로이와 루이코 역, 군시도
7월	『루이코집(淚香集)』, 구로이와 루이코 역, 후소도
7월 22일	「활지옥(活地獄)」, 보아고베, 구로이와 루이코 역, 『미야코 신문』 ~?
8월	『미인의 감옥』, 마리엣트?, 구로이와 루이코·마루테이 소진 공역, 긴오도·긴코도
9월	『나의 죄(妾の罪)』, 구로이와 루이코 역, 오카와야
	『집념(執念)』, 보아고베, 구로이와 루이코 역, 후소도
	『살해사건(殺害事件)』, 가보리오, 마루테이 소진 역, 긴코도
	「누구(何者)」, 보아고베, 구로이와 루이코 역, 『미야코 신문』 ~?
11월	『탐정담(探偵譚)』, 마루테이 소진 역, 긴오도·긴코도
11월 2일	「복수(仇うち)」, 구로이와 루이코 역, 『미야코노하나』 12, 7
12월	『참회(懺悔)』, 마루테이 소진 역, 긴코도
	『활지옥』, 보아고베, 구로이와 루이코 역, 후소도

1월	『귀차(鬼車)』, 퍼거스 흄(Fergus Hume), 마루테이 소진 역, 긴오노
	『흑각귀(黑閣鬼)』, 마루테이 소진 역, 긴코도
	『유품(記留物)』, 보아고베, 이노우에 류엔 역, 『미야코 신문』 ~?

4월	『메가쓰라(目鬘)』, 모모미즈, 긴코도
6월	『탐정연궤(探偵淵軌)』, 모리사와 도쿠오(森沢徳夫) 탐정연궤발행소
10월 1일	「모래 날리는 바람(胡砂吹く風)」, 모리사와 도쿠오, 『도쿄아사히 신문』 1892.4.8
10월 1일	「홍백독만두(紅白毒饅頭)」, 오자키 고요, 『요미우리 신문』 12.18
12월	『도적비사(盜賊秘事)』, 야마다 비묘(山田美妙), 스잔도(嵩山堂)

1월 27일	「다마테바코(玉手箱)」, 보아고베, 구로이와 루이코 역, 『미야코 신문』~?	
2월 1일	「흘러가는 새벽녘(流の曉)」, 가이라쿠테이 블랙 구술, 이마무라 지로(今村次郎) 속기, 『야마토 신문』 3.27	
4월	「흰 옷 입은 부인(白衣の婦人)」, 콜린스, 호이쓰안 주인 역, 『미야코노하나』 10월	
5월?	「거괴래(巨魁来)」, 보아고베, 구로이와 루이코 역, 『미야코 신문』 7?	
5월	『다마테바코』, 보아고베, 구로이와 루이코 역, 산유샤(三友舍)	
	『유품』, 보아고베, 이노우에 류엔 역, 산유샤	
	『결투의 끝(決鬪の果)』, 보아고베, 구로이와 루이코 역, 오카와야·산유샤	
5월 8일	「안타까운 죄(切なる罪)」, 가이라쿠테이 블랙 강연, 이마무라 지로 속기, 『야마토 신문』 6.21	
5월 20일	「대탐정(大探偵)」, 가보리오, 난요 가이시 역, 『중앙신문』 6.30	
7월	『살았는가 죽었는가(活耶死耶)』, 세이킨 쇼시(棲勤小史) 고바야시 도쿠타로(小林德太郎)	
7월 1일	「비밀의 권(秘密の券)」, 가보리오, 난요 가이시 역, 『중앙신문』 9.22	
7월 26일	「여야차(如夜叉)」, 보아고베, 구로이와 루이코 역, 『미야코 신문』~?	
8월	『거괴래(巨魁来)』, 보아고베, 구로이와 루이코 역, 후소도	
	『극장 선물(劇場土産)』, 가이라쿠테이 블랙 구연, 후쿠시마 쇼로쿠(福島昇六) 필기, 긴카도	
9월	『흘러가는 새벽녘(流の曉)』, 가이라쿠테이 블랙 구술, 이마무라 지로 속기, 산유샤	
	『장미아가씨(薔薇娘)』, 가이라쿠테이 블랙 역술, 이마무라 지로 속기, 산유샤	
10월	『차안의 독침(車中の毒針)』, 가이라쿠테이 블랙 강연, 이마무라 지로 속기, 산유샤	
	『안타까운 죄(切なる罪)』, 가이라쿠테이 블랙 강연, 이마무라 지로 속기, 긴카도	
	『탑 위의 범죄(塔上の犯罪)』, 보아고베, 『이 수상한 자』에서 개제, 군시도	
10월 15일	「꿈 속의 구슬(夢中乃玉)」, 보아고베, 난요 가이시 역, 『중앙신문』 1892.1.30	
10월 17일	「마마코 공주(滿々子姬)」, 가보리오, 하쓰네 여사(初音女史) 역, 『중앙신문』 12.3	

1892년	3월 1일	아쿠타가와 류노스케(芥川龍之介) 출생
	4월 9일	사토 하루오(佐藤春夫) 출생
	8월 11일	요시카와 에이지(吉川英治) 출생
	9월	『아라미 지쓰이치(荒海実一)』, 스도 난스이, 슌요도
	10월	『관원소승(官員小僧)』, 소가산마(爺家さん馬) 구연, 마루야마 헤이지로(丸山平次郎) 속기, 신신도
	11월 1일	「아버지를 모르고(父知らず)」, 하겟쇼(歯月生), 『요로즈초호(萬朝報)』
		「시골의사(田舎医者)」, 히부네 교후(火舟漁夫), 『요로즈초호』
	11월 18일	「사라시이(晒し井)」, 나카무라 가소, 『요미우리 신문』
	12월	『변방에 부는 바람(胡砂吹く風)』, 나카라이 도스이, 긴오도

10월 31일	「신사의 행방(紳士の行ゑ)」, 가보리오, 구로이와 루이코 역, 『미야코 신문』 11.5	
11월	『여야차(如夜叉)』, 보아고베, 구로이와 루이코 역, 후소도	
11월 8일	「죽은 미인(死美人)」, 보아고베, 구로이와 루이코 역, 『미야코 신문』 1892.4	
12월	『누구(何者)』, 보아고베, 구로이와 루이코 역, 미야코 신문사	
1월	『런던의 쌍둥이(倫敦の双兒)』, 가이라쿠테이 블랙 구연, 『흘러가는 새벽녘(流の暁)』에서 개제, 산유샤	
1월 15일	「청기병(青騎兵)」, 크리스테마이엘(Christemeijer), 간다 다카히라 역, 『일본의 소년(日本之少年)』 6.11	
1월 17일	「나쁜 인연(惡因緣)」, 구로이와 루이코 역, 『미야코노하나』 8.7 중절	
3월 20일	「숨겨둔 정부(忍び夫)」, 보아고베, 난요 가이시 역, 『중앙신문』 5.22	
4월	『죽은 미인』 초편, 보아고베, 구로이와 루이코 역, 후소도. 후편 5월에 간행	
	「비소설(非小説)」, 콜린스, 구로이와 루이코 역, 『미야코 신문』 7월	
	「선혈의 편지(血汐の手紙)」, 가이라쿠테이 블랙 강연, 이마무라 지로 속기, 『도킨(東錦)』	
7월 13일	「산호 브로치(珊瑚の徽章)」, 보아고베, 난요 가이시 역, 『중앙신문』 9.24	
8월	「대 사기꾼(大詐欺師)」, 쥬시도 주인(十四堂主人) 역, 『미야코 신문』 10.5	
	『눈물의 미인(涙美人)』, 마루테이 소진 역, 긴오도	
	『비소설(非小説)』, 콜린스, 구로이와 루이코 역, 후소도	
	「피의 문자(血の文字)」, 가보리오, 구로이와 루이코 역, 『능라(綾にしき)』 수록, 긴코도	
10월	『위조지폐 사용(贋貨つかひ)』, 안나 캐서린 그린, 하루노야 오보로, 오쿠무라 긴지로(奥村金次郎)	
10월 5일	「천둥소승(雷小僧)」, 에인스워드, 쥬시도 주인(十四堂主人) 역, 『미야코 신문』 11.3중절	
11월	「대의옥(大疑獄) 상편」, 가보리오, 마루테이 소진 역, 긴오도·긴코도. 후편은 1893년 3월 간행	
11월 1일	「다이킨키(大金鬼)」, 펜 또는 할리스, 구로이와 루이코 역, 『요로즈초호』 12.21	

1893년	1월	『변방에 부는 바람(胡砂吹く風)』 후편, 나카라이 도스이, 긴오도
		〈탐정소설 슌요도(春陽堂)〉 총26집 간행 시작
		『열 문자(十文字)』, 무서명, 슌요도
	1월 5일	「여탐정(女探偵)」, 하쓰키세이(歯月生), 『요로즈초호』
	2월	『미인죄(美人罪)』, 잇피쓰안 주인, 히요시도
	3월	『간카타비라(寒帷子)』, 모리에 타마리(守江溜), 슌요도
		『5인의 생명(五人の生命)』, 무서명, 슌요도
	3월 3일	〈탐정총화(探偵叢話)〉, 『미야코 신문』에 연재 시작함
	4월	『풍류의사(風流医者)』, 아이코 보(哀狂坊), 슌요도
	4월 14일	「시미즈 사다키치(清水定吉)」, 무서명, 『미야코 신문』 7.2
	5월	『피 묻은 못(血染の釘)』, 데쓰 게쓰시(鉄血子) 구연, 오가와 하쓰(大川発) 속기, 슌요도
		『활인형(活人形)』, 이즈미 교카, 슌요도
		『눈사람(雪達摩)』, 나카라이 도스이, 긴오도
		『왼손잡이(ひだりきゝ)』, 무성 거사(無声居士), 슌요도
		『검은 머리(黒髪)』, 가와카미 비잔, 슌요도
	5월 3일	「문학사회의 현상(文学社会の現状)」, 무서명, 『국민지우』

11월 5일	「나도 모르게(我不知)」, 안나 캐서린 그린, 구로이와 루이코 역, 『요로즈초호』 별책부록 1893.5.19 (총6권 중절)
11월 6일	「해골선(どくろ船)」, 난요 가이시 역, 『중앙신문』 12.14
11월 12일	「타이어 흔적(車輪の跡)」, 가네코 시라누이(金子不知火), 『미야코 신문』 1893.1.11
12월	『학살(虐殺)』, 마루테이 소진 역, 긴코도
	『암살(暗殺)』, 마루테이 소진 역, 긴오도·긴코도
	『환등(幻燈)』, 『선혈의 편지(血汐の手紙)』에서 개제, 블랙 강연, 산유샤
	『숨겨둔 정부(忍び夫)』, 보아고베, 난요 가이시 역, 후소도
12월 4일	「검의 칼날(剣の刃渡)」, 가이라쿠테이 블랙 강연, 이마무라 지로 속기, 『야마토 신문』 1893.1.25
12월 15일	「국사범(國事犯)」, 난요 가이시 역, 『중앙신문』 1893.1.8
12월 22일	「철가면(鐵假面)」, 보아고베, 구로이와 루이코 역, 『요로즈쵸호』 1893.6.22
1월	『백만량(百万両)』, 시노부산진(惹山人) 역, 슌요도
	『전기 사형(電気の死刑)』, 히후미코(一二三子) 역, 슌요도
1월 11일	「국사범후편(国事犯後編)」, 난요 가이시 역, 『중앙신문』 1.25
1월 12일	「소방부(消防夫)」, 가네코 시라누이 역, 『미야코 신문』 8.26
1월 27일	「벙어리 소녀(唖娘)」, 보아고베, 난요 가이시 역, 『중앙신문』 3.25
2월	『대금괴(大金塊)』, 펜과 헤리스, 구로이와 루이코 역, 후소도
	『미인의 범죄(美人の犯罪)』, 에노모토 하류 역, 긴오도
2월 7일	「검은 안경(黒眼鏡)」, 에노모토 하류 역, 『야마토 신문』 3.18
3월	『찢어진 편지(やれ手紙)』, 히후미코 역, 슌요도
3월 8일	「모자 자국(帽子の痕)」, 히후나 이사나토리(火舟漁夫) 역, 『요로즈초호』
3월 17일	「섬광 그림자(一閃影)」, 나카무라 가소 역, 『요미우리 신문』 5.30
3월 28일	「십만주식(十万株)」, 가네코 시라누이 역, 『미야코 신문』 5.13
4월	〈탐정문고(探偵文庫)〉, 마루테이 소진·기쿠테이 쇼요(菊亭笑庸), 긴코도 총 10편 간행 시작
	『귀와 팔(耳と腕)』, 기쿠테이 쇼요 역, 긴코도
	『해골선(どくろ船)』, 난요 기이시 역, 후소도
	『벙어리 처녀(唖娘)』, 보아고베, 난요 가이시 역, 후소도
	『발자국(足の跡)』, 시노부(しのぶ) 역, 슌요도

5월 11일	「탐정담에 대해서(探偵譚に就て)」, 나미다 세이(涙生), 『요로즈초호』	
6월	『진흙 속의 시체(泥中の死体)』, 무성 거사(無声居士), 긴오도	
	「금시계(金時計)」, 이즈미 교카, 오자키 고요, 『교코쿠지(俠黒児)』 수록, 하쿠분칸	
	『불속의 미인(火中の美人)』, 미야케 세이켄, 슌요도	
	『머리 없는 바늘(無頭の針)』, 시잔진(芝山人), 슌요도	
	『어음 도둑(手形の賊)』, 구로 마쓰코(黒松子), 슌요도	
	〈탐정소설(探偵小説)〉, 신신도 총49집 간행 시작함	
	『박피미인(薄皮美人)』, 우키요야 마마요(浮世舎まゝよ), 신신도	
	『복수(かたき討)』, 시마다 비스이(島田美翠), 신신도	
	『시미즈 사다키치』, 무명씨, 긴쇼도	
7월 3일	「오늘날의 소설과 소설가(今日の小説と小説家)」, 우치다 후치안(内田不知庵), 『국민지우』	
7월 4일	「3주간의 대탐정(三週間の大探偵)」, 무서명, 『미야코 신문』 9.30	
7월 28일	「비밀실(秘密室)」, 쇼코 교시(湘江漁史), 『요로즈초호』 부록 8.9	
7월 30일	「순미문계(純美文界)」, 후탐보(風譚坊), 『문학계(文学界)』	
8월	『붉은 벚꽃(緋桜)』, 교쿠 스이코(曲水子), 슌요도	
	『기도 소위(木戸少左)』, 무명씨, 슌요도	
	『사랑의 질투 칼(恋の嫉刃)』, 무무 도진(無々道人), 슌요도	
8월 10일	「나무 위의 시체(樹上廼死骸)」, 류가이테이 도모히코(柳崖亭友彦), 『요로즈초호』	
9월	「무참한 감금(無惨の幽閉)」, 다다 쇼켄(多田省軒), 다다 기타로	
	「살아있는 칼(いき剣)」, 시마다 비스이, 신신도	
10월	『세 갈래의 머리(三筋の髪)』, 『무참(無惨)』을 개제, 구로이와 루이코, 우에다야(上田屋)	
	『윤회의 화차(輪回の火車)』, 오쿠무라 겐지로(奥村玄次郎), 세키젠칸(積善館)	
	『소장공주(小将姫)』, 시마다 비스이, 신신도	
	「사라시이(晒し井)」, 나카무라 가소, 『흐드러진 사리꽃(こぼれ萩)』 수록, 슌요도	

5월	『미인 사냥(美人狩)』, 후요세이(芙蓉生) 역, 슌요도
	「그림자(影法師)」, 아이켄도 주인(愛剣堂主人) 역, 슌요도
	「철가면」 제1권 보아고베, 구로이와 루이코 역, 후소도. 제2권은 6월, 제3권은 7월 간행
	『은행의 비밀(銀行の秘密)』, 니쿄세이(二橋生)・도센시(刀川子) 역, 슌요도
	『파란가면 아가씨(青面嬢)』, 기쿠테이 쇼요 역, 긴코도
	『검은 안경(黒眼鏡)』, 에노모토 하류 역, 고분칸
	『바퀴자국(車輪の跡)』, 가네코 시라누이 역, 긴코도
	『원한의 한쪽소매(怨の片袖)』, 야나가와 슌요 역, 슌요도
5월 14일	「스미다의 밤바람(隅田の夜風)」, 가네코 시라누이 역, 『미야코 신문』 8.23
6월	『그 죄수(其囚人)』, 마루테이 소진 역, 긴코도
	『타인의 처(人の妻)』, 레이쇼 산시(冷笑散史) 역, 산유샤
6월 23일	「백발귀(白髪鬼)」, 마리 코렐리(Marie Corelli), 구로이와 루이코 역, 『요로즈 초호』 12.29
7월	『비밀당(秘密党)』, 보아고베, 『산호의 휘장(珊瑚の徽章)』 개제, 난요 가이시 역, 후소도
	『네손가락(四本指)』, 오치리 미즈코(落水子) 역, 슌요도
	『다호염평(多湖廉平)』, 가보리오, 마루테이 소신 역, 신코노
	『말하는 구슬(物言ふ玉)』, 시노부 역, 슌요도
8월	『생매장을 마음대로(生殺自在)』, 마루테이 소진 역, 긴코도
	『불속의 머리(火焰の首)』, 기쿠테이 쇼요 역, 긴코도
	〈고등탐정(高等探偵)〉 총서, 슌요도 총3권 간행 시작
8월 24일	「대악의(大惡医)」, 세키잔 거사(尺山居士) 역, 『미야코 신문』 11.16
9월	『옥중의 일(獄中の働)』, 마루테이 소진 역, 긴코도
	『대독약(大毒薬)』, 시노부 산진(しのぶ山人) 역, 슌요도
	『미인석(美人石)』, 시바사카 손시(紫村子) 역, 슌요도
	『피로 칠한 방(血塗室)』, 보아고베, 가토 시호(加藤紫芳) 역, 도서출판(図書出版)
10월	「큰 불(大火)」, 잇사이안 주인(一菜庵主人) 역, 세이분칸(正文館)・히후미칸(一二三舘)
	「삼인탐정(三人探偵)」 전편, 마루테이 소진 역, 긴코도. 후편은 11월 간행
	『십만주식(十万株)』, 가네코 시라누이 역, 긴오도

	10월 1일	「나카가와 기치노스케(中川吉之助)」, 무서명, 『미야코 신문』 1894.1.21
	10월 5일	고가 사부로(甲賀三郎) 출생
	11월	『잔국(残菊)』, 하쿠로시(白露子), 슌요도
		『3주간의 대탐정』, 무명씨, 긴쇼도
	12월	『여자의 시체(女の死骸)』, 간스이(環翠子), 슌요도
1894년	1월	『대담한 부인(剛胆義婦)』, 고토 도쿠치(幸堂得知), 산유샤
		『나카가와 기치노스케』, 무서명, 긴쇼도
		재판소설 〈오린문고(凰林文庫)〉 호린칸(凰林館)에서 간행 시작 (제1편, 『삼인무지(三人無指)』)
	1월 3일	「국사탐정(国事探偵)」, 무서명, 『미야코 신문』 5.11
	2월	『부모인지 자식인지(親か子か)』, 모리타 사다노스케(森田貞之助) 구술, 슌요도
		『모살 사건(謀殺事件)』, 고슈 교인(孤舟漁隠), 신신도
		『다섯 소년(五少年)』, 나카무라 가세이(中村花痩), 하쿠분칸
	2월 12일	기무라 기(木村毅) 출생
	2월 22일	「쪽 보조개(片靨)」, 오구리 후요(小栗風葉), 오자키 고요 합작, 『요미우리 신문(読売新聞)』 4.14
	3월	『나무 위의 시체(樹上廼死骸)』, 류가이테이 도호히코, 후소도
	4월 27일	야다기다 이즈미(柳田泉) 출생
	5월	『빈 집의 미인(空屋の美人)』, 쇼린 하쿠치(松林伯知) 강연, 아즈마야(吾妻屋)
	6월	『괴담 다치바나 공주(怪談立花姫)』, 다다 쇼켄, 분보도(文宝堂)
		『국사탐정(国事探偵)』, 무서명, 긴쇼도
	6월 5일	「야마다 지쓰겐(山田実玄)」, 무서명, 『미야코 신문』 8.24
	8월	「탐정소설(探偵小説)」, 호게쓰시(抱月子), 『와세다문학(早稲田文学)』
	10월 6일	「협객 기카이 고로(侠客木會五郎)」, 무서명, 『미야코 신문』 1895.2.24
	10월 21일	에도가와 란포(江戸川乱歩) 출생
	11월 8일	가나가키 로분 사망

12월 20일	『귀신미인(鬼美人)』, 기쿠테이 쇼요 역, 긴코도 「여름벌레(なつの虫)」, 가이라쿠테이 블랙 구연, 코믹(コミク) 필기, 『야마토 신문』 1894.1.13
12월 30일	「아가씨 일대(嬢一代)」, 버샤 M. 크레이(Bertha M. Clay), 구로이와 루이코 역, 『요로즈초호』 1894.3.20
1월	『섬광 그림자』, 나카무라 가소 역, 신신도 『모자 자국(帽子の痕)』, 구로이와 루이코 교열, 긴오도 「백발귀」 초편, 마리 코렐리, 구로이와 루이코 역, 후소도. 후편은 2월 간행 「거지도락(乞食道楽)」, 코난 도일(Arthur Conan Doyle), 입술이 삐뚤어진 남자(唇がよじれた男) 역, 『일본인(日本人)』 2월
2월	『하야시나카의 죄(林中之罪)』 전편, 기쿠테이 쇼요 역, 긴코도. 후편은 4월 간행
3월 21일	「사람의 운명(人の運)」, 메리 엘리자베스 브래던(Mary Elizabeth Braddon), 구로이와 루이코 역, 『요로즈초호』 10.24
4월 15일	「생령(生霊)」, 가보리오, 난요 가이시 역, 『중앙신문』 5.19 『불가사의(不思議)』, 보아고베, 『꿈속의 구슬』 개제, 후소도
5월 12일	「여자의 머리(女の首)」, 가네코 시라누이 역, 『미야코 신문』 6.27
5월 20일	「철면피(鉄面皮)」, 난요 가이시 역, 『중앙신문』 8.15
5월 28일	「고아(孤児)」, 가이라쿠테이 블랙 구연, 이마무라 지로 속기, 『야마토 신문』 부록 7.23
6월	「아가씨 일대(嬢一代)」, 버샤 M. 크레이, 구로이와 루이코 역, 후소도 『질투의 과실(嫉妬の果)』, 마루테이 소진 역, 긴코도 『대보굴(大宝窟)』, 2권, H. 라이더 해거드(Henry Rider Haggard), 미야이 야스키치(宮井安吉) 역, 하쿠분칸
8월	「괴담 빈곤의 신(怪談貧之神)」, 난요 가이시 역, 『소설백가선(小説百家選)』 수록
10월	『남편을 사모하는 혼(慕夫魂)』, 기쿠테이 쇼요 역, 긴코도
10월 25일	「버려진 배(捨小舟)」, 메리 엘리자베스 브래던, 구로이와 루이코 역, 『요로즈초호』 1895.7.4
11월	「사람의 운명(人の運)」 초편, 메리 엘리자베스 브래던, 구로이와 루이코 역, 후소도. 후편은 1895년 1월 간행

1895년	1월 1일	「불신불어(不信不語)」, 오자키 고요, 『요미우리 신문』 3.12
	2월 4일	「변목전(変目伝)」, 히로시 류로, 『요미우리 신문』 3.2
	4월 7일	「무스메 기타유(娘義太夫)」, 무서명, 『미야코 신문』 8.23
	5월	「검은 도마뱀(黒蜥蜴)」, 히로시 류로, 『분게쿠라부(文芸倶楽部)』
		『찢어진 다다미(破れ畳)』, 다다 쇼켄, 긴카도
		『피투성이 미인(血まびれ美人)』, 다다 쇼켄, 긴카도
		「두 탐정의 도깨비 상자(二人探偵叱驚箱)」, 다다 쇼켄, 긴카도
	8월	『나쁜 미인(悪美人)』, 무서명, 히요시도
		『두 명의 병사(二人兵士)』, 에모토 하류(榎本破笠), 오카와야
		「겉과 속(うらおもて)」, 가와카미 비잔, 『국민지우』
		『야마다 지쓰겐(山田実玄)』, 무서명, 긴쇼도
	8월 21일	「자승자박(自縄自縛)」, 우치다 로한, 『국회(国会)』 10.16
	9월 14일	「승복 가게의 오쿠마(法衣屋お熊)」, 무서명, 『미야코 신문』 1896.2.8
	10월	『나가오 셋산(長尾拙三)』, 나카라이 도스이, 긴코도
		『위조지폐(贋造紙幣)』, 나카라이 도스이, 긴오도
		『후쿠토미 중위(福富中佐)』, 우키요야 마마요(浮世舎まゝよ), 신신도
		〈탐정소설(探偵小説)〉, 슌요도 합본 전5권 간행
		『월야의 범죄(月夜の犯罪)』, 다다 쇼켄, 오카와야
	11월	『대악인(大悪人)』, 잇피쓰안 주인, 이로하 서방(いろは書房)
		『살인죄(殺人罪)』, 이노우에 류엔, 신신도
	12월	『하코네의 낭떠러지(箱根の墜道)』, 다다 쇼켄, 세이카도(盛花堂)
		『거북아(亀さん)』, 히로시 류로, 고쵸시(五調子)
		『피 묻은 겐노(血染の玄能)』, 렌요 여사(蓮葉女史), 긴카도
		『아사히자쿠라(朝日桜)』, 무라이 겐자이(村井弦斎), 슌요도
1896년	1월	『대사미인(大蛇美人)』, 시마다 비스이, 신신도
	1월 5일	『스가야의 아름다운 부인(菅屋お婦美)』, 무명씨, 고분칸
		『승복 가게의 오쿠마(法衣屋お熊)』, 무명씨, 긴쇼도
	3월	『독미인(毒美人)』, 다다 쇼켄, 세이카도

11월 3일	「서양단화(西洋短話)」, 구로이와 루이코 역, 『요로즈초호』 11.12	
12월	『생령(生霊)』, 에밀 가보리오, 난요 가이시 역, 후소도	
1월	「명인 쇼지(名人長二)」, 모파상(Guy de Maupassant), 산유테이 엔초, 『중앙신문』 6.15	
6월	『불언불어(不言不語)』, 오자키 고요, 슈요도	
7월	『검의 인도(剣の刃渡)』, 가이라쿠테이 블랙 강연, 이마무라 지로 속기, 분킨도(文錦堂)	
	「버려진 배(捨小舟)」, 메리 엘리자베스 브래던, 구로이와 루이코 역, 후소도. 중편은 1895년 8월 간행, 후편은 1895년 10월 간행	
7월 5일	「괴물(怪物)」, 애드먼드 다우니(Edmondo darney), 구로이와 루이코 역, 『요로즈초호』 9.27	
9월 28일	「비밀수첩(秘密の手帳)」, 구로이와 루이코 역, 『요로즈초호』 10.8	
10월	『탐정눈(探偵眼)』, 마루테이 소진 역, 긴오도	
	『명인 쇼지(名人長二)』, 모파상, 산유테이 엔초, 하쿠분칸	
12월	『탐정담 독살(探偵談毒殺)』, 이마무라 지로 속기, 노무라 긴지로(野村銀次郎)	
12월 8일	「여자가 지켜야 할 훈계(女庭訓)」, 메리 엘리자베스 브래던, 구로이와 루이코 역, 『요로즈초호』 1896.3.4	
1월	「원숭이의 유령(大猿の幽霊)」, 가네코 시라누이 역, 『시사신보(時事新報)』	
3월	『괴물(怪物)』, 애드먼드 디우니, 구로이와 루이코 역, 후소도	
5월	『유령무덤(幽霊塚)』, 유이가 교자(唯我行者) 역, 신신도	

		『두 명의 맹인(二人盲者)』, 다다 쇼켄, 나카가와교쿠세이도(中川玉誠堂)
	3월 20일	「의로운 게이샤(俠芸者)」, 무서명, 『미야코 신문』 8.22
	4월	『혈장의 철병(血漿の鉄瓶)』, 다다 쇼켄, 세이카도
		『피 묻은 가방(血染の革包)』, 다다 쇼켄, 세이카도
	4월 24일	하마오 시로(浜尾四郞) 출생
	8월 23일	「악한 승려(大悪僧)」, 하시모토 우메키안(橋本埋木庵), 『미야코 신문』 11.17
		『미인 살인(美人殺)』, 시마다 비스이, 신신도
		『의로운 게이샤』, 무서명, 오카와야·산세이도
	10월	『천형목(天刑木)』, 시마다 쇼요(嶋田小葉), 신신도
	10월 31일	「두 미인(両美人)」, 무라이 겐자이(村井弦斎), 『호치 신문』 부록 12.26
	11월	『악한 승려』, 하시모토 우메키안 주인, 오카와야
		『세 갈래 머리(三筋の髪の毛)』, 쇼게쓰(嘯月情), 신신도
		『우카이부네(鵜飼舟)』, 에미 스이인, 하야카와 쿠마지로(早川熊治郞)
		『칠인의 참살(七人の惨殺)』, 고슈 교인(孤舟漁隱), 신신도
	11월 15일	오시타 우다루(大下宇陀児) 출생
	12월	『6인의 시체(六人の死骸)』, 슌코쓰(香骨)작, 요게쓰(嘯月)보조, 신신도
		『밑바닥 범죄(地底の犯罪)』, 다다 쇼켄, 세이카도
		『금반지(金の指輪)』, 시마다 비스이, 신신도
		『시나가와 철도(品川鉄)』, 무명씨, 긴쇼도
		『창고 도둑 오우미노 에이코(土蔵切近江栄公)』, 오쿠무라 쇼케이(奧村桎兮), 신신도
		『인정세계(人情世界)』 발간
1897년	1월	〈탐정문고(探偵文庫)〉, 시마다 류센(島田柳川), 신신도 총20편 간행
		『다키야샤 오센(滝夜叉お仙)』, 시마다 류센, 신신도
		『모치오카 센산(持岡浅三)』, 무서명, 세야마준세이도(瀨山順成堂)
	2월	『야차부인(夜叉婦人)』, 후타바(ふたば), 오카와야

7월	『쌍둥이의 범죄(双子の犯罪)』, 가이라쿠테이 블랙 강연, 『흐르는 새벽(流の曉)』의 개제, 쇼비도(鍾美堂)
	『고아(孤児)』, 블랙 구연, 긴오도
	『여자가 지켜야할 훈계(女庭訓)』, 메리 엘리자베스 브래던, 구로이와 루이코 역, 후소도
12월	『은혜와 원수(恩と仇)』, 후센 시호(楓仙子補) 역, 곡카도(国華堂)

2월 27일	「무사도(武士道)」, 보아고베, 구로이와 루이코 역, 『요로즈초호』 8.31
	『대탐험(大探検)』, 기쿠치 유호, 신신도
3월	『두 마음(ふたごゝろ)』, 쓰보우치 쇼요 역, 『대 사기꾼(大詐欺師)』의 개제, 슌요도
5월 11일	「유령퇴치(幽霊退治)」, 가네코 시라누이 역, 『미야코 신문』 5.14

	4월	『나랏돈을 빌리다(官金私借)』, 무명씨, 긴쇼도
		「흰자위 달마(白眼達磨)」, 고타 로안, 『세계의 일본(世界之日本)』
		『대악마(大惡魔)』, 교쿠스이 오랑(曲水漁郎), 세야마준세이도
		『감옥파괴(監獄破)』, 시마다 류센, 신신도 재판
	5월	『오차노미즈 부인살인(お茶の水婦人殺し)』, 무서명, 오카와야
		『오차노미즈 여자살인(お茶の水女殺)』, 무서명, 고토 모토마(後藤本馬)
		『오이가와 살인(大井川殺人)』, 무서명, 오카와야
	5월 6일	기기 다카타로(木々高太郎) 출생
	6월	『이이 야스노리(伊井保範)』, 쇼린 하쿠치 강연, 쇼세도(松声堂)
		『어두운 동굴 지옥(暗穴地獄)』, 시마다 류센, 신신도
	7월	「시부야 마을 살인(渋谷村殺人)」, 쇼린 자쿠엔 강연, 홋타 마사노스케(堀田政之助)
		『수중비밀(水中の秘密)』, 무서명, 긴쇼도
		『악한 승려, 구로다 세이스이(大惡僧黒田精水)』, 무명씨, 구리모토 히코시치(栗本彦七)
		「총성(銃声)」, 가와카미 비잔, 『문예구락부(文芸倶楽部)』
		『충견실화(忠犬実話)』, 무서명, 이로하 서방
	11월 4일	모리다 시켄 사망
	12월	『처형된 목(晒し首)』, 시마다 류센, 신신도
		『구로다 세이스이(黒田精水)』, 쇼린 하쿠치 강연, 긴카도
		『나그네 배우(旅俳優)』, 쇼인사 게이쇼(松蔭舎稽照) 강연, 잇신도(一心堂)·로게쓰도(朗月堂)
	12월 26일	운노 주조(海野十三) 출생
1898년	1월	구보다 히코사쿠 사망
		『신바시 게이샤 살인(新橋芸者ころし)』, 세야마준세이도
		『미인과 권총(美人と短銃)』, 쇼린 자쿠엔(松林若円) 강연, 신신도
	2월	『긴자 환전상 살인(銀座両替屋殺)』, 히구치 후타바(樋口ふたば), 세야마준세이도
		『이와이 데이조(岩井貞蔵)』, 무명씨, 나카무라 소지로
		『화족의 변사(華族の変死)』, 시마다 류센, 신신도, 재판
	3월	『유령선(幽霊船)』, 시마다 류센, 신신도, 재판

8월 10일	「유령선(幽霊船)」, 가네코 시라누이 역, 『미야코 신문』 11.23
9월 1일	「러시아인(露国人)」, 윌리엄 찰스 노리스(William Charles Norris), 구로이와 루이코 역, 『요로즈초호』 12.31
12월	「무사도(武士道)」 전편, 보아고베, 구로이와 루이코 역, 후소도. 후편은 1898년 4월 간행

1월 1일	「국사탐정(国事探偵)」 전편, 기쿠치 유호 역, 『오사카 매일신문(大阪毎日新聞)』 3.12
3월 13일	「심산설지(深山雪枝), 국사탐정(国事探偵)후편」, 기쿠치 유호 역, 『오사카 매일신문』 5.20
10월	『외교기담(外交奇譚)』, 도쿠토미 로카 역, 민유샤(民友社)
11월	『백작과 미인(伯爵と美人)』, 유호산쇼(友朋山樵) 역, 쇼요도(松陽堂)

	7월	『삼륜의 도깨비불(三輪の怪火)』, 무서명, 쓰지오카 긴쇼도(辻岡金松堂)
	7월 5일	간다 다카히라 사망
	9월	『쓰카하라 겐산(塚原憲三)』, 고킨세이(胡琴生), 소쇼칸(双書館)
	11월	『반야의 탈을 쓴 얼굴(船若の面)』, 시마다 류센, 신신도
		『해적 후사지로(海賊房次郎)』, 무명씨, 오카와야
		『구로스 다이고로(黒須大五郎)』, 무명씨, 긴쇼도
	12월	『선호악호(善乎悪乎)』, 쇼린 자쿠엔 강연, 야마다 도이치로(山田都一郎) 속기, 신신도, 재판
		『지하철도의 여적(地下鉄道の女賊)』, 요겐지(預言子), 신신도, 재판
		「살모사 오마사(蝮のお政)」 상편, 무서명, 오카와야. 중·하편은 1899년 2월 간행
		『요괴절(妖怪寺)』, 시마다 류센, 신신도, 재판
1899년	1월	『풍금 아가씨(風琴娘)』, 시마다 류센, 신신도
		『기차강도(汽車強盗)』, 시마다 류센, 신신도
	2월 7일	나카무라 가세이 사망
	3월	『방화범(放火犯)』, 시마다 류센, 신신도
	4월	『어두운 귀신(暗鬼)』, 고란 쇼시(光欄笑史), 신신도
		『대못 도라기치(五寸釘の寅吉)』 전편, 무서명, 오카와야
	5월	『광산의 마왕(鉱山の魔王)』, 시마다 류센, 신신도
		『날쌘 강도 사카모토 게이지로(稲妻強盗坂本慶次郎)』, 무서명, 산신도(三新堂)
	5월 25일	「명인 후지쿠로(名人藤九郎)」, 무서명, 『미야코노하나』 10.19
	6월	『구문 다키기 산로(九紋滝喜三郎)』, 요메이샤 도리(揚名舎桃季) 강연, 히요시도
		『잘린 목(なま首)』, 시마다 비스이, 신신도 재편
	7월	『협객 우마토 마타고로(侠客馬頭又五郎)』, 무명씨, 분메이린(文明林)
	8월	『번개 강도(稲妻強盗)』, 돈돈테이 기라쿠(呑々亭喜楽) 구연, 세이요도
		『쑥의 산(蓬が柚)』, 가와카미 비잔, 신쇼세쓰

1월	『러시아인(露国人)』, 윌리엄 찰스 노리스, 구로이와 루이코 역, 후소도
2월	『두 명의 하마고(二人の浜子)』, 류호 산시(柳圃散史) 역, 규코가쿠(求光閣)
4월 16일	「피 묻은 벽(血染の壁)」, 코난 도일, 무명씨 역, 『마이니치 신문』 7.16
5월 15일	「마법의사(魔法医者)」, 가이 부스비(Guy Boothby), 난요 가이시 역, 『중앙신문』 7.10
7월 12일	「불가사의한 탐정(不思議の探偵)」, 코난 도일, 난요 가이시 역, 『중앙신문』 11.4
8월 9일	「유령탑(幽霊塔)」, 윌리암슨 부인(Mrs. Alice Muriel Williamson), 노다 료키치(野田良吉) 역, 구로이와 루이코 교열, 『요로즈초호』 1900.3.9
10월	『마법의사(魔法医者)』, 가이 부스비, 난요 가이시 역, 분부도

	9월	『달의 윤초지(月の輪草紙)』, 와타나베 모쿠젠, 오카와야
	12월	『두 명의 사다쿠로(二人貞九郞)』, 무서명, 긴신도
1900년	1월	『사카마키 야스(酒卷やす)』, 무서명, 오카와야
		『여인 자뢰』, 하쿠엔(伯円) 강연, 산신도
	2월	『가슴 세 치(胸三寸)』, 레이요(冷葉), 신신도
		『명인 도쿠로(名人藤九郞)』, 무서명, 오카와야
		『아나모리 이나리 신사의 영험기(穴守稻荷利生記)』, 마쓰바야시 하쿠치 구연, 오카와야
	4월	『창고의 창칼(倉庫の小刀)』, 세이켄, 신신도
	5월	「불안(不安)」, 고다 로한, 『신소설(新小説)』
		『소메이 이치로(染井一郞)』 전편, 무명씨, 오카와야. 후편은 6월에 간행
	5월 13일	「꿈의 꿈(夢の夢)」, 야나가와 슌요, 『요미우리 신문』 8.24
	6월	『사회주의 삼인녀(社会主義三人娘)』, 와카엔(若円) 강연, 신신도,
		『대암살(大暗殺)』, 얏코노스케(奴之助), 신신도
	7월	『인과미인(因果美人)』 전편, 무명씨, 긴신도. 후편은 11월에 간행
	8월	『대악마(大悪魔)』, 야마시타 우카(山下雨花), 신신도,
	8월 11일	산유테이 엔초 사망
	9월	『지요다 도적(千代田白浪)』, 무서명, 규코카쿠
		『여인의 염력(婦人の念力)』, 모추생(暮秋生), 신신도
	10월	『살아 있는 해골(活髑髏)』, 모추생, 신신도,
		『가짜 소베(僞惣兵衛)』, 세키모토 가메지로(関本亀次郞), 이로하서방
		『상자 안의 미인(箱詰美人)』, 무명씨, 긴쇼도
	10월 8일	『마술의사(魔術医者)』, 에노모토 하루 역, 『야마토 신문』 10.23
	11월	『이상한 암살(不思議の斬殺)』, 무명씨, 세이요도
		『해저군함(海底軍艦)』, 오시카와 슌로(押川春浪), 분부도
	12월	「면도칼 오킨(剃刀おきん)」 제1권, 무명씨, 긴신도·긴오도
		1901년 1월에 제2권, 4월에 제3권, 6월에 제4권 간행
	?	이노우에 류엔 사망

1월	『해적선(海賊船)』, 기쿠테이 쇼요 역, 긴코도 분점
3월	『비밀의 비밀(秘密之秘密)』, 가보리오, 이노우에 긴코(井上勤口) 역, 야지마 세이신도(矢島誠進堂)
4월 4일	「천고의 비밀(千古の秘密)」, 난요 가이시 역, 『중앙신문』 8.18
5월 15일	「성인인가 도적인가(聖人か盗賊か)」, 릿튼, 호이쓰안 역, 『아사히 신문』 11.15
7월	『꿈의 사부로(夢乃三郎)』, 오토(Otto Zuttermeister), 이와야 사자나미(巌谷小波) 편, 하쿠분칸
9월	『탐정총화(探偵叢話)』, 아키시쿠(あきしく) 역, 신신도
	「신음양박사(新陰陽博士)」, 도일, 호이쓰안 역, 『문예구락부』
	『간다 다케타로(神田武太郎)』, 가이라쿠테이 블랙 구연, 이마무라 지로 속기, 『검의 인도(剣の刃渡)』로 개제, 스가야 요키치(菅谷与吉)
11월	『탐정이문(探偵異聞)』, 익명, 민우사(民友社)
11월 10일	「남의 아내(人の妻)」, 버사 엠 클레이, 구로이와 루이코 역, 『요로즈초호』 1901.3.16
11월 14일	「희대의 탐정(稀代の探偵)」, 아서 모리슨(Arthur George Morrison), 난요 가이시 역, 『중앙신문』 12.15
11월 19일	「파리의 비밀(巴黎の秘密)」, 슈, 호이쓰안 역, 『아사히 신문』 1901.8.18
12월 16일	「희대의 탐정(稀代の探偵)」, 미드 부인, 난요 가이시 역, 『중앙신문』 1901.1.2

1901년	1월	『보라 미인(紫美人)』, 마쓰이 쇼요(松居松葉), 긴신도
		『구레타케 오타네(呉竹お種)』, 무명씨, 세이카도
		『자전거 오타마(自転車お玉)』, 이토 세이세이엔(伊藤青々園), 긴신도 1월에 중편, 2월에 후편
		『마취제(麻酔剤)』, 다다 쇼켄, 나카무라 쇼비도(中村鐘美堂)
	2월	『어렴풋한 그림자 게이샤 살해(朧影芸者殺)』, 와카엔 구연, 신신도
	3월	『염마의 히코(閻魔の彦)』 상, 우모레기안(埋木庵), 긴신도 4월에 중편, 6월에 하편 간행
	3월 14일	오구리 무시타로(小栗虫太郎) 출생
	3월 26일	「무엇(何)」, 다케다 교텐시, 『도쿄 아사히 신문』 5.17
	5월	「울금 훑기(鬱金しごき)」 상, 이하라 세이세이엔, 긴신도. 6월에 하 간행
		『게이샤의 자상(芸妓之刃傷)』, 무서명, 단카이도(淡海堂)
		『백로골(白露骨)』, 세키엔(赤円) 강술, 신신도
	6월	『기미인(奇美人)』, 오구리 후요, 아오키스잔도(青木嵩山堂)
		『의외의 범죄(意外の犯罪)』, 다다 쇼켄, 나구라 쇼분칸(名倉昭文館)
		「유령섬」, 오시카와 슌로, 대학관(大学館) 간행 『항해기담(航海奇譚)』에 수록
	7월	『피로 물든 외팔(血染の片腕)』, 야마자키 긴쇼(山崎琴書) 강연, 하카타 분키치(博多文吉)
	8월	『여인 곡예사(娘玉乗り)』, 가토 규인(加藤蚯蚓), 긴쇼도
		『괴물저택(怪物屋敷)』, 얏코노스케, 아오키스잔도
	9월	『은행장 모살사건(銀行頭取謀殺事件)』, 쇼린 고엔죠(松林小円女) 강연, 시세이도(至誠堂)
		『스미다의 피벚꽃(隅田の血桜)』, 다다 쇼켄, 세이카도
		『꿈의 꿈』, 슌요, 슌요도
	10월	『탑 안의 괴변(塔中の怪)』, 오시카와 슌로, 분부도
		「도깨비 고마치(鬼小町)」 전편, 류카세이(菱花生), 산신도. 2월에 후편 간행
		『전신선(電信線)』, 다다 쇼켄, 고노무라 긴에이도(此村欽英堂)
	11월	『기기괴괴(奇々怪々)』, 미야케 세이켄, 세이신도
	12월	『무엇(何)』, 다케다 교텐시(武田仰天子), 아오키스잔도

1월	「유령탑(幽霊塔)」 전편, 윌리엄스 부인, 구로이와 루이코 역, 후소도. 5월에 후편, 9월에 속편
3월 18일	「암굴왕(巌窟王)」, 알렉상드르 뒤마(Alexandre Dumas), 구로이와 루이코 역, 『요로즈초호』 1902.6.14
6월 15일	「신부의 행방(花嫁のゆくえ)」, 도일, 우에무라 사센(上村左川) 역, 『여학세계(女学世界)』
7월	『곡예사 다케타로(かる業武太郎)』, 이시이 후라쿠(石井夫羅久) 강연, 이마무라 지로 속기, 긴신도
11월 3일	「몰몬 기담(モルモン奇譚)」, 도일, 모리 가이호(森皚峰) 역, 『시사신보(時事新報)』 1902.1.29

1902년	1월	『하라다 특무(原田特務)』, 다다 쇼켄, 고노무라 긴에이도
		「여장 탐정(女裝探偵)」 전편, 야마다 비묘, 스잔도. 5월에 후편 간행
		『신출귀몰(神出鬼沒)』, 가와카미 비잔, 스잔도
	2월	『급행열차(急行列車)』, 다다 쇼켄, 오카모토 이교칸(岡本偉業館)
	3월	『도깨비의 세계(鬼の世界)』, 다다 쇼켄, 고노무라 긴에이도
		『독부인명범(毒婦人命犯)』, 다다 쇼켄, 고노무라 긴에이도
	5월	『표리(うらおもて)』, 미야케 세이켄, 세이신도
	5월 23일	사이카엔 류코 사망
	5월 25일	요코미조 세이시(橫溝正史) 출생
	6월	『의적 미나토 다이스케(義賊湊大助)』, 야마자키 긴쇼 강연, 오카모토 이교칸
	7월	『도깨비 게이샤(鬼芸者)』, 다다 쇼켄, 나구라 쇼분칸
	8월	「여경부(女警部)」 전편, 무명씨, 긴신도. 12월에 후편 간행
		「이나즈마 꼬마 데이지(稲妻小僧貞次)」, 하루노야 로게쓰(春廼舎朗月) 구연, 이노우에 이치마쓰(井上市松)
		『암야의 혈장(闇夜の血漿)』 후편, 다다 쇼켄, 오카모토 이교칸
	11월	『물 밑의 죽은 미인(水底の死美人)』, 다다 쇼켄, 나구라 쇼분칸
	12월	『무협의 일본(武俠の日本)』, 오시카와 슌로, 하쿠분칸
	12월 24일	다카야마 조규 사망
1903년	1월	『불가사의』, 미야케 세이켄, 분센도
	2월	『소년탐정(少年探偵)』, 다구치 기쿠테이(田口掬汀), 신세이샤(新声社)
	6월	『은산왕(銀山王)』, 오시카와 슌로, 분부도
		『메이지 네즈미 고조(明治鼠小僧)』, 쇼린 하쿠치 구연, 후쿠이 준사쿠(福井順作) 속기, 고분칸
	8월	『인과화족(因果華族)』, 야스오카 무쿄(安岡夢郷), 긴신도
	10월 30일	오자키 고요 사망
	11월	『유령탑(幽靈塔)』, 간시(環子), 고분샤
		「사랑이 죄(恋が罪)」 전편, 무명씨, 긴신도. 2월에 후편 간행
	12월	『최면술(催眠術)』, 오사와 덴센(大沢天仙), 분로쿠도(文禄堂)
		「이카리의 고로키치(碇の五郎吉)」, 와타나베 모쿠젠, 오카와야 1904년 6월 후편 간행

3월	『백의부인(白衣夫人)』, 콜린스, 기쿠치 유호 역, 신신도
10월 8일	「레미제라블(噫無情)」, 유고, 구로이와 루이코 역, 『요로즈초호』 1903. 8.22
11월 3일	「비밀 중의 비밀(秘中の秘)」, 기쿠치 유호 역, 『오사카 매일신문』 1903. 3.28

3월	「성인인가 도적인가(聖人か盗賊か)」 상편, 릿튼, 호이치안 역, 긴코도 5월에 하편 간행
5월	『두 여왕(二人女王)』, 해거드(Henry Ride Haggard), 기쿠치 유호 역, 슌요도
7월 27일	「여섯 사위(六人婿)」, 레이놀즈, 난요 가이시 역, 『중앙신문』 12.25
11월 3일	「왕비의 원한(王妃の怨)」, 구로이와 루이코 역, 『요로즈초호』 1904.3.13

1904년	1월	『전기 참살(伝記の惨殺)』, 다다 쇼켄, 가시와라 게이분도(柏原圭文堂)
		『사쿠라기 요시오(桜木芳雄)』, 야스오카 무쿄, 긴신도
		『신조군함(新造軍艦)』, 오시카와 슌로, 분부도
	2월	『명물 게이샤(名物芸者)』, 와카바(わかば), 오카와야
	5월	『꿈의 세계(夢の世界)』, 다다 긴카이(多田錦海) 구연, 신신도
	8월 23일	하라 호이쓰안 사망
	9월	『무협함대(武侠艦隊)』, 오시카와 슌로, 분부도
1905년	7월	『삼천 엔의 쌀뒤주(三千円の米櫃)』, 간다 하쿠류(神田伯龍) 강연, 마루야마 헤이지로 속기, 나카가와 세이지로(中川清次郎)
	12월	『이상한 소녀(不思議な娘)』, 미야케 세이켄, 대학관
1906년	1월 4일	후쿠지 오치 사망
	5월	『탐험세계(探検世界)』 성공잡지사(成功雑誌社)에서 창간
	6월	『신일본도(新日本島)』, 오시카와 슌로, 분부도
		『기쿄야 우메키치(桔梗屋梅吉)』, 지쿠요 산진(竹葉散人), 고노무라 긴에이도
		「기쿠이 도시조(喜久井敏三)」, 위와 같음
		『서양인의 아내가 된 오토요(洋妾阿豊)』, 교쿠스이 료로(曲水漁郎), 슌코도(春江堂)
1907년	4월	『사랑의 참살(恋の惨殺)』, 다다 쇼켄, 고노무라 긴에이도
	6월	『여배우 살해사건(女優殺し)』, 무명씨, 대학관
	10월	『두 맹인(二人盲目)』, 다다 쇼켄, 이노우에 잇쇼도
		『넝마장수 만지로(紙くずや万次郎)』, 다다 쇼켄, 이노우에 잇쇼도
	11월	『마의 연못(魔の池)』, 나카무라 효에(中村兵衛), 대학관
	12월	『동양무협단(東洋武侠団)』, 오시카와 슌로, 분부도
1908년	1월	『모험세계(冒険世界)』 하쿠분칸에서 창간
		『괴인철탑(怪人鉄塔)』, 오시카와 슌로, 『모험세계』 12

1월	『파리의 비밀(巴里の秘密)』, 슈, 호이쓰안 역, 후잔보(冨山房)
1월 11일	「탐정마왕(探偵魔王)」, 난요 가이시 역, 『중앙신문』 중절 2.11
4월 3일	「하룻밤의 정(一夜の情)」, 구로이와 루이코 역, 『요로즈초호』 5.3
5월	『무명성(無名城)』 전, 기쿠테이 쇼요, 아오키스잔도. 8월에 후편 간행
9월	『허무당 기담(虛無堂奇談)』, 르큐(Le Queux William), 마쓰이 쇼요 역, 게이세이샤(警醒社)

7월	『암굴왕(巖窟王)』 1권, 뒤마, 구로이와 루이코 역, 후소도. 9월에 2권, 1906월 3월에 3권, 6월에 4권 간행
8월	『백난여행(百難旅行)』, 스티븐슨, 우카 센시 역, 대학관
8월 24일	「어머니를 모르는 아이(母不知)」, 난요 가이시 역, 『중앙신문』 11.18
10월	『변장의 괴인(變裝の怪人)』, 가시마 오코(鹿島桜巷) 역, 대학관
12월	『비밀의 괴이한 동굴(秘密の怪洞)』, 교후 산진(曉風山人) 역, 대학관

1월	「레미제라블(噫無情)」 전편, 유고, 구로이와 루이코 역, 후소도. 4월에 후편
2월 17일	「투명망토(かくれ蓑)」, 이케 리안 역, 『미야코 신문』 6.3
6월	『투명망토』, 이케 리안, 슌요도. 7월에 후편 간행
9월	『괴미인(怪美人)』, 가와고에 데루코(河越輝子) 역, 대학관
11월	「남의 아내(人の妻)」, 크레이, 구로이와 루이코 역, 후소도
11월 13일	「신통력(神通力)」, 도일, 오구리 후요 역, 『요미우리 신문』 12.8

4월	『은행도적(銀行盜賊)』, 도일, 사카와 슌스이(佐川春水) 역주, 겐분칸(建文館)
5월	『죽은 자의 해변(死人ヶ浜)』, 아메노야 주인(雨廼舎主人) 역, 대학관
7월	『괴승(怪僧)』, 아메노야 주인, 대학관
9월	『괴이한 해골(怪髑髏)』, 우카 센시 역, 대학관
12월	『지옥촌(地獄村)』, 아메노야 주인 역, 대학관

2월	「코안경(鼻眼鏡)」, 도일, 가쓰마 슈진(勝間舟人) 역, 『문예구락부』
7월	『투명삿갓(かくれ笠)』 전편, 이케 리안 역, 고분칸(好文館)

	2월	『무덤의 비밀(塚の秘密)』, 가이가 헨테쓰, 후쿠오카 서점
	6월 15일	가와카미 비잔 사망
	8월	『S권 미인(S卷美人)』, 지쿠요 산진, 고노무라 긴에이도
	12월	『새 간호사(新看護婦)』, 가와고에 데루코, 대학관
1909년	2월	『산적기담(山賊奇談)』, 미즈노히토(水の人), 대학관
		『탐정기담(探偵奇談)』, 엔도 류우(遠藤柳雨), 대학관
	5월	『괴인철탑(怪人鉄塔)』, 오시카와 슌로, 도쿄도(東京堂)
	7월	『소노이 경시총감(園井警視総監)』, 지쿠요 산진, 고노무라 긴에이도
	8월 30일	다지마 쇼지 사망
		『모모야마의 지하(桃山の地下室)』, 다다 쇼켄, 나구라 쇼분칸
	9월	「이토 나쓰코(伊藤夏子)」, 야마자키 긴쇼 강연, 시마노우치 동맹관(島之内同盟館)
	10월	『무실죄(無実之罪)』, 시쿤로 슈진(紫君楼主人), 대학관
		『피로 물든 기차(血染の汽車)』, 다다 쇼켄, 나구라 쇼분칸
		『첩의 넋(妾の魂胆)』, 시마다 류센, 신신도, 재판
	10월 21일	마쓰모토 세이초(松本清張) 출생
1910년		〈탐정문고 육각본(六角本)〉, 슌요도 총9권 간행
	1월	『여인의 복수(女の仇討)』, 우미노샤 슈진(海の舎主人), 대학관
	2월	「괴이의 괴이(怪の怪)」 전편, 와타나베 모쿠젠, 히구치류분칸(樋口隆文館). 6월에 후편
	6월	『잔국(残菊)』, 니치로시(日露子), 슌요도
	8월	「미인마(美人魔)」 전편, 모쿠젠, 히구치류분칸. 12월에 후편
	10월 24일	야마다 비묘 사망
	11월	『관원 꼬마(官員小僧)』, 긴조사이 데이교쿠(錦城斎貞玉) 강연, 이로하 서방
1911년	5월	『강담 신참탐정(講談素人探偵)』, 간다 하쿠린(神田伯麟) 강연, 히구치류분칸
	9월	『의외의 비밀(意外の秘密)』, 야나기세이(やなぎ生) 히요시도 본점

9월	『역적(国賊)』, 세이토 쇼시(星塔小史) 역, 대학관
11월 22일	「야차미인(夜叉美人)」, 하쿠운류스이로 슈진(白雲流水楼主人), 『선데이(サンデー)』

1월 3일	「도둑의 도둑(泥棒の泥棒)」, 르블랑(Maurice Leblanc), 모리시타 루부로(森下流仏楼), 『선데이』
1월 24일	「여인의 복수(女の仇討)」, 무서명, 『선데이』 4.4
4월 11일	「절름발이 유령(跛の幽霊)」, 무서명, 『선데이』 4.18
5월 9일	「두 방울의 혈흔(二滴の血痕)」, 노국(露国) 탐정 S씨 이야기, 『선데이』 7.25
6월	「여배우 살해사건 과학적 탐정기담(女優殺害事件 科学的探偵奇譚)」, 센덴시(閃電子), 『모험세계』
7월	「런던에서 일본인의 대범죄(倫敦で日本人の大犯罪)」, 센덴시, 『모험세계』
8월	「해골 그림과 살인범(骸骨画と殺人犯)」, 센덴시, 『모험세계』
8월 1일	「가인의 운명(佳人の運命)」, 『선데이』 11.28
10월 3일	「백주의 살인(白昼の殺人)」, 하쿠운류스이로 주인, 『선데이』 11.14
11월	『서양유령기담(西洋幽霊奇談)』, 시마다 류센, 신신도, 재판
12월	「이상한 인가(不思議の人家)」, 센덴시, 『모험세계』
12월 5일	「대도 유키에(大盗の行衛)」, 『선데이』 2.13

2월 27일	「붉은 궁전의 비밀(赤宮殿の秘密)」, 『선데이』 4.10
4월 17일	「백발귀(白髪鬼)」, 『선데이』 5.23
5월 29일	「악마승정(悪魔僧正)」, 『선데이』 10.9
7월	『네 손가락 외(四本指他)』, 라쿠스이시(落水子), 슌요도
8월	『나루카미구미 외(鳴神組他)』, 구야 도진(空也道人), 슌요도
10월 16일	「예고된 대도(予告の大盗)」, 바가쿠 은사(馬岳隠士) 역, 『선데이』 1911. 4.9

4월	「러시아 탐정이야기(露西亜探偵物語)」, 세이후소도 주인, 『마리동(万里洞)』
4월 23일	「사람아 귀신아(人乎鬼乎)」, 바가쿠 은사, 『선데이』 9.24
?	「야차미인(夜叉美人)」, 세이후소도 주인, 『만리동』

	11월	「비밀(秘密)」, 다니자키 준이치로, 『중앙공론』 「미카와야 기조(三河屋喜蔵)」, 아오바(あをば), 오카모토 조신도
1912년	1월	『괴동(怪洞)의 기적』, 다키자와 소스이, 실업지일본사(実業之日本社) 『무협세계(武俠世界)』 무협세계사 창간
	4월	『사랑과 정(恋と情)』, 다이넨샤 엔라쿠(太年社燕楽) 강연, 세진도
	8월	『난센자키 곶의 괴이(難船崎の怪)』, 소스이, 실업지일본사 「탐정여왕(探偵女王)」, 오시카와 슌로 저술, 히라쓰카 단스이(平塚断水) 기록, 『소녀화보(少女画報)』 11
	10월	「세계의 거도(世界の巨盗)」, 오시카와 슌로, 『무협세계』 11
	11월	『백발야차(白髪夜叉)』, 미하라 덴푸(三原天風), 히요시도·나카무라(中村) 서점
	11월 11일	「세 사람의 괴인(三怪人)」, 에미 스이인, 『중앙신문』 1913. 6. 14
	12월	『두 탐정(二人探偵)』, 스미이 덴라이(染井天籟)·오쿠무라 잔게쓰(奥村残月) 공저, 유세카쿠(由盛閣)·세요도(盛陽堂)
1913년	1월	「대 나폴레옹의 금관」, 오시카와 슌로, 『무협세계』 3
	1월 23일	마루테이 소진 사망
	2월	『소노다(園田) 탐정』 제1편, 모리타 시바무라(森田芝村), 고가쿠칸
	3월	「해저보굴」, 오시카와 슌로, 중절, 『무협세계』
	4월	『군사탐정』, 아라카네 하나코(荒金花子), 다마다 교쿠슈사이(玉田玉秀斎) 강연, 야마다 유후(山田唯夫) 속기, 나카가와교쿠세도(中川玉成堂) 『비행중위(飛行中尉)』, 엔도 류, 히구치류분칸
	5월	『메구로의 밤 폭풍(目黒の夜嵐)』, 시노부 편, 엔바나에쓰(えん花閣)

12월	「예고된 대도(予告の大盜)」, 르블랑, 세이후소도 주인, 『만리동』
	『구레타 박사(吳田博士)』 제1편, 프리먼, 미쓰기 슌에이 역, 주코칸(中興館) 서점
?	「불란서 이야기(仏蘭西物語)」, 세이후소도 주인, 『만리동』

1월	『후 암굴왕(後の巖窟王)』, 다카쿠와 시라미네(高桑白峯) 역, 후소도
2월	「비밀의 문(秘密の扉)」, 도일, 역자 미상, 『문예구락부』
7월	『고타 박사(吳田博士)』 제2편, 프리먼(Richard Austin Freeman), 미쓰기 슌에이 역, 주코칸 서점
	『지고마』, 구와노 모모카(桑野桃華) 역, 유린도
8월	『피의 손도장(血汐の手形)』, 가이라쿠테이 블랙 강연, 구로이와 루이코 역, 「유령」과 합본, 오카와야
9월	「영국기담 시계의 매개(英国奇譚時計の媒介)」, 가이라쿠테이 블랙, 『강담구락부』
	『지고마의 재생, 탐정기담 닉 카터(ジゴマの再生, 探偵奇談ニックカァター)』 서지, 오오야 나쓰무라(大谷夏村) 신역(新訳), 슌에이도
10월 7일	「가스가 등롱(春日灯籠)」, 르블랑, 세후소도 주인(淸風草堂主人), 『야마토 신문』 12.10
	『도그마』, 도테, 모리 덴라이(森天来) 역, 하쿠요샤
11월	『고성(古城)의 비밀』 전편, 르블랑, 미쓰기 슌에이 역, 『무협세계사』. 후편 2월 2일 간행
	『고타 박사』 제3편, 프리먼, 미쓰기 슌에이 역, 추코칸서점
12월	『대보굴왕(大宝窟王)』, 르블랑, 미쓰기 슌에이 역, 사카이호분도

6월	「병원 뒷골목의 살인범(病院横町の殺人犯)」, 포, 모리 오가이 역, 『신소설』
	『금강석(金剛石)』, 르블랑, 슌에 역, 오카무라세카도
12월	『절대 비밀(秘中の秘)』 2권, 기쿠치 유호, 가네오분엔도(金尾文淵堂)

	5월 9일	다카야 다메유키(高谷為之) 사망
	7월	『관동 사나이(関東兄イ)』, 모치즈키 시호(望月紫峰), 이소베코요도(磯部甲陽堂)·스도로게쓰도(須藤朗月堂)
	9월	『미인의 죄(美人の罪)』, 미상, 메쿠라쇼분칸(名倉昭文館)
		『단자쿠 오토메(短冊お留)』, 시마다 고손(島田孤村), 슌에이도
1914년	1월	「공포 탑·후 공포 탑」, 오시카와 슌로, 『무협세계』 6
		「변장한 길손」, 오시카와 슌로, 『소년세계』 8
	7월	『세 사람의 괴인』, 에미 스이인, 히구치류분칸
	11월 16일	오시카와 슌로 사망
1915년	3월	『비밀문신(秘密の入墨)』, 미하라 덴푸, 히요시도 본점
	5월 27일	「유령저택」, 오바라 류코, 『미야코 신문』 9.3
	7월 14일	미쓰기 슌에이 사망
	11월	『탐정 로망스』, 마쓰자키 텐민(松崎天民) 긴자 서방(銀座書房)
1916년	1월	『수상미인(水上美人)』, 2대 아즈마야 라쿠유(東屋楽遊) 강연, 미요시야(三芳屋)
		『천귀단(天鬼團)』, 도토안(怒濤庵), 세요도
		「어둠 속의 오래된 연못(闇の古池)」, 도토안, 세요도
	1월 14일	「장군의 딸(将軍の娘)」, 오바라 류코, 『미야코 신문』 5.20
	4월	『괴인괴광(怪人怪光)』, 아와지 고초(淡路呼潮), 오오야서방(大屋書房)
		우카 센시 사망
	7월	『탐정잡지』 실업지세계사 창간
	11월	에노모토 하류 사망
		『이 종적이(此足跡が)』, 탐정연구회편, 히요시도 본점
1917년	1월	「한시치체포물(半七捕物帳)」, 권 1, 오후미의 혼(お文の魂), 오카모토 기도, 『문예구락부』
	1월 15일	「악마의 집(悪魔の家)」, 오하라 류코, 『미야코 신문』 5.30
	4월	「도둑(偸盗)」, 아쿠다가와 류노스케, 『중앙공론』 7
	7월	『한시치체포물』, 오카모토 기도, 헤이와(平和)출판사
	11월	『악마의 집』, 오바라 류코, 후소샤
		「핫산·칸의 요술」, 다니자키 준이치로, 『중앙공론』

5월	『프랑스 탐정담』, 세후소도 주인, 세분칸
3월 6월 9월	『축쇄 루이코집』, 후소도 총18권 간행 시작. 1921.12 『하룻밤의 정』, 구로이와 루이코 역, 후소도 『의문의 창』, 가스통 르루(Gaston Leroux), 미야지 지쿠호(宮地竹峰) 역, 사토(佐藤) 출판부
1월 2월 3월 3월 12일 6월	「구로사와 가의 비밀(黒沢家の秘密)」, 오카모토 기도, 『문예구락부』 6 『셜록 홈즈』 3권, 도일, 가토 초초(加藤朝鳥) 역, 덴겐도 서방(天弦堂書房) 『명금(名金)』, 아오키 료쿠엔(青木緑園) 역, 나카무라히요시도 『명금』, 오오야마 카즈키(大山佳月), 간분칸(勧文館)·세요도 『주먹(拳骨)』, 마쓰카타 세이후(松方清風) 역, 레분간(励文館)·세요도 「검은 상자(黒い箱)」, 오펜헤임(offenheim), 아오키 료쿠엔 역, 『요로즈초호』 6.10 『백만 불의 괴사건(百万弗の怪事件)』, 기타무라 미노히토(北村簑人) 번안, 세이카도
12월	『두 사람의 탐정(ジュッドソン・テーラー)』, 나가세 하루카제(長瀬春風), 하쿠분칸

		『인과화족』, 야스오카 무쿄(安岡夢郷), 오카와야
1918년	1월 9일	야나가와 슌요 사망
	2월 21일	「전과자(前科者)」, 다니자키 준이치로, 『요미우리 신문』 3.19
	3월	『인명창(人面疽)』, 다니자키 준이치로, 신쇼세쓰
	5월 23일	『백주귀어(白晝鬼語)』, 다니자키 준이치로, 오사카마이니치·토니치(東日) 7.11
	7월	「개화의 살인(開化の殺人)」, 아쿠타가와 류노스케, 『중앙공론』 증간
		「두 예술가의 이야기(二人の芸術家の話)」, 다니자키 준이치로, 『중앙공론』 증간
		「지문(指紋)」, 사토 하루오, 『중앙공론』 증간
	9월	「어느 신도의 죽음(奉教人の死)」, 아쿠타가와 류노스케, 『미타문학(三田文学)』
	10월	「야나기유(柳湯)의 사건」, 다니자키 준이치로, 『츄가이(中外)』
		『원한 맺힌 한쪽 소매(うらみの片袖)』, 아오키 료쿠엔, 나카무라 히요시도
		『난도(亂刀)』, 이즈미 샤테(泉斜汀), 하쿠스이샤
	11월 5일	시마무라 호게쓰 사망
1919년	1월 19일	「산에 사는 부인(山の婦人)」, 오바라 류코, 『요로즈초호』 8.9
	2월	「개화 남편(開花の良人)」, 아쿠다가와 류노스케, 『츄가이』
	4월	『악인 손도장 장부(悪人手形帳)』, 마쓰이 쇼요(松居松葉), 겐분샤
	5월	「저주받은 희곡(呪はれた戯曲)」, 다니자키 준이치로, 『중앙공론』
	7월	「의혹」, 아쿠타가와 류노스케, 『중앙공론』
	9월	「어느 소년의 불안(或る少年の怯れ)」, 다니자키 준이치로, 『중앙공론』
		「요괴 같은 노파(妖婆)」, 아쿠타가와 류노스케, 『중앙공론』 10
1920년	1월	『신청년』 하쿠분칸 창간
		「마술(魔術)」, 아쿠타가와 류노스케, 『빨간 새(赤い鳥)』
		「도상(途上)」, 다니자키 준이치로, 『개조(改造)』
	1월 11일	미기타 토라히코 사망

1월	〈걸작총서회 총서〉, 구로이와 루이코, 슈에이칸(集英館) 총8권 간행 시작. 1923.1 〈알세느 루팡 총서〉, 호시노 타쓰오(保篠龍緒) 외, 곤고샤 간행 시작 〈근대세계쾌저 총서〉, 하쿠스이샤 총12권 간행 시작 『금발미인』르블랑, 야스나리 사다오(安成貞雄) 역, 메이지 출판사
7월	『탐정왕 헤비이시박사(探偵王蛇石博士)』, 도일, 야노 고조(矢野虹城) 역, 야마모토분유도(山本文友堂)
3월	〈죠제프 룰르타비유(Rouletabille) 총서〉, 가스통 르루, 아이치 히로시(愛智博) 역, 곤고샤 총7권 간행
3월 14일	「여인의 행방(女の行方)」, 로버트 그린, 기쿠치 유호 역, 『도쿄 일일신문(東京日日新聞)』6.8

	2월 4일	스도 난스이 사망
	4월	「미정고(未定稿)」, 아쿠타가와 류노스케, 『신소설』
	5월	「검은 옷을 입은 성모(黒衣聖母)」, 아쿠타가와 류노스케, 『문장구락부』
	7월	「두자춘(杜子春)」, 아쿠타가와 류노스케, 『빨간 색』
	9월	「그림자(影)」, 아쿠타가와 류노스케, 『개조』
	10월 6일	구로이와 루이코 사망
	11월	『미토의 도둑(水戸の白波)』, 긴조사이테교쿠(錦城斎貞玉) 강연, 속기사 원속기(速記社員速記), 오카와야
1921년	1월	「기묘한 이야기(妙な話)」, 아쿠타가와 류노스케, 『현대』
		「아그니 신(アグニの神)」, 아쿠타가와 류노스케, 『빨간 새』 2
	1월 5일	「기괴한 재회(奇怪な再会)」, 아쿠타가와 류노스케, 석간 『오사카마이니치신문(大阪毎日新聞)』 2.2
	3월	「나(私)」, 다니자키 준이치로, 『개조』
	6월	『의문의 사람(疑問の人)』, 후타토모코(雙巴子), 히구치류분칸
		『한시치 체포물(半七聞書帳)』, 기도, 류분칸
	8월	「A와 B 이야기(AとBの話)」, 다니자키 준이치로, 『개조』
	11월	「어느 조사의 일절(ある調査の一節)」, 다니자키 준이치로, 『중앙공론』
1922년	1월	『신취미(新趣味)』, 하쿠분칸 창간
		「어떤 죄의 동기(ある罪の動機)」, 다니자키 준이치로, 『개조』
		「덤불속(薮の中)」, 아쿠타가와 류노스케, 『신초(新潮)』
		「뒤쫓는 그림자(慕ひ行く影)」, 마에다 쇼잔, 『현대』 12.12
	2월	『악마의 피리(悪魔の笛)』, 와타나베 모쿠젠, 히구치류분칸 재판
	4월	「보은기(報恩記)」, 아쿠타가와 류노스케, 『중앙공론』
	6월 20일	아에바 고손 사망
	7월 9일	모리 오가이 사망
1923년	3월	「미궁의 열쇠(迷宮の鍵)」, 에미 스이인, 하쿠분칸
	4월	「2전동화(二銭銅貨)」, 에도가와 란포, 『신청년』
	4월 13일	가이가 헨테쓰 사망
	5월	『비밀탐정잡지』 게이운샤(奎運社) 창간

5월	『괴상한 집의 기미인(怪屋の奇美人)』, A·M·윌리엄슨, 야노 고조 역, 분유도 서점 「곡예사(曲芸師)」, 가이라쿠테이 블랙 구연, 『강담구락부』 7 『경찰과 범죄의 비밀(警察と犯罪の秘密)』, 아서 그리피스(Arthur Griffith), 모리시타 이와타로(森下岩太郎) 역, 일본평론출판사
6월	『흑면귀(黒面鬼)』, 미야지 치쿠호 편, 우에다야 출판부 『괴미인』, 가스통 르루, 치쿠호 편, 우에다야 출판부
7월	〈세계전기총서(世界伝奇叢書)〉, 곤고샤 총9권 간행 시작 『흰 옷을 입은 여인(白衣の女)』 상편, 콜린스, 다나카 사나에 역, 하쿠스이샤 후편은 11월에 간행 『서양강담 방랑 가인(西洋講談放浪の佳人)』, 오다 리쓰(小田律) 연설, 신코샤
9월	〈탐정걸작총서〉, 하쿠분칸 총50권 간행 시작
10월	『신부유괴(花嫁誘拐)』, A·M·윌리엄슨, 야노 고조 역, 바이신 서방(梅律書房)
11월	『보이지 않는 손(見へざる手)』, 오쿠시라 히카리(岡白光) 역, 호레칸(法令館)
	〈루비총서〉 고교쿠도(紅玉堂) 총6권 간행 〈괴기탐정총서〉 슌에도 간행 시작
	〈탐정문예총서〉, 오니시(小西)서점 총5권 간행

	7월	「P언덕의 살인사건(P丘の殺人事件)」, 마쓰모토 다이(松本泰), 『비밀탐정잡지』
		『마쓰모토 타이 비밀탐정소설 저작집』(2권), 마쓰모토 다이, 도운도(東雲堂)
		「한 장의 차표(一枚の切符)」, 에도가와 란포, 『신청년』
		『검은 고양이를 안고(黒猫を抱いて)』, 에미 스이인, 하쿠분칸
	9월	『비밀탐정잡지』 폐간
	9월 19일	가이라쿠테이 블랙 사망
	11월	「무서운 착각(恐ろしき錯覚)」, 에도가와 란포, 『신청년』
	12월	『에도 기담(江戸奇談), 탐정체포물(探偵捕物帳)』, 다무라 니시오(田村西男) 가네코(金子) 출판
1924년	6월	「두 사람의 폐인(二廃人)」, 에도가와 란포, 『신청년』
		「호박 파이프(琥珀パイプ)」, 고가 사부로, 『신청년』
		『뒤쫓는 그림자』, 마에다 쇼잔, 슌슈샤(春秋社)
	8월	「탐정소설소론」, 사토 하루오, 『신청년』 증간
	10월	「쌍생아(雙生兒)」, 에도가와 란포, 『신청년』
		『한시치 체포물』, 기도, 신사쿠샤(新作社) 5권 간행
1925년	1월	「D언덕의 살인사건(D坂の殺人事件)」, 에도가와 란포, 『신청년』
	2월	「심리시험(心理試験)」, 에도가와 란포, 『신청년』
	3월	『탐정문예(探偵文芸)』, 게이운샤 창간
		「심야의 모험(深夜の冒険)」, 사가와 하루가제(佐川春風), 『킹(キング)』
		「붉은 방(赤い部屋)」, 에도가와 란포, 『신청년』
		「라도선생(羅洞先生)」, 다니자키 준이치로, 『개조』
		「신이 난 매(浮かれている隼)」, 히사야마 히데코(久山秀子), 『신청년』
	5월	「여계선기담(女誡扇奇譚)」, 사토 하루오, 『여성』
	7월	「백주몽(白晝夢)」, 에도가와 란포, 『신청년』
	8월	「다락방의 산보자(屋根裏の散歩者)」, 에도가와 란포, 『신청년』
	9월	『탐정취미』(탐정취미의 모임) 창간
	10월	「인간의자(人間椅子)」, 에도가와 란포, 『고락(苦楽)』

『모리스 르블랑 전집』, 수필사(随筆社) 총4권 간행
〈검은 고양이(黑猫)탐정총서〉, 게이운샤 총3권 간행
〈아르스·포퓰러·라이브러리(아르스)〉 총16권 간행 시작
〈만국괴기탐정총서〉, 곤고샤 총16권 간행

	12월	「현대체포물(現代捕物帳)」, 야마쿠치 난보쿠(山口南北), 고도칸 『영화와 탐정』 창간
1926년	1월	「예비조서(予審調書)」, 히라바야시 하쓰노스케(平林初之輔), 『신청년』
		「아카하기의 엄지손가락 지문(あかはぎの拇指紋)」, 쓰노다 기쿠오(角田喜久雄), 『신청년』
		「도모다와 마쓰나가의 이야기(友田と松永の話)」, 다니자키 준이치로, 『주부지우(主婦之友)』
		「연애곡선(恋愛曲線)」, 고사카이 후보쿠, 『신청년』
		「어둠에서 꿈틀거리다(闇に蠢く)」, 에도가와 란포, 『고락』 11
		「호반정사건(湖畔亭事件)」, 에도가와 란포, 『선데이 마이니치』 5
	3월	「보석을 엿보는 남자(宝石を伺ふ男)」, 사가와 하루가제, 『킹』
		「감옥방(監獄部屋)」, 하시 몬도(羽志主水), 『신청년』
	4월	「현립병원의 유령(県立病院の幽霊)」, 마사키 후조큐(正木不如丘), 『신청년』
	4월 14일	다케다 교텐시 사망
	5월	「깊이를 알 수 없는 늪(底無沼)」, 쓰노다 키쿠오, 『신청년』
		「편지주인(手紙の主)」, 사가와 하루가제, 『킹』
		『탐정비록안(探偵秘録眼)』, 고이즈미 소노스케(小泉摠之助), 주세도
	6월	「창(窓)」, 야마모토 노기타로(山本禾太郎), 『신청년』
		「굴뚝기담(煙突奇談)」, 지미이 헤조(地味井平造), 『탐정취미』
		『탐정비록완(探偵秘録腕)』, 고이즈미 소노스케, 주세도
		「수수께끼 아저씨(謎の叔父さん)」, 구로가와 도시오(黒川寿雄) 편, 『야치요(八千代) 생명』
	7월	『탐정비록효(探偵秘録梟)』, 고이즈미 소노스케, 주세도
		『두 사람의 독부 3책(二人毒婦三冊)』, 에미 스이인, 히구치류분칸
	10월	「거울지옥(鏡地獄)」, 에도가와 란포, 『대중문예』
		「어머니(オカアサン)」, 사토 하루오, 『여성』

〈고교쿠도영문전역총서(紅玉堂英文全訳叢書)〉, 총9권 간행
「마리 로제 사건」, 포, 히라바야시 하쓰노스케 역, 『신청년』

		「파노라마섬 기담(パノラマ島奇談)」, 에도가와 란포, 『신청년』 1927.4
	11월 21일	나카라이 도스이 사망
	12월	『탐정문예』 폐간
	12월 8일	「난쟁이(一寸法師)」, 에도가와 란포, 『아사히신문』 1927.2.21
		〈탐정명작총서〉, 고사카이 후보쿠 외, 쥬에카쿠(聚英閣) 8권 간행
1927년	1월	「의문의 흑궤(疑問の黒枠)」, 고사카이 후보쿠, 『신청년』 8
		「표범의 눈(豹の眼)」, 다카가키 히토미(高垣眸), 『소년구락부』 12
	1월 15일	「하세쿠라사건(支倉事件)」, 고가 사부로, 『요미우리』 6.26
	3월	「거짓말(嘘)」, 와카나베 온(渡辺温), 『신소년』
		「하늘에서 노래하는 남자(空で唱ふ男)」, 미즈타니 준(水谷準), 『신청년』
		「가쿠베지시(角兵衛獅子)」, 오사라기 지로(大佛次郎), 『소년구락부』
	4월	「오 쏠레 미오(お·それ·みを)」, 미즈타니 준, 『신청년』
	7월 24일	아쿠타가와 류노스케 자살
	9월 18일	도쿠토미 로카 사망
	10월	「석류병(柘榴病)」, 세지모 단(瀬下耽), 『신청년』
		「가랑이 사이로 엿보다(股から覗く)」, 구즈야마 지로(葛山二郎), 『신청년』
		「가여운 언니(可哀相な姉)」, 와타나베 온, 『신청년』
	11월 2일	「에도 삼국지(江戸三国志)」, 요시카와 에이지, 『호치』 1929.2.24
1928년	1월	「눈 오는 날 밤의 참극(雪の夜の惨劇)」, 고사카이 후보쿠, 『웅변(雄弁)』
	2월	「뇌우 치는 날 밤의 살인(大雷雨夜の殺人)」, 고사카이 후보쿠, 『강담구락부』
	3월	「우몬 체포첩(右門捕物帖)」, 사사키 미쓰조(佐々木味津三), 『후지(富士)』 5.11

1월	「상처를 입는 모임(怪我をする会)」, 워드하우스, 가지와라 신이치로(梶原信一郞) 역, 『신청년』
	「탐정 유베르(探偵ユベール)」, 위고, 다나카 사나에(田中早苗) 역, 『신청년』
8월	「모래 남자(砂男)」, 호프만(Hoffmann), 무코하라 아키라(向原明) 역, 『신청년』

1월	「링쿠스 살인사전(リンクスの殺人事件)」, 크리스티(kristy), 노부하라 겐(延原謙) 역, 『신청년』 5
2월	「거미(蜘蛛)」, 웨일즈(wales), 아사노 겐푸(浅野玄府) 역, 『신청년』
8월	「니도밤니무집(狗屋敷)」, 도일, 노부하라 겐 역, 『신청년』
9월	『백의 여자(白衣の女)』, 편집부 편, 근대문예사

		「자마이카 씨의 실험(ヂャマイカ氏の実験)」, 조 마사유키(城昌幸), 『신청년』
	4월	「전기 목욕탕의 괴사사건(電気風呂の怪死事件)」, 운노 주조(海野十三), 『신청년』
	6월	「정신분석(精神分析)」, 미나카미 로리(水上呂里), 『신청년』
	7월	「산악당기담(山嶽堂奇談)」, 오사라기 지로, 『소년구락부』 4.12
		『에도 삼국지(江戸三国志)』, 요시카와 에이지, 헤이본샤(平凡社) 중편 12. 후편 1929.4
	8월	「음수(陰獸)」, 에도가와 란포, 『신청년』
	10월	「유리병 속 지옥(瓶詰地獄)」, 유메노 규사쿠(夢野久作), 『신청년』
		「승패(勝敗)」, 와타나베 온, 『신청년』
	10월 22일	이노우에 쓰토무 사망
1929년	1월	「고도의 귀신(孤島の鬼)」, 에도가와 란포, 『아사히』 5.2
		「오시에의 기적(押絵の奇跡)」, 유메노 규사쿠, 『신청년』
		「그가 죽였는가(彼が殺したか)」, 하마오 시로, 『신청년』 2
	4월	「이케가미소 기담(池上莊綺譚)」, 고가 사부로, 『부녀계(婦女界)』 12
	4월 1일	고사카이 후보쿠 사망
	5월	「투쟁(鬪争)」, 고사카이 후보쿠, 『신청년』
	6월	「벌레(虫)」, 에도가와 란포, 『개조』 7
		「오시에와 여행하는 남자(押絵と旅する男)」, 에도가와 란포, 『신청년』
		「의안의 마돈나(偽眼のマドンナ)」, 오카다 도키히코(岡田時彦), 『신청년』
	7월 10일	「유령범인(幽霊犯人)」, 고가 사부로, 『도쿄아사히』 11.9
	8월	「히루가와 박사(蛭川博士)」, 오시타 우다루(大下宇陀児), 『주간아사히(週刊朝日)』 12
		「거미 남자(蜘蛛男)」, 에도가와 란포, 『강담구락부』
		「귀두 부처의 유희삼매경(鬼頭夫妻の遊戯三昧)」, 오시타 우타루, 『신청년』
	10월	「살해된 덴잇포(殺された天一方)」, 하마오 시로, 『개조』
	11월 27일	「누구(何者)」, 에도가와 란포, 『시사신보』 12.30

2월	「마지막 잎새(最後の一葉)」, 오 헨리(O. Henry), 아사노 겐푸 역, 『신청년』
6월	「그린가의 참극(グリイン家の惨劇)」, 반 다인(S.S. Van Dine), 히라바야시 하쓰노스케(平林初之輔) 역, 『신청년』
	『바스카빌의 개(バスカービルの犬)』, 도일, 노부하라 겐 역, 〈하쿠분칸 세계 탐정소설 전집(博文館世界探偵小説全集)〉, 이하 〈하쿠분칸 전집〉이라 칭한다
8월	『노란 방의 비밀(黄色の部屋)』, 가스통 르루, 미즈타니 준 역, 〈하쿠분칸 전집〉
	『스파르고의 모험(スパルゴ の冒険)』, J.S.플레처(Fletcher), 모리시타 우손 역, 〈하쿠분칸 전집〉
	「시장실의 살인(グリイン家の惨劇)」, J.S.플레처, 『신청년』
10월	「끔찍한 석간(恐ろしき夕刊)」, 프루스트, 『신청년』
	『녹색 다이아(緑のダイヤ)』, 모리슨(Morrison), 노부하라 겐 역, 〈하쿠분칸 전집〉
	『마크로이드 살인(マクロイド殺し)』, 크리스티(kristy), 마쓰모토 게이코(松本恵子) 역, 〈헤이본샤 세계 탐정소설 전집(平凡社世界探偵小説全集)〉

	12월	「빨간 페인트를 산 여자(赤いペンキを買った女)」, 구즈야마 지로, 『신청년』
1930년	1월	「엽기의 끝(猟奇の果)」, 에도가와 란포, 『문예구락부』 12.30
		「정옥(情獄)」, 오시타 우다루, 『신청년』
		「거미(蜘蛛)」, 고가 사부로, 『문학시대(文学時代)』
		「암굴의 대전당(岩窟の大殿堂)」, 노무라 고도, 『소년세계(少年世界)』
	2월 1일	「여자요괴(女妖)」, 에도가와 란포, 요코미조 세이시 합작, 『규슈 일보(九州日報)』
	2월 10일	와타나베 온 사망
	3월	「호두밭의 창백한 파수꾼(胡桃園の青白き番人)」, 미즈타니 준, 『신청년』
		「공포의 잇자국(恐怖の歯型)」, 오시타 우다루, 『아사히』 6.6
	7월	「마술사(魔術師)」, 에도가와 란포, 『강담구락부』 6.5
		「그는 누구를 죽였는가(彼は誰を殺したか)」, 하마오 시로, 『문예춘추(文藝春秋)』
	9월	「황금가면(黄金仮面)」, 에도가와 란포, 『킹』 6.10
1931년	2월	「공포의 잇자국」, 오시타 우다루, 『아사히』 7.3
		「구기누키 도키치 포획물 기록(釘抜藤吉捕物覚書)」, 하야시 후보(林不忘), 『아사히』 6.6
		「우몬 체포첩(右門捕物帖)」, 사사키 미쓰조, 『아사히』 5.11
	4월 17일	「살인귀(殺人鬼)」, 하마오 시로, 『석간 나고야 신문(夕刊名古屋新聞)』 12.12
		「제국 체포첩(諸国捕物帳)」, 누카타 로쿠후쿠(各田六福), 『문예구락부』 12
		「모쿠라 박사의 이상한 범죄(目羅博士の不思議な犯罪)」, 에도가와 란포, 『문예구락부』
		「제니가타 헤이지 체포록(銭形平次控)」, 노무라 고도, 『올 모노가타리(オール物語)』 8
	5월	「마인(魔人)」, 오시타 우다루, 『신청년』 7.1
	6월 15일	히라바야시 하쓰노스케 사망

3월	「실험마술사(実験魔術師)」, 아르덴(Ardenne), 요코미조 세이시 역, 『신청년』
5월	『이륜마차의 비밀(二輪馬車の秘密)』, 흄(Hume), 요코미조 세이시 역, 〈하쿠분칸 전집〉
	『노인살해(隠居殺し)』, 안나 캐서린 그린, 야스다 센이치(安田専一) 역, 〈하쿠분칸 전집〉
9월	「승정살인사건(僧正殺人事件)」, 반 다인, 다케다 아키라(武田晃) 역, 『개조』
1월	「죽음의 사슬(死の鎖)」, 홀딩, 오에 센이치(大江専一) 역, 『개조』
8월	「정신병원 이변(瘋癲病院異変)」, 포, 다우치 조타로(田内長太郎) 역, 『신청년』
	「원숭이 손(猿の足)」, 제이콥스(Jacobs), 와시오 히로시(鷲尾浩) 역, 『신청년』
	「사인의 마을(死人の村)」, 키플링(Kipling), 안도 사몬(安藤左門) 역, 『신청년』

	8월	「탄 성서(焦げた聖書)」, 고가 사부로, 『신청년』
		「몰래 듣는 눈동자(影に聴く瞳)」, 구즈야마 지로, 『신청년』
	9월	『탐정소설(探偵小説)』 창간
	11월	「진동마(振動魔)」, 운노 주조, 『신청년』
1932년	1월	「악마의 왕성(悪魔の王城)」, 노무라 고도, 『소년세계』 12
	4월	『도둑질 않는 괴도(盗みない怪盗)』, 고가 사부로, 신초샤
		「피로 물든 파이프(血染のパイプ)」, 고가 사부로, 『웅변』 8
	5월	「풍신문(風神門)」, 요시카와 에이지, 『소년세계』 11
	6월	「피로 물든 파이프(鮫人の掟)」, 하시모토 고로(橋本五郎), 『신청년』
	7월	「요괴조의 저주(妖鳥の呪詛)」, 고가 사부로, 『현대』 10
		「금색조(金色藻)」, 오시타 우다루, 『주간 아사히』
	10월	「파충관 사건(爬虫館事件)」, 운노 주조, 『신청년』
1933년	2월	「얼음 절벽(氷の涯)」, 유메노 규사쿠, 『신청년』
	3월	「체온계 살인사건(体温計殺人事件)」, 고가 사부로, 『신청년』
		『쇠사슬 살인사건(鉄鎖殺人事件)』, 하마오 시로, 신초샤
	4월	「지옥 골목(地獄横町)」, 와타나베 게이스케, 『신청년』
	6월	「코코아산 기담(ココア山奇談)」, 이나가키 다루호(稲垣足穂), 『신청년』
		「나는 영웅(われは英雄)」, 미즈타니 준, 『주간아사히』
	7월	「완전범죄(完全犯罪)」, 오구리 무시타로, 『신청년』
	8월	「혈흔이중주(血痕二重奏)」, 와타나베 게이스케, 『신청년』
	10월	「후광살인사건(後光殺人事件)」, 오구리 무시타로, 『신청년』
	11월	「백국(白菊)」, 유메노 규사쿠, 『신청년』
		「악령(悪靈)」, 에도가와 란포, 『신청년』 9.1 중절
1934년	1월	「기적의 처녀(奇跡の処女)」, 오시타 우다루, 『부인구락부』 12
		「누가 심판했는가(誰が裁いたか)」, 고가 사부로, 『프로필(ぷろふいる)』 3
		「유메도노 살인 사건(夢殿殺人事件)」, 오구리 무시타로, 『개조』
	2월 6일	사사키 미쓰조 사망

2월	「의외의 연속(意外つづき)」, 블랙우드(Blackwood), 오노 히로시(小野浩) 역, 『신청년』
	「터키탕에서(土耳古風呂で)」, 젭슨 앤 유스터스, 오카무라 히로시(岡村弘) 역, 『신청년』
8월	「희대의 미술품(稀代の美術品)」, 모리슨, 세노 아키오(妹尾アキ夫) 역, 『신청년』
6월	「백마(白魔)」, 스칼렛(Scarlet), 모리시타 우손 역, 『신청년』 11
8월	「오스카 브로즈키 사건(オスカア·ブロズキイ事件)」, 프리먼, 요시오카 류(吉岡龍) 역, 『신청년』
2월	「우연은 심판한다(偶然は裁く)」, 버클리, 노부하라 겐 역, 『신청년』
4월	「빈 방(空室)」, 마키(Maki), 반 다이쿠(伴大炬) 역, 『신청년』
	「비극의 결말(悲劇の結末)」, 브래머(Braemar), 노부하라 겐 역, 『신청년』

	3월	「실락원 살인 사건(失楽園殺人事件)」, 오구리 무시타로, 『주간 아사히』
	4월	「흑사관 살인 사건(黒死館殺人事件)」, 오구리 무시타로, 『신청년』 12
	5월	『금색조』 오시타 우다루, 신초샤
	8월	「한시치 체포첩(半七捕物帳)」, 오카모토 기도, 『강담구락구』 12.2
	9월	「의안(義眼)」, 오시타 우다루, 『신청년』
		「석류(石榴)」, 에도가와 란포, 『중앙공론』
1935년	1월	『도구라 마구라(ドグラ·マグラ)』, 유메노 규사쿠, 송백관서점(松柏館書店)
		「괴걸 흑두건(怪傑黒頭巾)」, 다카가키 히토미(高垣眸), 『소년구락부』 12
	2월	「오필리아 살해(オフェリヤ殺し)」, 오구리 무시타로, 『개조』
		「도깨비불(鬼火)」, 요코미조 세이시, 『신청년』
		「잠자는 인형(眠り人形)」, 기기 다카타로, 『신청년』
		『통(樽)』, 크로프트, 모리시타 우손 역, 류코 서원(柳香書院)
	2월 28일	쓰보우치 쇼요 사망
	4월	「요기전(妖棋伝)」, 쓰노다 기쿠오(角田喜久雄), 『히노데』 11.6
		「정귀(情鬼)」, 오시타 우다루, 『신청년』
		「시바가의 붕괴(司馬家の崩壊)」, 미즈타니 준, 『신청년』
	6월	「광악사(狂楽師)」, 오시타 우다루, 『선데이 마이니치』 11
		「취면의식(就眠儀式)」, 기기 다카타로, 『프로필』
		「낙인(烙印)」, 오시타 우다루, 『신청년』
	6월 29일	마키 이쓰마 사망
	8월	「풍선살인(風船殺人)」, 현상 범인 찾기, 오시타 우다루, 『킹』 9
		「황조의 울음(黄鳥の嘆き)」, 고가 사부로, 『신청년』 9
		「광 속(蔵の中)」, 요코미조 세이시, 『신청년』
	9월	「세 명의 쌍둥이(三人の双生児)」, 운노 주조, 『신청년』 10
	10월 29일	하마오 시로 사망
	11월 3일	에미 스이인 사망

7월	『트렌트 최후의 사건(トレント最後の事件)』, E.C.벤틀리(Bentley), 노부하라 겐 역, 흑백서방(黑白書房)
10월	『빨간 머리의 레드메인 일가(赤毛のレドメイン一家)』, 필포츠(Eden Phillpotts), 이노우에 요시오(井上良夫) 역, 류코서원
	『네덜란드 구두의 비밀(和蘭陀靴の秘密)』, 퀸, 쓰유시타 돈(露下弴) 역, 춘추사
11월	『적색관의 비밀(赤色館の秘密)』, 밀른(Milen), 세노 아카오 역, 료코서원
12월	『관광선 살인사건(觀光船殺人事件)』, 피가즈, 쓰유시타 준 역, 료코서원

1936년	1월	「괴인이십면상(怪人二十面相)」, 에도가와 란포, 『소년구락부』 12
		「바보인생(人生の阿呆)」, 기기 다카타로, 『신청년』 5
		「녹색옷의 귀신(緑衣の鬼)」, 에도가와 란포, 『강담구락부』 12
		「가히야구라 이야기(かひやぐら物語)」, 요코미조 세이시, 『신청년』
		「허깨비성(まぼろし城)」, 다카가키 히토미, 『소년구락부』 4
	2월	「심야의 시장(深夜の市場)」, 운노 주조, 『신청년』 6
	3월	『후나토미가의 비극(船富家の悲劇)』, 아오이 유(蒼井雄), 춘추사
	3월 11일	유메노 규사쿠 사망
	4월	「바다뱀(海蛇)」, 니시오 다다시(西尾正) 역, 『신청년』
	5월	「20세기 철가면(二十世紀鉄仮面)」, 오구리 무시타로, 『신청년』
	7월	「N2호관의 살인(N2号館の殺人)」, 고가 사부로, 『킹』 9
		「긴로(金狼)」, 히사오 주란(久生十蘭), 『신청년』 11
		「등에의 속삭임(蝱の囁き)」, 란 이쿠지로(蘭郁二郎), 『탐정문학(探偵文学)』
		「세 명의 광인(三狂人)」, 오사카 게이키치(大阪圭吉), 『신청년』
		「심야의 음악장(深夜の音楽葬)」, 세노 아키오, 『신청년』
	8월	「연(凧)」, 오시타 우다루, 『신청년』
	9월	『20세기 철가면』, 오구리 무시타로, 춘추사
	10월	「신주로(真珠郎)」, 요코미조 세이시, 『신청년』 12.2
		「문학소녀(文学少女)」, 기기 다카타로, 『신청년』
		『탐정춘추(探偵春秋)』 창간
	11월	「파란 백로(蒼い鷺)」, 오구리 무시타로, 『프로필』 12.4
1937년	1월	『슈피오(シュピオ)』 창간
		「검은 수첩(黒い手帳)」, 히사오 주란, 『신청년』
		「파리남자(蠅男)」, 운노 주조, 『강담잡지(講談雑誌)』 10
		「화성미인(火星美人)」, 오시타 우다루, 『강담구락부』 2
		「오리아시(折蘆)」, 기기 다카타로, 『호치 신문』 5
	3월	「유령탑(幽霊塔)」, 에도가와 란포, 『강담구락부』 13.4
		「쇠 혀(鉄の舌)」, 오시타 우다루, 『신청년』 9
	4월	「악녀(悪女)」, 오시타 우다루, 『선데이마이니치』

2월	「건망증 연맹(健忘症連盟)」, 바(Bar), 다가 고로(田賀梧郎) 역, 『신청년』
3월	『육교살인사건(陸橋殺人事件)』, 녹스(Nox), 이노우에 요시오 역, 류코서원
11월	「북명관이야기(北溟館物語)」, 디킨즈(Dickens), 마쓰모토 다이(松本泰)·게이코(惠子) 공역, 『중앙공론』
12월	『완전살인사건(完全殺人事件)』, 부쉬(Buche), 이노우에 요시오 역, 춘추사

1월	「화살의 집(矢の家)」, A·E 메이슨(Mason), 세노 아키오 역, 류코서원
2월	「환영의 문(幻の扉)」, 포스트(Post), 니시다 쇼지(西田正治) 역, 『신청년』
4월	「Y의 비극(Yの悲劇)」, 로스(Ross), 이노우에 요시오 역, 춘추사
5월	「몽파르나스의 밤(モンパルナスの夜)」, 시메논, 에이토 도시오(永戸俊雄) 역, 춘추사
6월	「판도미(ファントマ)」, 스베스투르&알랭, 히사오 주란 역, 『신청년』 부록
	「엉키는 고양이(絡み猫)」, 베이리(Bailey), 노부하라 겐 역, 『신청년』

	5월	「결투기(決鬪記)」, 와타나베 게이스케, 『신청년』
		「호반(湖畔)」, 히사오 주란, 『문예(文芸)』
	6월	『녹색옷의 귀신』, 에도가와 란포, 춘추사
1938년	1월	「닌교사시치 체포장(人形佐七捕物帳)」, 요코미조 세이시, 『강담잡지』 15.12
	6월	「에도 장한가(江戸長恨歌)」, 요시카와 에이지, 『부인구락부』 14.8
	12월	「풍운장기곡(風雲將棋谷)」, 쓰노다 기쿠오, 『강담구락부』 14.12
1939년	1월	「푸른 옷의 사나이(青服の男)」, 고가 사부로, 『현대』
		「아고 주로 체포장(顎十郎捕物帳)」, 무토베 지카라(六戸部力), 『기담(奇譚)』
	3월 1일	「젊은 사무라이 체포장(若さま侍捕物帳)」, 조 마사유키, 『기담』
	4월 19일	마쓰모토 다이 사망
	7월	「묘지 전망정(墓地展望亭)」, 히사오 주란, 『모던 일본(モダン日本)』 8
	9월 7일	이즈미 교카 사망
	11월	「사선의 꽃(死線の花)」, 모리토모 히사시(守友恒), 『신청년』
1940년	1월	「히라가 겐나이 체포물장(平賀源内捕物帳)」, 다니가와 사키(谷川早), 『강담구락부』
	6월	「아고 주로 체포장 엔토부네(顎十郎捕物帳遠島船)」선」, 무토베 지카라, 『신청년』
	10월 4일	오바라 류코 사망
1941년	2월 8일	마에다 쇼잔 사망
1944년	1월 5일	란 이쿠지로 사망
1945년	2월 14일	고가 사부로 사망
	4월 25일	이노우에 요시오 사망
	5월 25일	다나카 사나에 사망
	7월 2일	오사카 게이키치 사망
	11월 18일	와타나베 모쿠젠 사망

9월 11월	「제2의 룰르타비유(Rouletabille chez le Tsar)」, 가스통 르루, 히사오 주란 역, 『신청년』 「밀봉살인사건(蜜蜂殺人事件)」, 윈(Anthony Wynne), 요시노 로쿠야(吉野錄也) 역, 『신청년』
2월	「줄(鑢)」, 맥도널드, 구로누마 겐(黑沼健) 역, 『신청년』
5월 8월	「밀실의 행자(密室の行者)」, 녹스, 하라 게이지(原圭二) 역, 『신청년』 『월장석(月長石)』, 콜린스, 모리시타 우손 역, 하쿠분칸 문고 「완전탈옥(完全脫獄)」, 풋트렐, 우에무라 기요시(植村清) 역, 『신청년』 「별채 살인사건(離亭殺人事件)」, 체스터톤(Gilbert Keith Chesterton), 아사노 겐푸 역, 『신청년』
	「보석 살인사건(宝石殺人事件)」, 크로프트, 쓰치야 고시(土屋光司) 역, 『신청년』

찾아보기

ㄱ

가나가키 로분(仮名垣魯文)　17, 24, 370, 374, 392

가네코 시라누이(金子不知火)　57, 83, 389, 391, 393, 395, 397, 399

가스통 르루(Gaston Leroux)　252, 415, 417, 419, 427, 437

가와고에 데루코(河越輝子)　197, 409, 410

가와카미 비잔(川上眉山)　26, 107, 190, 372, 388, 394, 398, 400, 406, 410

가이 부스비(Guy Boothby)　75, 401

가이가 헨테쓰(海賀変哲)　210, 217, 222, 372, 410, 418

가이라쿠테이 블랙(快楽亭ブラック)　99, 370, 385, 387, 389, 393, 395, 397, 403, 413, 419, 420

간다 다카히라(神田孝平)　18, 83, 368, 370, 377, 387, 400

간다 하쿠린(神田伯麟)　99, 410

고가 사부로(甲賀三郎)　90, 307, 353, 392, 420, 424, 426, 428, 430, 432, 434, 436

고다 로한(幸田露伴)　172, 354, 372, 380, 402

고사카이 후보쿠(小酒井不木)　283, 317, 382, 422, 424, 426

고쿠쇼시(黒松子)　107

고킨세이(胡琴生)　129, 400
　→ 시마다 류센(島田柳川)

교쿠스이시(曲水子)　107

구니에다 시로(国枝史郎)　283

구로이와 나오카타(黒岩直方)　22

구로이와 다이(黒岩大)　23
　→ 구로이와 루이코(黒岩涙香)

구로이와 루이코(黒岩涙香)　17, 18, 22, 29, 171, 188, 190, 197, 210, 259, 265, 267, 284, 340, 372, 379, 380, 381, 382, 383, 385, 387, 389, 390, 391, 393, 395, 397, 399, 401, 405, 407, 409, 413, 415, 417, 418

구로타 기요다카(黒田清隆)　23

구스모토 마사타카(楠本正隆)　26

기기 다카타로(木々高太郎)　353, 398, 432, 434

기다 준이치로(紀田順一郎)　368

기무라 기(木村毅)　30, 267, 392

기무라 쇼하치(木村莊八)　30

기소 고쿠(木蘇殼)　66

기쿠치 유호(菊池幽芳) 252, 372, 397, 399, 407, 413, 417
기쿠테이 쇼요(菊亭笑庸, 나가에 단스이(永江 断水), SK 씨) 57, 128, 209, 389, 391, 393, 403, 409
기타무라 고마쓰(北村小松) 368
기타무라 도코쿠(北村透谷) 171

ㄴ

나루시마 류호쿠(成島柳北) 17, 18, 370, 375, 376
나오키 산주고(直木三十五) 283
나카니시 도시카즈(中西敏一) 258
나카라이 도스이(半井桃水) 189, 370, 378, 388, 394, 424
나카무라 가소(中村花瘦) 106, 190, 372, 386, 389, 390, 393
나카자토 가이잔(中里介山) 268, 376
난요 가이시(南陽外史, 미즈타 에이유(水田英雄)) 30, 57, 73, 75, 372, 385, 387, 389, 391, 393, 395, 401, 403, 407, 409
노무라 고도(野村胡堂) 29, 268, 284, 374, 428, 430
니쿄세이(二橋生) 107, 391

ㄷ

다나카 사나에(田中早苗) 251, 258, 376, 419, 425, 436
다니 조지(谷讓次) 268
다니자키 준이치로(谷崎潤一郎) 265, 376,
412, 414, 416, 418, 420, 422
다다 쇼켄(多田省軒) 190, 390, 392, 394, 396, 404, 406, 408, 410
다마다 교쿠슈사이(玉田玉秀斎) 99, 412
다지마 쇼지(田島象二) 18, 370, 374, 410
다카야 다메유키(高谷為之) 84, 414
다카하시 겐조(高橋健三) 18, 375
다케노야(竹の舎) 20
다케다 교텐시(武田仰天子) 190, 370, 404, 422
다키자와 소스이(滝沢素水) 210, 222, 376, 412
데쓰 게쓰시(鉄血子) 388
도센시(刀川子) 107, 391

ㄹ

레이요(冷葉) 152, 402
뢴트겐(Röntgen, Wilhelm Conrad) 145
류로(広津柳浪) 171

ㅁ

마루테이 소진(丸亭素人, 엔도 하야타(遠藤速太)) 26, 30, 57, 58, 66, 128, 209, 381, 383, 387, 389, 391, 393, 395, 412
마리 코렐리(Marie Corelli) 28, 391, 393
마사키 후조큐(正木不如丘) 283, 376, 422
마스모토 고난(増本河南) 210
마쓰모토 세이초(松本清張) 57, 410
마쓰카타 세이후(松方清風) 229, 415
마에다 쇼잔(前田曙山) 266, 268, 372, 418, 420, 436

만지로 류스이(卍字楼柳水) 152
맥컬리(Johnston McCulley) 265
모리 오가이(森鴎外) 171, 372, 381, 413, 418
모리스 르블랑(Maurice Leblanc) 229, 251, 259, 411, 413, 421
모리시타 우손(森下雨村) 252, 382, 427, 431, 432, 437
모리타 시켄(森田思軒) 21, 57, 209, 252, 370, 379
모치즈키 시호(望月紫峰) 242, 414
미기타 노부히코(右田寅彦) 83, 372
미도리(柳下亭美登利) 21, 377
미쓰기 슌에이(三津木春影) 210, 229, 251, 374, 413, 414
미야자키 이치우(宮崎一雨) 210
미야케 세이켄(三宅青軒) 175, 372, 390, 404, 406, 408
미카미 오토키치(三上於兎吉) 268
미하라 덴푸(三原天風) 235, 412, 414

ㅂ
반 다인(S.S. Van Dine) 427
비스톤(Leonard John Beeston) 265

ㅅ
사이카엔 류코(彩霞園柳香) 24, 370, 376, 377, 380, 381, 406
사쿠라이 오손(桜井鴎村) 209, 372
사토 고로쿠(佐藤紅緑) 267
사토 하루오(佐藤春夫) 265, 386, 416, 420, 422
산유테이 엔초(三遊亭円朝) 19, 21, 259, 370, 377, 395, 402
산조 사네토미(三条実美) 22
세키 나오히코(関直彦) 21, 377
쇼린 자쿠엔(松林若円) 129, 398, 400
쇼린 하쿠치(松林伯知) 392, 398, 406
쇼안 거사(省庵居士) 381
→ 모리타 시켄(森田思軒)
쇼켄 가이시(省軒外史, 다다 쇼켄(多田省軒)) 152
슌료죠시(春陵情史) 375
스기야마 유지로(杉山祐次郎) 368
스도 난스이(須藤南翠) 83, 370, 378, 380, 386, 418
스사노오노미코토(スサノオノ神) 15
스티븐슨(Robert Louis Balfour Stevenson) 251, 409
시라이 교지(白井喬二) 283
시마다 가오루(島田薫) 129
→ 시마다 류센(島田柳川)
시마다 고손(島田孤村) 243, 414
시마다 류센(島田柳川) 129, 138, 170, 396, 398, 400, 410, 411
시마다 비스이(島田美翠) 151, 390, 394, 396, 400
→ 시마다 류센(島田柳川)
시마다 쇼요(島田小葉) 128, 129, 396
시부사와 히데오(渋沢秀雄) 204
시잔진(芝山人) 107, 390
쓰보우치 쇼요(坪内逍遥) 20, 24, 57, 83,

370, 397, 432

ㅇ

아서 모리슨(Arthur George Morrison) 75, 403

아서 벤자민 리브(Arthur Benjamin Reeve) 233

아서 소머스 로슈(Arthur Somers Roche) 259

아에바 고손(饗庭篁村) 20, 370, 377, 418

아와지 고초(淡路呼潮) 210, 414

아쿠타가와 류노스케(芥川龍之助) 265, 386, 416, 418, 424

안나 캐서린 그린(Anna Kathrine Green) 20, 190, 234, 379, 381, 383, 387, 389, 429

알렉상드르 뒤마(Alexandre Dumas) 21, 377

야나가와 슌요(柳川春葉) 106, 187, 374, 391, 402, 416

야나기다 이즈미(柳田泉) 20, 210

야나기세이(やなぎ生) 410

야마구치 단조(山口団蔵) 246

야마나카 호타로(山中峯太郎) 211

야마다 도이치로(山田都一郎) 99, 105, 129, 145, 152, 400

야마자키 긴쇼(山崎琴書) 99, 105, 404, 406, 410

야스오카 무쿄(安岡夢郷) 246, 247, 406, 408, 416

에노모토 하류(榎本破笠) 57, 372, 389, 391, 402, 414

에도가와 란포(江戸川乱歩) 55, 205, 210, 258, 267, 283, 307, 340, 341, 367, 392, 418, 420, 422, 424, 426, 428, 430, 432, 434, 436

에드가 앨런 포(Edgar Allan Poe) 20

에미 스이인(江見水蔭) 106, 190, 210, 372, 396, 412, 414, 418, 420, 422, 432

에밀 가보리오(Émile Gaboriau) 27, 58, 74, 126, 379, 381, 395

오가와 하쓰(大川発) 107, 388

오구리 무시타로(小栗虫太郎) 353, 404, 430, 432, 434

오구리 후요(小栗風葉) 189, 392, 404

오다 리쓰(小田律) 259, 419

오사와 덴센(大沢天仙) 190, 406

오시카와 슌로(押川春浪) 205, 208, 209, 210, 217, 340, 374, 402, 404, 406, 408, 410, 412, 414

오시타 우다루(大下宇陀児) 307, 396, 426, 428, 430, 432, 434

오오카 이쿠조(大岡育造) 73

오자키 고요(尾崎紅葉) 26, 106, 172, 187, 372, 382, 384, 390, 392, 394, 395, 406

오카노 세키(岡野碩) 21, 379

오카모토 기도(岡本綺堂) 250, 372, 414, 415, 432

오카모토 기센(岡本起泉) 17, 370, 371

오카시라 히카리(岡白光) 233

오하라 야나기코(小原柳巷) 250

와다 도쿠타로(和田篤太郎) 106
와타나베 모쿠젠(渡辺黙禅) 156, 296, 372,
    402, 406, 410, 418, 436
요겐지(預言子) 152, 400
요네미쓰 간게쓰(米光閑月) 210
요시카와 에이지(吉川英治) 56, 210, 268,
    283, 284, 386, 424, 426, 430, 436
요카쿠 산인(羊角山人) 21, 377
    → 모리타 시켄(森田思軒)
요코미조 세이시(横溝正史) 59, 241, 406,
    428, 429, 432, 434, 436
우메노야 가오루(梅の家薫) 31
    → 시마다 류센(島田柳川)
우에다 노부미치(上田信道) 368
우카 센시(羽化仙史) 210, 370, 409, 414
우키요야 마마요(浮世舎まゝよ) 151, 390,
    394
운노 주조(海野十三) 211, 398, 426, 430,
    432, 434
윌리엄 윌키 콜린스(William Wilkie Collins)
    251, 252, 253
이나오카 누노스케(稲岡奴之助) 190
이노우에 쓰토무(井上勤) 20, 370, 426
이노우에 요시오(井上良夫) 341, 433, 435,
    436
이시바시 시안(石橋思案) 26, 106
이와야 사자나미(巖谷小波) 26, 204, 210
이즈미 교카(泉鏡花) 106, 171, 372, 388,
    390, 436
이치요(樋口一葉) 172
이카리 아키라(伊狩章) 188

이쿠다마요리 히메(イクタマヨリヒメ) 15
이하라 사이카쿠(井原西鶴) 106, 171, 172

ㅈ

쥘 베른(Jules Verne) 21, 74, 377
지쿠켄 거사(竹軒居士) 21, 377
지하라 이노키치(千原伊之吉) 18, 379

ㅊ

찰스 가비스(Charles Garvice) 259, 260
체스터튼(Gilbert Keith Chesterton) 265

ㅋ

코난 도일(Arthur Conan Doyle) 59, 75, 393,
    401

ㅌ

톨스토이(Lev Nikolayevich Tolstoy) 259

ㅍ

퍼거스 흄(Fergus Hume) 59, 383
포르튀네 뒤 보아고베(Fortune du Boisgobey)
    27, 74
프리먼(Richard Austin Freeman) 229, 251,
    413, 431
피에르 르베르(Pierre Reverdy) 252
필포츠(Eden Phillpotts) 340, 433

ㅎ

하나가사 분쿄(花笠文京, 와타나베 요시카타
    (渡辺義方)) 145, 146, 380, 382

하라 호이쓰안(原抱一庵)　252, 372, 408
하루노야 오보로(春のや朧)　20, 379, 387
　→ 쓰보우치 쇼요(坪內逍遥)
하마오 시로(浜尾四郎)　317, 367, 396, 426,
　　428, 430, 432
하세가와 신(長谷川伸)　283
하지 세이지(土師淸二)　283
호소카와 후코쿠(細川風谷)　106
혼다 마고지로(本多孫四郎)　21, 377
후손 거사(楓村居士)　210
후요세이(芙蓉生)　107, 113, 391
후타바(ふたば)　396

후타바테이 시메이(二葉亭四迷)　24
휴 콘웨이(Hugh Conway)　24
히라타 신사쿠(平田晋策)　210
히로쓰 류로(広津柳浪)　370, 376
히지카타 마사미(土方正巳)　92

A-Z

A.M. 윌리암슨(Alice Muriel Williamson)　28
A. U. S　66
FK세이(FK生)　129
L.T. 미드(Elizabeth Thomasina Meade Smith)
　　75

작품명
(단 개요를 소개한 것에 한함)

ㄱ

가슴 세 치 / 레이요(冷葉)
광산의 마왕(鉱山の魔王) / 고킨세이(胡琴生)
귀차(鬼車) / 마루테이 소진(丸亭素人)
근세 미국 기담(近世米国奇談) / 슌료죠시(春陵情史)
금색조(金色藻) / 오시타 우다루(大下宇陀児)
기기괴괴(奇々怪々) / 미야케 세이켄(三宅青軒)
기미인(奇美人) / 오구리 후요(小栗風葉)
기옥(奇獄) / 지하라 이노키치(千原伊之吉)
꿈의 꿈(夢の夢) / 야나가와 슌요(柳川春葉)
꿈의 사부로(夢の三郎) / 이와야 사자나미(巖谷小波)

ⓝ
난센자키 곶의 괴이(難船崎の怪) / 다키자와 소스이(滝沢素水)
녹색옷의 귀신(綠衣の鬼) / 에도가와 란포(江戸川乱歩)

ⓓ
다마테바코(玉手箱) / 구로이와 루이코(黒岩涙香)
다키야샤 오센(滝夜叉お仙) / 시마다 류센(島田柳川)
단자쿠 오토메(短冊お留) / 시마다 고손(島田孤村)
뒤쫓는 그림자(慕ひ行く影) / 마에다 쇼잔(前田曙山)

ⓜ
머리없는 바늘(無頭の針) / 시잔진(芝山人)
무덤의 비밀(塚の秘密) / 가이가 헨테쓰(海賀変哲)
미인과 권총(美人と短銃) / 쇼린 자쿠엔(松林若円)
미인 사냥(美人狩) / 후요세이(芙蓉生)

ⓑ
바구니의 꽃(籠の花) / 다키자와 소스이(滝沢素水)
박피미인(薄皮美人) / 우키요야 마마요(浮世舎まゝよ)
방랑 가인(放浪の佳人) / 오다 리츠(小田律)
백난금(百難錦) / 류카테이 미도리(柳下亭美登利)
번개(稲妻) / 시마다 쇼요(島田小葉)
법정의 미인(法廷の美人) / 구로이와 루이코(黒岩涙香)
보이지 않는 손(見へざる手) / 오카시라 히카리(岡白光)
부인의 염력(婦人の念力) / FK세이(FK生)
불가사의(不思議) / 미야케 세이켄(三宅青軒)
비밀문신(秘密の入墨) / 미하라 덴푸(三原天風)

ⓢ
3주간의 대탐정(三週間の大探偵) / 무명씨
새 간호사(新看護婦) / 가와고에 데루코(河越輝子)

색의 혁명(色の革命) / 하나가사 분쿄(花笠文京)
생검(生劍) / 시마다 비스이(島田美翠)
선호악호(善乎惡乎) / 쇼린 자쿠엔(松林若円)
쇠사슬 살인사건(鉄鎖殺人事件) / 하마오 시로(浜尾四郎)
숨겨둔 정부(忍び夫) / 난요 가이시(南陽外史)
시미즈 사다키치(清水定吉) / 무명씨

◎
어두운 동굴 지옥(暗穴地獄) / 시마다 류센(島田柳川)
어음 도둑(手形の賊) / 고쿠쇼시(黒松子)
에도 삼국지(江戸三国志) / 요시카와 에이지(吉川英治)
여배우 마리 피에르의 심판(女優馬利比越児の審判) / 나루시마 류호쿠(成島柳北)
여배우 살해사건(女優殺し) / 무명씨
염화미소(拈華微笑) / 오자키 고요(尾崎紅葉)
5인의 생명(五人の生命) / 무서명
옥중의 독살(獄中の毒殺) / 야마자키 긴쇼(山崎琴書)
외팔미인(片手美人) / 구로이와 루이코(黒岩涙香)
유령선(幽霊船) / 시마다 류센(島田柳川)
은산왕(銀山王) / 오시카와 센로(押川春浪)
은행의 비밀(銀行の秘密) / 니쿄세이(二橋生)・도우센시(刀川子)
이 발자국이(此足趾が) / 탐정연구회(探偵研究会)
20세기 철가면(二十世紀鉄仮面) / 오구리 무시타로(小栗虫太郎)
인과화족(因果華族) / 야스오카 무쿄(安岡夢郷)

ㅈ
잘린 목(なま首) / 시마다 비스이(島田美翠)
재판기사(裁判紀事) / 다지마 쇼지(田島象二)
정공증거 오판록(情供証拠誤判録) / 다카하시 겐조(高橋健三)
족도리풀(二葉草) / 사이카엔 류코(彩霞園柳香)
주먹(拳骨) / 마쓰카타 세이후(松方清風)
죽은 미인(死美人) / 구로이와 루이코(黒岩涙香)

지하철도의 여적(地下鉄道の女賊) / 요겐지(預言子)

ㅊ
창고의 창칼(倉庫の小刀) / 쇼켄 가이시(省軒外史)
여독술사(娘毒術師) / 와타나베 모쿠젠(渡辺黙禅)
천형목(天刑木) / 시마다 쇼요(嶋田小葉)
추모탄(秋暮嘆) / 오카노 세키(岡野碩)

ㅌ
탈옥수 후지쿠라(破獄の藤蔵) / 무명씨

ㅍ
피 묻은 못(血染の釘) / 뎃 게쓰시(鉄血子)

ㅎ
학살(虐殺) / 마루테이 소진(丸亭素人)
한의 칼(恨の刃) / 만지로 류스이(卍字楼柳水)
흰 옷을 입은 여인(白衣の女) / 다나카 사나에(田中早苗)
히자쿠라(緋桜) / 교쿠스이시(曲水子)

⟨A-Z⟩
X광선(X光線) / 시마다 류센(島田柳川)

저자·역자 프로필

저자

이토 히데오(伊藤秀雄)
일본 근대문학 연구자이자 수필가
일본추리작가협회와 대중문학연구회 회원
니혼 대학(日本大学) 강사 역임
1925년 가와사키 시(川崎市) 출생. 1949년 니혼 대학 국문과 졸업. 저서에 『구로이와 루이코전(黒岩涙香伝)』(고쿠분샤[国文社]), 『구로이와 루이코 연구(黒岩涙香研究)』(겐에이조(幻影城)), 『개정증보 구로이와 루이코 그 소설의 모든 것(改訂増補黒岩涙香その小説のすべて)』(도겐샤[桃源社]), 『메이지의 탐정소설(明治の探偵小説)』(쇼분샤[晶文社], 제40회 일본추리작가협회상 평론부문 수상), 『구로이와 루이코-탐정소설의 원조(黒岩涙香-探偵小説の元祖)』(산이치쇼보[三一書房], 제3회 대중문학연구상 연구·고증부문 수상), 『다이쇼의 탐정소설(大正の探偵小説)』(산이치쇼보), 『쇼와의 탐정소설(昭和の探偵小説)』(산이치쇼보) 등이 있다.

역자

유재진(俞在眞)
고려대학교 일어일문학과 조교수, 일본근현대문학 전공.
『식민지 조선의 풍경』(공역, 고려대학교출판부, 2007), 『호리 다쓰오와 모더니즘』(정은출판, 2008) 등의 저서와 역서가 있다.

홍윤표(洪潤杓)
고려대학교 BK21중일언어문화교육연구단 연구교수. 일본근현대문학 전공.
『전후 일본의 사상공간』(공역, 어문학사, 2010), 『MISHIMA! 三島由紀夫の知的ルーツと国際的インパクト』(공저, 昭和堂, 2010) 등의 저서와 역서가 있다.

엄인경(嚴仁卿)
고려대학교 일본연구센터 연구교수, 일본고전문학·문화 전공
『쓰레즈레구사』(공역, 문, 2010), 『이즈미 교카의 검은 고양이』(역서, 문, 2010), 『환상과 괴담』(공저, 문, 2010) 등의 저서와 역서가 있다.

이현진(李賢珍)
고려대학교 BK21 중일언어문화교육연구단 연구교수, 일본근현대문학 전공.
『완역 일본어잡지『조선』문예란』(공역, 문, 2010), 『제국의 이동과 식민지 조선의 일본인들』(공저, 문, 2010) 등의 저서와 역서가 있다.

김효순(金孝順)
고려대학교 일본연구센터 HK연구교수. 일본근현대문학·문화 전공.
『책을 읽는 방법』(역서, 열린책들, 2008), 『번역과 일본문학』(공저, 문, 2008), 『제국의 이동과 식민지 조선의 일본인들』(공저, 문, 2010) 등의 저서와 역서가 있다.

이현희(李炫熹)
고려대학교 대학원 중일어문학과 박사과정, 일본근현대문학 전공.
『유메노 규사쿠(夢野久作)『소녀지옥(少女地獄)』연구-장치로서의 근대 미디어와 소녀-』로 석사학위를 취득하였고, 현재 일본 근대 대중문학을 연구하고 있다.

일본 미스터리 총서 1
일본의 탐정소설
2011년 2월 28일 초판 1쇄 발행

지은이 이토 히데오(伊藤秀雄)
엮은이 유재진·홍윤표·엄인경·이현진·김효순·이현희
발행자 최명선
펴낸곳 도서출판 **문** (등록 제209-90-82210)

주 소 서울특별시 성북구 보문동7가 11번지
전 화 929-0804(편집부), 922-2246(영업부)
팩 스 922-6990
ISBN 978-89-94427-67-6 (93830)
정 가 20,000원

ⓒ 유재진·홍윤표·엄인경·이현진·김효순·이현희, 2011

* 이 책의 판권은 지은이에게 있습니다.
  지은이의 서면 동의가 없는 무단 전재 및 복제를 금합니다.
* 잘못된 책은 바꾸어 드립니다.